Amerikanische Begierden

Joyce Carol Oates

Amerikanische Begierden

Roman

Aus dem Amerikanischen von
Renate Orth-Guttmann

Deutsche Verlags-Anstalt
Stuttgart

Die Originalausgabe erschien unter dem Titel
»American Appetites«
bei E. P. Dutton, New York

Die Deutsche Bibliothek – CIP-Einheitsaufnahme

Oates, Joyce Carol:
Amerikanische Begierden : Roman / Joyce Carol Oates.
Aus dem Amerikan. von Renate Orth-Guttmann.
Stuttgart : Deutsche Verlags-Anstalt, 1993
Einheitssacht.: American appetites <dt.>
ISBN 3-421-06653-1

Satz: Steffen Hahn, Kornwestheim
Druck und Bindearbeit: Franz Spiegel Buch GmbH, Ulm
Printed in Germany

Für meine Freunde in Princeton –
die nirgendwo in diesem Buch vorkommen.

Mein herzlicher Dank für fachmännischen Rat in Fragen,
die bei diesem Roman eine entscheidende Rolle spielten,
gilt meinen Freunden Robert Morgenthau,
Leigh Buchanan Bienen, Lynne Fagles und Henry Bienen.

Alles ist ganz in der Natur, und die Natur ist ganz in Allem. Sie hat ihr Zentrum in jedem Thier.

Arthur Schopenhauer

Das Zentrum der Schwerkraft sollten zwei sein: er und sie.

Anton Tschechow

Die Erschaffung der Welt

Sie waren ein junges, verliebtes Ehepaar; Hand in Hand besichtigten sie in jenem ersten gemeinsamen Sommer in Europa neben anderen unumgänglichen Sehenswürdigkeiten Michelangelos *Erschaffung der Welt* in der Sixtinischen Kapelle und stolperten nach einer Stunde wieder hinaus auf die verstopften Straßen Roms, in die blendende Mittagssonne, beide mit leichtem Kopfweh, wortkarg, aber lächelnd, ein wenig benommen und nicht mehr Hand in Hand. Der eine Partner sagte etwas von Mittagessen, denn nach einem Vormittag voller Kultur war der Magen leer, und der andere sagte, wie aus einem Traum erwachend, ja, das ist wohl jetzt das Nächste.

Erster Teil

Hilfe

1

Was ist Schicksal? Ein mechanisches Faktum, eine theoretische Möglichkeit, ein Konzept, ein Aberglaube, ein bloßes Wort? Ian McCullough neigte je nach Stimmung der einen oder der anderen Auslegung zu. Schicksal, die scheinbar gutartige Kehrseite der Fügung.

Er war ein Profi, sein Geschäft waren Schicksale. Das Leben von Einzelnen, umgesetzt in Dateneinheiten, eingegeben in Systeme, ausgedrückt in Gleichungen, die gewissermaßen radikale Verkürzungen waren, nicht ein Beschneiden des Äußeren, sondern chirurgische Eingriffe in das innere Wesen des Menschen – das statistische »Selbst«. Daß dieses Selbst nur in demographischen Tabellen existierte, nahm ihm nichts von seiner Realität. Existenz ist schließlich, argumentierte Ian McCullough scherzhaft – häufig vor Publikum –, mehr oder weniger Definitionssache.

Er war Chefredakteur des *Journal of International Politics* und leitete zur Zeit eine vom National Health Service finanzierte fünfjährige demographische Untersuchung, die sich mit den ebenso minuziösen wie mysteriösen Korrelationen zwischen Alter, beruflicher Tätigkeit, finanzieller Situation, Mobilität, Krankheit, legalen und/oder kriminellen Verhaltensabweichungen und Todesfällen in einem recht umfangreichen Bevölkerungsausschnitt befaßte. Er war seit langem leitender Mitarbeiter des hochangesehenen Institute for Independent Research in the Social Sciences, eines Instituts für unabhängige Forschung auf dem Gebiet der Sozialwissenschaften in Hazelton-on-Hudson, New York, in dem er, seine Kollegen und Forschungsassistenten sich dem Kompilieren und Tabellieren, dem Erstellen graphischer Darstellungen und Vorausschauen widmeten, dem Festsetzen von Maßstäben für die verschiedenen Möglichkeiten, auf scheinbar ganz individuelle Art und Weise jedes Individuum zu einer bestimmten mathematischen Einheit zu machen – zumindest in einem bestimmten System. Zumindest in dem System, für das Ian McCullough sich hohe berufliche Anerkennung erworben hatte.

Ian fand es, was er in der Öffentlichkeit nie zugab – worüber er sich aber privat, seinen Freunden gegenüber, hin und wieder bereitwillig ausließ –, recht beängstigend, daß Einzelpersonen, die nichts miteinander zu tun hatten, ja, die nicht das mindeste voneinander wußten, dennoch in einem kollektiven Schicksal zusammenwirkten. Gab es irgendein menschliches Phänomen, das geheimnisvoller – und beängstigender – gewesen wäre? Soundso viele Bewohner eines bestimmten geographischen Raums werden innerhalb einer bestimmten Zeitspanne an Herzkrankheiten, Krebs, Aids sterben; werden Raubüberfällen, Diebstählen, Sittlichkeitsverbrechen, Brandstiftung, Morden zum Opfer fallen; werden selbst Verbrechen begehen, sich das Leben nehmen (Ians eigener Vater, der Ian nie sehr nah gewesen war, hatte sich – Ian war damals noch ein Kind – von der Familie gelöst und lebte schon lange nicht mehr mit ihnen zusammen, als sie die Nachricht von seinem Tod erhielten; erst Jahre später erfuhr Ian zufällig, daß sein Vater keines »natürlichen Todes« gestorben war, nicht einmal eines für einen Alkoholiker »natürlichen« Todes; er hatte Selbstmord begangen, hatte sich mit einem geliehenen 45er-Revolver in den Mund geschossen. Diese Enthüllung hatte wenig Eindruck auf Ian gemacht, er hatte mittlerweile seinen Vater schon fast vergessen, so wie der Vater, nahm er an, auch ihn und seine Familie vergessen hatte).

Demographie war nicht Ian McCulloughs erste Liebe, theoretische Geschichtsforschung (amerikanische Geschichte des 19. Jahrhunderts nach dem Bürgerkrieg) war seine erste Liebe, und zu ihr gedachte er, wie er seinen Kollegen seit Jahren immer wieder verkündete, in absehbarer Zeit zurückzukehren; sobald er die derzeitige Untersuchung beendet, sich seiner zahlreichen beruflichen Aufgaben entledigt, sich von gewissen

Verpflichtungen befreit hatte. (Das *Journal* aufzugeben würde besonders schwierig sein. Ian war es zu verdanken, daß aus einem fußnotenbefrachteten akademischen Fachblatt, das vornehmlich in Hochschulbibliotheken geführt wurde, eine durchaus auch kontroverse, breitere Schichten der Öffentlichkeit interessierende Zeitschrift geworden war, die von angesehenen Spezialisten ihres Fachs nicht nur eifrig gelesen, sondern auch bereitwillig mit Beiträgen beliefert wurde.) Mein Problem ist mein Erfolg, sagte er und lachte, und seine Freunde stimmten ihm lachend zu, denn dieses Problem hatten viele von ihnen: Wie Ian McCullough waren sie erfolgreich »auf ihrem Fachgebiet«, in mittleren Jahren, aber »noch jugendlich«, finanziell weitaus besser gestellt, als sie je in ihren Studententagen zu hoffen gewagt hätten, dennoch hatten sie alle noch einen gewissen »Ehrgeiz«, von dem allerdings keiner hätte sagen können, worauf er sich richtete.

Glynnis McCullough, verheiratet mit Ian, Expertin für Eßkultur und Autorin ungewöhnlich origineller und wunderschön ausgestatteter regionaler und ethnischer Kochbücher – denn Glynnis liebte das, was sie tat, so sehr (zumindest, solange sie es tat), daß sie die Gestaltung ihrer Bücher keinem anderen überlassen mochte –, vertrat die Meinung, daß sie alle miteinander hungrig waren, daß Ehrgeiz eigentlich Hunger war, etwas Physiologisches, »Reales«, etwas, was aus dem Bauch kam. Und Hunger ist schließlich Natur und deshalb eben etwas ganz Natürliches, nicht wahr?

Die McCulloughs hatten ein Kind, ein überlebendes Kind, eine Tochter, Bianca, jetzt neunzehn Jahre alt. Ein zweites Kind, ein Junge, war wenige Tage nach der Geburt gestorben. Es war so viele Jahre her, daß Ian sich mit der Überlegung tröstete, das Weh, die Bitternis, die unbestimmte Wut, der ungewünschte, ja gefürchtete Adrenalinstoß – all das, was bei der Erinnerung noch immer in ihm aufstieg, sei möglicherweise künstlich, unecht, sei das, was er als Vater ohne Sohn glaubte empfinden zu müssen, und nicht das, was er nach immerhin fünfzehn Jahren tatsächlich empfand.

Denn sicher hatte er sich doch inzwischen von Schock und Kummer erholt. So wie sich Glynnis allem Anschein nach davon erholt hatte – seit Jahren schon. »Denk nicht mehr daran, Ian«, hatte sie gesagt. »Denk an anderes. Schließlich gibt es doch«, hatte sie lächelnd gesagt, »so viele, viele andere Dinge im Leben.«

Aber er war nicht mehr jung, im April wurde er fünfzig, und da gab es natürlich einen Zusammenhang. Es hatte nichts Zwanghaftes, eher etwas Wohlig-Genüßliches, dieses Nach- und Zurückdenken an Verlust, Kummer, Kränkung, Groll.

Ian McCulloughs Schreibtisch stand im obersten Stockwerk des Instituts vor einem großen Panoramafenster; Ian gehörte nicht zu jener spartanischen Kollegenfraktion, die darauf bestand, auf kahle Wände zu starren aus Angst, von der Arbeit abgelenkt zu werden. Jawohl, für ihn war dieser Blick aus dem Fenster im vierten Stock unendlich fesselnd, wunderschön zu jeder Jahreszeit und bei jedem Wetter: Birken, Wacholder, Eichen; ein kleiner künstlicher See, dessen Konturen und Uferbepflanzung aber ganz natürlich wirkten; eine Hügellandschaft, in der nur sehr selten störende menschliche Gestalten auftauchten – der Parkplatz des Instituts war auf der anderen, weniger prestigeträchtigen Seite des Hauses, wo die jüngeren Mitarbeiter saßen. (Wenn Ian einen Besucher erstmals in sein Büro bat, unterließ er es nie, mit einem verlegenen, stumm um Entschuldigung bittenden Gesichtsausdruck zu bemerken, daß man ihm dieses Büro – eigentlich zwei große Räume mit einer Verbindungstür – zugewiesen hatte, weil er seine Arbeit hier am Institut vor siebzehn Jahren aufgenommen hatte, als es solche Büros noch reichlicher gab, und nicht etwa, weil es ihm – in der notorisch taxonomischen Struktur des Institutes – nach Verdienst und Schuldigkeit zugekommen wäre. Seine Zuhörer ließen ihn gewöhnlich nachsichtig schweigend ausreden oder musterten ihn etwas befremdet. Wußte er nicht, wer er war, oder wußte er es und wollte es nur nicht zugeben? »Die Bescheidenheit dieses Mannes ist uns allen ein Beispiel«, bemerkte Ians Freund Denis Grinnell gelegentlich, »aber kein gutes Beispiel.«)

Als Kontrapunkt zu der mathematischen Abstraktion und Subtilität seiner Arbeit und als Gegengewicht zu dem schönen Blick hatte Ian Reproduktionen von Holzschnitten, Stichen,

Aquarellen – hauptsächlich Werke von Dürer – aufgehängt, denn dieser Künstler hatte Ian als Heranwachsenden fasziniert – in einem Alter, in dem man für Faszinationen besonders anfällig ist. Er hatte sich sogar eingebildet – und darin war er in gewisser Weise von Glynnis, seiner ersten Liebe, noch bestärkt worden –, daß er Dürers berühmtem Selbstportrait ein wenig glich: die wachsam-zweiflerischen Augen, die knochige Nase, die ein wenig besserwisserisch geschürzten Lippen; der Ausdruck selbstkritischer Intelligenz, eine schüchtern-aggressive Skepsis. Er war nie Dürer entwachsen, so wie er seinem jugendlichen Ich entwachsen war; noch immer ging für ihn von den Holzschnitten eine starke Faszination aus, der schonungslose Blick des Künstlers wie auch sein allegorischer Einfallsreichtum erfüllten ihn mit ehrfürchtiger Scheu. »Nicht das, was das Auge sieht, sondern das, was der Geist sich ausmalt, muß das Auge sehen«, sagte Ian. Wenn er sich – was selten einmal vorkam – im Büro eine nachdenkliche Pause leistete und die vertrauten Bilder an der Wand betrachtete, die so gewissenhaft wiedergegebenen Gewänderfalten, die gerunzelten Brauen, die feinen Einzelheiten von Gräsern, Melancholie, Haar, Fell, Schädel, Knochen, hilflos in dem unerklärlichen Drama ihrer Zeit befangene Geschöpfe, sagte er sich, daß Dürer nicht den Wahnsinn festgehalten hatte, sondern den Triumph des Geistes über den Wahnsinn. Eine solche Flut brutaler Primitivitäten hätte ohne feste Strukturen, die ihr Einhalt geboten – ohne menschliche Planungen, Systeme, Strategien –, die Menschheit längst weggeschwemmt. Die Spezies wäre untergegangen, ausgestorben.

Besonders gefesselt hatte Ian von jeher ein Kupferstich, auf dem der Tod ein Pferd am Zügel führt, das auf seinem Rücken einen hübschen jungen Mann und ein junges Mädchen trägt. Die beiden sehen nach vorn, über den Rahmen des Bildes hinaus, in Hoffnung, Furcht und Erstaunen. Auf einem anderen Stich tollen nackte Gestalten, offenbar Wahnsinnige, auf messerartig spitzen Grashalmen herum. Ihr Treiben vermittelt ein Gefühl von Sinnlosigkeit und Würde zugleich; da wir sind, was wir sind, warum nicht tanzen; warum nicht *auch* tanzen ...

2

Wie aus heiterem Himmel meldete sich die junge Frau bei Ian, an einem Spätvormittag im Februar. Normalerweise ließ er selten Anrufer durchstellen, die sich weigerten, ihren Namen zu nennen, und seiner Sekretärin, Mrs. Fairchild, versicherten, es handele sich um eine Sache »von größter Dringlichkeit«, aber diesmal nahm er, schon gereizt und verärgert durch alles mögliche, was an diesem Tag im Büro schiefgelaufen war, den Hörer und sagte: »Ja? Was? Wer ist da?«

Eine falsche Verbindung, dachte er zunächst, als die sich überschlagende, abgerissen stammelnde Frauenstimme an sein Ohr drang, er mußte zweimal nach ihrem Namen fragen und verstand ihn auch dann nur mit Mühe. Sigrid? Sigrid Hunt? Eine Freundin seiner Frau? Er hatte ihre Stimme noch nie am Telefon gehört und hätte sie nicht erkannt, sie hatten sich länger und über Wesentlicheres nur ein einziges Mal unterhalten, und auch das lag schon einige Monate zurück. Und falls es zutraf – und vielleicht traf es ja zu –, daß Ian sich hin und wieder, plötzlich und ungebeten, dabei ertappte, daß er an sie dachte und mitunter andere Frauen mit ihr verwechselte – auf der Straße, bei Bekannten, ja sogar auf den Gängen des Instituts, wo man bis vor einigen Jahren mit Ausnahme der Sekretärinnen kaum Frauen gesehen hatte –, so traf es auch zu, daß er sie in seinem Leben nicht erwartete und eigentlich auch nicht haben wollte. Denn Glynnis hatte sie offenbar fallenlassen.

Sie müsse ihn sehen, sagte Sigrid Hunt mit atemloser, zittriger Stimme, sie sei verzweifelt, habe seit Tagen nicht mehr geschlafen, sei überzeugt, daß ihr etwas passieren würde oder schon etwas passiert war. Ian unterbrach sie mehrmals mit der Frage, wo sie denn sei – war sie in Gefahr, war sie krank? –, aber Sigrid hörte offenbar kaum hin, sie müsse mit jemandem reden, sagte sie, müsse mit *ihm* reden, ehe es zu spät sei. »Sind Sie allein?« fragte Ian. »Bedroht Sie jemand?« Und sie sagte in jähem Zorn: »Sie wissen nicht mal, wer ich bin, nicht? Sie erinnern sich nicht an mich. Ob ich lebe oder sterbe, ausgenommen wie ein Fisch, ob jemand hier einbricht und mich umbringt – was schert das Leute wie Sie?«

»Sigrid, bitte ...«

»Sie und Ihre Frau. Leute wie Sie!«

»... sind Sie in Gefahr? Ist jemand bei Ihnen?« fragte Ian plötzlich sehr beunruhigt. »Wo sind Sie?«

Sie schluchzte jetzt, atmete keuchend in den Hörer, heiße, feuchte, verzweifelte Atemzüge, die Ian förmlich zu spüren meinte. Bei seinem letzten Gespräch mit dieser jungen Frau hatte sie ihm halb stolz, halb besorgt anvertraut, sie habe ein Verhältnis, das sie nicht mehr »steuern« könne. Sie war offiziell verlobt mit einem in Ägypten geborenen Mann, der jetzt in den Staaten lebte und arbeitete, der sehr »an ihr hing«, andererseits aber auch »nachtragend« war, den sie sehr liebte und zugleich fürchtete. Ian war diesem Mann, diesem einigermaßen exotischen Verlobten von Sigrid Hunt nur einmal kurz begegnet, bei ihnen zu Hause, auf einer der großen, überlaufenen Partys von Glynnis. Ian sah undeutlich ein gut geschnittenes, sehr dunkles Gesicht vor sich, ernst und wie aus Stein gehauen. Er konnte sich nicht erinnern, dem Mann die Hand geschüttelt zu haben.

Schluchzend sagte Sigrid: »Ihr wollt, daß ich zu euch komme wie eine Bettlerin, ihr alle ...«, und Ian sagte: »Das ist doch Unsinn, sagen Sie mir bitte, wo Sie sind, was ich für Sie tun kann ...«, und Sigrid: »Kommen Sie oder lassen Sie's bleiben, es ist schon alles egal ...«, wobei ihre Stimme sich in kindlicher Verzweiflung hob, während sie sich gleichzeitig vom Hörer entfernte. »Es ist schon alles egal ...«

Ian sagte: »Warten Sie, Sigrid, ich will nur sehen, ob ich die richtige Adresse habe ...«

Aber die Leitung war tot, ein stummer Vorwurf für seine Übervorsicht.

Noch während er seine Entscheidung traf, dachte Ian McCullough: Aber warum ich? Warum ruft diese junge Frau mich an? Er fand keine Antwort, beim besten Willen nicht, aber der Anruf schmeichelte seiner Männlichkeit. Das war, wenn er später daran zurückdachte, das Primäre gewesen, das Schändlich-Erregende.

So rief er denn Denis an, um die Squash-Partie abzusagen sowie das anschließend geplante Arbeitsessen mit Redaktionsbesprechung, er rief die anderen Kollegen an, die mit ihm zusammen das *Journal* herausgaben, um die Redaktionsbesprechung auf einen späteren Tag der Woche zu verschieben. Ein Notfall, sagte er, tut mir sehr leid, wenn ich euch Ungelegenheiten mache.

Einer fragte, ob es ein Notfall in der Familie sei, ob er irgendwie helfen könne, und Ian antwortete rasch und vage, weil er das Gespräch beenden wollte: »Dank dir schön, Art, aber ich glaube nicht, diesmal nicht.«

Es gibt in unserer Gesellschaft letztlich nur zwei Klassen von Menschen, so wie es zu Zeiten Roms die römischen Bürger und die anderen gab: diejenigen, deren Namen, Anschriften und Telefonnummern gewissenhaft in unseren Adreßbüchern festgehalten sind, und die anderen, deren Namen, Adressen und Telefonnummern auf Zettel gekritzelt werden, die nur auf Zeit lose in unseren Adreßbüchern liegen.

Sigrid Hunts Adresse lag, auf einen Zettel gekritzelt, lose in dem gewissenhaft geführten Adreßbüchlein, das in Ian McCulloughs innerer Jackentasche steckte. Welch Glück aber, daß er sie überhaupt hatte! Ian las mit stirnrunzelnder Konzentration: *Hunt, Sigrid,* 119 *Tice, Poughkeepsie, N. Y.* Eine knappe halbe Autostunde.

Ausgenommen wie ein Fisch. Was sie nur damit gemeint hatte . . .

Er verließ das Institut durch eine Hintertür, ging fast im Laufschritt zu seinem Wagen, fuhr los. Glynnis war in New York und würde erst gegen Abend zurückkommen, aber das war natürlich für Ians Vorhaben nicht von Belang.

Südlich über den Thruway, die vertraute Strecke seltsam verfremdet durch einen jäh wie aus der Sonne selbst hervorbrechenden Schneesturm, der Himmel dahinter ein hartes keramisches Blau, bildhaft, malerisch. Ian erinnerte sich an einen unwirklich türkisfarbenen Himmel in Öl von – war es Parmigianino gewesen oder einer der anderen aus dieser seltsamen, stilisierten Epoche? –, er sah jenen Sommer in Italien vor sich, Hand in Hand waren sie gegangen, Glynnis und er, mitunter klammerten sie sich aneinander in ekstatischem Entzücken über das Gesehene, so wie sie sich nachts, wenn sie sich liebten, in der Ekstase der Leidenschaft aneinanderklammerten. Ich muß hin, dachte Ian, ich muß es schaffen, ehe es zu spät ist. Der Verkehr auf dem Thruway war unerwartet dicht.

Sigrid Hunts Adresse hatte Ian sich im November notiert, an einem milden Novembertag war es gewesen, sie hatten sich zufällig in Hazelton getroffen. Ian war kurz in der Galerie für Kunsthandwerk gewesen, die in einer restaurierten Mühle aus dem 18. Jahrhundert untergebracht war, einer der »historischen« Stätten des Dorfes, um etwas für Glynnis zu erledigen, und als er träumerisch-zerstreut zu seinem Wagen zurückging, sah er zufällig Sigrid Hunt oder eine ihr sehr ähnliche junge Frau ganz in seiner Nähe am Ufer des Mühlteichs stehen. Das ist es, dachte Ian und blieb wie angewurzelt stehen. Ja, das ist es.

Eine lärmende Touristenfamilie fütterte die malerischen Wasservögel mit Brot und Körnern, diese junge Frau aber stand allein und unbeweglich da und sah auf die glatte, spiegelnde Fläche, wie Miltons Eva in die Betrachtung ihres geheimnisvollen Bildes versunken. Sie hatte Ian nicht gesehen, aber er hatte das unheimliche Gefühl, daß sie auf ihn wartete, daß sie wußte, er war da, würde sie sehen, würde zu ihr kommen.

Was er natürlich tat. Eine selbstverständliche Geste der Höflichkeit, hatte er gedacht.

Ians Frau Glynnis war bekannt dafür, daß sie alle möglichen Leute entdeckte, Freundschaft mit ihnen pflegte und schließlich wieder fallenließ, oft Leute, die »etwas Künstlerisches« oder irgendwie »vielversprechend« waren, häufig mehr oder weniger attraktive junge Frauen, ungebunden oder mit undurchsichtigen Bindungen, rührend verletzlich oder nur schlicht verletzlich. Deine »Exemplare«, sagten die Freunde – manchmal nicht ohne einen Anflug von Eifersucht. In der Tat schien Ian diese Sammelleidenschaft seiner Frau der Besessenheit eines Botanikers vergangener Tage vergleichbar, der unermüdlich Arten anschleppt, seziert, klassifiziert. Ian, den seine Arbeit viel Kraft kostete, dessen Phantasie vor der bloßen Möglichkeit versagte, eine neue Freundschaft zu pflegen, beneidete Glynnis um ihre diesbezügliche Bereitschaft wie auch um ihre Leistungsfähigkeit. Oberflächlich betrachtet war er nicht eifersüchtig, mitunter aber fragte er: »Wo ist Iris?« oder »Was ist eigentlich aus ... wie hieß sie doch gleich, Frances? ... geworden, die hab ich schon seit Monaten nicht mehr gesehen ...« Und wenn Glynnis ihn dann einen Augenblick verständnislos ansah, ehe es ihr wieder einfiel, überlief ihn ein leichtes Frösteln, und er überlegte, ob er nicht anfangs auch eines von Glynnis' Exemplaren gewesen war, das sie kurzentschlossen ihrer Sammlung einverleibt hatte.

Wo seine Frau Sigrid Hunt kennengelernt hatte, wußte er nicht mehr, obgleich sie es ihm vielleicht gesagt hatte. Die junge Frau wohnte zwanzig Meilen flußabwärts, in einer heruntergekommenen Ecke von Poughkeepsie, wie sie lächelnd sagte. Sie unterrichtete modernen Tanz in Vassar oder hatte dort gelegentlich oder irgendwann mal unterrichtet (unbestimmt, still gekränkt wie ein Kind, hatte sie etwas von Hochschulpolitik, akademischen Eifersüchteleien und Fehden, von »Budgetbeschränkungen« gemurmelt, man hatte ihr demnach, folgerte Ian, schlicht und einfach gekündigt). Mit vier Jahren hatte sie ihre erste Tanzstunde bekommen, hatte jahrelang bei der Martha Graham Company studiert, in verschiedenen Balletts in New York City, Los Angeles und London gearbeitet, bis eine Sehnenverletzung am rechten Fuß sie mit einundzwanzig mehr oder weniger endgültig aufzuhören gezwungen hatte. (»Ein Tänzerleben ist häßlich, brutal und kurz«, hatte sie mit rätselhaftem Lächeln gesagt.)

Das alles hatte Sigrid Hunt ihm anläßlich einer großen Cocktailparty bei den McCulloughs erzählt, zu der Glynnis sie eingeladen hatte. Sie hatte Ian mit einem erstaunlich harten Griff die Hand geschüttelt und ihn mit kleinen, weißen, regelmäßigen Zähnen freudig angelächelt. »Ich habe so viel von Ihnen gehört, Dr. McCullough«, hatte sie gesagt, und Ian war ein wenig zusammengezuckt und hatte gesagt: »Bitte nennen sie mich Ian, Ian genügt vollauf.« Dazu aber hatte sie sich wohl nicht so recht durchringen können, jedenfalls nicht in Ians Hörweite.

Sigrid Hunt sprach mit sonderbar überdeutlich artikulierender Stimme und ohne erkennbaren Akzent, sie fixierte ihre Zuhörer mit großen runden Kinderaugen, die glatt wie Münzen waren und von der weich-pudrigen Farbe angelaufenen Metalls. Eine leichte, aber sehr reizvolle Vergrößerung erfuhr ihr Blick durch die kreisrunden, rosa getönten Gläser einer Nickelbrille. Das Gesicht war schmal, fein geschnitten und aufreizend asymmetrisch, Augen und Mund senkten sich in den Winkeln, die Lider hatten einen leicht bläulichen Hauch, wie verfärbt oder geprellt. Sie war groß, einsfünfundsiebzig oder einssechsundsiebzig, die Figur schlank, nahezu geschlechtslos: langer Hals, schmale Schultern, mädchenhaft kleine Brüste. Das Haar, dieses aufregende Haar, reichte ihr bis zur Taille, rotgolden, gerippt und geriffelt wie ein Waschbrett und wundervoll glänzend. An jenem Abend trug sie ein zitronengelbes Kleid aus Thaiseide, ein sehr schönes Stück, aber mit schmuddeligen Manschetten, abgetragene römische Sandalen an den langen schmalen weißen Füßen, Halsketten, Armbänder, verwirrend große, dekorative Ohrringe, die ihr die Ohrläppchen grausam nach unten zogen. Im Gespräch mit Ian und ein, zwei anderen Gästen lächelte sie häufig, zeigte ihre Zähne und fuhr sich mit der Zunge nervös über die Lippen. Ian erkannte sehr rasch ihre Intelligenz, die sich nicht nur geistig, sondern auch physisch ausdrückte: Die junge Frau war sich nicht nur ihrer Schönheit bewußt, sondern auch deren unvermeidlicher Wirkung auf andere, des Widerstands, den sie in ihnen weckte.

Seht mich an, schien sie zu sagen, hier bin ich.

Sie war ohne Begleitung zu den McCulloughs gekommen, aber nach knapp einer Stunde war ein Mann an ihrer Seite aufgetaucht, um sie abzuholen. Ian, durch andere Gäste in Anspruch genommen, registrierte nur flüchtig einen dunkelhäutigen, auffallend gutaussehenden jungen Mann von etwa dreißig Jahren, einen ernsten Mann mit dichtem, schwarzglänzendem, glatt aus der Stirn gekämmtem Haar, der höflich und reserviert zugleich und sehr flott, auf jeden Fall sehr teuer gekleidet war. Er war schlank und nicht größer als Sigrid, Oberarme und Schultern zeigten kompakte Muskelpakete, wie Ian sie aus Fitneßstudios kannte. Ian, der sich wie immer in einer so großen Menschenmenge recht hilflos fühlte, hätte mit dem Mann überhaupt nicht gesprochen, hätte er nicht zufällig ein anderes Paar an der Haustür verabschiedet, als Sigrid und ihr Begleiter vorbeikamen – Sigrid sichtlich erregt, ihr Freund unverkennbar feindselig –, so aber kam es pflichtschuldigst zu einem Austausch von Namen, einem raschen, flüchtigen Händedruck, während Sigrid »Dr. McCullough« mit »Fermi Sabri« bekanntmachte. Dann schloß Ian die Tür hinter den beiden und vergaß sie prompt.

Abends im Schlafzimmer, beim Ausziehen, fragte Glynnis beiläufig, was er von Sigrid Hunt hielte, und Ian runzelte die Stirn und fragte: »Wer? Welche war denn das?« »Die mit dem langen roten Haar in der gelben Seide«, sagte Glynnis und verzog gekränkt den Mund. »Die es nicht für nötig gehalten hat, mir ihren Freund vorzustellen oder sich zu verabschieden«, fügte sie hinzu. Ian gähnte: »Tut mir leid, ich erinnere mich nicht«, und dann sprachen sie von anderen Gästen, gewichtigeren Gästen, sprachen davon, wer was zu wem gesagt hatte, wer neue und aufregende Nachrichten mitgebracht hatte, wer sie, falls sie frei waren, für Sonntag zum Abendessen einladen wollte ... Es gab schließlich so viele Menschen im Leben der McCulloughs und so wenige, die wirklich wichtig waren.

Aber als Ian und Sigrid Hunt sich ein paar Wochen später am Mühlteich begegneten und sich wieder die Hand schüttelten, überkam Ian ein seltsames Gefühl des ... ja, des Unabwendbaren, Schicksalhaften, eine Erregung, die so intensiv war, daß sie Gefahr signalisierte, daß er die Gefahr auf der Zunge zu schmecken meinte. Er konnte sich später kaum mehr erinnern, was er gesagt hatte, oder wie er es – leicht stotternd – überhaupt fertiggebracht hatte, etwas Wesentliches zu sagen.

Soviel wußte er noch, daß sie mit der nervös übersteigerten Freude alter Freunde, die sich lange nicht mehr gesehen haben, miteinander gesprochen hatten, daß er einen Druck in den Augenwinkeln gespürt hatte, als sei es eine schmerzhafte Sache, Sigrid Hunts Gesicht so nah vor sich zu sehen. Nicht deshalb, weil Sigrid eine schöne Frau war – in der harten Novembersonne kam sie ihm sogar wesentlich weniger schön vor als an dem Party-Abend –, sondern weil Sigrid, obgleich sie sich so deutlich, so selbstbewußt zurückhielt, sehr verletzlich wirkte. Und mit dieser Verletzlichkeit weckte sie Emotionen in Ian, die er nicht ohne weiteres hätte benennen können.

Obschon sie doch sicher wußte, daß Glynnis sie hatte fallenlassen oder ganz einfach aus den Augen verloren hatte, fragte Sigrid nach ihr, und das Bedauern, das in ihrer Stimme schwang, war so diskret, daß man es leicht hätte überhören können. Ian gab unbestimmt lächelnd eine nichtssagende Antwort, Glynnis und er hätten in den letzten Monaten ungewöhnlich viel zu tun gehabt, erklärte er, sie hätten sich einfach nicht so, wie sie es eigentlich gewollt hätten, um all ihre Freunde und Bekannte kümmern können. Sigrid schlug die Augen nieder und lächelte vieldeutig. »Jaja, wir haben nie Zeit für all das, was wir eher nicht so gern tun.« Und weil sie beide, irritiert durch die Umgebung – eine Entenschar forderte laut zeternd weitere Futtergaben, eine junge Mutter schalt ihr heulendes Kind –, unwillkürlich schneller sprachen, fiel es ihm leicht, das Thema zu wechseln, als habe er die Bemerkung nicht gehört. Aber es ging Ian sehr nah, daß man ihr weh getan hatte. Daß es etwas in seinem Leben gab, was bedeutsam genug war, sie überhaupt zu berühren.

Sigrid trug keine Kopfbedeckung, das rotblonde Haar wehte im Wind, Strähnen wehten ihr ins Gesicht, in Augen und Mund, immer wieder mußte sie es mit raschen, nervösen Bewegungen zurückstreichen. Die Augen hinter der rosa getönten Schulmädchenbrille waren feucht und rotgeädert, und auch Ian wurden die Augen feucht in jähem Mitgefühl; so war es ihm mit seiner Tochter Bianca gegangen, wenn sie sich als kleines Mädchen weh getan hatte, und sie hatte sich als kleines Mädchen ständig weh getan, sie schlug sich die Knie auf und holte sich Beulen an der Stirn und Schrammen an den weichen rosa Handflächen. Mein Baby, hatte er gedacht, meine Kleine, wie kann ich dich schützen, wie um alles in der Welt kann ich dafür sorgen, daß du dir nicht weh tust? Und das Bewußtsein, daß er nichts machen konnte, gar nichts, hatte ihm schier das Herz zerrissen.

Sie sprachen etwa zwanzig Minuten miteinander, und Sigrid vertraute ihm an, daß sie Schwierigkeiten mit ihrem »Verlobten« hatte. Sie konnte sich nicht darüber einig werden, ob das, was sie für ihn empfand, wirklich Liebe war oder ob sie ihm entkommen, eine klare Trennung vollziehen, ihn nie wiedersehen wollte. »Ein bißchen extrem, was?« sagte Ian lachend. »Sie kennen Fermi Sabri nicht«, erwiderte Sigrid steif. »Sonst würden Sie das verstehen.«

Ian schwieg und dachte bei sich, daß er nicht den mindesten Wert auf eine Bekanntschaft mit Fermi Sabri legte.

Fermi, erzählte Sigrid, war in Kairo geboren und mit zwanzig Jahren in die Vereinigten Staaten ausgewandert. Ein »genialer«, aber »sprunghafter« Mensch, Hydraulikingenieur mit glänzendem Abschluß am MIT. Er liebte sie und wollte sie heiraten, wollte, daß sie ihm als Beweis ihrer Liebe ein Kind schenkte (»einen Sohn natürlich«). »Als ich zu der Party ging, sagte er, das sei in Ordnung, er habe nichts dagegen, aber dann ist er mir offenbar nachgegangen, ich glaube, er hat eine Weile das Haus beobachtet, ehe er hereingekommen ist.« Als sie Ians angewiderte Miene bemerkte, fügte sie rasch hinzu: »Er ist so besitzergreifend, das heißt eigentlich eher fürsorglich. Er meint es gut.«

»Jaja, gut meinen wir es alle«, sagte Ian und lachte wieder, aber es klang nicht sehr heiter.

Sie gingen zu Sigrids Wagen, zumindest nahm Ian an, daß es ihr Wagen war, ein ausländisches Fabrikat, niedrig, sportlich, lippenstiftrot, aber voller Rostflecken, der vordere Kotflügel war eingedrückt. Sieht aus wie ein Wagen, der nicht auf den Namen des Fahrers angemeldet ist, dachte Ian.

»Ich hoffe, wir sehen uns bald wieder, in Hazelton oder anderswo«, sagte Ian, und Sigrid erwiderte leichthin: »Ja, das hoffe ich auch.« Er machte ihr die Wagentür auf und fragte etwas verspätet nach ihrer Adresse und Telefonnummer, die er auf einen Zettel kritzelte, auch wenn Glynnis diese Angaben ja sicher irgendwo hatte. Nachdem sie weggefahren war, stand er noch eine Weile auf dem Parkplatz und sah auf die Stockenten, die schneeweißen Gänse und die schwarzen Schwäne, die unablässig kreisend im Teich herumschwammen, mal langsam, und lässig, als wollten sie sich zur Schau stellen, dann wieder wild und aufgeregt um Futter streitend. Wenn er überhaupt etwas dachte, hätte er hinterher nicht mehr sagen können, was es war.

Er hatte einige Mühe, 119 Tice zu finden, die Straße war in einem ihm unbekannten Viertel mit verlotterten Wohnblöcken,

Reihenhäusern, Kneipen, Rangierbahnhöfen, mit abfallübersäten leeren Grundstücken – eine Gegend, die ihn, obwohl hauptsächlich von Schwarzen und Latinos bewohnt, an das Viertel in Bridgeport, Connecticut, erinnerte, in dem er aufgewachsen war. Und als er 119 Tice gefunden hatte, stellte sich heraus, daß Sigrid Hunt nicht im Haus selbst wohnte, sondern in einer Wohnung über der Garage dahinter.

Eine kleine vergilbte Karte, auf der in kindlichen Blockbuchstaben SIGRID HUNT stand, war mit einer Reißzwecke an den Türrahmen gepinnt, darunter stand ein Korb, aus dem Werbezettel quollen. Die Tür selbst, hellblau gestrichen wie ein Amselei, war voller Schmutz und Spinnweben. Ian sah durch die Scheibe, erkannte aber nur eine schmale Stiege, die ins Dunkel führte.

Er klopfte kräftig, aber nichts rührte sich; klopfte erneut und rief: »Sigrid? Ich bin«s, Ian.« Er sah zu den Fenstern im Obergeschoß hoch. Die Jalousien waren heruntergelassen. Keine Reaktion. Das Herz klopfte ihm laut in der Brust. Er fürchtete eine schreckliche Enthüllung; einen jähen Schrei, Klirren von Glas, die Schritte eines Mannes, der die Treppe hinunterstürmt.

Aber niemand erschien. Und in der Auffahrt stand kein Wagen.

»Hallo? Sigrid? Ich . . .«

Er hatte das unbehagliche Gefühl, daß er beobachtet wurde, sehr wahrscheinlich vom Vorderhaus her, einer gebrechlichen Holz- und Schindelkonstruktion, in der, wie in anderen Privathäusern dieser Straße auch, Sozialhilfeempfänger und Rentner wohnen mochten. Er kam sich preisgegeben und ziemlich lächerlich vor, wie ein Fremdkörper in seinem Kamelhaarmantel, der schwarzen Astrachanmütze, dem grünen Schal – Sachen, die Glynnis für ihn gekauft hatte. »Sigrid? Sind Sie zu Hause? Machen Sie doch auf!« rief er, die Hände trichterförmig vor den Mund gelegt. Inzwischen war er sehr beunruhigt, er sah Sigrid Hunt tot dort oben liegen, nur dürftig bekleidet oder splitternackt, erwürgt, erstochen, vergewaltigt, ermordet, das rotgoldene Haar ausgebreitet wie auf einer dieser blutrünstigen Abbildungen in den Detektivromanheftchen, die er als Schuljunge heimlich durchgeblättert hatte.

Wie traurig, dachte Ian, daß eine so schöne, so vielversprechende Frau wie Sigrid Hunt hier hausen muß, über einer Garage mit verrottenden Schindeln, abblätternder Farbe, kaputten, nachlässig verbretterten Fenstern, schwarz vom Schmutz vieler Jahre. Im Hof lag Abfall herum, bei jedem Schritt trat man auf Putzbrocken und Glas. Unbeschnittene Bäume und außer Rand und Band geratene Büsche, leicht mit Schnee überpudert, sorgten für einen überraschenden und im Grunde unpassenden Hauch von Schönheit wie in einem japanischen Aquarell mit skelettartigen Bäumen und schneeweißen Blüten.

Ian rüttelte erneut an der Tür. Was sollte er machen? Den Hausmeister holen, falls es so was hier gab? Von einem Münzfernsprecher aus bei Sigrid anrufen? Die Polizei verständigen? Doch da erschien eine Gestalt auf der Treppe, kam langsam und vorsichtig, wie schlafwandelnd die Stufen herunter, sich an der Wand abstützend, mit beiden Händen das Treppengeländer umfassend. Es war Sigrid Hunt, betrunken oder unter Drogen oder schwerkrank, das Gesicht blaß und eingefallen, das Haar zu einem wirren Zopf geflochten. Sie trug einen weißen Bademantel, der ihr nicht recht paßte und über den nackten Beinen aufschlug, auch ihre Füße waren nackt, trotz der Kälte. Obgleich sie inzwischen Ian erkannt haben mußte, machte sie die Tür nicht gleich auf, sondern wischte mit der Handfläche über die schmutzige Scheibe und spähte nach draußen. Ohne Brille wirkten ihre Augen wund und rot.

Ian rüttelte ungeduldig am Türknauf. »Wissen Sie nicht, wer ich bin? Ian McCullough, Sie haben mich angerufen. Machen Sie auf.«

Sigrid Hunt sah ihn mit großen Augen an, dann hatte sie offenbar begriffen, wer er war, und mühte sich mit dem Sicherheitsschloß. Das dauerte eine Weile. Als sie es endlich geschafft hatte, die Tür aufzumachen, und er eintrat, wich sie zurück. »Verdammtes Schloß, geht so verdammt schwer«, murmelte sie und wandte sich ohne ein Wort der Begrüßung oder Erklärung ab. Sie stieg, wieder mit beiden Händen das Geländer umfassend, die Treppe hoch. »Passen Sie auf, wo Sie hintreten«, sagte sie. »Die Treppe ist morsch, das ist hier so. Sie sehen ja, wie das hier ist.« Ihre Stimme hob sich bei den letzten Worten, als müßte sie ein Lachen unterdrücken.

Ian folgte ihr nach oben, er sah auf die nackten Beine der jungen Frau und die roten, wundgescheuerten Hacken, den zerknitterten, schmutzigen Bademantel, der um ihre Hüften schlotterte. Ohne Erklärung, ohne Entschuldigung führte sie ihn geradewegs nach oben in ihre Wohnung. Das Treppenhaus war schlecht beleuchtet und ungeheizt und roch nach Schmutz; es erinnerte ihn – die Erinnerung kam rasch und ungebeten, war ihm aber gar nicht ganz unwillkommen – an die schäbige Pension, in der er vor langen Jahren als Student in Ann Arbor gewohnt hatte. »Da sind wir«, sagte Sigrid Hunt atemlos. »Da ist es.«

Die Wohnung war ziemlich groß und erstreckte sich über die ganze Länge des Gebäudes, ein einziger Raum mit niedriger, blasiger Decke. Die schiefen, rissigen Jalousien waren heruntergelassen, auf den rohen Dielenbrettern lagen aufs Geratewohl plazierte bunte Webteppiche. Ian registrierte flüchtig ein Sammelsurium wahllos zusammengetragener Möbelstücke, besonders fielen ihm mehrere Sessel mit synthetischem Wolfsfell und ein zwei Meter hoher Schwenkspiegel mit schwerem, geschnitztem Rahmen auf. Ein Spiegel, der aussieht, als betrachte sie sich häufig darin, dachte Ian.

»Kommen Sie schon rein, ich muß abschließen«, sagte Sigrid ungeduldig.

Leise Stimmen aus dem Radio raunten neben dem Couchbett, über das in sichtlicher Eile eine fleckige scharlachrote Seidendecke gezogen worden war. Es roch nach Küche und ungewaschenen Kleidern, nach Talkumpuder, Schweiß. Er hatte das gespenstische Gefühl, sich irgendwie unter Wasser zu befinden: Die Jalousien sperrten das Tageslicht aus, im Zimmer brannte nur eine einzige Lampe mit einem schmutzigen hautfarbenen Schirm.

Ian fragte, was los sei, was er für sie tun könne, und Sigrid, die elend aussah und hochgradig, fast manisch erregt wirkte, fing an zu reden. Es war ein hastiges, fast unzusammenhängendes Murmeln, bei dem sie vage vor sich hinlächelte und das Gesicht verzog. »Ich muß mit jemandem sprechen«, sagte sie, »der mich nicht kennt und der nicht über mich urteilt.« Sie deutete auf einen Stuhl. »Setzen Sie sich bitte, es macht mich nervös, wenn Sie hier herumstehen.«

Ian war sich nicht sicher, ob er sie wiedererkannt hätte. Das Gesicht war schmaler, als er es in Erinnerung hatte, die Augen wund, die Haut erschreckend blaß. Die Unterlippe hing schwer, stark durchblutet und wie verdrossen herunter, das schöne, in den unordentlichen Zopf gezwungene gerippt-geriffelte Haar war ungewaschen. Der Bademantel, ein Männerbademantel, schlug auf und enthüllte fast provozierend die kleinen Brüste, das vorstehende Schlüsselbein. »Legen Sie wenigstens den Mantel ab«, sagte Sigrid atemlos, als Ian stehenblieb. »Ihre . . .« Sie verstummte, als habe sie das Wort für Mütze vergessen.

Ian zog seinen Mantel aus, nahm Mütze und Schal ab und legte alles ordentlich auf eine Sessellehne. Sein Gehirn arbeitete fieberhaft, aber ohne erkennbares Ergebnis. »Was ist mit Ihnen, Sigrid?« fragte er leise. »Haben Sie irgendwas genommen?«

Mit leiser, zorniger, flehender Stimme sagte Sigrid: »Sie sollen mich nicht verurteilen, sehen Sie mich nicht so an, das ertrag ich nicht.« Sie lief im Zimmer hin und her, zu aufgedreht, um ruhig an einer Stelle zu verharren.

Ian ging ihr nach. »Was ist los, Sigrid? Sie können es mir sagen, Sigrid, Sie kennen mich doch . . .«

»Ich kenn keinen mehr«, sagte Sigrid. »Ihr seid alle verlogene, scheinheilige Scheißer.«

Sie lag abgeschlafft auf dem Couchbett und sah aus, als könne sie jeden Augenblick einschlafen. Ihr Gesicht glänzte vor Schweiß, ihr Atem kam schwer und stoßweise. Ian, der neben ihr stand und nicht wußte, was er tun sollte – einen Krankenwagen holen, selbst Wiederbelebungsversuche machen? –, sah aus dem Augenwinkel einen geisterhaften Zuschauer: sein eigenes Bild in dem schräggestellten Spiegel, hellhäutig, hellhaarig, aufmerksam, versunken, alarmiert. Warum bist du hier, warum du und warum hier? Die Radiostimmen raunten weiter, ein wahnwitziger Chor.

Sigrid regte sich nicht, sie atmete flach, Ian spürte die Hitze, die von ihr ausging. »Ich will sterben«, sagte sie leise. »Ich will das nicht.«

»Was soll das heißen?« fragte Ian. »Was ist ›das‹?«

»Ich bin total gelähmt. Er hat erreicht, was er wollte. Ich kann nicht vor und nicht zurück.«

»Wer ist ›er‹? Ihr Liebhaber?«

»Will nicht, daß ich abtreiben lasse, sagt, er bringt mich um, wenn . . .«

»Sie sind schwanger?«

». . . ich es töte. Erst sechs Wochen, und schon fängt es an . . .«

»Das ist es also? Sie sind schwanger! Sind Sie deshalb so verstört?«

». . . seinen eigenen Willen durchzusetzen, mir das Leben auszusaugen.«

Unvermittelt schlug sie sich mit den Fäusten gegen den Leib. Ian packte ihre Handgelenke, zwang sie stillzuliegen. Mit überraschender Kraft, kratzend und tretend, machte sie sich los, sprang auf, duckte sich, tauchte unter ihm weg. Ian sah erstaunt die zahlreichen Kratzer auf seinem Handrücken, die kleinen Blutstropfen, die zwischen den Knöcheln hervorquollen.

»Beruhigen Sie sich doch«, sagte er, »Sie drehen sonst noch durch.«

»Gehn Sie weg, lassen Sie mich in Ruhe. Ist ja doch alles egal.«

»Wenn Sie schwanger sind, ist es relativ einfach . . .«

»*Kann nicht vor und nicht zurück.*« Sie krümmte sich zusammen und legte die Hände über die Ohren, um nichts mehr zu hören. Ian ging auf sie zu und streckte die Hand nach ihr aus; sie zuckte zurück. »Nein. Nein. Nein. Nein.« Sie stieß gegen einen der Wolfsfellsessel und feuerte ihn mit einem wütenden Tritt an die Wand. Hilflos-fasziniert – so wie er einmal den Wutanfall seiner zwei- oder dreijährigen Tochter miterlebt hatte – sah er zu, wie Sigrid Hunt, eben noch benommen und lethargisch, unvermittelt fluchte, schlug, trommelte, trat, mit Gegenständen um sich warf, Möbel umstieß, sich das Haar raufte. Ich muß Hilfe holen, dachte Ian, das schaffe ich nicht allein.

Er schwitzte. Die alte Angst vor plötzlicher, unerwarteter Intimität regte sich in ihm, die Erinnerung an ähnliche Situationen, wenn er, mit einem anderen Menschen konfrontiert – Mann oder Frau, in ein, zwei Fällen auch Kindern –, so überrumpelt gewesen war, daß er einfach nicht wußte, was er tun sollte. Glynnis wüßte es, sie würde diese junge Frau an den Händen fassen, sie in den Arm nehmen, beruhigend auf sie einreden, ihr die feuchten Haarsträhnen aus der Stirn streichen. Ist schon gut Kind hab keine Angst Kind ich helfe dir Kind es gibt Leute die dir helfen werden bitte reg dich nicht auf. Aber Ian wagte es nicht, sie zu berühren.

Suchend sah er sich nach einem Telefon um. »Ich rufe einen Krankenwagen, du bist hysterisch, du wirst dir noch etwas antun.«

Sigrid schnitt ihm eine Fratze. »Lassen Sie mich allein, bitte lassen Sie mich allein«, keuchte sie.

»Sei nicht albern, ich kann dich nicht allein lassen.« Ian machte ein paar Schritte auf sie zu. »Ich will dich nicht allein lassen.« Wie Glynnis, allerdings nicht so mühelos wie Glynnis, nahm Ian ihre Hände, nahm beide Hände in die seinen und sprach ihr gut zu. Sie solle sich erst einmal hinsetzen bitte ... Unerwartet tat sie ihm den Willen; sie fing an zu schluchzen und drückte die feuchte, aber überraschend kühle Stirn an seine Handrücken. Sie ist so alt wie Bianca, dachte er, sie ist eine Freundin von Glynnis. Solange er Sigrid Hunt so, in dieser konkreten Beziehung sah, sagte er sich, war alles in Ordnung, so lange würde er seine Bestürzung, seine Verstörung, sogar seine heftige sexuelle Erregung beherrschen können.

Er könne ihr helfen, sagte Ian zu der weinenden Sigrid, er sprach leise, ruhig, beschwichtigend, so wie man mit einem kranken Kind oder einem Tier spricht, er wolle ihr helfen, sie müsse nur mittun. Er würde sie auf keinen Fall allein lassen. Nicht in diesem Zustand. »Was hast du genommen?« fragte er.

»Gar nichts.« Und dann: »Nur etwas, damit ich schlafen kann.«

»Was denn?«

»Weiß nicht.«

»Natürlich weißt du es.«

»Ich will *schlafen* und ich kann nicht schlafen, in meinem Kopf sind Geräusche wie splitterndes Glas ...«

»Schlaftabletten? Barbiturate? Wie viele?«

»... ich will sterben, aber nicht mal *sterben* kann ich.«

Ian ging in Sigrids Badezimmer, einen fensterlosen Verschlag, sah in den Medizinschrank, fand nichts (abgesehen von Röhrchen mit Vitamin-, Kalzium-, Aspirintabletten, »Streßtabletten mit Zink«); kramte in einem kleinen Abfalleimer unter dem Waschbecken, hielt den Atem an vor dem beißenden Geruch nach Ammoniak, verstopften Abflüssen und gebrauchten Handtüchern, fand unter einem Klumpen schmutziger Kleenextücher ein leeres Plastikdöschen mit einem Rezeptvermerk für den Tranquilizer Librium.

»Wie viele davon hast du genommen?« fragte er Sigrid.

Sigrid wandte den Blick ab, sagte, plötzlich sehr erschöpft, so leise, daß er es kaum verstand: »Offenbar nicht genug.«

»Wie viele?«

»Ich *weiß* es nicht.« Sie schlug die Hände vors Gesicht, die Ellbogen hatte sie auf die Knie gestützt, die in einer unbeholfen-provokativen Geste gespreizt waren, man sah die Innenseite ihrer Schenkel, ein bißchen Schamhaar. Ian stellte sich vor sie hin und sah auf sie herunter, so daß er davon nichts im Blick hatte.

»Dann muß ich einen Krankenwagen holen«, sagte er.

»Nein, nicht. Das ist nicht nötig, ehrlich.«

»Aber wie fühlst du dich?«

»Nicht so, als ob ich sterbe.«

»Wie kannst du das sagen?«

»Neulich, ich hab ja schon ein paarmal ...«

»Ja?«

»Da hab ich viel mehr genommen.«

»Herrgott«, sagte Ian angewidert.

Er redete ihr zu, sich auf das Couchbett zu legen, auf die scharlachfarbene Tagesdecke. Er machte das Radio aus und stand schwitzend, schwer atmend, ratlos vor ihr. In dem schrägstehenden Spiegel stand ein erhitzter, erregter Mann und beobachtete ihn verstohlen – die Brille, die ihm auf die Nasenspitze gerutscht war, die geblähten Nasenflügel.

Er sagte plötzlich, als sei es ihm gerade erst eingefallen: »Dein Freund, dieser Fermi – wo ist er?«

»Nicht hier.«

»Wo dann?«

»Wieder in Cambridge. Er ist gestern abend abgereist.«

»Habt ihr euch gestern abend gestritten?«

»Nicht nur gestern abend. Vorgestern auch.«

»Und was ist dabei herausgekommen?«

»Ich will das Baby haben, hab ich gesagt.«

»Du willst das Baby haben?«

»Der Hörer ist ausgehängt, nicht?«

Ian fahndete in dem Durcheinander nach einem Telefon. Ja, der Hörer war ausgehängt.

»Ich hab gesagt, er soll mich jetzt erst mal ein, zwei Tage nicht anrufen, aber vielleicht tut er«s doch, und ich kann jetzt nicht mit ihm reden.«

Sigrid lag sehr still, überraschend gefügig; die bläulichen Lider waren schwer, die Augen verhangen, aber ihre Stimme war völlig klar. Der unordentliche Zopf ragte steif wie eine Keule über ihren Kopf, als sei sie – und er mit ihr – mitten im Sturz erstarrt.

»Warst du wegen deiner Schwangerschaft bei einem Arzt?«

»Nein.«

»Soll ich dir einen Arzt besorgen? In Hazelton haben wir eine ausgezeichnete Klinik.«

»Danke, nein.«

»Ich mache es gern, es ist keine Mühe. Und wenn du dir Gedanken wegen der Kosten machst . . .«

»Eigentlich brauche ich eine Abtreibungsklinik.«

»An die könnte der Arzt dich ja überweisen.«

»Ich will eine Ärztin.«

»Vielleicht haben sie dort ja auch eine Ärztin.«

Ian lächelte in gelinder Verzweiflung, obgleich Sigrid ihn nicht sehen konnte, der Wortwechsel erinnerte ihn lebhaft an eins dieser typischen, dieser entnervend weitschweifigen Gespräche, die er oder Glynnis mit ihrer Tochter zu führen pflegten, in denen Strudel von Wunsch und Wille auseinanderstrebten wie Strömungen unter einem Wasserlauf, die einen ohne erkennbares Muster mal in diese, mal in jene Richtung zerren. Er setzte neu an: »Laß mich doch helfen. Du hast mich schließlich angerufen.«

»Das Baby soll nicht darunter leiden, das ist das Primäre.«

»Ich weiß nicht, ob das wirklich das ›Primäre‹ ist.«

»Was dann?«

»Deine Gesundheit. Dein Wohlergehen. Deine ...« Er stockte. *Deine Zukunft* hatte er sagen wollen. »Eben dein Wohlergehen. Wichtig ist, was du willst. Nicht was andere wollen. Unter diesen Umständen ein Kind zu bekommen ...«

In vage schweifendem Ton sagte Sigrid: »Aber ich liebe ihn auch. Den Vater.«

»Ja, sicher, sonst ...« Ian lachte, aber es war ein harter, trockener, unnachgiebiger Laut. Ein Laut der Eifersucht.

Sigrids Beine waren nicht glattrasiert, sondern leicht, kaum erkennbar, mit rotblondem Haar bedeckt. Ian überkam der dringende Wunsch, sich hinzuknien, sie anzufassen, mit dem Zeigefinger die Haare gegen den Strich zu bürsten ... und noch heftiger der Wunsch, sein Gesicht, seinen hungrigen Mund an ihren Bauch zu legen, an den federnd-weichen Haarhügel, auch er wohl rotblond, lockig, warm, feucht, jenes geheimste, verborgenste Haar der Frau zwischen ihren Schenkeln.

Und sie war schwanger, und auch das war ein Geheimnis.

Er dachte an den frischen jungen Leib seiner Frau vor vielen Jahren, an seine Schönheit, die für ihn ein Wunder gewesen war, ein Wunder auch, daß diese Schönheit in gewissem Sinne ihm gehörte. Er dachte – und sein Atem ging jetzt schnell, der Schweiß floß reichlicher unter den Armen – an jenes erste Mal, als er sie geliebt hatte, und an all die anderen »ersten« Male: In jenem Sommer in Italien, dem Winter darauf in Cambridge, an die langen Vormittage, wenn sie absichtlich im Bett geblieben waren, die langen Nächte, wenn sie sich frühzeitig hingelegt hatten ... ehe das Baby zur Welt gekommen, ehe ihr Leben sich ein für allemal geändert hatte.

Dabei hatte sich ihr Leben, so sagte sich Ian immer wieder, wenn er in einer seiner grüblerischen Stimmungen war, schon vor Biancas Geburt ein für allemal geändert: durch Glynnis' Schwangerschaft und *ihre* Stimmungen, die ihn ausschlossen, die ihn (und er war überzeugt davon, daß er sich das nicht nur einbildete oder erfand) nach Glynnis' Willen auch ausschließen sollten. Denn ihr Triumph, ihre Überlegenheit in der Schwangerschaft, bei der Geburt und beim Stillen hatten ihn an den Rand gedrängt, hatten ihm das Gefühl vermittelt, nicht nur unbedeutend, sondern sehr oft im Wege zu sein. Seine Frau sah ihn an und meinte ihn lieben zu müssen, das heißt, sie liebte ihn natürlich wirklich, aber eine andere Art von Liebe, schiere physische, instinktive Liebe, zutiefst vertraut wie das eigene Fleisch, zog und zerrte an ihr – hitzig, schwer, beharrlich wie die Milch in ihren Brüsten, die schmerzten, wenn man ihnen keine Erleichterung schaffte.

Und sie hatte in beiden Fällen auf einer natürlichen Geburt bestanden, auf der psychoprophylaktischen Methode, wie es in den medizinischen Werken hieß. Und die hatte notgedrungen dann auch Ian zu seiner Sache machen müssen, er war mit Glynnis zu den Kursen gegangen, hatte die Übungen mitgemacht, mit ihr geatmet, zunächst voller Überzeugung, dann in wachsender Furcht und Sorge. Denn in beiden Fällen hatten die Ärzte ihnen von einer natürlichen Geburt abgeraten. Die Schwangerschaften waren nicht völlig glatt verlaufen, zu viele Wehen, zuviel Schmerz konnten das Herz von Mutter und Kind unnötig belasten. Die Ärzte hatten ihre Meinung geäußert, aber Glynnis hatte sich, so wie sie nun einmal war, nicht danach gerichtet. Sie wolle bei vollem Bewußtsein erleben, was geschah, wolle steuern, nicht gesteuert werden. »In Narkose gebären – das ist ja wie in Narkose Liebe machen«, hatte Glynnis nur halb im Scherz gesagt. »Ich will zumindest spüren, daß ich lebe.«

So hatte Ian die Wehen mit ihr durchgestanden, elf Stunden beim erstenmal, achtzehn Stunden beim zweitenmal: unausdenkbar lange Stunden voller Schmerzen, voller Qual, die arme Glynnis schrie so gellend, daß Ian sich nicht gewundert hätte, wenn ihre Schreie bis auf die Straße gedrungen wären. Er hörte sie noch immer, diese gutturalen Schreie mit dem Beiklang staunender Fassungslosigkeit, als könne die Leidende nicht recht glauben, was da mit ihr geschah. Auf dem Höhepunkt der Wehen war er dem Geburtshelfer in beiden Fällen bei einer

Beckenuntersuchung zur Hand gegangen; und in beiden Fällen stand er am Rand einer Ohnmacht, während er seiner Frau (die hilflos und glitschig von Schweiß auf dem Rücken lag) dabei half, sich als Frau zu verwirklichen. Als sei sie ein Portal, dachte er, durch das der unsichtbare Kosmos sichtbar gemacht, der amorphe Gott des Geistes als lebendiges Fleisch in die Welt geholt wird. Hatte nicht ein Mystiker namens Bousquet verkündet – ein Mann übrigens, von dem Ian McCullough noch nie gehört hatte –, der Mensch wolle die Seele jener Kräfte sein, die ihn geschaffen hatten? So sagte es Glynnis, und daran glaubte sie.

Es war ein Wunder, vor dem er sich beugte. Jawohl, es *war* ein Wunder, er hätte sich nie angemaßt, das zu bestreiten. Aber die Stunden der Qual, jene mit Schreien, Schweiß und Blut und Tränen angefüllten Stunden – das schöne Gesicht seiner Frau bis zur Unkenntlichkeit verzerrt, wie das Gesicht einer Sünderin in der Hölle, einer feurig dahinschmelzenden Hölle ... wie das Gesicht eines der Verdammten, der *anonymen* Verdammten an der Decke der Sixtinischen Kapelle –, jene Stunden hatten eine tiefe Angst in ihm hinterlassen, als sei ihm auf Dauer das Mark in den Knochen gefroren. Und das zweite Kind war gestorben.

Ian war Monate nach beiden Geburten zeitweilig impotent gewesen. Er hatte Alpträume gehabt, jähe Anfälle von Panik, Furcht, Groll, Wut. Er gab nicht Glynnis die Schuld an seinen physischen oder emotionalen Schwächen, ebensowenig wie er ihr, da war er sich ganz sicher, nicht die Schuld an dem Tod des kleinen Jungen gab, schließlich war der Verlust für sie schmerzlicher gewesen als für ihn. Und doch empfand er, wenn er sexuell erregt war, eine gegenläufige Emotion, etwas, was blinder Panik ganz nahe kam. Denn in einen anderen Menschen liebend einzudringen bedeutete, ihm bei aller Liebe auch schmerzhaft Gewalt anzutun und ihm – jetzt oder später – nicht wiedergutzumachenden Schaden zuzufügen.

Mit diesen Gedanken beschäftigt, von diesen Gedanken überwältigt stand er vor Sigrid Hunt, die offenbar eingeschlafen war, und hätte später nicht sagen können, wie lange er dort stand, die Sinne geschärft bis zur Schmerzgrenze, indes sein Herz heftig und zornig klopfte, als stünde er vor einem Feind.

3

Er blieb fast den ganzen Nachmittag bei Sigrid Hunt, erst, um über ihren Schlaf zu wachen (sorglich auf Änderungen im Atemrhythmus achtend, die Anzeichen einer tieferen, gefährlichen Form des Schlafes sein konnten), und dann, um vernünftig mit ihr zu reden (und Ian McCullough lief immer dann zu Hochform auf, wenn »Vernunft« mit im Spiel war). Es gelang ihm schließlich, sie davon zu überzeugen, daß in ihrem speziellen Fall die einzig mögliche Lösung – eine ebenso humane wie logische Lösung – eine rasche Beendigung der Schwangerschaft war. Ian hatte schnell erkannt, daß diese eitle junge Frau sich natürlich in Wirklichkeit gar kein Baby wünschte; worum es ihr ging, war zweifellos der Kampf, der *agon*, sich ein Kind zu wünschen, das ihr versagt wurde – oder vielmehr die Notwendigkeit (aus eigener Großherzigkeit heraus zum Beispiel), es den Verhältnissen zu opfern. Sie war eitel, aber sie war auch lenkbar, sehr viel lenkbarer als Glynnis.

Und so stellte sie denn erwartungsgemäß ihr Nachgeben – »Sie haben wohl recht, ich verstehe, wie Sie das meinen« – als Unterwerfungsgeste dar. Als könne sie sich nur durch einen Außenstehenden dazu bewegen lassen, ihren Herzenswunsch aufzugeben, ein Unrecht, ein moralisches Unrecht zu begehen.

Langsam gewöhnten sich Ians Augen, die seit seiner Kindheit abnorm sensibel auf Lichtabstufungen reagierten – in greller Sonne war er fast blind, bei Dunkelheit war seine Sehschärfe gering –, an das gedämpfte Licht in Sigrid Hunts Wohnung, so wie er langsam auch das Bellen des Hundes im Garten nebenan nicht mehr wahrnahm. Während Sigrid schlief, hatte er Zeit, seine Umgebung in allen Einzelheiten in sich aufzunehmen und sich – jetzt ganz unbeteiligt – zu fragen, warum er hier war, was ihn gleich einer Hand, die einem einen rüden Stoß in den Rücken versetzt, hierher getrieben hatte. Er fand den Raum mit der niedrigen Decke, den nackten Dielenbrettern und durchhängenden Jalousien, den schmutzigen Fensterbänken, den disharmonischen Ansätzen von Zimmerschmuck – orangefarbene, rote und grüne Läufer, drei abstrakte Georgia O'Keeffe-Blumenbild-Reproduktionen an der Wand, mehrere häßliche

Schrottskulpturen von der Art, wie sie nur Freunde verfertigen und einem schenken – verkommen und hochromantisch zugleich; wie jenes Zimmer in Ann Arbor, in dem er 1959 ein Jahr, das emotionell turbulenteste Jahr seines Daseins, verlebt hatte.

Er war ein verunsicherter junger Mann von zweiundzwanzig Jahren gewesen, mager, mit runden Schultern, chronisch durcheinander, überarbeitet und erschöpft durch selbstgesetzte Termine und tyrannisch-perfektionistische Träume, vorzeitig von Lebensüberdruß geplagt, wie ein Geschöpf, in dem Leben auch dann noch zuckt, wenn es sinkt, untergeht, stirbt – einem unbedacht in einen Teich geworfenen Stein gleich, dessen Eigengewicht, die *quidditas*, ihn zum Untergang verurteilt. Ian McCullough war mit einem Stipendium und voll hochfliegender Zukunftspläne an die University of Michigan gekommen; zwei Monate später steckte er in einer tiefen Depression, beschäftigte sich mit zwanghaften Grübeleien und Selbstmordgedanken; er merkte zutiefst betroffen, daß er in seinem Fleisch, seiner Haut, in seinem ganzen Wesen unfähig war, Kontakt zu irgend etwas oder irgend jemandem außerhalb seiner selbst zu knüpfen. *So wie wir allein in unserem Grabe liegen, so leben wir auch allein,* sagte er sich immer wieder, wie hypnotisiert von diesen vernichtenden Worten, so daß er längst vergessen hatte, wo sie ihm zuerst zu Ohren gekommen waren. Niemandem, nicht einmal Glynnis, nicht einmal Denis Grinnell hatte er erzählt, daß er damals den angesehensten Professor im Fachbereich Philosophie aufgesucht hatte, einen Wittgenstein-Schüler, um ihm eine Frage vorzulegen: »Wenn es keine *logische,* keine *zwangsläufige,* keine *kausale* Verknüpfung zwischen innerem und äußerem Bewußtsein gibt – müßten wir uns nicht dann alle umbringen? Wozu überhaupt noch weitermachen?« Die kühle Vernunft seiner Frage verriet nichts von der Verzweiflung, der sie entsprang, aber der Professor erwiderte nur mit väterlichem Lächeln: »Sie sind unterernährt, Sie haben nicht genug auf Ihre Gesundheit geachtet, ich kenne die Symptome. Ihr Blutzuckerspiegel ist zu niedrig.«

Nicht lange danach war dann Glynnis in sein Leben getreten und hatte es für immer verändert.

Es war reiner Zufall, daß sie sich begegnet waren. Ian saß in einer Cafeteria und benahm sich »ganz komisch«, wie Glynnis später sagte, wie ein Schlafwandler oder als leide er unter Gleichgewichtsstörungen. Plötzlich bekam er Nasenbluten und reagierte mit totaler Hilflosigkeit: Blut auf seinem Hemd, Spritzer auf dem Fußboden, so rot, so plötzlich, so demütigend öffentlich ... Ebenso verzweifelt wie vergeblich hatte er in seinen Taschen nach einem Papiertaschentuch gesucht. Und dann war eine bildhübsche rothaarige junge Frau auf ihn zugekommen und hatte sachlich gefragt: »Kann ich helfen?«

Ja. Ja. O ja.

In seinem nüchternsten, väterlichsten Ton sagte er jetzt zu Sigrid Hunt: »Deshalb bist du noch lange nicht rücksichtslos oder selbstsüchtig oder nachtragend – oder ›unnatürlich‹. In einem späteren Lebensabschnitt kann es durchaus sein, daß du dir wirklich ein Kind wünschst.« Sigrid hörte zu, sie hörte sehr aufmerksam zu. »Und wenn es um Geld geht ...«

Sie schüttelte langsam den Kopf, wischte sich mit einem nassen Handtuch, das Ian ihr gegeben hatte, übers Gesicht. »Ich kann kein Geld von Ihnen nehmen«, sagte sie. »Nicht mal als Darlehen.«

»Aber als Darlehen ...«

»Ich ... das kann ich einfach nicht, Dr. McCullough.«

»Warum so förmlich?«

Ian lächelte und dachte, warum bin ich so zornig? Ich bin doch sonst kein zorniger Mann.

»Unter den gegebenen Umständen wäre es aber am vernünftigsten«, sagte er sanftmütig. »Meinst du nicht?«

Sie sah zu Boden und krümmte die nackten schmutzigen Zehen. Bei jeder Bewegung setzte sie einen seltsamen Geruch frei, es roch nach gerade erst getrocknetem Schweiß auf menschlicher Haut, roch klebrig und talkumartig, und Ian mußte an jene fernen Tage denken, als er die Windeln seiner kleinen Tochter gewechselt hatte, an die Erleichterung, die ihm das Wegwerfen der schmutzigen Windel gewährt hatte, an die kleine aufmunternd-verläßliche Freude, die neue Windel zu befestigen, den längst vergessenen tröstlichen Duft nach Babypuder.

Sigrid sagte, ohne ihn anzusehen: »Aber natürlich nur als Darlehen. Ich zahl's zurück, sobald ...« Sie senkte die Stimme, verlor sich wieder im Unbestimmten. »... sobald mein Leben wieder einigermaßen in Ordnung ist.«

Zufällig hatte Ian am Vortag vergessen, sein Scheckbuch aus der Manteltasche zu nehmen, so daß es keine Mühe machte, Sigrid Hunt einen Scheck über tausend Dollar auszuschreiben, ausgestellt auf sein Privatkonto. Wie teuer so eine Abtreibung war, ahnte er nicht und wollte es auch gar nicht wissen; aus Sigrids Absicht, das Darlehen zurückzuzahlen, würde vermutlich ohnehin nichts werden.

Sie wird die Differenz einstecken und sich über das leicht verdiente Geld freuen, dachte er, und irgendwie verschaffte ihm dieser Gedanke eine gewisse Genugtuung.

Sigrid nahm den Scheck entgegen und betrachtete ihn stirnrunzelnd, als sei sie sogar jetzt noch drauf und dran, ihre Meinung zu ändern. Doch dann sagte sie: »Danke, Dr. ... ich meine Ian. Vielen herzlichen Dank.«

Ihre Pupillen waren geweitet wie die einer Katze, das Weiß war blutunterlaufen und von dem hellen Gelb abgegriffener Münzen, sie stand noch unter der Wirkung des Beruhigungsmittels, war aber offenbar entschlossen, Fassung, Würde, sogar nachträglich so etwas wie Lebensart zu demonstrieren. Sie zog den Gürtel ihres Bademantels fester um die Taille, schlüpfte in Hausschuhe, strich sich mit einer geschickten beidhändigen Bewegung das Haar aus dem Gesicht. »Kann ich Ihnen einen Kaffee anbieten?« fragte sie. »Er ist leider nicht mehr ganz frisch. Oder vielleicht ...«

»Danke, nein«, sagte Ian. »Ich muß jetzt gehen.«

»... einen Drink?«

»Danke. Nein.«

Sie half ihm in den Mantel, reichte ihm den flotten grünen Wollschal, die flotte Astrachanmütze, einen pelzgefütterten Handschuh, der ihm aus einer Tasche gefallen war. Reuig, beschämt oder zumindest scheinbar beschämt folgte sie ihm zur Tür, blieb fröstelnd an der übelriechenden Treppe stehen, der halb aufgelöste Zopf hing ihr schief über den Rücken. »Es tut mir so leid«, sagte sie. »Es ist mir wahnsinnig peinlich.« Und unvermittelt die lächelnde Frage: »Kommen Sie mal wieder vorbei, Ian? Damit ich netter zu Ihnen sein kann ...«

Mit einer scheinbar spontanen Geste nahm sie seine Hände in die seinen und küßte sie, sah mit so viel nackter Dankbarkeit, so viel kindlich unverhülltem Hunger zu ihm auf, daß er zurückwich. »Danke«, sagte sie leise, » . . . Ian.«

Aber er dachte: Nein.

Es überraschte ihn, daß draußen die Sonne noch schien, daß der Tag weiterging. Die Stunden in Sigrid Hunts Wohnung hatten ihn ausgelaugt. Aber der Glast des Schnees war noch so stark, daß er ihm Tränen in die Augen trieb.

Ein leichter Schneefall ließ Bäume und Büsche um die Garage herum noch deutlicher hervortreten, wieder mußte er an ein japanisches Aquarell, einen japanischen Holzschnitt denken. Schönheit im Elend, dachte er. Wie passend das hier ist . . .

Es würde natürlich keine Fortsetzung geben, er würde nicht zulassen, daß es eine Fortsetzung gab. In sechsundzwanzig Ehejahren war er seiner Frau nicht ein einziges Mal untreu gewesen, hatte nicht ein einziges Mal ernsthaft mit dem Gedanken an einen Seitensprung gespielt, allenfalls – und das sehr selten – in seiner Phantasie, wenn er sich über sie geärgert hatte. Er überlegte – nicht, ob er Glynnis von dem Besuch und dem Scheck erzählen sollte, denn natürlich würde er das tun, alles andere wäre schlechthin unvorstellbar gewesen, sondern wann und wie er es ihr erzählen sollte. Bei Glynnis, sensibel wie sie war und mitunter so erschreckend leicht gekränkt, war das Wie entscheidend. *Heute ist mir etwas ganz Erstaunliches passiert. Heute ist mir etwas ganz Sonderbares passiert. Heute ist . . .*

Ian McCullough fuhr in einem Zustand halb erotischer, halb wehmütiger Benommenheit nach Hazelton-on-Hudson zurück: Das, was er getan hatte, war womöglich ein Fehler gewesen, das ahnte er, aber er war gar nicht unzufrieden, daß er seine angeborene Vorsicht überwunden und sich dazu durchgerungen hatte. An diesem Februarnachmittag – dem Nachmittag des 20. Februar 1987, um genau zu sein – sah er sich voller Genugtuung, ja mit einem gewissen Stolz als einen Mann, der über ein in Stein gehauenes Gesicht kriecht, dessen Züge er nicht erkennen kann, die sich ihm aber, davon ist er fest überzeugt, mit der Zeit offenbaren werden. Mit der Zeit.

Der Immergrünen schneebedeckte Zweige

Zwei Tage später schneite es stark, die Temperatur fiel über Nacht auf minus 25 Grad und war bis früh um zehn erst auf minus 15 Grad gestiegen. In der Luft hing etwas Schneidend-Arktisches, das zu dem Tag, einem Sonntag, gut paßte; es war, als habe die Erdachse sich verschoben, so blau war der Himmel, so strahlend die Sonne. Ian stand unter der Tür und sah hinaus, sein Atem verwandelte sich in dünnen weißen Dampf. Die eisige Luft umwehte ihn, und Glynnis rief aus einem anderen Zimmer: »Ian? Hast du die Tür aufgemacht? Willst du aus dem Haus?«

Ja, er wollte aus dem Haus und trug dazu eine dicke, an den Manschetten ausgefranste und angedreckte Daunenjacke, eine wollene Skimütze, seine ältesten Winterhandschuhe und Stiefel, schwere Snowboots, die Ians Frauen, Glynnis und Bianca, seine Fallschirmjägerstiefel nannten, und deren schmutzverkrustete Schnürsenkel er nicht zugebunden hatte.

Ian wollte die schwere Schneedecke von den Zweigen der zahlreichen immergrünen Gehölze schütteln, soweit er sie erreichen konnte. Gestern und im Lauf der Nacht waren an die dreißig Zentimeter Schnee gefallen. Ein Teil der Bäume, besonders die an der windwärts gelegenen Seite des Hauses, beugten sich fast bis zum Boden. Heute früh im Bett glaubte Ian förmlich vor sich zu sehen, wie sie unter ihrer drückenden Last zusammenbrachen.

Glynnis trat hinter ihn. Sie fröstelte. »Warum stehst du bei offener Tür herum, Ian? Entweder du bleibst hier, oder du gehst raus.« Sie legte ihm eine Hand auf den Ärmel. »Nicht, daß ich dich bei dieser Kälte aus dem Haus treiben will.«

»Kälte macht mir nichts«, sagte Ian, aber da das nicht ganz stimmte und Glynnis es wußte, fügte er lächelnd hinzu: »... eine gewisse Art von Kälte.«

Er trat hinaus in die messerscharfe Luft, und Glynnis blieb in ihrem langen Strickpullover unter der Tür stehen, die Arme unter der Brust gefaltet. Sie machte ein vergnügtes Gesicht und hatte eine vergnügte Stimme; Glynnis war von Natur aus ein zufriedener Mensch und morgens immer besonders gut aufgelegt. »Das macht die Sonne, die reine Luft, wie in der Arktis«, sagte sie nachdenklich, als könne sie Ians Gedanken lesen, und atmete tief durch. »Wunderschön. So erfrischend.« Er war schon auf halbem Wege über den verschneiten Innenhof (wo bei milderem Wetter üppig die Rosen blühten und sich der Efeu über die Platten schlängelte), als sie ihm nachrief: »Vielleicht komme ich auch, brauchst du keine Hilfe?«

Doch Ian schien sie nicht gehört zu haben, er blieb nicht stehen, sah nicht zurück. Glynnis hatte offenbar ihr spontanes Angebot schon bereut und machte vorsichtig die Tür zu. Die Wände links und rechts von der schweren geschnitzten Tür bestanden ganz aus Glas, und wenn man die Tür einmal sehr heftig zuschlug, hatte der Vorbesitzer warnend zu ihnen gesagt, konnte es passieren, daß das Spiegelglas einen Sprung bekam oder am Ende gar in Scherben ging. Ob das schon mal vorgekommen sei, hatten die McCulloughs besorgt gefragt, und der Mann stockte, als hätte er seine Warnung gern zurückgenommen, dann lächelte er und sagte ausweichend: Ja, einmal, glaube ich, aber das war noch in der Zeit eines früheren Besitzers.

Die Feier

1

Mein Haus. Meine Familie. Mein Leben.

Später Nachmittag am fünfzigsten Geburtstag ihres Mannes. Glynnis McCullough steht in der Küche ihres Hauses, 338 Pearce Drive, Hazelton-on-Hudson, New York, sie hat einen angenehm beschleunigten Puls und kalte Hände vor Aufregung: wie eine Schauspielerin, die hinter den Kulissen aufs Stichwort wartet. Es ist der 7. April 1987, ein Tag, der auf dem dichtgedrängten Terminkalender der McCulloughs zwar nur mit einem Kreuz gekennzeichnet, aber mit vielen Planungen, Erwartungen, Berechnungen verbunden ist. Heute abend soll zu Ians Ehren eine Überraschungsparty steigen, zu der nur ihre engsten, liebsten Freunde eingeladen sind. Ian weiß natürlich nichts von dieser Feier, er hat keine Ahnung, er ist unheimlich gutgläubig, sagt Glynnis belustigt und bewundernd zugleich, nie stellt er Fragen, was den Haushalt betrifft, das überläßt er alles *mir*.

In der Küche herrscht dank der Aprilsonne behagliche Wärme, und auch die Koch- und Backdüfte, das emsige Treiben verbreiten wärmende Behaglichkeit. Die Küche ist Glynnis' Lieblingsraum, das heißt, nicht einfach ein Raum, sondern ein Ort der Einkehr und der Zuflucht, ein zuverlässiger Trost- und Freudenspender. Vieles in dieser Küche ist nagelneu oder doch relativ neu: der große, raffinierte Herd mit Mikrowelle; der grüne Kühlschrank; die Kücheninsel mit der Arbeitsfläche aus rohem, sauberem, hellem Holz; das lange Glasfenster über Spüle und Arbeitsfläche, über dem ein Dutzend Grünpflanzen in Keramiktöpfen stehen. In einem Fach der Kücheninsel drängt sich eine ganze Sammlung häufig konsultierter Kochbücher, von Haken an der Decke und an der Wand hängen blitzende Kupferpfannen und Formen, ein Sortiment von Holzlöffeln, Messer mit blinkender Schneide, Schaumbesen, Kellen, Tranchierbretter, Knoblauchzöpfe, getrocknete Kräuter, rätselvoll dürre Gebilde, mit deren Namen und genauer Verwendung Glynnis McCullough schnell bei der Hand ist, falls ein Besucher sich danach erkundigt (und in dieser Küche finden sich häufig Besucher ein). Auf der hölzernen Arbeitsfläche der Kücheninsel thront eine stattliche neue Küchenmaschine, hinter Schranktüren stehen die verschiedensten Spezialutensilien bereit – Siebe, Auflaufformen, Gratinformen, Souffléformen, gußeiserne Bratspieße, eine Crêpe-Pfanne aus Gußaluminium, Woks und Scones-Pfannen und Eierpochierer. In einer Ecke steht ein runder Holztisch mit mehreren Stühlen, einem marokkanischen Tischläufer, einem kleinen tragbaren Fernseher. An diesem Tisch frühstückt die Familie, aber eigentlich gehört er Glynnis; hier beantwortet sie ihre Post, macht rasche handschriftliche Entwürfe für ihre Artikel und Kolumnen über Eßkultur und für ihre Kochbücher.

Zur Zeit arbeitet Glynnis an einem Buch, das den Arbeitstitel *So is(s)t Amerika: Regionale amerikanische Küche von Alaska bis Hawaii* trägt und mit dem sie sich mal inspiriert, mal frustriert seit einem Jahr beschäftigt. Auch wenn die ersten beiden Bücher von der Kritik gelobt wurden und sich gut verkauft haben, sieht sich Glynnis eigentlich in der Amateur-Liga, sie betrachtet ihre Arbeit als Hobby: Hobby-Schriftstellerin und Hobbyköchin. (Bei den McCulloughs ist nur für einen echten Profi Platz, wie Glynnis immer zu ihren Freunden und Bekannten sagt.) Das erste Kochbuch ist nicht eigentlich geschrieben worden, sondern aufgrund des Drängens von Freunden in Hazelton als reine Rezeptsammlung entstanden, das zweite war eine Anregung ihres Verlages, das dritte ist zwar Glynnis' eigene Idee, erscheint ihr aber jetzt vom Anspruch und den Recherchen und Fußnoten her schon ein wenig zu ehrgeizig, eine Spur zu professionell. Im Laufe der Monate aber hat das Buch gewissermaßen ein Eigenleben, einen eigenen Ton und seinen eigenen, unberechenbaren Schwung entwickelt. *So is(s)t Amerika* ... der Titel ist ihr wie im Schlaf oder in einer ihrer

Küchenträumereien zugeflogen. Es ist Glynnis McCulloughs erstes Kochbuch, das mehr sein soll als eine Sammlung von Rezepten, es ist – daher der Frust, daher die Sorge – das erste Buch, das sie wirklich *schreiben* muß.

Weil das für heute abend geplante Essen ziemlich anspruchsvoll ist und eine präzise zeitliche Koordinierung erfordert, hat Glynnis mit den Vorbereitungen schon vor Stunden, ja vor Tagen angefangen: Die *seviche* – eingelegter roher Fisch – mariniert seit gestern vormittag im Kühlschrank; das Sauerteigbrot ist im Ofen und muß noch zwölf Minuten backen; die Vorbereitungen für die Ballottines, Hühnerkeulchen à la Régence, sind schon ziemlich weit gediehen – die Hühner sind entbeint, der Fond für die Soße köchelt, die *farce à quenelles à la panade* steht ebenso bereit wie die fein gehackten Trüffel und die Zunge (bei der bloßen Berührung dieser Delikatesse überläuft Glynnis ein seltsames Frösteln, und es hat Jahre gedauert, bis Ian Geschmack daran gefunden hat). Die Salate stehen abgedeckt in einer großen Holzschüssel im Kühlschrank, das pikante, senfscharfe Dressing ist fertig. Gestern abend, Ian war in Philadelphia, um einen Vortrag zu halten, hat Glynnis eine der Nachspeisen gemacht, die zu ihrer Zufriedenheit gelungen ist – eine Schokoladentorte mit Crème fraîche und einem dicken geriffelten Karamelüberzug, mit kindlichen Blockbuchstaben aus Vanilleguß beschriftet: ALLES GUTE ZUM FÜNFZIGSTEN IAN! In Kürze erwartet sie eine Lieferung von der Spirituosenhandlung und vom Blumengeschäft; und sobald Marvis mit der Hausarbeit fertig ist, werden die beiden Frauen den Einsatz in den Eßzimmertisch legen, so daß fünfzehn Gäste daran Platz finden, und Glynnis freut sich schon darauf, daß sie dann mit einer ihrer Lieblingsbeschäftigungen, dem Tischdekken, anfangen kann. Beim Essen wird es ein bißchen eng zugehen, hat sich Glynnis entschuldigt, als sie den Freunden die Einladung übermittelt hat, hoffentlich macht es euch nichts aus. Natürlich geht mir Marvis bei allem tatkräftig zur Hand.

(Dabei weiß sie natürlich, daß es keinem aus ihrem Kreis etwas ausmacht; die Freunde hat es noch nie gestört, sich zu einem von Glynnis McCulloughs berühmten Essen gesellig zusammenzudrängen.)

Glynnis ist eine erfahrene Köchin und meist auch eine durchaus selbstsichere Gastgeberin, aber die heutige Party für ihren Mann bereitet ihr einige Kopfschmerzen; nicht so sehr die Party selbst und das Essen – das kompliziert, aber zweifellos beherrschbar ist –, sondern die Tatsache, daß es eine Überraschung, diese zweifelhafteste aller Freuden, werden soll. »Glaubst du, daß Ian mit so einer Überraschung überfordert ist?« hatte sie ihren Freund Denis Grinnell gefragt. »Wenn er unvorbereitet das Haus betritt, wie immer ganz in seine Gedanken eingesponnen, und ihr dann alle dasteht und wartet ...?« »Also, ich glaube, Ian wird begeistert sein«, hatte Denis gesagt. Und dann: »*Ich* wäre begeistert.« (Es gibt da eine alte und noch nicht völlig gelöste Beziehung zwischen Glynnis McCullough und Denis Grinnell, auf die nach stillschweigender Übereinkunft Denis unbedenklich, nie aber in vorwurfsvollem Ton anspielen darf, während Glynnis das Recht hat zu schweigen. Mitunter ärgert sie sich über Denis' Anspielungen oder bekommt ein schlechtes Gewissen, häufiger aber freut sie sich darüber, weil sie ihnen entnehmen kann, daß sie zwar mit dem besten Freund ihres Mannes nie wieder ins Bett gehen wird, daß er sie aber nach wie vor liebt, ihr die Treue hält wie ein Ehemann.) Aber Denis ist nicht ausschlaggebend, Denis ist kein verläßlicher Maßstab, denn er und Ian sind vom Wesen her völlig unterschiedlich, denkt Glynnis, und was den einen begeistert, muß den anderen noch lange nicht freuen.

Zu einer Freundin sagt Glynnis und lacht dabei: »Eigentlich erstaunlich – aber ich weiß wirklich nicht, ob sich Ian über die Party freut oder hinterher eine Wut auf mich hat, ob ihn so eine ›Überraschung‹ überfordert oder ob er sich insgeheim genau so etwas zu seinem fünfzigsten Geburtstag gewünscht hat. Was meinst du?«

Und die Freundin, Meika Cassity, wie Glynnis die Frau eines in seinem Beruf erfolgreichen Mannes (Vaughn Cassity ist Architekt), erwidert, als lohne es eigentlich nicht, groß über so eine Frage nachzudenken: »Wir müssen immer das tun, was wir wollen, und können nur hoffen, daß es *ihnen* gefällt oder daß sie es zumindest akzeptieren. Denn sonst, Glynnis«, sagt Meika mit gedämpfter Stimme, die einen durchtrieben-belustigten Unter ton hat, »sonst wäre das Leben in Hazelton doch recht eintönig.«

»Da hast du wohl recht«, meint Glynnis, und wenn sie auch normalerweise dieses Thema gern vertieft hätte – Glynnis McCullough hat, wie Meika Cassity, einen Hang zu Abenteuern und hört gern Neues über die Abenteuer anderer Leute –, hält sie sich diesmal an ihr eigenes Problem, das für andere vielleicht von nur begrenztem Interesse, für sie aber von entscheidender Bedeutung ist. »Findest du es nicht erstaunlich, Meika – bitte sei ganz offen –, daß es mir, nachdem ich so viele Jahre mit Ian zusammenlebe, manchmal vorkommt, als ob ich ihn gar nicht kenne, daß ich nicht voraussagen kann, wie er auf dieses oder jenes reagiert? Zum Beispiel . . .«

»Weißt du, sie führen ein Leben in ihren eigenen Köpfen, unsere ›Genies‹«, sagt Meika, »dort sind sie am glücklichsten, und deshalb müssen wir lernen, *hier* glücklich zu sein.«

»›Hier‹?«

»Hier!«

Glynnis lächelt, die Antwort der Freundin kommt ihr entgegen. Sie führten dieses Gespräch am Telefon, Glynnis saß in ihrer gemütlichen Ecke am Tisch, mit dem Rücken zur Wand, die Vormittagszigarette in der Hand, einen Becher schwarzen, starken Kaffee vor sich. Der Tisch war bedeckt mit Notizen und beschriebenen Rezeptkarten, Zeitschriften- und Zeitungsartikeln, Kolumnen und Ausschnitten zum Thema Essen, daneben lagen ein noch nicht gelesener Teil der *New York Times* und die April-Ausgabe des *Gourmet,* in der auch ein Artikel von Glynnis stand. Die dunklen Fliesen glänzten, am Fenster gegenüber blühten die schwedischen Geranien. Wie ruhig, wie wunderschön das Haus, mein Haus, ohne Ian und Bianca ist, dachte Glynnis. »O ja«, bestätigte sie. »*Hier.*«

Und dachte hinterher: Warum verstehen wir uns eigentlich nicht besser, Meika und ich? Im Grunde sind wir wie Schwestern.

Glynnis überlegte damals und überlegt heute, wenn sie an die Party denkt und an Ians Ankunft und die Gäste und das Essen und die kleinen schnellen unauffälligen Handgriffe, die sie tun muß, um sicherzustellen, daß der Abend nach ihren Wünschen verläuft, ob es nun schrecklich eitel und eigensüchtig von ihr ist, daß diese häuslichen Dinge sie so tief befriedigen, daß sie ihr so viel Glück schenken und sie dadurch auch andere glücklich machen kann. Essen ist etwas so Einfaches, hat Glynnis' Mutter einmal ratlos gesagt, warum ist es bloß so schwierig? Für Glynnis war es nie schwierig, ebensowenig wie sie Schwierigkeiten mit der Liebe, der körperlichen Liebe hat. »Man darf nicht denken dabei«, sagt sie. »Nur *handeln.*«

Der Plan für den kommenden Abend sieht so aus: Ian wird wie gewöhnlich bis gegen sechs im Institut sein, dann wird er zum Flughafen von Poughkeepsie fahren, um Bianca abzuholen (die zum Geburtstag ihres Vaters aus Connecticut kommt, zu einer vorgeblich kleinen, stillen Feier zu dritt); er wird ahnungslos zwischen sieben und halb acht zu Hause eintreffen, rechtzeitig zu ihrem üblicherweise für acht Uhr angesetzten Abendessen. Inzwischen werden sich zwischen halb und dreiviertel sieben ihre Freunde im Gästezimmer im hinteren Teil des Hauses versammeln, nachdem sie ihre Wagen möglichst so auf dem Pearce Drive geparkt haben, daß Ian keinen Verdacht schöpft. Bianca wird ihren Vater durch einen Seiteneingang ins Haus lotsen (der langgezogene moderne Flachbau mit den vielen Zimmern hat ein halbes Dutzend Eingänge), der sich in strategisch sicherer Entfernung von der Küche und vom Eßzimmer befindet. Und Glynnis wird sie, das aprikosenfarbene Chiffonkleid so gut wie möglich unter einer ihrer Riesenschürzen versteckt, begrüßen und sich so benehmen wie sonst auch – immer unter der Voraussetzung, daß auch Bianca sich benimmt wie sonst auch – und wird dann, auf Intuition und Improvisation vertrauend, Ian ins Gästezimmer führen, wo seine Freunde ihn erwarten ... Über diesen entscheidenden Moment hinaus wagt sie vor lauter Lampenfieber nicht zu denken.

Die Zeituhr am Herd meldet sich. Glynnis nimmt die drei Backformen mit dem Sauerteigbrot heraus und stellt sie auf den Küchentisch. Doch nicht einmal der hinreißende Duft vermag sie ganz zu beruhigen. Sie denkt: Wenn es nun ein Mißgriff war? Und unsere Freunde sich für uns genieren müssen?

Als Bianca noch klein war, hat sie ein paarmal eine Überraschungsparty gegeben, aber diese Feste waren trotz sorgfältiger

Planung und Beaufsichtigung nie ein uneingeschränkter Erfolg. Glynnis denkt an das von lachenden, kreischenden Kindern wimmelnde Haus, die Enttäuschung über den unerwarteten Ausgang von Gesellschaftsspielen, die unvermeidlich »unfaire« Verteilung von Preisen, denkt an kindliche Jähzornsanfälle und Tränen, die eigene, plötzlich einsetzende Erschöpfung, noch ehe das letzte Kind abgeholt war. Sie hört noch immer – obgleich sie den Namen der Frau längst vergessen hat (das war in Cambridge, als Ian noch in Harvard lehrte) – jene junge Mutter halb verwundert, halb mitleidig sagen: »Ehrlich, da haben Sie sich aber was aufgeladen ...« Trotzdem – die erfreulichen Erinnerungen überwiegen die unerfreulichen bei weitem: Ein kleiner Junge, der Glynnis am Ärmel zupft und wispert: »Du bist hübsch, Missus« ... Die vergnügte Stimmung, die Ausgelassenheit, das Gelächter, die herzerfrischende Albernheit der Gesellschaftsspiele und das begeisterte Mitmachen der Kinder, die Freude der kleinen Gäste, wenn sie Bianca hübsch verpackte Geschenke mitbrachten und ihr beim Auspacken zusahen. Und natürlich Biancas Aufregung, Biancas kindliche Dankbarkeit. Die kleine Tochter im rosa Festkleidchen, die sich mit freudig geweiteten Augen, geröteten runden Wangen auf ihren Schoß setzt und die Arme um sie schlingt: »Mommy, ich hab dich ganz doll lieb.«

Lang, lang ist's her.

Das Sauerteigbrot könnte nicht besser sein, denkt Glynnis, eine schöne Kruste, so wie sie es sich vorgestellt hat. Es ist Ians Lieblingsbrot unter den zahlreichen Broten, die Glynnis bäckt, er hat sich vor ein paar Jahren sogar selbst daran versucht, einer merkwürdigen, kurzlebigen Eingebung folgend, angesteckt von einem Freund, der ihm Begeisterndes über seine Brotbackerfahrungen erzählt hatte. (Dieser Freund ist Malcolm Oliver, Journalist und Institutskollege, ein alter Freund der McCulloughs und wie Ian in einer abstrakten Welt, einer Welt der Worte zu Hause.) Doch Ians Küchenabenteuer gaben zwar hübsche Anekdoten für den Freundeskreis ab, waren aber damals eigentlich gar nicht so lustig. Denn natürlich war es keine reine Freude für Glynnis, ihrem Mann so genau auf die Finger zu sehen – notgedrungen natürlich, was blieb ihr denn anderes übrig? –, ihn zu korrigieren, wenn er etwas verkehrt gemacht hatte oder dabei war, etwas verkehrt zu machen. In Ian McCulloughs Welt beängstigend komplexer demographischer Untersuchungen und Computerprogramme, bei seiner Arbeit am *Journal of International Politics* und in dem Labyrinth beruflicher Intrigen sind sein Urteil, seine Autorität unbestritten. Anderswo – *hier*, wie Meika es ausdrückt – macht er oft einen recht hilflosen Eindruck, trotz bester Absichten ist er seltsam ungeschickt, wie unkoordiniert, als gäbe es da einen neurologischen Aussetzer, eine Blockierung zwischen Wort und Tat. In der Küche hatte er sich voller Optimismus, die Hände mit Mehl und Teig verschmiert, was er offenbar genoß, ihre Anweisungen angehört, ohne sie aufzunehmen, oder wenn er sie aufnahm, ohne sie zu begreifen oder begreifen zu wollen. »Du kannst es nicht ertragen, dir von einem anderen Erwachsenen etwas sagen zu lassen«, hatte Glynnis neckend, aber auch in gelinder Verzweiflung gemeint, und Ian hatte leicht und elegant pariert, wie sich das für einen Ian McCullough gehörte: »Von wem sollte ich mir sonst etwas sagen lassen, Glynnis, wenn nicht von ›einem anderen Erwachsenen‹?«

Seine Fragen kommen ihr oft wie Rätsel vor, eine Art Zen-*koans*, allerdings weiß in Ians Fall der Fragende die Antwort nicht und fragt, so scheint es manchmal, tatsächlich, um etwas zu erfahren. Nur – soviel weiß nun auch Glynnis – daß es auf solche Fragen keine Antwort gibt . . .

Sie liebt ihn; auch wenn sie ihn manchmal nicht leiden kann, eine Wut auf ihn hat, liebt sie ihn; denn ihr ist, als wohne er in ihr wie etwas, das sowohl *der andere* als auch *sie selbst* ist, ein Zwilling. Wenn Glynnis im Lauf eines langen Ehelebens Ian hin und wieder untreu geworden ist, so doch nur selten im weiteren Sinne des Wortes; nie hat sie einen anderen Mann so geliebt wie ihn. Während sie diese Geburtstagsfeier plant und so erwartungsfroh das Essen bereitet, spürt Glynnis, wie ihr das Herz weit wird vor Liebe zu ihm und vor Dankbarkeit, daß er die Quelle von so viel Glück ist, einer solchen Fülle von Gefühl, daß auch noch ihre Freunde daran teilhaben können, denn ohne Freundschaft, ohne einen Kreis guter Freunde kann man auch nicht richtig feiern.

Es ist halb fünf. Die Getränke von der Spirituosenhandlung kommen, das Blumengeschäft liefert. Marvis ist mit Staubsaugen fertig, und sie und Glynnis ruckeln und zerren am Eßzimmertisch, bekommen nach einiger Mühe (offenbar hat Ian beim letztenmal den Mechanismus festgestellt, ohne ihr Bescheid zu sagen) die beiden Platten auseinander, legen die zusätzliche Platte ein und beginnen mit dem Tischdecken. Mittendrin geht Glynnis wieder in die Küche, zu den Hühnerkeulchen und der *farce à quenelles à la panade.* Während der Nachmittag sich dem Ende zuneigt, arbeitet sie in seliger Versunkenheit. Für fünfzehn Gäste sind drei Ballottines vorzubereiten, mit schlafwandlerischer Sicherheit näht sie Hühnerkeulchen zu, rollt sie in Wachspapier und dann in ein Küchenhandtuch. Ihre Finger bewegen sich mit der ihnen eigenen praktischen Zielstrebigkeit, ihre Haut wird warm, wie von innen angeheizt, die Augen verschleiern sich: Warum versteht Ian das nicht? Warum bildet er sich ein, daß seine Welt aufgrund ihrer Abstraktheit ganz selbstverständlich der ihren überlegen sein muß, nur weil ihre Welt etwas Physisches ist, etwas zum Anfassen, eine Welt des *Essens?*

Glynnis begibt sich von der Arbeitsfläche zum Herd zum Küchentisch, vom Tisch zur Arbeitsfläche, von der Arbeitsfläche zum Kühlschrank, vom Kühlschrank zur Spüle, von der Spüle zum Tisch, zur Arbeitsfläche, von der Arbeitsfläche zum Herd, vom Herd zur Spüle, zum Kühlschrank, zur Arbeitsfläche, zum Tisch, leise vor sich hinsummend, tief versunken, ohne zu denken. Hin und wieder erblickt sie ihr Spiegelbild in einer der blanken Flächen; am liebsten hat sie das fließende, nahezu ikonenartige Gesicht, das sie fast auf Augenhöhe aus der kupferblinkenden Unterseite ihrer Pfannen anschaut. Es ist gleichzeitig das Gesicht von Glynnis McCullough und das Antlitz einer Unbekannten, bar all jener kleinen Mängel, die sich in mittleren Jahren einstellen und ihr normalerweise Kummer machen – die feinen hellen Runzeln um Augen und Mund, die kleinen Dellen, Knicks, Falten in der Haut, die kreppartigen Verwerfungen unter den Augen. Gewiß, Glynnis ist noch immer eine schöne Frau, aber inzwischen immerhin achtundvierzig, wie lange kann man da, wenn man ehrlich mit sich ist, noch Schönheit erwarten? Die spiegelnden Flächen ihrer Küche aber – richtige Spiegel gibt es hier nicht – sind gut zu ihr. Selbst ihr Haar, durch das sich seit ihrer Mädchenzeit silberne Fäden ziehen, leuchtet vor diesem Hintergrund in sattem Rostrot.

Glynnis liebt auch ihre Küchenbibliothek, das Fach mit den Kochbüchern und Kulinaria. Viele Seiten sind eingerissen und fleckig, die Rezepte mit zahlreichen Randbemerkungen versehen, verändert, »verbessert«. Sterne, Frage- oder Ausrufezeichen oder Bildzeichen für Flüche, wie sie in Comic-Heften üblich sind, begleiten den Text. In diesem oder jenem Band müßig zu blättern ist so, als werfe man einen Blick in alte Tagebücher. Wenn wir beide alt sind, hat sie neulich halb im Scherz zu Ian gesagt, richtig alt und tatterig, können wir uns diese Anmerkungen gegenseitig vorlesen und uns damit bestimmte Mahlzeiten, bestimmte Tage in unserem Leben, Abende mit Freunden, ganze Einschlüsse verlorener Zeit zurückholen – wie bei Proust. »Wäre das nicht richtig schön?« fragte Glynnis, sehr angetan von dieser Idee. Ian fuhr sich mit der Hand durchs Haar und sah sie so lange schweigend an, daß Glynnis dachte, er habe ihre Frage wohl nicht gehört. Und dann sagte er: »Ja, doch. Richtig schön.«

Um zwanzig nach fünf, der Tisch ist fast fertig gedeckt, Glynnis will gerade eine Pause einlegen und sich ein langes, friedliches, erholsames Bad gönnen, klingelt es erneut, wieder kommt eine – diesmal unerwartete – Blumenlieferung: Ein halbes Dutzend rosa Rosenknospen, dazwischen diese zarten fedrig-blassen Blumen – oder sind es Blätter, die nur so aussehen wie Blumen? –, mit denen Floristen so geschickt umzugehen wissen. Es ist eine namenlose und deshalb etwas mysteriöse Gabe, nur eine kleine Geburtstagskarte ist dabei, auf der *Glück für beide* steht, höchstwahrscheinlich von einer Verkäuferin geschrieben. Glynnis strahlt, beglückt wie ein Kind, stellt die Blumen in eine der Waterford-Kristallglasvasen, die sie von ihrer Großmutter geerbt hat, und denkt: Unser Fest hat begonnen.

2

Sie waren an einem windigen Märztag im Schlafzimmer und zogen sich aus, als Ian plötzlich fragte, wie es seine Art war – obwohl diese Anwandlungen, seit sie in Hazelton-on-Hudson lebten, weit weniger häufig geworden waren: »Hast du das Gefühl, eine Seele zu haben, Glynnis?« Ein wenig spöttisch wiederholte sie: »Eine ... eine was?«

»Eine *Seele*«, sagte Ian mit einem matten, leicht melancholischen Lächeln, es war ein Ausdruck, den Glynnis nicht hätte benennen können, von dem sie nur sagen konnte, daß er typisch für ihren Mann war: knabenhaft-zweiflerischer Ernst, hart am Rande leiser Angst, dabei aber die Bereitschaft zu lächeln, als habe er nur Spaß gemacht, für den Fall, daß sie nicht auf seine Stimmung eingehen sollte (denn wie alle Männer in Glynnis' Bekanntenkreis, wie alle Männer zumindest in Hazelton, fürchtete er nichts mehr, denn als blauäugiger Naivling dazustehen, sich zum Narren zu machen). Mitten im Zuknöpfen seines Flanellpyjamas hielt er unvermittelt inne, die Brille hatte er schon abgesetzt, seine Augen wirkten sehr rund und wehrlos.

Glynnis legte sich ins Bett, schob sich das Kissen in den Rücken, verschränkte die Arme hinter dem Kopf und bedachte die Frage ernsthaft, statt sie, wie sie das sonst zuweilen mit derlei Fragen zu tun pflegte, leichthin abzutun oder sich darüber lustig zu machen. »Ob ich eine Seele habe«, sagte sie dann. »Ich denke schon.«

»Du hast eine Seele?«

Glynnis runzelte leicht die Stirn, lächelte und versuchte ernsthaft, sich nicht über diese in den letzten Wochen wieder besonders ausgeprägte Neigung von Ian zu ärgern, scheinbar bereits beantwortete Fragen noch einmal wortwörtlich zu wiederholen. »Ich weiß nicht«, sagte sie. »Hab ich oder hab ich nicht? Ist das ein Quiz oder ein Verhör?«

»Du *hast* eine Seele?«

»War das nicht deine Frage?«

Ian sprach langsam und deutlich, als sei er mit der Übertragung seiner eigenen Worte beschäftigt. »Und du hast das

Gefühl, daß deine Seele etwas von dir irgendwie Getrenntes ist?«

»Etwas von mir Getrenntes?«

»Du sagtest eben sehr überzeugt, daß du eine Seele *hast*. Das bedeutet aber, daß die Seele – da du sie ja *hast* – etwas von dir Getrenntes ist. Wie du einen Fuß hast oder eine bestimmte Haarfarbe, meine ich. Ein Objekt für dein Subjekt.«

Glynnis begriff, worauf Ian hinauswollte, sie lachte, und dann seufzte sie, denn wenn er reden statt schlafen wollte, gab es genug Handfestes, worüber sie reden konnten – Reparaturen im Haushalt, das Problem Bianca, Verabredungen und Termine am nächsten Tag, die sich überschnitten. Nachdenklich sagte sie: »Aber eigentlich kann das doch gar nicht sein ... Daß sie etwas von mir Getrenntes ist. Ich meine, wenn sie *ich* ist. Du hast sicher recht.«

»Wieso recht?« fragte Ian aufgeschreckt. »Inwiefern habe ich recht?«

»Daß ich keine Seele haben kann, die etwas von mir Getrenntes ist, wenn sie gleichzeitig *ich* ist.«

»Aber du nennst das Phänomen *sie* – also etwas, was von dir getrennt existiert.«

»Vielleicht ist das eine schlechte Angewohnheit, ein linguistisches Problem. Sind nicht solche Fragen ...«

»Glaubst du dann vielleicht, daß du eine Seele *bist*? Im Unterschied zu der Behauptung, daß du eine Seele *hast*?«

Glynnis legte einen Unterarm über die Augen, um sie vor dem Licht der Nachttischlampe zu schützen. Obwohl sie auch nach eigener Einschätzung über nahezu uferlose Energien verfügte – um die ihre Freunde sie sehr beneideten –, war sie abends oft todmüde; Müdigkeit, schiere körperliche Müdigkeit, vibrierte in ihren Knien, Knöcheln, Füßen. »Können wir darüber ein andermal sprechen, Ian? *Haben* wir nicht darüber schon gesprochen? Es ist fast eins«, sagte sie, es klang nüchternsachlich und intim zugleich – eine unerfreuliche Mischung, wie sie fand, »und um sieben stehen wir auf. Wir müssen noch überlegen, wie wir es morgen machen. Gleich früh soll doch der Honda zum Kundendienst, aber du hast gesagt, du willst morgen vormittag ...«

»Nein, sag es mir, bitte«, bat er seltsam eindringlich. »Es ist mir wichtig zu wissen, was du denkst.«

»Aber das hast du jetzt eben doch gar nicht gefragt.«

»Was?«

Glynnis war richtig stolz auf ihre schlagfertige Erwiderung. »Du hast gefragt, was ich fühle.«

»Natürlich. Ja, genau. Ganz recht. Nicht was du denkst, will ich wissen, sondern was du fühlst.«

»Ich *fühle* ...« Und plötzlich begriff sie mit einem Anflug von Angst, daß sie in diesem Augenblick, da Ian dastand und sie mit diesem entnervend starren Blick fixierte, nicht wußte, was sie fühlte, ja, nicht einmal, was sie dachte. »Ganz ehrlich, Schatz, mir ist es im Grunde egal, ob ich eine Seele *bin* oder eine Seele *habe* – was immer dir lieber ist ...«

»Du hältst mich für einen Trottel, was?« sagte Ian gekränkt.

»Natürlich nicht. Ich liebe dich.«

»Ist das eine Widerlegung?«

»Eine – was?«

Sie sah, daß er lächelte, daß auch er versuchte zu witzeln, er fing sogar an, ein bißchen herumzukaspern, Grimassen zu schneiden, rubbelte mit beiden Händen auf seinem Kopf herum wie eine Comic-Figur. »Wenn man weder eine Seele hat noch eine besitzt, kann man zumindest seine Seele nicht *verlieren.* Das ist doch eine tröstliche Vorstellung.«

Glynnis lachte. »Komm ins Bett. Liebe mich.«

»Und das würde beweisen ...«

»Widerlegen ...«

Glynnis hatte es nicht ernst gemeint, es war wirklich sehr spät, sie waren beide müde und schliefen nicht mehr sehr häufig und eigentlich nie mehr so spontan, zu einer so ungewöhnlichen Stunde miteinander, aber als Ian auf sie zukam, spürte sie, wie sich zwischen ihren Schenkeln gleich einer warmen dunklen Flut, vage und gestaltlos, Begierde regte und die Erinnerung an frühere Begierden; und ein kurzer Schmerz durchfuhr sie wie über einen Verlust, den sie erst jetzt begriff.

Ian sagte nüchtern, während er sich mit seinen kühlen Gliedern neben ihr ausstreckte, breitmachte – immer brauchte er mehr Platz, als Glynnis erwartete –: »Zu spät für die Liebe.«

An diesen Abend erinnert sich Glynnis im Bad, und an andere Abende seither, an denen Ian sich ... nein, nicht sonderbar, nicht einmal unfreundlich, nur eben »untypisch« verhalten hat, auch dann, wenn er mit ihr schlief oder mit ihr zu schlafen versuchte. Seine Gedanken sind dann ganz offensichtlich anderswo, kreisen flatternd um andere Dinge. Er liebt mich nicht mehr so wie früher. Gekränkt, zornig, hilflos, aber auch voller Hoffnung denkt sie: In ein paar Monaten wird das alles besser. (Im Institut braut sich eine politische Entscheidung zusammen: Dr. Kreizer geht im Herbst 1988 in den Ruhestand, und sein Nachfolger muß innerhalb des nächsten halben Jahres benannt werden. Ian selbst spricht nicht gern darüber, aber Glynnis weiß von Denis, daß Max ihn, Ian, als erste Wahl für die Leitung des Instituts ins Auge gefaßt hat. Und Ian ist qualvoll unentschlossen, ob er die Ehre und die Arbeit und Verantwortung wirklich haben will oder nicht lieber beruflich etwas kürzer treten soll in der Hoffnung, bald ein Jahr freizunehmen, um ein altes Projekt wieder anzugehen – politische Theorie, Geschichtstheorie? –, das er hat ruhen lassen, seit die McCulloughs von Cambridge nach Hazelton gegangen sind.

Jetzt, da Bianca im College ist und Glynnis und Ian zum erstenmal nach neunzehn Jahren wieder allein miteinander leben, hat Glynnis den Eindruck, daß in ihrer Beziehung eine gewisse Unsicherheit herrscht, die etwas Romantisches, aber auch einen leicht beängstigenden Beigeschmack hat, als sei nicht alles ganz klar zwischen ihnen. Es ist, das läßt sich nicht leugnen, eine Wohltat, Bianca aus dem Haus zu haben, denn in den letzten zwei, drei Jahren bestanden doch beträchtliche Spannungen zwischen Mutter und Tochter, aber im Grunde hat Glynnis sich mehr davon versprochen. Wenn sie Ian berührt, zärtlich oder übermütig berührt, reagiert er nur mit Verzögerung und dann fast mechanisch. Im Schlaf reagiert er überhaupt nicht mehr, als sei Schlaf eine Gegenwelt, in die er sich zurückzieht und in die Glynnis ihm nicht folgen kann.

Weit hat er es gebracht seit jenem Vormittag in Ann Arbor, denkt sie, als er in der Cafeteria saß, mit Nasenbluten geschlagen.

Geschlagen. Hilflos.

Natürlich fehlt ihm Bianca, fehlt diese andere, wenn auch unberechenbare Spitze ihres Dreiecks. Mit Bianca ist ein Teil seiner Jugend aus dem Haus gegangen (und Glynnis gibt gern zu, daß sie es auch für sich so sieht). Als sie Bianca im Wesleyan College angerufen hat, um ihr von der Geburtstagsfeier zu erzählen und sie einzuladen, war Bianca zunächst auf der Hut, als habe sie den Verdacht, Glynnis wolle etwas von ihr, dann begeisterte sie sich dafür, sie übertrieb es fast ein bißchen, als sei es ihre eigene Idee. »Natürlich mache ich mit«, sagte sie. »Daddy wird schließlich nicht jeden Tag fünfzig.« In ihrem zehnminütigen Gespräch kam Bianca mehrmals darauf zurück, als sei sie von Ians Alter überrascht, als müsse es, wie die zahllosen statistischen Fakten, mit denen ihr Vater bei seinen demographischen Untersuchungen jongliert, nicht nur in persönlichem, sondern gleichsam in einem gesellschaftlichen Zusammenhang interpretiert werden. »Fünfzig ist heutzutage nicht mehr besonders alt«, sagte Bianca. »Für einen Mann, meine ich.«

Luder, dachte Glynnis. Aber sie sagte nur lachend: »Nein, mein Schatz, überhaupt nicht alt.«

In der Badewanne, während ihre Brüste im warmen Wasser leicht und schwebend, wie zärtlich von unten gestreichelt, an die Oberfläche steigen, überkommt Glynnis noch am ehesten die Erinnerung an ihre Schwangerschaft. Ihre Schwangerschaften. Sie sieht, obwohl es unfair ist, in der heutigen Bianca die noch ungeborene Bianca, denkt an die vielen qualvollen Stunden der Wehen. Wehen, Wehklagen, Weh, der Dreiklang der Geburt, an dem auch Bianca teilhatte, dieses Kind, das sich wehrte, als wolle es nicht geboren werden: Ein schmerzgeschüttelter Körper hatte einen anderen ausgestoßen, damit sie beide leben konnten. Wir haben einander nie ganz verziehen, denkt Glynnis.

Dabei hat Glynnis im großen und ganzen die Schmerzen vergessen. So wie sie – bis auf eine leise, flüchtige Trauer, die sie mitunter ankommt – Biancas kleinen Bruder vergessen hat, der Jonathan heißen sollte und im Alter von drei Tagen gestorben war.

Kurz nach sechs. Glynnis zieht sich sehr sorgfältig an, besieht sich kritisch in dem größten der Schlafzimmerspiegel und unterdrückt den plötzlich aufkommenden Wunsch, sich ein Glas Wein zu holen und es zu trinken, während sie sich ankleidet, eine Gewohnheit aus der Zeit, da aus dem Verhältnis mit Denis – für Glynnis anfangs nur ein Spiel, ein harmloses Spiel – etwas Ernsthafteres geworden war, als in ihrer beider Absicht gelegen hatte. So wie viele besonders attraktive Frauen (zumindest in jenem Lebensabschnitt, da ihre Attraktivität noch unangefochten ist) hat Glynnis ausgesprochene Freude daran, sich für besondere Gelegenheiten herzurichten. Sie genießt das Schminken, das Frisieren, das Lackieren der Nägel, das Anlegen von Schmuck, das Besprühen mit Parfüm. Das Ritual hat etwas Beruhigendes, denkt Glynnis, auch wenn man mit den Jahren beim Blick in den Spiegel nicht mehr so genau hinsehen mag.

Sie hat sich für ein Chiffonkleid entschieden, kein neues, aber eins, das Ian angeblich besonders gern hat, ein Kleid in einem sanften, romantischen Aprikosenton mit vielen schmalen fließenden Fältchen und einem tiefen, perlenbestickten Ausschnitt, der ihre Brüste vorteilhaft zur Geltung bringt. Auch Schultern und Arme sind teilweise unbedeckt. Nackt und rosig vom Baden erinnern sie an das volle und doch straffe Fleisch von Frauen auf Renoir-Gemälden. Sie schaut sich an wie hypnotisiert. Ist das die Person, sind das Gesicht und Körper, die andere sehen? Aber wer ist die Frau, die sie sehen?

Das Telefon läutet. Sie hört, wie Marvis in einem weiter entfernten Zimmer abnimmt und sich meldet.

3

Und die Feier, auf die sie sich schon so lange gefreut hat, könnte – zumindest zu Beginn – nicht erfolgreicher sein.

Ian kommt mit Bianca kurz nach halb acht heim, und man sieht den beiden an, daß Bianca ihm nichts erzählt hat und daß Ian, der Gute, nichts ahnt. Er hängt seinen Trenchcoat in den Schrank, verschwindet kurz in seinem Bad, und als er, gekämmt und gewaschen, wieder auftaucht, führt ihn Glynnis unter dem Vorwand, ihm vor dem Essen einen Drink bringen zu wollen, in den abgedunkelten Raum, in dem die Freunde warten, und er folgt ihr willig »wie das Lamm zur Schlachtbank«, so drückt sie es später aus. Erstaunlich, wie vertrauensselig er ist, wie bedingungslos er ihr glaubt ... Hatte er das Chiffonkleid unter der Schürze nicht bemerkt? Die Frisur, das Parfüm? Die Perlenkette um den Hals, die Perlstecker in den Ohrläppchen?

Aber nein, die Überraschung ist perfekt. *Happy birthday, Ian! Herzlichen Glückwunsch, Ian!* Er ist bewegt, sehr bewegt von dieser Begrüßung, von dem Händedruck der Freunde, ihren Umarmungen und Küssen, von der Herzlichkeit, der Liebe, die ihm entgegenschlagen. Und dann kommt Bianca an die Reihe, die ihm theatralisch um den Hals fällt: *Happy birthday, Daddy!* Ein, zwei Minuten ist er desorientiert, Glynnis sieht es ihm an, er rückt an seiner Brille, lächelt, blinzelt, blickt in die Gesichter, die ihm zugewandt sind, blickt sich um, als suche er jemanden. (Aber Glynnis hat doch alle ihre engsten, besten Freunde eingeladen. Hätte er noch jemanden dazubitten wollen?) Einer der Männer macht ihm einen Drink, und Malcolm Oliver schießt eine Serie von Fotos mit seiner Polaroid-Kamera, und Glynnis hakt sich bei Ian ein und zieht ihn in eine ruhigere Ecke und fragt: »Ian? Du bist doch nicht böse? Hat die Überraschung dich überfordert?«

Ian gibt ihr einen Kuß. »Natürlich nicht, weshalb sollte ich böse sein? Ich freue mich sehr, wirklich. Es lohnt sich also doch beinah, in Amerika fünfzig zu sein.«

Aber niemand bekennt sich zu den rosa Rosen.

Glynnis fragt herum, Glynnis ist neugierig und ratlos und natürlich geschmeichelt – denn der anonyme Spender war so aufmerksam, *Glück für beide* zu schreiben –, aber niemand bekennt sich zu den Rosen. Die Kuhns hatten nachmittags ein fürstliches Gesteck liefern lassen, es ist so groß, daß Glynnis es nicht als Tischschmuck verwenden konnte, Glynnis selbst hatte, wie immer für eine Party, wenn der eigene Garten nichts hergibt, Blumen bestellt, und Leonard Oppenheim und Paul Owen haben einen herrlichen Strauß roter Rosen und Nelken mitgebracht. »Aber wer hat die da geschickt?« Glynnis hebt die Kristallvase hoch. »Wer war so lieb und so geheimnisvoll?«

»Vielleicht hast du einen unbekannten Verehrer, Glynnis«, sagen die Freunde, aber Glynnis sagt: »Nein, auf der Karte steht:

Glück für beide. Es muß einer von euch gewesen sein.« Sie sieht fast bittend in die Runde, schaut Denis und Roberta an, Malcolm und June, die Kuhns, die Cassitys, die Hawleys, Leonard und Paul. Aber nein, niemand bekennt sich zu den rosa Rosen.

Im Lauf des Abends flüstert sie Denis ins Ohr: »Sind sie von dir? Bitte verrat es mir!« Und Denis sagt schuldbewußt: »Leider nein, mein Schatz.«

Die Überraschung, stellt Glynnis zufrieden fest, ist hundertprozentig gelungen. Ihr Mann ist so gut gelaunt, so jungenhaft, erhitzt, beredt, witzig und zärtlich wie seit langem nicht mehr. Und die Vorspeisen sind vorzüglich, wie man das von Glynnis McCulloughs Vorspeisen gewohnt ist, Beluga-Kaviar, zwei verschiedene Pasteten, eine anspruchsvolle Rohkostplatte. »Aber biete nicht zu oft an«, sagt Glynnis zu Marvis, »sie bekommen ja auch noch das Hauptgericht.«

Leonard Oppenheim und Paul Owen, die seit fast zwanzig Jahren in einem der alten »historischen« Häuser von Hazelton zusammenleben, haben den McCulloughs sechs Flaschen Champagner mitgebracht, einen phantastischen Champagner ... Taittinger Blanc de Blanc 1976. (»Ist er so gut, wie er schmeckt?« fragt Malcolm Oliver in den Raum hinein und hebt sein Glas.) Andere Gäste haben Scotch, Cognac, Likör, kandierte Früchte, Pralinen mitgebracht, Ians Squashpartner – Denis, Malcolm, Vaughn, Vincent – haben zusammengelegt und ihm bei *Hazelton Gourmet* ein riesiges Squash-Racket aus Milchschokolade machen lassen. Auch Geburtstagskarten bekommt er, die meisten nehmen spaßhaft, die eine oder andere mit recht schwarzem Humor das Thema des 50. Geburtstags aufs Korn. (»Ich habe wirklich gestaunt«, sagt Roberta Grinnell vertraulich zu Glynnis, »als ich beim Stöbern in den Geschenkläden sah, wie viele sogenannte lustige – und fürchterlich geschmacklose – Karten es für Männer gibt, die fünfzig werden.« »Für Männer und nicht für Frauen?« fragt Glynnis. »Für Männer und nicht für Frauen«, bestätigt Roberta. »Komisch ...«, sagt Glynnis stirnrunzelnd. »Ob sie mit den anderen kein Geschäft machen?«) Glynnis hatte ihre Freunde beschworen, Ian keine Geschenke zu kaufen, nur nichts Extravagantes, hatte sie gesagt, aber natürlich haben sie sich nicht daran gehalten, denn was ist eine Geburtstagsfeier ohne Geschenke, wenden sie ein, und vor dem Essen setzt sich Ian McCullough in einen hochlehnigen Sessel, der ein bißchen wie ein Thron aussieht, und packt seine Geschenke aus, er sieht sich sehr vor dabei, weil Glynnis ihn ermahnt hat, *nicht das schöne Papier kaputt zu machen.* Manche Geschenke sind nun wirklich extravaganter, als Glynnis lieb ist: ein weizengelber Shetlandpullover von Meika und Vaughn zum Beispiel, in Hazeltons berüchtigt überteuertem Scotch Wool Shop erstanden, ein großformatiges Kunstbuch von den Olivers – *Schätze der Etrusker* –, und natürlich die kostspieligen Spirituosen, die Sachen aus dem Gourmet-Shop. Und dann gibt es noch die Ulk-Geschenke, über die Ian sich amüsiert, einen Spazierstock aus Ebenholz mit Messingknauf von den Hawleys, in dem ein ganzes aufgerolltes Backgammon-Spiel – Brett, Spielsteine und Würfel – Platz hat; eine elegante Seidenkrawatte in Form eines stilisierten, aber umwerfend häßlichen Fisches von einem Freund, Leo Reinhart, der heute abend nicht kommen konnte; eine elastische Binde von gigantischen Ausmaßen, ebenfalls von Ians Squashfreunden – wirklich sehr praktisch, sagt Ian mit ernstem Gesicht und schwenkt die dicke Rolle. Glynnis' Geschenk, üppig in regenbogenfarbiges Seidenpapier gehüllt, ein Zehngang-Rennrad von Schwinn, ist strenggenommen keine Überraschung, Glynnis und Bianca reden seit Jahren mit Engelszungen auf Ian ein, sich statt des klapprigen alten Dreigang-Drahtesels etwas Neueres, Moderneres zu kaufen, aber Ians Freude ist offensichtlich echt, er bedankt sich sehr und küßt sie und tut, als wolle er mit dem Fahrrad gleich losfahren. Es gibt viel Gelächter und eine neue Runde Drinks. Glynnis hört, wie noch eine Flasche Blanc de Blanc aufgemacht wird.

Bleibt Bianca, die sich unter dem Vorwand, sie sei müde vom Flug und von dem anstrengenden Tag – »Du vergißt, daß ich heute vormittag noch Unterricht hatte, Mutter« –, nach den ersten Toasts davongemacht hat.

Doch jetzt ist sie plötzlich und wie aufs Stichwort – Glynnis will gerade ihre Gäste zum Essen bitten, es ist fast halb zehn – wieder da. Sie hat sich kostümiert: schwarzer Cut und passende

Hosen, gestärktes weißes Hemd, eine schwarze Melone schief auf dem Kopf. Die Freunde der McCulloughs drehen sich um, lassen sie passieren ... *Nein, das ist ja Bianca! Nun seht euch mal unsere Bianca an!* Glynnis und Ian betrachten mit großen Augen ihre Tochter, die so unerwartet in den Mittelpunkt gerückt ist, sie sind völlig überrumpelt. Sie wissen, daß Bianca sich im College mit Theaterspielen, Tanz, »darstellender Kunst« beschäftigt, aber auf so etwas, nein, auf so etwas waren sie nicht gefaßt.

Biancas Gesicht ist kalkweiß gepudert wie das Gesicht einer Geisha, die Lippen leuchten rot wie eine Wunde, Augenbrauen und Wimpern sind kohlschwarz. Das stumpfe hellbraune Haar ist unter dem Hut versteckt, in den Ohren blitzen Straßohrringe. Und sie trägt schwarze Lacklederschuhe mit Stöckelabsätzen! Das sieht nicht nach Bianca aus, denkt Glynnis, das soll unsere Bianca sein?

Am Ende des Raums wird Platz gemacht und eine Art Scheinwerfer installiert. Bianca hat ein Kassettendeck mitgebracht, eine blecherne, mißtönende, raffiniert nervende Musik beginnt – das »symphonische Gedicht« eines zeitgenössischen amerikanischen Komponisten, von dem keiner der Anwesenden je etwas gehört hat. (»Stell es wenigstens ein bißchen leiser«, fleht Glynnis, »sonst platzt einem ja das Trommelfell ...«) Ohne ein Wort der Erklärung, ohne sich um ihre Zuschauer zu kümmern, beginnt Bianca ihren Tanz mit einem gewaltigen Wirbel, sie stampft so heftig, daß der Boden bebt. Sie spielt mit der Melone wie Charlie Chaplin, läßt sie fallen, holt sie mit einem Fuß wieder hoch, drückt sie tief in die Stirn. Sie wirft die Beine, schickt feuchte Küsse ins Publikum, rollt mit den Augen, zwinkert, grinst mal spöttisch, mal sinnlich, entlockt ihren verblüfften Zuschauern einen Lacher nach dem anderen, obwohl Glynnis nicht recht weiß, worüber sie lachen. Gewiß, schon das Make-up wirkt komisch bei Bianca mit ihrem offenen, kindlich-frischen Gesicht, unschuldig und verderbt zugleich sieht sie aus wie eine der Figuren aus *Cabaret*.

Dann wird Biancas Tanz zu Glynnis' Bestürzung anzüglicher, und auch die Musik wechselt in eine andere Tonart, Bianca wirft den Kopf zurück, bis die Sehnen an dem hellen Hals hervortreten, sie bewegt den rundlichen Körper gewissermaßen gegen den Takt, gegen den Strich der lärmenden Musik. In ihrem wilden Überschwang stößt sie, offenbar ohne es zu merken, an einen Stuhl, streift das Kamingitter, verliert beinah die Melone, weil das Gummiband reißt, transportiert Spott, Komik, Provokation mit ihrem schwerfälligen Stampfen, dem unbeholfenen Hüftschwung, einer Serie von Tics, krampfartigen Bewegungen, Saluten, Augenzwinkern, Schulterzucken, simulierten Küssen ins Publikum. Unter dem fassungslosen Blick von Glynnis und Ian fängt Bianca an zu strippen, sie legt den Cut ab, den Hut, knöpft aufreizend langsam das gestärkte weiße Hemd auf, und dabei lächelt, grinst und zwinkert sie unentwegt ihrem Publikum zu, diesen nicht mehr ganz jungen Männern und Frauen, denen das Lachen weitgehend vergangen ist. Denn das, nicht wahr, ist doch nicht mehr komisch ...

Unter dem Hemd aber trägt Bianca ein zweites, das dem ersten aufs Haar gleicht, und unter den Hosen – deshalb also wirkten sie so sonderbar wulstig! – noch ein Paar, das identisch mit den ersten ist. Und unter dem zweiten Hemd kommt ein drittes und unter dem zweiten Paar Hosen – nein, kein drittes, sondern ein schwarzes Trikot zum Vorschein. Die meisten Gäste lachen und klatschen heftig, sie haben begriffen, daß sie mit ihren lüsternen Erwartungen die Angeführten sind. (Glynnis werden die Augen feucht, sie versucht nicht zu sehen, wie eng Biancas Trikot ist, wie sich die runden, wippenden Pobacken, die Leistengegend, das Basrelief der Schamhaare darunter abzeichnen ..., denn dies ist weder Parodie noch Metapher, sondern Realität, nacktes, wehrloses Fleisch eines großen Kindes, das eigentlich nur das Auge der Liebe sehen dürfte.)

Die Vorführung ist zu Ende, und nun verstummen zum Glück auch die Dissonanzen vom Kassettendeck. Bianca, erhitzt und aufgedreht, zieht die Klemmen aus dem Haar, das ihr nun zottelig und sinnlich zugleich über die Schultern fällt, und verbeugt sich tief vor ihrem Vater, der sich zu einem durchaus überzeugenden Applaus durchringt und sagt: »Wirklich, Bianca, wir staunen über dich!« – als sei Staunen etwas absolut Positives. Bianca verbeugt sich tief vor den anderen Gästen und verläßt unter Beifallskundgebungen und scheinbar ehrlich gemeinten »Zugabe! Zugabe!«-Rufen das Zimmer.

Und unter der Tür steht Marvis, als warte auch sie auf ihr Stichwort, mit ihrer lilaschwarz glänzenden samtigen Haut, in ihrem weißen Hausmädchenkleid, das Hors d'œuvre-Tablett in der Hand, verblüfft und ganz ernst, und weiß nicht recht, ob es lustig oder gar nicht so lustig ist, wenn sich Bianca McCullough, neunzehn Jahre alt, am fünfzigsten Geburtstag ihres Vaters fast unbekleidet vor den Freunden ihrer Eltern zur Schau stellt. Bianca stößt bei ihrem Abgang fast mit Marvis zusammen und sorgt damit unabsichtlich für weitere Lacher.

Meika Cassity will Glynnis etwas Nettes sagen, sie legt ihr eine Hand auf den Arm und meint: »Ich wußte gar nicht, daß deine Tochter so *talentiert* ist.«

Glynnis lacht und wischt sich die Augen und sagt: »Ich glaube, das haben Ian und ich auch nicht gewußt.«

»Zum Essen kann ich nicht bleiben, Mutter, aber das habe ich dir ja gesagt, nicht?«

Bianca ist außer Atem von der Vorführung, sie sieht nicht Glynnis, sondern ihr Spiegelbild an, während sie vor dem Ankleidetisch mit schnellen, rücksichtslos-ungeduldigen Bewegungen das gespenstische Make-up und das tintenschwarze Mascara und den roten Lippenstift abwischt. Sie trägt noch das schwarze Trikot, die Haare hängen ihr ins Gesicht; sie ist barfuß, das Hemd klebt am Rücken. Sie geht so nah an den Spiegel heran, daß die Oberfläche leicht beschlägt.

Glynnis ist verschnupft, Glynnis ist verärgert, aber sie sagt ruhig: »Nein? Warum denn nicht? Du weißt, daß ich für dich gedeckt habe.«

Bianca hebt schuldbewußt die Schultern und rückt sich vor dem Spiegel zurecht. Sie arbeitet mit dem Kleenextuch in ihrem Gesicht herum, als gelte es, einen Küchenboden zu scheuern.

»Neben deinem Vater«, sagt Glynnis. »Ich habe neben deinem Vater für dich gedeckt.«

»Aber hab ich dir denn nicht ... wir haben doch am Donnerstag noch telefoniert, und ich dachte, da hätte ich dir das erzählt ...«, sagt Bianca ausweichend. »Kim hat mich eingeladen, und Greg O'Connor will vorbeikommen, er ist nur diese Woche vom MIT hier, und Scott ist wahrscheinlich auch in der Stadt, du weißt schon, Scotty Simon ...«

»Kannst du nicht nach dem Essen zu Kim gehen? Deine Freunde haben dafür bestimmt Verständnis.«

»Aber das haben wir doch jetzt alles schon geplant, Mutter . . .«

»Geplant? Wann denn, Kind?«

In Glynnis' Stimme ist eine leise Schärfe, die sie nicht beabsichtigt hat. Bianca wirft das schmutzige Kleenexknäuel weg und streift sie mit einem schuldbewußt-verdrossenen Blick. »Wann? Weiß ich nicht. Soll das ein Verhör sein?«

»Du mußt schließlich was essen«, sagt Glynnis, als sei das der springende Punkt, und Bianca zuckt verlegen die Schultern und sagt: »Ich werd schon nicht verhungern, Mutter.« Und Sekunden später tobt – obgleich Glynnis sich geschworen hat, daß sie sich an diesem Abend nicht in einen Streit hineinziehen lassen, nicht die Fassung verlieren wird, so sehr die Tochter sie auch provozieren mag – wieder der alte Streit, in neuem Gewand, oder nein, eigentlich kaum verändert, es geht um Biancas Rücksichtslosigkeit, ihre Gedankenlosigkeit, ihren zweifellos ganz gezielten Egoismus. »Du willst uns den Abend verderben.« Glynnis hat nasse Augen. »Du willst deinem Vater den Geburtstag und mir meine Pläne verderben.«

Bianca sagt gehässig: »Die Welt dreht sich nicht um dich und deine Pläne, Mutter.«

Sie wartet förmlich darauf, daß Glynnis ihr eine Ohrfeige gibt, wie sie es verdient hätte, wie die Mutter es bis vor kurzem noch gemacht hat, nicht oft, nicht regelmäßig, aber oft genug.

Ich hasse dich, hat die Tochter sie dann angeschrien, als habe man auf einen Knopf gedrückt, als sei ein Schloß eingerastet. *Ich wünschte, ich wär tot, und du wärst es auch.*

Mit großer Zurückhaltung sagt Glynnis jetzt: »Es ist sehr schade, daß du das so siehst, Bianca«, und dann verläßt sie das Zimmer ihrer Tochter und macht die Tür hinter sich zu. Ihr Herz schlägt schnell, und ihre Hände zittern, als sei sie mit knapper Not einer großen Gefahr entronnen. Vom anderen Ende des Hauses her hört man Lachen und laute Stimmen, jenes vertraute, tief befriedigende, so tröstliche Gelärm von Freunden, die sich auf einer McCullough-Party amüsieren. Es ist immer dieselbe Party, denkt Glynnis glücklich, man mag es ansehen wie man will, immer dieselbe. Und das beweist eben, Bianca, daß die Welt sich doch um diese Dinge dreht.

In der Küche trinkt sie einen Schluck von dem Champagner, der noch in ihrem Glas ist. Sie muß sich jetzt schleunigst an ihre kleinen Tricks in letzter Minute machen, sie und Marvis hatten eigentlich vor halb zehn den Hauptgang auftragen wollen, und jetzt ist es fast zehn.

4

Es war, wie sich später herausstellte, frühmorgens um halb vier an einem Sonntag im vergangenen September, kaum eine Woche, nachdem Bianca ans College gegangen war (wobei das eine mit dem anderen aber nichts zu tun hatte), als die McCulloughs durch ein Klopfen, nein, mehr als ein Klopfen, wie sie hinterher betonten, durch ein heftiges Hämmern an der Haustür geweckt wurden. Ja, um Himmels willen, sagte Ian, und Glynnis packte angstvoll seinen Arm und flüsterte: »Wir dürfen uns nicht melden! Paß auf, daß sie uns nicht sehen!«

Das Haus der McCulloughs, von einem angesehenen Architekten am Ort entworfen, war noch dezenter von der Straße zurückgesetzt als die meisten anderen Häuser in Hazelton und hatte ungewöhnlich viele Elemente aus Glas – Spiegelglasscheiben, Schiebetüren, Dachfenster. Es bestand aus acht Einheiten, von denen vier um ein offenes Atrium herumgebaut waren; man mußte diesen Innenhof überqueren, wenn man zur Haustür wollte. Die Schlafzimmer, die sogenannten »Privaträume«, waren zwar von dort aus nicht zu sehen, aber nicht sehr weit weg; das beängstigende Hämmern war höchstens zehn Meter von den McCulloughs entfernt, die jetzt hellwach im Bett saßen und nicht wußten, was sie machen sollten, denn was, bitte, macht man in so einer Situation, in einer so erschreckenden und noch nie dagewesenen Situation?

Glynnis war dafür, die Polizei zu verständigen; Ian wollte nachsehen, wer es war. »Neinnein«, flehte Glynnis, »bitte nicht, dann sehen sie dich, dann wissen sie, daß wir da sind.« »Aber das wissen sie ja sowieso«, sagte Ian nüchtern und tastete nach seiner Brille, »die Wagen stehen doch in der Einfahrt.« (Das Gehämmer hatte kurz aufgehört, um dann womöglich noch lärmender und heftiger wieder einzusetzen.) Die McCulloughs waren inzwischen aufgestanden, Glynnis hatte den Telefonhörer in der Hand und bat Ian inständig, das Schlafzimmer nicht zu verlassen. »Vielleicht sind es Kids«, sagte sie halb schluchzend, »bekiffte Kids, am Ende bringen die uns noch um«, aber da war Ian schon an der Schlafzimmertür, hatte die Tür aufgemacht. »Ruf die Polizei an«, sagte er; »und schließ hinter mir ab, ich denke nicht dran, mich in meinem eigenen Haus zu verkriechen, Herrgott noch mal.«

Glynnis schloß die Tür hinter ihm ab und wählte den Polizeinotruf, und Ian schlich über den Gang, bis er, selbst unbemerkt, durch die Glaswände zwei oder drei Männer auf der Schwelle stehen sah, die mit ungewöhnlich hellen Taschenlampen ins Haus hineinleuchteten. Waren sie am Ende von der Polizei? Von *ihrer* Polizei? Polizeibeamte aus Hazelton? Aber warum? Warum um diese Zeit? Und warum das wütende Gewummer, als wollten sie die Tür einschlagen?

Ian hatte, wie er später bei seinen zahlreichen Telefongesprächen erzählte und in seinen Beschwerdebriefen festhielt, rufen wollen: »Wer ist da?«, aber die Worte waren ihm im Hals steckengeblieben. Denn Glynnis war im Haus und verwundbar, und *er* war weiß Gott verwundbar als unbewaffneter Mann in mittleren Jahren, mit dessen Sehkraft ohne Brille es nicht weit her war, auf dem Squash-Platz wendig und mitunter durchaus beeindruckend, aber körperlich nicht besonders fit und zwei oder drei kräftigen Männern keinesfalls gewachsen. (Und die Männer auf der Schwelle sahen, auch wenn er sie nicht genau erkennen konnte, zweifellos kräftig aus.) Sie hämmerten weiter an seine Tür, gaben sich aber nicht zu erkennen.

Während Glynnis mit der Polizei sprach, wo man ihr merkwürdig ausweichend versicherte, die Situation sei »unter Kontrolle«, beobachtete Ian die Männer auf seinem Innenhof: Sie schlichen jetzt ums Haus herum, leuchteten mit ihren Taschenlampen rüde ins Wohnzimmer und Eßzimmer, einer klopfte an die Küchentür. Und dann verschwanden sie aus unerfindlichen Gründen ebenso unvermittelt, wie sie gekommen waren, und donnerten so rücksichtslos aus der Einfahrt, daß Glynnis morgens Reifenspuren in der Wildblumenrabatte fand.

Überraschenderweise – denn Hazelton-on-Hudson ist schließlich nicht die Bronx – stellte sich heraus, daß die Eindringlinge tatsächlich von der Polizei gewesen waren, nicht von der hiesigen Polizei, sondern Polizeibeamte des Bundesstaates, die zu dieser gewiß unnötig späten Stunde im Pearce Drive einer »Anzeige wegen Vandalismus« nachgingen. Sie hätten Pearce 338 mit Pearce 388 verwechselt, behaupteten sie, wo angeblich ein Sechzehnjähriger wohnte, der wegen mutwilliger Sachbeschädigung bereits aktenkundig war. Es habe nicht in ihrer Absicht gelegen, die McCulloughs zu schikanieren; es gäbe »nicht den mindesten Zusammenhang« zwischen diesem Vorfall und der Beteiligung der McCulloughs an einer Protestaktion der American Civil Liberties Union gegen polizeiliche Brutalität. (Glynnis und Ian hatten eine Petition in dem sogenannten Thiel-Edwards-Fall unterschrieben, und Ian hatte im vergangenen Frühjahr Malcolm Oliver, der zu ihrer Ortsgruppe der ACLU gehörte, bei der Organisation einer Protestversammlung zugunsten der beiden jungen Männer im Gerichtsgebäude von Cattaraugus County geholfen.)

In jener Nacht aber waren die McCulloughs völlig ratlos und sehr verstört gewesen. Glynnis weinte vor Erleichterung in Ians Armen, als die Männer weggefahren waren. Denn was hätten sie schließlich machen sollen, waffenlos, unvorbereitet, nur zu zweit – und Ian war ungeachtet seines gutgemeinten Schneids von der Statur her nicht gerade sehr imposant –, wenn sich die drei entschlossen hätten, ins Haus einzudringen? Unser Haus ist aus Glas, dachte Glynnis, und unser Leben ist aus Glas, und wir können absolut nichts tun, um uns zu schützen.

Jetzt sagt Glynnis halblaut: »Müssen wir denn wieder darüber reden? Das regt uns nur alle auf.«

Sie sitzen bei Tisch und sind bei der Ballottine; und in einem allgemeinen und lebhaften Gespräch über Verbrechen, Gewalt, unberechtigte Verhaftungen und polizeiliche Korruption – Malcolm Oliver recherchiert gerade für einen Artikel über eins dieser Themen oder über alle miteinander – wird der Vorfall vom 21. September 1986 noch einmal hervorgeholt, die »Schikane gegen die McCulloughs«, wie die Freunde es nennen, denn natürlich kennen sie die Geschichte in allen Einzelheiten. (Vor allem Ian war seinerzeit hell empört gewesen und hatte tagelang praktisch kein anderes Thema. Er führte zahllose Telefongespräche, verlangte vom Polizeichef eine offizielle Erklärung und Entschuldigung und beriet sich mit Freunden aus der ACLU, ob es zweckmäßig sei, Anzeige zu erstatten. Denn schließlich, argumentierte er, habe es sich ja um eine eindeutige Verletzung ihrer Bürgerrechte gehandelt.) Glynnis würde lieber über etwas anderes reden, aber das Gespräch nimmt seinen Lauf, da ist nichts zu machen. Malcolm hat vieles, auch Neues und durchaus Interessantes zu sagen; Vaughn erzählt und Meika bestätigt eine Geschichte, die Glynnis, soweit sie sich erinnern kann, noch nicht gehört hat; Denis, ein feuriger alter SDS-Radikaler aus den sechziger Jahren, äußert sich unmißverständlich zu den »Übergriffen des Polizeistaates«: Ian hat natürlich etwas beizutragen, wie auch Amos Kuhn und die anderen. Glynnis hört zu, oder hört halb zu; beschwingt vom Alkohol und hochzufrieden mit dem bisherigen Erfolg des Dinners – der *seviche*, den Hühnerkeulchen, dem Gemüse, dem Sauerteigbrot, dem Bernkasteler Doktor Auslese 1982 und dem ebenso vortrefflichen Château Mouton-Rothschild 1976 –, gestattet sie sich kurz den Luxus, ihre Gedanken schweifen zu lassen. Der Tisch ist elegant und geschmackvoll gedeckt: mit ihrem besten Tischtuch – besticktes irisches Leinen mit Spitze –, den beiden von der Großmutter geerbten Zinnkandelabern, in der Mitte stehen die bezaubernden rosa Rosen in der Waterford-Vase. Glynnis hat, weil Ian es so gern hat, das italienische Steingutgeschirr vorgeholt, das sie sich vor Jahren aus Florenz mitgebracht hatten. Und die Gläser – Weingläser mit schlankem Stiel und passende Wassergläser –, die sie vor ein paar Wochen bei Neiman-Marcus im nachweihnachtlichen Ausverkauf erstanden hatten. Und die wunderschönen dicken tunesischen Servietten, ein Geschenk der Grinnells. Und aus Spaß das vergoldete Besteck von Glynnis' Urgroßmutter ... bildschön, wirklich, aber eben ein bißchen *üppig*, wie Glynnis zu sagen pflegt.

Alles scheint gut zu laufen, doch, denkt Glynnis, bis auf Biancas Taktlosigkeiten – vor den Gästen und hinter geschlossener Tür – läuft wirklich alles sehr erfreulich.

Nach dem ersten Bissen seiner Ballottine legt Leonard Oppenheim die Gabel aus der Hand und sagt: »Glynnis, heute hast du dich selbst übertroffen.« Und er hebt sein Glas und prostet ihr zu.

Und Glynnis kostet auch und denkt, ja, sie sind gut geworden, gottlob sind sie gut geworden, die Mühe hat sich gelohnt.

Schon lange hat sie Ian in Gesellschaft nicht mehr so glücklich gesehen.

Und auch bei ihren Freunden, denkt sie, hat sie selten soviel ... ja, soviel schöne, beglückende Zufriedenheit, soviel Harmonie erlebt, selbst wenn es – auch ohne Biancas Gedeck – am Tisch ein bißchen eng zugeht.

Denis erzählt von einem Abenteuer, das ihm neulich in New York City zugestoßen ist. Ein Beinah-Überfall, wie er es ausdrückt. Glynnis hört wie immer gespannt zu und sieht ihn voller Bewunderung an, Zuneigung zu diesem Mann, dem engsten Freund ihres Mannes, dem Mann ihrer besten Freundin, wallt in ihr auf, ein noch immer stark erotisches, dabei aber zugleich auch kameradschaftliches Gefühl, als seien Denis und sie wirklich mal verheiratet gewesen und hätten sich nicht an einem bestimmten Punkt energisch Einhalt geboten, um das empfindliche Gespinst ihres Familienlebens nicht zu zerstören. Denis, Wirtschaftswissenschaftler und wie Ian leitender Mitarbeiter an dem Institut in Hazelton, ist ein oder zwei Jahre älter als Ian: ein mittelgroßer Mann, mit breiten Schultern und breitem Nacken, der Kopf mit dem Ausdruck bauernschlauer Sturheit wie von Breughel gemalt. Ein Bulldoggen-Gesicht, denkt Glynnis, aber das Gesicht einer gutaussehenden Bulldogge. Das Kerzenlicht mildert die etwas grobe Struktur seiner Haut und läßt die scharfe, spöttische Falte zwischen den Augen verschwinden.

Glynnis hat Denis links von sich plaziert, und diese Nähe weckt die Erinnerung an die kurzen acht Monate ihrer »physischen« Affäre, an dieses intensive, fast beängstigend intensive Zwischenspiel in der langen Romanze ihrer Freundschaft. (Sind die McCulloughs wirklich schon fünfzehn Jahre in Hazelton?

Kaum zu glauben ...) Angefangen hatte es ganz harmlos damit, daß Denis in Ians Abwesenheit Glynnis von einer Party nach Hause fuhr. Ein Kuß, weitere Küsse, komm doch noch auf einen Drink herein; und am nächsten Morgen erwartungsgemäß ein Anruf von Denis: *Du weißt, daß ich dich liebe, Glynnis, ich habe die ganze Nacht nicht geschlafen. Bitte laß mich mit dir zusammensein. Du mußt mir erlauben, mit dir zusammenzusein.* Alles in allem hatten sie sich im umfassendsten Sinne des Wortes weniger als zehn-, zwölfmal geliebt, mit jugendlichem Feuer und dem schlechten Gewissen von Ehebrechern. Traumverloren erinnert sie sich an einen schwindelerregenden Sommertag auf dem Höhepunkt der Affäre, als sie sich auf der Couch in Denis' klimatisiertem Institutsbüro geliebt hatten, und sie ihm nur eine Viertelstunde später an Ians Seite wieder gegenübergetreten war, um mit ihm und Ian und ein, zwei Kollegen aus dem Institut auf der Terrasse des Speisesaals zu essen. Am Nachmittag war sie dann bei den Grinnells vorbeigefahren und hatte Roberta besucht, Glynnis' beste Freundin – damals wie heute. An jenem Tag war sie wie berauscht gewesen von ihrer geradezu tollkühnen Unverfrorenheit und dem Staunen darüber, daß sie so etwas fertigbrachte. Was tue ich da? Bin ich das, Glynnis, die so ein falsches Spiel treibt?

Damals hatte sie begriffen, daß es ein Fehler ist, einem Menschen absolut zu vertrauen. Wir glauben nicht das, was wahr ist, sondern das, was wir als wahr anzusehen wünschen.

Das Ende der Affäre war so unvermittelt und gefühlsbefrachtet wie ihr Anfang. Und der Bruch ging von Glynnis aus, was ihr – so sah sie es, und Denis sah es genauso – einen gewissen Punktvorteil sicherte.

Das Gespräch dreht sich noch immer um Verbrechen, Gewalt, Polizei undundund ... Glynnis hört sich auf eine Frage sehr nachdrücklich antworten: »Ja, manchmal träume ich immer noch davon. Ich weiß nicht, ob es wirklich Schikane war oder ein Irrtum, wie sie behauptet haben ...« – »Natürlich war es Schikane«, sagt Malcolm, » ... aber damals habe ich begriffen, wie verwundbar wir alle sind, wie verwundbar in so einem Haus ... in all unseren Häusern, denke ich, da wir ja keine Waffen besitzen und auch nicht besitzen wollen.« »Man könnte wohl sagen«, fährt Glynnis fort, beschwingt von ihrer Eloquenz im Kreis der so gewandt formulierenden, durchsetzungsstarken Gäste, die sich in ihrem Eifer, zu Worte zu kommen, immer wieder gegenseitig unterbrechen, »daß Leute wie wir bei einer Konstellation, in der andere die Angreifer sind, unweigerlich die Opfer darstellen.«

Das reizt Vincent Hawley und Meika Cassity zum Widerspruch, sie lehnen es ab, Opfer zu sein, was soll das heißen, Glynnis, *Leute wie wir*... Unterstützung für Glynnis kommt von Roberta und – vielleicht ein bißchen gar zu ernsthaft – von der weißhaarigen Elizabeth Kuhn, die meint, daß es doch wohl zwangsläufig Situationen in der menschlichen Gesellschaft – »in einer anständigen, zivilisierten Gesellschaft« – gäbe, in denen man nicht zurückschlagen könne, nicht einmal, wenn es um das eigene Leben ginge, man könne nicht Böses mit Bösem vergelten. Was Amos, ihr Mann, ziemlich nachdrücklich bestreitet; und Denis unterstützt Amos; und Meika Cassity wirft ein, zwei Bemerkungen ein, ballt die hübschen beringten Finger zu Fäusten und reckt sie hoch: »*Ich* werde Widerstand bis zum letzten Atemzug leisten.« Und sie lachen, können aber zu Glynnis' Ärger immer noch nicht von dem Thema lassen; denn Elizabeth, beharrlich in ihrem Quäker-Idealismus, hat noch mehr zu sagen; und Sonia Hawley ist, wie sich herausstellt, als Kind mal belästigt worden – »Und zwar nicht von einem Verwandten, sondern von einem älteren Jungen in der Schule« –, und Leonard Oppenheim und Paul Owen, denen kürzlich auf einer Indienreise das Gepäck gestohlen wurde, haben sogar sehr viel zu sagen; und Ian kann sich bei diesem Gegenstand geradezu in Rage reden. Sie finden kein Ende.

In einem passenden Moment legt Glynnis ihre Serviette auf den Tisch, geht in die Küche und kommt mit Marvis zurück. Sie haben schwere warme Platten mitgebracht. »Ihr nehmt doch sicher alle noch ein bißchen?« fragt Glynnis.

Eigenartig, wie bänglich sie – in ihrem Alter, als reife Frau und zweifellos mit einem gesunden Sinn für Humor begabt – diese Frage stellt, fast so, als sei es ihr ganzes Selbstwertgefühl – oder ihr Leben? –, was den Gästen dargeboten wird.

5

Als Nachtisch gibt es außer dem Schokoladenkuchen noch Crêpes, die Glynnis am Tisch zubereitet: leichte, köstliche Crêpes, mit Orange- und Himbeergeschmack, mit Chartreuse flambiert, eine den meisten Gästen bislang unbekannte Variante. Wie schön, denkt Glynnis beim Flambieren: diese bläulich-purpurnen Flämmchen, die etwas Kindlich-Magisches haben, und der Duft nach Alkohol und Zucker; wie schön ... und wie traurig, wenn es vorbei ist. Die Desserts kommen sehr gut an, und zu ihrer Freude möchten alle Gäste beide probieren. Gerötet vom Wein und ihrer freudigen Erregung und weil sie spürt, daß sie jetzt endlich aufatmen kann, daß es geschafft ist, nimmt sie dankbar die Komplimente der Freunde entgegen. Lob – besonders so hautnahes Lob – bringt sie in Verlegenheit; bliebe es allerdings aus, wäre sie, wie sie sehr wohl weiß, tief getroffen.

Die Aufmerksamkeit von sich weg auf Ian lenkend, sagt sie: »Bedankt euch bei *ihm.* Er hat das alles inspiriert.«

Ian, der an seinem Ende in ein Gespräch vertieft ist, hat nicht so ganz mitbekommen, was Glynnis sagte, aber er lächelt ihr über die lange Tafel hinweg zu; die Brillengläser blinken im Kerzenlicht. Auf seinem Teller liegen die Reste seines nur halb gegessenen Desserts.

An Glynnis' Tischende ist bei Kaffee und Likör vom Essen die Rede: Ob man in zivilisierten Gesellschaften, zumindest in wohlhabenden Kreisen, eigentlich vom Essen *an sich* sprechen kann oder ob es, wie Amos Kuhn meint, immer stellvertretend für etwas steht, was nicht Essen ist. »Wer von uns ißt schließlich nur, um zu leben?« fragt Amos. »Wer nimmt Essen von der Art, wie wir es heute bei dir bekommen haben, Glynnis, zu sich, nur um ... zu essen?«

»Aber es ist im Grunde eben doch nur Essen«, sagt Glynnis.

»Nein. Es ist Material, und du machst ein Kunstwerk daraus.«

Der Anthropologe Amos Kuhn, der große alte Mann des Instituts, ist ein hochgewachsener, gepflegt sprechender schlohköpfiger Gentleman in den Sechzigern mit einem hellen, gut geschnittenen, kantigen Gesicht, ein Protegé von Gregory Bateson und Margaret Mead, dessen Ruf – wenn auch nicht sein Bekanntheitsgrad in der Öffentlichkeit – inzwischen an den dieser beiden Berühmtheiten heranreicht. Seine ersten Feldforschungen hat er in Borneo gemacht, und er weiß erstaunliche Geschichten – von denen Glynnis und ihre Freunde natürlich viele schon kennen – über die eigenartigen Obsessionen der Menschheit in Essensfragen zu erzählen. Es ist dies, wie Amos sagt, eine gleichzeitig absolut fundamentale wie absolut abstrakte Frage: »Man kann sich mit dem Gegenstand ein ganzes Leben lang beschäftigen, man kann überwältigende Datenmengen anhäufen und daraus die widersprüchlichsten Theorien ableiten.

Nehmen wir zum Beispiel den Begriff des ›Tabus‹ – warum manche Nahrungsmittel in bestimmten Kulturen tabu sind und in anderen nicht; warum innerhalb derselben Kultur gewisse Nahrungsmittel tabu sind, andere wieder nicht; und warum das Tabu selbst von einer Jahreszeit zur andern wechseln kann. In vielen Eingeborenenkulturen wird durch eine zu große Nähe zum Tod – zu toten Leibern – ein Tabu verletzt; und wer ein Tabu verletzt hat, darf gewisse Nahrungsmittel nicht essen und sich die Nahrung nicht selbst zuführen, er muß vom Boden essen, ohne die Hände zu benutzen, oder sich von anderen füttern lassen. Und was noch widersinniger ist . . .« Amos hält inne, als sei er sich plötzlich seiner stetig lauter werdenden Stimme bewußt geworden; und Glynnis merkt, daß er sich, sensibel wie er ist (und ein bißchen schwerhörig obendrein), rasch vergewissert, ob auch die anderen zuhören, jawohl, der ganze Tisch hört zu, er fühlt sich deshalb berechtigt fortzufahren: » . . . in Kulturkreisen, in denen Nahrung stets knapp ist und man sich deshalb ständig darum sorgen muß, wird Essen für Zeremonien vergeudet, wird es Göttern, Totemtieren, sogar toten Feinden geopfert. Ehe beispielsweise die Kopfjägerei in Borneo, Melanesien, Westafrika und anderswo abgeschafft wurde, legten die Angehörigen von Kopfjägerstämmen den Schrumpfköpfen ihrer Opfer Leckerbissen in den Mund und überschütteten sie dazu mit völlig überzogenen, absurden und dennoch offenbar durchaus ehrlich gemeinten Koseworten. Ich habe diese Zeremonien selbst gesehen, sie sind wirklich sehr eindrucksvoll, und zwar nicht so sehr wegen des grausigen Anblicks – man gewöhnt sich schnell daran, Schrumpfköpfe als eine Art Artefakt zu sehen – als wegen ihrer erstaunlichen Aufrichtigkeit. Und dann gibt es natürlich primitive Völker, wie wir sie gern nennen, die sich, dem göttlichen Willen oder dem Mondzyklus folgend, mit Nahrung vollstopfen, bis sie gefährlich erkranken, oder die sich buchstäblich zu Tode hungern. Feiern und Fasten – es hat schon seinen Sinn, daß diese beiden Worte vom Klang her so nah beieinander liegen. Nahrung ist kodifiziert«, schließt Amos lächelnd, »aber wer von uns kann den Code schon knacken?«

Und so sprachen sie vom Festefeiern und Fasten, von Bulimie und Anorexie, und Malcolm, einer der Gelehrsamsten unter ihren Gästen, streicht sich über den Bauch und erklärt: »Essen ist Liebe, nicht mehr und nicht weniger«, und Denis sagt: »Aber ist Liebe *Essen*? Das ist doch die entscheidende Frage.« Und Ian, der gerade aufgestanden ist, sagt mit ritterlichem Lächeln, wie sich das für einen Ehemann gehört: »Wenn es nahrhaft ist schon . . .«

Dann entschuldigt er sich und verschwindet im hinteren Teil des Hauses, vielleicht will er ins Badezimmer. In seiner Abwesenheit sprechen sie über die Entwicklungen am Institut, und Vincent Hawley, der als Soziologe an dem Projekt für den National Health Service mitarbeitet, fragt Glynnis bedeutungsvoll, ob der Findungsausschuß für den neuen Institutsleiter Ian »schon angesprochen« hat, und Glynnis erwidert leicht gereizt: »Da mußt du ihn schon selber fragen«, und setzt gleich hinzu: »Aber bitte tu's nicht, du weißt ja, das ist alles vertraulich.«

»Komm Glynnis, unter Freunden zählt doch diese sogenannte ›Vertraulichkeit‹ nicht . . .«, sagt Vincent lächelnd.

Doch dann lassen sie das Thema schnell wieder fallen, es ist zu früh, um über diese Dinge zu reden, und kommen wieder aufs Essen zurück, sprechen von rituellem Kannibalismus und von der katholischen Kommunion, von denkwürdigen Diners in französischen Dreisterne-Restaurants – die Hawleys, die in Kürze auf ein Jahr in die Provence fahren, bekommen von Leonard Oppenheim genaue Anweisungen, wohin sie wann gehen und was sie dort bestellen müssen –; von Modediäten und vernünftig-maßvoller Ernährung; und von Essensticks, die sie als Kinder hatten oder die den Erwachsenen geblieben sind. June Oliver gesteht, daß sie wahnsinnig gern billige Zuckerstangen ißt, wie man sie im Laden an der Ecke bekommt, »kleistrig ineinander verschlungen, irgendwie obszön, wie Laokoon«; und Roberta Grinnell bekennt sich zu einer unersättlichen Gier – »wenn ich nicht aufpasse, gibt's da kein Halten mehr« – nach dick mit Erdnußbutter bestrichenen Salzkeksen. Und Paul Owen, dieser Ästhet, Herausgeber einer hochangesehenen Zeitschrift für Kunst und Antiquitäten, hat eine Schwäche für Popcorn, billig, fettig, salzig, möglichst etwas ranzig muß es sein, leicht nach Pappe schmecken und ein bißchen »nach den Desinfektionsmitteln in Filmpalästen aus den fünfziger Jahren« riechen. Und Leonard Oppenheim, der beste Weinkenner in ihrem Kreis, ist »ganz verrückt« auf billige Kekse jeder Art: Kekse mit Schokoladenstückchen oder mit Erdnußbutter-Füllung, Marshmallows mit rosa gefärbten Kokosraspeln ... »Als ich so um die zwanzig war, hab ich mir, wenn ich deprimiert war, in einem Seven-Eleven-Store eine große Tüte von dem Zeug gekauft und mich bis zur Bewußtlosigkeit damit vollgestopft.« Malcolm Oliver, der Mitte der sechziger Jahre einige Zeit in dem Zen Centre im kalifornischen Tassajara verbracht hat und nach wie vor ein Purist in Ernährungsfragen ist, räumt ein, daß auch er billige Kekse und Konfekt mag und Kartoffelchips und Pizza und Zwiebelringe – »je fettiger, desto besser«. Elizabeth Kuhn schwärmt für Haferbrei, so dick, daß der Löffel darin steht, mit viel Sahne und Zucker, diese Leidenschaft ist ihr aus der ansonsten recht freudlosen Kindheit bei einer schottischen Großmutter geblieben. Amos Kuhn, der gerade seine zweite Portion Schokoladentorte vertilgt, sagt: »Schokolade. Aber es muß sehr *gute* Schokolade sein, wie diese hier.« Denis und die Hawleys und Vaughn Cassity und Glynnis selbst gestehen, daß sie wild auf Eiscreme sind; Denis überlegt scherzhaft, ob diese Leidenschaft bei ihm mit einem infantilen Brusttrauma und späteren Traumen an anderen Brüsten zu tun haben könnte. Mittlerweile fragt sich Glynnis zunehmend beunruhigt, wo Ian nur so lange bleibt, ob ihm vielleicht schlecht geworden ist – es ist eigentlich gar nicht anders möglich, ihm *muß* schlecht geworden sein –, aber sie stimmt in das Lachen ihrer Freunde ein, die um die Wette ihre Lieblingseiscremes herunterbeten und ihre Lieblingssorten: Baskin-Robbins, Häagen-Dazs, Abbots, Bryers, Old Philadelphia, Frusen Glädjé, Marshmallow-Mint, Pfirsich-Erdbeer-Ripple, Zitrone-Kirsch-Whirl, Schokoladenkaramel, Chocolate Chip, Schoko-Walnuß, Schoko-Rum, das klassische Vanille natürlich ... »Etwas so Reines, so Ätherisches an Geschmack gibt es nicht noch mal«, wie Leonard Oppenheim feierlich verkündet. Obwohl die Abwesenheit ihres Mannes sie irritiert – er ist entweder im Bad, weil ihm schlecht geworden ist, oder er ist ein ganz erstaunlich unhöflicher Gastgeber –, springt Glynnis auf, läuft in die Küche und kommt mit einem Stapel Eiskremdosen, sieben ganz unterschiedliche Sorten, zurück, verteilt Löffel, fordert ihre Freunde auf zu kosten, zu vergleichen, die Dosen herumzureichen ... »Auf Schälchen können wir wohl verzichten.«

»Und Ian?« fragt jemand.

»Ian muß sehen, wo er bleibt«, sagt Glynnis.

Mit Feuereifer lassen sie die Behälter die Runde machen, einige Gäste erklären, sie bekämen beim besten Willen keinen Bissen mehr herunter, und löffeln dann doch kindlich beglückt Eiskrem in sich hinein. Glynnis hat eine brennende Zigarette zwischen den Fingern und kann sich nicht erinnern, sie angezündet zu haben; sie hat ihr zweites Gläschen Crème de Menthe geleert; ihre Augen tränen nach einem prustenden Lacher; sie leckt Banana Ripple von einem Löffel, den Vaughn Cassity ihr hinhält, und überlegt, wo Ian ist und wo Bianca ist. Und warum sie jetzt, auf dem Höhepunkt der Party, da alles, was mit dem Essen hätte schiefgehen können, nicht schiefgegangen ist, da ihre Freunde so offenkundig ihren Spaß haben, beschwingt, beschwipst, wohlig berauscht von Essen und Trinken, warum sie gerade jetzt diese Melancholie empfindet, wie nach der Liebe, der leidenschaftlichen Verausgabung in der Liebe; warum plötzlich hinter der festlichen Fröhlichkeit dieses bleierne Gefühl lauert und sie am liebsten losheulen möchte. Und sie fragt sich, während sie Tränen lacht über eine witzige Bemerkung von Denis, warum er und sie sich heute abend so relativ wenig zu sagen haben; er ist deutlich mehr auf Meika fixiert und Meika auf ihn: Meika Cassity mit ihrem modisch gesträhnten aschblonden Haar, ihrem so französisch femininen Lachen, die mit drei- oder vierundvierzig zehn Jahre jünger aussieht und so, als treibe eine unstillbare Begierde auf Männer sie um . . .

»Ian? Ist was?«

Glynnis hat die Tür zu Ians Arbeitszimmer geöffnet, ohne zu klopfen, und da sitzt er an seinem Schreibtisch, im Dunkeln, das Telefon vor sich, den Kopf in die Hände gestützt. Als das Licht aus der Diele ihn trifft, sieht er blinzelnd und schuldbewußt auf. Wenn Glynnis ihn ohne Brille sieht, erfaßt sie stets ein Gefühl der Zärtlichkeit und der gelinden Verzweiflung zugleich. Wahrscheinlich, denkt sie sich, kann er jetzt kaum erkennen, was für ein Gesicht ich mache.

»Wen rufst du an?« fragt Glynnis erschrocken. »Jetzt sag schon, was los ist . . .«

Ian erhebt sich schleunigst, setzt die Brille auf und sagt zerknirscht: »Nein, nein, Glynnis, entschuldige, daß ich . . .« Eine lange Pause, als könne er sich nicht erinnern, was er hat sagen wollen. Glynnis ist ratlos, gekränkt und verärgert; warum er denn ausgerechnet jetzt telefonieren mußte, fragt sie, weiß er nicht, daß ihre Freunde gehen wollen, hat er nicht gemerkt, wie lange er weg war, ist ihm nicht klar, wie unhöflich er sich benimmt, wo alle so nett zu ihm waren, wo der Abend so gut verlaufen ist?

»Es tut mir leid«, sagt Ian, »mir war nicht bewußt, daß ich lange weg war, ich hab irgendwie die Zeit aus den Augen . . .«

»Ian, wie konntest du nur!«

Sein Haar ist zerzaust, sein Schlips gelockert, ein unangenehm feuchter Geruch, vermischt mit einem süßlichen Weinhauch, umgibt ihn. Ein Mann mit schlechtem Gewissen, denkt Glynnis. Ein Ehebrecher.

Ruhig sagt sie: »Irgendwas ist los, Ian . . . Wen hast du angerufen?«

»Ich habe *versucht,* Stanley Brisbane anzurufen, aber es hat niemand abgehoben. Ich versuche schon den ganzen Tag, ihn zu erreichen.«

»Wer ist Stanley Brisbane?«

»Mein Co-Präsident für diese Budapest-Tagung im Oktober ... die Weltbevölkerungskonferenz, die wir zusammen organisieren ... wir müssen Redner besorgen, Diskussionsrunden zusammenstellen. Es gibt da eine kleine Krise, ein Finanzproblem, ich versuche ihn schon seit zwei Tagen in Chicago zu bekommen, ohne ...«

»Ich bitte dich, Ian, laß das doch jetzt«, stößt Glynnis hervor.

Als sie wieder ins Eßzimmer kommen, zeigt sich zu Glynnis' Kummer, daß einige Gäste im Aufbruch sind, und Ian entschuldigt sich durchaus charmant und erklärt die Sache mit dem Anruf, seinem fruchtlosen Versuch, Stanley Brisbane, den Politologen aus Chicago, zu erreichen, erzählt von den Problemen, die es bei der Organisation der Tagung mit Brisbane gibt und so weiter und so fort, er hilft sich und den anderen geschickt über den peinlichen Augenblick hinweg und bringt alles wieder ins Lot. Oder fast ins Lot. Denis, bei dem Alkohol Streitlust und eine merkwürdig sture Loyalität Freunden gegenüber weckt, sagt: »Du hättest dich gar nicht erst mit Stanley einlassen dürfen, der Mann ist ein Armleuchter.« Denis gibt dann eine seiner verwickelten und diesmal auch etwas unzusammenhängenden Geschichten zum besten, und die Hawleys und die Kuhns, die schon im Gehen waren, bleiben noch, und alle lachen über das gleisnerische Gehabe dieses Stanley Brisbane aus Chicago, von dem Glynnis bis zu diesem Moment noch nie gehört hat. Aber sie lacht mit den anderen. Und schenkt sich noch ein Gläschen Crème de Menthe ein. So sündig und so deliziös.

Als das Taxi kommt, um Marvis abzuholen, ist es zwanzig nach eins. Glynnis trinkt, während sie auf Strümpfen das Licht in der Küche, im Eßzimmer und Wohnzimmer ausmacht, in kleinen Schlucken ein übriggebliebenes Glas Bernkasteler Doktor Auslese 1982, schwankend vor Erschöpfung und Euphorie, denn Ian McCulloughs fünfzigster Geburtstag war ein großer Erfolg ... ein denkwürdiger Abend, wie alle sagten ... superbes Essen ... das macht dir keiner nach, Glynnis. Ian, der beim Abräumen geholfen hat und ebenfalls ein wenig schwankt, ist reumütig und zerknirscht, er spricht langsam, jede Silbe sorgfältig artikulierend, wie es seine Gewohnheit ist, wenn er zuviel getrunken hat und es nicht weiß. Zum dritten oder vierten Mal sagt er: »Es tut mir leid, ich hatte nicht gemerkt ... ich wollte nicht unhöflich sein, ich habe wohl die Zeit aus ...«

Und dann kommt Bianca nach Hause, und Glynnis fühlt sich verpflichtet, sie anzusprechen, und sei es auch nur, um dem kleinen Luder zu zeigen, wie belanglos es ist, daß sie nicht da war, wie wenig ihre Mutter sich durch Biancas selbstsüchtige Handlungsweise hat beeindrucken lassen.

»Und war's nett mit ... wer war's doch gleich ... mit Kim?« fängt Glynnis an.

»Ja, Kim«, sagt Bianca rasch und schält sich aus ihrem Pullover. »Ja, doch, es war nett. Und wie war Daddys Party?«

»Daddys Party war schön«, antwortet Glynnis, ohne Ironie, Zorn oder Vorwurf erkennen zu lassen, während Bianca sich gähnend streckt und den Kopf schüttelt wie ein Hund, fast so, als sei ihre Mutter gar nicht da, eine gutaussehende junge Frau, die sich, so will es Glynnis scheinen, als das genaue Gegenteil ihrer Mutter gibt, gewissermaßen ihrer Mutter zum Trotz plump, plattfüßig, primitiv. »Wo habt ihr denn gegessen?« fragt Glynnis.

Bianca zuckt die Schultern. »Es war nichts Besonderes.«

»Ja, aber wo?« fragt Glynnis.

Bianca wendet sich gelangweilt und verdrossen ab und rülpst, ihr Atem riecht nach Bier. »In einer der üblichen Pinten.«

Warum haßt du mich, denkt Glynnis, warum nur, denn ich liebe dich doch oder würde dich lieben, wenn dein Widerstand nicht wäre ...

Mutter und Tochter stehen vor der Tür zu Biancas Zimmer. Es ist zwanzig vor zwei, Ian ist zu Bett gegangen, in dem Haus, das leer wirkt ohne seine Gäste, herrscht betäubende Stille, es ist wie ein auf nächtlicher See in eine rätselhafte Flaute geratenes Schiff. Glynnis betrachtet Bianca, die ihren Blick meidet, möchte am liebsten ihr Gesicht in beide Hände nehmen, möchte es drücken, formen, gestalten, und denkt: Werden wir uns streiten oder uns einen Gutenachtkuß geben? Oder werden wir, abgehärtet gegen das Austeilen und Einstecken von Kränkungen, einfach Gute Nacht sagen und uns abwenden und alles beim alten lassen?

»Ja, dann ...«, sagt Bianca.

»Ja ...« Glynnis wendet sich ab und sagt leise: »Gute Nacht.«

Ian liegt auf dem Rücken, den Unterarm vor dem Licht der Nachttischlampe schützend über die Augen gelegt. Sein Atem rasselt. Er scheint zu schlafen, die langen Beine ausgestreckt, reglos wie eine Steinfigur auf einem Sarkophag.

Glynnis zieht sich ein Nachthemd über, streicht sich aus alter Gewohnheit über die Brüste und hält sie einen Augenblick in den hohlen Händen, es sind Sekunden der Ratlosigkeit und der Trauer. Man sagt ja, daß es der Körper ist, der einen verrät; das Selbst, die Seele bleibt unberührt, und deshalb wird man so jäh, so rücksichtslos zu einer Zwanzigjährigen in einem fünfzigjährigen Körper. Und deine Reise hat ja gerade erst begonnen.

Ich ertrage das nicht, denkt Glynnis.

Irgend etwas wird passieren, und zwar bald, ohne daß ich es will, ohne daß ich dafür die Verantwortung trage – aber was?

Sie denkt an Ian, den sie im Dunkeln in seinem Arbeitszimmer überrascht hat, beim Telefonieren oder bei dem Versuch oder der Absicht zu telefonieren. Ein beruflicher Anruf, warum soll sie es nicht glauben, warum eigentlich nicht. Denn schließlich (denkt Glynnis und faßt wieder etwas Mut) ist es nicht das erste Mal, daß Ian oder ein anderer Kollege, Vincent etwa oder Denis und vor allem Amos, sich ähnlich benommen haben. Geselligkeit bedeutet für Männer nicht dasselbe wie für Frauen, hat Elizabeth Kuhn einmal gesagt, das dürfen wir nie vergessen.

Doch da meldet sich eine alte Erinnerung, eine alte Frage, die ohne Antwort geblieben ist: Im Januar war Ian auf einer Tagung in Boston, er – oder das *Journal* – sollte dort einen Preis entgegennehmen, als aber Glynnis am Samstagnachmittag im Hotel anrief, erfuhr sie, Ian sei schon abgereist. Die Tagung sollte bis Sonntagnachmittag dauern. Ian hatte ihr gesagt, er würde am Sonntagabend wieder zu Hause sein. Wo steckte er? Ich weigere mich, einen seiner Freunde anzurufen, hatte sie gedacht, ich weigere mich, ihm nachzuspionieren.

Und als Ian am Sonntagabend müde, gereizt und geistesabwesend nach Hause kam und ihr erzählte, die Tagung sei »nicht ganz so glatt« verlaufen, es gab da eine zunehmend stärker werdende konservative Fraktion unter seinen Kollegen, eine Art politisch-soziobiologisches Element mit Anklängen von Rassismus, wie er fand, das ihm auch in anderer Beziehung gegen den Strich ging, sagte Glynnis nur: »Und deine Auszeichnung, freut die dich nicht?« Und Ian sagte: »Ja, doch, doch, natürlich . . .«, als sei sie ihm gerade erst wieder eingefallen, und um Glynnis versöhnlich zu stimmen, so wie ein Kind die Mutter versöhnlich zu stimmen sucht, zeigte er ihr das Schriftstück mit dem goldenen Siegel der National Association of Political Scientists und den Scheck über 1500 Dollar. Glynnis hatte sich vorgenommen, ihn nicht auf die Sache mit dem Hotel anzusprechen, aber dann hörte sie sich doch beiläufig fragen: »Wann bist du denn abgereist?« Ohne spürbares Zögern erwiderte Ian: »Heute. Heute nachmittag. Die Tagung ging bis heute nachmittag.« Noch immer beiläufig sagte Glynnis: »Aber ich habe dich gestern angerufen, und da wurde mir gesagt, daß du einen Tag früher abgereist bist«, und sie fügte hinzu, damit es nicht so aussah, als mache sie ihm Vorwürfe, denn im Grunde machte sie ihm ja auch keine, oder so gut wie keine: »Da haben sie offenbar am Empfang was durcheinandergebracht.« Ian hatte sich schon abgewandt und erwiderte über die Schulter: »Ja, genau. Ich meine, so muß es gewesen sein, da haben sie offenbar am Empfang was durcheinandergebracht.«

Und Glynnis hätte ihn am liebsten angeschrien, hätte mit Fäusten nach ihm geschlagen, ihm weh getan und gefragt: Lügst du mich an? Betrügst du mich? Weißt du nicht, daß das Folgen haben wird?

Jetzt legt sie sich leise, um ihn nicht zu stören, ins Bett, macht die Nachttischlampe aus und wendet sich ihm zu, so wie er sich gewöhnlich reflexartig ihr zuwendet, und küßt ihn schlaftrunken; und er wacht auf und küßt sie, aber sein Kuß ist sehr, sehr schlaftrunken, und sie rücken behutsam wieder auseinander. Glynnis schläft gewöhnlich mit dem Gesicht zur Bettkante, auf der rechten Seite, die Arme um den Körper gelegt, eine kindliche Gewohnheit, die sie nie abgelegt hat. Bis auf einige wenige unruhige Nächte und häufiger mal einen Schweißausbruch schläft sie ruhig, ja, träge, unbeweglich liegt sie da, indes eine dunkle, bebende Flut sacht in ihr hochsteigt und sie umschließt, ihr Atem schneller wird und eine Kaskade von Bildern, hauptsächlich Gesichter, auf sie einstürmt; manche sind erkennbar die Gesichter ihrer Freunde (wenn auch grotesk verzerrt wie im Spiegelkabinett auf dem Rummelplatz), meist aber sind es Gesichter von Unbekannten (wenngleich so ungeheuer lebendig in allen Einzelheiten, daß sie kaum glauben mag, daß es nur Erfindungen ihrer losgelassenen Phantasie sind). Wie eine dahineilende Landschaft stürmen diese Bilder auf sie ein, in der sie starr und passiv verharrt und verständnislos zuschaut. Dabei sind es keine Alpträume, und sie führen auch nicht zu Alpträumen, es ist nur der Schlaf der Erschöpfung nach reichlichem Alkoholgenuß, durch den sie sich treibend, stürzend, sinkend vorankämpft, ein Element, das dicht und fließend ist wie Wasser und immer wieder neue Orte, neue Schauplätze hervorbringt ... merkwürdig, sie ist ja barfuß, und die Dielenbretter sind kalt, und es riecht abgestanden nach Essen und Trinken ... jemand hat Wein aufs Tischtuch geschüttet, sagt Ian, ein Jammer, glaubst du, man kriegt es raus, unser schönes Tischtuch, aber der Messingkronleuchter blinkt, und die hohen schlanken Kerzen in den Kandelabern strahlen, der Spiegel über der Anrichte, die Wände und die Schiebetür aus Glas werfen den Widerschein der Flammen zurück, und in der Küche leuchten die Böden der Kupferpfannen wie kleine Monde, und die Hängepflanzen im Fenster beben spinnengleich und haben ihr eigenes geheimes Leben, und warum, denkt Glynnis, warum war Marvis heute abend so ablehnend, so ernst und teilnahmslos, dabei ist Glynnis immer so nett zu ihr, großzügig zu Weihnachten und nie herablassend, darauf achtet sie sehr, was wollen sie eigentlich, diese schwarzen Frauen, genaugenommen sind die Frauen ebenso unergründlich wie die Männer, was wollen sie von uns, was wir ihnen offenbar nicht geben können? ... aber da stehen Glynnis und Ian an der Tür und verabschieden sich von ihren Freunden, die Glynnis auf die erhitzte Wange küssen, und sie erwidert die Küsse glücklich, ja begierig, Denis' Liköratem weht ihr ins Gesicht, sie lacht und zuckt ein wenig und schiebt ihn weg, oder ist es ein anderer Mann, ein Unbekannter, den sie wegschiebt, während eine Frau, die sie nicht erkennt, sich auf die Zehen stellt und Ian einen Gutenachtkuß gibt, nein, es ist Roberta – oder ist es Meika –, es *ist* Roberta, aber ihre Hand ist knochig und kalt, Glynnis gibt sie erschrocken frei, läßt sich aber ihr Erschrecken nicht anmerken, ihr Gesicht ist starr wie eine Maske und läßt kein Erschrecken erkennen, ich liebe euch beide, ich liebe liebe liebe euch beide, ich ertrinke in euch allen.

Und die Tür in der Glaswand wird behutsam geschlossen.

Die McCulloughs machen das jetzt schon ganz instinktiv.

Man lernt es rasch, wenn man in einem Glashaus lebt.

Auf bloßen Füßen schwebt Glynnis durch die vielen Räume ihres Hauses, die, obschon ihr etliche unbekannt vorkommen, dennoch die ihren sind und für die sie Verantwortung trägt; in einem, der dunkel ist wie eine Höhle, entdeckt sie ihre Tochter oder das Kind, von dem ihr versichert wurde, es sei das ihre, als man es ihr in den Arm legte, sie schläft fest wie ein Baby, so fest, daß man sie nicht wecken kann; und wieso trage *ich* die Verantwortung, protestiert Glynnis, was soll *ich* denn machen? Und in einem anderen Raum, dessen Wände in eigentümlichem Winkel aneinanderstoßen, einem Raum mit drückend niedriger Decke, in dem die Luft feucht ist wie in einem Gewächshaus, liegen Ian und Glynnis, die McCulloughs, unter der vertrauten Decke, voneinander abgewandt in der Intimität und Einsamkeit des Schlafes, die Leiber nach innen gekrümmt wie die von Weichtieren, denen man gewaltsam die schützende Schale genommen hat; Zwillinge, die beiden, wenn auch in der Intimität und Einsamkeit des Schlafes entschlossen voneinander abgewandt. Und Glynnis empfindet unvermittelt Zorn und Ungeduld, wenn sie diese Menschen betrachtet, sie gähnt, daß ihr die Kiefer weh tun, ein gewaltiges Gähnen ist es – wie jenes, das sie in der Küche ankam, im hellen Licht der Küche, während Marvis geräuschvoll Geschirr vorspült, geräuschvoll die Geschirrspülmaschine belädt, bis auf die Stücke, die so empfindlich sind, daß sie nicht der Maschine anvertraut werden können, sondern mit der Hand gespült werden müssen, inzwischen weißt du doch sicher, welche es sind, Marvis, lange genug sind wir beide ja schon beisammen ... Ganz hinten an dem schön gedeckten Tisch sitzt ein großer, bleicher Fremder, läßt sich ihr Essen schmecken, trinkt ihren Wein und zeigt in einem breiten Grinsen die Zähne, aber das Kerzenlicht blendet Glynnis, sein Gesicht kann sie nicht erkennen.

Jetzt aber ist das Haus leer, und die Stille ist betäubend. Ein Schiff in der Flaute, das aufs Meer hinaustreibt. Mit ihren nackten Füßen ist sie dort angekommen, wo das Eßzimmer ins Wohnzimmer übergeht, die hintere Wand kann Glynnis, obgleich sie gute Augen hat, nicht erkennen, sie löst sich auf in dunkle Nacht, Spiegelglaswände und Fenster und Schiebetüren werden eins mit der Nacht, wortlos, sprachlos, und Glynnis denkt triumphierend: Mein Haus. Meine Familie. Mein Leben. Meins.

Glas

1

Das Ende kam rasch und unwiderruflich. Und ganz gewiß nicht vorsätzlich.

Es war der 23. April und zu warm für die Jahreszeit, und als Ian bei Anbruch der Dämmerung aus dem Institut kam, konnte man meinen, es sei ein lauer Sommerabend; die Luft duftete blumig und kristallklar zugleich. Ein herzzerreißender Abend, dachte Ian. Das Gefühl des Schwindels, des ruderlosen Dahintreibens, des hilflosen In-der-Luft-Hängens, das ihn seit so vielen Wochen – oder schon Monaten? – quälte, war noch intensiver geworden, als habe sich die Luft selbst gewandelt. Ich kann nicht atmen, dachte er, ich werde ersticken, wenn ich mein Haus betrete.

Er parkte den Honda an der üblichen Stelle auf der gekiesten Auffahrt, registrierte, daß Glynnis' Kombi an der üblichen Stelle im Carport stand, erinnerte sich dunkel, draußen etwas gesehen zu haben, was dort nicht hingehörte, sollte aber erst am nächsten Tag darauf kommen, was es war: ein längliches Päckchen, der Größe und Form nach eine Sendung der Musical Heritage Society mit einer von Glynnis bestellten Schallplatte. Demnach war die Post nicht hereingeholt worden wie sonst, wenn Glynnis' Wagen in der Einfahrt stand, wenn Glynnis zu Hause war. Wenn Glynnis später als Ian heimkam, lief er manchmal durchs Haus und suchte ziellos nach etwas, was er nicht hätte benennen können, sah auf den Küchentisch, wo Glynnis gewöhnlich die Post sortierte, hatte aber das dunkle Gefühl, daß das, was er suchte, vielleicht auch auf seinem Schreibtisch sein könnte, denn dort legte Glynnis ihm zuweilen die Post hin. Wenn er sich große Mühe gab, fiel ihm ein, wonach er eigentlich suchte, meist aber verdrängte er den irritierenden Gedanken und vergaß ganz einfach, die Post ins Haus zu bringen, was Glynnis amüsierte oder ärgerte – je nachdem. »Du überläßt aber auch wirklich alles mir«, sagte sie dann halb im Scherz, und obwohl diese Beschuldigung sicher ungerecht war, konnte Ian sie nicht widerlegen. Er lebte in einer eigenen Welt, seit seiner Jugend schon. Und neuerdings war es damit wohl noch schlimmer geworden.

Heute früh hatte Ian um viertel vor acht an seinem Schreibtisch im Institut gesessen. Mit einem der Computerprogramme für das Projekt des Health Service hatten sich Probleme ergeben, durch die Entfernung noch lästiger war das Problem, an welchem Tag Ian seinen Vortrag auf der Ende Mai stattfindenden Zweiten Internationalen Jahrestagung über »Hunger und die ›Erste Welt‹« in Frankfurt halten sollte. (Der Vortrag selbst, von dem er sich sehr viel versprach, war noch nicht geschrieben, er bestand derzeit lediglich aus handschriftlichen Notizen und seitenweisen Computerausdrucken und widersetzte sich hartnäckig der klaren, formvollendeten Logik, die Ian McCulloughs beste Arbeiten auszeichnete. Ich schlaf noch einmal drüber, beschloß er, es hat ja noch ein paar Tage Zeit, kein Grund zur Panik.) In seinem Büro erwartete ihn die übliche bedrückende Postschwemme, darunter gerade jetzt im Frühjahr auch zahlreiche der so entmutigenden, weil so häufigen Bitten früherer Studenten, früherer Kollegen, früherer Freunde um einen Empfehlungsbrief (für eine Hochschulstelle, ein Stipendium von Guggenheim, Rockefeller, der National Endowment undundund). Manchmal denke ich, daß ich einfach nicht sterben darf, pflegte Denis zu sagen, was soll denn sonst aus meinen Schützlingen werden? Den ganzen Tag, unentwegt und unermüdlich, läutete das Telefon: Manche Anrufe nahm Ian in seiner Eigenschaft als Herausgeber des *Journal of International Politics* entgegen und manche in seiner Eigenschaft als Leiter des demographischen Forschungsteams und manche einfach als Ian McCullough. Wenn er eine Weile nicht an seinem Platz gewesen war – fünfmal in der Woche spielte er am späten Vormittag Squash, meist aß er hinterher zusammen mit den Freunden im Speisesaal des Instituts –, fand er bei seiner Rückkehr ein ordentlich ausgerichtetes Häufchen kleiner rosa Zettel, auf denen Mrs. Fairchild, seine Sekretärin, vermerkt hatte: *Nachricht von . . . – bittet um Rückruf.* Stets stürzte er sich geradezu auf diese rosa Zettel und sah sie rasch durch, in Furcht und Hoffnung zugleich. Hatte sie ihn angerufen? Nein? Ja? Heute? Aber warum nicht heute? Ihre Anrufe waren unberechenbar.

Er rief nicht gern bei ihr an, tat es aber natürlich manchmal doch. Die Poughkeepsie-Nummer wußte er längst auswendig und konnte sie so schnell eintippen, wie sein Zeigefinger sich bewegte, es war so etwas wie eine gewohnheitsmäßige Muskelzuckung, die kaum noch bewußtes Nachdenken erforderte. Am anderen Ende der Leitung, in der bezahlten, aber in letzter Zeit so selten benutzten Wohnung, läutete das Telefon, unentwegt und unermüdlich, und Ian McCullough krampfte die Hand um den Hörer und dachte, ja, gut, niemand zu Hause. Gut.

Meist aber arbeitete er natürlich. Am Schreibtisch oder im Computerraum oder in der Institutsbibliothek, einem eindrucksvollen Raum mit gewölbter Decke und dicken Teppichen, in dem der einzelne zur Bedeutungslosigkeit schrumpfte, nicht von der Größe her (denn die hochspezialisierte Bibliothek war im Verhältnis nicht allzu umfangreich), sondern angesichts der geordneten Bücherreihen, der Bücher bis zum Boden und der Bücher bis zur Decke, angesichts der gestrengen Porträts großer Männer wie Hobbes, Comte, Bentham, Mill, Marx, Engels, Spencer, Durkheim, William James, John Dewey; angesichts der Glasvitrinen mit Schaustücken – neu erworbenen, alten, seltenen oder auch nur sehr teuren Büchern wie der *Ilias* in goldbesticktem Ledereinband, aufgeschlagen bei den Worten des Achill an Lykaon, der ihn um Gnade bittet:

Jetzt aber ist es nicht mehr, daß dem Tode entkomme, wen immer
Mir ein Gott vor Ilion hier in die Hände geworfen
Von den Troern allen, am meisten von Priamos' Söhnen,
Also Freund, stirb auch du; warum denn jammerst du also?
Starb doch Patroklos auch, der doch viel besser als du war,
Siehst du denn etwa nicht, wie ich selber schön bin und groß bin?
Edlem Vater entstammt, eine Göttin gebar mich als Mutter;
Aber auf mir liegt auch der Tod und das mächtige Schicksal.

Es wird Morgen sein oder Abend oder auch Mittag,
Wenn auch mir im Kampfe einer das Leben hinwegnimmt
Oder mich mit dem Speere trifft oder Pfeil von der Sehne.

... Worten, die hinter der blinkenden Wölbung der Scheibe in Ian ein ebenso heftiges wie unerklärliches Gefühl der Vernichtung weckten, so daß er unverzüglich die Bibliothek verlassen und den kleinen Waschraum hinter seinem Büro aufsuchen mußte, um niemanden merken zu lassen, wie aufgewühlt er war.

Meist aber saß er an seinem Schreibtisch und arbeitete für alle sichtbar und scheinbar zufrieden vor sich hin. Seine jungen Assistenten witzelten hinter seinem Rücken über die Tyrannei des Ian McCullough – nicht, daß der Mann selbst tyrannisch gewesen wäre, »ein wunderbarer Mensch, man kann so gut mit ihm reden, er ist so lieb, so bescheiden«, nein, als tyrannisch empfanden sie seine beruflichen Anforderungen, was Integrität, Fleiß und Zielstrebigkeit betraf, die er selbst beispielhaft erfüllte.

Ian wäre es nicht lieb gewesen, wenn sie – oder andere Leute – gewußt hätten, daß er sich neuerdings in die Arbeit stürzte wie ein Schwimmer in die Welle, die auf ihn zurollt und ihn verschlingen wird. Augen zu und durch ... eine andere Möglichkeit gab es nicht.

Am Vorabend war es wieder passiert, oder vielmehr nicht passiert, und Glynnis mit ihrem ausgeprägten Talent zur Selbstverletzung murmelte: Du liebst mich nicht, ich bin dir gleichgültig, daran hängt es doch, du liebst eine andere, ist es das? – Und Ian protestierte, was hätte er sonst tun können? Er war ja selbst verletzt und ratlos, beunruhigt und voller Groll, ja, auch das, voller Wut und Groll, natürlich liebte er sie, sagte er, natürlich, und jetzt Schluß damit, ja?

Das Thema war schließlich nicht neu. Im Verlauf von sechsundzwanzig Jahren, ja, mitunter gleich zu Anfang ihrer Ehe, wie Ian sich unbestimmt zu erinnern meinte, war er impotent gewesen – wenn »impotent« das richtige, das nicht zu brutale klinische Wort war –, und zwar nicht, wie Glynnis glaubte, weil sie ihm gleichgültig gewesen wäre, und ganz gewiß nicht, weil er sie ablehnte, wie sie neuerdings annahm, sondern weil es sich einfach so ergab. Und das andere sich eben nicht ergab.

»Zerstreut« nannte ihn Glynnis, wenn sie ihren versöhnlichen Tag hatte, »fischblütig«, wenn dies nicht der Fall war.

Manchmal hatten sie über die Möglichkeit gesprochen, zu einer Eheberatung oder »in irgendeine Therapie« zu gehen – nicht in Hazelton natürlich, wo jeder jeden kannte, sondern in New York City, aber für einen so verzweifelten Schritt war das Problem irgendwie nie ernst genug, nie chronisch genug gewesen. Und sie hatten beide immer so viel zu tun. Und waren überdies nicht der Typ für so was, keiner in ihrem Kreis war das. (Mit Ausnahme von Leonard Oppenheim und Paul Owen, die beide als junge Männer zur Psychoanalyse gewesen waren, aber Leonard und Paul waren schwul und dadurch vermutlich weniger gut an den Alltag angepaßt.) Ihr Stolz hätte es Glynnis nie gestattet, sich bei einem ihr Unbekannten »auszukotzen«, wie sie es sehr salopp ausdrückte, und der arme Ian hätte gar nicht gewußt, was man da sagt. Soll man sich entschuldigen? Stotternd eine Art Verteidigungsrede vorbringen? Darauf hinweisen, daß sich die Natur nicht ins Handwerk pfuschen läßt?

Neu – rätselhaft neu – war seit der Geburtstagsparty, wie emotional, wie überaus emotional Glynnis reagierte, neu war auch die erschreckende und nach Ians Ansicht völlig untypische Bitternis, die sich jetzt artikulierte, als sei sie nur aus Barmherzigkeit so lange unten gehalten worden. *Das* war das eigentlich Überraschende, das Kränkende. Seit Jahren kam und ging das Problem, nahm zu und ab, einem eigenen undurchschaubaren Zyklus folgend, abhängig von so vielen Faktoren in ihrem gemeinsamen Leben, einem solchen Wust von häuslichen, gesellschaftlichen, beruflichen Zufälligkeiten, daß es zur Diagnose der Ursachen und für Schuldzuweisungen der Vielschichtigkeit einer demographischen Studie bedurft hätte. Doch das gekränkte Gehabe, der kindlich verzogene Schmollmund, der unstete Blick, in dem, soweit er sehen konnte, keine Zuneigung, nicht einmal Mitleid lag, dieser Blick, der ihn gar nicht wahrzunehmen schien – das alles schien sich bei diesen meist in beklommenem Schweigen ablaufenden Szenen stetig zu verschlimmern, obschon Ian keine Gründe dafür hätte nennen können (bis auf den einen, den er eben nicht nennen konnte).

Am Tag nach Ians Geburtstag hatte es zwischen ihm und Glynnis einen unklaren Streit um eine Bagatelle gegeben, der sich aber über Stunden hingezogen und ihnen den ganzen Abend verdorben hatte, einen Abend, der eigentlich, weil Bianca zu Hause war, etwas Besonderes hätte sein sollen. Und wenige Tage später gab es einen neuen Zusammenstoß, neuen Streit; die Gefühle schlugen hoch und wüteten zerstörerisch wie ein Buschfeuer in der Trockenheit.

»Das war wohl ein Mißgriff«, sagte Glynnis, »diese Überraschungsparty für dich.« Sie hatte es leise gesagt, dennoch klang die leichte Betonung des *dich* Ian grell in den Ohren.

Natürlich widersprach er, die Party sei eine wunderbare Idee und in der Ausführung ein großer Wurf gewesen, allen hatte sie fabelhaft gefallen, *ihm* hatte sie gefallen, was sollte er sonst noch sagen? »Hier sehen wir doch auch alle sehr vergnügt aus ...« Er deutete auf die Serie von Polaroidfotos an Glynnis' Pinnbord. »Ich sehe geradezu supervergnügt aus«, sagte er, obschon sein schmales, hageres Gesicht, vom Blitzlicht überrascht, kalkig und sonderbar verzerrt und sein Lächeln zu breit war, um überzeugend zu wirken. »Und du strahlst doch richtig!«

(Denn Glynnis, die langjährige Übung im Fotografiertwerden hatte und von Natur aus fotogen war, wußte offenbar genau, wie man in die Kamera lächeln muß, eine gezwungene Pose, die aber auf dem Film zu lockerer Lässigkeit mutierte.)

Glynnis aber mochte, ja konnte offenbar keine Ruhe geben, wieder einmal kam sie auf seine »Zerstreutheit« zu sprechen und auf das lange Telefongespräch, das er geführt hatte und das, wie sie sagte, Zeit bis zum nächsten Morgen gehabt hätte. »Ich habe kein Telefongespräch geführt«, sagte Ian gereizt, »ich habe es versucht und bin nicht durchgekommen.« »Aha ...« Glynnis zündete sich eine Zigarette an und sah ihm gerade ins Gesicht. »So war das also.« Ian verließ das Zimmer, sein Herz klopfte schnell, draußen blieb er stehen, bereute seinen Rückzug, machte kehrt und sagte, da Glynnis schon gefragt habe, da sie auf der Sache ständig herumreite, ja, er sei an diesem Abend tatsächlich recht zerstreut gewesen ... zunächst durch Biancas

Auftritt, aber auch ... wie sollte er es ausdrücken? ... durch ein unbehagliches Gefühl, daß die Party etwas Schrilles, Anmaßendes hatte. »Eine Art Selbstbeweihräucherung«, sagte er.

Kaum waren die Worte heraus, wußte er, daß es schlimme Worte waren, Worte, die sich nicht zurücknehmen ließen, aber etwas Aufgewühltes, Beklemmendes in Glynnis' Miene drängte ihn, weiterzusprechen. »Ich hatte irgendwie den Eindruck, daß das alles eine Nummer zu groß war.«

»Aber es war doch dein fünfzigster Geburtstag«, sagte Glynnis, es klang schwach und schmerzlich, als hätte er sie geschlagen. »Wir haben doch auch schon andere Partys erlebt, die ... so waren.«

»Mein fünfzigster Geburtstag ... Als ob mir das wichtig gewesen wäre!« Und mit einem schwachen Versuch zu scherzen fügte Ian hinzu: »Du solltest inzwischen wissen, wie schnuppe mir Geburtstage sind.«

»Aber ich liebe dich«, sagte Glynnis störrisch, als sei das ein stichhaltiges Gegenargument.

Reuevoll versuchte Ian seine Bemerkung abzuschwächen, denn ganz so hatte er es ja nicht gemeint. Aber Glynnis war verletzt und schlug in ihrer Verwirrung und Wut zurück, und Minuten später sprachen sie schon wieder im Zorn miteinander, mit krude erhobener Stimme. Und wieder verließ Ian das Zimmer, Schmerz saß zwischen seinen Augen, und sein Herz klopfte so rasend, daß er Angst hatte zu ersticken, und Glynnis rief ihm haßerfüllt nach: »Dann geh doch, geh! Geh zur Hölle!«

(Es war eine einigermaßen ironische Situation – nach Hazeltons Maßstäben hätte man wohl von Komik sprechen müssen –, daß Ian zu seiner Flucht in die Stadt das rasante Schwinn-Rennrad benutzte, das Glynnis ihm zum Geburtstag geschenkt hatte. In diesem Moment hätte er es, erregt wie er war, nicht gewagt, sich in seinen Wagen zu setzen.)

In einer Telefonzelle wählte er eine der Nummern, die Sigrid Hunt ihm gegeben hatte, eine Nummer in Manhattan, und nachdem er es lange, lange hatte läuten lassen, meldete sich eine Frau: Nein, Sigrid war nicht da, nein, sie wußte nicht, wo Sigrid war, nein, sie konnte keine Nachricht entgegennehmen, leider. Mein eigenes Leben, sagte sie mit einem Hauch von Bosheit, ist schon kompliziert genug.

Er sei ein Bekannter von Sigrid aus dem Norden, erklärte er verlegen, sein Name sei Ian. Es läge ihm sehr viel daran, sie zu sprechen oder wenigstens zu wissen, wie es ihr ging. Gesundheitlich zum Beispiel ... Es gab eine Pause, im Hintergrund hörte man Gemurmel, vielleicht war Sigrid doch da und würde jetzt gleich ans Telefon kommen. Aber dann sagte die Frau: »*Ihr* geht's gesundheitlich gut, Mister.« Das Hintergrundgeräusch – es hörte sich fast an wie unterdrücktes Gelächter – wurde lauter. »Und *Ihnen*?«

Eine grausame, unnötige Bemerkung; dann summte das Freizeichen höhnisch an Ians Ohr. Seine Wangen brannten wie nach einer Ohrfeige. Die hast du auch verdient, dachte er.

2

Ein paar Wochen zuvor, im März, war Ian mit der Überzeugung aufgewacht, Sigrid Hunt sei etwas zugestoßen, denn er hatte seit Wochen nichts mehr von ihr gehört, war nach der Abtreibung nur einmal kurz in Manhattan mit ihr zusammengewesen (sie hatte den Eingriff in der Stadt vornehmen lassen, ohne Fermi etwas davon zu sagen, zumindest hatte Ian es so verstanden. Es war alles so verwirrend zweideutig in Sigrid Hunts Beziehung zu diesem Mann, den sie ihren Verlobten nannte).

Er dachte an ihre Wohnung über der Garage, die für ihn etwas so Romantisches hatte, dachte an die Versuche der jungen Frau, sich ein wenig Schönheit, ihren eigenen Raum und Stil zu schaffen in einem verfallenen, vergammelten Gebäude, dessen Obergeschoß als Lagerraum diente. Der Schauplatz des Verbrechens, dachte er. Wenn ihr etwas zugestoßen ist, dann dort.

An jenem Morgen fuhr Ian nicht ins Büro, sondern nach Poughkeepsie, in die Tice 119, und versuchte den Hausmeister davon zu überzeugen, daß womöglich – nicht unbedingt, aber unter Umständen eben doch – der jungen Frau, die die Wohnung über der Garage gemietet hatte, etwas zugestoßen war, daß sie aufschließen und nachsehen müßten. »Ich habe immer wieder angerufen«, sagte Ian nervös. »Unter dieser Nummer und anderen Nummern, die sie mir gegeben hat. Angeblich soll sie hier sein, aber hier meldet sich niemand.«

Der Hausmeister, der etwa in Ians Alter sein mochte, aber sonderbar eingeschrumpft und tranig wirkte, dabei aber einen listig-scharfen Schielblick hatte, zauderte zunächst, dann tat er ihm den Gefallen, ohne, wie Ian gefürchtet hatte, zu fragen, wer er sei, ja ohne eine einzige Frage zu stellen. Er sagte nur, er habe sie (er sprach von Sigrid Hunt immer nur als »sie«) schon eine Weile nicht mehr gesehen, achte aber sowieso nicht weiter auf die Mieter, er stecke seine Nase nicht in fremder Leute Angelegenheiten, »das lernen Sie schnell in so einem Haus«.

Doch Sigrid Hunt war nicht in der Wohnung; die Wohnung war völlig leer, sie war genauso unordentlich und roch genauso muffig, wie Ian sie in Erinnerung hatte. Er empfand heftige Erleichterung, aber auch Enttäuschung. Wie reduziert, wie armselig, wie unbedeutend dies alles wirkte ohne Sigrid Hunt. Nur mit einem schlotternden Ian McCullough und einem Fremden, der bei flüchtigem Hinsehen irgendwie mißgestaltet wirkte und dessen merkwürdig lauter Atem wie Hohn klang.

Keine dürftig bekleidete Frauenleiche, keine Anzeichen eines Kampfes, nichts, was Ians Aufdringlichkeit entschuldigt hätte. Schließlich war er nicht mit ihr verwandt, war nicht mal ihr Liebhaber. »Tut mir leid, daß ich sie belästigt habe«, sagte er schuldbewußt.

Hier das Couchbett mit der hastig über zerknülltes Bettzeug gezogenen scharlachroten Tagesdecke, dort der schräggestellte Schneiderspiegel, in dem sich jetzt nur eine Wand spiegelte. Die kleinen Webteppiche schienen ihm weniger farbenfreudig und schmutziger, als er sie in Erinnerung hatte, die abstrakten Kreationen der Georgia O'Keeffe ließen die kühle Eleganz vermissen, die er in Erinnerung hatte, es waren jetzt einfach ausgeschnittene Zeitschriftenbilder. In der Miniküche summte träge eine aus langem Winterschlaf erwachte Fliege, in der Spüle standen Teller und mehrere schlierige Gläser, und Ian zuckte es in den Fingern, sie zu spülen, zu polieren und wegzuräumen. Wäre er allein und unbeobachtet gewesen, hätte er gern ein wenig geschnüffelt, hätte in ihren Kleiderschrank und ihre Kommodenschubladen gesehen. Aber er warf nur einen Blick ins Badezimmer, und das war natürlich leer. Wieder sah er den Hausmeister an, dessen Namen er nicht kannte, und sagte: »Ja, also ... es tut mir wirklich leid ...«

Der Mann lehnte mit übereinandergeschlagenen Armen lässig am Türrahmen und beobachtete Ian. Das linke Lid zuckte, als könne er seiner Heiterkeit kaum mehr Herr werden. »Braucht Ihnen nicht leid zu tun, Mister«, sagte er hinterhältig. »Zumindest hat keiner sie abgemurkst, und darum ging's Ihnen ja wohl.« Im Hinausgehen gab Ian, der sich in Grund und Boden schämte, dem Mann 25 Dollar für seine Mühe, und überlegte bei der Rückfahrt, ob 25 Dollar genug gewesen waren.

Aber wieviel wäre genug unter diesen Umständen, die mir so ganz neu und fremd sind?

Vor ein paar Jahren hatte Denis ziemlich verklausuliert und sehr befangen erzählt, daß er und Roberta »eine schwierige Zeit« in ihrer Ehe durchmachten, daß eine Scheidung im Bereich des Möglichen lag ... »das muß ich jetzt Roberta überlassen«. Ian hatte Denis fassungslos angesehen und nicht gewußt, was er sagen sollte. Solche Vertraulichkeiten, solche unvermittelten Enthüllungen waren nicht Ian McCulloughs Stärke und die von Denis Grinnell auch nicht. Ian hatte stotternd eine Antwort herausgebracht und ein paar täppisch-ratlose Fragen gestellt. »Ihr wirkt beide so glücklich, eigentlich so glücklich wie immer, es macht alles einen so ...« – er zögerte, wußte nicht, was er sagte oder meinte ... – » ... so nahtlosen Eindruck.«

Sie saßen in Denis' Büro und sahen die Fahnen für die nächste Ausgabe des *Journal* durch. Es war später Nachmittag, die meisten Büroangestellten hatten das Haus verlassen. Denis war schon eine Weile zappelig und zerstreut gewesen, aber Ian hatte nicht weiter darauf geachtet, und jetzt dachte er auch an Roberta; wann hatte er Roberta zum letztenmal gesehen, und war nicht Glynnis praktisch täglich mit ihr zusammen oder telefonierte mit ihr? »Ja, genau«, sagte Denis, betroffen von Ians eigenartiger Formulierung. »Das ist Hazeltons Ideal: die nahtlose Fassade.«

Im wesentlichen, sagte Denis, sei es seine Schuld, nein, es sei gänzlich seine Schuld, er hatte sich mit einer anderen Frau eingelassen. »Ich kenne sie beruflich, sie wohnt in La Jolla, wir hatten uns auf einer Tagung kennengelernt, wir sind meist auf Tagungen zusammengekommen, es ist niemand, den du kennst . . .«, betonte Denis, »den ihr kennt, du oder Glynnis.« Jetzt war seine Verlegenheit bodenlos, seine Ohren waren rot angelaufen, er konnte Ian nicht in die Augen sehen. »Ich habe mich wohl lächerlich gemacht, es war ein unbedachter Schritt, aber danach konnte ich nicht mehr zurück. Ich wollte der Frau nicht weh tun, und ich fand sie ja wirklich attraktiv, ich will das nicht herunterspielen, sehr attraktiv sogar, es war wie eine Obsession . . . eine Zeitlang. Ich habe versucht, Roberta begreiflich zu machen, daß es ein Fehler, ein Mißgriff meinerseits war . . . Daß es nichts mit ihr zu tun hatte . . . und ich glaube, das hat sie jetzt verstanden.«

»Was würde passieren, wenn es zu einer Scheidung käme?« fragte Ian.

»Wie meinst du das? Für mich beruflich? Wahrscheinlich würde ich wegziehen.«

»Wegziehen? Aus Hazelton? Aber wohin?«

»Das weiß ich nicht, und daran will ich auch jetzt noch gar nicht denken. Die Entscheidung liegt, wie gesagt, bei Roberta, ich denke, es wird sich wieder einrenken . . .«

Ian war gekränkt und voller Groll. In diesem Moment schien es ihm, als habe Denis Grinnell ihn verraten, so wie er auch Roberta verraten hatte. Waren sie nicht eng befreundet, standen sie sich nicht nah wie Brüder – oder zumindest so, wie die Bruderlosen sich Brüder in ihrer sentimentalen Vorstellung ausmalen? »Ich glaube, ich käme ohne dich gar nicht zurecht hier im Institut und beim *Journal*.« (Was ein wenig übertrieben und im Grunde auch recht unwahrscheinlich war.) Denis, verunsichert durch die Wendung, die das Gespräch genommen hatte, darauf bedacht, es so schnell wie möglich abzuschließen, sagte rasch: »Mir geht es ja mit dir genauso.«

Damit beendeten sie das Thema und kamen nie wieder darauf zurück.

Und zu Ians unsäglicher Erleichterung ging die Ehe der Grinnells nicht auseinander, sondern bewies ihre von Hazelton so geschätzte Nahtlosigkeit.

Wie jeder Liebhaber – dabei war er natürlich kein Liebhaber – glaubte Ian McCullough mitunter Sigrid Hunt an den unwahrscheinlichsten Stellen zu sehen – im örtlichen Einkaufszentrum, im Speisesaal des Instituts; er sah ihr langes, schimmerndes, rot geriffeltes Haar, ihre schlanken Schultern, ihr Profil, das sich von ihm abwandte – oder glaubte das alles zu sehen. Aber er war klug genug, nicht ihren Namen zu nennen oder gar zu rufen. Es war nicht Liebe, was er für sie empfand, sondern – wie sollte er es definieren – eine tiefe Besorgnis, Sympathie, so etwas wie ethische Verantwortung. Denn alles, was er von dem Leben der jungen Frau wußte, ließ auf eine ebenso schlampige wie modische Beliebigkeit schließen, eine Daseinsform, die er moralisch zutiefst mißbilligte.

Und natürlich liebte er Glynnis.

Selbst wenn er sich mitunter gegen sie auflehnte, sich über sie ärgerte oder ihretwegen in Wut geriet – er liebte sie, das war absolut und endgültig.

Denn er konnte sich sein Leben, sein Ich nicht ohne sie vorstellen. Sie hatte ihm dieses Leben gerettet, als er nahe daran gewesen war – zumindest in Gedanken –, es wegzuwerfen, und sie rettete es immer wieder, jeden Tag neu.

Trotzdem telefonierte er hin und wieder mit Sigrid, gab ihr Ratschläge, die sie akzeptierte oder zu akzeptieren vorgab, um ihm zu schmeicheln. Nach der Abtreibung hatte sie eine Weile bei Bekannten in Manhattan gewohnt, in einer Dachwohnung in der Vandam Street unterhalb von Houston; sie hatten sich auf einen Drink in einem Restaurant in der Seventh Avenue getroffen, und Ian, der eigens in die Stadt gekommen war, hatte sie auch zum Abendessen ausführen wollen, aber Sigrid war nicht frei. Mein Leben ist jetzt so kompliziert, sagte sie mit echtem oder zumindest echt wirkendem Bedauern, und Ian hatte gelacht und gesagt: Wann war dein Leben nicht kompliziert? Er konnte nicht feststellen, ob sie noch Kontakt mit Fermi Sabri hatte oder ob es einen anderen Mann – andere Männer – in ihrem Leben gab. Er war eifersüchtig, aber nur im abstrakten Sinne. Ja, natürlich, nur in abstraktem Sinne.

An dem Abend der Geburtstagsparty hatte Ian versucht, Sigrid Hunt anzurufen, nur um wieder einmal mit ihr zu sprechen, um ihre Stimme zu hören. Er hatte viel Spaß an der Party gehabt, er hatte ziemlich viel getrunken und war sehr gerührt von der Zuneigung seiner Freunde und der Mühe, die sich Glynnis gegeben hatte – der Château Mouton-Rothschild zum Beispiel war der erste wirklich gute Wein, den die McCulloughs sich hatten leisten können, zum ... war es zum fünften Hochzeitstag gewesen? –, und natürlich wußte sie das noch und brachte eben diesen Wein zum Hauptgang auf den Tisch. Und dann das Schwinn-Rennrad, das Ian sich selbst bestimmt nie gekauft hätte ... Ja, er hatte nach Überwindung der ersten desorientierenden Schrecksekunde wirklich viel Spaß an der Party gehabt, bis ihn ganz plötzlich, vielleicht weil er schlichtweg zuviel gegessen und getrunken hatte, eine Welle des Ekels, vor allem des Selbstekels, überrollte, wie er da an seinem Ende des Tisches saß und sich und sein Alter feiern ließ gleich einem archaischen Menschenopfer, einem jener totemistischen Halbgötter oder unglückseligen Könige, von denen man in den Aufsätzen der Anthropologen liest. Leckerbissen, die man dem (Schrumpf-)Kopf des Opfers in den Mund legt.

Ich bekomme hier keine Luft, hatte er gedacht und war aufgestanden.

Unauffällig hatte er sich in sein Arbeitszimmer verzogen und sich gesagt, daß ihn niemand vermissen würde, denn in dieser Phase des langen, gemächlichen Mahles hatte sich immer wieder der eine oder andere Gast entschuldigt, um zur Toilette zu gehen. Es war wohl töricht gewesen, ja, sicher war es töricht gewesen und geradezu ein Verzweiflungsakt. Und als er die Leuchttasten seines Telefons antippte, hatte er sich mit dem Gedanken beruhigt, daß sie sich bestimmt nicht melden würde; es gab keine Berührungspunkte in ihrer beider Leben, und dabei konnte er aus dem anderen Teil des Hauses die Stimmen und das Gelächter der Freunde hören, eine ferne Brandung.

3

Wie an jenem Abend fragte Glynnis ziemlich scharf: »Ist was, Ian? Herrgott noch mal, was ist bloß *los* mit dir?«

Sie sprach mit schwerer Zunge. Sie war betrunken. Und sehr wütend.

Ian hatte im Innenhof gestanden – wie lange, das wußte er nicht –, hatte einfach dagestanden und die immergrünen Gehölze angestarrt, die er vor fünfzehn Jahren gesetzt hatte, deren Namen, wohlklingende Namen vermutlich, er längst vergessen hatte wie so vieles Wohlklingende, Lyrische, Zärtliche, Kostbare in seinem Leben. Sie hatten ausladende Zweige, die bis zum Boden reichten, bläulich-grüne Nadeln, spitzig wie Rosendornen, und einen intensiven Geruch, der Ian sehr gefiel, einen schönen Geruch, wenn man von einem Geruch sagen konnte, er sei schön.

Rasch, als habe er die ganze Zeit über derlei praktische Fragen nachgedacht, sagte Ian: »Diese Immergrüne kränkeln ein bißchen, vielleicht sollte ich sie zurückschneiden.« Er hielt inne, wagte kaum hochzusehen, denn Glynnis beobachtete ihn gewiß schon eine Weile, hatte ihn wieder einmal bei einer seiner Träumereien ertappt.

Doch als er aufblickte, war die Schwelle leer, die Tür stand weit offen.

Er hatte ein unbehagliches Gefühl, als er das Haus betrat, er rief nach ihr, es herrschte eine drückende, gespannte Atmosphäre, zumindest schien es ihm so in seiner Besorgnis. »Glynnis? Ist was?« Er suchte sie in der Küche und in dem Gästezimmer im hinteren Teil des Hauses; klopfte an ihre Badezimmertür; fand sie schließlich im Schlafzimmer, wo sie im Dunkeln auf dem Bett lag. Ein Geruch wie nach Medizin – wahrscheinlich aber war es Alkohol – wehte ihn an. »Schatz? Ist was?«

Nach einer kleinen Pause sagte Glynnis: »Ich hab Kopfschmerzen, laß mich bitte in Ruhe.«

»Wieder mal deine Migräne?« fragte Ian. »Kann ich was für dich tun?«

»Ganz normale Kopfschmerzen.« Glynnis sprach leise und undeutlich. »Bitte laß mich jetzt in *Ruhe.*«

Ian blieb zögernd unter der Tür stehen, er wußte, daß Glynnis böse auf ihn war, aber er wußte nicht, er wagte nicht darüber nachzudenken warum. (Hatte sie den ganzen Tag über sein Versagen von gestern abend gegrübelt? Das sah ihr allerdings nicht ähnlich.) »Aber kann ich denn wirklich nichts tun?« fragte er.

»Laß mich schlafen.«

»Ich mache uns was zum Abendessen«, sagte Ian. »Du wirst doch was essen wollen. Es ist schon nach sieben.«

»Ich mache das Essen«, sagte Glynnis leise. »Später. Bitte laß mich jetzt in Ruhe. Ich will ein bißchen schlafen. *Jetzt.*«

Gehorsam machte er die Tür zu; er holte sich ein Bier aus dem Kühlschrank, zog die Jacke aus, legte den Schlips ab und ging in sein Arbeitszimmer. Seine Hände zitterten leicht. *Sie weiß es,* dachte er. *Aber was weiß sie?*

Ian hatte, und darüber schämte er sich sehr, mit Glynnis nicht über Sigrid Hunt gesprochen, obgleich er es sich seit Monaten fest vorgenommen hatte. Irgendwie hatte sich nie die Gelegenheit dazu ergeben, hatte er nie die richtigen Worte gefunden. Denn was gab es im Grunde zu sagen, zu beichten? Er hatte das Mädchen nicht angerührt, so etwas spielte in ihrer Beziehung keine Rolle. (Gewiß, sie hatte sich ihm angeboten, das ja, wenn Glynnis in ihn drang, würde er es zugeben müssen.)

Aber: *Was in einer Ehe gesagt worden ist, kann man nicht ungesagt machen,* hatte Amos Kuhn einmal warnend verkündet, und das hatte Ian nie vergessen. (Was zu dieser Bemerkung geführt hatte, hätte er jetzt allerdings nicht mehr sagen können. War Amos in eine andere Frau verliebt gewesen? Ian meinte, sich an entsprechende Gerüchte zu erinnern.)

Was gesagt worden ist. Kann man nicht ungesagt machen.

Du hast diese frostige Art von deinen Eltern geerbt, hatte Glynnis einmal erklärt.

Ich war mir nicht bewußt, daß ich eine frostige Art habe, hatte Ian erwidert.

Nein?

Ja, wenn du meinst ...?

Was denn ...?

Er trank sein Bier aus und holte sich noch eins. Im Haus war es beängstigend still; er überlegte, ob Glynnis wirklich schlief oder im Dunkeln wachlag. Warum war sie böse auf ihn? Warum machte sie ihm Vorwürfe? Er hatte sich für seine unbedachten Äußerungen bei der Geburtstagsfeier entschuldigt, für alles hatte er sich entschuldigt. Natürlich liebe ich dich. Du weißt, daß ich dich liebe. Er überlegte, woher wohl Denis die Kraft für seine Beichte bei Roberta genommen, welche Formulierungen er verwendet hatte, was für Emotionen dabei hochgekommen waren, wie die arme Roberta – die Sanfteste, Sensibelste aus ihrem Kreis – reagiert hatte. Wieder verspürte er einen Anflug von Mißbilligung, von Groll. Vielleicht hätte er mit Roberta darüber sprechen, ihr Trost und Mitgefühl anbieten sollen. Wenn Denis es fertigbringt, dich zu belügen, lügt er uns am Ende alle an.

Das Telefon läutete dreimal an diesem Abend. Jedesmal hob Ian gleich beim ersten Läuten an seinem Schreibtisch ab; er wollte vermeiden, daß Glynnis gestört wurde (es läutete gleichzeitig auch im Schlafzimmer). Der erste Anruf war für Glynnis, eine gewisse Stacey, von der er noch nie gehört hatte; der zweite Anruf kam von Leo Reinharts neuer Freundin, eine Einladung zum Brunch in New York City am Sonntag in acht Tagen, Ian nahm sie vorläufig an, nachdem er auf seinem Kalender festgestellt hatte, daß der Termin offenbar noch frei war; der dritte von Homer Taylor, einem älteren Kollegen, der morgen mittag mit ihm essen wollte, es seien entscheidende Fragen im Hinblick auf die »Zukunft des Instituts« nach der Pensionierung von Dr. Max zu besprechen. (Trotz gewisser Bedenken nahm Ian die Einladung fast begierig an; damit hatte er etwas, worüber er mit Glynnis reden konnte, denn eigentlich war eher sie es, die hoffte, man würde ihm die Leitung des Instituts antragen.) Danach ließ er den Hörer ausgehängt.

Kurz nach zehn klopfte Glynnis und sagte, ohne die Tür aufzumachen, das Essen sei fertig. »Nichts Großartiges«, sagte sie, »aber mehr habe ich heute abend nicht zustande gebracht.«

Ian hatte das Gefühl, als habe man ihn nicht vom Schreibtisch weggeholt, sondern aus einer Gefängniszelle befreit. Trotz des Biers, das er getrunken hatte, knurrte ihm inzwischen der Magen.

Er hatte erwartet, sie würden heute abend in der Küche essen, dann war das Tischdecken meist seine Aufgabe. Zu seiner Überraschung aber war der Eßzimmertisch gedeckt, sogar mit einem Tischtuch und brennenden Kerzen, was sonst nicht üblich war, wenn sie abends allein aßen.

Eine Flasche sehr anständiger italienischer Wein stand geöffnet auf dem Tisch, Ians Glas war schon gefüllt. »Setz dich«, sagte Glynnis. »Bitte.«

Ian lächelte verlegen. »Soll ich nicht helfen? Kann ich nichts tun?«

»Es ist spät«, sagte Glynnis, »wir fangen am besten gleich an. Du mußt Hunger haben.« In ihrer Stimme klang sanfter Vorwurf.

Zögernd setzte er sich, Glynnis brachte das Essen aus der Küche und stellte ihm stumm seinen Teller hin. Sie bewegte sich vorsichtig und etwas steif, denn sie war natürlich noch nicht wieder nüchtern und trank jetzt wieder. »Hast du was gegen deine Kopfschmerzen genommen, Glynnis?« fragte er – und meinte natürlich: Solltest du jetzt Wein trinken? –, aber Glynnis tat, als hätte sie die Frage nicht gehört.

»Fang doch an«, sagte sie. »Es ist ein bißchen trocken geworden.«

Sie hatte Lachssteaks gemacht, eins von Ians Lieblingsgerichten, was ihn gleichzeitig rührte und beunruhigte. Doch weil er Hunger hatte, aß er gierig und mit überraschendem Appetit. Glynnis aß langsam, immer langsamer, und schließlich legte sie die Gabel hin und hielt sich an den Wein, wobei sie ihr Glas auffüllte, noch ehe es ganz leer war. Nachdenklich sah sie ihn an, nahm sich eine Zigarette, sah ihn an.

»Willst du mir nicht sagen, was los ist?« bat Ian.

Glynnis zuckte die Schultern. »Du kennst mich ja – ich erhole mich immer erstaunlich schnell.«

»Wie meinst du?«

»Meine Kopfschmerzen.« Unentwegt sah sie ihn an und lächelte dabei. Sie schien nicht so sehr böse als ratlos zu sein. »Wie ist der Lachs? Du sagst gar nichts . . . Ich habe ihn wohl ein bißchen zu lange unter dem Grill gelassen. Leider hat er Gräten. Gib acht auf die Gräten.«

»Der Lachs ist in Ordnung«, sagte er lächelnd. »Mein Lieblings . . .«

»Ich weiß. Gib acht auf die Gräten.«

Ja, der Fisch hatte Gräten, ein gekrümmtes Rückgrat voller Gräten, sägeblattgleich gekerbte, knorpelige Gräten. Ian polkte sie sorgsam aus dem Fleisch und von der Zunge. Der Spargel und die kleinen roten Kartoffeln waren zerkocht, der Lachs war trocken, wie gebacken, und schon fast kalt.

»Ganz ausgezeichnet.«

»Soso...« Ihre Lippen, eben noch von einem Lächeln gestrafft, erschlafften wie ein zurückschnellendes Gummiband.

Ian aß weiter; er sah, daß die Zigarette, die Glynnis zwischen den Fingern hielt, leicht zitterte, daß in dem Glas der Schiebetür hinter ihr der ganze Tisch – besonders die Kerzenflammen – zu zittern schien. Das Außenlicht über der Terrasse brannte heute abend nicht, so daß man in den Glasscheiben vor dem opaken nächtlichen Hintergrund nur die Spiegelung des Innenraums sah. Man müßte draußen das Licht einschalten, dachte Ian, aber er machte keine Anstalten dazu.

Trotzdem lächelte er und versuchte weiterzuessen, er leerte ein Glas Wein und schenkte sich ein zweites ein, bedankte sich bei Glynnis für das Abendessen, ein so ausgezeichnetes Abendessen, obgleich sie sich nicht wohlfühlte und sich wohl eigentlich hätte hinlegen sollen.

»Zu trocken«, sagte Glynnis tonlos. »Und er hat Gräten.« Sie stellte eine der Kerzen gerade, die sich in ihrem silbernen Kerzenleuchter zur Seite geneigt hatte, und heißes Wachs lief ihr über die Finger, ohne daß sie es merkte. Sie sagte: »Ich habe die Zitronenschnitze vergessen. Im Kühlschrank sind Zitronen, ich hab vergessen, sie zu schneiden.«

»Das macht doch nichts, Glynnis«, sagte Ian rasch.

»Nein.« Glynnis ging hinaus und nahm ihr Weinglas mit. »Es macht keine Mühe.«

Wenig später war sie wieder da und stellte einen Teller mit Zitronenschnitzen vor Ian hin. »Kann sein, daß Kerne drin sind«, sagte sie. »Gib acht auf die Kerne.« Ian bedankte sich und fragte, ob er ihr Zitronensaft auf den Lachs geben sollte, und Glynnis lachte, ohne eine Miene zu verziehen, und sagte: »Aber gib acht auf die Kerne.« Zerstreut wie sie war, hatte sie das Messer mitgebracht, mit dem sie die Zitronen geschnitten hatte, und wußte jetzt offenbar nicht, wohin damit, ein Steakmesser aus dem neuen Set von Bloomingdale, blitzblank und etwa 25 Zentimeter lang. Sie legte es neben den Teller mit den Zitronenschnitzen.

Etwas zu spät sagte sie: »Der Lachs wird dadurch noch kälter werden. Durch die Zitrone.«

»Nein, nein«, sagte Ian eifrig, »er ist sehr gut so. Aber du ißt ja kaum etwas.«

»Manchmal, wenn ich in der Küche allein bin und an einem Rezept arbeite, esse ich eine ganze Menge«, sagte Glynnis langsam. »Wenn ich ... nun ja ... wenn ich allein bin.«

Sie lachte, wieder ohne eine Miene zu verziehen, und fuhr sich mit der Hand durch das ungekämmte Haar.

Sie trug einen zerknitterten Bademantel und darüber eine Schürze, die ihr vor langer Zeit mal Leonard Oppenheim geschenkt hatte, und auf der das Gesicht Beethovens prangte. Es war ein düsteres Gesicht mit einem Hauch karikierender Komik, das Haar stand ihm in wilden Büscheln zu Berge. Auch ihr Haar, vom Schlaf zerdrückt, stand in wilden Büscheln zu Berge, das ungeschminkte Gesicht war blaß, verquollen, schlaff, wie unfertig. Sie sagte: »Ich habe den Scheck gefunden.«

Ian hatte die Bemerkung entweder nicht gehört oder dachte, es handele sich um etwas, was den Haushalt betraf, was er eigentlich hätte wissen müssen, aber wieder mal vergessen hatte. Die Einladung zum Brunch in New York City fiel ihm ein: »Ich habe vorläufig zugesagt, hoffentlich ist es dir recht.«

Er hatte gehofft, das würde Glynnis aufheitern, was normalerweise bestimmt der Fall gewesen wäre, denn Einladungen waren ihr Lebenselixier, und daß sie nur zum Essen bis nach Manhattan fahren mußten, störte sie – im Gegensatz zu Ian – überhaupt nicht. Doch sie nahm seine Mitteilung zunächst schweigend zur Kenntnis und sagte dann: »Notfalls kannst du ja allein hinfahren.«

»Allein? Wieso denn? Wieso sollte ich allein hinfahren?«

»Leo ist dein und nicht mein Spezi.« Glynnis schenkte sich mit zitternder Hand nach. »Wir sind schließlich nicht mit Fußeisen aneinandergekettet.«

»Was meinst du damit?« fragte Ian. »Das ist eine recht eigenartige Bemerkung.«

»Aber trotzdem wahr«, sagte Glynnis.

Sie stand unvermittelt auf, ging in die Küche, kam mit einem grünen Salat und einer neuen Flasche Wein zurück. Ian, der gedacht hatte, das Essen sei zu Ende, sah überrascht, daß es ein ziemlich teurer französischer Wein war, den ihm einer seiner Freunde zum Geburtstag geschenkt hatte. Er deutete auf die Flasche: »Meinst du, das ist das Richtige? Für heute abend?«

Glynnis sagte gleichmütig: »Du brauchst ja nichts davon zu trinken. Schließlich sind wir nicht mit Fußeisen aneinandergekettet.«

Der Salat – grobe Blätter von Römischem Salat mit bräunlichen Stellen – war ziemlich warm, das Dressing essigscharf und ölfettig zugleich. Der erste Bissen trieb Ian Tränen in die Augen, aber er sagte nichts. Glynnis hatte inzwischen ganz aufgehört zu essen.

Ian erkundigte sich erneut nach ihren Kopfschmerzen, aber sie winkte nur stumm ab. Ob etwas passiert sei, wollte er wissen, ob sie vielleicht von Bianca gehört hätte. Wieder winkte sie gleichgültig ab. Er erinnerte sich, daß sie im Zusammenhang mit ihrem neuen Kochbuch der *New York Times* mehrere Artikel für die Eßkultur-Seite zugesagt hatte, wußte aber nicht mehr, ob sie schon fertig waren oder ob das Blatt sie inzwischen gebracht hatte, und traute sich nicht, sie durch eine solche Frage noch mehr gegen sich aufzubringen. Du interessierst dich nicht für mich, würde es dann heißen, du nimmst mich nicht ernst – und wie hätte er sich dagegen wehren sollen?

Er hatte laut herausgelacht, als am Rande eines typisch ambitionierten vielgängigen Hazelton-Dinners ein gleichgesinnter Kollege ihm zugeflüstert hatte: »Wenn ich das Wort›cuisine‹ höre, greife ich zum Revolver.« Ja, dachte Ian, so ist es. Um keinen Preis hätte er Glynnis kränken mögen, aber alles, was mit elitären Eßgewohnheiten, Gourmetphilosophien, »der Kunst der Cuisine« und dergleichen zu tun hatte, fand er schrecklich, ganz schrecklich trivial.

Schuldbewußt, als könne Glynnis seine Gedanken lesen, erzählte er ihr von der Verabredung zum Lunch im Institut, denn das würde sie doch nun gewiß freuen, aber zu seiner Verblüffung sagte sie nur kalt: »Hauptsache, du verlangst nicht, daß ich mitgehe.«

»Natürlich verlange ich nicht, daß du mitgehst«, sagte Ian verletzt. »Das betrifft nur ...«

»... dich und deine Kollegen.«

»*Einige* meiner Kollegen.«

»Na ja, wenn du den Job annimmst«, sagte Glynnis, deutlich um eine klare Aussprache bemüht, »kommt ein bißchen mehr Geld in die Kasse, und das ist ja auch ganz schön.«

Jetzt zitterten auch ihm die Hände. Er dachte daran, wie er – es war noch nicht lange her, wann war es doch gleich gewesen? – in einer kleinen zwölfsitzigen Maschine aus Washington zurückgekommen war, sie hatten ziemlich starke »Turbulenzen« gehabt, wie das bei den Flugkapitänen heißt, Ian zitterten die Hände, und was er auf seinen Block schrieb, war fast unleserlich, aber er hatte trotzdem an den Notizen für seinen Vortrag weitergearbeitet, diesem »zukunftsweisenden« Vortrag, den er sich für die verflixte Tagung in Frankfurt aus den Fingern saugen mußte. Ian McCullough war mittlerweile ein weltbekannter Experte für die Aufzeichnung von Bevölkerungsbewegungen – vielfach in Ländern, die er nie besucht, von Völkern, die er nie gesehen hatte; jeder von ihm gehaltene Vortrag mußte deshalb »zukunftsweisend« sein, wenn nicht gar »definitiv« oder »bahnbrechend«. Vor den ziemlich schmutzigen Fenstern der Maschine fegten Wolken vorbei und Fetzen von Blau, grell und beängstigend wie der Blick in einen gespaltenen Schädel. Wenn die Maschine nicht abstürzt, habe ich immerhin meine Arbeit getan, sagte sich Ian mit seinem gewohnt pragmatischen Gleichmut. Und wenn sie abschmiert, ist sowieso nichts mehr von Belang.

Die Maschine war nicht abgestürzt, er war wohlbehalten nach Hazelton-on-Hudson, New York, zurückgekehrt.

Glynnis sagte noch einmal mit dieser gepreßten, sorgfältig artikulierenden Stimme, und diesmal konnte Ian sie nicht mißverstehen: »Ich habe den Scheck gefunden.«

»Den Scheck?«

»Über tausend Dollar. Ausgestellt auf›Sigrid Hunt‹.«

Ian überlief es eiskalt, vor dem vorwurfsvollen Schweigen seiner Frau versagte ihm die Stimme. Schließlich brachte er matt heraus: »Es ist nicht so, wie du denkst, Glynnis.«

»Nein?«

»Es war ...«

»Woher weißt du, was ich denke?«

»... ein Darlehen. Sie hat mich gebeten ...«

»Ich habe ihn in deinem Schreibtisch gefunden. Den eingelösten Scheck. Ich suchte etwas anderes, und da habe ich den Scheck gefunden. *Zahlen Sie an ... oder Überbringer. Eintausend Dollar.* 20. *Februar* 1987. Das ist lange her«, sagte Glynnis langsam und nachdenklich und betrachtete ihn aus glitzernden, zusammengekniffenen Augen. Ian meinte, diese Augen, diesen Ausdruck, noch nie gesehen zu haben.

Er machte den Mund auf, aber sie kam ihm zuvor. »Woher weißt du, was ich denke? Und was meinst du denn, was ich denke?«

»Sie hatte um ein Darlehen gebeten. Sie brauchte Geld.«

»Geld von dir? *Uns?*«

Ian legte in einem jähen Anflug von Schmerz die Hand an die Stirn. Sagte er die Wahrheit? Log er? Plötzlich wußte er es nicht mehr genau. Log er?

»Sie schien dringend Geld zu brauchen«, sagte er und geriet ins Stottern, »und ich habe es ihr gegeben, ich wollte es dir noch sagen, und ...«

»Deine Geliebte Sigrid. Sigrid *Hunt*«, sagte Glynnis, als fände sie den Namen sehr komisch. »Und du hast gedacht, ich würde es nicht erfahren. *Du* hast gedacht, ich würde es nicht erfahren.«

»Sie ist nicht meine Geliebte, Glynnis, mach dich nicht lächerlich«, sagte Ian. »Du weißt so gut wie ich ...«

»*Du* hast gedacht, ich würde es nicht erfahren. Würde es mir nicht denken können.«

»Es war nur ein Darlehen, und ...«

»Was bist du doch für ein Narr. Dein Fehler war, daß du ihr kein Bargeld gegeben hast.« Glynnis drückte lächelnd die Zigarette auf ihrem Salatteller aus, ganz primitiv in den Blättern des Römischen Salats. »*Du* hast gedacht, ich würde es nicht merken, hast mich wohl für eine Idiotin gehalten. Ein Narr wie du. Als würde ich es mir nicht denken können.«

Ian sagte rasch: »Aber es ist nicht so, wie du denkst, Glynnis. Ich kannte sie ja kaum, sie war deine Freundin!«

»Wer ist›sie‹? Traust du dich nicht, sie beim Namen zu nennen?«

». . . und irgendwie bin ich ihr, bin ich Sigrid über den Weg gelaufen, nach der Party hier, auf der du mich mit ihr bekanntgemacht hattest . . .«

»Ja, *das* ist wichtig, nicht? Ein Beweisstück für die Akten . . . Daß *ich* euch miteinander bekanntgemacht habe . . .«

». . . und ich weiß nicht wie oder warum, ehrlich, Glynnis, ich weiß nicht mehr, in welcher Reihenfolge das alles passiert ist, wann sie mich angerufen hat, oder wie das alles gekommen ist«, sagte Ian und stolperte über seine Worte. »Eines Tages hat sie mich im Institut angerufen, sie schien . . . sie deutete an . . . sie wollte, daß ich zu ihr komme, sie brauchte irgendwie Hilfe. Und ich . . . ich hatte das Gefühl, nicht nein sagen zu können. Sie war so verzweifelt und so . . .«

»Deine Geliebte. Sigrid *Hunt.*«

Das klang zutiefst angeekelt und amüsiert zugleich. Dafür, daß sie betrunken war, wie Ian glaubte, stark betrunken, wie er argwöhnte – ein Zustand, auf den auch er allmählich zutrieb, ohne etwas dagegen tun zu können –, war ihre Beherrschung erstaunlich. Es war fast, als gäbe – gewährte? – sie eins der Interviews, die sie in den letzten Jahren, seit der unerwarteten Entwicklung ihrer »Karriere«, recht häufig gab. Und auch Ian sprach bestimmter, nachdrücklicher, wie fürs Protokoll.

»Die Frau ist nicht meine Geliebte. Sigrid Hunt ist nicht meine Geliebte, ich habe keine Geliebte, ich habe eine Frau. Ich kenne sie ja kaum . . .«

»Wen? Die Geliebte oder die Frau?«

»Ich sagte: Ich habe keine Geliebte.«

»Warum kannst du sie nicht beim Namen nennen? Sigrid *Hunt.*«

»Ich sagte dir doch, ich kenne sie kaum.«

»Aber du liebst sie. Du fickst sie. Du . . . und sie . . .«

Ian starrte sie entgeistert an.

»Glynnis, das ist doch lächerlich.«

»Du . . . und sie . . .«, sagte Glynnis. »Diese kranke kleine Schlampe.«

Sie zündete sich die nächste Zigarette an, warf die Streichhölzer auf den Tisch, stieß Rauch aus beiden Nasenlöchern und bedachte ihn mit einem etwas theatralisch verächtlichen Blick.

»Hast du gedacht, das würde keine Folgen haben? Du ... und sie ...?«

Ian lachte verärgert auf. »Du hast getrunken und bist nicht in der Verfassung, über diese Dinge zu reden. Ich sage dir, daß zwischen Sigrid Hunt und mir nichts ist und nichts war. Ich kenne sie kaum. Ganz im Ernst, das sollten wir wirklich ein andermal besprechen.«

»Aber hast du wirklich geglaubt, das würde keine Folgen haben?«

»Von Folgen kann überhaupt keine Rede sein ...«

»Nur habe ich eben zufällig – oder vielleicht auch nicht ganz zufällig – den Scheck gefunden«, sagte Glynnis. »Eintausend Dollar. Zahlbar an Sigrid Hunt. Unterschrieben, Ian McCullough.« Auch sie lachte jetzt, mit fast genußvoller Grausamkeit. *»In Ian McCulloughs unnachahmlicher Handschrift.«*

»Sie brauchte dringend Geld, ich sage dir ...«

»Wozu war das Geld? Für eine Abtreibung?«

»Es war ein Darlehen, Glynnis, kein Geschenk, ich werde Sigrid bitten, dir zu erklären ...«

»War es für eine Abtreibung?«

Ruhig sagte er: »Du glaubst doch nicht im Ernst, ich würde dich betrügen? Du weißt doch genau, daß ich dich liebe. Daß ich ohne dich nicht leben könnte.«

»*Das* glaube ich gern«, lachte Glynnis. »Aber daraus folgt noch nicht, daß du mich liebst. Und noch weniger, daß du mich nicht betrogen hast.«

»Glynnis, das ist alles so lächerlich. Morgen früh ...«

»Diese kranke kleine Schlampe. Sigrid *Hunt*!«

Ian zuckte zusammen. »Warum sagst du das? Wie kommst du darauf? Krank? Warum? Wieso?«

»Machst du dir Sorgen? Ja, es sieht ganz so aus, als ob du dir Sorgen machst ...«

»Sigrid war *deine* Freundin, nicht ...«

»Als ob ich es nicht erfahren würde, mir nicht denken könnte. *Ganz klar.*«

»Sie war deine, nicht meine Freundin. Sie ist nur in mein Leben getreten, weil ...«

»Und du fickst sie tatsächlich? *Du?* Ian McCullough ganz plötzlich als feuriger Liebhaber ...«

»Ich sage dir doch – zwischen uns ist nichts, und da war auch nichts. Verdammt noch mal«, flüsterte Ian, »es ist nicht, wie du denkst, ich schwöre es.«

»Wie oft hast du sie gefickt? Oder ist es beim Versuch geblieben?«

»Glynnis, bitte hör auf. Das ist häßlich und absurd, du sagst Sachen, die dir später leid tun werden.«

»*Ich* bin häßlich, *ich* bin absurd, weil ich die Wahrheit ans Licht gebracht habe, das meinst du wohl?«

»Ich schwöre . . .«

»Schwör auf einen Stapel Bibeln.«

Ihr Gesicht glänzte vor Hohn. Sie spielte – unverzeihlicherweise, wie Ian fand – auf einen viele Jahre zurückliegenden Vorfall an. In Harvard hatten sich die McCulloughs eines jungen Mannes aus Ians Fachbereich angenommen, der wie Ian Professor ohne Festanstellung war, und dieser junge Mann, ein gewisser Scobie, hatte sich großzügig aus einem Artikel von Ian »bedient«, den er im Manuskript gelesen hatte, und nichts Eiligeres zu tun gehabt, als seine Anleihen in der renommierten Zeitschrift *World Politics* zu veröffentlichen – natürlich ohne Ian McCullough als Quelle anzugeben. Es handele sich um seine eigenen Ideen, hatte er behauptet, die er völlig unabhängig von Ian entwickelt habe, und wer wollte ihm das Gegenteil beweisen? »Nie würde ich Ihnen oder sonst jemandem etwas stehlen«, hatte Scobie ganz entrüstet erklärt. »Ich schwör's auf einen Stapel Bibeln.« Obgleich die McCulloughs über den Vorfall sehr erzürnt und von dem Verrat ihres Freundes menschlich enttäuscht waren, hatten sie über Scobies Floskel dann doch lachen müssen, denn hätte nicht für Scobie, wie Glynnis sagte, eine Bibel vollauf genügt? Warum ein ganzer Stapel?

»Du bist betrunken«, sagte Ian.

»Und du verlogen.«

»Wir reden morgen darüber. Es hat wirklich bis morgen Zeit.«

»Wo wirst du heute nacht unterkommen?«

»Unterkommen?«

»Ich will dich aus dem Haus haben. Heute abend noch.«

»Glynnis, ich bitte dich . . .«

»Fahr zu *ihr*, geh und ruf sie an. Warum sitzt du hier bei mir rum?«

»Glynnis, bitte, du weißt doch ...«
»Ich weiß mehr, als mir lieb ist.«
»Du bauschst das auf, es war wirklich nichts ...«
»Schwör auf einen Stapel Bibeln!«
»Herrgott noch mal, das ist überhaupt nicht lustig. Morgen ...«
»Es gibt kein Morgen mehr.«
»Ich weigere mich, dieses Haus zu verlassen. Es ist mein Haus, und ich gehe hier nicht weg.«
»Hast du sie wirklich gefickt? Du ... und sie ...«
»Halt den Mund!«
»Eine originelle Vorstellung, ehrlich. Wirklich *originell* ...«
»Warum tust du das? Es klingt so ordinär und ...«
»Ausgerechnet du. Ian McCullough als Liebhaber!« Glynnis lachte. »Sehr originell!«
»So ordinär und erniedrigend ...«
»Gar nicht romantisch, was? Wie bedauerlich ...«
»Das sieht dir gar nicht ähnlich. Morgen früh ...«
»Und sieht dir das ähnlich? Mich zu belügen und zu betrügen und mich lächerlich zu machen und ...«
»*Zwischen Sigrid Hunt und mir war nichts.* Ich sage dir doch ...«
»Brüll mich nicht an, verdammt noch mal. Für wen hältst du dich eigentlich? Ich habe den Scheck gefunden, du hättest mir nie davon erzählt, stimmt's? Du und sie ... wenn ich mir vorstelle, daß du sie gefickt hast, Sigrid *Hunt, du,* Ian McCullough, die halbe Zeit, die dreiviertel Zeit impotent, verdammt, sieh mich nicht so an, das laß ich mir nicht gefallen, pack deinen verdammten Kram zusammen und scher dich raus, heute abend noch, ich brauch dich nicht zu ertragen und sie auch nicht, diese Frau in unser Leben zu bringen, dieses Luder, diese Fotze, in unser Bett, wie viele ›Sexualpartner‹ hat so eine Person in ihrem Leben schon gehabt, was glaubst du denn, und wie viele ›Sexualpartner‹ haben die wieder gehabt, verdammt nochmal, ich rede mit dir, schleppt diese Krankheit in unser Leben, den Tod, ja warum nicht den *Tod* ...«

Ihre Stimme schraubte sich jäh in die Höhe. Ihre Augen blickten wild und glitzerten vor Tränen. Ian versuchte ihre

Hand zu nehmen, sie zu beschwichtigen. Sie zuckte zurück. »Aber Glynnis«, sagte er, »jetzt hör mir bitte mal ruhig zu, ich bin nicht Sigrid Hunts Liebhaber, das sage ich dir doch die ganze Zeit. Man könnte allenfalls sagen, daß wir befreundet sind. Locker ... unbestimmt ...«

»Genau. Locker. Unbestimmt.«

»Aber ich bin nicht ihr Liebhaber, ich habe kein einziges Mal mit ihr geschlafen. Du kannst mit ihr sprechen, wenn ...«

Glynnis stieß einen kurzen Schrei aus und schlug mit den Fäusten auf den Tisch. »Sprich doch selber mit ihr, schleich dich weg und ruf sie an, diese intrigante kleine Schlampe.«

In Ians Schläfen klopfte es, Übelkeit stieg in ihm hoch. Es war eine schreckliche, eine unerträgliche Szene, aber er mußte sie ertragen, er mußte sie als Spiel ansehen, als kodifiziertes Spiel, wie Glynnis es ihn auch früher schon zu spielen gezwungen hatte, ein Spiel, das mit einer Demütigung für ihn, mit selbstgerechtem Triumph für sie enden würde. Denn er sollte gedemütigt werden und verdiente wohl auch Demütigung, das Recht war auf ihrer Seite, die Selbstgerechtigkeit verständlich, sie verdiente den Triumph, so schlimm der Streit auch sein mochte. Er war unerträglich, und er mußte ihn ertragen. »Aber ich liebe dich, Glynnis«, sagte er. »Das weißt du doch.«

»Ich weiß überhaupt nichts über dich«, sagte Glynnis böse.

Ian stand auf, er wollte die Arme um sie legen, sie trösten, aber Glynnis mißverstand die Geste, wollte sie wohl auch mißverstehen, sie schrie auf und wich zurück, und der Tisch kam ins Wanken, und eine der Kerzen fiel aus dem Kerzenleuchter. Ehe Ian die Flamme mit den Fingern ausdrücken konnte, war das Tischtuch angesengt. Etwas Schreckliches wird passieren, dachte Ian.

Trotzdem hielt er stand, er verschloß sich vor dem, was sein Instinkt ihm riet, flüchtete nicht aus dem Haus und vor Glynnis, sondern setzte sich wieder an seinen Platz, schwerfällig, schicksalsergeben, und sah wie gebannt diese Frau mit dem zornigwunden Blick und dem wirren Haar an, als hätte er sie noch nie zuvor gesehen, hätte sie bis heute abend nie wirklich gekannt. Und auch Glynnis betrachtete ihn starr. »Rühr mich nicht an«, zischte sie.

Später erinnerte sich Ian – soweit er sich an die nächsten eineinhalb Stunden überhaupt erinnerte –, daß die meiste Zeit Glynnis und er sich nicht gestritten, sondern nur miteinander geredet hatten, ernsthaft, wenn auch heftig, ziemlich laut, mit Stimmen, die sich mal hoben und mal senkten – wie auf einer Achterbahn. Immer wieder, mit lähmender Hartnäckigkeit, kam Glynnis auf den Scheck zurück, auf das, was sie als seinen Betrug ansah; und Ian verteidigte sich, schilderte ihr – oder versuchte ihr zu schildern, immer wieder unterbrochen durch ihre Einwürfe –, was zwischen ihm und Sigrid Hunt geschehen und was zwischen ihm und Sigrid Hunt nicht geschehen war. Glynnis mochte hören, was er sagte, aber sie nahm seine Worte nicht auf, schien völlig unfähig, seine Worte aufzunehmen. Es ist ihr Selbsthaß, mit dem ich im Streit liege, dachte Ian, und der Gedanke überraschte ihn. Er hatte es nicht gewußt, nicht geahnt.

Der Streit drehte sich um Sigrid Hunt, aber er drehte sich auch, wie sich herausstellte, um Bianca. Um Biancas Liebe, die Glynnis verloren hatte, woran sie ihm die Schuld gab, mit einer kalten, logischen Wut, die ihn völlig verunsicherte. Und wieder einmal, erbitterter denn je, kam Ians »chronische Impotenz« zur Sprache, sein Rückzug vor ihr, wie Glynnis es ausdrückte, sein Rückzug aus ihrer Ehe.

Zur Sprache kamen auch, in beängstigender Offenheit, die Liebschaften, die Glynnis angeblich gehabt hatte. Immer wieder im Lauf ihrer Ehe.

Liebschaften? Glynnis? Immer wieder im Lauf ihrer Ehe?

Ians fassungsloses Gesicht vor Augen sagte Glynnis: »Das hättest *du* natürlich nie geahnt.« Sie lächelte böse. »*Du* ... in deine eigene kleine Welt versponnen ... hättest das nie geahnt.«

Ich muß hier raus, dachte Ian, ich bekomme keine Luft.

»Möchtest du nicht wissen, wer die Männer waren?« fragte Glynnis. »Bist du nicht mal neugierig?«

Ian schüttelte stumm den Kopf. Er konnte nicht glauben, was er gehört hatte, und sah Glynnis fast flehend an.

»Einen habe ich wirklich geliebt, ich liebe ihn noch«, sagte Glynnis mit schwankender Stimme. »Ich habe ihn für dich aufgegeben, habe ihm weh getan, mir weh getan. Alles deinetwegen.«

»Glynnis, du sagst Dinge, die ...«

»Und wofür? Für *dich.*«

»Himmelherrgott ...«

»Für *dich,* für *dich.* Und jetzt bist du sogar zu feige, nach seinem Namen zu fragen.«

Wieder schüttelte Ian den Kopf, mit hämmerndem Herzen. Und fragte: »Wer war es?«

»*Ist* es.«

»Wer ist es?«

Jetzt, da sie seinen Zorn geweckt hatte, zuckte Glynnis nur bitter lächelnd die Schultern. »Spielt doch keine Rolle mehr. Es ist vorbei.«

»Wer ist es? Jemand, den ich kenne?«

»Zu spät. Alles vorbei. Deinetwegen.«

»Jemand in Hazelton?«

»Ja, es ist jemand in Hazelton«, sagte Glynnis gleichgültig und schenkte sich Wein nach. Ihre Hände waren inzwischen sehr unsicher. »Ein prominenter, ein sehr bekannter Mann in Hazelton. Ein Freund von dir. Und ich habe ihn aufgegeben, und das war mein Fehler, weiß Gott, ein Riesenfehler war das. Und jetzt lügst du mir was vor, *ihretwegen,* du Heuchler, du Mistkerl ... bildest dir ein, du könntest *mich* betrügen ...«

»Glynnis, bitte hör mir zu ...«

»Als ob ich dir noch ein Wort glauben könnte!«

Und plötzlich war Glynnis auf den Beinen, unbeherrscht schluchzend schrie sie Ian an, er solle sich aus dem Haus scheren. Auch Ian sprang auf, versuchte ihr Einhalt zu gebieten, ihre Erregung war von einer Minute auf die andere in Hysterie umgeschlagen. Zeternd stieß sie ihn weg, als fürchte sie, er könne ihr etwas antun. Und dann hielt sie plötzlich das Steakmesser in der Hand und schwenkte es mit einer verstiegenen Geste, über die sie zu jeder anderen Zeit beide Tränen gelacht hätten. Ian griff blindlings nach dem Messer und legte die Finger um die Klinge, und Glynnis schlug zeternd nach seinem Kopf, nach seiner Nase, bis Blut kam, und bei ihrem erbitterten Gerangel stürzte der Tisch um, und alles krachte zu Boden – Geschirr, Essen, Kerzen, Flaschen. Ian merkte nicht, daß seine Finger bluteten, aber er wußte, daß seine Nase blutete, und noch immer tobte Glynnis herum, schlug heftig auf seinen Kopf, seine Brust ein und schleuderte ihm ihr schreckliches *du, du, du* entgegen wie die schmutzigste Obszönität. Er packte sie an den Schultern und schüttelte sie, flehte sie an aufzuhören, mit diesem Wahnsinn aufzuhören, verdammt noch mal, hör auf damit, hörst du, o verdammt, willst du endlich aufhören, und noch immer gab sie keine Ruhe, entwickelte unheimliche Kräfte in ihrer Wut, noch immer hörte sie nicht auf zu zetern, die Augen blickten wild, die Stirn glänzte vor Schweiß, die Haare standen wie elektrisch geladen zu Berge. Ian mußte an Medusa denken, jenes Ungeheuer, das der Held Perseus nicht anzusehen wagte aus Angst, zu Stein zu werden. Sie will mein Herz, dachte Ian, mit nichts Geringerem gibt sie sich zufrieden.

Er duckte sich vor ihren wahnwitzigen Schlägen und stieß sie mit aller Kraft von sich, und Glynnis wankte und strauchelte und fiel rücklings in eine der Spiegelglasscheiben und durch die Scheibe hindurch, denn die Glaswand zersprang unter ihrem gellenden Schrei in tausend Stücke, Splitter und Scherben flogen Ian ins Gesicht wie ein Stechmückenschwarm.

Der Lärm der splitternden Scheibe war ohrenbetäubend, legte sich aber sofort wieder, wie auch Glynnis' Schreie, die ihm eben noch in den Ohren gegellt hatten, ganz plötzlich verstummt waren.

Sie lag auf den Platten der Terrasse unter dem Fenster, mit einem Bein noch in der Fensteröffnung. Ian stieg durch die Öffnung, um ihr zu helfen, und wäre fast auf sie gestürzt, ein heftiger Schmerz durchfuhr seinen Knöchel, er hatte sich an einer spitzen Scherbe geschnitten, die noch im Fensterrahmen steckte. Er rief Glynnis beim Namen, immer wieder, hockte sich neben sie, versuchte in alptraumhafter Angst, sie hochzuheben. Plötzlich war überall Glas, in Glynnis' Haar und in Ians Haar, in ihrer Kleidung, auf den Platten. Ein Gespinst von Blut überzog ihr Gesicht, offenbar hatte sie nicht das Bewußtsein verloren, aber sie konnte sich nicht verständlich machen und schien ihre Umgebung nicht wahrzunehmen, sie wand sich stöhnend, ihre Lider flatterten, ihr Körper lag schwer in seinen Armen. Ian wußte, daß er schleunigst ans Telefon gehen, daß er einen

Krankenwagen, Hilfe für Glynnis holen mußte, aber lange Sekunden kauerte er dort wie gelähmt und konnte sich nicht rühren, er brachte es nicht fertig, Glynnis inmitten von Blut und Scherben auf den Terrassenboden zu legen und sie allein zu lassen.

Zweiter Teil

Die Wache

1

An einem Abend des vergangenen Jahres, in einem anderen Leben, so wollte es ihm jetzt scheinen, hatte Ian McCullough ein von Gesprächen schwirrendes Zimmer voller Menschen betreten – wirklich sein eigenes Wohnzimmer? In seinem eigenen Haus? – und war einen Augenblick mit großen Augen auf der Schwelle stehengeblieben, während ihn unversehens das Gefühl überkam, nicht den Männern und Frauen gegenüberzustehen, die seine Freunde waren, sondern einer Versammlung von Seelen.

Wie fremd wir einander sind, dachte er.

Jede Seele steckte in einem Futteral von Fleisch, wurde von einer Hülle aus Haut zusammengehalten, war in sich gekehrt, in Stille getaucht. Die Seele war Licht oder Flamme, nur geringe Wärme spendend, vergänglich, schnell ausgelöscht. Ian machte große Augen, Furcht ergriff ihn und zugleich ein beklemmendes Glücksgefühl. Er sah sich als ihrer aller Bruder, ihnen allen anverwandt, diesen Seelen, diesen Wesen, die er nicht kannte.

Und dann kam Meika Cassity auf ihn zu und hakte sich bei ihm ein und sagte: »Tolle Party, Ian!«, als habe sie so etwas noch nie zuvor gesagt.

Und Ian erwiderte: »Findest du? Wie uns das freut!«

Während der langen Stunden in der Klinik – es sollten fast sieben werden –, in denen Glynnis im OP war und er darauf wartete, daß man sie ihm zurückgab, überkam Ian dasselbe Gefühl des Fremdseins, dieses Gefühl, daß wir uns alle voreinander und vor uns selbst tarnen, Seelen wie glimmende Feuer, im Dunkel des Fleisches verborgen. Er sah Fremden ins Gesicht, als seien es Menschen, die er kannte, und als fürchte er, sie könnten ihn erkennen. Wenn nun Glynnis starb? Wenn er nie wieder mit ihr sprechen konnte? Der Gedanke tat sich vor ihm auf wie ein Abgrund, dessen andere Seite er sich nicht vorstellen, geschweige denn erkennen konnte. Er war in Angst gebadet wie in kalten, klebrigen Schweiß.

Er selbst war sachkundig und mitfühlend in der Notaufnahme behandelt worden, sie hatten seinen stotternden Herzschlag überwacht, die zerschnittene rechte Hand gesäubert, genäht und verbunden, die Schnittwunden an den Unterarmen und am Knöchel versorgt, ihm das blutverschmierte Gesicht gewaschen. Die Polizei hatte ihn zu einem Alkoholtest aufgefordert, und Ian hatte kleinlaut eingewilligt, eine Ablehnung wäre das Verkehrteste gewesen, was er hätte machen können. (Und das Ergebnis? Ein Blutalkoholgehalt von 0,14 Promille, dabei galt alles über 0,1 dem Gesetz nach als Trunkenheit.) Er hätte weinen mögen über diese Preisgabe, diese Demütigung. Da waren sie nun beide aktenkundig geworden, er und Glynnis.

»Hatten Sie Streit mit Ihrer Frau, Mr. McCullough?« hatte der Arzt ein wenig zu beiläufig gefragt.

Und Ian hatte die Augen geschlossen und gesagt: »Das weiß ich nicht, ich weiß es wirklich nicht, es ging alles so schnell . . .«

Um 23.40 Uhr hatte er nach einem Krankenwagen telefoniert, der um 23.44 Uhr eingetroffen war. Nur fünf Minuten später waren sie schon in der Klinik, und um Mitternacht fiel die Entscheidung, Glynnis so schnell wie möglich zu operieren. Mit zitternder Hand – er konnte kaum den Stift halten – unterschrieb Ian Formulare; Formulare in dreifacher Ausfertigung – ja, er war krankenversichert, ja, er war leitender Mitarbeiter des Instituts, ja, er hatte einen Hausarzt am Ort, ja, er war gern bereit, dieses Formular und jenes Formular und überhaupt alle Formulare zu unterschreiben, nur retten Sie Glynnis, retten Sie meine Frau. »Bitte tun Sie, was Sie können«, flehte er. »Alles Erdenkliche, alles Menschenmögliche.« Er hatte wohl viel verstiegenes Zeug geschwatzt dort vor Zeugen wie auch schon in dem Krankenwagen, der ihn in die Klinik gebracht hatte, weg von jenem Ort der Schande – der zerschmetterten Scheibe, dem Glas, das bei jedem Schritt knisterte wie leises Lachen, dem

Chaos aus Geschirr, Besteck, Gläsern, Flaschen, Essen im Speisezimmer. War es denn möglich, daß so ein Alptraum sich wirklich zugetragen, daß er sich bei den McCulloughs zugetragen hatte?

Erstaunlich schnell hatte sich seine Trunkenheit verflüchtigt. Schlagartig war er nüchtern geworden, im wahrsten Sinne des Wortes, dachte er, als habe ihm jemand mit einem Holzhammer eins über den Kopf gegeben.

Sie zogen Dr. Morris Flax hinzu, einen angesehenen Neurochirurgen, und am 24. April um null Uhr fünfunddreißig erfolgte eine Notoperation, um arterielle Schädigungen des Hirns zu beheben, soweit sie, wie man Ian sagte, behebbar waren. Als Folge multipler Schädelbrüche waren bei Glynnis Subarachnoidal-Blutungen eingetreten, und falls nicht unverzüglich operiert wurde, drohten Gehirnschäden, Paralyse, ja, sogar der Tod.

Die Operation dauerte bis viertel vor sieben; Ian wartete im Besucherraum, mal saß er, mal stand er oder ging herum, dann setzte er sich wieder und stützte den Kopf in die Hände. Die verbundene Rechte war steif wie eine Keule und pochte schmerzhaft, aber das starke Mittel, das sie ihm gegen sein Herzjagen injiziert hatten, machte ihn lethargisch und benommen. Das Geschehene verblaßte sehr schnell, wie ein böser Traum; er konnte jetzt nur an Glynnis denken, Glynnis auf dem Operationstisch, mit aufgesägtem Schädel – denn sägten sie nicht bei einer Gehirnoperation den Schädel auf? Und wie standen ihre Chancen, ihre reellen Chancen, wieder ganz gesund zu werden? Oder auch nur zu überleben?

Ian meinte sich vage zu erinnern, daß er seine blutende Hand in ein Küchenhandtuch gewickelt hatte, aber in Wirklichkeit hatte das einer der jungen Polizeibeamten für ihn besorgt, als er sah, wie er blutete, wie hilflos er dastand, mit weit aufgerissenen Augen, gleich einem Mann, den man aus einem Traum gerissen hat. Auch Nase und Mund waren blutig. Geben Sie acht, Mister, hatte der junge Mann gesagt, Sie sind auch verletzt.

Und der andere Polizeibeamte hatte gefragt: Was ist denn mit Ihrer Hand passiert?

Ein Streifenwagen der Polizei von Hazelton war unmittelbar

nach dem Krankenwagen in die Einfahrt eingebogen; zwei jüngere Beamte hatten – so selbstverständlich, als habe man sie gerufen – das Haus betreten und sich mit einer Unverfrorenheit von Raum zu Raum begeben, die Ian in jeder anderen Situation empörend gefunden hätte. Wer oder was gab ihnen das Recht, sich hier aufzudrängen, einzumischen, ihre barschen Fragen zu stellen, auf die es keine Antwort gab? *Was ist hier passiert, Mister?* – mit einem Blick auf die Trümmer, die bewußtlose Frau, die gerade auf eine Trage gehoben wurde. Ian dachte zunächst, es seien dieselben Polizeibeamten, die im September letzten Jahres vor seiner Tür gestanden hatten unter dem Vorwand, sie hätten sein Haus verwechselt. Eben jene Männer, über die er sich offiziell beschwert, derentwegen er ein halbes Dutzend Briefe geschrieben hatte.

Zwei Sanitäter schnallten Glynnis auf der Trage fest und hoben sie hoch, Glas knirschte unter ihren Füßen. Die Präzision ihrer Bewegungen, ihr geübtes Zusammenspiel erinnerten Ian an eine Rudermannschaft, die in perfektem Gleichklang der Schläge die Ruder hebt und ins Wasser taucht. Sie trugen Glynnis zum Krankenwagen, und Ian lief keuchend neben ihnen her und flehte sie an, sich zu beeilen, sich doch bitte, bitte zu beeilen.

Einer der Polizeibeamten sagte: Moment mal, Mister, wie ist das eigentlich alles passiert? Wieso hat sie da vor dem Fenster gelegen?

Ein Unfall. Wir hatten einen Unfall.

Was für einen Unfall, Mister?

Das Fenster ...

Ja, Mister?

Das Fenster ist zerbrochen ...

Ja? Ganz von selber?

... und meine Frau ist gestürzt, und ...

Gestürzt? Wie denn?

... gestürzt und hingefallen.

Gestürzt, Mister? Oder gestoßen worden?

Sie begleiteten Ian zum Krankenwagen, obgleich er ihre Hilfe nicht gebraucht hätte. Seine Beine waren seltsam biegsam und schienen nicht recht zu ihm zu gehören, aber er hatte sie unter Kontrolle. In seinem Kopf klingelte und summte es, aber seine Gedanken waren klar, prägnant ... logisch. Er überlegte, daß Glynnis' Küchenmesser alle scharf geschliffen waren, stumpfe Messer waren ihr ein Greuel – niemand, der das Kochen ernst nimmt, gibt sich mit stumpfen Messern ab. Er hatte ihr vor zehn, zwölf Jahren einen Messerschärfer gekauft, Bianca war noch klein gewesen und hatte sich immer darum gerissen, Mommys Messer schärfen zu dürfen ... dieser sirrende, schleifende Laut, der leise aromatische Duft, der von dem Messerschärfer aufstieg ... das Kind war wie verzaubert gewesen. Und mochte auch das Messer in Glynnis' Hand scharf gewesen sein wie eine Rasierklinge, mochte auch Ian die Finger um die Klinge gelegt haben, um es ihr zu entreißen, mochte er ihr einen heftigen Stoß versetzt haben, um sich zu befreien, so daß sie gegen das Fenster geprallt und die Scheibe in tausend Stücke gegangen war, so daß sie sich schwer verletzt hatte, vielleicht sterben mußte ... all das hatte nichts mit dem zu tun, was wirklich geschehen war. Es hatte nicht das mindeste mit ihnen beiden zu tun.

Doch die Klinge war scharf gewesen, kein Zweifel, die Schnitte waren tief. Ian überlegte ganz unbeteiligt, ob das Messer Nerven, Knochen durchtrennt hatte; ob seine Hand, krummgezogen wie eine Klaue, je wieder heilen würde.

2

Er wartete auf Nachricht, behielt den dahinschleichenden roten Sekundenzeiger der hoch an der Wand angebrachten Uhr im Auge, blieb sitzen, solange er es aushielt, stand wieder auf, ging im Besucherzimmer und auf dem Gang herum, ein paarmal verließ er das Krankenhaus und trat hinaus in die Nacht, die irgendwie nach Asphalt roch ... kalt, feucht, brackig. Sie hatten ihm ein Feldbett in der Notaufnahme angeboten, die jetzt, am frühen Morgen, leer war, aber ihm waren der Besucherraum, die bange Nachtwache lieber. Allmählich ließ die Wirkung des Sedativums nach. Sein Herz machte wieder wilde Sprünge, trat ihm gegen die Rippen.

Und wie oft er in jener Nacht die Toilette aufsuchen mußte ... unvermittelt, ohne Vorwarnung mußte er urinieren, weil seine Blase drückte. Und danach das Mißbehagen, daß er sich nicht richtig die Hände waschen, daß er das heiße Wasser nur über die linke Hand laufen lassen konnte. Er dachte an Bianca, wie sie im Schulhof hingefallen und sich drei Finger gebrochen hatte. War es die linke oder die rechte Hand gewesen? Arme Kleine, armer Spatz. Ein hübsches Kind mit runden Wangen und immer ein bißchen erschrocken wirkenden Augen, schieferblau zuerst, dann waren sie grau geworden wie die seinen. Sie war ein durchaus aufgewecktes kleines Mädchen gewesen, manchmal aber zum Verzweifeln täppisch, ungraziös, ziemlich laut, sehr auf Anerkennung aus; bekam sie die nicht, nahm sie schnell übel und sah dann aus, wie Glynnis scherzhaft zu sagen pflegte, als habe sie eine Kröte verschluckt. Trotzdem waren es ihre glücklichsten Jahre gewesen. Glynnis war in der Mutterschaft aufgeblüht, sie liebte nicht nur die kleine Tochter, sondern auch deren Freundinnen, manchmal waren es so viele, daß man sich wie im Tollhaus vorkam, wirklich erstaunlich. Wenn Ian am Spätnachmittag heimkam, wimmelte es in der Küche von kleinen Mädchen, es roch nach Plätzchen – Plätzchen mit Schokostückchen, mit Erdnußbutterfüllung, Haferplätzchen, Pfefferkuchen –, und mittendrin stand Glynnis, lächelnd, rosig, strahlend schön: Schau, was wir gemacht haben. Jetzt nahm Glynnis es übel, daß Bianca ihren Vater vorzuziehen schien und daß Ian von Bianca nichts »verlangte«; es war ein alter Streit, ein alter Vorwurf; seine Haltung, sagte sie, sei Ausdruck männlicher Herablassung, wenn nicht gar Verachtung. Und Ian protestierte: Das ist ungerecht, das ist lächerlich. Ich liebe Bianca so, wie sie ist.

Und Glynnis sagte: Genau, das ist es ja eben.

Gegen Morgen stand er eine Weile auf dem Parkplatz und sah zum Himmel auf, als warte er auf eine Offenbarung. Die lange Nacht ging zu Ende, sie löste sich auf, der Horizont strahlte orange-pinkfarbenes Licht ab; es sieht aus, als habe man Farbe im Wasser verschüttet, dachte er.

Und dann hatte er plötzlich das Gefühl, daß Glynnis durchkommen würde, denn es war doch schlechthin unvorstellbar, daß sie nicht...? Vor Jahren, noch in Cambridge, war sie in ihrem kleinen roten Volkswagen mit der Stirn gegen die Windschutzscheibe geprallt, ein relativ harmloser Unfall. Natürlich hatten sie sich Gedanken gemacht, aber es war weiter nichts nachgekommen bis auf einen ihrer rätselhaften Migräneanfälle mit Schweißausbrüchen und tränenden Augen, nach denen sie immer völlig erschöpft war. Der Hergang des Unfalls war etwas unklar gewesen, der Fahrer vor Glynnis hatte plötzlich gebremst, Glynnis war aufgefahren und hatte seinen hinteren und ihren vorderen Kotflügel verbeult. Ein Teil der Schuld traf Glynnis, weil sie so dicht an seiner Stoßstange gehangen hatte, aber auch der andere Fahrer war nicht unschuldig. Nach einem etwas unerfreulichen Hin und Her hatte die Versicherung gezahlt, und damit war die Sache erledigt. Und Glynnis sagte reuig: Das wird mir eine Lehre sein, ich weiß jetzt, daß ich Abstand halten und daß ich meinen Sicherheitsgurt anlegen muß.

Als Dr. Flax in seinem grünen Chirurgenkittel herauskam, um mit ihm zu sprechen, fuhr Ian benommen und angsterfüllt hoch, vor wenigen Minuten erst war er im Wartezimmer in einem Sessel eingeschlafen. Besorgt, aber nach außen hin ruhig, rappelte er sich auf und fing an zu nicken, mit diesen raschen, ziellosen Kopfbewegungen, über die sich Glynnis so oft ärgerte, weil sie den Eindruck vermittelten, als höre er gar nicht richtig zu. Soweit er das bisher beurteilen könne, sagte Flax, sei die Operation gut verlaufen, sie hätten durchaus Grund zum Optimismus. Das Gehirntrauma sei erheblich, besonders auch wegen der großen Mengen an Alkohol, die Glynnis zu sich genommen hatte, aber es hatte sich herausgestellt, daß die arteriellen Schädigungen weniger ernst waren, als sie aufgrund des CAT-Scans befürchtet hatten. »Ihre Frau ist zur Zeit natürlich nicht ansprechbar, aber sie wird wohl im Laufe des Vormittags aufwachen, dann können Sie zu ihr.«

Ian sah Flax groß an. Gab es da etwas, was er noch wissen, was er noch fragen müßte?

»Glauben Sie, daß sie wieder ganz gesund wird?«

Flax zögerte nur den Bruchteil einer Sekunde. »Ehrlich

gesagt – ich weiß es nicht. Im Moment gibt es darauf einfach keine Antwort. Ich würde mal so sagen: Wir wollen das Beste hoffen.«

»Ja«, sagte Ian stumpf. »Wir wollen das Beste hoffen.«

Sie rieten ihm, nach Hause zu fahren, zwei, drei Stunden zu schlafen und dann wieder in die Klinik zu kommen, aber Ian wollte nicht nach Hause und mochte nicht daran denken, warum er nicht nach Hause wollte. Inzwischen war es heller Tag, nach sieben, er mußte telefonieren ... mit Bianca im Wesleyan College, mit Glynnis' Schwester Kate, die, falls sie es für nötig hielt, weitere Verwandte von Glynnis telefonisch verständigen konnte. Und er würde die Grinnells und die Kuhns und die Olivers anrufen und Martha Fairchild, die im Institut Bescheid sagen und Ians Termine für die nächsten Tage absagen würde.

Und auch in dem Glas- und Spiegelgeschäft auf der Charter Street würde er anrufen, das sich für Schnellreparaturen empfahl. Er würde eine neue Spiegelglasscheibe einsetzen lassen, heute noch, damit alles in Ordnung war, wenn Glynnis nach Hause kam.

3

An Glynnis, die – einen durchsichtigen Schlauch im linken Nasenloch, weitere Schläuche im weichen Fleisch der Ellenbeuge – in ihrem hohen Bett auf der Intensivstation lag, regte sich nichts bis auf ihren Atem, der rasselnd, mühsam, unregelmäßig kam und ging. Die Herztätigkeit wurde auf einem Monitor überwacht, der rasierte Kopf und das Gesicht waren mit Verbänden umhüllt, die dicht anlagen wie ein Nonnenschleier. Hätte man Ian nicht an ihr Bett geführt, wäre er womöglich vorbeigestolpert, ohne sie zu erkennen. Er schnappte nach Luft. Glynnis? Diese Frau? Innerhalb von Stunden schien sie ihm um Jahre gealtert.

Dann saß er an ihrem Bett, wartete geduldig, ihre Hand in der seinen, und flüsterte ihren Namen. Er hatte gelesen, daß es eine absolute Bewußtlosigkeit nicht gibt, der anästhesierte Patient auf dem OP-Tisch hört und nimmt auf, was um ihn herum gesagt wird, auch wenn er natürlich nicht reagieren kann. Wenn er »Glynnis?« flüsterte, schien ihm, daß hin und wieder ihre Finger zuckten, als wollten sie ihm antworten, und ihre Lider flatterten. Er hatte den Eindruck, daß sie aufwachen, mit ihm sprechen wollte; daß sie seine Gegenwart ganz stark spürte, von ihm aber wie durch einen undurchdringlichen Schleier getrennt war. Bewußtsein war die Oberfläche eines Gewässers von unermeßlicher Tiefe, Bewußtlosigkeit war diese Tiefe; Glynnis, eine Schwimmerin, die sich unter der Wasseroberfläche verfangen hatte, versuchte sich tapfer hochzukämpfen, wurde wieder heruntergezogen, kämpfte sich wieder hoch, sank erneut zurück.

Doch Ian schien es, als steige sie bei jedem Versuch ein Stück höher und sinke nicht mehr so tief, als bewege sie sich unter Einsatz all ihrer Willenskraft ganz allmählich an die Oberfläche. Er nannte ihren Namen wie eine Beschwörung, immer wieder, unermüdlich, fixierte ihr Gesicht mit solcher Ausschließlichkeit, daß er nicht mehr wußte, wo er war oder warum er hier war, welche unsägliche Wendung des Geschicks sie beide hierher gebracht hatte, in und an das Krankenhausbett einer Intensivstation, auf der wider Erwarten ein recht ehrfurchtsloses Gerenne und Gelärme herrschte. Ian versuchte, nicht zu den anderen Betten hinzusehen, zu den anderen Besuchern, die leblose Hände hielten, beschwörende Worte in verschlossene Ohren flüsterten. Meine Liebe wird sie mir zurückbringen, dachte er.

Kurz nach zwei kam Bianca, atemlos und angsterfüllt, und setzte sich neben Ian ans Bett. »Mein Gott, o mein Gott«, sagte sie matt und sah Glynnis mit großen Augen an. »Ich kann es nicht glauben, ich kann das einfach nicht glauben ...« Und dann sagte Ian, sie solle bitte still sein, Glynnis könne jedes Wort hören.

Am späten Nachmittag machte Glynnis endlich die Augen auf.

Sie sah Ian direkt an, drückte seine Hand, versuchte offenbar zu sprechen. Ihre Augen waren blutunterlaufen, der Blick nicht ganz klar, aber sie schien ihn zu erkennen, er hätte schwören mögen, daß sie ihn erkannte. Aufgeregt sagte er: »Glynnis?

Liebling? Kannst du mich hören?« Wieder drückte sie seine Hand, die Halsmuskeln spannten sich, sie sah ihn an oder sah zumindest in seine Richtung, die Pupille des rechten Auges war viel schwärzer als die des linken. Bianca saß stumm und starr da. Ian sagte in leisem, eindringlichen Singsangton: »Ich bin hier, ich kümmere mich um dich, hab keine Angst, ich bin hier und gehe nicht weg. Ich gehe nicht weg.« Er beugte sich über sie, hielt ihre Hände fest umfaßt, versprach, flehte, bettelte. Ihm schien, daß Glynnis hörte und verstand, aber sprechen konnte sie nicht.

Und dann machte sie die Augen wieder zu, und Bianca brach wie erlöst in Tränen aus.

Glynnis kam weder an diesem noch am nächsten Tag wieder zu Bewußtsein, obgleich Ian und Bianca gemeinsam in gespannter Hoffnung darauf warteten. Dann fingen sie an, sich abzulösen, eine Fünfstundenwache für Ian, eine Dreistundenwache für Bianca. Sie rechneten jeden Augenblick damit, daß Glynnis erneut die Augen aufschlagen und sich mit einer gewaltigen Anstrengung aus der Lähmung lösen würde, die ihre Glieder umfangen hielt, daß sie diesmal ihre Namen nennen, sie *sehen* würde.

Doch die Stunden vergingen, die Tage vergingen, und kein Wunder geschah.

Ian sprach mit Flax, denn Flax war ja wohl der Mann, mit dem er sprechen mußte. »Ist Glynnis im Koma?« fragte er. »Nennt man das so, ihren Zustand . . . ein Koma?«

Flax runzelte die Stirn, es schien ein Ja zu sein, aber es konnte ebensogut Nein bedeuten, es war nie so ganz klar, was Flax sagte, und noch viel weniger, was er meinte. Er sprach langsam und ziemlich lange, erläuterte die Einzelheiten der Operation, ließ Bemerkungen fallen, die sich als vorsichtig optimistisch, andererseits aber als äußerst zurückhaltend oder schlichtweg ausweichend deuten ließen. Offenbar wartete er auf die Rückkehr seines Partners Pois, eines Neurologen, der heute noch in Hazelton eintreffen sollte.

Bianca sagte: »Er kennt Mommy nicht, sonst würde er sich mehr Mühe geben.«

Und Ian erwiderte: »Wir müssen uns darauf verlassen, daß er tut, was er kann.«

So vergingen die Tage; sie wachten getreulich an Glynnis' Bett, gleich anderen Besuchern an anderen Betten der Intensivstation, traurige Fälle auch sie, aber nicht vergleichbar, so meinten sie, mit ihrer Situation. Denn Glynnis war jünger als jene unglücklichen (und offenbar moribunden) Patienten; ihr Herz und die anderen inneren Organe waren kräftig, so hieß es. Die Änderungen ihres Zustands blieben nach außen hin unsichtbar, wurden aber von modernsten Präzisionsmaschinen beobachtet und gewissenhaft registriert, in einer Schrift und mit einem Vokabular, die nur den Eingeweihten verständlich waren. Gängigere Begriffe wie *kritischer Zustand* und *Koma* wurden angesprochen, aber nicht erklärt, geschweige denn auf ihre Ursache zurückgeführt. Nachdem Ian und Bianca einmal miterlebt hatten, daß Glynnis aufgewacht war, rechneten sie fest damit, daß es wieder geschehen würde. »Meine Frau ist eine Kämpfernatur«, sagte Ian, obgleich er sie früher nie in diesem Licht gesehen und schon gar nicht so bezeichnet hatte, und Bianca bestätigte so leidenschaftlich, als hätte jemand Zweifel angemeldet: »Mommy ist nicht der Typ, der sich fallenläßt.«

Wenn Freunde und Bekannte fragten, sagten sie: »Mehr oder weniger unverändert«, oder: »Mehr oder weniger stabil.« Hätte Ian die Zeit und die emotionale Kraft gehabt, sich Gedanken darüber zu machen, hätte es ihn sehr beeindruckt, daß so viele Bürger aus Hazelton, auch solche, die er kaum kannte, ihm ihre Hilfe anboten. Daß Glynnis viele Freundinnen und gute Bekannte hatte, wußte er wohl, aber daß es so viele waren, kam für ihn ebenso unerwartet wie ihre Bestürzung, ihr lebhaftes Mitgefühl. Sag, was wir machen, wie wir helfen können, baten sie und brachten damit Ian einigermaßen in Verlegenheit, denn es war einfach so, daß man vielleicht das eine oder andere für ihn hätte tun können, daß ihm aber im Grunde genommen nichts wichtig war.

Er spürte, daß in Hazelton über den Vorfall viel spekuliert wurde. Man kannte sich, man wußte voneinander, man erfuhr immer gern noch ein bißchen mehr. Von Denis Grinnell (der offenbar nicht gewußt hatte, daß dies Ian neu war) erfuhr er, daß die Polizisten nicht als Begleitung des Krankenwagens gekommen, sondern von ihren Nachbarn, den Dewalds, gerufen worden waren, die angeblich Schreie gehört hatten. »Sie haben bestimmt übertrieben«, sagte Denis. »Mit dem, was sie gehört haben, meine ich.«

»Ja, vermutlich«, sagte Ian nachdenklich. Er war zutiefst beschämt und betroffen. Hatte Glynnis geschrien? Hatte er geschrien? Er wußte es nicht mehr.

Wenn er nicht im Krankenhaus war, machte Ian es sich zur Gewohnheit, Flax heimzusuchen, sofern der greifbar war. Er sah den Neurochirurgen als eine Entsprechung seiner selbst; einen hochgezüchteten Profi, ängstlich auf seinen Ruf bedacht, nach außen hin zugänglich, liebenswürdig, aber mit einer stählernen Härte, der nur mit den gleichen Mitteln beizukommen war. Die Bedenkenlosigkeit, mit der er dem Mann nachstellte, setzte Ian selbst – und zweifellos auch Flax – in Erstaunen. Im Lauf der Zeit ging ihm dabei, indes ein Tag nach dem anderen ergebnislos verrann und keine Veränderung in Glynnis' Zustand festzustellen war, jede Spur von Stolz, Takt, Diplomatie, ja jeder Ehrbegriff verloren, ihm war, als stünde Flax der Genesung seiner Frau im Wege, und er mußte an jene Männer – und auch Frauen – denken, die Ian McCullough hofierten in der Hoffnung, ein wenig an seiner Macht teilzuhaben, ganz so, als sei es ihm allein durch eine großmütige Geste gegeben, ihr Leben zu verändern. Er besorgte sich medizinische Werke, neurologische Werke; ein Nachbar, der Geburtshelfer war, überließ ihm alte Ausgaben des *New England Journal of Medicine*, und mit der manischen Besessenheit, die er im Studium (seither eher selten) seiner Arbeit gewidmet hatte, entwickelte er sich zu einem Amateur-Experten – einem sehr amateurhaften Experten! – für Gehirnanatomie und Gehirnpathologie und neueste mikrochirurgische Verfahren. Er kam zu der Überzeugung, Glynnis müsse noch einmal operiert werden, und es ärgerte ihn, daß Flax sich weigerte und Ian ohne Umschweife erklärte, eine zweite Operation sei sinnlos. »Das kann ich nicht akzeptieren«, sagte Ian. »Vorerst vielleicht nicht«, gab Flax nicht unfreundlich zurück, »aber das kommt noch.«

Je größer Ian McCulloughs Verzweiflung war, desto intellektueller, desto abstrakter gab er sich. Wenn Flax im Hinblick auf Glynnis nichts Hilfreiches sagen mochte oder konnte, stellte er ihm philosophische Fragen. »Wo residiert die Seele, Doktor? Wird sie vom Gehirn erzeugt, durchs Gehirn gefiltert, oder *ist* sie das Gehirn?« Und: »Ich habe seit Jahren keinen Platon gelesen, aber wird nicht in *Phaidon* ein Beweis für die Unsterblichkeit der Seele erbracht? Was halten Sie von Platons Beweis, Doktor? Ist das nur Phantasterei, oder ist etwas dran an der Sache?« Wenn er bei solchen Gelegenheiten Flax auf dem Gang oder auf dem Parkplatz hinter der Klinik abfing, bemühte sich Ian zu verbergen, daß seine Augen feucht waren vor Bewegung und seine Hände zitterten.

Flax hatte in Sachen Seele nichts zu sagen, schlug aber Ian vor, ihm den Tranquilizer Librium zu verschreiben, und in seiner Not willigte Ian ein. Er hatte gehört, man solle das Beruhigungsmittel nicht länger als zwei Wochen nehmen, da es schnell abhängig mache, aber er sagte sich, daß bis dahin Glynnis gewiß auf dem Wege der Besserung sein oder eine Besserung sich zumindest abzeichnen würde. Dann brauchte er kein Librium mehr und auch keinen Flax – der irgendwann nur noch seine Rechnung schicken würde.

Bianca sagte leise: »Du willst ihn nur decken.«

»Was redest du da?« fragte Ian.

Ihre Augen wirkten seltsam wimpernlos, nackt und ungeschützt. Ihr Gesicht sah aus wie mit Stahlwolle geschrubbt.

»Ihr Männer, die ihr die Welt regiert«, sagte Bianca, »haltet ja doch alle zusammen.«

»Und was soll das nun wieder heißen?«

Bianca machte eine lässige Handbewegung, die eine so lächerliche Ähnlichkeit mit Glynnis' Gestik hatte, daß Ian eine wahnwitzige Sekunde lang dachte, sie verhöhne ihre Mutter. Aber nein, sie meinte es ganz ernst. Sie sah ihn über den Tisch der Cafeteria hinweg an – sie aßen häufig hier, in dem sympathischen Gewimmel der Cafeteria im Untergeschoß der Klinik – und sagte: »Ihr deckt gegenseitig eure Verbrechen.«

Ian war überrumpelt, er fand keine Antwort und sah seine

Tochter gekränkt, bekümmert, betroffen an. Sie war neunzehn Jahre alt und körperlich reif für ihr Alter, sie hatte in der Schule stets Bestnoten erzielt, und manche Lehrer hatten lobend ihre »Führungsqualitäten« erwähnt, doch zu Hause hatte sie immer ein anderes Gesicht gezeigt, andere Töne angeschlagen. »Was meinst du mit ›Verbrechen‹, Bianca?« fragte Ian milde. »Denkst du an einen Kunstfehler?«

»Ich meine ›Verbrechen‹ als Oberbegriff. Die Verbrechen des Patriarchats, die unermeßlich sind, weil sie immer als Tugenden dargestellt wurden.«

»Na hör mal, Bianca . . .« Jetzt mußte er lachen.

»Die Kehrseite des Segens ist schließlich der Fluch«, sagte sie. »Wie das griechische Wort *ara*, das Gebet bedeutet, aber auch Fluch. Die Griechen wußten sehr wohl, daß ein Fluch ein Gebet ist, das sich gegen den Feind richtet.«

»Aber ich verstehe noch nicht ganz, was das mit uns zu tun hat«, wandte Ian ein. »Mit Dr. Flax und mir.«

Bianca sah ihn unbewegt an, ohne zu blinzeln. Jäh beschlich ihn Angst. Glaubt sie, ich hätte Glynnis absichtlich verletzt? Ich hätte versucht, sie umzubringen? »Nein, natürlich verstehst du das nicht.«

Ian erhob sich blindlings, er dachte an Flucht. Er würde auf die Straße gehen, er brauchte einen klaren Kopf, brauchte Luft zum Atmen. Daß diese verdrossene junge Frau in dem stahlgrauen Sweatshirt und den abgetragenen Jeans, der die Haare ins Gesicht hingen, seine Tochter und daher *sein* war, sah er in diesem Augenblick als traurige Ironie; dahin also hatte das Leben ihn gebracht. Und zu jener anderen Frau, die sieben Stockwerke über ihm im Koma lag. Beide waren sie in seine Obhut gegeben, und er liebte sie über alle Maßen, aber was nützte ihnen seine Liebe?

Er setzte sich in Bewegung, aber er ging nicht hinaus, seine Beine weigerten sich, ihn durch die Tür zu tragen. Statt dessen kaufte er noch zwei Becher Kaffee, Styroporbecher mit heißem, bitterem Kaffee, und brachte sie an den Tisch.

Bianca weinte jetzt, die Tränen glitzerten zart auf ihren Wangen. »Es ist nur . . . wie das alles gekommen ist, Daddy, ich meine, daß Mutter aufgewacht ist, daß sie offensichtlich bei

Bewußtsein war, daß sie uns angesehen und erkannt hat ... es ist nur ...« Sie verstummte, ratlos und verwirrt, und konnte den Satz nicht zu Ende bringen. »Es ist einfach ... ich kann das nicht akzeptieren.«

Ian fröstelte. »Ja«, sagte er.

Wie Ian selbst achtete auch Bianca sehr darauf, das, was Glynnis zugestoßen war, stets als Unfall zu bezeichnen.

Als Ian sie im College angerufen hatte, war sie verstört, aufgewühlt gewesen, mehrmals hatte sie Ian gefragt, was passiert war und wie es passiert war, mein Gott, *wie* denn, aber nach ihrer Heimkehr hatte sie keine Fragen mehr gestellt. Ian hatte ihr die zerbrochene Scheibe gezeigt – das heißt, die inzwischen eingesetzte neue Scheibe –, aber sie hatte nur bedrückt und leicht fröstelnd gesagt, Glasscheiben und Glastüren seien eben sehr gefährlich, genau wie Kinderspielplätze ... Ob er mal die Statistik über Unfälle auf Kinderspielplätzen gesehen habe, erschütternd geradezu ...

Sie fragte auch nicht, ob die Eltern an jenem Abend getrunken, nicht einmal, ob sie sich gestritten hatten.

Doch nach Ians Hand fragte sie, nach seinen fünfundsechzig Stichen. »Hast du versucht, Mommy zu retten?«

Ian sah die Hand an, als sei sie ihm ein Rätsel, und sagte langsam: »Ja, so war es wohl. Ich habe versucht, Mommy zu retten, als die Scheibe kaputtging. Aber es ist mir nicht gelungen.«

Seit Bianca vier oder fünf war, hatte er Glynnis im Gespräch mit seiner Tochter nicht mehr »Mommy« genannt. Ganz sonderbar klang ihnen das Wort in den Ohren.

Wenn Vater und Tochter – selten genug – zu Hause aßen, setzten sie sich natürlich nicht ins Eßzimmer, sondern in die Küche, an den Tisch in der Ecke, den runden Tisch mit den Holzbeinen, in die gemütliche Ecke neben Glynnis' Pinnwand aus Kork. Auf einer Seite lagen noch Glynnis' Sachen – Notizbücher, Rezeptkarten, Zeitschriften- und Zeitungsartikel und Kochbücher –, die Bianca ordentlicher arrangiert, aber nicht weggeräumt hatte. Sie sammelte inzwischen Artikel aus der *New York Times*, die, wie sie meinte, ihre Mutter interessieren könnten, Rezepte und Artikel zum Thema Essen.

Die zu Dutzenden auf den Borden stehenden Gewürzdosen, die blanken Kupfergerätschaften, die vollgestopften Bücherregale; das Korkbrett mit den neben- und übereinanderhängenden Postkarten, Schnappschüssen, Ausschnitten, Einladungen; die Hängepflanzen im Südfenster (Ian wußte nicht genau, wie oft und wie reichlich sie gegossen werden mußten, die Geranien verkümmerten); die hübsche Kücheninsel und die blanken Flächen von Herd und Kühlschrank – das alles erinnerte an Glynnis, ihren Geschmack, ihr unermüdliches Wirken. »Ich liebe diesen Raum«, sagte Bianca. »Im College habe ich immer die Küche vor mir gesehen. Ich habe so schöne Erinnerungen daran.« »Ja«, sagte Ian lächelnd, »ich auch.«

Er wußte nicht, ob das, was seine Tochter sagte, stimmte, er wußte nicht einmal, ob das, was er gesagt hatte, stimmte. Aber er wußte, was gesagt werden mußte.

Jetzt, da sie so viel und so intensiv allein miteinander waren, hatte es sich eingebürgert, daß Bianca redete und Ian zuhörte, sofern sie ihn nicht direkt ansprach, um ihn nach seiner Arbeit zu fragen. Allerdings interessierte sie sich weniger für Demographie als für Biostatistik, ein ziemlich neues, innovatives Gebiet, das dem von Ian verwandt, aber im Grunde doch sehr anders war. Seit dem Unfall ihrer Mutter sprach Bianca voller Verlangen, ja, fast gezielt planend davon, daß sie »Gutes in der Welt« tun oder es jedenfalls versuchen wollte.

Sonst aber redete sie einfach drauflos, mit heller, nervöser Stimme, einem Bergbach gleich, der sich zu Tal stürzt – glitzernde Bewegung und wenig Tiefe. Ian begriff, daß sie Angst vor der Stille im Haus hatte. Nicht einmal das Radio, auf Glynnis' Lieblingssender eingestellt, vermochte diese Stille zu vertreiben. Ian hörte zu und nickte und antwortete und ließ seine Gedanken schweifen. Ihm war, als müsse jeden Moment Glynnis durch eine Tür kommen, als könne jeden Moment das Telefon läuten und Glynnis in einem anderen Raum den Hörer abnehmen.

Statt dessen meldete sich Bianca, wenn das Telefon läutete. Ein wenig zu schnell, übereifrig. Ian hörte sie zu einem unbekannten Anrufer sagen: »Ja, Mutters Zustand ist unverändert, mehr oder weniger stabil, man hat uns gesagt, daß es lange dauert, bis man nach so einer Operation wieder da ist, einer so großen Operation, sie war ja fast sieben Stunden im OP ...« Und ein andermal, als Glynnis' Zustand sich weiter verschlechtert hatte: »Mutter ist jetzt an ein Beatmungsgerät angeschlossen, es erleichtert ihr das Luftholen. Atmen ist ja eine rein mechanische Tätigkeit, und das erledigt jetzt die Maschine für sie. Aber ihr Zustand ist stabil. Mehr oder weniger.«

Ian dachte unablässig an Glynnis, ob er an ihrem Bett saß oder anderswo war. Bewußtlos, stetig an Gewicht verlierend, war sie in seiner Vorstellung stets beängstigend präsent, er war gleichsam von ihr durchdrungen, ihm schien, als läge die Verantwortung, sie am Leben zu halten, bei ihm. Seine Arbeit im Institut hatte er schleifen lassen, er verteilte sie aufs Geratewohl – gleich einem Gärtner, der mit der Mistgabel Dung auswirft, dachte er – an seine tatkräftigen jungen Assistenten.

Auch seine Freunde, die häufig anriefen, ihn und Bianca häufig zum Essen einluden, waren ihm sehr fern. Ich könnte ohne sie alle auskommen, dachte er.

Und diese rothaarige junge Frau, die Tänzerin, deren Rolle in seinem Leben Glynnis so mißverstanden hatte ... Ian hatte seit Wochen nichts mehr von ihr gehört und hoffte inständig, nie wieder von ihr zu hören.

Das Telefon läutete nur ein paar Zentimeter von seinem Ohr entfernt. Ian, der an seinem Schreibtisch im Arbeitszimmer saß und mit dem Kopf auf der Schreibtischplatte eingeschlafen war, tastete nach dem Hörer, und dann war, mit traumgleicher Plötzlichkeit, sein Freund Leonard Oppenheimer am Apparat ... er wollte sich nach Glynnis erkundigen und nach Ians finanzieller Lage, wie er sich einigermaßen verlegen ausdrückte. »Wir wollen uns natürlich nicht einmischen, aber wir haben uns überlegt, Paul und ich, ob du da womöglich Probleme bekommst, Ian. Ich weiß doch, wie das mit Arztrechnungen in solchen Fällen ist ... Neurochirurgie, Intensivstation ... zwölfhundert Dollar pro Tag waren es im Columbia Presbyterian, als mein armer Vater ...« Und Ian mußte sich, schlaftrunken und verwirrt, wie er war, eine lange Geschichte von dem neunundachtzigjährigen Vater seines Freundes anhören, den nach einer erfolglosen Tumoroperation am Gehirn nur noch High-Tech-Wundermaschinen und die antiquierten und unmenschlichen Gesetze des Staates New York am Leben erhalten hatten, die Patienten vor der Euthanasie »schützten«.

Euthanasie!

Ian beschlich ein flaues Gefühl, er faßte den Hörer so fest, daß alles Blut aus seinen Fingern wich. Er hörte nicht zu ... nein, nicht zuhören ..., und als Leonard endlich fertig war, sagte er höflich: »Schönen Dank, daß du daran gedacht hast, Leonard, aber ich glaube nicht, daß ich mir Geld werde leihen müssen, ich denke, die Kosten sind durch meine Versicherung weitgehend gedeckt, aber trotzdem vielen Dank.«

Leonard sagte rasch: »Ich habe diese Wertpapiere, du weißt ja, und Paul hat auch ... ich soll dir von ihm ausrichten, daß er auch gern hilft, wenn du zum Beispiel noch einen Arzt oder Chirurgen zuziehen möchtest ...« Pause. Ian sagte nichts. »Ich würde mich da nie einmischen, aber ich mache mir so schreckliche Sorgen um Glynnis, es ist so ein furchtbarer Schock für uns alle. Es kam so *plötzlich* – aber das ist eben so bei diesen Dingen. Und diese beunruhigenden Gerüchte ... Aber Schluß damit, ich will dich nicht aufhalten. Du sollst nur wissen, Ian, daß wir dir herzlich gern unter die Arme greifen, falls es finanzielle Probleme geben sollte, ohne es an die große Glocke zu hängen natürlich, es würde ganz unter uns bleiben.« Wieder eine Pause. »Ian? Bist du noch dran?«

Ian hatte nicht zugehört, aber er sagte höflich: »Ja.«

»Ich will dir natürlich nicht zu nahe treten ...«

»Nein, nein, ich bin euch wirklich sehr dankbar, es ist unheimlich nett von euch ...«

»Du bist nicht eingeschnappt? Ehrlich?«

Ian murmelte etwas Mehrdeutiges und legte auf. Er war sehr verstört, aber schon nach wenigen Minuten wußte er nicht mehr recht warum.

4

Der April ging zu Ende, und dann war es Mai, und noch immer war Glynnis McCullough in ihrem bleiernen Schlaf befangen, in dem nichts und niemand sie erreichen konnte. Die Maschine, die für sie atmete, tat das mit ebenso makelloser wie grausamer Gleichmäßigkeit, denn Ian war überzeugt davon, daß es dabei nicht ohne Schmerzen abging. Und der Tropf, der ständig ihre Venen versorgte, die Drähte, die Herzschlag, Schweißmenge, die schwirrenden Schwingungen ihres Gehirns überwachten und sie als Wellen über einen grünen Computerbildschirm schickten, und die Saugvorrichtungen, die Giftstoffe aus ihren Organen ableiteten ... all das mußte ihr doch weh tun. Fast ungläubig dachte Ian: Und ich spüre nichts davon.

Doch auch er hatte abgenommen, seine Sachen hingen locker an ihm herunter, als gehörten sie nicht ihm. Es war wie eine Buße und ihm deshalb sehr willkommen.

In der hochspezialisierten medizinischen Literatur, die er aus der nicht näher definierten Überzeugung heraus las, daß irgendwo in der Medizingeschichte Glynnis' Fall schon dokumentiert, alle seine Geheimnisse entschlüsselt sein mußten, entdeckte Ian viel Merkwürdiges: Berichte über Patienten im Koma, die jahrelang schliefen und dann zu vollem Bewußtsein und angeblicher Normalität erwachten wie Zeitreisende, die in die Zukunft geschossen worden waren, dabei aber ein Stück Leben verloren hatten. (Und was war ihnen aus ihrem jahrelangen Schlaf in Erinnerung geblieben? »Eine Art Nebel«, hatte eine Frau gesagt.) Es waren Opfer von Kampfhandlungen, von Unfällen, Verbrechen, Operations- und Narkosepannen; Opfer geheimnisvoller Krankheiten, die das Gehirn angriffen, es waren Männer, Frauen, Kinder, die aus einem ganz normalen Schlaf einfach nicht aufgewacht waren ... verzaubert wie im Märchen. Und aus ebenso unerfindlichen Gründen waren sie dann eines Tages doch wieder aufgewacht. Manchmal.

Wenn er, ein Buch oder eine medizinische Zeitschrift aufgeschlagen im Schoß, an Glynnis' Bett saß, verfiel Ian häufig in einen Wachtraum, sah mit geöffneten Augen Glynnis vor sich, wie sie vor Jahren gewesen war, ein Mädchen mit rotgolden glänzendem, schulterlangem Haar, das ihn unerschrocken ansprach: Ist was? Kann ich helfen? – und ihm mutig die Hand auf den Arm legte. Später dann war sie die Treppe zu seinem Zimmer hochgestiegen und hatte an die Tür geklopft. Ian? Ian? Mach auf, laß mich rein, ich bin's, Glynnis, laß mich schon rein ... Sie zog sich und ihn aus, lachte ihr hohes, bezauberndes Lachen, zappelte in seinen Armen, fuhr mit den Fingern an seinem Körper entlang und neckte ihn, weil er so mager war – ich könnte Xylophon auf deinen Rippen spielen. Ian hatte noch nie eine Frau auf diese Weise geliebt, so intim, so lange und gefühlsbetont, er war ein Amateur, ein Baby, rührend unbeholfen, so erregt von ihrer Berührung, daß er ejakulierte, ehe er in sie hatte eindringen können, was sie verdroß und enttäuschte. Jetzt müssen wir eben warten, sagte Glynnis seufzend und küßte ihn, und es dann noch einmal versuchen. Sie war zwanzig Jahre alt, Kunststudentin und an so vielen Gegenständen, so vielen möglichen Berufen interessiert – Schauspielerei, Fotografie, »irgendwas« bei den Vereinten Nationen, Sozialarbeit, Hilfsdienst im Ausland –, daß Ian kaum mitkam. Das Lernen an sich war, wie sie einräumte, nicht so sehr ihr Fall ... »Eigentlich möchte ich am liebsten leben.«

Ihr Gesicht war mondförmig und sehr schön, die Schönheit ihres Körpers benahm ihm den Atem: Brüste wie Ballons, die mit etwas Weichem, Nachgiebigem gefüllt waren, mit Wasser vielleicht, ein sanft gerundeter Bauch, Hüften, Schenkel, feste, säulenförmige Beine ... Ian konnte sein Glück nicht fassen, denn er wußte, daß er es nicht verdiente, und überlegte manchmal, wie es wäre, dieses Glück zu verlieren: »Ich begreife nicht, was du an mir findest, weshalb du ausgerechnet mich liebst.« Er versuchte, einen Streit vom Zaun zu brechen, bei dem sich zeigen würde, daß sie es, wie er argwöhnte, gar nicht wirklich auf ihn abgesehen hatte, und doch hielt er sie fest, ganz fest wie das Leben selbst, in ständiger Angst, sie könnte ihm entgleiten.

Ian horchte seinem hämmernden Herzen nach, wenn er 1960 in Ann Arbor, Michigan, in seinem klumpigen Bett lag, Glynnis' seidenweichen Körper in den Armen. Wie schnell sie immer einschlief, der feuchte Mund war leicht geöffnet, sie atmete tief und gleichmäßig wie ein Kind, er liebte sie, er betete sie an, wollte sie heiraten – denn wie sonst hätte er sie halten können –, und er fürchtete sie auch, fürchtete eben diese Vielseitigkeit, all das, was mit ihr verheißungsvoll oder bedrohlich auf ihn zukam, fürchtete ein Leben, das komplexer zu werden versprach, als ihm lieb war, ein normales Menschenleben, aber eben typisch amerikanisch. Heirat, Kinder, ein Job, eine Position, Besitz, der erworben und bewahrt werden wollte, und früher oder später Ansehen und ein Platz im Gemeinwesen. Ian McCullough hatte sich eigentlich namenlos in der Welt verlieren wollen, ein Kierkegaardsches Opfer des Glaubens, ein existentielles Geschöpf im Werden, ein verlorener Camus-Held, ein manischer Märtyrer wie John Brown. Er hatte amerikanische Geschichte studiert, so wie man einen dicken, handlungsprallen Sensationsroman liest, in dem selbsternannte Helden miteinander im Streit liegen, voneinander getrennt und doch Bürger desselben weiten Landes. Der amerikanische Kontinent war groß genug, um sie alle in sich aufzunehmen, aber doch wieder nicht so groß, daß er sich nicht hätte zähmen lassen. Heirate mich, bat Ian, und rette mich.

Er war hingerissen von der erstaunlichen Begierde, die sie in ihm weckte. Und ihr lustvolles Vergnügen an dem, was sie zusammen trieben, war eine Offenbarung für ihn: Daß eine Frau überhaupt solcher Gefühle fähig war geschweige denn sie aussprach geschweige denn Dankbarkeit dafür zum Ausdruck brachte ... O Himmel, stöhnte Glynnis, o mein lieber Gott! Und am nächsten Morgen reckte sie ihren jungen Leib vor ihm, sah Ian neckend durch gespreizte Finger an, ließ knallend das Rouleau an die Decke schnellen und lachte über das, was sie angestellt hatte.

Ian betete sie an, er war überwältigt von ihr. Verträumt, neckend fragte sie ihn: Meinst du, ich kriege ein Baby? Was meinst du, ob ich nach dieser Nacht schwanger bin? Sie erkundigte sich nach seinen Eltern, hörte aber nur halb zu. Für traurige Geschichten hatte sie nicht viel übrig, auch wenn es wahre Geschichten waren. Sie sammelte seine schmutzigen, müffelnden Sachen ein, zog sie aus dem Schrank, wo er sie versteckt hatte, stopfte sie – Socken, Unterhemden, Baumwollunterhosen – in einen Kopfkissenbezug, und dann ging es zum Waschsalon. Sie faltete Handtücher und Bettzeug auf den Waschmaschinen, herrlich dieser Geruch nach frischer Wäsche, sagte sie und legte ihr Gesicht in ein Badetuch, so wie sie manchmal ohne Vorwarnung ihr Gesicht in seinen Nacken legte und ihn mit der Zunge kitzelte. Liebster, mein Liebster, ich bin verrückt nach dir, da mag kommen, was will. (Und meinte damit: Auch wenn Vater nicht will, daß ich dich will ...) Sie würde sein Leben neu ordnen, erklärte sie entschlossen, Erfolg und Ansehen waren ihm sicher, aber er brauchte eine neue Brille, er mußte zum Zahnarzt, neue Sachen, neue Schuhe mußten her, ein Haarschnitt, eine neue Wohnung. Sie stöberte in seinen Bücherregalen: Politische Theorie, klassische Philosophie, europäische Geschichte, amerikanische Geschichte, Marx und Engels, Spengler, Toynbee, Bertrand Russell, John Dewey, den einer seiner Professoren sehr verehrte. Glynnis schlug in den *Essays in Experimental Logic* eine Seite mit vielen Randbemerkungen auf und las: »Die Welt nicht zu kennen, sondern zu beherrschen; und sie neu zu schaffen ...« Sie rümpfte angeekelt die Nase und warf das Buch weg. »Soviel für John Dewey«, sagte sie und wischte sich die Hände ab. Ian sah sie staunend an und lächelte. Soviel für John Dewey.

Von Dewey stammte auch die kryptische Bemerkung, vollständige Anpassung an die Umgebung bedeute den Tod. Damals hatte Ian nicht ganz verstanden, was Dewey meinte.

Ian hatte es sich neuerdings angewöhnt, tagsüber ein kurzes Nickerchen zu machen, wenn er konnte, denn nachts war das Schlafen problematisch geworden. Er fürchtete inzwischen das Schlafzimmer, das Bett, die tiefe Verunsicherung, wenn er ohne Glynnis an seiner Seite zu seiner vollen, irgendwie unnatürlichen Länge ausgestreckt dalag. Wenn er nachts aufwachte, wußte er sofort, daß etwas nicht stimmte, aber er wußte nicht immer, was es war, wie er es benennen sollte. Und dann sagte er mitunter laut: »O mein Gott, o du lieber lieber Gott.« Ratlos klang das und zutiefst verwundert. War Glynnis wirklich im Krankenhaus? Hatte sie wirklich eine Notoperation am Gehirn hinter sich? Lag sie wirklich im Koma? Er begriff, daß sich all das tatsächlich so verhielt, und trotzdem konnte er es nicht glauben, wenn er nachts mit offenen Augen, blind in der Dunkelheit, auf dem Rücken lag.

Er versuchte sich auszumalen, mit welchen Worten ihn eines Tages der unerschütterliche Flax begrüßen mochte. *Mr. McCullough, heute vormittag habe ich eine gute Nachricht für Sie. Mr.McCullough, der Zustand Ihrer Frau hat sich gebessert. Mr. McCullough, Sie werden sich freuen zu hören* ... Die genaue Formulierung brachte er nicht zusammen, er kam sich vor wie ein zurückgebliebener Schüler, von Worten mattgesetzt. Er wußte, was er hören wollte, aber nicht einmal in seiner Phantasie vermochte er es zu hören.

Frühmorgens machte sich Glynnis' Abwesenheit auf andere Weise bemerkbar. Ian zog sich so schnell wie möglich an und mied dabei den Spiegel aus Angst, er könne darin hinter sich das Bild seiner Frau sehen. Wenn er im Badezimmer Wasser laufen ließ oder duschte, glaubte er ihre Stimme vor der Tür zu hören, es war eine Angewohnheit von Glynnis, immer dann mit ihm zu sprechen, wenn er sie nicht richtig verstehen konnte.

Auch wenn er schlecht oder gar nicht geschlafen hatte, stand er jeden Morgen Punkt sechs auf und begann den Tag voller Eifer und mit neuer Hoffnung. Wenn es nicht gerade in Strömen regnete, lief er zwei, drei Meilen, er joggte über die unbefestigten Wege in ihrem Viertel und im Wald hinter der Pearce Drive, um in Bewegung zu kommen, um die qualvolle Spannung in seinen Gliedern zu lösen. Wie ein alternder Sportler bereitete er sich auf den langen, den unermeßlich langen und gefährlichen Tag vor, an dem alles möglich war aus dem einfachen Grunde, daß man es nicht verhindern konnte.

Am 12. Mai stand er zur gewohnten Zeit auf, zog die schmutzigen Sachen vom Vortag an und lief noch einmal die Strecke, die er schon am vergangenen Tag gelaufen war. Er pumpte seine Lungen mit Luft voll, jagte sein Herz zu raschem, hämmerndem Schlag hoch, kümmerte sich nicht um seine Umgebung, um die vertraute Landschaft, die sein Blick erfaßte, ignorierte die Schmerzen, die ihm durch Füße, Waden, Schenkel, Rücken schossen, und den teerig-schwarzen Geschmack auf der Zungenwurzel. Sobald er lief, war nichts mehr wichtig außer dem Rhythmus, der Takt mußte gehalten werden ohne Rücksicht auf Schmerzen oder Atemnot. Er erinnerte sich an den tragischen Fall – so hatte man es in Hazelton genannt – eines jüngeren Institutskollegen, eines Spezialisten für Stadtplanung, der regelmäßig morgens eine Stunde auf dem Institutsgelände gelaufen war, scheinbar in bester körperlicher Verfassung, und den man eines Morgens tot am Ufer des Stausees gefunden hatte. Die vermutliche Todesursache war Herzversagen, eine Koronarthrombose; die kleine Gemeinschaft war geschockt, denn das Opfer war erst vierzig Jahre alt gewesen.

In einem Märchen, dachte Ian, könnte ich mein Leben für das von Glynnis hingeben, aber die düstere Logik dieser Welt bot keinen solchen Ausweg.

An diesem Morgen lief er etwas weiter als sonst, es zog ihn zu dem grasbewachsenen, holprigen Pfad, der am Ufer des Stausees entlangführte, obgleich das Joggen hier seine Tücken hatte und Füße und Fesseln strapazierte. Die Wasserfläche war unbewegt wie immer, spiegelte einen wolkig marmorierten Himmel und wirkte erstaunlich dicht, wie das große, ebene Flächen oft an sich haben. Ian sah aufs Wasser und bot alle Willenskraft auf, um sich trösten, verwandeln zu lassen. Wenn Glynnis wieder gesund war, würde er ein besserer Mensch werden. Wenn Glynnis aus dem Krankenhaus kam ... wenn sie wieder gesund war ... würden sie reisen, nach Italien vielleicht. Es war mindestens zehn Jahre her, seit sie eine Reise unternommen hatten, die nicht teilweise oder ausschließlich beruflich bedingt gewesen war.

Er machte kehrt und lief die lange, mäßige Steigung zur Pearce Drive hinauf, sein Rhythmus war nicht mehr so gleichmäßig, Rücken und Seiten waren schweißnaß. Auf halber Höhe einer schmalen gewundenen Straße, der Lombardy Street, fuhr einer von Ians Nachbarn vorbei, hätte ihm vielleicht sogar kurz zugewinkt, aber Ian sah entschlossen zu Boden und tat nichts dergleichen.

Bei solchen Begegnungen mußte er immer daran denken – und es schmerzte ihn, daran zu denken –, daß ihre Nachbarn, die Dewalds, die Polizei verständigt hatten ... und daß es nun natürlich die ganze Nachbarschaft, daß ganz Hazelton es wußte. Glynnis wäre außer sich, wäre zutiefst in ihrem Stolz gekränkt. Was fiel den Dewalds ein, mit denen sie nicht einmal befreundet waren, sich in eine ganz private Streitigkeit einzumischen, was fiel ihnen ein, die Polizei zu holen? Glynnis hatte Audrey Dewalds gelegentliche Annäherungsversuche, ihre unaufgeforderten Besuche zu unpassender Zeit, um etwas zu fragen oder etwas zu erbitten, stets mit Mißfallen zur Kenntnis genommen. Es machte Glynnis verrückt, daß sie sich Kochbücher borgte und nicht oder nicht gleich zurückgab. Ihr Mann Jackson Dewald, der etwa in Ians Alter und ein sehr erfolgreicher Börsenanalytiker war, hatte offenbar eine beiläufige Bemerkung Ians auf einer mehrere Jahre zurückliegenden Cocktailparty krummgenommen. Er habe keine Zeit, an Geld zu denken, hatte Ian gesagt, er habe ja kaum Zeit, an wirklich wichtige Dinge zu denken. Ach ja, hatte Dewald steif erwidert, ein schönes Gefühl, allen anderen so turmhoch überlegen zu sein, was? Ian hatte gelacht wie über einen guten Witz. Ist es auch, hatte er gesagt.

Ians Herz schlug heftig vor zorniger Abneigung. Zum Teufel mit den beiden, das verzeihe ich ihnen nie.

Achtzehn Tage bisher, heute war der neunzehnte.

Zu Hause würde er duschen, sich rasieren, anziehen, Kaffee machen – keinen frischgebrühten Bohnenkaffee natürlich, dafür war Glynnis zuständig –, wenn Bianca das nicht schon besorgt hatte. Er würde den Honda nehmen, die vertraute Strecke zur Klinik fahren, den Wagen in dem vertrauten Parkhochhaus abstellen, sich an Glynnis' Bett setzen und weiterwarten. Wie lange halten Sie denn das noch durch? hatte eine Schwester ihn gefragt, sie hatte es sicher nicht böse gemeint, aber Ian hatte kurz und ziemlich scharf erwidert: So lange meine Frau mich braucht.

Ian bog in die gekieste Auffahrt ein, er lief jetzt recht schwerfällig, die Beine taten ihm weh, Schweiß brannte ihm in den Augen. Er war um 6.10 Uhr losgelaufen, jetzt war es 6.55 Uhr, eine schlechtere Zeit als gestern, eine Tortur ohne Sinn und Zweck, wie so vieles jetzt in seinem Leben, aber eine, vor der er sich nicht drücken durfte. Er sah, daß Bianca in der

Einfahrt auf ihn wartete, und wußte, daß etwas passiert war. Sie stand barfuß im Kies, es sah aus, als habe sie die Jeans über ihr Nachthemd gezogen, darüber trug sie eine unordentlich zugeknöpfte Bluse. Etwas war passiert, denn warum war sonst ihr Haar so zerwühlt, ihr Gesicht tränennaß und voller Zorn?

Die Polizei

1

»Ich habe nicht von ihr Abschied genommen, Daddy«, schluchzte Bianca, hilflos vor Zorn und Jammer, »ich hab nicht von ihr Abschied genommen!«

Als glaubte sie, er hätte es getan.

Folgerichtig mußte bedacht werden, was nun geschehen würde, was geschehen mußte, ob er wünschte, daß es geschah, ob er in der Lage war, es selbst zu tun. Und natürlich war Ian McCullough dazu in der Lage, er übernahm in seinem Hauswesen jene Aufgabe, die sonst immer Glynnis zugefallen war, die Aufgabe, mit einem Notfall fertig zu werden, der zahlreiche Telefongespräche erforderte, der von ihm selbst Ruhe verlangte angesichts der Aufgeregtheit seiner Umgebung, der ihm Entscheidungen abverlangte ohne reifliche Überlegung, ja überhaupt ohne nennenswerte Überlegung, denn für derlei Luxus war jetzt keine Zeit. Für die reiflichen Überlegungen aus Ian McCulloughs früherem Leben.

Das Bestattungsunternehmen von A. J. Braun & Sons war von Bekannten, die sich in diesen Dingen auskannten, wärmstens empfohlen worden, also rief Ian bei A. J. Braun & Sons an und besprach das Nötigste (eine kleine Anzahlung, ein Scheck in Höhe von 300 Dollar würde zunächst genügen). Dann galt es, sich um eine Grabstelle auf dem Hazelton Memorial Cemetery zu kümmern, der an das fünfzig Acres große Parkgelände des Instituts angrenzte. (Auch hier bat man um eine moderate Anzahlung, ja, ganz recht, Ian fand auch, daß es zweckmäßiger wäre, gleich ein Familiengrab vorzusehen.) Danach holte er Glynnis McCulloughs »Testament und Letzten Willen« aus der dicken Akte, auf der in Glynnis' sauberer Schrift HAUSHALTSUNTERLAGEN stand – jenes düstere Schriftstück, das Glynnis, wie sie bereitwillig zugab, unterschrieben hatte, ohne es sorgfältig zu lesen. (Dabei fand sie Ians Testament noch deprimierender. Der Gedanke war ihr unerträglich, daß sie ihn vermutlich überleben und ihr Dasein als Witwe beschließen würde – »Das ist doch unser übliches statistisches Schicksal, nicht?« –, immer verfolgt von der Erinnerung an ihr langes glückliches Zusammensein, ja, und auch vereinzelte weniger glückliche Stunden, das unzweifelhaft der Dreh- und Angelpunkt, der Sinn ihres Lebens gewesen war.)

Immer wieder kamen Freunde mit dem Vorschlag, einen Gedenkgottesdienst für Glynnis abzuhalten, und natürlich willigte Ian ein, er fand es verblüffend, wie schnell dieser Plan geboren worden war, der Aussicht auf gemeinschaftliches Feiern bot, es war, als erhoffe man sich davon Ablenkung vom Kummer, von der noch frischen Wunde, als könne ein Gedenkgottesdienst Wochen nach der Beerdigung verhindern, daß Glynnis gänzlich starb oder für tot erklärt wurde.

(Roberta Grinnell und June Oliver erboten sich, alles Erforderliche in die Wege zu leiten, natürlich nicht ohne Ians Meinung einzuholen. Dazu mußten die Terminkalender zu Rate gezogen werden, ganz so wie früher, wenn es galt, einen Termin für ein geselliges Beisammensein festzulegen, und Ian ertappte sich dabei, daß er wie so oft Glynnis' engbeschriebenen Kalender konsultierte, der an der Pinnwand in der Küche hing. Er verunsicherte Ian durch die vielen bereits eingetragenen Verpflichtungen; schon bei flüchtiger Durchsicht wurde klar, daß es sich hier um eine häusliche Variante von Spinozas vollständig festgelegter Weltordnung handelte, in der freier Wille nicht einmal als spekulativer Luxus vorgesehen ist. Obwohl Glynnis' Unfall sich noch vor Monatsbeginn ereignet hatte, waren die meisten Tage bereits besetzt, manchmal sogar zwei- oder dreifach – vormittags, nachmittags, abends –, es wimmelte von Initialen und Abkürzungen, manche Notizen waren mit Kugelschreiber, andere mit Bleistift und Fragezeichen eingetragen, das letzte Wochenende war durch den Vermerk BETTER HOMES AND GARDENS blockiert – vermutlich der

Termin für einen von Glynnis' Eßkulturartikeln. Um ein Haar hätte er Roberta und June erklärt, Glynnis habe keinen Termin für den Gedenkgottesdienst mehr frei, er konnte sich gerade noch bremsen und sagte, am dreißigsten würde es gehen.)

Es war nicht sein eigener Kummer, der Ian McCullough Angst machte, sondern der seiner Tochter.

Seinen eigenen, der wie ein Tumor in ihm verborgen war, glaubte er in Zaum halten zu können, das Gewächs würde Zeit haben, viel Zeit, Wurzeln zu schlagen, zu wachsen, sich in seinem Innersten vorzuarbeiten und Samen auszustreuen. Biancas Trauer aber war ganz direkt, war heftig und wild; sie schwankte zwischen Phasen relativer Ruhe und plötzlichen wilden Ausbrüchen, die sie ebenso zu überraschen schienen wie ihren Vater: Dann wälzte sie sich auf dem Fußboden, schrie aus Leibeskräften *nein nein nein nein nein,* schlug sich mit den Fäusten auf die Schenkel, raufte sich die Haare, zerrte an ihren Sachen – *nein nein nein nein nein* –, und Ian mußte sie bändigen, mußte sie festhalten, ganz, ganz fest. Er hätte nicht geglaubt, daß er noch Tränen hatte, aber tatsächlich, Tränen traten ihm in die Augen, sein Gesicht verzerrte sich wie das von Bianca in der Wut kindlichen Kummers: *nein nein nein nein.*

Mal schloß sie sich im Badezimmer ein, mal in ihr Zimmer, dann wieder entschuldigte sie sich zerknirscht: »Ich glaube, ich werde verrückt, ich weiß auch nicht, was da plötzlich über mich kommt.« Sie streifte ziellos durchs Haus oder wusch sich die Haare oder stellte sich in Glynnis' begehbaren Kleiderschrank und vergrub ihr Gesicht in Glynnis' Sachen. Sie machte ein Bier auf und trank es aus der Dose wie ein Mann, sie ließ den Staubsauger laufen, bis Ian mit den Zähnen knirschte, oder telefonierte mit einer Freundin, hastig und leise, obgleich Ian nicht den leisesten Wunsch verspürte, sie zu belauschen. Nach einem der schlimmsten hysterischen Anfälle, als Ian schon befürchtete, auch sie könne durch eine Fensterscheibe stürzen, läutete das Telefon, Bianca erbot sich abzunehmen, schwer atmend, zerzaust, mit verquollenem Gesicht, aber schon wieder gefaßt genug, um deutlich, ja verbindlich zu sprechen, er meinte fast Glynnis' Stimme zu hören. »Ja, danke ... Ja, ganz recht, morgen vormittag um elf ... die Unitarische Kirche auf der South Main, gleich hinter dem Platz ... Ja, genau die.«

Ian kleidete sich langsam und geistesabwesend an: den alten Nadelstreifenanzug, das Dunkelste, was er besaß, Glynnis hatte ihn ausgesucht, er hatte früher sehr passabel ausgesehen, jetzt allerdings waren die Revers unmodisch breit und die Schulterpolster wuchtiger, als er sie in Erinnerung hatte. Ein langärmeliges weißes Baumwollhemd, für das er Manschettenknöpfe brauchte, eine dunkle, stumpf glänzende Krawatte, und während er vor dem Spiegel stand und sich mit dem Binden der Krawatte mühte, sah er hinter sich Glynnis' schattenhafte Gestalt und machte sich auf ihre eher überrascht denn tadelnd klingende Frage gefaßt: Ian, das kann doch nicht dein Ernst sein ... Warum um Himmels willen ziehst du *das* an?

Ihr Tod war jetzt ganz offiziell. Heute früh hatte ein Nachruf in der *New York Times* gestanden mit einem Foto, das Ian nicht gleich erkannt hatte. Glynnis Ann McCullough, Autorin beliebter Kochbücher. Todesursache: Komplikationen nach einer Operation. Verheiratet mit dem Politologen Ian McCullough, Institut für unabhängige sozialwissenschaftliche Forschung, Hazelton-on-Hudson, New York. Hinterbliebene: Ehemann, Tochter, Schwester.

Bianca schnitt den Nachruf sorgsam aus. »Mommy sieht bildschön aus auf dem Bild, nicht?« sagte sie mit ihrem kurzen, atemlosen Lachen. »Gott sei Dank ...«

In der *Times* hatte nichts von einer polizeilichen Ermittlung gestanden, was natürlich nicht bedeutete, daß keine Ermittlung lief oder laufen würde, sondern nur, daß keine entsprechenden Informationen an die Presse gegangen waren. Sie werden mich auf dem Friedhof verhaften, dachte Ian, das ist der passende Ort.

Biancas Trauerkostüm, wie sie es nannte, bestand aus einem schwarzen Seidentop, einer dazu passenden wattierten Jacke mit kleinen Puffärmeln und schmalen Manschetten und einem vielschichtigen wadenlangen Zipfelrock aus schwarzer Baumwolle. Die Seidensachen hatten Glynnis gehört, der Rock kam aus Biancas Kleiderschrank. Sie hatte das lange Haar so glatt und streng zurückgekämmt, daß es völlig farblos wirkte, und hinter den Ohren mit goldenen Spangen befestigt, die Ian bekannt vorkamen. Hatte er sie nicht vor vielen Jahren für Glynnis gekauft, als Glynnis das Haar lang getragen hatte, taillenlang? Als sie bei Studentendemos gegen den Krieg mitgemacht hatte und Streikwache vor Dow Chemical geschoben hatte? »Was guckst du so, Daddy?« sagte Bianca. »Ist was?« Und plötzlich umschwenkend, wie es ihre Mutter so oft gemacht hatte: »Was ist mit deinem Kinn, Daddy? Hast du dich beim Rasieren geschnitten?«

Ja, natürlich hatte er sich beim Rasieren geschnitten. Kleine Kerben, aus denen ein paar Blutstropfen quollen und die ein bißchen brannten.

Er verließ das Zimmer, um sich mit einem Papiertaschentuch das Gesicht abzutupfen, und als er nach ein paar Minuten wiederkam, musterte Bianca sich noch immer kritisch vor dem Spiegel in der Diele. Sie hatte sich sehr sorgfältig geschminkt, das Gesicht war hell gepudert, die Augen mit schwarzem Eyeliner umrandet, die Lippen wirkten breiter und voller als sonst und leuchteten in einem schaurigen matten Scharlachton. Ian staunte, wie so oft, über das, was ein Boulevardblatt möglicherweise die Wunderwaffen der Kosmetik genannt hätte. Niemand konnte heute ahnen, wie seine Tochter noch gestern abend ausgesehen hatte: rote Augen, verquollenes Gesicht, herausfordernd häßlich. Sie hatte sich in eine Frau Anfang dreißig verwandelt, eine gutaussehende Frau mit etwas zu harten Zügen.

Als Ian wieder auftauchte, sagte sie laut: »Wenigstens ein Gutes hat eine Vormittagsbeerdigung: Der Tag kann nur besser werden.« Sie lachte, beugte sich näher zum Spiegel und fuhr mit einer Fingerspitze über den unteren Augenrand. Wenn sie den mißbilligenden Blick, den verletzten Gesichtsausdruck ihres Vaters gesehen hatte, ließ sie sich nichts anmerken, das war nicht ihre Art.

Von Glynnis' Familie waren nur noch so wenige Exemplare erhalten, wie Glynnis sich auszudrücken pflegte, daß er, um sie von ihrem Tod und der Beerdigung in Kenntnis zu setzen, nur einige Telefongespräche hatte führen und ein zweites Telegramm ins »Tokyo Hilton« hatte schicken müssen, wo sich nach Ians Informationen Glynnis' ältere Schwester Kate und ihr Mann Richard zur Zeit aufhielten. Richard Kirkpatrick war Mitarbeiter der Weltbank und hatte die Reise nach Japan hauptsächlich aus dienstlichen Gründen unternommen, allerdings stellte sich heraus, daß er und Katherine inzwischen schon nach Kyoto weitergereist waren. Bis sie nach Tokio zurückkamen, das erste Telegramm vorfanden und einen Rückflug buchen konnten, war Glynnis schon tot. Das zweite Telegramm war – wenn überhaupt – erst nach ihrer Abreise eingetroffen.

Katherine, mit der Ian kaum Kontakt gehabt hatte und deren Verhältnis zu Glynnis nicht besonders herzlich gewesen war, traf es sehr, sie brach fast zusammen, als sie die Tote sah, und fragte zusammen mit ihrem Mann Ian und die Zuständigen in der Klinik ausgiebig nach dem Hergang aus: ein Unfall mit einer Panoramascheibe, eine Notoperation am Gehirn, kurze Rückkehr der Patientin ins Bewußtsein, nachfolgendes Koma, nach neunzehn Tagen dann der Tod ... sie könne es nicht glauben, wiederholte Katherine unermüdlich, sie könne es einfach nicht glauben, nicht akzeptieren. Unter vier Augen fragte Richard Kirkpatrick seinen Schwager, ob Glynnis betrunken gewesen sei, und Ian zögerte so lange mit der Antwort, daß er ziemlich schroff sagte: »Laß sein, ich kann mir ja den ärztlichen Bericht geben lassen.«

Alles in allem kamen nur sechs Angehörige von Glynnis zur Beerdigung nach Hazelton: die Kirkpatricks, eine Cousine von Glynnis, die Ian noch nie gesehen hatte, und ein trauriges Trio ältlicher Tanten. Ian hatte sie eingeladen, bei ihm und Bianca zu wohnen – er wäre gern bereit gewesen, auf einer Couch im Arbeitszimmer zu schlafen –, aber sie zogen es vor, sich im »Holiday Inn« am Thruway einzuquartieren. In so einer Situation, sagte Katherine, legst du bestimmt keinen Wert auf Logierbesuch.

Sie weiß Bescheid, dachte Ian.

Ian und Bianca McCullough und die Kirkpatricks wurden in zwei Mietwagen zur First Unitarian Church auf der South Main und dann zum Hazelton Memorial Park gefahren, in sogenannten »Großraumlimousinen«, wie es in der Branche hieß, in feinem Schwarz natürlich, aufs Feinste geputzt natürlich, mit dunkel getönten Scheiben, passend zum Leichenwagen. Ian hatte gemeint, er könne ja mit dem eigenen Wagen fahren, aber Bianca hatte energisch protestiert: »Du weißt, welchen Wert Mommy immer auf Stil gelegt hat!« Als er dann in der Limousine saß, war Ian sehr froh über diese Entscheidung. Froh, daß er der Mühe enthoben war – einer Mühe, die sich in diesem Fall vor sehr viel Öffentlichkeit vollzogen hätte –, selbst zu fahren. Froh um das getönte Glas, das seine Augen vor der schmerzhaft grellen Frühlingssonne schützte, froh um den vielen Platz für seine langen, ziemlich steifen Beine. Die Limousine bewegte sich praktisch geräuschlos vorwärts, rollte scheinbar ohne jeden Kraftaufwand an den vertrauten Plätzen vorbei wie ein Wagen in einem Traum. Bianca schlug mit der geballten Faust auf den gepolsterten Sitz neben sich. »Vornehm geht die Welt zugrunde!«

Der Fahrer trug Uniform und eine schwarze Schirmmütze von militärischem Aussehen. Er gab sich so devot, als seien es gekrönte Häupter, die er da durch die Straßen von Hazelton fuhr. »Poins ist mein Name«, stellte er sich bei den McCulloughs vor. Ian lächelte verblüfft, ohne recht zu wissen warum.

Die First Unitarian Church von Hazelton-on-Hudson, eines der offiziell als historisch ausgewiesenen Bauwerke des Ortes, war außen wie innen schlicht, ja spartanisch. Ein quadratischer Holzbau, der weiße Anstrich so gedeckt, daß er fast perlgrau wirkte, mit hohen, schmalen Fenstern, durch die ein ebenfalls gleichsam gedecktes Licht fiel. Die Stimmung war nüchtern, intellektuell-gedämpft gewissermaßen: Kirchenbänke aus Eiche, angenehm hart, die Kanzel nicht einschüchternder als ein Rednerpult. Ian, der die Kirche noch nie betreten und bis vor kurzem mit Reverend Ebenbach – sagen Sie einfach Hank! – nicht mehr als zehn, zwölf beiläufige Worte gewechselt hatte, war sowohl erleichtert als auch enttäuscht. Die Kirche brachte einen nicht in Verlegenheit, ließ aber auch keine feierliche Stimmung aufkommen. Ian fand es erstaunlich und betrüblich, daß sich Glynnis, die es aus Widerspruch gegen den frohsinnigen Humanismus-Atheismus ihres Gemeinwesens zum Christentum gezogen hatte, ausgerechnet für diese Kirche, ausgerechnet für Hank Ebenbach entschieden hatte, der gut und gern auch ein Institutskollege von Ian hätte sein können, recht schüchtern und gelehrtenhaft in seiner Art, ernst und zurückhaltend. Sah sich ein unitarischer Pfarrer als einen Mann Gottes, oder galt eine solche Vorstellung als zu überzogen, zu theatralisch? Ebenbach schien zu sagen: Vertraut mir, ich werde euch nie belügen.

Dort aber stand der schaurige Sarg, der Glynnis' Körper umschloß, hier waren die Angehörigen der Verstorbenen, die vielen Freunde und Bekannten, die jetzt trauernd in die Kirche strömten und die Bänke besetzten, halb Hazelton schien auf den Beinen zu sein. Sicher, dachte Ian, erwarteten all diese Menschen doch mehr, als nur nicht belogen zu werden ... Einmal hatte Glynnis spontan im Freundeskreis gesagt: Ich glaube nicht an Gott als solchen, und ich will auch nicht glauben, wenn es um den üblichen anthropomorphischen Quatsch geht, aber ich hätte doch gern das Gefühl, daß es ... – und hier verlor sich ihre Stimme in Abwehr und Verlegenheit – ... daß es ein bißchen mehr gibt, als nur uns und das Hier und Jetzt.

Allerdings war sie nicht regelmäßig, ja, man konnte fast sagen, nicht einmal unregelmäßig zum Gottesdienst gegangen. Ihre Eltern waren Mitglieder der Episkopalkirche gewesen, und sie hatte offenbar – wie auch Ian – in Sachen Religion keine tiefverwurzelten Erinnerungen, keine überkommenen Traditionen, denen sie sich verpflichtet gefühlt hätte. Mit der kleinen, noch lenkbaren Bianca war Glynnis hin und wieder zur Kirche gegangen, aber irgendwann hatte das aufgehört. Ein-, zweimal hatte Glynnis ihn aufgefordert mitzugehen, aber Ian hatte das Gefühl, daß diese Aufforderung nicht ganz aufrichtig gemeint war – als seien Kirchenbesuche, die Hazelton-on-Hudson und in gewissem Sinne auch Glynnis selbst gegen den Strich gingen, etwas so Privates, daß man andere – zumindest Erwachsene – nicht daran beteiligen konnte. In den letzten Jahren war Glynnis sicher nicht öfter als zehn-, zwölfmal zum sonntäglichen Gottesdienst von Reverend Ebenbach gegangen, was diesen aber zu Ians großer Erleichterung offenbar nicht im mindesten gekränkt hatte. »Auch wenn ich Ihre liebe Frau manchmal monatelang nicht gesprochen habe, war sie für mich immer ein Mitglied unserer Gemeinde«, sagte Ebenbach, »und ich denke, so hat auch sie es empfunden.«

Ian sah Ebenbach groß an, weil ihn plötzlich der Verdacht beschlich – ein absurder Verdacht natürlich, den er sogleich weit von sich wies –, dies könne Glynnis' Liebhaber gewesen sein. »Ja«, sagte er leise.

Um Viertel nach elf waren die meisten Bänke besetzt, und Reverend Ebenbach wartete darauf, endlich anfangen zu können, doch noch immer drängten Leute in die Kirche. Ian bekam es unversehens mit der Angst zu tun; hatte er vielleicht einen Fehler gemacht; wäre es nicht vielleicht besser gewesen, die Trauerfeier im engsten Familienkreis abzuhalten? Er hatte nicht berücksichtigt, wie beliebt Glynnis hier am Ort gewesen war, eine richtige Lokalgröße, hatte nicht damit gerechnet, daß die meisten seiner Institutskollegen mit ihren Frauen kommen würden, gleichsam eine geschlossene Phalanx des Mitgefühls. Daß das Mitgefühl offenkundig ihm galt und nicht Glynnis, die manche seiner Kollegen kaum kannten, traf ihn bis ins Herz.

Und natürlich hatten sich auch die Nur-Neugierigen eingestellt, die Sensationslüsternen, die in Hazelton-on-Hudson selten genug auf ihre Kosten kamen.

Reverend Ebenbach begann den Gottesdienst mit einem Aufruf zum Gebet. Ian versuchte sich auf das Geschehen zu konzentrieren, sich die elegischen Worte des Geistlichen einzuprägen, aber schon nach wenigen Minuten schweiften seine Gedanken rettungslos ab, sein Blick – und er merkte, daß es Bianca genauso ging – wurde magnetisch von dem nur wenige Meter entfernt stehenden Sarg angezogen, diesem auf Hochglanz polierten Ding, einem kunstfertigen Werk der Mystifikation, der in dem engen Altarraum so viel größer und schwerer als nötig erschien. Trotz seiner Schönheit wirkte er irgendwie krude und barbarisch, er wurde zum Mittelpunkt des Interesses, so daß Ebenbachs bemühte Ausführungen eher wirkungslos vorüberplätscherten. Man stelle sich vor, daß Glynnis darin lag, darin eingesperrt war ... O gütiger Himmel, dachte Ian, wie gelähmt vor Entsetzen, darf es denn so etwas geben?

Der Gottesdienst dauerte knapp eine Stunde, und dann folgte die langsame, gemessene Fahrt zum Friedhof ... das noch stärker als zuvor ausgeprägte Gefühl, durch einen Traum zu schweben, hilf- und wehrlos einem schrecklichen Ende zugeführt zu werden. Vom Gehsteig aus sahen Passanten ihnen nach, Kinder machten Kulleraugen. Ian erinnerte sich an die Trauerzüge seiner Kindheit und an das Grauen, das sie in ihm geweckt hatten. Das schleppende Tempo der Wagenkolonne war ihm schon damals unnatürlich vorgekommen. Wann er den Tod, die unsägliche Endgültigkeit des Todes bewußt zur Kenntnis genommen hatte, wußte er nicht mehr, ja, er überlegte, ob er ihn – hochmütig-zerstreut, wie er war – überhaupt je zur Kenntnis genommen hatte. Als sein Vater starb, war er zwölf, aber der Vater hatte schon so lange getrennt von seiner Familie in einem fernen Bundesstaat gelebt, daß Ian dieses Ereignis als gleichsam überfällig, unwirklich, und trotz der Tatsache, daß es Selbstmord gewesen war, als nicht besonders erschütternd empfunden hatte. Seine Mutter hatte Ian als Siebzehnjähriger verloren, der Lymphdrüsenkrebs war so unerwartet festgestellt worden und hatte so unerwartet schnell zum Tode geführt, daß er kaum realer für ihn gewesen war.

Bianca sagte besorgt: »Tante Katherine ist nicht besonders freundlich, nicht? Ich glaube, sie gibt uns die Schuld an ... an dem, was passiert ist.«

»Wieso? Woran?«

»Ganz unbewußt, weißt du ... Als ob wir nicht gut auf sie aufgepaßt hätten. Auf Mommy. Als ob wir ihr nicht den besten Arzt beschafft hätten oder dergleichen. So sind die Leute, wenn sie verunsichert sind ... irgendwie primitiv.« Eine Pause. »Tante Katherine war immer eifersüchtig auf Mommy. Das hab ich den Bemerkungen entnommen, die Mommy manchmal hat fallenlassen. Ich denke, daß viele Leute eifersüchtig auf sie waren ... Frauen, meine ich.«

Ian, der aus dem Fenster sah, mochte nicht an seine Schwägerin Katherine denken und noch weniger an Richard, ihren hochgewachsenen, gestrengen Ehemann. Er mochte nicht an das denken, was in dem Fahrzeug vor ihnen war, das hinten zwei Türen hatte wie ein Krankenwagen, Türen, die sich geöffnet hatten, um ihre Ladung aufzunehmen und wieder herzugeben.

Gestürzt, Mister? Oder gestoßen worden?

Im Hazelton Memorial Cemetery gingen Ian und Bianca steifbeinig und doch mit weichen Knien die kurze Strecke, fast ausschließlich bergauf, bis zu der Grabstelle, die Ian gerade erst erworben hatte. Die Luft roch nach Grün und nach Feuchte, nach frischer, reiner Erde. Glynnis' Grab war nicht gekennzeichnet, aber es war gegraben – oder vielmehr der rechteckige Erdstreifen war ausgehoben, war da, war etwas, wofür es keine geeignete Benennung gab. Denn »Loch« war doch wohl unangemessen.

Behutsam, sehr behutsam ausschreitend schleppten die Sargträger ihre schwere Last den grasbewachsenen Hang hinauf. Ian spürte aus lauter Sympathie ebenfalls ein Ziehen in den Schultermuskeln. Er fand es ungeheuer bedeutsam, daß der Sarg, der ja doch ein menschliches Wesen enthielt, eine Frau aus ihrem Kreis, so gelassen der Erde überantwortet wurde; daß niemand protestierte, daß niemand es befremdlich fand.

Ohne Schutz der getönten Scheiben, wirkte der Friedhof verwandelt. Es waren nur Nuancen: Die Sonne war greller, der Rasen voller Löwenzahn, zahlreiche Birken mit grausam bloßliegenden Wurzeln waren gezeichnet, offenbar, um demnächst gefällt zu werden. Auch die Gesichter von Ians Freunden wirkten nackt und weniger anziehend, als er sie in Erinnerung hatte: alternd, wenn nicht eindeutig älter geworden, am Rande des Altseins. Die Sargträger keuchten vor Anstrengung; Denis Grinnell wischte sich mit einem Taschentuch die Stirn.

Ian kam plötzlich eine Erkenntnis, wie eine Erleuchtung durchfuhr es ihn. Aber er konnte sie nicht benennen.

Etwas, was er seinen Freunden sagen wollte?

Während der kurzen Zeremonie am Grab, die soviel mehr an Abschied gemahnte als die Trauerfeier in der Kirche, mußte Ian gegen den zeitweise geradezu körperlichen Drang ankämpfen, sich nach Glynnis umzusehen.

Er ertappte sich dabei, daß er Füße anstarrte: die hochhackigen Schuhe der Frauen, die Spitzen blankgeputzter Herrenschuhe, bestrumpfte, behoste Beine, seine eigenen Hosenaufschläge, seine Schuhe. Seine? Er sah, daß Bianca keine Strümpfe anhatte, die nackten, erstaunlich weißen Beine steckten in alten Tretern, bei deren Anblick ihre Mutter die Hände über dem Kopf zusammengeschlagen hätte: Wie konntest du, Bianca ... zu so einem Anlaß ...

Glynnis' Sarg wurde ins Grab gesenkt, es war ein rein mechanischer Vorgang, den die Zuschauer, wie das bei derlei Vorgängen üblich ist, mit großem Interesse verfolgten. Würde alles funktionieren, oder würde im entscheidenden Moment etwas kaputtgehen? Das Summen des Motors erinnerte Ian an die Präzisionsmaschinen, die Glynnis so viele Tage am Leben erhalten hatten, er begriff jetzt – und staunte darüber, wie vernagelt er gewesen war –, daß sie natürlich die meiste Zeit, da er, der getäuschte Liebhaber, an ihrer Seite gesessen hatte, schon tot gewesen war. Hatte er sich wirklich eingebildet, sie würde ihm wiedergeschenkt werden, sie würden ihr Leben weiterführen können wie bisher, als sei nichts geschehen? Ganz so, als hätte er nicht in einem Anfall mörderischer Wut ihre Schultern gepackt und sie von sich gestoßen, die wehrlose Frau von sich weggestoßen in den Tod. In eine Glasscheibe. Er hatte nicht gewußt, was er tat, aber er hatte es (und dies war das Paradox) vorsätzlich getan; er hatte es nicht vorsätzlich getan (und das war nun wirklich paradox), aber er hatte gewußt, was er tat. Irgendwo war da ein Messer gewesen, ein Messer, das geschwungen wurde, und er hatte sich, ungeschickt wie er war, die Finger daran geschnitten, eine dieser verrückten Selbstverstümmelungen, die ein Ehegatte sich zufügt, um beim Partner Punkte zu machen. Du willst mir weh tun, ja, gut, tu mir nur weh, ja, genau, ich helfe dir noch dabei, so, siehst du. Als er später in sein verwüstetes Haus zurückgekommen war, um sich nüchtern ans Aufräumen zu machen, hatte er das Messer gesucht, es aber zunächst nicht gefunden; jemand hatte es in die Küche gebracht und auf eine Arbeitsfläche gelegt. Wer? Einer der Polizeibeamten? Ian selbst? Er wußte es nicht mehr, und es kümmerte ihn auch nicht, er wusch die getrockneten Blutspuren von der Klinge und hängte es wieder an den Magnethalter von Bloomington.

Jetzt waren Finger und Handfläche seiner Rechten taub wie vom Novocain. Da siehst du, sagte Ian zu Glynnis, was du mir angetan hast.

Ebenbach kam zum Ende seiner kleinen Ansprache. *Ich habe ihn geliebt, ich liebe ihn noch, ich habe ihn für dich aufgegeben ...* waren das Worte, die im Zusammenhang mit Ebenbach denkbar waren?

Wenn nicht Ebenbach – und Ian hatte inzwischen doch gewisse Zweifel, denn der Mann wirkte zwar sympathisch, aber kaum maskuliner als der unzulängliche Ehemann –, wer dann? Denn der Mann war doch sicher hier, würde sich kaum ausgeschlossen haben. *Ein Freund von dir ...* Ian sah sich unauffällig um, wurde aber abgelenkt durch Bianca, die sich schwer auf ihn stützte, durch Robertas lautloses Weinen, durch die Tränenspuren auf Meikas gepuderten, etwas zu stark gerougten Wangen; durch die Starre, die Denis' untere Gesichtshälfte erfaßt hatte, und auch durch Denis' Tränen, die Ian nicht sehen wollte. Und Vaughn Cassity hatte sich die Haare zu kurz schneiden lassen, es paßte nicht zu dem großen, fast majestätischen Schädel. Und da war Malcolm, der hübsche Malcolm mit dem dunklen krausen Haar, den dichten Augenbrauen, dem schön geschwungenen Mund – Malcolm Oliver. *Ich habe ihn geliebt, und ich liebe ihn noch. Ich habe ihn für dich aufgegeben.* Malcolm war einleuchtend. Einleuchtender als Ebenbach.

Doch da gab es auch noch Leo Reinhart, der schon lange von seiner Frau geschieden war und offenkundig kein Verlangen nach einer zweiten Ehe hatte. Der gutaussehende, mutwillige Leo mit den knapp, aber nicht zu knapp sitzenden italienischen Anzügen. Und Vincent Hawley. Und Vaughn Cassity. Und nicht zu vergessen Amos Kuhn. *Ein prominenter, ein sehr bekannter Mann in Hazelton. Ich habe ihn für dich aufgegeben.*

Der Sarg in seinem genau angepaßten Grab kam ein wenig ins Kippen, einer der Sargträger richtete ihn geschickt wieder gerade. Damit war die Zeremonie offenbar zu Ende. Kam noch etwas? Was kam denn noch? Das eigentliche Begräbnis, der Anblick dumpf auf das spiegelnde Kunstwerk polternder Erdschollen, blieb ihnen gottlob erspart, ein solcher Anblick konnte aufs äußerste angespannten Nerven bleibenden Schaden zufügen. Nachdem Ebenbach die Versammlung aus seiner milden Zucht entlassen hatte, drohte sich alles aufzulösen, auseinanderzufallen. Der Tag entpuppte sich als ein ganz gewöhnlicher Tag, so wie ein von den Kindern sehnlichst erwarteter und über alle Bedeutung hinaus hochgejubelter Feiertag eben doch nur ein ganz gewöhnlicher, wenn auch mit besonderen Gefahren befrachteter Tag ist. Ian verspürte Panik: Was sollte er sagen, wohin gehen, was tun? Er sah sich nach Glynnis um und fand sie nicht.

Bei der Rückkehr zu der gekiesten Auffahrt, wo die Wagen zahlreich, scheinbar festlich wie bei einer Party, hintereinander aufgereiht waren, fiel Ian ein, was er seinen Freunden hatte sagen wollen. Es war ein klarer, simpler Gedanke, so simpel, daß man ihn leicht übersehen konnte. Er hob die Stimme, er sagte: »Wartet, wißt ihr, was das ist?« Sie gingen in einer lockeren, informellen Gruppe, erörterten im Plauderton das Wetter an diesem Vormittag, sagten, wie hübsch der Friedhof doch sei, sprachen von dem Brunch bei den Cassitys – eine Art Leichenschmaus, zu dem Ian in einem Augenblick der Schwäche offenbar seine Zustimmung gegeben hatte, obwohl er jetzt stark bezweifelte, ob er es würde über sich bringen können hinzugehen –, und da Reverend Ebenbach nicht in ihrer Gruppe war und nicht hören konnte, was sie sagten, fanden sie anerkennende Worte für ihn und für den unitarischen Gottesdienst, der so geschmackvoll und so bewegend gewesen war, genau das, was Glynnis sich gewünscht hätte. »Wartet, wißt ihr, was das ist?« unterbrach Ian. »Wißt ihr, was das ist?« Und als alle in der Gruppe und auch noch einige Umstehende hinhörten, verkündete er aufgeregt: »Das ist unsere erste Tote.«

So wiederholten sie es später, in unregelmäßigen konzentrischen Kreisen verbreiteten sich die Worte von ihrer Mitte aus. Ian McCullough, der Mann von der, die ... ja, was war es eigentlich genau ... eine Frau, die sturzbetrunken in eine Panoramascheibe gerannt, die sturzbetrunken durch eine Panoramascheibe gefallen war ... gestoßen wurde ... oder hatten sie gestritten, und er hat sie gestoßen ... oder hat er sie schlankweg umgebracht? ... Ja, aber daß solche Leute lügen, ist ja zu erwarten ...

Er begriff, daß selbst ein postumes Dasein nicht möglich sein würde.

2

Damit begann ein Zwischenspiel von Tagen ohne Zeit oder einer Zeit, die sich gleichsam verflüssigt hatte, wie Ian bei sich dachte. Einer Zeit, die über ihre natürlichen Grenzen von Tag und Nacht, Tageslicht und Dunkelheit, Wachen und Schlafen hinwegschwappte.

Sie hatten ihn auf dem Friedhof nicht verhaftet und warteten auch nicht im Haus auf ihn, als er und seine Tochter dorthin zurückkehrten.

Er dachte: Sie haben Achtung vor dem Tod.

Er dachte: Sie warten darauf, daß ich zu ihnen komme.

Er dachte: Natürlich wäre der eigene Tod einfacher.

»Weißt du, was der Bardozustand ist?« fragte Bianca. »Die neunundvierzig Tage, die auf den Tod folgen?«

Ruhelos im Haus herumstreifend, als sei dies ohne die Mutter als Anlaufstelle und ruhender Pol ein für sie völlig neuer und mit gefährlichen Geheimnissen befrachteter Ort, hatte Bianca in einem entlegenen Bücherschrank ein bejahrtes Taschenbuchexemplar des *Totenbuchs der Tibeter* aufgestöbert. Zwei Drittel des Bandes, der in den sechziger Jahren Glynnis gehört hatte, waren gewissenhaft mit Randbemerkungen versehen, der Rest war unberührt, offenkundig ungelesen. Der Abschnitt »Bardo der karmischen Illusionen« war besonders gründlich durchgearbeitet.

»Unter Bardo«, las Bianca laut vor, »versteht man die neunundvierzig Tage nach dem Tod, in denen die Seele in einem Traumzustand befangen ist und unter karmischen Trugbildern und Alpträumen leidet. Diese Bilder lenken die Seele von jener Reinheit des Bewußtseins ab, die Befreiung von dem Kreislauf aus Geburt und Tod bedeutet, deshalb muß ein Lama in Gegenwart des Toten das heilige Buch *Bardo Thodöl* vorlesen...« Bianca blickte auf und sah mit großen Augen in eine Zimmerecke. Sie hatte stockend, zögernd gelesen: Zunächst hatte sie wohl nur ihren Vater an diesem Stückchen Weisheit teilhaben lassen wollen (die aufgeweckte, wißbegierige Tochter, der hochgebildete Vater), jetzt aber schien es sie fast einzuschüchtern.

Sie überlegte, warum die Seele sich nach dem Tod nicht selbständig auf den Weg machen konnte, warum sie der Führung bedurfte. Warum die Reinkarnation – die Rückkehr zur dinglichen Welt, die ständige Wiedergeburt – immer die Hölle sein mußte. »Keine sehr ermutigende Weltsicht, nicht?« sagte sie.

Sie überlegte laut: »Warum neunundvierzig Tage? Warum nicht fünfzig oder achtundvierzig?«

Sie kicherte und fuhr sich mit der Handkante salopp unter der Nasenspitze entlang. »Stell dir das vor – dazusitzen und einer Leiche was vorzulesen. Tagein, tagaus.«

»Nein, das kann ich mir nicht vorstellen«, sagte Ian.

Sie legte das Buch weg und redete von anderen Dingen, sie radelte zum Friedhof, obwohl sie mit Ian erst am Nachmittag dagewesen war, wollte mit Bekannten weggehen, kam aber schon frühzeitig, bei Anbruch der Dämmerung, zurück und suchte Ian in seinem Arbeitszimmer auf, wo er einen ziemlich fruchtlosen Versuch unternahm, etwas zu arbeiten. (Obgleich er nicht an der Tagung in Frankfurt teilnehmen würde und es deshalb gar nicht nötig war, arbeitete er an seinem Vortrag, nahm »Polituren« vor, wie er sich ausdrückte.) Das *Totenbuch der Tibeter* in der Hand bestand Bianca darauf, ihm Abschnitte aus dem »Chikhai Bardo« vorzulesen, »der ursprüngliche klare Glanz, den man im Augenblick des Todes erblickt«, dem »Chonyid Bardo«, »wenn die karmischen Erscheinungen auftreten« und dem »Dharmatā-Bardo«, »dem Zustand vollkommener Erleuchtung«.

Sie lehnte am Türrahmen, ihre helle Haut leuchtete mit einer Inbrunst, die er sich nicht zu deuten wußte. »So fängt es an, das liest der Lama dem Sterbenden im Moment des Todes vor«, sagte sie. *»O Sohn edler Familie, höre! Nun strahlt der reine Glanz* *der Dharmatā vor dir; erkenne ihn! O Sohn edler Familie, in diesem Augenblick ist dein Geisteszustand dem Wesen nach reine Leere, er hat keine besondere Eigenart, weder Substanz noch eine Eigenschaft wie Farbe, sondern ist reine Leere . . .*« Sie las, als bereiteten ihr die Worte Schwierigkeiten, als müsse sie den Text beim Lesen Schritt für Schritt übersetzen. »Was für mich am schwersten zu verstehen ist – wenn ich es nicht mißverstehe –, ist die Überzeugung der Buddhisten, die größte Klarheit hätten wir im Augenblick des Todes erreicht . . . genau in dem Moment, da der Tod eintritt. Und daß wir später jeden Tag ein bißchen mehr in die Illusion zurücksinken, in diese karmischen Trugbilder, die nach und nach immer mehr entarten, verrückter und verrückter werden, je mehr wir uns der physischen Wiedergeburt nähern.« Sie sah Ian aus flachen grauen Augen an, gedankenvoll und auffordernd zugleich, als müßte es ihnen mit vereinten Kräften gelingen, dieses Problemknäuel zu entwirren. »Natürlich muß man, wenn man all das glaubt, wohl an die Reinkarnation glauben«, sagte sie. »Das ist für Leute wie uns ein Handikap.«

»Es sei denn, daß man es als eine Metapher deutet«, sagte Ian.

»Eine Metapher für was?« fragte Bianca argwöhnisch. Und dann: »Ich will keine Metaphern, ich will was Handfestes.«

Ian lachte. »Ja dann . . .«

Bianca sah ihn groß an, ohne zu antworten. Mit gekrauster Stirn lehnte sie am Türrahmen. Der fürsorgliche Blick des Vaters – oder war es jetzt, nachdem Glynnis nicht mehr da war, der fürsorgliche Blick einer Mutter? – erkannte, daß sie ihr Gesicht, ja ihre Jugend mit diesem strengen Stirnrunzeln verschleißen würde. »Hat Mutter dieses Zeug ernst genommen?« fragte sie.

Ian überlegte. Glynnis hatte in jenen schlimmen Jahren, da im Ausland ein Krieg getobt und im Inland Mord und Totschlag geherrscht hatte, Phasen des Glaubenseifers und des Engagements und des Zweifels durchlebt, wie sie alle, allerdings wohl inbrünstiger als die meisten; er erinnerte sich, daß sie sich ein paar Monate ganz in den Buddhismus – den Mahayana- und Zen-Buddhismus – versenkt hatte, erinnerte sich ihrer *zazen*-Meditationen zusammen mit anderen Jüngerinnen und Jüngern im Arboretum der University of Michigan, ihrer Gespräche, ihrer Lektüre, ihrer ... Hingabe. »Wir glaubten damals an diese Dinge, solange wir uns mit ihnen beschäftigten«, sagte er, machte eine kleine Pause, konnte nur hoffen, daß Bianca ihn nicht mißverstehen würde. »Und hinterher vergaßen wir sie wieder.«

»Ihr habt euch weiterbewegt.«

»Wir haben uns weiterbewegt.«

Offenbar aber ließ das Thema sie nicht los. Bianca machte sich und auch Ian Angst mit der Überlegung, ob Glynnis wirklich und wahrhaftig tot war.

Denn man kann ja nicht wissen, nicht wahr ... Was wäre, wenn ...

Diese uralten Glaubensdinge, diese merkwürdigen Religionen, die »Leute wie wir« als Aberglaube abtun: Was wäre, wenn ...

Eines Abends brachte sie Ian – ganz zu schweigen von Roberta und Denis Grinnell, die auf einen Drink vorbeigekommen waren – in arge Verlegenheit, indem sie alle Fragen (nach ihrem ersten Jahr am Wesleyan College, nach ihren neuen Freunden, der bevorstehenden Abschlußprüfung) abschmetterte und statt dessen auf das *Totenbuch der Tibeter* zu sprechen kam, auf den Mahayana-Buddhismus und wie wenig man über diese Dinge im Westen wußte, wie wenig man darüber wissen wollte.

»Da kommt man doch ins Grübeln, nicht?« sagte Bianca eindringlich. »Ich meine, man wird doch fast verrückt vor Angst, wenn man überlegt, dieser Glaube könnte recht haben und wir unrecht. Die Reinkarnation beispielsweise ... dieses Gefangensein in dem sogenannten Kreislauf der karmischen Trugbilder ... wiedergeboren zu werden, wieder und immer wieder ... ohne Ausweg ...«

Bianca war sichtlich bemüht, in dem für Hazelton-on-Hudson üblichen gemessen-gemäßigten Ton zu sprechen, eine aufgeweckte junge Person, die durch Lernbegier, ja vielleicht auch durch eine gewisse Herausforderung den Erwachsenen imponieren möchte, aber man sah, daß ihre Oberlippe feucht schimmerte, man hörte ihren Atem. Sie keuchte, als sei sie aus

Leibeskräften gerannt, um ihnen eine dringende, unverständliche Nachricht zu überbringen dort auf der plattenbelegten Terrasse mit Blick auf den Rasen, wo sie mit ihren Drinks saßen.

»Sie glauben, daß die Seele nach dem Tod noch im Körper ist. Neunundvierzig Tage nach dem Tod. Mein Gott, stellt euch das doch mal vor.« Sie schüttelte kräftig den Kopf, wie um ihn zu klären. Ihre Augen waren weit geöffnet und standen ein wenig vor. »Ich weiß, es ist unmöglich, aber ich muß immer denken ... wenn sie nun irgendwie wieder aufwacht? Mutter, meine ich. Mommy. In diesem Sarg. In dieser *Kiste,* in die wir sie haben legen lassen. Ich weiß, es ist verrückt, und natürlich kann es gar nicht sein, aber ... wenn es nun doch so ist?«

Die Erwachsenen rutschten unbehaglich herum. Ian stieß einen leisen Schmerzenslaut aus. Und dann sagte Denis in väterlich verweisendem Ton: »Ich weiß wirklich nicht, weshalb du dich so quälst, Bianca«, und Roberta sagte leise: »Denn siehst du, Kind, es ist doch wirklich unmöglich ...«

»Ja«, sagte Bianca kalt. »Ich weiß.«

Und dann fuhr Roberta fort – denn Roberta Grinnell, seit fünfzehn Jahren Glynnis' Freundin, ihre engste und beste Freundin, fühlte sich wohl in diesem Moment berechtigt, gleichsam in Glynnis' Stellvertretung der Tochter einen Ratschlag zu erteilen, im übrigen war sie früher Sozialarbeiterin in der Psychiatrie gewesen: »Sind nicht die orientalischen Religionen, der Buddhismus, der Hinduismus, im Grunde lebensverneinend? Nicht lebensbejahend? Gehen sie nicht davon aus, daß Leben Leiden ist und deshalb ...«

Bianca sagte scharf und erstaunlich selbstbewußt: »Also wieder mal der übliche Scheiß – komplexe psychologische und epistemologische Gedankensysteme werden auf irgendwelches blödsinniges Fachchinesisch reduziert. Lebensbejahend, lebensverneinend, wenn ich das schon höre ...«

Ian zuckte zusammen. »*Bianca* ...«

»Ich meine, die Sache ist doch wirklich viel komplexer ...«

»Deshalb brauchst du noch lange nicht ruppig zu werden.«

»So hab ich es nicht gemeint«, sagte Bianca und sah flüchtig zu Roberta hin. »Tut mir leid, wenn es sich so angehört hat.«

Und dann setzte sie noch einmal an, als habe jemand ihr widersprochen: »Ich will damit nur sagen, daß das alles eben soviel komplexer ist.«

Sie setzten das Thema noch eine Weile fort, allerdings ziemlich zusammenhanglos, und Bianca fixierte im Gespräch ausschließlich die Männer, als sei die arme Roberta gar nicht da oder zumindest unsichtbar. Orientalische Religionen und westliche Religionen, »organisierte Glaubenssysteme«, »soziopolitisch-ökonomische Transpositionen innerer ›mystischer‹ Zustände« (um Denis' klinische Terminologie zu gebrauchen), die Unsterblichkeit der Seele und natürlich »Reinkarnation«, was immer dieses Wort auch bedeuten mochte.

Denis hielt den Begriff für puren Nonsens, da er sämtlichen naturwissenschaftlichen Erkenntnissen Hohn sprach. Ian meinte, man könne ihn auf zweierlei Art deuten – wortwörtlich oder aber metaphorisch. (»Nicht metaphorisch, nicht schon wieder«, sagte Bianca lachend. »Wir haben's mehr mit der Wirklichkeit, Daddy.«)

»Wenn man den Begriff wörtlich nimmt«, sagte er, »ist er tatsächlich unlogisch und ohne weiteres abzulehnen. Wenn man ihn metaphorisch nimmt, als ein genetisches Erbe mit allem, was das an eingeschränkter Willensfreiheit bedeutet, macht er sogar Sinn. Auf tragische Weise Sinn.« Er empfand Widerwillen vor der eigenen Stimme. Wie konnte er sich anmaßen, solche Sätze abzusondern, solche Urteile zu fällen, in diesem salbungsvoll-melancholischen Ton, als läge die ganze Last des Wissens auf seinen Schultern? Als er den ungläubigen Gesichtsausdruck seiner Tochter sah, fuhr er fort: »Es ist legitim, in dieser Art über etwas zu sprechen, was so geheimnisvoll ist, daß sich im Grunde gar nicht darüber sprechen läßt. Etwas so Schreckliches, daß wir es im Grunde ...« Seine Stimme versickerte matt und schwankend, er schien nicht recht zu wissen, was er sagen wollte (neuerdings war Ian zu seiner alten Gewohnheit zurückgekehrt, einen angefangenen Satz nicht zu Ende zu führen, eine Marotte, die ihm Glynnis an sich längst abgewöhnt hatte, eine aufreizende Angewohnheit, denn seine Zuhörer sahen ihn stets erwartungsvoll an und wußten nie, ob er weitersprechen wollte oder endgültig aufgehört hatte):

». . . daß wir es im Grunde nicht begreifen können. Es sei denn als Metapher.«

Bianca sagte scharf: »Jetzt hör mal zu, Daddy, es geht hier ja gar nicht um Reinkarnation, und das weißt du auch ganz genau. Worüber ich versuche zu reden – und worüber du mich nicht reden läßt –, ist die lebendige Seele in einem toten Körper, in einem Sarg, der in der Erde liegt.« Die rotgeränderten Augen blickten fahrig, der Mund war feucht, sie balancierte auf dem äußersten Rand eines der schmiedeeisernen Terrassenstühle, die Ian im vergangenen Sommer weiß angestrichen hatte, weit vorgelehnt, die Hände zwischen den nackten Knien, die nackten Schultern vorgebeugt. Erst jetzt sah Ian, daß sie einen Batikwickelrock trug, der Glynnis gehört hatte: Orange-grün-gelb leuchtende Tropenfarben. Die langen, schmalen, nackten weißen Füße steckten in Sandalen und ließen, flach auf den Boden gestellt, Biancas ungeheure Anspannung erkennen.

»Die lebendige Seele in . . .«, setzte Ian protestierend an, aber Bianca fuhr ihm in die Parade, leicht ironisch, als mache sie ihm ein Zugeständnis. »Natürlich ist sie einbalsamiert worden, ja, das denkt ihr doch jetzt alle. Und somit ist alles schön sauber, aufgeräumt, neutral, endgültig. So hygienisch«, sagte sie und sah ihn an wie eine aufgeweckte, selbstbewußte Schülerin ihren Lehrer, wie jemand, der vor Publikum spielt. »Ich meine, es könnte ja wohl nicht sein, wenn sie gestorben ist – ich meine, natürlich ist sie gestorben, aber ich meine, es könnte ja nicht sein, daß sie irgendwo noch lebt in diesem Bardozustand. An Alpträumen und Halluzinationen zu leiden hat, Restbeständen eines früheren Lebens oder eines kollektiven Unterbewußtseins der Vergangenheit, so Sachen.« Sie unterbrach sich und sah Ian groß an. »Das kann ja natürlich nicht sein. Aber . . . was wäre, wenn . . .«

»Was redest du da, Bianca«, sagte Ian. »Natürlich ist Glynnis, ist die Leiche einbalsamiert worden.«

»Die Leiche . . .«, sagte Bianca verächtlich. »Die sterblichen Überreste . . . Und ihr denkt, damit ist alles erledigt, nicht? Leute wie ihr. Mit eurer Scheißhygiene.« Sie sah von Ian zu Denis, von Denis zu Ian, mit höhnisch aufgerissenen Augen. »Ihr denkt, es ist *vorbei.*«

»Bianca, Kind ...«

»Bianca, Scheiß ...«

Und dann kam sie ohne Übergang auf die Vergangenheit zu sprechen, auf vergangene Jahrhunderte, als man Menschen tatsächlich lebendig begraben hatte, Menschen im Koma, ohne feststellbare Atemzüge, ohne feststellbare Herztöne, mit niedrigen Körpertemperaturen. Man brauchte ja nur an Lazarus zu denken, Lazarus war das beste Beispiel, Lazarus, der von den Toten Auferstandene ... »Überleg doch mal, wie das wäre«, sagte sie und fröstelte, »wenn du aufwachst und merkst, daß du begraben bist. Wie du um Hilfe schreien und dich gegen den Sargdeckel stemmen und kratzen und krallen würdest, wie gräßlich. Du würdest ja sofort wissen, was mit dir passiert ist und wo du bist. Du würdest wissen, daß Menschen, denen du vertraut hast, dich preisgegeben haben. Es muß andauernd passiert sein damals ...«

Roberta schüttelte den Kopf, und Denis sagte halblaut: »Andauernd bestimmt nicht ...«, aber Ian war wie erstarrt und saß stumm da. Er wußte, was jetzt kommen mußte – soviel Klarsicht, soviel Wahn.

»Und wenn es nun Mommy so geht? In diesem Moment? Lebendig begraben? Und nur wir könnten sie retten? Wenn sie nun in der Klinik gar nicht richtig tot war, wenn die Maschinen nur kein Leben mehr feststellen konnten. Wenn die Seele zusammengeschrumpft ist, ganz klein, auf die Größe einer Erbse. Sich versteckt hat. In einer Art Schock.« Sie hielt inne und lächelte. »Natürlich weiß ich, daß das verrückte Überlegungen sind. Hoffnungslos ist es so oder so. Denn natürlich wäre sie inzwischen erstickt – sie müssen alle sehr bald erstickt sein, wenn man sie lebendig begraben hat –, und dann ist ja da auch noch ... wie war das ... die *Einbalsamierung.*« Sie lächelte wieder und schüttelte kräftig den Kopf. »Wir haben sie ja einbalsamieren lassen.«

Und das ist, dachte Ian, so einsichtig es klingt, keine abschließende Feststellung, sondern nur eine Art Endmarke. Sie weiß nicht, was sie sagt oder was sie sagen will.

Obgleich es noch nicht ganz dunkel war, sah man jetzt Glühwürmchen im Garten der McCulloughs. Schweifend, unberechenbar, vereinzelt, wie improvisiert; winzige Lichtpünktchen gleich einem pochenden Puls, gleich dem Pochen der eigenen Gedanken. Wozu, überlegte Ian, wenn nicht um der störrischen Behauptung des eigenen Ichs willen: Ich bin hier, wenn auch nur für einen Augenblick. *Ich* bin hier, auch wenn ich bald wieder abtreten muß. Glynnis hatte sich immer so sehr an den ersten Glühwürmchen im Frühsommer gefreut, genau wie über die ersten Rotflügel im Frühjahr. Schau mal, sagte Glynnis, und Ian sah hin und sagte: Ja? Was denn? ... Ach ja, Glühwürmchen.

Jetzt sagte Roberta: »Seht euch die Glühwürmchen an!« und sie sahen alle hin, sogar Bianca, und freuten sich an diesem Augenblick oder taten jedenfalls so.

Denis sagte: »Im letzten Jahr war das bei uns ganz erstaunlich mit den Glühwürmchen. Einmal bin ich nachts extra aufgestanden und habe aus dem Fenster gesehen, die Nacht war ein einziges Leuchten, ich hatte schon Angst, es sei eine Katastrophe am Himmel passiert, weißt du noch, Roberta?«

Roberta lachte. »Nein, ich glaube, das waren die Sterne, die so hell waren, Denis. Damals in der Nacht. Keine Glühwürmchen.«

»Es waren bestimmt Glühwürmchen«, sagte Denis.

»Helle Sterne, Denis.«

»Ihr wißt doch, wie das ist, wenn man irgendwo zwischen Schlafen und Wachen steckt und gleichzeitig verworren und ganz logisch denkt. Ich erinnere mich genau, daß ich gedacht habe: Ist das nun das Ende der Welt? Und ich habe mir für morgen noch so viel vorgenommen.«

Sie lachten, sogar Bianca lachte, und Roberta sagte: »So leid es mir tut, es waren wirklich die hellen Sterne und keine Glühwürmchen.«

Glynnis muß tot sein, dachte Ian, weil sie nicht hier ist. Wäre sie nicht tot, wäre sie jetzt hier.

Bianca sagte gute Nacht und ließ die Erwachsenen in der heraufziehenden Nacht auf der Terrasse allein. Feuchte, Duft, Glühwürmchen, Nacht. Was würden sie über Bianca sagen? Was ließ sich über sie sagen? Denis sagte halblaut ein paar Worte, und Roberta sagte halblaut ein paar Worte: Mitgefühl, Trost, das Übliche, und in gewisser Weise tröstete es ihn ja wirklich, und er war ihnen dankbar. »Es ist eben schwer«, sagte er ungeschickt, – als hätte er nicht vor demselben Publikum eben dies vor nicht allzulanger Zeit schon einmal gesagt. »Es ist alles noch so frisch, so schmerzlich für sie ...«

Obwohl Ian ganz genau wußte, daß seine Freunde gern heimgegangen wären, hörte er sich beiläufig und ganz ungeniert fragen, ob sie nicht noch ein Glas mit ihm trinken wollten, er jedenfalls würde sich noch eins genehmigen.

Und da sie seine und Glynnis' beste Freunde waren, konnten sie es ihm nicht gut abschlagen.

In dieser Nacht glaubte er Bianca in ihrem Zimmer weinen zu hören. Er hatte geschlafen, doch der gedämpfte, unbestimmt-erstickte Laut holte ihn aus dem Schlaf.

Ohne in der Diele Licht zu machen, ging er zu ihrer Tür und faßte den Türknauf, drehte ihn aber nicht, gerade noch rechtzeitig fiel ihm ein, daß seine Tochter jetzt eine junge Frau und nicht mehr sein Kind oder nicht mehr nur sein Kind war. Er klopfte behutsam. »Bianca? Alles in Ordnung, Kleines?«

Schweigen, vielleicht beschämtes Schweigen, dann Worte, die Ian nicht verstand. Er machte die Tür einen Spalt breit auf, aber sah nicht ins Zimmer. (Mattes Licht brannte, Bianca hatte wohl im Bett gelesen.) »Alles in Ordnung, Kleines? Ich dachte, ich hätte was gehört.«

»Ja, Vater. Natürlich.«

Er blieb unentschlossen stehen, wie nach einer Abfuhr. Das »Vater« klang merkwürdig formell. »Ich hab mir nur Gedanken gemacht. Dann gute Nacht.«

Er zögerte noch einen Augenblick, sein Herz klopfte schwer. Hatte er geschlafen? Bildete er sich nur ein, daß er keinen Schlaf fand in diesen Nächten? Jäh geweckt, ohne sich an das Gewecktwerden erinnern zu können, betäubt wie nach einem Schlag ... Er schluckte, sein Mund war trocken, staubtrocken, das machte ein Übermaß an Alkohol heute abend, noch mehrere Drinks, nachdem es Roberta und Denis endlich gelungen war, sich zu verabschieden. (»Ich muß Ronnies Essen machen«, sagte Roberta entschuldigend und verlegen. »Ronnie wird sich fragen, wo wir abgeblieben sind.«) Und da lehnte er nun im

Baumwollpyjama an der Tür, höflich zurechtgewiesen und ein bißchen konfus. Welcher Tag war heute, welches Jahr? Es war, als sei Glynnis' Tod nicht gewesen.

»Gute Nacht, Vater«, sagte Bianca laut. Und setzte hinzu: »Ich denke, ich gehe bald zurück ans College.«

»Ja? Wie bald?«

»Morgen vielleicht.«

»Morgen?«

»Wenn ich einen Nachmittagsflug bekomme.«

Ian nickte, obschon Bianca ihn nicht sehen konnte. Er murmelte ein neuerliches Gutenacht, und während er wieder in sein Zimmer ging, dachte er: Unmöglich, sich ein Leben vorzustellen, in dem Glynnis nicht zwischen uns steht.

3

Roberta Grinnell rief an und fragte, ob sie mal kurz vorbeikommen könne. Sie habe noch Geschirr von Glynnis, das sie zurückgeben wolle – »Ich hab's neulich vergessen« –, und sie habe Ian etwas zu sagen.

Ob sie das nicht auch telefonisch tun könne, wollte er wissen.

Ein persönliches Gespräch sei ihr schon lieber ...

»Ja«, sagte Ian ruhig. »Ich verstehe.« Er wußte, daß Roberta eine schlechte Nachricht für ihn hatte, wußte aber zugleich, daß auch die schlechteste Nachricht ihn im Grunde nicht mehr berühren konnte.

Und so kam denn Roberta Grinnell zu Ian McCullough, heimlich, wie er vermutete, ohne Denis oder sonst jemandem etwas davon zu sagen, nervös und gehemmt, als habe sie Angst vor ihm oder Angst davor, allein mit ihm im Haus zu sein, was er ihr im Grunde nicht verdenken konnte. In den über fünfzehn Jahren ihrer Bekanntschaft waren sie noch nie so allein miteinander gewesen wie jetzt.

Noch dazu in einem Haus, dachte Ian, in dem die Frau fehlt.

Roberta hatte außer dem geliehenen Geschirr einen Fischauflauf mitgebracht, eine große Schüssel, tagelang würde er davon zehren können. »Danke«, sagte er. »Ihr seid alle so lieb zu mir.«

(Und das waren sie auch. Nach Glynnis' Tod hatten ihm immer wieder Freundinnen von Glynnis Essen gebracht, vor allem Aufläufe, Roberta selbst hatte ihm ein paarmal was gekocht.) Sie lächelte verlegen: »Ich weiß gar nicht, wieso ich das Geschirr vergessen hatte, als wir neulich bei dir waren, ich bin neuerdings so vergeßlich ... Dabei, es ist fast so was wie Ironie des Schicksals, hab ich wegen Glynnis meine Gäste wieder ausgeladen, auf unbestimmte Zeit. Ein paar Wirtschaftswissenschaftler und ihre Frauen, Denis hatte das schon seit einiger Zeit vor, wir müssen uns bei so vielen Leuten revanchieren, ich meine bei Leuten dieser Art, Kollegen ... nette Leute, aber keine richtigen Freunde. Im Augenblick mag ich daran nicht einmal denken. Und Denis geht es genauso. Denis sagt ...«

Ian holte einen Teller aus dem Neiman-Marcus-Karton und wog ihn in der Hand. Er hatte etwa die Größe eines Salattellers, milchweiß, mit einem Rand in Purpur und Grün, zart wie Spitze, und zwei flachen Mulden, einer größeren in der Mitte, einer kleineren, etwas tieferen am Rand. »Wunderschönes Porzellan«, sagte er. »Aber wozu sind sie? Ich könnte schwören, daß ich sie noch nie gesehen habe.«

»Artischockenteller«, sagte Roberta.

»*Was* für Teller?«

»Artischockenteller.«

Ian lachte und setzte den Teller behutsam wieder in den Karton zurück. Ein leichter Schwindel hatte ihn erfaßt. Was es alles gab: Artischockenteller. Zwölf Stück. Und die Freundin seiner toten Frau brachte sie ihm pflichtschuldigst und unbenutzt zurück.

Auch Roberta lachte etwas verlegen. »Ja, Glynnis ist ... *war* ... die einzige von uns, die etwas so ... so Spezielles besaß. Diese Mulde hier ist für die Artischocke, die andere für das Dressing. Raffiniert, nicht?« Sie sah wie bittend zu Ian auf. Der Ton zwischen ihnen war auch jetzt noch leicht, quecksilbrig, ein bißchen frotzelnd, der übliche Ton geselliger Zusammenkünfte in Hazelton-on-Hudson – eine im Rhythmus und in den Kadenzen leicht überhöhte Alltagssprache. »Du hast bestimmt schon von diesen Tellern gegessen, Ian, auch wenn du dich im Augenblick nicht daran erinnerst.«

»Ich mag keine Artischocken«, sagte Ian.

»Denis hat auch seine Probleme damit, sie zu essen.«

»Ich *mag* sie nicht.«

Ian machte den Karton zu, als sei ihm der Anblick unerträglich, und verstaute ihn ganz oben in einem der Schränke.

Ehe Roberta gekommen war, hatte er am Küchentisch gesessen und alte Fotos – nein, nicht geordnet, eigentlich nur angeschaut, war in dem über Jahre angesammelten erschrekkend chaotischen Wust dem sich wandelnden Bild seiner Frau nachgegangen; irgendwann müssen wir uns hinsetzen und hier Ordnung schaffen, hatte Glynnis ihm angedroht, ehe uns das alles über den Kopf wächst. Natürlich hatten sie es nie getan, und jetzt war die Aufgabe wirklich kaum noch zu bewältigen: Hunderte von losen Schnappschüssen, gestellte Aufnahmen, Zeitungsausschnitte (stark vergilbt, wellig, eingerissen) ... Erinnerungsstücke aus fast drei Jahrzehnten. Glynnis pflegte alles in große Umschläge zu stecken, die sie in Kartons zwängte und in einem Schrank im Gästezimmer aufbewahrte.

»Ach, *dabei* bist du gerade«, sagte Roberta. Als Ian nicht antwortete, sondern steif stehenblieb und offenbar nicht bereit war, sie die Fotos sehen zu lassen, fügte sie gleichsam entschuldigend an: »Mir ging es genauso ... meiner Mutter, meinen Schwestern und mir ..., nachdem mein Vater gestorben war. Stundenlang haben wir uns Fotoalben angesehen ...«

»Ich versuche, ein bißchen Ordnung hineinzubringen«, sagte Ian – eigentlich nur, um etwas zu sagen.

»Erstaunlich, wie wichtig einem Bilder nach einem Todesfall sind. Jedes Bild. In jedem Alter. Wie kostbar ...«

»Ja«, sagte Ian, deutlich bemüht, das Thema zu wechseln. »Setzen wir uns nebenan hin? Möchtest du was trinken?«

Roberta wollte eigentlich nichts trinken, nicht einmal das Glas kühlen Weißwein, das er ihr anbot, denn es war früh am Tage, noch nicht drei, aber da sie Roberta war, die auf ausgesprochene und unausgesprochene Gefühle ihrer Mitmenschen Rücksicht zu nehmen pflegte, sagte sie natürlich: »Aber nur eins.«

»Nur eins«, wiederholte Ian, als habe sie ihn zurechtgewiesen.

Er führte sie ins Wohnzimmer und dachte wie so oft in letzter Zeit, daß dieser formellere Raum schlecht zur Trauer taugte, dieser wunderschöne sonnendurchflutete Raum, geschmackvoll wie alles, was Glynnis eingerichtet hatte. Die Wände wirkten wie Vergrößerungsgläser, durch die das Sonnenlicht Farben, Gewebe, Formen fast unmerklich intensivierte. Es war, als gäbe es keinen Schatten, keine Nischen, in denen sich Gedanken, Erinnerungen, Kummer festsetzen konnten. Auf den Tischen lagen Hochglanzzeitschriften, *Art & Antiques, Country Life, House & Garden,* und Bücher – Hardcover- und Taschenbuchausgaben, meist in knallig-bunten Umschlägen; Wandbehänge leuchteten in satten Farben; es gab Gummibäume in Kübeln und eine Zwergorange, die Glynnis von einer Freundin geschenkt bekommen und gepflegt hatte, bis sie winzige Orangen trug, vollkommen wie künstlicher Zierat. Ian hatte unversehens das Gefühl, sich entschuldigen zu müssen, er machte den Mund auf, wußte aber plötzlich nicht mehr, was er sagen sollte.

Roberta bewunderte, wie schon tausendmal zuvor, das, was sie die einzigartige Architektur des Hauses nannte – »ein koreanischer Touch, sagt Vaughn, es hat wirklich was Exotisches« –, die Anlage, die man vom Fenster aus sehen konnte, eine waldähnlich grüne, zum Teil ganz naturbelassene Fläche, in ihrer komplexen, wenn auch fast etwas beklemmenden Schönheit vom Vorbesitzer übernommen, der Tausende von Dollars in Bäume, Gehölze, Pflanzen gesteckt hatte. Und dann gab es noch Glynnis' kleinen Rosengarten im Innenhof. »Die Pfirsichfarbenen da mit dem Weiß, die etwas Aquarellartiges haben . . . das sind meine Lieblingsrosen. Weißt du, was das für welche sind?«

Ian sah sie verständnislos an. »Sind?«

»Wie sie heißen«, sagte Roberta. »Sind es Double Delight?«

Doch das wußte Ian natürlich nicht. Er war plötzlich sehr müde.

Und deshalb setzte er sich, auch wenn er sich eigentlich nicht hatte setzen wollen, denn er wußte, daß er dann noch müder werden würde, aber Roberta Grinnell, die bei ihm zu Gast war, hatte sich hingesetzt, obschon er sie unhöflicherweise nicht dazu aufgefordert hatte, und der Fußboden kippte gefährlich ab, und er überlegte krampfhaft, warum diese Frau jetzt, am frühen Nachmittag, bei ihm im Wohnzimmer saß, diese Freundin, die Frau eines Freundes, die man anlächeln, zu der man höflich, zuvorkommend, gastfreundlich sein mußte; er überlegte, warum Glynnis nicht hier war, um ihm geschickt die Bürde des Gesprächs abzunehmen, wie sie es immer getan hatte, wie er es sich in diesem Augenblick sehnlichst wünschte.

Er schloß sekundenlang die Augen, machte sie wieder auf und sah wie aus weiter Ferne Roberta, die ihn mit einem undeutbaren Ausdruck – Mitleid? Zuneigung? Besorgnis? Furcht? – anschaute. Sie trug eine lockere weiße Jerseybluse und einen Jeansrock und hatte Sandalen an den nackten Füßen. Eine schlanke, zierliche Frau mit dunklem Haar, das allmählich ergraute, nur an der linken Schläfe zog sich wie verirrt und unabsichtlich eine dunkelgoldene Strähne hin, die wunderschön aussah. Die blaßgrauen, wie ausgewaschen wirkenden Augen in dem kleinen Gesicht standen ziemlich weit auseinander. Die Haut war noch straff und fast faltenlos und duftete (aber war das nun eine Erinnerung oder ein Traum?) nach Mandeln. Die Frau seines lieben Freundes. Die liebe Frau seines Freundes. Warum habe ich sie so lange nicht angesehen, dachte Ian ... seit Jahren nicht mehr ...

Roberta, jetzt Mitte vierzig, hatte erkennbar ihre Jugendblüte hinter sich. Sie schminkte sich nicht oder nur ganz wenig, machte nichts mit ihrem Haar, außer es hin und wieder kurz schneiden zu lassen, und trug Sachen, die Glynnis – wenn sie in wohlwollender Stimmung war – als praktisch bezeichnete. Die Grinnells hatten zwei fast erwachsene Söhne, die etwa in Biancas Alter waren. Jungen, die Ian gern gehabt hatte und um die er die beiden hin und wieder sogar beneidete. Vor ein paar Jahren hatte er die Mutter und ihre Söhne einmal im Ort beobachtet, durch Zufall eigentlich, auf dem Parkplatz hinter der Bücherei: Roberta Grinnell, Ronnie und Greg, damals vierzehn oder fünfzehn, schon bedeutend größer als die Mutter, aber unverkennbar ihre Söhne. Mein eigener Sohn ist tot, dachte Ian, aber das war eine kühl-sachliche Feststellung ohne jede Emotion, denn was ihn wirklich interessierte und eigentümlich erregte, waren die Grinnells. Worüber redeten sie da so ernsthaft? Worüber schüttelte Ronnie lächelnd und grimassierend den Kopf? Warum stieß Roberta ihn leicht mit der Hand an, wie Glynnis es manchmal bei Ian machte, in einer Geste gespielter Zurückweisung, gespielter Ungeduld, Ausdruck einer so tiefen Liebe, daß es war, als seien sie ein Fleisch, eine einzige Bewegung? Aber hier ging es nicht um erotische, nicht um eheliche Liebe, sondern um die Liebe einer Mutter zu ihrem Sohn. Ian, der gezwungenermaßen die meisten Stunden des Tages in einem selbstgebauten Käfig innerer Welten verbrachte, empfand, als er die Grinnells beobachtete, eine unerklärliche Sehnsucht, eine ganz und gar unartikulierte, amorphe Sehnsucht, als seien dies Fremde und nicht Frau und Söhne seines besten Freundes. Da sind sie, dachte er.

Er hatte einen Bogen um die drei gemacht und sie nicht begrüßt.

Hin und wieder erinnerte sich Ian an das Gespräch, das er vor einigen Monaten mit Denis geführt hatte, an dieses erstaunliche und verstörende Gespräch, in dem ihm Denis aus Ian völlig unerfindlichen Gründen gesagt – gestanden? – hatte, daß er Roberta untreu gewesen war. Und er hatte nicht gewußt, wie er reagieren sollte, er hatte es schlichtweg nicht gewußt. So glücklich verheiratet waren Roberta und Denis Grinnell, ein so ideales Paar in ihrem Kreis – ebenso wie es die McCulloughs immer gewesen (oder scheinbar gewesen) waren, daß Ian seine Schwierigkeiten gehabt hätte, das Gehörte zu glauben, hätte Denis es ihm nicht selbst gesagt. Wer war die Frau? ... Niemand, den Ian oder Glynnis kannten, niemand aus Hazelton ... Hatte nicht Denis etwas von einer Berufskollegin gesagt? Eine Doktorandin vielleicht, eine Universitätsdozentin vielleicht, die übliche Geschichte. (Ian hatte Glynnis nie von dieser Enthüllung erzählt; ob sie es gewußt hatte? Sicher doch ... bestimmt hatte Roberta es ihr erzählt ... aber von ihm hatte sie es nicht erfahren.)

Er konnte sich nicht vorstellen, wie Roberta Grinnell, sensibel wie sie war, unschuldig wie sie war, mit Denis' Enthüllung fertig geworden war, mit dieser ihr aufgezwungenen Erkenntnis der schlichten Tatsache, daß Untreue etwas Körperliches ist, daß es sich dabei um zwei in Liebe oder doch gespielter Liebe verbundene Körper handelt, Körper, die so eng verbunden sind, daß der Rest der Welt draußen bleibt. Hatte sie geweint? War sie zornig, wütend gewesen? Hatte sie wie Glynnis auf ihren Mann eingeschlagen, ihm weh tun wollen?

An all das dachte Ian, während er Roberta ansah. Und dabei auch – ganz am Rande, so wie man an eine im Lauf der Zeit vertraut gewordene körperliche Beschwernis oder Schmerzempfindung »denkt« – an Glynnis' Untreue; einen Schmerz, der so tief saß, daß er gleichsam in seine Sicht vom Leben als einer durch und durch ungerechten, arglistig-boshaften Angelegenheit eingegangen, daß diese persönliche und private Enthüllung für ihn gewissermaßen zu einem Beweis für die Grausamkeit der Natur geworden war.

Er hatte seiner Besucherin keine Angst einjagen wollen, tat es aber sicher doch, während sie in vorsichtigen Schlucken den ungewohnten Wein trank und ihre Beine mal in der einen, mal in der anderen Richtung übereinanderschlug, ein Buch vom Couchtisch nahm, hineinsah, Ian eine Frage stellte – als glaubte sie, er hätte es gelesen, könnte sich an den Inhalt erinnern –, es aus der Hand legte, zu einem anderen griff, Glynnis' Bücher in den flotten, knalligen Umschlägen. Eins meiner Laster ist, daß ich Hardcoverausgaben kaufe, sagte Glynnis entschuldigend und zugleich mit dieser Pose (denn Glynnis hatte diese Posen, das ließ sich leider nicht leugnen) satter Selbstzufriedenheit. Sie hatte gern Romane gelesen – zeitgenössische Romane von bekannten wie auch von unbekannten Autoren –, wenn »gern« nicht ein zu moderater Ausdruck war für die Leidenschaft, mit der sie diese Druckwerke verschlang und sich aneignete, eine Leidenschaft, die Ian für sich nicht nachvollziehen konnte, er las Belletristik, sofern seine Zeit es ihm erlaubte, überhaupt Belletristik zu lesen, aus der Sicht eines Wissenschaftlers oder Anthropologen – so leben also diese Leute ... ach ja, und so auch ... –, ohne auch nur einen Moment zu glauben, ein Buch könne sein eigenes Leben, geschweige denn seine Seele unter die Lupe nehmen, könne ihn einer so gründlichen, so erbarmungslosen moralischen Prüfung unterziehen, wie er selbst das mit sich zu tun pflegte.

Ian lächelte. »Ich vermisse Denis. Ich vermisse unsere Treffen beim Sport.«

Und Roberta sagte wie aufs Stichwort: »Denis vermißt dich auch, aber er weiß nicht recht, ob er bei dir vorbeikommen soll oder nicht. Er weiß ja, wieviel du zu tun hast . . .«

»So schlimm ist es auch wieder nicht«, sagte Ian.

» . . . und wie schwierig das alles im Augenblick für dich ist.«

Und damit war das Thema erschöpft.

Ian lächelte mit trockenem Mund und dachte an die aufreibenden Gespräche mit jungen Leuten, die sich um eine Stelle im Institut bewarben und aus Nervosität häufig in lähmendes Schweigen verfielen, so daß Ian McCullough angesichts seiner gehemmten Gesprächspartner genötigt war, sich ungewohnt energisch zu geben. Er lächelte wieder, schlug die Beine übereinander, legte die Hände über ein Knie und sagte mit einer Munterkeit, die ihm fürchterlich falsch in den Ohren klang: »So, Roberta, und jetzt laß hören, was du Neues für mich hast und was Denis nicht hören soll.«

»Etwas Neues nicht direkt«, sagte Roberta schüchtern. »Es ist eher etwas . . . was du wissen solltest. Eine Information.«

»Ja . . . Über . . .«

» . . . ein Gespräch, das ich mit Glynnis hatte. Kurz vor . . . ich meine an dem Tag, als . . . als es passiert ist. Der Unfall.«

Ian nickte wissend, obgleich er nicht ahnte, was ihn erwartete. Sein Herz schlug buchstäblich wie ein Hammer, innerhalb von Sekunden war sein ganzer Körper mit kaltem Angstschweiß bedeckt.

Ich will das nicht hören, dachte er, ich kann es nicht ertragen, ich stehe auf und gehe. Aber natürlich blieb er sitzen und lächelte sein geisterhaftes Lächeln, als könne er sie damit ermutigen. (Denn er hatte sie in den langen Jahren ihrer Freundschaft noch nie so nervös erlebt. Sie krampfte rasch die Hände ineinander, die heftig zitterten, ihr blutleeres Gesicht war starr wie eine Maske.)

»Zunächst möchte ich dir sagen, Denis, daß ich weder mit Denis noch mit sonst jemandem darüber gesprochen habe. Wenn die Polizei . . . ich meine, ich habe gehört, daß . . . es wäre ja möglich, daß . . . aber . . . ich habe mit niemandem darüber gesprochen, nicht mal mit Denis, aus Achtung vor ... dir und Glynnis ... vor euch beiden. Weil ich wirklich nicht weiß, wie ich das, was sie mir gesagt hat, deuten soll, und ich glaube auch nicht, daß ich das Recht habe, es zu deuten ... ich meine«, sagte Roberta verwirrt und ohne Ian anzusehen, »ich will es eigentlich auch gar nicht deuten. Jetzt, wo Glynnis tot ist und sie mir so sehr fehlt, mag ich irgendwie gar nicht mehr ... an all das denken ...«

Ian nickte beklommen. Er spannte alle Kräfte an, um sich zu konzentrieren, aber er hatte nur einen Teil von dem gehört, was Roberta gesagt hatte.

»Eigentlich war es ein Zufall. Ich meine das Gespräch, zu dieser Zeit ... Mittags um zwei ... Ich hatte Glynnis angerufen, weil sie an dem Vormittag bei mir etwas hatte abgeben sollen, und das hatte sie nicht getan, und es sah ihr nicht ähnlich, daß sie so was vergaß, du weißt ja, wie sie war, auch in diesen Kleinigkeiten ... und da hab ich sie angerufen, und als sie sich meldete, schien sie sehr verstört, ich hab sie nie so ... verstört erlebt ... als ob ...«, sagte Roberta zögernd, » ... sie getrunken hätte ... ich meine viel getrunken hätte ... was Glynnis ja sonst nie tat. Sie hat mich ganz direkt gefragt, was ich von dir und ... und einer jungen Frau wüßte, Sigrid Hunt. Ob ich mich an Sigrid Hunt erinnern könne, hat sie gefragt, ob ich etwas von einem Verhältnis zwischen dir und Sigrid Hunt wüßte, ob ich euch jemals zusammen gesehen hätte, ob Denis in das Geheimnis eingeweiht sei ...

Ich war ganz fassungslos, ich hatte davon noch nie gehört, und das habe ich ihr auch gesagt, aber man konnte kaum mit ihr reden, sie war furchtbar erregt. ›Bitte lüg mich nicht an, Roberta‹, sagte sie, *›lüg mich nicht an!‹*, ein paarmal hat sie das gesagt, und ich habe ihr gesagt, daß ich nicht lüge, weshalb sollte ich lügen? ›Um ihn zu decken‹, sagte sie, ›und mich zu schonen.‹ Und ich sagte noch einmal, ich hätte nicht nur nie etwas von einem Verhältnis zwischen dir und Sigrid Hunt gehört, ich könne das auch nicht glauben ... und sie sagte: ›Ich kann es auch nicht glauben, aber es ist leider wahr.‹ Sie fragte nach Denis, Denis müßte es doch wissen, warum hatte Denis es ihr nicht gesagt, wenn er es wußte, warum wurde sie abgeschirmt, wußte ganz Hazelton Bescheid, redete man über sie, lachte man über sie, bemitleidete man sie hinter ihrem Rücken? Das könne sie nicht ertragen, sagte Glynnis, sie gehöre nicht zu den Frauen, die sich mit so was abfinden könnten ...«

Ich kann immer noch aufstehen und weggehen, dachte Ian still. Ich kann immer noch aufstehen und weggehen. »So ist das also«, sagte er.

»Jedenfalls sagte ich zu Glynnis, ich wüßte nichts von einem Verhältnis, ein paarmal habe ich ihr das gesagt, aber sie schien mir nicht zu glauben, schien mir kaum zuzuhören. Sie hätte Beweise, sagte sie, irgendwas von einem Scheck, von Geld, das du dem Mädchen gegeben hättest ... Ich glaube, es waren tausend Dollar, ich meine, das war die Summe, die Glynnis erwähnte. Ich hab ihr gesagt, ich wüßte von nichts und sei sicher, auch Denis wüßte von nichts, und dann wurde sie plötzlich richtig bösartig, ich weiß beim besten Willen nicht warum, sie sagte: ›*Dein* Mann, glaubst du, der war dir treu?‹ Und ich fragte sie, was sie damit meinte, ich regte mich jetzt auch auf, ich konnte gar nicht fassen, welche Wendung das Gespräch genommen hatte, und Glynnis war so aufgebracht ... sie war richtig wütend ... das hatte ich noch nie bei ihr erlebt. Daß sie jähzornig sein konnte, wußte ich ja, wir wußten es alle, aber diesmal war es wirklich ganz ... erschreckend. Ich würde jetzt auflegen, sagte ich, und Glynnis antwortete: ›Ja, tu das, Wiederhören, zur Hölle mit euch allen‹, und knallte den Hörer hin. Und ich ... ich war so geschockt ... ich saß da, den Hörer in der Hand, und konnte kaum glauben, was passiert war ...

Ich dachte, das muß ein Irrtum sein, ein schreckliches Mißverständnis. Ich habe dann noch einmal bei Glynnis angerufen, aber es war besetzt ... Ich hab's noch ein paarmal probiert, aber sie hatte wohl den Hörer ausgehängt. Im Rückblick weiß ich, daß ich wohl hätte herkommen sollen, aber ich war sehr betroffen und verstört und hatte auch ein bißchen Angst vor ihr ... vor ihrer Hemmungslosigkeit ... vor dem, was sie vielleicht sagen würde, Dinge, die man nie würde ungesagt machen können. Ich war ihr wohl keine gute, treue Freundin, Ian ... Ich hab es einfach dabei bewenden lassen und gedacht, in ein paar Tagen würde sich alles wieder einrenken. Und am nächsten

Morgen rief Malcolm an und erzählte von dem Unfall und von der Notoperation und ... und allem anderen.«

»So war das also«, sagte Ian noch einmal, ausdruckslos, stupide.

»Ich war Glynnis keine gute Freundin, Ian«, sagte Roberta, »als sie mich brauchte ... Ich denke die ganze Zeit, daß ich es vielleicht irgendwie hätte verhindern, daß ich sie hätte retten können. Wenn ich sie beruhigt hätte, sie davon abgehalten hätte, noch mehr zu trinken, mit ihr geredet hätte. Ich wußte so genau, daß ihr Verdacht unbegründet war ... ich wußte, daß alles ein schreckliches Mißverständnis war ...«

Robertas Augen standen plötzlich voller Tränen, ihre Stimme klang heiser. Hilflos und voller Angst sah Ian sie an. Was mochte jetzt noch kommen? »Ich hab ihr gesagt, daß ich nichts weiß, und sie wollte mir nicht glauben, sie wollte mich gar nicht anhören. Als ob sie fest entschlossen war, das Schlimmste zu glauben und sich zu quälen. Sie hat davon gesprochen, daß sie dich wegschicken, daß sie die Scheidung verlangen will ... Es war alles so plötzlich, so zügellos. Ich hab es ihr *gesagt*, und sie wollte nicht hören ... Diese Sigrid Hunt, eine rothaarige Tänzerin oder frühere Tänzerin, sie hat in Vassar unterrichtet, glaube ich, Glynnis hatte mich mit ihr bekanntgemacht ... hat mehrere von uns mit ihr bekanntgemacht ... bei einem Essen im letzten Herbst, nur Frauen, im Tennisklub. Und dann war sie mal hier zu einer Party, nicht? An dem Abend hab ich nicht mit ihr gesprochen, aber ich erinnere mich dunkel an sie. Ein außergewöhnliches Gesicht, aber irgendwie eigenartig, leicht angekränkelt, wie ein Bild von einem präraffaelitischen Maler, diese Porträts von dem rothaarigen Mädchen, das Rossetti andauernd gemalt hat, das dann seine Frau wurde, später hat sie sich das Leben genommen, und hat er ihr nicht einen Packen seiner Gedichte mit ins Grab gegeben und die Leiche später exhumieren lassen, um die Gedichte zurückzubekommen ... Diese fürchterlichen Leute mit ihren fürchterlichen, todbringenden Liebschaften! An all das mußte ich beim Anblick von Sigrid Hunt denken. Glynnis war mit ihr kurz befreundet gewesen, kurz und intensiv, sie war eine von Glynnis' neuen jungen ›interessanten‹ Freundinnen; du weißt ja, daß sie diese ...

schwärmerischen Freundschaften hatte ... Menschen, die sie irgendwo aufgabelte, in ihren Kreis aufnahm und aus irgendwelchen Gründen dann wieder fallenließ. Ich habe immer gedacht, daß wir, Glynnis' engste Freunde, ihre ›wirklichen‹ Freunde, ihr nicht genügten, ihrer Phantasie nicht genügten. Hattest du auch diesen Eindruck? Hast du dir darüber überhaupt mal Gedanken gemacht?« Sie sprach jetzt sehr schnell, und in ihren Augen glitzerten Tränen. »Wahrscheinlich war ich eifersüchtig, das ist mir schon klar ... dabei kam Glynnis letztlich immer zu uns zurück, sie hat uns im Grunde nie richtig verlassen. Nachdem ich aufgelegt hatte, fürchtete ich um unsere Freundschaft, ich hatte Angst, sie zu verlieren ... Aber ich hatte auch Angst vor dem, was sie zu mir sagen könnte, womit sie mir und Denis weh tun könnte, Dinge, über die zu sprechen, ja, die zu wissen sie kein Recht hatte, ich habe wirklich keine Ahnung, woher sie es wußte, denn Denis und ich haben tatsächlich vor einigen Jahren ... das heißt, Denis hat ... aber das hatte nichts mit ... mit Glynnis zu tun und auch sonst mit niemandem in Hazelton. Und deshalb dachte ich mir: Das packe ich nicht, sie ist betrunken, sie ist außer sich. Ich kann nicht zu ihr gehen. Ich hatte das schreckliche Gefühl, daß ich sie überhaupt nicht mehr kannte ...«

Und dann war es plötzlich aus mit ihrer Selbstbeherrschung, sie schlug die Hände vors Gesicht und begann zu weinen. Glynnis hat sich also doch bei jemandem »ausgekotzt«, wie sie das zu nennen pflegte, dachte Ian.

»Du darfst dir keine Vorwürfe machen, Roberta, bitte mach dir keine Vorwürfe ...« Er saß steif da, mit übereinandergeschlagenen Beinen, die Finger über ein Knie gelegt, wie gelähmt, seine Stimme war langsam, stumpf, benommen. »Bitte, Roberta, du darfst dir ...« Ich werde mich nicht verteidigen, dachte er. Er hatte Sigrid Hunts Namen deutlich genug gehört, aber er konnte noch nicht glauben, daß dieser Name bekannt war, daß Glynnis' irrwitzige Vorwürfe bekannt waren, ihr unsäglicher Streit öffentlich geworden war.

Auch in seinen Augen brannten Tränen. Nicht Tränen des Kummers oder der Reue, sondern der Kränkung, der Demütigung, der Empörung. Denn Glynnis hatte ihn doppelt verraten, hatte ihre Ehe verraten und damit ihren eigenen Tod herbeigeführt, an dem ihn keine Schuld traf, für den man ihm aber die Schuld geben würde. Ich werde mich nicht verteidigen, dachte er. Zur Hölle mit euch allen.

Roberta überließ sich dem Luxus ihres Kummers, einem typisch weiblichen Luxus, dachte Ian neidvoll. Und dann stand sie auf, wischte sich mit einem Papiertaschentuch übers Gesicht, ungeschickt, entschuldigend, sehr verlegen und – ja, auch ängstlich, denn dies war ja nun eindeutig: Daß er nichts gesagt hatte, daß er sich geweigert hatte, etwas zu sagen, Sigrid Hunt zu verleugnen und Glynnis Lügen zu strafen, wie jeder Schuldige seine Unschuld zu beteuern.

Er brachte sie – auch er ungeschickt, groß, storchbeinig stolpernd – zur Tür, über den Innenhof, in dem der schwere Duft der Wistera hing, der für Ian ein Duft des Begehrens war, eines amorphen, undifferenzierten, namenlosen Begehrens. Sie wischte sich mit dem Tuch übers Gesicht, die geröteten Augen, die tränenstreifigen, wie wund und aufgescheuert wirkenden Wangen. Wie nah der Oberfläche unseren Lebens die Tränen doch sind, dachte Ian und erinnerte sich der Kindheit seiner Tochter, ihrer frühen Jahre, als Bianca so schnell geweint und ebensoschnell wieder aufgehört und wenig später erneut geweint, über ein scheinbar unerschöpfliches Reservoir an Tränen verfügt hatte. Und weil wir gehalten sind, die Schmerzen unserer Mitmenschen mitzutragen, weil wir versuchen müssen, die Schmerzen unserer Mitmenschen zu lindern, unsere Nächsten zu behüten, zu umsorgen, mit Liebe oder Pseudoliebe zu trösten, merkte er plötzlich, daß er Roberta, die Frau seines lieben Freundes, im Arm hielt, daß sein Gesicht an ihrem Haar lag und daß er Trostworte murmelte, die in Wirklichkeit Worte der Verzweiflung waren: Bitte mach dir keine Vorwürfe bei all dem trifft dich keine Schuld es war etwas Schreckliches etwas Unsägliches ein Unfall der sich hätte verhindern lassen wenn wir nur gewußt hätten ...

Sie stand ganz still, sie wandte sich ihm nicht zu, aber machte sich auch nicht los, stieß ihn nicht weg. Ian spürte eine Welle rein sexueller Begierde, sie traf ihn wie ein Keulenschlag, eine sehnsuchtsvoll-verlangende Blutansammlung, eine bis zum Platzen angespannte Dichte ... »Geh nicht«, flehte er, »bitte geh nicht«, jetzt weinte er selbst, heiser-kehlig und kindlich-hilflos zugleich. »Bitte verlaß mich nicht, Roberta, ich habe solche Angst.«

Sie standen im Atrium, unter freiem Himmel, schwankend wie ein betrunkenes Liebespaar. Ian hatte die Arme um Roberta geschlungen, als sei er am Ertrinken und sie sein letzter Halt, als könne ihr Auftrieb, könnten Wärme und Vitalität ihres Körpers ihn retten, und Roberta, soviel kleiner als er, kleiner als Glynnis, schwankte ebenfalls, überrumpelt, ohne Widerstand zu leisten, aber auch ohne nachzugeben. An ihre Worte, an ihren wirren Trost, an ihre Gesten fraulich-mütterlich-spontaner und unwillkürlicher Fürsorglichkeit konnte er sich hinterher ebensowenig erinnern wie an seinen eigenen nervösen Redeschwall. Er wußte nur, daß sie, obschon sie um Ians Begierde, um seine hungrige Not wußte, von ihm abrückte, sich ihm verweigerte. »Ich kann nicht bleiben. Du weißt, daß ich nicht bleiben kann. Verlang das nicht von mir. Laß mich gehen. Bitte. Ich kann nicht bleiben. Ich muß gehen ...« Und Ian, jählings voller Reue und tief beschämt, ließ sie los.

Als sie vor Robertas Wagen standen, hörte er, daß seine Stimme fast normal war, hörte Roberta, die ja früher in der Psychiatrie gearbeitet hatte, mit fast normaler Stimme antworten. »Natürlich«, sagte Ian und aus irgendeinem Grund: »Ich weiß, ich verstehe«, und Roberta sagte: »Du mußt bald mal zu uns zum Abendessen kommen, jetzt, wo Bianca weg ist«, und drückte seine Hand. »Das Alleinsein ist nicht gut für dich.« Ian machte ihr die Wagentür auf, machte sie wieder zu. Trat zurück, lächelte, benommen, geschüttelt von Begierde, ein Pochen hinter den Augen, und brachte trotzdem – wie erstaunlich das war, wie lange sein Stolz davon zehren würde! – liebenswürdig-gelassen heraus, sie möge bitte Denis von ihm grüßen und ihm ausrichten, er würde sich gern sobald wie möglich wieder mit ihm zum Squash treffen, vielleicht schon am Montag. Inzwischen hatte er alles wieder einigermaßen im Griff, war jetzt schon ein paar Stunden täglich im Institut und nahm sich Arbeit mit nach Hause, die Korrespondenz häufte sich. »Es muß wohl an der Jahreszeit liegen, weiß der Himmel, warum es überall kriselt.« Sie machten einen vorläufigen Termin fürs Abendessen aus, Donnerstagabend, übermorgen.

Während Roberta vorsichtig rückwärts aus der Ausfahrt rollte, dachte Ian wieder, wie leicht es gewesen wäre zu sagen, du weißt natürlich, daß ich nicht der Liebhaber jener jungen Frau bin, daß ich es nie war. Wie leicht es gewesen wäre, ihr nachzulaufen, sich zu verteidigen, zu sagen: Glynnis hat sich geirrt, die arme Glynnis, die ich so geliebt habe, die mir aber nicht vertraut hat ... wie leicht und wie unmöglich zugleich. Etwas Bitteres, Unbeugsames in seinem Wesen ließ das nicht zu. Glynnis ist aus Stolz gestorben, hätte er sagen können. Bitte verzeih mir, hätte er sagen können, ich habe zugelassen, daß meine Frau aus Stolz stirbt. Aber natürlich sagte er nichts, er stand nur in der Einfahrt wie ein beliebiger Gastgeber, der eine Besucherin zum Wagen bringt und ihr nachwinkt, lebwohl, komm bald wieder mal vorbei, ein Mann, der sich – zerzaust, gerötet, verschwitzt – eisern an die gesellschaftlichen Anstandsregeln hält, lächerlich, wie abgewiesene Liebhaber nun einmal sind.

Er ging ins Haus, schenkte sich in der Küche ein, zwei Fingerbreit Scotch ein und kippte sie, nicht wie Ian McCullough, sondern wie ein anderer Mann, ein praktischer, zäher Mann, der bereit war, den Tatsachen ins Auge zu sehen: Und wenn die Polizei sie vernimmt? Und wenn sie ihnen die Wahrheit sagt, was sie ja tun muß?

Er sah auf die über den Küchentisch verstreuten Schnappschüsse, die Stöße von Beileidsbriefen auf dem Fensterbrett und dachte: Aber ich bin ja ein postumer Mann, nicht wahr?

Er lächelte und dachte: Was können sie *mir* schon tun?

4

Glynnis starb und wurde begraben. Aber in mancher Beziehung fing ihr Tod jetzt erst an.

Vorschriftsgemäß hatte das Hazelton Medical Center den Todesfall dem Gesundheitsamt von Cattaraugus gemeldet. Der

Oberamtsarzt, ein gewisser Boesak, hatte keinerlei Beanstandungen, was die Vorgänge während und nach der Operation anging, befand jedoch, daß die Umstände des Todes verdächtig genug waren, um den Fall der Staatsanwaltschaft zu übergeben mit der »dringenden Empfehlung«, eine polizeiliche Ermittlung einzuleiten. Den Röntgenaufnahmen, die nach der Einlieferung in die Klinik gemacht worden waren, konnte man entnehmen, daß die Untersuchte nicht einfach gegen eine Glasscheibe gelaufen oder geprallt war. Verletzungen waren hauptsächlich am Hinterkopf festgestellt worden, und ihrer Schwere nach war davon auszugehen, daß die in Frage stehende Person mit beträchtlichem Kraftaufwand gegen die Scheibe gestoßen worden war, was nach den Gesetzen des Staates New York den Tatbestand der fahrlässigen Tötung, des Totschlags, ja sogar des Mordes erfüllte.

Es war noch früh, nicht einmal acht, als am 27. Mai, dem Tag nach Roberta Grinnells Besuch, zwei Kriminalbeamte aus Hazelton, Wentz und Holleran, vor Ians Tür standen, um ihm, falls Ian nichts dagegen hatte, einige Fragen zu stellen und sich am Unfallort umzusehen. Obwohl Ian in diesem Augenblick noch nichts von dem Bericht des Oberamtsarztes, geschweige denn von einer offiziellen polizeilichen Ermittlung wußte, fragte er die Kriminalbeamten sofort und ohne Umschweife: »Bin ich verhaftet?« »Nein, nein, Dr. McCullough«, sagten sie höflich, fast beflissen, »aber wir haben ein paar Fragen. Dürfen wir hereinkommen?«

»Ja«, sagte Ian. »Natürlich.«

Darauf wartete er ja schon lange, so sehr lange: Auf den entscheidenden Anruf, das Klopfen, die Stunde der Abrechnung. Trotzdem merkte er jetzt, daß er überhaupt nicht darauf vorbereitet war, denn es traf ihn jäh und unvermittelt, wie ein heftiger Tritt in den Leib, und das sah man ihm bestimmt auch an.

Wie benommen vor Schmerz ließ er die Detectives herein. »Das ist das Eßzimmer«, hörte er sich unnötigerweise sagen, »und dort ist das Fenster, das zerbrochen ist . . . das Fenster, das zerbrochen ist . . .« Es gab eine kurze Pause, zu dritt sahen sie auf das Fenster, hinter dem eine strahlende Morgensonne stand, die Terrasse mit dem Plattenbelag und den weißen Terrassenmöbeln, die Kübel mit den inzwischen fast vertrockneten Geranien – Glynnis hatte sie über den Winter gebracht, und irgend jemand (da er, Ian, es nicht gewesen war, kamen nur Marvis oder Bianca in Frage) hatte sie ins Freie gestellt. »Aber wie Sie sehen, habe ich ein neues einsetzen lassen. Ein neues Fenster«, sagte Ian.

»Wann haben Sie es einsetzen lassen, Dr. McCullough?« fragte Wentz, das Notizbuch in der Hand, oder vielleicht hatte Holleran die Frage gestellt, Ian wußte nicht mehr, welcher wer war oder ob er die Namen richtig verstanden hatte. An der Tür hatten sie ihm ihre Ausweise, ihre schönen blinkenden Dienstmarken gezeigt, wie Fernsehstars, die Kriminalpolizei spielen, aber Ian hatte nicht hingesehen, hatte nicht richtig hingehört. Er wußte nur, daß die Männer Unbekannte waren, keine Freunde, wenn auch nicht direkt unfreundlich, oder redete er sich da nur etwas ein? Nicht größer als er, aber massiv, breitschultrig, körperlich fit, innerhalb von Sekunden verbrauchten sie zuviel Sauerstoff im Raum, so daß Ian trotz aller Willensanspannung ein gefährlicher Schwindel ankam. Plötzlich war er einer Ohnmacht nahe und mußte sich, was ihm sehr peinlich war, mit beiden Händen auf den Eßzimmertisch stützen und den Kopf nach unten halten, bis es vorbei war. Einsetzen lassen? Wann hatte er was einsetzen lassen?

Ob alles in Ordnung sei, wollten sie wissen, ob er sich setzen wolle, aber Ian hörte nicht hin, weil er sich gerade gewissenhaft bemühte, die Frage zu beantworten, die sie ihm vorhin gestellt hatten. »Das Fenster ...«, sagte er. »Am Tag nach dem Unfall habe ich ein neues einsetzen lassen, von diesem Glasfachgeschäft in der Charter Street. Die Quittung liegt im Schreibtisch, ich kann sie Ihnen gern zeigen.« Es freute ihn, daß er diesen so beruhigend professionell auftretenden Herrn, die Anzüge trugen, weiße Hemden, Krawatten, der Ältere hatte sogar eine Hornbrille, die der von Ian ähnlich sah, diesen kleinen Informationsbrocken, diese sachlichste aller Tatsachen bieten konnte.

»Alles in Ordnung, Dr. McCullough? Sie sehen blaß aus.«

»Nein, nein. Ich fühle mich ganz wohl.«

»Dürfen wir ...«

»Wie? Ja, natürlich . . .«

Sie schlossen die gläserne Schiebetür auf und öffneten sie vorsichtig, wechselten leise ein paar Worte, die Ian nicht verstand und auch nicht verstehen wollte. Als er an jenem Tag aus der Klinik gekommen war, hatte er so gut wie möglich auf der Terrasse Ordnung gemacht, hatte die Scherben zusammengefegt und die Blutflecken weggewischt. Direkt unter dem Fenster war Blut auch auf dem Kies gewesen, Ian hatte ihn sorgsam zusammengerecht, im Wald hinter dem Haus verstreut und sauberen Kies von der Einfahrt aufgeschüttet. Er hatte sich dieser grauenvollen Aufgabe langsam, fast geistesabwesend unterzogen und gleich danach vergessen, was er getan hatte. Als er jetzt die Kriminalbeamten vor dem Fenster kauern und im Kies herumkratzen sah, erinnerte er sich wieder daran, ihm wurde übel von der Erinnerung, denn er hatte damals gleich gewußt, daß ihm später – kein Zweifel, irgendwann würde dieses Später auf ihn zukommen – all das wieder einfallen würde, wobei von allem Anfang an für ihn feststand, daß er, ob Glynnis nun am Leben blieb oder sterben mußte, fraglos ein Mörder war.

Wentz – oder war es Holleran? – hob zwischen zwei Fingern einen Glassplitter hoch, musterte ihn kurz und ließ ihn wieder fallen. Dann standen sie auf und wischten sich die Hände an den breiten Schenkeln ab, und Ian dachte, daß es doch eigentlich ganz nette Burschen waren, die ihm persönlich nichts Böses wollten, und doch waren sie seine Widersacher, so wie Glynnis allmählich zu seiner Widersacherin wurde, all seinen Wünschen zum Trotz, im Widerspruch zu allem, was er über sich, über seine im Grunde lautere Seele wußte.

Die Männer kamen zurück ins Haus, sie sahen ihn scharf an, so schien es ihm, als sei so etwas wie eine Vorentscheidung gefallen. Es war Wentz (wenn Wentz der mit der Brille war), der den Bericht hervorholte, den Bericht der jungen Polizisten vom 23. April über die Umstände des Unfalls, wie sie ihnen berichtet worden waren, den Zustand des Eßzimmers, Spuren eines handgreiflichen Streits und so weiter und so fort, er las laut und so schnell, daß Ian nicht ganz folgen konnte. Es traf ihn völlig unvorbereitet, daß es so einen Bericht überhaupt gab, er erinnerte sich nur vage an die jungen Polizisten, die aus unerklärlicher, unverzeihlicher Böswilligkeit von den Nachbarn, den Dewalds, gerufen worden waren. Einer der Polizisten hatte Ian ein Handtuch um die blutende Hand gewickelt, hatte ihm zum Krankenwagen geholfen. Geben Sie acht, Mister, *geben Sie acht.*

Sie hatten kein Recht gehabt, sein Haus zu betreten; daß er es ihnen gestattet hatte, war ein nicht wiedergutzumachender Fehler gewesen.

Wentz und Holleran inspizierten den Eßzimmertisch, die Stühle, den Teppich, den Parkettfußboden ... dabei gab es da nichts zu inspizieren, nichts zu sehen. Was war da zu sehen? Ian hatte längst alles wieder in Ordnung gebracht. Marvis hatte gründlich geputzt, was war da noch zu sehen? Sie gingen in die Küche, sagten, wie hübsch die Küche sei, sie hätten gehört, Ians verstorbene Frau – »verstorbene Frau«, wie sonderbar das klang – sei eine bekannte Kochbuchautorin gewesen, und Ian sagte, ja, das stimmt.

Hätte er nicht gefürchtet, sie könnten ihn für prahlsüchtig halten, hätte er ihnen Glynnis' Bücher mit den lustig-bunten Schutzumschlägen gezeigt.

Wentz und Holleran registrierten kommentarlos die Schnappschüsse auf dem Küchentisch und die so reichlich bestückte Pinnwand, die Ian nicht angerührt hatte und auch nicht anzurühren gedachte. In der Küche kamen ihm die Männer noch größer und massiger vor, die Gesichter ernster. Wentz deutete auf den Magnetmesserhalter an der Wand und fragte scheinbar beiläufig: »Welches ist das Messer, das der Polizist auf dem Boden gefunden hat? Eins von denen?«

»Messer? Was für ein Messer?«

»›Steakmesser, fünfundzwanzig Zentimeter, mit Blutflecken.‹ Eins von diesen?«

»Ich erinnere mich an kein Messer«, sagte Ian vorsichtig. »Da war kein Messer.«

»Laut Bericht war da ein Messer, Sie hatten Schnittwunden an der Hand von dem Messer, es blutete stark.«

»Von dem Glas«, sagte Ian. »Von den Scherben.«

»War da kein Messer?«

»Ich erinnere mich an kein Messer.«

»Und woher stammten die schweren Schnittverletzungen an Ihrer Hand?«

»Es waren keine schweren Schnittverletzungen«, sagte Ian. Er streckte den Kriminalbeamten die Hand entgegen, die Fäden waren gezogen, die Wunden heilten anstandslos. »Ich habe mich am Fenster geschnitten. An Glasscherben im Fenster.«

Er zitterte heftig, aber das war ja lächerlich, es fehlte nicht viel, und er hätte mit den Zähnen geklappert.

»Ich wußte nicht, was ich tat, ich war völlig verstört. Als Glynnis stürzte, habe ich wohl versucht, sie aufzufangen, ich wäre fast mit ihr zusammen durchs Fenster gefallen. Ich streckte die Hand aus und bekam etwas zu fassen, es war Glas . . .«

»Was genau hat sich zwischen Ihnen und Ihrer Frau abgespielt, Dr. McCullough? Wenn Sie uns das bitte möglichst genau schildern würden . . .«

Sie brachten Ian zurück ins Eßzimmer wie auf eine Bühne. Ian schwitzte, er war ratlos und konfus und hätte nicht sagen können, ob die achtungsvolle Haltung der Kriminalbeamten echt war oder ob sie sich über ihn lustig machten. Wußten sie es? Aber was wußten sie?

»Wo ungefähr haben Sie gestanden, Dr. McCullough, als Ihre Frau durch das Fenster ›stürzte‹? Wo stand sie?«

»Ich weiß es nicht . . . Ich kann mich wirklich nicht erinnern.«

»Angenommen, sie stand da, wo ich stehe, mit dem Rücken zum Fenster – wo standen Sie? Warum standen Sie überhaupt in diesem Moment? Hatten Sie nicht am Tisch gesessen?«

»Ich habe das schon so oft erzählt«, sagte Ian. »Es war ein Unfall . . . Wie es dazu kam, könnte ich beim besten Willen nicht sagen.« Er nahm die Brille ab und rieb sich die schmerzenden Augen, unerträglich, der Blick der beiden Männer, der so beiläufig und dabei so unverhohlen auf ihm ruhte und signalisierte, daß sie um seine Lüge wußten, während er bei sich dachte, daß es ja im Grunde keine Lüge war. »Es war ein Unfall«, sagte er. »Ein tragischer Unfall. Ein Unfall, der aus einem Mißverständnis erwuchs.«

»Ja? Einem Mißverständnis?«

»Einem Mißverständnis.«

»Einem Mißverständnis worüber?«

Aber Ian konnte sich beim besten Willen nicht erinnern. »Finanzen, Eheprobleme, eine andere Frau? Sie waren doch nicht mit einer anderen Frau zusammen, Dr. McCullough?«

Ian schüttelte ungehalten den Kopf. »Meine Frau und ich waren glücklich verheiratet.«

Inzwischen zitterten Ians Beine so heftig, daß er sich unbedingt setzen mußte, daß er die Kriminalbeamten ins Eßzimmer bat und sagte, sie sollten doch bitte Platz nehmen. Danke, Dr. McCullough, murmelten sie. Wentz, Holleran: Seine Widersacher. Seine und Glynnis' Widersacher.

Er dachte an die Polizisten, die im September vorigen Jahres an seine Tür gewummert hatten, dachte daran, wie erschreckend doch diese Machtbefugnis der Polizei, wie erschreckend rohe physische Gewalt war. Diese Männer waren ungeachtet ihrer Anzüge und Krawatten und der anständig geputzten Schuhe, Wentz mit seiner Hornbrille und Holleran mit seinem gemütlichen Bierbauch, mit Revolvern bewaffnet, trugen Revolver bei sich. Sollte Ian auf die Idee kommen, einen plötzlichen, verzweifelten Ausfall zu machen, sie an »Leib und Leben« zu bedrohen, hatten sie das Recht, ihn über den Haufen zu schießen oder gar zu töten. Und das konnte unter Umständen ganz schnell gehen – ein gespenstisches, unwahrscheinliches und doch irgendwie aufreizendes Szenario. Angenommen, er hätte in jener Nacht aufgemacht, die Polizisten in gespielter Wut angebrüllt, sie sollten verschwinden, hätte sie mit den Fäusten bedroht – oder besser noch mit einem Messer, einer Schußwaffe –, hätten sie ihn höchstwahrscheinlich auf der eigenen Schwelle niedergeschossen, und man hätte ihnen keinen Vorwurf daraus gemacht. Auf diese Weise, dachte Ian, haben wir unser Schicksal eben doch selber in der Hand.

Sie fuhren fort, ihm Fragen zu stellen, und er fuhr fort, in dieser unbestimmt-stockenden, verdächtigen Art zu antworten: Ein Mann, der offenbar noch unter Schock stand, noch völlig benommen war vom Tod seiner Frau. Und in der Tat war dieses Ereignis für Ian noch auf Wochen, wenn nicht auf Monate wie ein lauter, im Wortsinne betäubender Knall, den man nicht hört, sondern nur spürt.

Es ging jetzt um den Alkoholkonsum der McCulloughs am Abend des Unfalls, ihren hohen Blutalkoholgehalt, und Ian sagte in peinlicher Verlegenheit, ja, sie hätten beide getrunken, mehr als sonst, hauptsächlich Wein, Wein zum Abendessen, einem Abendessen, das sich über längere Zeit hingezogen hatte. Ein Fehler. Warum ein Fehler? fragte Wentz. Weil sie keine Trinker, weil sie ans Trinken im Grunde nicht gewöhnt waren, sagte Ian. Nein? Und warum nicht? fragte Holleran nach Art eines Freundes, der stirnrunzelnd und schmallippig-gedankenvoll darauf wartet, daß man ihm die Wahrheit sagt, aber Ian schwieg, Ian blieb stumm, er kannte die Wahrheit nicht oder wußte nicht, wie er sie formulieren sollte. Er hatte die Hände im Schoß zusammengelegt, lange knochige Finger, auf der Oberseite mit hellem Haar bedeckt wie auch seine Unterarme, seine Beine, seine Brust, feinem, babyweichem Haar, das Glynnis so gern gestreichelt hatte früher, in der Zeit ihrer jungen Liebe, als die kleinste Entdeckung am Körper des anderen wie eine Offenbarung gewesen war. Was fragten sie ihn da? Es ging offenbar immer noch um den Fehler ... Ian sah mit leerem Blick zu seinen Inquisitoren auf und sagte gemessen: »Ich sage Ihnen doch, ich weiß es nicht.«

Wentz saß an einem Ende des Sofas, Ian am anderen, Holleran in einem lindgrünen Samtsessel, dessen zierlicher Rahmen zu dünn für seinen schwergewichtigen Körper zu sein schien. Ian besah sich voller Sorge die geschwungenen Beine des Sessels. Vor vielen Jahren, als sie alle noch neu in Hazelton gewesen waren, hatte sich Vaughn Cassity nach einigen Drinks in einen antiken Sessel sinken lassen, der unter ihm zusammengebrochen war; es hatte sehr komisch ausgesehen. Holleran war gut und gern ein Zweizentnermann und hatte die irritierende Gewohnheit, unvermittelt vorzuschnellen, um sich gleich darauf wieder zurückfallen zu lassen und seine Hinterbacken auf dem Sitz neu zurechtzurücken.

Die Fragen der Detectives kreisten jetzt um das Thema – fast schon ein Leitmotiv – des mysteriösen Mißverständnisses zwischen den McCulloughs. War dieses Mißverständnis zu einem Streit eskaliert? Der Streit zu Handgreiflichkeiten? Waren dabei Waffen ins Spiel gekommen ... Kerzenhalter, Flaschen, ein

Messer? Ian schüttelte stumm und störrisch den Kopf. Er wußte, daß er nichts weiter sagen, sich oder die arme Glynnis nicht weiter belasten durfte. Ian McCullough war fest entschlossen, seine Frau, die er liebte, nicht zu einer betrunkenen, messerschwingenden Megäre zu machen, um selbst mit heiler Haut davonzukommen.

Beiläufig oder scheinbar beiläufig eröffnete ihm Wentz, daß nicht nur die Dewalds am 23. April Schreie gehört hatten. Der zwölfjährige Sohn der Wechslers, ihrer Nachbarn auf der anderen Seite, hatte auch etwas gehört, wußte aber nicht genau was, es hätte, meinte er, auch ein laut aufgedrehter Fernseher sein können. Der Junge hatte bei der Polizei ausgesagt, er habe die Rufe oder die Schreie lange gehört, eine Stunde vielleicht. Wenn sich Ian dazu bitte äußern würde ...

Ian sah auf den Perserteppich zu seinen Füßen, einen von denen, die Glynnis geerbt hatte, herrliche Farben, verschlungene Muster, Arabesken. »Der Junge lügt«, sagte er und fügte rasch hinzu: »Ich meine ... er übertreibt.«

Wieder wie nebenbei ließ Wentz fallen, er habe von den Nachbarn und auch sonst in Hazelton erfahren, die McCulloughs gehörten zu einem ganz besonders geselligen Kreis, wo man häufig Partys gab und zu Partys ging ... Stimmte das? »Ja«, sagte Ian widerstrebend, den Blick noch immer zu Boden gerichtet, »ja, so könnte man sagen, wir hatten mehr gesellschaftliche Verpflichtungen, als uns lieb war ...«

»Für Partys scheint mir Ihr Haus ideal zu sein«, sagte Holleran. »Wie viele Gäste können Sie hier unterbringen? Fünfzig? Sechzig?«

In leicht verweisendem Ton sagte Ian: »Aber viel getrunken wurde bei uns nicht.«

»Und warum haben Sie beide dann am Abend des dreiundzwanzigsten ›viel‹ getrunken, Dr. McCullough?« fragte Wentz.

Das klang sachlich und ganz und gar nicht aggressiv, als seien sie alle drei, dachte Ian, mit vereinten Kräften auf der Suche nach einer schwer greifbaren, aber nicht unbedingt zwangsläufigen Wahrheit. Überraschend zornig fuhr er auf: »Wie oft soll ich es Ihnen denn noch sagen? *Ich weiß es nicht!*«

Wentz musterte ihn skeptisch. »Sie wissen nicht, warum Sie

getrunken haben? Warum dieser Abend aus dem Rahmen fiel? Sie haben uns gesagt . . .«

»Ich weiß es nicht.«

Es war fast zehn. Die Kriminalbeamten verhörten ihn seit nahezu zwei Stunden.

Ian stand unvermittelt auf, er müsse das Gespräch jetzt beenden, sagte er zu Wentz und Holleran, er habe (was sogar stimmte) um zehn einen Termin im Institut. Und ohne Anwalt sei er ohnehin nicht mehr bereit, mit ihnen zu sprechen.

Bereitwillig steckten sie ihre Notizbücher ein und dankten Ian für seine Mühe. Ian machte ihnen die Tür auf, und Wentz – oder war es Holleran, jedenfalls der mit der Hornbrille – schüttelte Ian die Hand und lächelte und sagte: »Sie haben wohl vorerst keine Reisepläne, Dr. McCullough, Sie werden hier in der Nähe bleiben, nicht wahr?«

Und Ian erwiderte wutschnaubend: »Wenn ich verreisen will, werde ich das tun, verdammt noch mal, ich fliege übrigens in Kürze zu einer Tagung nach Frankfurt« – dabei war die Frankfurter Tagung inzwischen natürlich vorbei, war ohne ihn abgelaufen, er hatte seinen Vortrag nie zu Ende geschrieben.

Wentz lächelte noch immer. »Das würde ich an Ihrer Stelle nicht tun, Dr. McCullough.«

Er hatte damals genau gewußt, daß er sich einen Fehler nach dem anderen geleistet hatte, als er an das Gespräch mit der Kriminalpolizei nicht mit Vorbedacht und Kalkül herangegangen war, sondern mit Emotionen und in der Hoffnung, sie würden trotz aller Lügen seine Unschuld erkennen. Der entscheidende Fehler war natürlich gewesen, sie ohne Durchsuchungsbefehl ins Haus zu lassen.

Aber würde es denn ein Unschuldiger ablehnen, ein Gespräch mit der Polizei zu führen? fragte er später seinen Anwalt. *Warum* würde ein Unschuldiger es ablehnen, ein Gespräch mit der Polizei zu führen?

»Weil er der Amateur ist«, sagte Ians Anwalt. »Die anderen sind die Profis.«

5

Nach dem 27. Mai ging alles sehr schnell.

Es war, als habe man ein Schleusentor geöffnet und gewaltige Wasserfluten freigesetzt.

Jetzt gibt es kein Halten mehr, dachte Ian.

Dem Rat seiner Freunde folgend bat er Nicholas Ottinger, ihn zu vertreten, denn plötzlich, innerhalb von vierundzwanzig Stunden, zeigte sich, daß er eine Rechtsvertretung, ja, zu gegebener Zeit womöglich einen Strafverteidiger brauchen würde. Ottinger ließ vorsichtigen Optimismus erkennen. Das sei wohl nur eine Schikane der Polizei von Hazelton, ein Versuch, ihn einzuschüchtern, indem man die Möglichkeit andeutete, ihn wegen Glynnis' Tod gerichtlich zu belangen. Dabei konnten sie ihn allenfalls der fahrlässigen Tötung beschuldigen, und die ließ sich ohne Zeugen kaum beweisen. Es gab kein Motiv, damit fing es schon mal an. Ian war nie in Haft gewesen, hatte keine Vorstrafen. Und sein gesellschaftliches Ansehen, sein wissenschaftlicher Ruf ... nirgends ein dunkler Fleck ...

»Vielleicht trägt dir die Polizei noch diese ACLU-Geschichte nach«, überlegte Ottinger. »Du weißt schon, Thiel und Edwards. Ihr habt bei der Protestaktion mitgemacht, du und Glynnis, nicht?«

Ian war betroffen und verletzt. Seine politischen Überzeugungen gehörten so sehr zu dem, was er als seine persönliche Integrität sah – und er engagierte sich so selten in diesem Bereich –, daß er es als besonders ungerecht empfand, möglicherweise dafür bestraft zu werden. »Du meinst, daß sie mich deswegen schikanieren, daß sie deswegen eine polizeiliche Ermittlung gegen mich einleiten, mich verdächtigen würden, etwas mit dem Tod meiner eigenen Frau zu tun zu haben?«

»Aber ja, Ian«, sagte Ottinger mit mildem Vorwurf. »Du hast es nämlich jetzt mit der wirklichen Welt zu tun und nicht mehr mit einem Institut für unabhängige Forschung.«

Nicholas Ottinger, ein guter Bekannter der McCulloughs, wenn auch kein Freund im eigentlichen Sinne, galt in Hazelton als ausgezeichneter Strafverteidiger. Er war ein schlanker, drahtiger Mann Mitte vierzig, hellwach, gewieft, zur Ungeduld neigend – Ian bewunderte seine Leistungen beim Squash, hätte aber nie gegen ihn gespielt –, mit zarter, gelblichblasser Haut, schwarzem krausem Haar und opalisierenden Schlitzaugen, von denen man sich gut vorstellen konnte, daß sie in der Dunkelheit leuchteten. Er hatte in Harvard Jura studiert und sich laut Aussage von Ians Freunden in mehreren Strafprozessen ausgezeichnet. Seit den sechziger Jahren setzte er sich für liberale Belange ein und engagierte sich in der American Civil Liberties Union. Er wußte, wie es in der Branche hieß, wo die Leichen lagen. Daß er nicht billig war, durfte deshalb Ian nicht überraschen. Sein Honorar betrug 200 Dollar die Stunde für außergerichtliche Tätigkeit.

»Und vor Gericht?« fragte Ian.

»Mit diesem Fall wird sich nie ein Gericht befassen«, sagte Ottinger, »an der Anklagejury kommt der nicht vorbei.«

»Aber mal angenommen, es käme soweit . . .«

»Ein Vorschuß von 30 000 Dollar und 350 Dollar pro Stunde vor Gericht. Rückzahlung der Restsumme, wenn die Jury keine Anklageerhebung beschließt«, sagte Ottinger so beiläufig, als erörtere er mit Ian ein völlig harmloses Thema. »Aber wie gesagt, so weit wird es hier nicht kommen. Das ist doch alles bloß Bluff.«

Von allen Seiten erfuhr Ian plötzlich, daß die Polizei »Erkundigungen einzog«: Bei seinen Freunden, seinen Nachbarn, den Institutskollegen, ja sogar den Schreibkräften, den jungen Forschungsassistenten. Diese Schande! Diese Demütigung! Ian schmerzte – genau wie Glynnis – schon die Vorstellung, andere Leute könnten über ihn reden, sich eine Meinung, ein Urteil über ihn bilden, ihn gewissermaßen in einen Kokon von Worten einspinnen, in eine gemeinschaftliche Verurteilung, bei der er selbst nichts zu sagen hatte. Denis sprach ihn besorgt an, ebenso Amos Kuhn und Dr. Max (bei dem, fand Ian, mehr Verlegenheit als Anteilnahme im Spiel war) und Malcolm Oliver, der ihn beschwor, sich auf gar keinen Fall irgendwie selbst zu belasten: »Diesen Scheißkerlen darfst du nicht noch entgegenkommen.« Meika Cassity versicherte ihm mit einer Vehemenz, die ihn rührte und gleichzeitig in Verlegenheit brachte, daß sie der

Polizei »nie die mindeste Handhabe für irgendeinen Verdacht« geben würde.

Ob sie sich auch mit Bianca in Verbindung gesetzt hatten? Bei dem bloßen Gedanken daran wurde ihm so elend, daß er ihn sofort wieder verdrängte.

Was mochten sie fragen bei diesen »Erkundigungen«? *Sagen Sie uns, was Sie über Ian McCullough wissen. Sagen sie uns, was Sie über seine Beziehung zu seiner Frau wissen. Sagen Sie uns, was Sie über seinen Charakter wissen.*

Und wie mochten die Antworten aussehen, die sie bekamen?

Am 29. Mai wurde Ian ins Polizeipräsidium gebeten, zu einer erneuten Befragung, so lautete die wohlüberlegte Formulierung, diesmal natürlich im Beisein seines Anwalts. Als er an Ottingers Seite das Gebäude betrat und durch die Drehtür ging – wobei er in seiner Nervosität ins Stolpern kam –, akzeptierte Ian mit einer Art traumverlorener Resignation, daß er über die Schwelle in eine neue Daseinsform getreten war. Hatte er bisher noch einen Rest von Unschuld besessen, würde man ihm den jetzt nehmen, so wie man einem Schaf bei der Schur das schmutzig-verfilzte Wollkleid nahm und es in Fetzen zu Boden fallen ließ.

In einem Zimmer, das an einen Seminarraum erinnerte, erwarteten ihn Wentz und Holleran, alte Freunde, die zu Denunzianten geworden waren, und ein dritter Detective, ein älterer Mann mit weißem Haar und frischem Gesicht, eisblauen Augen und einem Ausdruck professioneller Ungeduld, dessen Namen Ian genau verstand und prompt wieder vergaß. Die Fragen waren lähmend vertraut: Wie war es zu dem »fatalen« Unfall gekommen ... wie konnte es, betrachtete man Mrs. McCulloughs Schädelverletzungen, ein Unfall gewesen sein ... hatten Ian und seine Frau sich gestritten ... wie erklärte er sich die von Nachbarn gemeldeten Schreie »über eine beträchtliche Zeitspanne« ... warum hatten die McCulloughs, wenn sie nach Ians Aussage keine Trinker waren, am Abend des 23. April getrunken ...?

»Ich weiß es nicht«, sagte Ian häufig.

Oder: »Tut mir leid, ich erinnere mich nicht.«

Nick Ottinger hatte mit ihm die Reaktion auf die Fragen der Kriminalpolizei eingeübt, hatte ihm versichert, er brauche keine Frage, die er nicht beantworten wollte, ja, er brauche genaugenommen überhaupt keine Fragen zu beantworten. Wenn Ian etwas nicht wußte, dann wußte er es eben nicht, wenn er sich nicht erinnerte, erinnerte er sich nicht. Er hatte ja offen zugegeben, daß er ziemlich viel getrunken hatte ... was auch in dem Bericht der Klinik nachzulesen war. (»Du kennst natürlich«, hatte Ottinger warnend gesagt, »die Einstellung der hiesigen Bevölkerung zu den Leuten vom Institut?« Und Ian hatte naiv und erschrocken gefragt: »Nein, wie ist sie denn?« »Im allgemeinen ablehnend bis feindselig«, hatte Ottinger gesagt. »Allenfalls noch widerwillig bewundernd.«)

Genau das schlug Ian jetzt entgegen: Ablehnung, Feindseligkeit, kaum bemäntelte Verachtung; die Anrede »Dr. McCullough« oder auch nur »McCullough« hatte rasch eine leicht spöttische Färbung angenommen, und falls man überhaupt von Bewunderung reden konnte, so war sie in der Tat sehr widerwillig. Es kränkte und verwirrte ihn, daß er, dem man überall soviel Zuneigung entgegenbrachte, als Spezies unbeliebt war, und daß Wentz, in dem er fast so etwas wie einen Verbündeten gesehen hatte, ihn merkwürdig lauernd ansah, als habe er ein seltenes Tier vor sich, ein Einhorn etwa, und überlege, wie er es am besten in sein Netz locken, umgarnen, niederwerfen, mit Speeren durchbohren könne ... Du bist schlau, schien Wentz zu sagen, aber wir sind schlauer.

Doch es war nicht Wentz, sondern der ältere Detective, der in der zweiten Stunde, als Ian schon dachte, die Sitzung neige sich dem Ende zu, plötzlich fragte, ob der Name »Sigrid Hunt« ihm etwas bedeute. Die dramatische Plötzlichkeit, mit der diese Frage gestellt wurde, während Ian fälschlicherweise geglaubt hatte, die Vernehmung sei nun bald zu Ende, ließ eine besonders plumpe und bösartige Finte vermuten.

»Nein«, sagte er rasch, um dann mit erhitztem Gesicht, wie ein bei einer offenkundigen Lüge ertapptes Kind, hinzuzufügen: »Ja. Der Name.«

»Nur der Name, Dr. McCullough?«

Wieder sagte Ian, fast ohne nachzudenken, als könne er mit

raschen, scheinbar spontanen Antworten weitere Fragen dieser Art abwenden: »Sie war eine Freundin meiner Frau.«

»War?«

»Meine Frau lebt nicht mehr.«

»Aber Miss Hunt ist oder war keine Freundin von Ihnen?«

Ian sah auf die Tischplatte, auf die stumpfe, rissige Oberfläche. Einen langen Moment brachte er kein Wort heraus. Ihm war übel, aber er war entschlossen, sich nichts anmerken zu lassen, sie beobachteten ihn scharf. »Ich habe meine Frau geliebt«, sagte er.

»Entschuldigen Sie, Dr. McCullough. Wie war das?«

»Nichts.«

»Was haben Sie gesagt?«

Stumm, elend, trübsinnig starrte er auf die Tischplatte. Daß sie mir das angetan hat, werde ich Glynnis nie verzeihen, dachte er.

»Ihr Name ist mit dem einer jungen Frau in Zusammenhang gebracht worden, einer gewissen Sigrid Hunt«, sagte der Kriminalbeamte schulmeisterlich streng, »und Sie behaupten, sie nicht zu kennen?«

Ian schüttelte den Kopf, als schmerze ihn die Frage.

»Eine junge Frau, wohnhaft in Poughkeepsie, eine frühere Tanzlehrerin am Vassar College, derzeitiger Aufenthaltsort unbekannt ... War Ihnen klar, Dr. McCullough, daß Miss Hunt verschwunden ist, daß ein Freund von ihr sie als vermißt gemeldet und daß er zuletzt am Tag von Mrs. McCulloughs Tod mit ihr gesprochen hat?«

Ian sah auf. »Verschwunden? Was heißt verschwunden?«

»Kennen Sie die Frau?«

»Ich ... weiß von ihr«, sagte Ian.

»Hatten Sie ein Verhältnis mit ihr?«

»Wo ist sie? Was ist mit ihr geschehen?«

»Hatten Sie ein Verhältnis mit ihr, Dr. McCullough?«

»Entschuldigen Sie.« Ottinger legte Ian warnend die Hand auf den Arm. »Mein Mandant hat in dieser Sache nichts mehr zu sagen.«

Er warf Ian einen bösen Blick zu; Ian hatte ihm Sigrid Hunt unterschlagen.

Ian setzte die Brille ab und rieb sich heftig die Augen. Inzwischen konnte er sich nicht mehr an eine Zeit erinnern, da seine Augen nicht wund gewesen wären, da dieses brennende Gefühl ihm nicht fast so etwas wie Genuß bereitet hätte. Die Genugtuung des Büßers: Ich habe mir die Augen ausgeweint, was wollt ihr denn jetzt noch von mir? Während Ottinger und der weißhaarige Detective mit Feuereifer, sich gegenseitig ins Wort fallend, miteinander diskutierten, zwei routinierte Profis, deren Streit, sagte sich Ian, mich im Grunde nichts angeht, dachte er an Sigrid und wie eigenartig es war, daß er seit Wochen keinen Gedanken mehr an sie verschwendet, nicht mehr an sie zu denken gewagt hatte.

Sie war also verschwunden ... Hatte ihr Liebhaber sie ermordet? Und würde man auch daran Ian die Schuld geben?

Er sagte leise: »Sigrid Hunt war die Freundin meiner Frau, ehe ich mit ihr befreundet war. Ja, ich habe sie gekannt, aber nicht sehr gut ... Ich hatte kein Verhältnis mit ihr.« Er machte eine Pause, setzte die Brille wieder auf und versuchte den ironischen Blick des Kriminalbeamten zu ignorieren. »Ich hatte kein Verhältnis mit ihr. Mehr habe ich dazu nicht zu sagen.«

»Und Sie können sich nicht denken, wo Miss Hunt sein könnte? Sie machen sich keine Sorgen ihretwegen?«

Ottinger sagte scharf: »Mein Mandant hat in dieser Sache nichts mehr zu sagen.«

Obschon Ian sich nach eigener Einschätzung selbst verraten, sich vor Zeugen – und fürs Protokoll (die Vernehmung war natürlich auf Band aufgenommen worden) – zu einem Gefühlsausbruch hatte hinreißen lassen, nahm ihn die Polizei an jenem Vormittag nicht fest. Kurz vor zwölf verließ er mit Ottinger das Revier. In seiner nervösen Erleichterung hüpfte er lachend die Stufen hinunter. »Ich bin ein freier Mann.«

»Und jetzt laß mal hören, wie das mit dieser Frau war«, sagte Ottinger grimmig.

Ian, der an diesem Tag noch nichts gegessen hatte, holte tief, langsam und zitternd Luft. Merkwürdig, der Verkehr, der auf der Straße entlangrollte, schien sich wie durch Wasser zu bewegen. Er lachte noch einmal auf und verbesserte sich: »Vorläufig. Ich bin vorläufig ein freier Mann.«

In einem Ton, der so wenig wie möglich verriet, so taktvoll wie möglich war, fragte Nicholas Ottinger: »Ist diese Sigrid Hunt deine Geliebte?«

»Ich habe keine Geliebte.«

»Du mußt es mir sagen, du mußt bei mir mit offenen Karten spielen«, sagte Ottinger.

»Ich habe keine Geliebte«, sagte Ian leise. »Ich habe Sigrid Hunt seit Monaten nicht mehr gesehen. Ich wußte nicht, daß sie verschwunden ist, und ich weiß nicht, wo sie sein könnte, und ich weiß auch sonst nichts über sie. Alles andere geht dich nichts an.«

»Verstehe«, sagte Ottinger.

»Mein Privatleben geht dich ebensowenig an, wie es die gottverdammten Polizisten etwas angeht«, sagte Ian nicht mehr ganz so leise und zunehmend erregt, »diese gottverdammten Polizisten, die sich in unser Leben einmischen und uns an den Pranger stellen. Die arme Glynnis, das hat sie alles nicht gewollt. Nie hätte sie das gewollt, nie!«

Weil er Nicholas Ottinger nicht eine Minute, nicht eine Sekunde länger ertragen konnte, schüttelte er ihm rasch die Hand und ging davon. Die Sonne blendete schmerzhaft. Ich muß Bianca anrufen, dachte er, muß sie warnen: Gegen deinen Vater wird wegen des Todes deiner Mutter ermittelt. Er mußte Roberta Grinnell anrufen, der er keine Angst hatte einjagen wollen. Und Sigrid Hunt, was war mit Sigrid Hunt ... Er wollte die Frau nie wiedersehen, nie wieder ein Wort mit ihr wechseln, aber er mußte wissen, ob ihr etwas geschehen war, mußte wissen, wo sie steckte.

Er ging in eine Kneipe in der South Street, setzte sich an die Theke, bestellte ein Sandwich, ein Bier, noch ein Bier, war merkwürdigerweise fast hochgestimmt: Den Rest des Tages über, viele Stunden lang, war er frei. So frei wie jeder andere Bürger von Hazelton; es war ein Gedanke, der ihn nachhaltig beeindruckte. Er sagte sich in Ottingers wohlgesetzten Worten, daß die Ermittlung keine ernste Sache war, nur eine Art Schikane, daß sie früher oder später im Sande verlaufen würde; niemand konnte beweisen, daß es kein Unfall gewesen war. Denn es gab keine Zeugen und kein Motiv. Keine Zeugen und kein Motiv.

Und während er den letzten Schluck Bier trank, sagte er sich: Natürlich bist du schuldig, und natürlich wird man dich bestrafen.

6

Sie verhafteten Ian am Morgen des 30. Mai, achtzehn Tage nach Glynnis' Tod. Und eröffneten ihm in jenen Worten mit dem feierlich-ehrwürdigen Klang, daß alles, was er sagte, »gegen Sie verwandt werden kann und wird«.

Was man ihm vorwarf, war Mord, nicht Totschlag, wie er und Ottinger erwartet hatten.

Grotesk, sagte Ottinger.

Die Anklagejury wird es nie zum Prozeß kommen lassen, sagte Ottinger. Er schien die Verhaftung als persönliche Beleidigung aufzufassen, und so war sie ja vielleicht auch gemeint.

Der Haftbefehl wurde Ian nicht zu Hause zugestellt oder im Institut, wo sie ihn, wären sie böswillig gewesen, durchaus hätten überrumpeln können, sondern im Gericht von Cattaraugus County; Ottinger hatte vereinbart, ihn dort ohne viel Aufhebens »einzuliefern«, Ian bei der Vernehmung zur Anklage zur Seite zu stehen und die Kautionszahlung zu regeln, so daß er nach ein paar Minuten wieder auf freiem Fuß sein würde. Ottingers Taktik war es, seinen Mandanten über eine Rampe, die zum Ein- und Ausladen von Gefangenen diente, ins Gerichtsgebäude zu schaffen, um Ian einen öffentlichen Auftritt zu ersparen, und ihn dann – so rasch wie möglich – auf dem gleichen Wege wieder hinauszubringen. »In so einem Fall kommt es sonst womöglich zu einem richtigen Spießrutenlaufen«, hatte er zu Ian gesagt.

»In so einem Fall?«

»Wenn es am Ort vor Gerüchten nur so brodelt.«

»Ach so«, sagte Ian ergeben wie jemand, der noch viel zu lernen hat. »Das wußte ich nicht.«

Vor der Vernehmung zur Anklage telefonierte Ottinger mit dem Richter, der den Haftbefehl ausgestellt hatte, und protestierte energisch gegen die Kautionssumme von 75 000 Dollar, die er als überzogen und beleidigend ansah: »Mein Mandant ist kaum der Typ, der sich absetzen würde«, aber es blieb dabei. »Ist das denn von Belang?« fragte Ian. »Wieso ist das von Belang?« Der große Schock war der angebliche Tatbestand *Mord,* diese erstaunliche Beschuldigung *Mord*... welches Gewicht hatte da noch alles andere? Die zehn Prozent der Kautionssumme konnte er ohne Mühe aufbringen. 7500 Dollar schienen ihm durchaus angemessen. Immerhin beschuldigten sie ihn ja, die eigene Frau umgebracht zu haben.

Ottinger musterte seinen Mandanten – wie so oft in den kommenden Monaten – mit einer Mischung aus Nachsicht, Mitleid und einer gewissen Zuneigung, aber auch einem Hauch von Verachtung. Du Narr, schien er zu sagen, du Armleuchter. »Natürlich ist es von Belang, alles ist von Belang, du mußt langsam begreifen, daß es um dein Leben geht«, sagte er.

Ian lachte betroffen auf. »Um *mein* Leben? Wohl kaum.«

Dritter Teil

Das Spiel

Nein, das konnte er nicht aufgeben, nicht einmal zur Buße. Der Squashplatz war eines seiner Refugien.

Seine Kondition sei jämmerlich, sagte er zu Denis, als sie wieder anfingen zu spielen, aber er wünsche keine Schonung. »Versteht sich«, sagte Denis heiter. Von der Spielstärke her waren sie fast gleich, wobei Ian ein eher systematischer Spieler mit plötzlichen unerwarteten Höhenflügen war, während Denis impulsiv, aggressiv, zuweilen sogar ziemlich verrückt spielte und gelegentlich unerklärliche Ausfälle und Konzentrationslücken hatte. Sie spielten seit einem Jahrzehnt Squash – zusammen oder auch mit anderen Partnern; wenn Ian an Squash dachte, fiel ihm unweigerlich auch Denis Grinnell ein.

Vor Jahren hatten es eine Saison lang auch die Frauen probiert, waren aber bald wieder davon abgekommen, Tennis war ihnen lieber. Squash, sagte Glynnis, ist laut, nervös, klaustrophobisch und führt bestimmt früher oder später zur Paranoia, ich möchte wirklich wissen, was die Leute daran finden. Und Ian – oder war es Denis – gab die naheliegende Antwort: Eben die Tatsache, daß es laut, nervös und klaustrophobisch ist und früher oder später zur Paranoia führt. Ganz klar.

Es war ein erbarmungslos schnelles Spiel, das einem wenig Zeit zum Denken, geschweige denn zum Nachdenken ließ, ein Spiel gleichsam ohne Schatten, in einem so hell – wenn auch mit künstlichem Licht – ausgeleuchteten Raum, daß man sich vorkam wie auf einem überbelichteten Foto; ein in Grenzen sogar gefährliches Spiel, der Ball donnerte wirbelnd, abprallend, zurückschlagend an die Wände und manchmal bis an die Decke, ins Aus, eine kleine dunkle Kugel, in der ein geheimes

Licht zu leuchten schien, steinhart und feindselig. Und die kurzen, bösartigen Schläger, die einem am Kopf vorbeipfiffen, ein Ohr streiften, gegen eine Stirn schlugen, ein Auge trafen ... Da gab es die denkwürdige Partie, in der Ian sich nach einem schwierigen Ball gestreckt, statt dessen aber Denis' Nase getroffen hatte und sie ihm um ein Haar gebrochen hätte, das Blut floß in Strömen. Ein andermal hatte Denis mit einem desperaten Schwinger Ians Brille sechs Meter durch die Luft bis an eine Wand geschmettert. »Verdammter Mist!« hatte er gebrüllt. »Da siehst du, was ich deinetwegen angestellt habe!«

Es war das irrwitzige Tempo, das Herzrasen, das kompromißlose Hier und Jetzt, das Ian an diesem Sport so faszinierte, obschon er ein ungleichmäßiger Spieler und selbst nach hiesigen Maßstäben kaum mehr als Durchschnitt war. Es reizte ihn, im Spiel mit Freunden Schmerzen, ja, womöglich sogar eine Verletzung zu riskieren. Besonderen Reiz hatte natürlich das Gewinnen, dieses jähe Gefühl kindlicher Siegesfreude angesichts der Niederlage des Gegenspielers; aber in dieser Umgebung, unter ihm vertrauten Menschen, fand er es auch durchaus reizvoll zu verlieren – gedemütigt, verlegen, vorübergehend verärgert, letztlich aber in dem Bewußtsein (und war das nicht die Hauptsache?), daß er das alles allein sich selbst zuzuschreiben hatte.

Wenn ein anderer das Vehikel meiner Niederlage ist, sagte sich Ian nachdenklich, bin ich die Ursache. Zumindest beim Squash.

Er mochte das Spiel auch deshalb, weil es Spiel war und nicht wirkliches Leben: Es hatte einen Anfang und ein Ende und vollzog sich an einem Ort, der wie ein Spielbrett für menschliche Figuren war. Es hatte seine Regeln, Vorschriften, Sitten und Gebräuche und für Leute, die so etwas interessierte, sogar eine Geschichte. (Ian McCullough interessierte derlei nicht sonderlich; die Epistemologie von Spielen fiel nicht in sein Fachgebiet.) Die Abmessungen waren derart verkleinert, die Fertigkeiten so spezialisiert, daß man nicht von einer Metapher für das Leben selbst sprechen konnte ... es sei denn, alles, worauf sich der Mensch mit blindem Eifer stürzt, sei eine Metapher für das Leben.

Als er sich der Squashhalle mit ihrer hämmernden Geräuschkulisse und ihrem typischen Geruch näherte, regte sich in Ian hoffnungsvolle Vorfreude. Heute war der 22. Juni: In der nächsten Stunde würde er nicht daran denken müssen, daß man ihn verhaftet und des Mordes an seiner Frau beschuldigt hatte; daß Schlagzeilen und Artikel und Fotos (von einem als »Ian McCullough« bezeichneten Mann und einer als »Glynnis McCullough« bezeichneten Frau) diese Tatsache sensationsträchtig, aber gewissermaßen durchaus mit Fug und Recht an die Öffentlichkeit getragen hatten; daß trotz des Protests einer Art Bürgerinitiative, die von Ians Anwalt und einer Reihe seiner Freunde und Kollegen organisiert worden war, der Anklagevertreter entschieden hatte, die Vorwürfe der Anklagejury von Cattaraugus County vorzulegen, die zur Zeit ihre Juni-Sitzung abhielt; daß sich fünfzehn Ian unbekannte Männer und Frauen eben jetzt, da er und Denis ihre Positionen einnahmen und die ersten Volleys zum Einspielen schlugen, mit dem Beweismaterial des Falls *Das Volk des Staates New York gegen Ian J. McCullough* beschäftigten. Die Beratungen der Anklagejury waren nicht öffentlich, die Protokolle vertraulich. In Kürze war eine öffentliche Verlautbarung, waren weitere Schlagzeilen zu erwarten; es würde zur Anklageerhebung kommen oder auch nicht, man würde Ian McCullough wegen Mordes an Glynnis McCullough den Prozeß machen oder auch nicht. So einfach war das. Sein Geschick entschied sich außerhalb seiner selbst.

An jenem Morgen spielte Denis hitzig und impulsiv wie immer, schwer atmend und schwitzend bedrängte er Ian mehr, als jenem lieb sein konnte, gewann einen Punkt nach dem anderen, gewann den ersten Satz und den zweiten und ein wenig mühsamer auch den dritten Satz. Ian spielte so wie immer, zurückhaltend und vorsichtig, nur hin und wieder mit einem zusätzlichen, meist allerdings ergebnislosen Krafteinsatz, nein, er hatte wirklich keine Kondition mehr, schon nach zehn Minuten atmete er durch den Mund, mit heftig klopfendem Herzen, retardierten Reflexen. Mit jedem Satz aber wurde er sicherer, und Denis, der dazu neigte, seine Reserven gleich zu Anfang zu verpulvern und danach abzuschlaffen, mußte immer härter um seine Punkte kämpfen. Denis war ein lauter, aufgeräumter, kontaktfreudiger Spieler, der, ständig in Bewegung, über seine eigenen Fehler ebenso lachen konnte wie über die des Partners, in der Squashhalle ein ebenso kompromißloser Kämpfer wie im Institut und trotzdem wunderbar jungenhaft und offen. »Guter Ball!« rief er, oder: »Gemeiner Hund, McCullough!« Denis' Gesicht war genauso beweglich wie sein stämmiger, muskulöser Körper, er lächelte, grinste, grimassierte, die Augen strahlten, das braungraue krause Haar hob sich über der Stirn wie ein Hahnenkamm. Ian kam sich neben ihm dürr, schlaksig, unkoordiniert vor, obwohl auch er gut entwickelte Schulter- und Armmuskeln hatte und sein rechtes Handgelenk von jahrelangem Squashspiel merklich kräftiger war als das linke. Nach dem bewußten versehentlichen Treffer auf die Nase hatte Denis ihn oft mit seiner vermeintlichen Gefährlichkeit aufgezogen und zu anderen Spielern gesagt: »Bei dem Typ mußt du aufpassen, ein Schlag mit dem Racket, und du bist ein toter Mann!« – aber seit Glynnis' Tod war Schluß mit diesen lockeren Sprüchen, natürlich war Schluß damit. Jener Ian McCullough war ein für allemal gestorben.

Ian spürte bei Denis durch alle Flachsereien hindurch jetzt immer eine leise Unruhe – weniger hier beim Squash, ganz deutlich aber, wenn sie allein waren oder wenn sie telefonierten, als stünde etwas Unausgesprochenes zwischen ihnen, und das hatte natürlich etwas mit Glynnis' Tod zu tun, denn was, dachte Ian, hat in meinem Leben jetzt nichts mit Glynnis' Tod zu tun ... War Denis ihr Liebhaber gewesen, der Mann aus Hazelton, den sie geliebt und angeblich Ian zuliebe aufgegeben hatte? Eines Abends, als er sich durch reichlichen Alkoholgenuß so weit erniedrigt hatte, um in die Privatsphäre einer Toten einzudringen – was er zu Glynnis' Lebzeiten nie gewagt und auch nie gewollt hätte –, hatte Ian hektisch und nervös Glynnis' Sachen durchsucht und nichts gefunden oder vielmehr – er hatte alles gefunden: Hunderte von Briefen, Hunderte von Postkarten, Weihnachts-, Geburtstags-, Valentinskarten, Grußkarten, auf denen *Herzliche Glückwünsche!* stand und Hochzeitstagskarten mit *Meiner innig geliebten Frau ...* Unter manchen Grüßen standen Namen, die Ian kannte oder zu kennen meinte, andere Namen waren ihm fremd. Natürlich tauchte auch Denis auf, Denis allein und Denis mit Roberta, vielleicht gab es da den einen oder anderen Brief, der mit einem D. unterzeichnet war, so wie es auch andere Briefe mit anderen Anfangsbuchstaben als Unterschrift oder rätselhafterweise ohne jede Unterschrift gab. In einem von Glynnis' chaotischen Schreibtischfächern lagen zahlreiche Notizzettel, offenbar in ihrer eigenen Schrift oder zumindest einem Gekrakel, das dieser sehr ähnlich war, Zettel, die als Gedankenstütze hatten dienen sollen oder in kodierten Stichworten Telefongespräche festhielten und häufig nicht mehr zu entziffern waren. Ian las sie fasziniert und mit leisem Grauen bei dem Gedanken, daß die Person, die diese (doch wohl einst so dringenden Mitteilungen) festgehalten hatte, nicht nur »tot«, sondern einfach nicht mehr da war, daß jene Stunden, in denen sie gelebt, jene Stunden, die sie alle durchlebt hatten, ebenfalls »tot« waren und ein für allemal dahin. Die Zeit war ein Meer, in dem eine einzige gewaltige, sich unerbittlich vorwärtsbewegende Welle Männer und Frauen nicht mit sich trug, sondern durch sie hindurchschwappte.

Nach knapp einer Stunde stellte Ian die Suche ein. Glynnis' Sachen waren, nachdem es Glynnis nicht mehr gab, nur noch ... Sachen, unter denen sich ihr Liebhaber verbarg wie ein gesichtsloses Wesen in der anonymen Menge.

Es war der letzte Satz des letzten Spiels, und jetzt endlich riß Ian sich zusammen und spielte härter, präziser, und Denis verlor einen Punkt, lachte überrascht auf und sagte halblaut: »Das war echt heiß!« – und verlor noch einen Punkt. Mit letzter, jäh aufschießender Anstrengung, rasselndem Atem, schwitzend, erschöpft, mit eingeknickten Knien, gesenktem Kopf, ein gottvoller Anblick, gelang es Ian, den letzten Satz zu gewinnen, sein einziger Sieg an diesem Vormittag.

Er lachte glücklich, als er Denis' Gesicht sah, den Ausdruck der Verblüffung, momentanen Enttäuschung und Selbstverachtung, der gleich einem beglückwünschenden Lächeln Platz machen würde: Nur ein Satz, aber es war der letzte Satz und ein bedeutsamer Satz, sie wußten es beide. Denis wischte sich den Schweiß aus den Augen, wechselte einen markigen Händedruck mit Ian und sagte: »Na also, du bist ja wieder da.«

Ein postumer Sieg ... aber sehr süß.

Nirgends schwitzte er so wie beim Squash.

Schweiß perlte tränengleich aus seinen Poren, rann ihm in breitem Strom über den Körper, brannte ihm in den Augen, sein Nasenrücken war glitschig von Schweiß, so daß seine Brille ins Rutschen kam, obwohl er sie mit einem Gummiband am Kopf befestigt hatte. *Schweiß, schwitzen* – schon die Worte klangen irgendwie befriedigend. *Schwitzen wie ein Schwein* – allerdings nicht ganz so schweinemäßig wie Denis, der mindestens fünfzehn Pfund schwerer war als er und wabblig-weich um die Taille, die Schenkel aber waren breit, kein Fett, festes Fleisch, ein kraftvoller Gang. Einer, der beim Gehen den Eindruck vermittelt, daß er stets sein Ziel und den Weg dorthin kennt.

Beim Squash schwitzte Jan, unter der Dusche wusch er den Schweiß wieder ab.

Gerade diese Ziel- und Zwecklosigkeit, diese Gegenläufigkeit bereitete ihm Vergnügen. Auch die Dusche – beim Sport wie zu Hause – entwickelte sich, obgleich er das nicht gern zugegeben hätte, rasch zu einem Refugium.

Unter dem Sprühkopf der Dusche, nadelfein stechend, so wie Ian es am liebsten hatte, das heiße Wasser gerade noch an der Grenze des Erträglichen, schloß er die Augen und sah wie in hypnotischen Bildsplittern Höhepunkte des eben beendeten siegreichen Satzes vor sich: Ians Aufschläge, Ians Rückgaben, Ians gute Bälle, Denis' verschlagene Bälle. Und auch Bildsplitter aus anderen Sätzen: Gefährliche Aufschläge von Denis, die er zu Denis' Verblüffung hatte zurückgeben können; ein längerer Ballwechsel, den Ian gewonnen hätte, wäre der verdammte Ball, in einem unbeabsichtigten Winkel geschlagen, nicht ganz oben an der Wand gelandet und hätte die Decke getroffen – »Scheiße!« sagte Ian. Und jener entscheidende Augenblick im ... ja, im zweiten Satz, als er blindlings mit dem Racket gefuchtelt und trotzdem getroffen hatte, mit voller Wucht, so daß Denis fast auf die Nase gefallen wäre, als er hingerannt war, um ihn zurückzugeben ...

Wie ihr eure Spiele liebt, ihr Männer, hatte Glynnis gesagt. Eure Spiele, die keinen Platz für Frauen haben.

Eure Spiele, bei denen es darum geht, Männer zusammenzubringen und die Frauen draußen vor zu lassen.

Und tatsächlich wurde Ian – auch wenn er das natürlich damals abgestritten hatte – seine Männlichkeit besonders stark durch andere Männer bewußt: Bei Wettspielen oder ihren gesellschaftlichen Äquivalenten. Von klein auf definierte sich für ihn Männlichkeit nicht durch Frauen, sondern durch Männer. Wie hieß es bei den griechischen Helden? Seinen Freunden zu helfen, seinen Feinden zu schaden. Männlichkeit. Ein Spiel. Mit wechselnden Parametern und einer gleichbleibenden Mitte. O ja.

Er hob das Gesicht dem Strahl der Dusche entgegen, das Haar lag naß an der Stirn, heißes Wasser rann über seinen Körper, eine Drehung des Hahns, und es wurde kalt, eiskalt, als könne er dadurch seinem Fleisch Vergessen schenken.

Eine Dusche ist der ideale Ort, dachte Ian, um sich die Pulsadern aufzuschneiden. Das Blut fließt sofort ab, es bleibt nichts nach.

Aber es war keine ernsthafte Überlegung.

Er dachte an den Traum, den er letzte Nacht gehabt hatte, einen von mehreren flüchtig schweifenden, unberechenbaren Träumen, die nicht aus tiefem, festem Schlaf entstehen, sondern aus einem Schlaf, den Bewußtsein und Gedächtnis vergiftet haben. Ein Traum von geschlechtlicher Begierde und geschlechtlicher Frustration war es gewesen, schmerzvoll wie der eines Heranwachsenden. Glynnis stand nackt vor ihm – nicht so, wie sie zur Zeit ihres Todes gewesen war, sondern so wie zur Zeit ihrer jungen Liebe, aber sie verhöhnte und verspottete ihn, wie sie es im wirklichen Leben nie getan hatte, und als er verzweifelt die Arme nach ihr ausstreckte, verwandelte sie sich jählings in eine andere Frau ... Sigrid Hunt? ... einen weiblichen Körper, ein weibliches Wesen, gesichtslos, abstrakt, namenlos. Wie er sich danach gesehnt hatte, sich in ihr zu vergraben mit seinem blutstraffen Penis, aber nicht nur mit seinem Penis: mit seiner ganzen Seele.

Aber er war aufgewacht, und der Traum zerrann jäh. Sein steifer Penis pochte vor Begierde, er schämte sich wie über einen Restbestand seines ebenfalls jäh zerrinnenden alten Ichs. Ekel vor sich selbst überkam ihn, er spürte seine Bitternis im ganzen Mund.

Der nadelscharfe Strahl war jetzt eiskalt, Ian begann mit den Zähnen zu klappern, seine Männlichkeit schrumpfte und zog sich zurück, Gänsehaut überlief seinen Körper. Er machte die Dusche aus, rubbelte sich kräftig ab und betrat, ein Handtuch um die Taille, das Gewimmel des Umkleideraums. Da er seine Brille nicht trug, blinzelte er kurzsichtig-harmlos in die Gegend, ohne jemanden zu erkennen, ohne registrieren zu müssen, daß andere ihn nicht zu erkennen schienen.

Seit jeher fühlte er sich in solchen Momenten unbehaglich, lächerlich wehrlos und verletzlich; seit seiner Kindheit schien es ihm, daß andere Jungen, andere Männer anders mit ihrem Körper umgingen als er. Und jetzt, da der Skandal um ihn öffentlich geworden war, um diesen »Ian McCullough«, der er war und doch auch wieder nicht war, wußte er natürlich, daß er von seiner Umwelt mit besonderem Interesse, besonderer Neugier, ja unverhohlener Abneigung beobachtet wurde, selbst von jenen, die ihn immer gemocht hatten, vielleicht sogar von denen, die die gegen ihn erhobenen Vorwürfe für ungerechtfertigt hielten. Er bewegte sich unter ihnen, als gehöre er dazu – barfüßig, mit triefendem Haar, das Handtuch geschickt um die hagere Taille geschlungen –, aber er wußte, daß er ein Todgeweihter war, zu dem man wohl nett sein muß, auf den zuzugehen man aber nicht verpflichtet ist.

Wie sehr Glynnis mein Absturz auf der Beliebtheitsskala gekränkt und erbittert hätte, dachte Ian. Denn natürlich fällt das auch auf sie zurück.

Während er sich rasch, aber seltsam ungeschickt anzog, hörte er auf der anderen Seite der Schrankreihe Denis reden, hörte seine tiefe Baritonstimme, sein dröhnendes Lachen . . . Mit wem sprach er gerade? Die andere Stimme erkannte Ian nicht. Denis war in Hazelton, zumindest bei solchen Mitbürgern, die fachlich keine Rivalen waren, überaus beliebt, vor allem deshalb, weil er so leicht zu belustigen, so rasch zum Lachen zu bringen war, weil er mit seinem Lachen sich selbst und andere erfreute. So einen wie Denis gibt es nicht noch mal, pflegte Glynnis mit einem rätselhaften Lächeln zu sagen. Sie hatte Denis gern gehabt und er sie auch, das war gar keine Frage, sicher war da ein sexuelles Prickeln, eine romantische Neigung gewesen, so was blieb ja nicht aus. Aber – ein Liebespaar? Hätten sie es gewagt ...? Ian sah den breiten, haarigen Körper seines Freundes, der sich auf seine Frau senkte, sah sie spielerisch, begierig die Arme ausstrecken, wie so oft bei Ian, um ihn zu sich herunterzuziehen. Ja. Gut. Schnell. Ja, *so* ...

Ian krümmte sich – angeekelt und wider Willen erregt. Unmöglich, dachte er, aber im Geiste sah er es mit grausamer Klarheit vor sich.

Hatte er nicht Glynnis vor Jahren einmal beobachtet, wie sie in der Diele eines Hauses von Bekannten ernsthaft mit Denis gesprochen hatte ... und hatte nicht Denis entgegen seiner sonstigen Gewohnheit keine fröhlich-erwartungsvolle Besuchermiene erkennen lassen, sondern einen Ausdruck banger Sorge, einen Ausdruck fast ehegattenartiger Fürsorglichkeit? Als sie Ian sah, hatte Glynnis gelächelt, ein rasches, strahlendes Lächeln, eine beringte Hand nach ihm ausgestreckt, in einer angedeuteten Umarmung den Arm ausgebreitet, als wollte sie sagen: *Ja, du auch, ich will euch beide,* und dann war der peinliche Augenblick vorbei, hatte sich, wenn Ian sich recht erinnerte, in gutmütige Frotzelei aufgelöst. Sie hatten alle, besonders Denis, ziemlich viel getrunken; aus irgendeinem Grund war er allein zu der Party gekommen ... Oder war das ein anderer Abend, eine andere Party? Es waren so viele gewesen ...

Gleichviel, dachte Ian, ich liebe euch beide, es kümmert mich nicht, was sich zwischen euch abgespielt hat.

Sie aßen, wie unzählige Male vorher, im Speisesaal des Instituts, Ian McCullough und Denis Grinnell und Malcolm Oliver, der sich später zu ihnen setzte, das Gespräch war sachlich, ungezwungen, angenehm allgemein: Institutsprobleme, Hazelton-Klatsch, gemeinsame Freunde, Bekannte, Kollegen, Zukunftspläne. Malcolm hatte eine vierzehntägige Argentinienreise vor sich, er wollte einen Artikel für *Life* schreiben, und Denis flog am nächsten Tag auf eine Woche nach Zaire: Er war Wirtschaftsberater fürs Außenministerium und hatte einen nicht ganz offiziellen Draht zum »Arhardt Center for Strategic and

International Studies«. »Mit ihrer Politik bin ich natürlich nicht einverstanden«, verteidigte sich Denis, »aber es ist eine so einmalige Forschungschance, die kann ich mir einfach nicht entgehen lassen.« Ian hörte sich die Pläne seiner Freunde an – die wie alle Pläne, bei denen es um Flugreisen in ferne Länder ging, einen fröhlich-festlichen Unterton hatten – und empfand nur einen ganz leisen Anflug von Neid oder Schmerz. Auch er hatte einst dazugehört. Jetzt war er postum, eine Zukunft war in seinem Leben nicht vorgesehen.

Schließlich fragten Denis und Malcolm – denn solche Fragen ließen sich nicht ganz vermeiden –, wie es Bianca ginge, und Ian sagte, seiner Tochter ginge es gut. Er sagte nicht – das hätte denn doch zu sehr nach Selbstmitleid geklungen –, daß es ihr so gut ging, wie das unter diesen Umständen möglich war. (Bianca war erschöpft und unterernährt aus dem College zurückgekommen, hatte sich derart in ihre Prüfungen und Abschlußarbeiten verrannt, daß sie nicht ans Essen gedacht hatte und zum Schlafen einfach nicht gekommen war, aber das war jetzt alles ausgestanden, sie hatte unerwartet gut abgeschnitten, in allen Fächern eine Eins oder eine Eins minus.) Sie sprachen eine Weile über Denis' Söhne, die beide Ferienjobs außerhalb von Hazelton hatten, und von Malcolm Olivers siebzehnjährigem Sohn, und Ian bemühte sich zuzuhören, aber seine Gedanken schweiften ab – zu Bianca, die den Sommer über zu Hause sein würde, so seltsam allein, nur mit ihm in diesem Haus, dessen Räume geprägt waren durch Abwesenheit, durch die Tatsache, daß eine Wesenheit aus ihnen gewichen war, und ihm schien, als ginge es bei jenem alten Aberglauben von Gespensterspuk um eben solche Ab-Wesenheiten.

Sie sei nicht richtig krank gewesen, beteuerte Bianca, nur »erledigt«. Jetzt war sie wieder in Ordnung oder so gut wie in Ordnung und hatte einen Ferienjob beim CVJM in Hazelton. Ian erzählte ihnen nicht, daß die einst so fröhlich-kampflustige Bianca, seine »stachlige« Tochter, wie Glynnis zu sagen pflegte, jetzt so still war, so zahm, so in sich gekehrt. Daß sie ihre Freizeit mit der Lektüre buddhistischer Schriften verbrachte und davon sprach – wie ernst es ihr damit war, stand dahin –, irgendwann eine »Pilgerfahrt« nach Kyoto zu machen. (Vor

Jahren hatte auch Glynnis diese Idee gehabt, Glynnis mit einigen ihrer Zen-Freunde. Natürlich war nichts daraus geworden, und als die McCulloughs zu einer wissenschaftlichen Tagung nach Japan geflogen waren, hatten sie zwei Tage im »Kyoto Hilton« gewohnt und den Tempeln einen Blitzbesuch abgestattet. Wunderschön, hatte Glynnis inbrünstig gesagt, so friedlich. Und das war alles gewesen.)

Ian sah auf. Dr. Max und drei andere Männer gingen an ihrem Tisch vorbei, ohne zu grüßen, scheinbar ohne sie zu sehen. Das frische Gesicht des Direktors war voller Lachfältchen, sie amüsierten sich über irgend etwas. Erstaunlich, dachte Ian, wieviel Gelächter man zu bestimmten Zeiten im Speisesaal des Instituts hört. Einer der Männer war Homer Taylor, der ältere Kollege, der am Abend von Glynnis' Unfall angerufen hatte, weil er sich mit Ian zum Essen hatte treffen wollen.

Natürlich sprach seit Glynnis' Tod niemand mehr von der Möglichkeit, Ian McCullough könne der nächste Institutsleiter werden. Auch in dieser Hinsicht war er postum geworden.

Es war noch nicht einmal halb eins, aber Ian und seine Freunde waren schon fertig; Männer, die allein, ohne Frauen, zu Tisch gehen, essen bekanntlich schnell. Trinken wir noch ein Bier zusammen, sagte Denis, und Malcolm stimmte zu, und Ian sagte: »Ja, gern, warum nicht?« Jetzt, da sich Leid und Sorge über sein Leben gelegt hatten wie ein Bodennebel, in dem selbst Vertrautes unkenntlich wird oder unversehens feindselige Züge annimmt, schätzte er – mehr, als er selbst zugeben mochte – solche locker improvisierten, spontanen Zusammenkünfte.

Als sei es ihm gerade erst eingefallen und ein wenig zögernd fragte Malcolm, wie »der Fall« sich entwickelte. Ian wurde diese Frage so selten – und vor allem selten so gerade heraus – gestellt, daß er nicht recht wußte, was er sagen sollte. Die Beratungen der Anklagejury fanden unter Ausschluß der Öffentlichkeit statt, für die Verteidigung hieß es jetzt erst einmal abwarten.

Mit einem raschen Blick auf Denis, der den Blick gesenkt hatte und dadurch signalisierte, daß er sich nicht angesprochen fühlte, sagte Malcolm, er habe dies und das über die Taktik der Anklagevertretung gehört, natürlich nur Gerüchte, nichts Konkretes. »Du weißt ja, wie das in Hazelton ist«, sagte er mit flüchtigem Lächeln.

Und Ian überlegte: Weiß ich das wirklich? »Was hast du denn so gehört – oder dürfte ich das nicht fragen?«

»Vor allem die Sache mit dem Mädchen«, sagte Malcolm verlegen. »Sie wollen sich wohl vor allem auf das Mädchen konzentrieren.«

»Das Mädchen?«

»Die junge Frau vielmehr. Sigrid Hunt.«

Ian trank einen Schluck Bier und erstarrte. Er dachte – oder nein, es war kein Denken, es war eine rein physisch-emotionale Reaktion –, ich werde mich nicht zu ihr äußern, nicht einmal verleugnen werde ich sie.

»Ich habe sie damals kurz bei euch zu Hause gesehen«, sagte Malcolm. »Auf dieser großen Party ... wann war es gleich ... irgendwann im Herbst letzten Jahres. Und June war offenbar bei einem Mittagessen mit ihr zusammen, das Glynnis organisiert hatte. Mein erster Eindruck – das heißt mein einziger Eindruck – war, daß sie etwas Verzweifeltes an sich hatte. Im Gesicht. In den Augen. Aber auch etwas durchaus Attraktives. Und dieser Typ, mit dem sie da war, dieser ›ägyptische Verlobte‹, wie es in der Presse heißt, hat mich angesehen, als hätte er mich am liebsten zerfleischt. Dabei habe ich nur mit ihr geredet. An ihn erinnere ich mich genauso deutlich wie an sie.«

»Red keinen Scheiß, Mal«, sagte Denis. »Hast du sie mal angerufen?«

»Natürlich hab ich sie nicht angerufen.« Malcolm sah Denis an und lächelte. »Du?«

Denis lachte. »Nein, ich auch nicht.«

»Hättest du's gern getan?«

»Und du?«

Eine jähe spannungsvolle Stille trat ein. »Wenn man glücklich verheiratet ist«, sagte Ian leise, »tut man so was nicht.«

»Eben«, sagte Denis.

»Genau.« Malcolm setzte die Flasche an den Mund. »Genau so ist es. So was tut man nicht.«

»Und jetzt scheint sie ja verschwunden zu sein«, sagte Denis. Sein Gesicht war noch gerötet vom Spiel, das Haar, tief gescheitelt und sorgsam über den Kopf gekämmt, noch feucht. Er sah Ian nicht an, obschon seine Worte offenbar ihm galten. »›Spurlos‹, wie es in den Medien heißt.«

Es war traurig, aber leider nur zu wahr: Als wollte sie Ian McCulloughs toter Ehefrau nacheifern, war auch die junge Frau, mit der er angeblich eine »Beziehung« gehabt hatte, zu einer Ab-Wesenheit geworden.

Ian zuckte die Schultern und sagte trocken: »Früher oder später werden sie mir auch ihren Tod in die Schuhe schieben wollen.«

»So darfst du nicht reden«, sagte Denis schockiert. »Ich bitte dich, Ian!«

»Warum nicht?« sagte Ian. »Glaubst du, so was berührt mich noch?«

Als sie den Speisesaal verließen, kam Malcolm auf die Anklagejury und auf die Gerüchte zurück, die er von seinen Anwaltsfreunden gehört hatte. Er kannte Lederer, Samuel S. Lederer, den Anklagevertreter, war vor fünf, sechs Jahren in einem Fall, für den sich die ACLU einsetzte, böse mit ihm zusammengerasselt. »Der Mistkerl ist gewieft, opportunistisch, ein geschickter Manipulierer, aber – und das ist das Schlimme – er meint es ehrlich. Republikaner, stockkonservativ, immer auf seinen Wahlkreis schielend, bisher noch ohne Lorbeeren im Amt – es ist ja seine erste Amtsperiode – und ständig auf der Suche nach einem Fall, den man zu einem öffentlichen Anliegen machen, für den man Sendungsbewußtsein entwickeln könnte. Dadurch wird er – bedenkt man, über welches Maß an Macht er als Anklagevertreter verfügt – zu einem sehr ernstzunehmenden Gegner. Aber darüber hat dich ja bestimmt Nick Ottinger schon aufgeklärt.«

»Ja«, sagte Ian, der gern von dem Thema weggekommen wäre, »ich glaube schon.«

»Lederer wird versuchen, dem Fall einen populistischen Touch zu geben«, sagte Malcolm. »Er wird auf die angebliche Abneigung der Geschworenen gegen Leute wie uns in Hazelton setzen.«

»Leute wie uns?« wiederholte Ian milde.

»Leute, die nicht von hier sind, sondern so was wie Eindringlinge … eine Art Elite – zumindest in unseren Augen. Eine Klasse für sich.« Malcolm umfaßte mit einer Geste, die überspitzt und abschätzig zugleich war, den Speisesaal mit der hohen gewölbten Decke und den hohen Bleiglasfenstern, dem spiegelnden Parkettboden, den zahlreichen Tischen, an denen ihre Kollegen – und nur wenige Kolleginnen – saßen, und blähte verächtlich die Nüstern. Für Malcolm Oliver waren die Hazeltoner Wissenschaftler durchaus keine homogene Gemeinschaft und auch keine, der er sich verbunden fühlte, mit der er sich hätte identifizieren können. »Leute, die *in* Hazelton leben, aber nicht *aus* Hazelton sind. So was in der Art. Ich weiß nicht, wer in der Anklagejury sitzt, aber sollte es tatsächlich zu einem Prozeß kommen … na, ich danke schön!«

Malcolms Stimme verlor sich in verlegenem Schweigen, so viel hatte er offenbar gar nicht sagen wollen.

»Ich denke, das kannst du getrost Ottinger überlassen«, sagte Denis, »es ist ja schließlich sein Job. Über so was würde ich mir keine grauen Haare wachsen lassen.« Er legte Ian tröstend eine Hand auf die Schulter und sagte unbestimmt-freundlich und mit einem falschen, markigen Ton in der Stimme: »Nein, wahrhaftig nicht.«

Malcolm verließ das Institut, und Ian und Denis gingen die Treppe zum vierten Stock hinauf, dort aber begleitete Ian, statt zu seinem Büro abzuschwenken, Denis zu seinem Zimmer. Es war eine spontane Entscheidung, die beide überraschte.

»Stimmt etwas nicht?« fragte Denis und sah Ian besorgt von der Seite an, und Ian sagte: »Nein, nein, alles in Ordnung, aber ich würde gern einen Moment mit dir sprechen. Unter vier Augen. Nur ganz kurz.«

»Natürlich«, sagte Denis.

Sobald Denis die Tür zugemacht hatte und sie miteinander allein waren, fing Ian an zu reden. Als er später an diese seltsame Szene dachte, fand er es sehr eigenartig, daß er bis zu dem Moment, als er die Schwelle zu Denis' Büro überschritten hatte – ein langgezogener, schmaler, vollgestellter Raum, etwa so groß wie sein eigener –, nicht gewußt hatte, daß er all das hatte sagen, daß er so offen hatte reden wollen. Selbst seine

Stimme, höher als gewöhnlich, hätte er kaum wiedererkannt. »Ich habe das sonst niemandem erzählt, Denis«, sagte er, »aber an dem Abend, an dem Abend, als sie gestorben ist ... als sie sich verletzte ... hat mir Glynnis etwas ... Unerwartetes erzählt. Etwas, was ich nicht habe vergessen können.«

»Ja? Was denn?«

»Sie sagte, daß sie ... sie hätte ... ja, sie hätte einen Geliebten gehabt. Mehrere. Es habe da einen Mann in Hazelton gegeben, den sie geliebt und für mich aufgegeben habe.«

Denis sah Ian ratlos und allem Anschein nach ehrlich überrascht an. »Nein, so was ...«, flüsterte er. »Nein, so was ...« Und dann: »Willst du wirklich mit mir darüber sprechen, Ian? In dieser Situation ...«

»Ich muß mit irgend jemandem darüber sprechen«, sagte Ian rasch.

» ... da doch Glynnis jetzt tot ist ...«

»Ich *muß* mit irgend jemandem darüber sprechen.«

Er hatte den Eindruck, daß Denis Angst vor ihm hatte – so wie plötzlich umgekehrt auch Denis für ihn beängstigend geworden war.

Er stand am Fenster, durch das wäßriges Sonnenlicht fiel. Unter ihnen lag der See mit seiner unbewegten Oberfläche, in der sich der Himmel spiegelte, dahinter stand ein spektakulärer Birkenwald. Es waren dieselben Bäume, die Ian in einem anderen Winkel aus seinem Bürofenster sah, und er mußte daran denken, daß er als Kind, als Stadtkind gedacht hatte, Birken seien zu elegant, zu schön, um wahr zu sein. »Diese Bäume«, sagte er.

»Ja? Was?«

»Sie sehen künstlich aus.«

»Künstlich?«

»Wenn man es nicht besser wüßte, könnte man denken, sie seien gemalt. Handgemalt.«

Denis sah ihn verständnislos an.

»Sie wirken auch ganz flach«, fuhr Ian fort. »Aber das ist ja bei allen Gegenständen so, und auch bei Menschen: Wenn man sie scharf genug fixiert, werden sie nach und nach zweidimensional.«

»Willst du dich nicht setzen, Ian? Du siehst ein bißchen müde aus.«

»Es ist nur, daß sie mich betrogen hat. Und dann war sie tot. Das heißt, sie hatte sich verletzt bei diesem Unfall, sie hat nur für ein paar Minuten das Bewußtsein wiedererlangt, sie hat nicht mehr mit mir gesprochen, und dann war sie tot.« Ian runzelte die Stirn. »Es ging alles so furchtbar schnell. Es ist so unwiderruflich.«

»Bitte setz dich doch . . .«

»Ich bin überhaupt nicht müde. Mir ist, als sei ich gerade aufgewacht. Unser letztes Spiel . . .«

»Wenn Glynnis erregt war, als sie dir gesagt hat . . . was du mir eben erzählt hast . . . kannst du das nicht ganz ernst nehmen, glaube ich.« Denis wählte seine Worte sorgfältig, wie fürs Protokoll. »Wir wissen alle, daß Glynnis manchmal etwas sagte, ohne nachzudenken, nur um zu schocken oder zu verletzen. Sie war eine leidenschaftliche Frau, und . . .«

Ian sah ihn forschend an. »›Zu schocken oder zu verletzen‹«, wiederholte er. »Das bedeutet aber noch nicht, daß sie dabei gelogen hat.«

»Es ist mir gleich, was sie gesagt oder deiner Erinnerung nach gesagt hat«, erwiderte Denis rasch, »fest steht doch, daß sie dich geliebt hat, das war offenkundig, jeder wußte es. Was sie auch zu dir gesagt hat, was sie dir hat einreden wollen . . . ich meine, du solltest das nicht glauben. Oder darüber sprechen. Mit mir oder anderen. In dieser Situation.«

»Weil es ein ungünstiges Licht auf mich wirft?«

»Ein ungünstiges Licht?«

»Weil sich daraus schließen läßt, daß wir gestritten haben?«

Denis winkte ungeduldig ab. Ian merkte, daß er sehr erregt war und sich große Mühe gab, nach außen hin ruhig zu bleiben, wie beim Squash, wenn das Tempo unerwartet anzog. In dem flotten V des Sporthemds mit dem offenen Kragen standen ein paar Büschel seines Brusthaars – lockig, störrisch, schlachtschiffgrau – wie unter elektrischer Spannung.

Ian lächelte und sah wie gebannt hin. »Weil sich daraus schließen läßt, daß wir uns vor dem Unfall gestritten haben?«

»Weil wir alle Glynnis kennen«, sagte Denis. »Sie und ihre emotionalen Reaktionen. Natürlich reagieren wir bis zu einem gewissen Grade alle emotional, sogar Roberta. Bis zu einem gewissen Grade. Wir sagen alle manchmal Sachen, die wir nicht so meinen, und tun den Menschen weh, die wir lieben. Und wenn sie, wie du sagst, getrunken hatte ...«

»Wir hatten beide getrunken ...«

»... besteht um so mehr Grund, das alles nicht ernst zu nehmen.«

»Würdest du es nicht ernst nehmen, wenn deine Frau dir eröffnen würde, was sie mir eröffnet hat? Oder wenn Glynnis selbst es dir eröffnet hätte?«

»Mich geht das nichts an«, sagte Denis mit noch immer ruhiger Stimme, aber er ging jetzt in seinem Büro auf und ab, ohne Ian anzusehen, man hatte den Eindruck, als hätte er sich am liebsten die Ohren zugehalten. »Ich bin, wie gesagt, der Meinung, daß du darüber nicht sprechen solltest. Mit niemandem. Und damit sollten wir dieses Gespräch beenden. Aus Achtung vor der armen Glynnis und vor ...«

»... dem gehörnten Ehemann?«

»Was immer sie gesagt haben mag – Glynnis hat dich geliebt, das weißt du doch.«

»Aber sie hat mich betrogen. Nicht einmal, sondern mehrmals, das hat sie mir selber gesagt.«

»Ich glaube das nicht«, sagte Denis. »Und ich will nichts mehr davon wissen.«

»Nein?«

»Jetzt hör mal zu, Ian«, sagte Denis energisch, »ich könnte es von der einen oder anderen Frau aus unserem Bekanntenkreis glauben, von Meika Cassity beispielsweise, aber von Glynnis, Ian, also ganz ehrlich, von Glynnis kann ich es nicht glauben, sie war nicht der Typ.«

Ian musterte ihn gedankenvoll. »So viel Vertrauen hast du zu ihr?«

»Ich kenne Glynnis, und ich kenne dich.«

»Du *kanntest* Glynnis. Glynnis lebt nicht mehr.«

»Und ich kenne dich.«

»Wirklich?« Ian nahm die Brille ab, rieb sich heftig die Augen und blieb reglos in dem wäßrigen Sonnenlicht stehen, das durch die Fensterscheiben fiel, war zunächst zufrieden, einfach dort stehenzubleiben, als böte ihm die Entrüstung des Freundes so etwas wie einen Schutz. »So viel Vertrauen! Erstaunlich. Das spricht für dich. Mir ist dieses Gefühl, der Luxus dieses Gefühls abhanden gekommen. Glynnis hat es in mir getötet. Sie hat alles in mir getötet.«

»Red keinen Blödsinn«, sagte Denis unruhig. »Du hast dich aufgeregt. Und mir geht's genauso. Das ist nicht der Ort und nicht die Zeit, über solche Dinge zu sprechen.«

»Wo wäre denn der Ort, und wann wäre denn die Zeit?«

»Das ist alles noch so frisch, so schmerzlich ... Ich kann noch immer nicht ganz begreifen, daß sie tot ist.« Denis wischte sich mit einem Papiertaschentuch übers Gesicht. Seine Augen waren naß, seine Wangen glühten wie nach Schlägen. »Und das, was da geschieht, was dir geschieht ...«

Ian fragte: »Warst du der Mann?«

»Wer? Was?«

»Glynnis' Geliebter. Ihr Geliebter in Hazelton.«

Denis sah ihn sprachlos an.

»Sag mir die Wahrheit, Denis«, bat Ian. »Ja oder nein.«

»Du müßtest mich besser kennen, Ian, als eine solche Frage zu stellen.«

»Ja oder nein?«

»Nein.«

»Du warst nicht ihr Geliebter?«

»Nein. Ich war nicht der Geliebte deiner Frau.«

»Weißt du, wer es war?«

»Natürlich nicht. Wie ich schon sagte: Ich glaube nicht, daß sie einen Liebhaber hatte.«

»Nie?« fragte Ian skeptisch. »Wirklich nie?«

»Nach dem, was ich von ihr wußte und von dir und von eurer Ehe – nein, nie.«

»Soso«, sagte Ian.

Ihn schwindelte plötzlich, wie nach einer großen Anstrengung. Das Gespräch war vorbei, er konnte gehen.

An der Tür bedankte er sich bei Denis für die Squashpartie, und daß er mit ihm gegessen hatte, daß er ihm gestattet hatte, so offen über eine so persönliche Sache zu sprechen. »Es ist einfach so, daß ich sonst niemanden habe«, sagte er mit seinem sanften, nachdenklich-ratlosen Lächeln. »Wenn du vergessen kannst, was ich gesagt habe, vergiß es bitte, ich werde dich nicht noch einmal in Verlegenheit bringen.«

»Natürlich«, sagte Denis.

»Wirst du es vergessen?«

»Natürlich.«

»Ich hatte wohl gehofft, daß du es warst«, sagte Ian. »Von allen Männern, die ich kenne und die Glynnis kannte ... wärst du mir der liebste gewesen.«

Denis legte Ian behutsam eine Hand auf die Schulter. Leise sagte er: »Es tut mir leid, daß ich dich enttäuschen muß, Ian.«

Die Anklage

1

Und dann kam es doch zur Anklage gegen Ian McCullough, der so gern geglaubt hätte, daß sein Schicksal – juristisch und auch sonst – nicht von ganz gewöhnlichen Sterblichen bestimmt wurde, die fehlbar waren wie er – wenn auch nicht »gewieft«, »geschickte Manipulierer«, »opportunistisch«, sondern durch übermenschliche Vorgängen von erhabener Abstraktion wie das Kommen und Gehen der Gezeiten, das uhrwerkgenaue Kreisen der Planeten, die geisterhafte Bahn des Sternenlichts durch die Leere des Raums. Aber diese Einstellung war natürlich, wie es in der Umgangssprache krude, aber treffend heißt, hochprozentiger Scheiß. Denn die sechs Frauen und neun Männer der Anklagejury von Cattaraugus County hatten in ihrer Juni-Sitzung schlicht und einfach entschieden, Samuel S. Lederers Anklage gegen Ian McCullough zu befürworten, waren zu der Ansicht gelangt, daß seine Darstellung von Glynnis McCulloughs Tod durchaus überzeugend war. Nicht mehr und nicht weniger.

Und sie hatten weiter entschieden, ihn nicht wegen des weniger schweren Tatbestands der fahrlässigen Tötung vor Gericht zu stellen, sondern wegen Mordes, und hatten ihre Namen unter die Anklageschrift gesetzt, in der es hieß:

Am Abend des 23. April dieses Jahres beging im Bezirk Cattaraugus County der Beschuldigte

Ian McCullough

einen heimtückischen Mord, indem er gewaltsam das Hinscheiden seiner Ehefrau Glynnis McCullough herbeiführte und besagte Glynnis McCullough dadurch vom Leben zum Tode beförderte, was einen Verstoß gegen § 125.25 der Gesetze des Staates New York darstellt.

Und dann wurde er im Gerichtsgebäude von Cattaraugus County von einem anderen Richter erneut zur Anklage vernommen, woraufhin sein Fall an einen Richter Benedict Harmon überstellt wurde, von dem er noch nie gehört hatte, der Anträge entgegennehmen und den Prozeß vorbereiten würde. Die Verteidigung hatte vierzehn Tage zur Einreichung von Anträgen zur Verfügung, der Anklagevertreter weitere vierzehn Tage für seine Entgegnung, danach würde ein Prozeßtermin – höchstwahrscheinlich für den Herbst – festgesetzt werden. Und dann würde Ian McCullough vor Gericht stehen und vielleicht als freier Mann den Saal verlassen. Oder vor aller Augen niedergemacht werden, ausgenommen wie ein Fisch.

»Und wenn ich mich jetzt schuldig bekennen würde«, fragte Ian die Versammlung, »wäre dann alles überstanden?«

Sie sahen ihn an, alle, wie sie da saßen, als habe er den Verstand verloren. Und Ottinger nahm ihn rasch beiseite: *Was redest du denn da um Himmels willen was soll denn das begreifst du denn nicht hast du denn keine Vorstellung Herr des Himmels Ian so wie die Dinge liegen haben wir es ja noch nicht mal nötig mit der Anklagevertretung zu verhandeln weißt du denn nicht daß die Anklage überhaupt nicht stichhaltig ist begreifst du denn nicht daß dich die Jury aufgrund einer solchen Anklage nie verurteilen würde,* und Ian fügte sich seufzend oder hatte sich offenbar gefügt, denn das Verfahren, das juristische Hickhack, das bürokratische Hin und Her ging weiter. Es war langwierig und anstrengend, das Kinn tat ihm weh vom Gähnen. Er dachte: Wie konnte Glynnis mir das antun, irgendwann werde ich sie doch noch hassen lernen.

Und er dachte: Wenn ich schuldig bin, bin ich schuldig.

Er dachte: Ich werde keinen Finger krumm machen, um mich zu verteidigen. Dieses abscheuliche Spiel mache ich nicht mit.

Diesmal warteten sie auf ihn, diesmal konnte er ihnen auch mit Tricks nicht entkommen: Reporter, Fotografen, die Leute von den »Medien« mit ihren Handkameras und Mikrophonen, die ihn bedrängten und mit ihren Fragen überfielen. *Dr. McCullough? Dr. McCullough? Ian? Wie haben Sie plädiert? Wie ist Ihre Verteidigungstaktik? Wann ist der Prozeß?* Eine Gruppe von mehr als dreißig ihm sämtlich unbekannter Männer und Frauen, die sprichwörtliche Meute, hyänengleich, aber ihre Jagdlust, ihre momentane Lust an ihm war so deutlich spürbar, daß er sie fasziniert anstarrte. *Dr. McCullough? Hierher! Wenn Sie unseren Zuschauern kurz sagen könnten ...*

Der krakeelende Haufen folgte ihm bis auf den Gehsteig, wo einer von Ottingers jungen Mitarbeitern mit einem Wagen wartete. Ian zog, wie es Schuldige zu tun pflegen, den Kopf ein und verdeckte das Gesicht. Er spürte, wie jemand ihm am Ärmel zupfte, spürte etwas wie einen Schlag gegen die Schulter, hörte Ottingers laute, wütende Stimme.

»Ich bin offenbar auf dem besten Wege, prominent zu werden«, sagte Ian, als der Wagen anfuhr, »dabei weiß ich nicht einmal so recht, was ich getan, geschweige denn, warum ich es getan habe.«

Ottinger fand das nicht lustig. »Mit diesen Typen redest du nicht. Ist das klar? Keine Ausnahme!«

Ian sah, noch immer geduckt, zurück auf die Menge, die innerhalb weniger Minuten erstaunlich angeschwollen war und immer noch größer wurde. Frauen auf dem Weg zum Einkaufen, Männer in dunklen Anzügen, Jungen, die dastanden, das Fahrrad zwischen den Beinen, und wissen wollten, wer in dem davonbrausenden Cadillac Sevilla saß, wieso das Fernsehen da war ... In seinem zerknautschten Leinenanzug und dem schlapp gebundenen Schlips in stumpf-neutralen Farben sah der Mann, dem die fiebrige Neugier der Menge galt, nicht so aus, wie man sich einen berüchtigten Mörder vorstellt und schon gar nicht wie ein Prominenter. Ian sagte etwas zittrig, aber mit einem Lächeln: »Es ist irgendwie so leicht.«

»So leicht? Was?« Ottinger musterte seinen Mandanten mit einem wachsam-professionellen Blick.

»Der Schritt über die Schwelle.«

»Über die Schwelle?«

»Zu dem, was auf der anderen Seite ist.«

Sie brachten Ian auf Umwegen zum »Sheraton Hotel« am Thruway, etwa sechs Meilen nördlich von Hazelton-on-Hudson, einem zehngeschossigen Bau, der so neu war, daß ihn kein gleichmäßig geschorener Rasenteppich umgab, sondern krustig aufgeworfene Erde, die etwas erschreckend Improvisiertes hatte; ein durchaus passender Ort, dachte Ian, für einen Mörder inkognito. Ottinger hatte dort für Ian und Bianca Zimmer unter dem Pseudonym »Jonathan Hamilton« und seine Tochter »Veronica« bestellt, bis sie – in ein paar Tagen vielleicht oder auch erst in zwei Wochen – gefahrlos in die Pearce 338 zurückkehren konnten. Wobei »gefahrlos« in Zukunft natürlich ein relativer Begriff war.

Als Nick Ottinger am Morgen des 2. Juli Ian anrief, um ihm die Entscheidung der Anklagejury durchzugeben – »Es tut mir sehr leid, Ian, ich habe eine schlechte Nachricht, eine denkbar schlechte Nachricht« –, überlief Ian ein eiskalter Schauer, der ihm den Atem und alle Kraft raubte. Er tastete nach einer Sitzgelegenheit, während die Telefonschnur sich grotesk in seinen Beinen verhedderte und die Brille ihm von der Nase rutschte.

An seiner extremen Reaktion, an der Benommenheit noch Stunden danach – als sei er ein Stier, dem man mit einem Vorschlaghammer eins über den Schädel gegeben hatte – konnte er ermessen, daß er tatsächlich nicht an eine Anklageerhebung geglaubt hatte. Er hatte auf Ottinger und seine Freunde gehört und ihnen abgenommen, daß die Jury keine Anklage erheben, daß sie es nicht wagen würde, ihn anzuklagen. Ich habe es wohl verzweifelt glauben wollen, dachte Ian. Ich habe versucht, mich zu überzeugen, aber ich habe dabei nicht auf mein Gefühl gehört.

Ich habe versucht, mich zu überzeugen, aber ich bin schon jetzt ein toter Mann.

Dabei konnte von einer Todesstrafe natürlich keine Rede sein; die Anklage auf Mord ersten Grades, im Staat New York nur bei der Tötung von Polizisten oder Justizvollzugsbeamten erhoben, war vor kurzem für verfassungswidrig erklärt worden. Mord zweiten Grades war, wie Ottinger erläuterte, eine ziemlich allgemeine Kategorie, mit der die Anklagevertretung verfahren konnte, wie sie wollte, und die wiederum drei einigermaßen unscharfe und sich überlappende Unterkategorien hatte, »vorsätzlicher Mord«, »heimtückischer Mord« und »verwerfliche Mißachtung menschlichen Lebens«. Darunter fielen kaltblütig geplante Morde in der Gangsterszene ebenso wie Verbrechen aus Leidenschaft – bis hin zu Notwehrhandlungen, die von übereifrigen Anklagevertretern vor Gericht gebracht wurden. Und dann gab es auch noch jene »Morde«, die bestenfalls Totschlag oder fahrlässige Tötung waren.

»Welche Strafe würde ich bei einer Verurteilung bekommen und wo?« fragte Ian.

Ottinger gab es einen Ruck. »Sie werden dich nicht verurteilen, Ian. Lederers Anklage steht auf so schwachen Füßen, daß Harmon sie möglicherweise gleich abweist. Ich werde ...«

»Ja, natürlich«, sagte Ian, »aber wenn er das nicht tut und wenn es zum Prozeß kommt und wenn ...?«

»Das kann man jetzt noch nicht sagen. Zunächst dürften sie die Mordanklage fallenlassen und auf Totschlag plädieren. Und dann gibt es ja auch noch die Kategorie der fahrlässigen Tötung. Dafür bekommt man, je nach Ermessen des Richters, Bewährung und überhaupt keine Haftstrafe. Du bist nicht vorbestraft, kannst eindrucksvolle Leumundszeugen beibringen, genießt beruflich höchstes Ansehen und so weiter. Wenn du in den Zeugenstand trittst ...«

»Ich werde nicht in den Zeugenstand treten«, sagte Ian.

Ottinger vermied es geflissentlich, ihn anzusehen. »Das mußt du entscheiden.«

»Ich habe nichts zu meiner ›Verteidigung‹ zu sagen. Es war ein Unfall, an dessen Einzelheiten ich mich nicht mehr erinnere. Es war nicht meine Schuld, und es war auch nicht Glynnis' Schuld, niemand kann beweisen, daß es kein Unfall war, und mehr habe ich nicht dazu zu sagen.« Ian hielt inne. Seine Stimme hatte sich trotzig in die Höhe geschraubt.

»Wie du willst, Ian.«

»Ich weiß – und du weißt es auch –, daß ohne mich Glynnis heute noch am Leben wäre. Das ist die einzige Tatsache, die unbestreitbar ist.«

»Mag sein, aber ...«

»Ohne mich – mich als Person, von dem, was ich getan habe, wollen wir gar nicht reden«, sagte Ian, »wäre meine Frau heute noch am Leben.«

»Mag sein. Aber so etwas darfst du nicht laut sagen.«

»Ich werde sagen, was ich sagen will«, erklärte Ian erregt. »Und was ich nicht sagen will, das werde ich nicht sagen.«

Wieder formulierte Ottinger behutsam und taktvoll: »Du mußt begreifen, Ian, daß die Justiz etwas so Subtiles wie metaphysische Unterscheidungen nicht auf den Punkt bringen kann. Sie bemüht sich, Absichten zu bemessen, aber das, was man die Abweichungen, den Neigungswinkel der Seele nennen könnte, das zu bemessen vermag sie nicht. Wenn du mir deine Verteidigung überträgst, wirst du mir erlauben müssen, dich so zu verteidigen, als verteidigte ich eine Handlung und nicht ganz abstrakt gesehen einen Menschen. Kannst du mir folgen?«

Ian zuckte ungeduldig die Schultern. »Ich weiß gar nicht, ob ich dir folgen möchte.«

»Das Gesetz, nach dem wir operieren – und kooperieren – ist bekanntlich so etwas wie ein Sammelsurium. Es ist eine Art Spiel, aber anders als sonst bei Spielen sind die Spielregeln etwas unscharf. In dem unwahrscheinlichen Fall, daß die Jury für eine Verurteilung stimmen sollte . . .«

»Ja, was ist, wenn die Jury für eine Verurteilung stimmen sollte . . .?«

». . . würden wir natürlich beim Obersten Gerichtshof des Bundesstaates Berufung einlegen. Und dort gelten völlig andere Spielregeln: Keine Geschworenen, keine oder kaum Emotionen. Ich habe . . .«, sagte Ottinger bescheiden oder vielleicht auch ein wenig widerstrebend, da eine Bestätigung früherer Erfolge in diesem Falle gleichzeitig eine Bestätigung früheren Versagens war, ». . . Glück mit dem Obersten Gerichtshof in seiner derzeitigen Zusammensetzung gehabt, aber das nur nebenbei. Der springende Punkt ist . . .«

»Aber wenn ich verurteilt werde«, unterbrach ihn Ian, »und wenn der Oberste Gerichtshof das Urteil bestätigt, was dann? Wie lange müßte ich im Gefängnis sitzen und wo?«

Ottinger erwiderte fast gereizt – wie ungern er sich von diesem Mann in die Enge treiben ließ! –: »Schwer zu sagen, das Strafmaß liegt im Ermessen des Richters. Für Mord ist als Muß ein Minimum von fünfzehn Jahren vorgesehen, das Höchstmaß sind fünfundzwanzig Jahre bis lebenslänglich. Mit Minimum meine ich, daß du fünfzehn Jahre absitzen müßtest, ehe du eine bedingte Haftentlassung beantragen kannst.«

»Fünfzehn Jahre. Gar nicht mal so lange ...«

Ottinger sah Ian groß an, als habe er etwas nicht nur Verrücktes, sondern auch Unverständliches gesagt. »In einer unserer Vollzugsanstalten, Sing Sing zum Beispiel, könnte einem Mann wie dir – bei deiner Herkunft, deinem Beruf, deinem Temperament, deiner Physis und nicht zuletzt deiner Hautfarbe – eine einzige Woche, ein einziger Tag, ja eine einzige Stunde sehr lang werden. Was ist doch gleich dein Gebiet? Demographie? Es dürfte dir schwerfallen, das manchen deiner Knastgenossen klarzumachen.«

»Sie würden mich nicht mögen, was?« sagte Ian nachdenklich.

»Sie würden dich nicht so mögen, wie du es gewöhnt bist.«

»Und wie ich es möglicherweise auch nicht verdiene.«

»Das hat nichts mit der Justiz zu tun«, sagte Ottinger. »Kaum einer von uns wird so geschätzt, geschweige denn geliebt, wie es ihm seiner Meinung nach zukommt. Der springende Punkt ist, Ian, daß du allen Menschen zuliebe, die dir nahestehen, besonders deiner Tochter zuliebe, versuchen mußt, eine Haftstrafe um jeden Preis zu vermeiden. Körperliche Demütigungen, Schläge, Terror, Vergewaltigung – das alles mag theoretisch einen gewissen Reiz haben ...«

»Du glaubst also, daß es nur Theorie ist?«

»... aber du bist kein Krimineller im auch nur annähernden Sinne des Wortes, und es wäre grotesk, wolltest du einen derartigen Vorwurf widerspruchslos hinnehmen. Bedenke bitte, daß ›Samuel S. Lederer‹ nicht Justitias rächende rechte Hand ist, sondern ein kleiner Staatsanwalt aus der Provinz, der an einer drittklassigen Hochschule studiert hat, seinen Neid auf erfolgreichere Mitmenschen hinter einer Pose moralischer Rechtschaffenheit verbirgt und seine eigene Großmutter ins Gefängnis expedieren würde, wenn er damit seine wackelnde Karriere festigen könnte. Wenn du nicht zu deinen Gunsten aussagen willst, ist das deine Entscheidung, niemand kann dich dazu zwingen, und ich werde auch nicht versuchen, dich zu überreden. Allerdings könnte es durchaus sein, daß du es dir während der Verhandlung, wenn du den einen oder anderen Zeugen der Anklage gehört hast, doch noch anders überlegst.«

»Ich werde es mir nie anders überlegen«, sagte Ian kalt und tonlos. »Keine Macht der Welt wird mich dazu bewegen, es mir anders zu überlegen.«

»Tja, in diesem Fall ist es eine ausgesprochene Herausforderung, dich zu verteidigen«, sagte Ottinger lächelnd.

»Soll ich mir einen anderen Anwalt suchen?«

»Aber nein! Wie gesagt – es ist eine Herausforderung. *Du* bist eine Herausforderung.«

»Aber wenn der Prozeß sich hinzieht, wenn er in die Berufung geht«, sagte Ian nachdenklich, »könnte es gewisse Probleme mit deinem Honorar geben. Meine Finanzen, meine Mittel sind begrenzt. Die Collegegebühren für Bianca und ihr Unterhalt ... und wenn man mich zwingt, das Institut zu verlassen ...«

»Man wird dich nicht zwingen, das Institut zu verlassen«, sagte Ottinger. »Schlag dir das bitte aus dem Kopf. Ein für allemal.«

» ... und das Haus will ich nicht verkaufen, es war von Anfang an Glynnis' Haus, sie hat es so geliebt, hat so viel dafür getan, es so phantasievoll eingerichtet und ausgeschmückt ... Es würde mir vorkommen, als brächte ich sie ein zweites Mal um, wenn ich das Haus verkaufen würde ... und das nur aus kleinlichem Eigennutz. Um *mich* zu verteidigen.« Ian hielt inne und betrachtete seine Hände. Seine Stimme war unverändert stumpf und tonlos, aber seine Hände zitterten jetzt. »Das tu ich nicht.«

»Natürlich nicht«, sagte Ottinger.

»Das tu ich einfach nicht. Sie ist soviel mehr dort im Haus als auf dem Friedhof ... vor allem deshalb.«

»Du wirst das Haus nicht zu verkaufen brauchen.«

»Dabei weiß ich natürlich, wie lächerlich es ist, so zu reden, als ob eine Tote irgendwo ›sein‹ könne – außer im Gedächtnis der Lebenden. Wie die edlen Toten, unsere großen Mentoren und Vorfahren ... unsere Väter, könnte man sagen, wenn nicht wörtlich genommen *unsere* Väter ...« Er hielt inne, legte verwirrt den Handrücken an die Stirn. »Irgendwann könnte es natürlich trotzdem dazu kommen, daß es verkauft wird, das Haus meine ich. Als mein Nachlaß. Wenn mir etwas zustößt und Bianca es erbt. Bianca würde doch erben, auch wenn sie noch nicht einundzwanzig ist, nicht?«

»Bitte mach dir keine Gedanken um das Haus«, sagte Ottinger.

»Du würdest Bianca zur Seite stehen, wenn mir etwas zustößt, nicht?«

»Natürlich«, sagte Ottinger und hielt an seinem Lächeln fest. »Aber wovon reden wir da eigentlich?«

»Von der Zukunft«, sagte Ian.

»Vielleicht solltest du die Zukunft lieber mir überlassen«, sagte Ottinger. »Und dir keine Gedanken um das Haus oder deine Tochter oder Haftstrafen und derlei Dinge machen. Ich darf doch wohl annehmen, daß du Vertrauen zu mir hast, nicht wahr?« Die präzis modulierten Schwingungen von Ottingers freundlich-nüchterner, so eminent vernünftiger Stimme ließen auf eine Selbstbeherrschung schließen, die ihn einiges gekostet hatte. Er sah Ian an, wie Denis Grinnell ... oder Malcolm Oliver oder ein anderer Freund? ... ihn letzthin angesehen hatte: mit Zuneigung, Anteilnahme, leiser Unruhe. Erst jetzt fiel Ian das feine Geflecht winziger Narben um Ottingers Augen auf, sie waren kaum zu sehen, wie Stiche in der Haut, und vermittelten den Eindruck permanenten Schielens, permanenten intensiven Nachdenkens. Hatte er einen Unfall gehabt? War er mit dem Kopf gegen eine Glasscheibe geprallt?

Ottinger sprach weiter, er war ein glänzender Redner, wenn auch nicht ganz billig, und Ian nickte, ja, er hatte den Verweis, den unüberhörbaren Tadel zur Kenntnis genommen. Sein Anwalt war, wie stets, sehr stattlich anzusehen: pudergrauer Kammgarnanzug mit gepunkteter Seidenkrawatte und passendem Einstecktuch, blankgeputzte dunkle Schuhe, weißes Hemd, Manschettenknöpfe, saubere, kurzgeschnittene Nägel. Sorgfältig rasiert natürlich, ein diskreter Hauch von Rasierwasser, der Ruch der Rechtschaffenheit. Neben ihm oder vielmehr vor ihm – sie waren in Ottingers Büro, einem nußbaumgetäfelten, edel eingerichteten Raum, Ottinger saß hellwach und kerzengerade an einem großen, unordentlichen Schreibtisch, der ein altes Stück zu sein schien – kam er sich vor wie ein armer Verwandter, ein peinlich-störendes Element, noch nicht rasiert, nicht einmal geduscht, in Sachen, die er, benebelt nach einer wieder einmal unruhig verbrachten Nacht, aufs Geratewohl aus Schubladen und Schränken gezerrt hatte. Er trug weder Jacke noch Schlips, ein schmuddeliges Hemd, schmuddelige Hose, ausgelatschte »Mokassins«, die eine ausgefranste dunkelblaue Socke paßte nicht ganz zu der anderen. Hilf mir, dachte er.

War Nick Ottinger Glynnis' Geliebter gewesen?

Unwahrscheinlich, aber nicht unmöglich, ja, genaugenommen nicht einmal unwahrscheinlich. Ehebrecherische Beziehungen waren wohl eine Frage der räumlichen Nähe und Gelegenheit. Man stieg – wenn man eine Frau war – ins Auto, um im A & P einzukaufen, und man kaufte auch im A & P ein, aber erst nach einer geschickt zwischengeschobenen Stunde mit dem Liebhaber – in seinem Büro etwa, wenn man in seinem Büro ungestört oder einigermaßen ungestört war; oder (was recht betrachtet praktischer und ganz gewiß schicklicher war) in einem zu diesem Zweck angemieteten Zimmer in einem einige Meilen entfernten Motel vielleicht, je weiter desto besser (nur wurde es dann schwierig mit der Logistik, denn das Eheleben unterliegt ja ständigen zeitlichen Zwängen), in einem der neuen »Holiday Inns«, »Ramada Inns«, »Hilton Inns«, »Sheratons«. Oder einem dieser billigen, schäbigen Motels wie aus einem *film noir*, älter, schmuddeliger, die einen eher an sexuelle Exzesse, sexuelle Peinlichkeiten denken lassen. Ian hätte – da der Gedanke so neu und deshalb besonders entnervend war – nicht sagen können, ob ihm Nick Ottinger als Glynnis' Geliebter lieber gewesen wäre als Denis Grinnell; der eine war zugegebenermaßen flotter, attraktiver, der andere entschieden warmherziger, sanfter, versprach mehr ... Spaß. Hatten Ehebrecher Spaß am Körper des Partners, was ja – so war zu vermuten – bei verheirateten Paaren, die einander schon zu lange, schon zu genau kannten, oft nicht der Fall war? Sie hatte ihn wegen seiner Impotenz geschmäht, und in seiner Erinnerung sah auch er es jetzt so, verschwommen wie in einer

Unterwasserszene – Jahrzehnte der Impotenz, eine Episode geschlechtlichen Scheiterns, geschlechtlicher Demütigung nach der anderen, der schlaffe Penis, der zu steife, zu erregbare, zu schnell ejakulierende Penis, so viele Möglichkeiten des Versagens, so wie es viele Wege zur Entropie und wenige zum Erfolg gab: ein Prinzip des physischen Universums – wie das der Zivilisation –, daß nur eine ideale Ordnungsnorm gilt, neben der alles andere Unordnung bedeutet. Ian versuchte sich an jene im Rückblick so erstaunlich dichten ein, zwei Jahre zu erinnern, als Ottingers Tochter Rachel mit Bianca befreundet gewesen war und gleich anderen Freundinnen von Bianca aus der High School ständig, wie in einem regelmäßigen Gezeitenrhythmus, bei ihnen aufgetaucht war ... *Hi, Mrs. McCullough, hi, Dr. McCullough!* ... hübsch, aufgeweckt, nach Art aller intelligenten Mädchen mit ironischen Nuancen und Ellipsen kokettierend, so schwer zu deuten wie ein Miniaturgedicht von Emily Dickinson. Glynnis hatte, wenn Ian sich recht erinnerte, Rachel mit den dunkel blitzenden Augen ihres Vaters und seiner anwaltlich-inquisitorischen Art besonders gern gehabt, sie war ein – vielleicht sogar etwas vorwurfsvoller – Kontrast zu dem weniger subtilen Wesen der Tochter. Hin und wieder hatte er gespürt, daß Rachels nachdenklicher Blick auf ihm ruhte – oder bildete er sich das nur ein? Merkwürdigerweise war seine Erinnerung an Rachels Mutter lange nicht so deutlich, obwohl die McCulloughs und die Ottingers, als beide Familien neu in Hazelton-on-Hudson gewesen waren, eine Weile miteinander verkehrt, ja, fast so etwas wie Freundschaft geschlossen hatten. Sie hatten einander zu Hause besucht, sich gegenseitig eingeladen, wenn kleinere Abendgesellschaften anstanden, dann aber hatten sie sich, den Gesetzen des Auf und Ab gesellschaftlichen Lebens folgend, die Ian McCullough immer weniger durchschaute, auseinandergelebt. Ian erinnerte sich nicht mehr, wann er zuletzt im Haus der Ottingers gewesen war, erinnerte sich auch an das Haus selbst nicht mehr und überlegte, ob Nick Ottinger mit seinem Haus vertrauter war.

Indessen hatte Ottinger weitergeredet, mit jener Stimme – Ottinger verfügte über mehr als eine Stimme –, die Ian als schulmeisterlich, ja als gönnerhaft empfand, und seinem Mandanten die für Ian schwer begreiflichen Schuldabstufungen nach den Gesetzen des Staates erläutert. Warum galt die »verwerfliche Mißachtung menschlichen Lebens« als Mord und nicht als Totschlag, oder ... Ian, der nicht recht zuhörte, unterbrach ihn ziemlich unvermittelt mit der Frage: »Wie geht es denn Stephanie? Ich habe sie lange nicht mehr gesehen.«

»Stephanie? Danke, gut.« Die Pause, die Ottinger einlegte, war gerade lang genug, um Ian merken zu lassen – auch wenn es vielleicht nicht ganz so bei ihm ankam –, daß seine Frage ebenso ruppig wie fehl am Platze war. »Du weißt ja wohl, daß wir seit etwa zwei Jahren geschieden sind.«

»Nein«, sagte Ian überrascht. »Das wußte ich nicht.«

Ottinger sah auf die Schriftstücke herunter, die vor ihm auf dem Schreibtisch lagen. »Ich dachte, ich hätte es dir sogar mal selber erzählt, aber weshalb hättest du es dir auch merken sollen ...«

Ian sagte verlegen: »Du und Stephanie ... Ich hatte immer den Eindruck, daß ihr so besonders gut zusammenpaßt. Und eure Tochter Rachel, ich hatte immer den Eindruck, als ...« Warum sprach er von diesen Menschen, als seien sie nicht mehr am Leben? »Ist Stephanie in Hazelton? Oder ...«

»Nein. Im Augenblick sind weder meine Frau noch meine Tochter in Hazelton.«

»Es tut mir sehr leid, ehrlich.«

»Ja, mir auch«, sagte Ottinger kühl. »Aber du weißt ja, wie das mit diesen Dingen geht.«

»Ja«, bestätigte Ian bedrückt. »Mit diesen ... oder anderen Dingen.«

Mit der Zielgenauigkeit einer Präzisionsmaschine kehrte Ottinger wieder zu seinem Thema zurück, genau zu dem Satz, den Ian unterbrochen hatte, aber verunsichert wie er war, bedrückt von einer neuen Last, als sei die Luft, die er atmete, schwerer geworden, konnte Ian jetzt überhaupt nicht mehr zuhören. Geschieden! Das also war es! Glasklar, wie in einer Halluzination, sah er Nick Ottinger vor sich (den kraftvollhaarigen Nick Ottinger mit den muskulösen Beinen, den er aus der Squashhalle, dem Umkleideraum, der Dusche kannte), wie er sich im Schlafzimmer der McCulloughs, gespenstisch vervielfältigt in den zahlreichen Spiegeln, mit denen Glynnis den Raum versehen hatte, mit seiner Frau vergnügte. Die Affäre würde den Niedergang der Freundschaft zwischen den McCulloughs und den Ottingers, würde die Scheidung der Ottingers erklären.

Ian überlegte, ob wohl in Ottingers ziemlich anmaßend unpraktischem Schreibtisch irgendwo in einer streng vertraulichen Akte ein Packen Briefe, Karten, Zettel in Glynnis' Handschrift versteckt war.

Nein, wahrscheinlich hätte er solche Unterlagen – da er ja Anwalt war – weggeschlossen. In einem Safe vielleicht.

Oder hätte er sie – da er ja Anwalt war – planvoll vernichtet ...?

Ziemlich schroff sagte Ian: »Ich habe nie ganz begriffen, Nick, warum wir vier – Glynnis und ich, du und Stephanie – nicht mehr so wie früher zusammen waren. Es ist mir seit jeher ein Rätsel ...« – dabei verhielt es sich in Wirklichkeit so, daß er in all den Jahren an die Ottingers nur dann – und auch dann nur flüchtig – gedacht hatte, wenn er sie auf einer Party in Hazelton getroffen hatte oder Nick beim Sport über den Weg gelaufen war – » ... wieso wir uns so auseinandergelebt haben.«

»Nun ja«, sagte Ottinger widerstrebend, deutlich verstimmt oder alarmiert über die Richtung, in die ihr Gespräch lief, »auch mit diesen Dingen geht das eben manchmal so.«

»Selbst unsere Töchter stehen sich nicht mehr so nah wie früher, glaube ich.«

»Darüber weiß ich nichts.«

»Glynnis hat dich sehr gern gehabt. Dich und Stephanie. Ich verstehe wirklich nicht ...«

»Warum reden wir nicht ein andermal darüber?«

»Ein andermal?«

»Der Zeitpunkt ist wohl nicht allzu günstig ...«

Ottinger bemühte sich, mit einem Lächeln seinen Ton zu entschärfen.

»Weil ich dir zweihundert Dollar die Stunde zahle?« Auch Ian lächelte und dachte: Armleuchter!

Und dann fing er unvermittelt an zu weinen. Völlig überraschend quollen heiße, brennende Tränen aus seinen Augen. Er sprang auf und legte die Hände vors Gesicht. »Tut mir leid. Am besten gehe ich jetzt.«

Auch Ottinger war aufgestanden, als seien ihm Ausbrüche dieser Art, die sein professionelles Eingreifen notwendig machten, nicht ganz fremd. »Nein, bleib noch, Ian. Geh in mein Badezimmer, bis dir besser ist.«

Ian betrat Ottingers Badezimmer, einen weiß gefliesten, etwas zu sehr heruntergekühlten kleinen Raum mit einem Lichtschalter, der einen wespengleich sirrenden Ventilator in Gang setzte. Er ließ Wasser laufen, wusch sich das Gesicht, die hilflos-zornigen Tränen wollten nicht versiegen, und sagte sich, daß Nick Ottinger der naheliegendste Kandidat für die Rolle von Glynnis' Phantomliebhaber wäre und natürlich nicht ihr Liebhaber gewesen war, die Vorstellung war geradezu grotesk. Ich verliere den Verstand, dachte er, ich muß aufhören, an solche Dinge zu denken.

Während das Wasser ins Becken rauschte, hörte er in Ottingers Vorzimmer das Telefon läuten, hörte, wie Ottingers Sekretärin das Gespräch zu ihm durchstellte, hörte durch die Wand Ottingers Stimme, brüderlich und fern zugleich: schwül, vertraut, intim, dabei gedämpft und undeutlich. Mit einem Schauer, der fast etwas Lüsternes hatte, dachte er daran, daß zu einer anderen Zeit, aber in jenem Zimmer, an jenem Schreibtisch, Nicholas Ottinger vielleicht mit seiner, Ians Frau telefoniert hatte, während er, der gehörnte Ian McCullough, im Institut gesessen hatte, ohne auch nur zu ahnen, was sie ohne ihn planten, ohne ihn trieben. Wie sie ihn faszinierte und abstieß zugleich, diese Begierde, diese Hingabe des ehebrecherischen Liebespaars, das Spiel der Körper, ohne Gewissensbisse, ohne Sentimentalität, hungrige Münder, klammernde, grapschende Hände ... Er dachte daran, wie Glynnis die Beine um seine Hüften geschlungen hatte, die Knöchel fest übereinandergelegt; an die raschen harten Stöße ihres Körpers, die Hitze ihres Fleisches: Brüste, Bauch, Schenkel, Vagina. Auf dem Höhepunkt des Orgasmus krümmte sie sich wie im Krampf, nahm ihn gierig in sich auf und marterte ihn mit fast unerträglichen Lustgefühlen.

Aber er hatte sie ertragen, natürlich hatte er sie ertragen, in mannhaftem Schweigen, soweit das möglich war. Glynnis hatte geschrien, hatte laut herausgeschrien, aber Ian war stumm geblieben.

Wenn er nicht impotent gewesen war. Wenn sich nicht Glynnis von ihm abgewandt hatte, gekränkt, enttäuscht oder in unartikulierter Wut.

Er würde dafür sorgen, versprach Ottinger, daß die Vernehmung zur Anklage möglichst schnell und schmerzlos über die Bühne ging. »Danach bringen Graham und ich ...« – Graham war einer von Ottingers Mitarbeitern, ein junger Harvard-Absolvent – »dich und Bianca ins ›Sheraton‹. Ich nehme dich auf meine Visakarte, ich veranlasse alles Notwendige. Einschließlich einer Bewachung für dein Haus, zum Schutz deines Eigentums.« Er brachte Ian zur Tür, energisch, schwungvoll, lächelnd, als habe es Ians Zusammenbruch vor wenigen Minuten gar nicht gegeben. »Natürlich ist es nicht billig«, sagte er munter, »aber es lohnt sich. Glaub mir, es lohnt sich sehr.«

Als widerstrebte es ihm, Ian in diesem Moment wegzulassen, oder als habe er gewisse Zweifel, ob sein Mandant allein die Treppe würde bewältigen können, begleitete Ottinger ihn bis auf die Straße. In der Mittagssonne wirkte das geschmackvoll restaurierte georgianische Stadthaus mit der diskret-roten Backsteinfassade, den schwarzen Fensterläden und dem Gitterwerk aus schwarzem Schmiedeeisen malerisch wie ein Bühnenbild. Ian sah mit großen Augen auf die makellosen Knospen der Wachsbegonien in den Fensterkästen und die Glimmereinlagerungen der Backsteine, und fragte sich, warum er an diesem warmen Mittsommertag hier auf der Chase Street stand, neben einem Mann, der ihm nicht besonders sympathisch war, dem er aus ihm selbst nicht ganz erfindlichen Gründen schon immer mißtraut hatte.

»Darf ich dir einen letzten Rat geben, Ian«, sagte Ottinger. »Auf die Gefahr hin, daß du mich für aufdringlich hältst. Ich an deiner Stelle würde nicht versuchen, Verbindung mit dieser jungen Frau, mit dieser Sigrid Hunt aufzunehmen, so verlokkend dir das erscheinen mag. Du hast mir wiederholt versichert, du wüßtest nicht, wo sie ist, du hättest seit Monaten nicht mit ihr gesprochen, und das nehme ich dir auch ab. Aber bitte glaube mir, es wäre ein schwerer Fehler, wenn du jetzt – erfolgreich oder nicht – versuchen würdest, Kontakt zu ihr aufzunehmen, und die Anklage Wind davon bekäme. Sie werden die Telefongesellschaft anweisen, deine privaten oder geschäftlichen Ferngespräche zu registrieren – deine früheren Ferngespräche haben sie sich bestimmt schon geben lassen. Bitte behalte das im Auge. Falls es Lederer nicht gelingt, sie zu finden und vorzuladen, werden wir einen Privatdetektiv mit der Suche nach ihr beauftragen. Aber bitte überlaß diese Frau mir.«

»Ja, schon gut«, sagte er scheinbar ungerührt. Dabei dachte er: Ferngespräche ... Telefongesellschaft ... Vorladung ...

»Und versuche, dich nicht in deinen Fall zu verrennen, das hat man nämlich oft bei Leuten deines Schlages – *unseres* Schlages, müßte ich wohl sagen, Perfektionisten, die es gewöhnt sind, ihr Leben selbst zu steuern, sich nicht steuern zu lassen. Denk daran, daß ich als dein Anwalt dich verteidigen werde, daß das nicht deine Zuständigkeit ist. Meine Argumentation ist sehr einfach: Es ist kein Verbrechen geschehen, der Tod war ein Unfall, einfach ein Unfall, wie du mir gesagt hast. Du solltest – soweit das menschenmöglich ist – so weiterleben und weiterarbeiten wie bisher. Du solltest *nicht* aus dem Institut ausscheiden. Das wäre ein Sieg für Lederer. *Mors tua, vita mea* – wie es bei den Römern hieß. ›Dein Tod, mein Leben.‹«

»Ja«, sagte Ian, »der Spruch ist mir geläufig.«

»Hoffentlich auch sein Sinn«, sagte Ottinger.

Ottinger hatte – typisch Anwalt – die Gewohnheit, immer noch eins draufzusetzen, er ließ einem nie das letzte Wort.

»Der Fall kann sich über längere Zeit hinziehen. Es liegt in unserem Interesse, ihn zu verzögern, bis der Wirbel sich etwas gelegt hat. Deine traurige Berühmtheit in Hazelton meine ich«, sagte Ottinger.

Lächelnd kniff er die Augen zusammen, weil die Sonne ihn blendete. Die winzigen Narben um die Augen waren jetzt deutlich zu erkennen – wie Stiche, wie Dornen. Die Kopfverletzung und die Blutung müssen beträchtlich gewesen sein, dachte Ian.

»Nicht verzweifeln, das ist jetzt die Hauptsache«, sagte Ottinger und schüttelte Ian kräftig die Hand. »Nicht privat und nicht in der Öffentlichkeit.«

Und während Ian sich zum Gehen wandte, fügte er hinzu: »Vor allem nicht in der Öffentlichkeit.«

2

WISSENSCHAFTLER AUS HAZELTON-ON-HUDSON WEGEN TOD DER EHEFRAU ANGEKLAGT

LEITENDER INSTITUTSMITARBEITER UNTER MORDANKLAGE VOR GERICHT

PREISGEKRÖNTER MANN DER WISSENSCHAFT AUS HAZELTON WEGEN TOD DER EHEFRAU ANGEKLAGT:
Ian McCullough, 50, unter Mordanklage

PROZESS FÜR PROVINZPROFESSOR; EHEFRAU ZERSCHMETTERT
Die »Andere« (vermutetes Motiv) spurlos verschwunden

Es waren Ausschnitte und ganze Zeitungen, die Bianca sorgsam auf dem Tisch in ihrer Hotelsuite ausgebreitet hatte, die sie zum Zweck »persönlicher Geschichte« sammelte, wie sie sagte. Der *Hazelton Packet, Cattaraugus Monitor, Poughkeepsie Journal;* die *Newburgh Times* und der *White Plains Herald;* der *Hudson Valley Shopper;* die *New York City Tribune;* ja sogar – der Artikel stand an herausragender Stelle in der Stadtbeilage – die *New York Times,* dieses allgegenwärtige Wissen und Gewissen der Region, dem man höchstens durch den Tod entrinnen konnte. (»Da es praktisch nicht möglich ist, ohne die *New York Times* als Wissenschaftler oder Freiberufler zu einem guten Ruf zu kommen«, sagte Ian gedankenvoll zu Bianca, »ist es wohl nur recht und billig und eine Art ausgleichende Gerechtigkeit, wenn sie einem auch den Ruf kaputtmacht.«)

Die schlimme Schlagzeile von der »zerschmetterten« Ehefrau stammte aus der *New York Post,* einer Boulevardzeitung, die auch – fett und unübersehbar – den Namen »Sigrid Hunt« in die Öffentlichkeit getragen hatte. Die Tänzerin, das Fotomodell

»mit dem brandroten Haar« wurde dort als »geheimnisvolle Frau Ende Zwanzig« geschildert, deren »derzeitiger Verlobter« nicht wisse, wo sie sich aufhalte, nicht einmal, »ob sie lebt oder tot ist«. Auf dem dazugehörigen Foto, das die gelackte Künstlichkeit einer Werbeaufnahme hatte, blickte Sigrid Hunt direkt in die Kamera, die Hände in die Hüften gestemmt, den Oberkörper leicht gedreht, das Haar dramatisch, wenn auch nicht ganz überzeugend vom Winde verweht. Sie sah wie zwanzig aus oder noch jünger, trug natürlich keine Brille, und war stark und sehr modisch geschminkt, besonders um die Augen.

Von Glynnis erschienen in der Presse am häufigsten die Fotos von den Schutzumschlägen ihrer Kochbücher, auf denen auch sie viel jünger aussah, als sie zur Zeit ihres Todes gewesen war. Ian war meist in der Aufnahme aus dem *Boston Globe* vom Januar zu sehen, als er die Auszeichnung der »National Association of Social Sciences« entgegengenommen hatte. Auf diesem Foto lächelte Ian, die Augen vor dem Blitzlicht leicht zusammenkneifend, verlegen in die Kamera, ein hochgewachsener Mann von unbestimmbarem Alter mit hagerem Gesicht, jugendlich, aber mit Sicherheit nicht mehr jung, mit dunkelgeränderter Brille, dünnem, hellem Haar und dem gespielt harmlosen Gesichtsausdruck eines Mörders.

Wenige Tage später brachte die *Post* ein längeres Feature, SKANDAL UND TRAGÖDIE IN DER DENKFABRIK, mit zahlreichen Fotos nicht nur von Ian, Glynnis und Sigrid Hunt, sondern auch von anderen Bürgern Hazeltons, die Schande über das Institut gebracht oder ihm zumindest ungewünschte Aufmerksamkeit beschert hatten, der »weltbekannte Spezialist für europäische Wirtschaftspolitik«, dem 1959 Kindesbelästigung vorgeworfen worden war und der daraufhin das Institut hatte verlassen müssen, der frühere stellvertretende Institutsleiter, um den es 1965 eine Unterschlagungsaffäre, allerdings ohne offizielle Anklage, gegeben hatte, und die »chronisch« deprimierte Ehefrau eines der leitenden Mitarbeiter, die sich 1971 auf spektakuläre Weise das Leben genommen hatte, indem sie in einem Novemberschneesturm mit ihrem Wagen in den Hudson River gefahren war. Einwohner von Hazelton (Namen der Redaktion bekannt) äußerten sich freimütig über das Institut, ein voller Argwohn beäugtes Steuerschlupfloch, »Kommunistenbollwerk« und Heimstatt von Spinnern, Verrückten, der einen oder anderen Geistesgröße (»die denken alle, sie brauchen sich nicht an die Gesetze zu halten«) und eines gewissen Ian McCullough, von dem es hieß, er gehöre zu »einem geselligen Kreis von Prominenten«, der in Hazelton wegen seiner Partys, seines Alkoholkonsums, seiner Ehebrüche, Ausschweifungen und Scheidungen berüchtigt war. »All das geschieht fremden Leuten«, sagte Ian entsetzt und fasziniert zugleich, »aber diese anderen Leute sind wir.«

»Sie bringen dich um, dich und Mutter«, sagte Bianca leise. »Immer wieder neu. Und es gibt keine Möglichkeit, sie daran zu hindern.«

Wie hieß sie doch gleich, die griechische Göttin der Schmach?

Ian McCullough dachte angestrengt nach, aber es wollte ihm nicht einfallen. Dort, wo der Name gewesen war – quälend, irritierend, war es nicht so was Ähnliches wie Aurelia, Aurora, Aviva? –, war nichts mehr, und wenn sich so etwas wie ein Bild einstellen wollte, war es immer nur das seines eigenen Gesichts.

Sie waren »Jonathan Hamilton« und seine Tochter »Veronica«, die auf unbestimmte Zeit, mindestens aber eine Woche, die Suite in einem der oberen Stockwerke des »Sheraton Motor Hotels« bewohnten. Zwei Schlafzimmer, zwei Badezimmer, ein gemeinsames, recht geräumiges, geschmackvoll eingerichtetes Wohnzimmer; Minikühlschrank und Minibar; drei große Fernseher; ein Blick, der an eine holländische Landschaft erinnerte, mit dem Hudson River im Süden, auf der anderen Seite des nie abreißenden Verkehrs, der über die Thruway rollte. Die Hamiltons legten größten Wert auf ihre Privatsphäre, aßen meist in ihrer Suite und nutzten nur selten die Angebote des Hotels, allenfalls – wenn sonst kaum Gäste zu erwarten waren – den Swimmingpool. »Überraschend hübsch hier«, sagte Ian, als habe er etwas ganz anderes erwartet, und Bianca erwiderte: »Weil man an so einem Ort nicht merkt, wie unwirklich im Grunde alles ist. Hier ist eben alles unwirklich.« Das klang nicht verweisend, sondern milde, zustimmend, so redete sie jetzt immer. Sie las sehr viel, mit leidenschaftlicher Intensität, als hinge ihr Leben daran – abwechselnd die Zeitungsartikel und die *Bhagavadgita*.

In den ersten drei, vier Tagen lag Ian oft lange in oder auf seinem riesigen Bett, einem überbreiten Doppelbett, auf dem er, wenn er wollte, die Arme ausstrecken konnte wie ein Gekreuzigter, wobei seine Finger vergeblich die Bettkante zu erreichen suchten. Die moosfarbenen Samtvorhänge waren zugezogen und tauchten das Zimmer in ein eigenartiges grünliches Dämmerlicht, als treibe er unter der Meeresoberfläche dahin; die unvertrauten Dimensionen des Zimmers waren verschwommen wie in einem nur vage erinnerten Traum. Ian schlief nicht in diesem Zustand, aber er war auch nicht im eigentlichen Sinne wach. Strenggenommen dachte er auch nicht, vielmehr schien es ihm, als flössen die Gedanken – zusammenhanglos, im Stakkato, beschleunigt oder im Zeitlupentempo – durch ihn hindurch wie elektrischer Strom.

Er sprach praktisch nur mit Bianca, die – darin Glynnis sehr ähnlich – bereitwillig und unerschrocken die Situation meisterte, sich um die alltäglichen, aber aufreibenden Dinge wie die Bestellung des Essens beim Zimmerservice, Einkäufe im Drugstore des Hotels, Verhandlungen mit dem Hotelpersonal kümmerte. Sie ging auch ans Telefon, wenn Ottinger oder seine Kanzlei anrief. (Die Grinnells wußten, wo Ian und Bianca wohnten, nicht aber, wie sie sich dort nannten.) Bianca hatte den Namen Veronica gewählt, weil er, wie sie sagte, exotisch und heiligmäßig zugleich war, und als »Veronica« war sie sehr um Höflichkeit, Milde, Geduld und Kritiklosigkeit bemüht – so entsagungsvoll, daß es zuweilen schien, als sei sie gar nicht da. Ian deutete ihr Verhalten als eine komplizierte Form der Hysterie, verspürte aber derzeit keinerlei Neigung, etwas dagegen zu unternehmen.

Natürlich hatte er sich Arbeit mitgebracht: zehn, zwölf Bücher, die er noch lesen mußte, seit Wochen unbeantwortete Korrespondenz. Vor Monaten hatte ihn die *Times Literary Supplement*, für die er hin und wieder Beiträge schrieb, um eine Sammelrezension etlicher Neuerscheinungen auf seinem Fachgebiet gebeten, und er hatte sich vorgenommen, an diesem Aufsatz zu arbeiten oder sich zumindest Notizen dafür zu machen; daß der Redakteur ihn womöglich bereits abgeschrieben und die Bücher einem anderen Rezensenten angetragen hatte, daß der ganze Plan vielleicht inzwischen gestorben war – daran versuchte er nicht zu denken. Aber er konnte sich auf nichts länger als ein paar Minuten konzentrieren, und häufig ertappte er sich dabei, daß er mit der friedlichen Abgeklärtheit eines Zombies an einem Fenster stand und mit großen Augen auf den bläulich-grauen Fluß im Süden sah ... wie hieß er doch gleich? Er mußte angestrengt nachdenken, bis ihm der Name wieder einfiel.

Wenn es dämmerte, fuhr er mit Bianca in die duftende Landschaft hinaus, dort wanderten oder joggten sie schweigend über verlassene Landwege. Diese Ruhe! Diese Einsamkeit! Ian ging voran, Bianca folgte in einigem Abstand, denn bei diesen Expeditionen hatten Vater und Tochter einander nichts zu sagen und wollten nur noch vergessen, daß der andere da war. Nach ein paar Tagen fand sich Ian bereit, mit Bianca in den Swimmingpool zu gehen, wo sich zu seiner Erleichterung niemand um ihn kümmerte und er in dem schönen türkisfarbenen Wasser, das nach Chlor roch wie eine Mundspülung und ihn an jüngere, vermutlich unschuldigere und glücklichere Tage erinnerte, langsam und nachdenklich seine Bahnen ziehen konnte. Wenn ich jetzt sterbe, dachte er und lächelte kurzsichtig in das sonnengetüpfelte Wasser, während er sich an den vor langen Jahren in der High School erlernten australischen Kraulstil zu erinnern suchte, sterbe ich glücklich.

Bianca kaufte ihm im Hotel-Drugstore einen dunkelgrünen Sonnenvorhänger für seine Brille. Um das Inkognito zu wahren. Ihrem mehr im Scherz als im Ernst – oder doch mehr im Ernst als im Scherz? – geäußerten Vorschlag folgend, scheitelte Ian sein Haar ein bißchen anders und kämmte es leicht nach unten statt aus der hohen Stirn. Eine geringfügige Veränderung nur, aber immerhin. »Jonathan Hamilton«, Geschäftsmann aus Boston, Massachusetts. Warum kein Schnurrbart? Oder Vollbart? Ian hatte weder das eine noch das andere je gehabt. Wer ihn sah, wußte nichts von seiner Identität. Und so würde ihn niemand wirklich »sehen«.

(Einer von Glynnis' mutmaßlichen Liebhabern in Cambridge hatte einen Bart gehabt, einen verwegenen schwarzen Piratenbart. Gerry Michaels hieß der Mann, ein schwarzhaariger Ire und hervorragender junger Wirtschaftswissenschaftler, der später, als ihrer aller Leben, Laufbahn, Schicksal unerbittlich ins Rollen gekommen war, in Harvard scheitern sollte. Auch Ian war – oder hatte es sich zumindest damals eingebildet – mit Gerry befreundet gewesen. Jeder hatte Achtung vor dem Werk und der Persönlichkeit des anderen gehabt – oder das hatte er sich zumindest damals eingebildet.

Wo mochte Gerry jetzt sein? Hatten er und Glynnis sich völlig aus den Augen verloren, oder hatten sie sich hin und wieder getroffen – aus alter Anhänglichkeit oder (zweckdienlicher) aus Lust und Liebe?

Ich werde es nie erfahren, dachte Ian.

Mindestens einen weiteren wahrscheinlich bärtigen Liebhaber hatte es Anfang der siebziger Jahre gegeben...

Und hatte nicht eine Weile auch Denis einen Bart gehabt, einen Spitzbart...?

Hatte eigentlich Reverend Ebenbach einen Bart gehabt? Ian konnte sich beim besten Willen nicht mehr erinnern und fragte Bianca, der es auch nicht einfallen wollte. (Dieser Tag ist in meinem Kopf ein weißer Fleck, sagte Bianca.)

Die »Hamiltons«, Vater und Tochter, blieben alles in allem neun Tage im »Sheraton Motor Hotel«, länger hielt Ian es im Exil nicht aus. Doch in dieser Zeit – das machte wohl der geheimnisvolle Einfluß von Jonathan – stellte Ian fest, daß er sich lebhafter für seine Mitmenschen zu interessieren begann, daß er sich förmlich darauf freute zu beobachten, wie sie sich frei und ungezwungen unter dem neutralen und häufig wohlwollenden Blick eines Fremden bewegten. Während er langsam, mit vorsichtigen, ja schüchternen Schritten wieder in die Welt zurückkehrte, beim Schwimmen im Pool und später beim Sonnenbad, kühn in der Sonne verharrend, die etwas so Öffentliches und deshalb eigentlich nichts für einen Mann von seiner traurigen Berühmtheit war, beobachtete Ian unauffällig die Gäste, die in den ruhigen Nachmittagsstunden, wenn Reisende meist noch unterwegs sind, im Hotel geblieben waren, um ihre Kinder beim Spielen zu beaufsichtigen, um sich, sorgfältig eingeölt, mit vertrauensvoll geschlossenen Augen der Sonne hinzugeben. Die Kinder fand Ian besonders liebenswert. Wild, laut, begeistert spritzend – und so hübsch. Nicht einmal der Gedanke an sein eigenes Kind drängte sich in diesem Zusammenhang auf (das inzwischen erwachsen war und in eben diesem Pool herumschwamm) oder an seine Vaterschaft in jenem anderen Leben, das er sich jetzt nur noch mit Mühe vorstellen konnte, als sei es das Leben eines anderen Menschen, das ihm in seinem jetzigen Stand der Sünde und Verächtlichkeit auf immer verschlossen war.

Er sah den Kindern zu und ihren Eltern, die im Wasser herumtollten, lachten, mit den Armen fuchtelten, mit kleinen Schwimmwesten und bunten Schwimmtieren spielten: gelben Enten, smaragdgrünen Fröschen, roten Krokodilen. Gewiß, dachte Ian, habe ich doch Bianca, als sie klein war, das Schwimmen beigebracht, bin mit ihr herumgetobt wie jener dünne junge Vater mit seiner kleinen Tochter, während die junge Mutter sich in einem Liegestuhl am Beckenrand ausgestreckt hatte und ihnen zusah, eine hübsche, eine sehr hübsche Brünette mit lockigem Haar, goldbrauner Haut, in einem modisch winzigen Zweiteiler, der einen seidigen Schimmer hatte und ihre Brüste fest umschloß, so wie es Männerhände tun – in Verzweiflung oder Liebe. Der junge Vater beugte sich über seine Tochter und hielt sie fest, während sie mit wild rudernden Armen und Beinen »schwamm«, wild zappelnd und quietschend vor Vergnügen, indes ein paar Meter weiter ein anderes Kind, mit jenem nicht verwandt, fest auf dem Beckenboden stand und mit den Armen Schwimmbewegungen machte. Jähe Freude überkam Ian beim Zusehen, bei diesem unschuldigen Vergnügen des Zusehens, denn niemand wußte, wer er war und was er getan hatte. Niemand nahm Notiz von ihm.

Gewiß, dachte Ian, hatte er so auch mit Bianca gespielt, gewiß hatte er, bei aller Fixierung auf seine Arbeit, grübelnd versponnen in seine eigenen Gedanken, dieses spielerische, dieses schwerelose, ungetrübte Glück nicht ganz an Glynnis abgetreten.

Er dachte an Spinozas rätselhafte Bemerkung: *Das erste und vornehmste Bemühen des Geistes ist es, die Existenz des Körpers zu beglaubigen.*

Nichts da, Freund! Der Körper ist alles, was wir haben.

Und plötzlich, mitten in der Nacht, fiel ihm der Name der Göttin ein: Aidos.

Aidos, Göttin der Schmach.

Und ihre Zwillingsschwester und treue Verbündete: Nemesis.

Am letzten Tag im Hotel, beim Frühstück, sagte Bianca nachdenklich: »›Veronica‹ wird mir fehlen, sie hatte keine Seele, mit der sie ringen mußte.«

»Ja«, sagte Ian, »ohne das tut man sich leichter ...«

Die ganze Zeit hatte er darauf gewartet, daß Bianca nach Sigrid Hunt fragen würde; aber sie hatte nicht gefragt. Auch das war wohl eine Form der Hysterie.

Jetzt sagte er befangen: »Was diese junge Frau anbelangt, diese Sigrid, von der die Presse so viel hermacht ... Wir waren befreundet, aber mehr war es nicht. Sie war ursprünglich die Freundin deiner Mutter, und dann hat Glynnis sie mit mir bekanntgemacht.« (Aber stimmte denn das? Hatte Glynnis sie miteinander bekanntgemacht? Ian konnte sich plötzlich nicht mehr erinnern, wie er Sigrid Hunt kennengelernt hatte.) »Glaub mir, Bianca, das alles ist über alle Maßen verzerrt und mißdeutet worden ...«

Bei Nennung des Namens Sigrid Hunt verschloß sich Biancas Gesicht jäh, ihre Augen verengten sich. Sie sagte leise: »Laß gut sein, Daddy, ich glaube dir aufs Wort.«

»Die Anklage stützt sich auf eine ...«

»Ich glaube dir. Unbesehen.«

» ... Chimäre.«

»Ja. Ich weiß. Ich verstehe.«

»Du verstehst?« wiederholte er ratlos. »Aber wie kannst du das verstehen?«

Bianca lachte. »Ich kenne dich doch, Daddy. Und ich weiß, wie sehr ihr euch geliebt habt, du und Mommy. Ich weiß es. Das braucht mir keiner zu sagen.«

Ian sah seine Tochter groß an, die offenkundig kein weiteres Wort über Sigrid Hunt von ihm zu hören wünschte, nicht einmal ein Dementi. Demnach hatte sie grenzenloses Vertrauen zu ihm. Oder war es am Ende so, daß sie in ihrem mystischen Fatalismus Vertrauen zu keinem Menschen mehr hatte?

»Ich wollte das nur mal klarstellen«, sagte er lahm. »Falls du dir . . . falls du dir Gedanken gemacht hast.«

»Ich habe mir keine Gedanken gemacht.«

Sie beendeten ihr Frühstück schweigend. Als der Kellner den Servierwagen weggerollt hatte, sagte Ian: »Sie wird mir fehlen, unsere Oase der Unwirklichkeit. Dir auch?«

Und an jenem letzten Nachmittag am Pool wiederholte er es: »Das alles wird mir fehlen. Die Menschen, die wir beinah waren.«

Bianca lachte, es klang fast fröhlich, und tauchte mit einem nahezu perfekten Kopfsprung in den Pool.

Ian tat es ihr nicht nach, sondern blieb auf dem Kachelrand des Beckens sitzen und ließ sich vorsichtig, aber mit einer Art kindlicher Vorfreude, ins Becken hinunter. Er hatte sich inzwischen an das beißende Chlorwasser gewöhnt und auch an das geisterhaft schimmernde Weiß der Fliesen am Grunde des Beckens, das, weil er ohne Brille schwamm, besonders stark vor seinen Augen waberte. Es war ihr letzter Besuch im Pool des »Sheraton«. Am Vortag war Ian zum erstenmal vom Sprungbrett gesprungen, weiß Gott warum, und mit einem ungeschickten Bauchklatscher gelandet. Sekundenlang hatte er gedacht, er müsse ertrinken oder sei nah daran zu ertrinken – mit peinlichen Folgen für Bianca und sich selbst. Er fuchtelte wild, um sich über Wasser zu halten, kam hoch, hörte, wie der junge Bademeister ihm etwas zurief – »Sir« nannte er ihn –, aber er winkte tapfer ab und rief: »Alles in Ordnung, hab nur ein bißchen Wasser geschluckt . . .«, und schluckte gleich noch mehr. Aber er fing sich wieder und schwamm unter dem wachsamen Blick des Bademeisters und seiner Tochter mehrere Bahnen in seinem gewohnten Tempo, und als er herauskam, empfand er tiefe Befriedigung. Außer Atem, untrainiert, nicht mehr der Jüngste, hatte er sich dennoch seine Selbstbestätigung verschafft.

Heute erfüllte ihn Optimismus, ein Gefühl neuer Kraft, denn selbst in den engen Grenzen eines Swimmingpools hat das Schwimmen etwas Erlösendes: Du bist schwerelos, du bist ohne Sünde. Während seine Schulter- und Armmuskeln angenehm zu spannen begannen und seine zernarbte Hand stetig geschmeidiger wurde, dachte er, daß er bei der Rückkehr in sein Leben, in sein so bizarr verändertes Leben, vielleicht etwas von dem mitnehmen konnte, was er hier im Hotel gelernt hatte: das Vermögen, auch die anderen zu sehen, Gelassenheit und Stille, vielleicht so etwas wie Demut vor anderer Menschen Da-Sein. Wenn es ihm gelänge, aus seiner verwüsteten Seele sein Ich auszuleeren und sie bereitzumachen für ...

Er dachte an die spontane Fahrt nach Bridgeport im Januar, als er einen Tag früher als vorgesehen das Luxushotel in Boston verlassen und ohne besonderen Grund seine Heimatstadt aufgesucht hatte ... in der er seit zwanzig Jahren nicht mehr gewesen war. Es war wie eine Geschichte, formlos, irritierend, die ihn während der Fahrt bedrängte; ein paar Wochen später (aber sicher gab es da keinen Zusammenhang) sollte »Sigrid Hunt« zu einer Geschichte werden, die ihn bedrängte. Er hätte nicht sagen können, warum er das Bedürfnis gehabt hatte, der Tagung zu entfliehen, diesem fröhlich-geselligen Gewimmel, in dem ihm auf Schritt und Tritt jemand die Hand schüttelte, in dem er mit Glückwünschen und herzlichen Worten überhäuft wurde – wahrgewordener Traum des jungen, ehrgeizigen Akademikers, der sich nach Aufstieg, Anerkennung, der Bewunderung seiner Altersgenossen sehnt. Und dann hatte ihn eine sonderbare Unruhe und Unduldsamkeit erfaßt, der Klang seines eigenen Namens, besonders von den Lippen völlig Fremder, war ihm auf die Nerven gegangen. Ihm schien, als stehle man ihm sein Leben, als sauge man ihm sein Blut aus, Tropfen für Tropfen, und statt dessen ... »Ian McCullough«.

Und deshalb hatte er am Samstag seine Rechnung im Hotel bezahlt und war nach Bridgeport gefahren, war ziellos, aber immer erregter durch die Straßen seiner Kindheit, die alte Gegend gefahren, wobei er nicht das Neue (und Befremdliche) registrierte, sondern das Alte, die wenigen verbliebenen Orientierungspunkte, die Kirche St. Timothy am Fuße der Bridge

Street, seine alte Grundschule, seine alte Mittelschule (mit dem Anbau, der wie aus Plexiglas wirkte). Ein ganz gewöhnlicher Wintertag, der Himmel wie aus schmutziger Asche, die Luft feucht und schwer und mit einem chemischen Beigeschmack; und dann plötzlich wie eine Erscheinung das alte Haus in der Ninth Street. Ian schluckte krampfhaft, als er es sah, er erinnerte sich, oder versuchte es vielmehr – denn war nicht schon der Vorgang des »Erinnerns« in solchen Fällen ein Schwindel! –, der vielen Jahre, die er dort verbracht hatte, als Kind des Hauses, wachsam, still, in sich gekehrt, Zorn und Kränkung verbergend, immer im Wartestand. Eine Doppelhaushälfte, wahrscheinlich noch immer zu mieten, kein Eigentum, in einer Straße mit unbeachtlichen, wenn nicht gar ausgesprochen schäbigen Häusern. Inzwischen war es hellblau gestrichen wie ein Amselei, so daß es sich tapfer, festlich und töricht von seinen tristeren Nachbarn abhob.

Ich will mein Leben zurückhaben, dachte er, als er es sah.

Doch dann fuhr er ziellos-neugierig weiter, bog in die nächste Straße ein und passierte das fast unveränderte rußiggedrungene Backsteinhaus, in dem ein Freund, ein Klassenkamerad gewohnt hatte ... ein Junge, von dem Ian seit fünfunddreißig Jahren nichts mehr gehört, an den er in all dieser Zeit nie mehr gedacht hatte. Es war etwas Romantisches um diese Straßen mit den so peinlich nah am Gehsteig stehenden Häusern, um diese Straßen mit ihren Lagerhallen und verbretterten Gebäuden, um die Sonne, die auf das stahlgraue Wasser schien: eine Stimmung der Trauer um Verlorenes. Was aber hatte er verloren, was er hätte zurückhaben wollen? Was ist mir Tropfen für Tropfen ausgesaugt worden, dachte er und sah auf den schmutzig verschneiten alten Park mit dem Planschbecken, soviel kleiner als in seiner Erinnerung. In dem Park spielten Kinder, aber es waren keine Kinder, unter denen Ian McCullough Bekannte hätte entdecken können, schon deshalb, weil sie schwarz waren.

»Gutaussehende Frau, nicht?«

Ian, der geglaubt hatte, er sei allein, sah irritiert von seinem Buch hoch. Er saß in der Sonne, und trotz der dunklen Vorhänge tanzte das schimmernde Nachbild der weißen Seite vor seinen Augen.

»Schwimmt wie ein Fisch. Erwartet man irgendwie gar nicht.«

Einen Moment konnte er das Gesicht des Mannes, der sich geräuschlos, gleichsam unsichtbar auf dem Klappstuhl neben ihm niedergelassen hatte, kaum erkennen, dann gewann es allmählich schärfere Konturen: Das lächelnde Gesicht eines Fremden Mitte oder Ende fünfzig, rot wie eine überreife Tomate, mit schweren Lidern und buschigen Augenbrauen, ein gutaussehendes Gesicht, das etwas Satyrhaftes, einen Hauch von Ausschweifung hatte. Er stellte sich als Harvey Spicer aus Atlantic City, New Jersey, vor, Vertreter für Chock-a-Block Toys. Und Ian, überrumpelt und wie immer eingeschüchtert von soviel aggressiver Kontaktfreudigkeit, schüttelte dem Mann die Hand, es ließ sich nicht vermeiden, und stellte sich, ohne groß nachzudenken, als »Jonathan Hamilton« vor. Spicer, der sich offenkundig langweilte und Gesellschaft suchte, hatte einen sattrosa leuchtenden Tropendrink in der Hand; eine sicher recht unbequeme Badehose, unter der sich seine Genitalien abzeichneten wie pralle Früchte, hielt seine füllige Gestalt zusammen. Er hatte einen ebenfalls prallen, aber festen Bauch, der das Gummiband seiner Badehose aufs äußerste beanspruchte, einen mit dichten, zumeist grauen, pelzigen Haaren bedeckten Oberkörper und das lächelnd-penetrante Gehabe des Handelsvertreters, was Ian mit gelinder Verzweiflung erfüllte, denn seine sonnendurchglühte Gelassenheit war zu zerbrechlich, als daß er sie durch das Gespräch mit einem Unbekannten hätte gefährden dürfen.

Deshalb nahm er sich wieder sein Buch vor (*Die Volkswirtschaft in Blockstaaten,* die gewissenhaft dokumentierte, aber nicht sehr fesselnde Studie eines früheren Studenten, der jetzt in Berkeley lehrte, für die er eigentlich eine Vorbesprechung hatte machen wollen, aber er war mit dem Lesen nicht mehr rechtzeitig fertig geworden).

Angesichts des Interesses, das sein Nachbar an Bianca erkennen ließ, konnte auch Ian es sich nicht versagen, hin und wieder den Blick von seinem Buch zu heben, um Bianca im Swimmingpool anzusehen, Bianca mit ihrer glänzend schwarzen, helmgleichen Badekappe und dem schwarzen Einteiler, der ihrem glatten runden Körper ein seltsam asketisches Aussehen verlieh, wie sie ohne Eile, systematisch und mit zumindest für den flüchtigen Betrachter gekonnt lockeren, sparsamen Bewegungen ihre Bahnen zog – denn zu den Fertigkeiten, die sie als Kind aus dem Mittelstand hatte erlernen müssen, hatte auch das Schwimmen, korrektes Schwimmen, gehört. Bianca war, obgleich sie seit dem Tod ihrer Mutter abgenommen hatte, noch immer nicht dünn, nicht einmal schlank, sie hatte die weiche Fülle der jungen Frauen bei Renoir, kindhaft und sehr weiblich zugleich, eine Üppigkeit, die hauptsächlich Natur war, fast ohne menschliche Kunstgriffe. Allerdings war Bianca, wenn schon eine Renoirfigur, eine mit perlmuttblasser, nicht mit rosiger, wie rougebedeckter Haut. Das starkknochige Gesicht war ernst und konzentriert, ein gutaussehendes Gesicht, fand der Vater, die Augen lagen tiefer, als ihm lieb war, die Kiefer spannten sich in einer Art melancholischer Resignation.

Wie sehr er sie liebte, und wie wenig er für sie tun konnte. Das Mindeste – und das Äußerste – war es wohl, nicht ins Gefängnis zu kommen.

Bis auf ein älteres Paar, das sich im hüfthohen Wasser vergnügte, und eine Mutter mit zwei kleinen Kindern am flachen Ende hatte Bianca das Becken für sich, sie war die einzige Schwimmerin, unerschütterlich zog sie von einem Ende zum anderen, die kräftigen Arme blitzten auf wie Klingen, die Füße wühlten unter der Oberfläche das Wasser blasig auf, in einem Gegenrhythmus, so schien es Ian, zu den seicht-schattenlosen Klimperklängen der Musikberieselung, die vom Glück der Oberflächlichkeit kündeten, von der Seligkeit der Gegenwart. An der Stirn und im Nacken sahen dunkle Haarsträhnen unter der Kappe hervor, an einem Finger blitzte ein Ring. Was mag sie wohl denken, überlegte Ian, und war froh, daß er es nicht wußte. Ihm war, als habe der seidigschwarze Badeanzug mit dem tiefen Rückenausschnitt und den gekreuzten Trägern einmal Glynnis gehört, die ihn abgelegt und in irgendeine Schublade verbannt hatte, aber auch davon wollte er nichts wissen. Bianca hatte mit der Durchsicht von Glynnis' Sachen angefangen, um zu entscheiden, was sie behalten und was sie an die Heilsarmee geben wollte, aber mittendrin hörte sie immer wieder auf, fing wieder an, hörte wieder auf und wurde nicht fertig. Vielleicht, hatte Ian gesagt, wäre es am besten, die Sachen einlagern zu lassen, bis feststand, wie es weitergehen würde, im Klartext – und vielleicht wußte Bianca, wie er es meinte –, bis man wußte, wie der Prozeß ausgegangen war und ob Ian das Haus würde verkaufen müssen. Nein, hatte Bianca nur gesagt, nein, ich will das selber machen.

Der Mann, der sich als Harvey Spicer vorgestellt hatte, beobachtete Bianca nach wie vor mit offenkundigem Interesse, während er sich zu Ians Ärger mit dem Plastikrührstäbchen seines Drinks die Nägel am linken Fuß saubermachte. Falls Bianca etwas von dieser Musterung spürte, war sie gelassen genug, sich nichts anmerken zu lassen. Eine Bahn nach der anderen brachte sie in raschen, fehlerlosen Zügen hinter sich, während ihr Schatten ebenso elegant wie sie über den hellen Grund des Beckens glitt gleich einer Zwillingsschwester, von der sie keine Notiz nahm. Was würde Glynnis jetzt wohl von Bianca denken, dachte Ian. Bianca in ihrem glänzend-schwarzen Badeanzug und der schwarzen Badekappe als Zeichen der Trauer …

Als Bianca schließlich schwer atmend aus dem Pool kam, die Badekappe abstreifte und das lange glänzende Haar ausschüttelte, während das Wasser an ihren säulengeraden Beinen herunterrann, hörte Ian den Mann neben sich geräuschvoll nach Luft schnappen und – zweifellos für Ian bestimmt – halblaut sagen: »Erste Sahne, die Frau!«

»Entschuldigen Sie«, sagte Ian verstimmt. »Diese junge Frau ist meine Tochter.«

Spicer warf Ian einen Blick gespielter Überraschung zu, beglückte ihn mit seinem breiten feuchten Grinsen, war drauf und dran, ihm zuzuzwinkern. Oder *hatte* er gezwinkert? Er rückte sich in dem Klappstuhl zurecht, zog den Schritt der Badehose bequemer zurecht und sagte leise-vertraulich, von Mann zu Mann: »So? Pech für Sie, Kumpel, aber da kann man nichts machen …«

Anträge

1

Wenn die Justiz ein Spiel ist oder eine Folge vieler locker ineinandergreifender Spiele – kann man dann diejenigen, die in das Räderwerk dieser Spiele geraten, aktive Spieler nennen? Und ist ihr Erleben bei aller Angst und Mühsal eine Art von Spiel? Ian stellte diese Überlegungen ohne Verbitterung an, er staunte selbst darüber, wie wenig Bitterkeit in ihm war. Letztlich trug er ja selbst die Schuld, daß es soweit gekommen war.

Nick Ottinger hatte bei allen Prozeßterminen – die Verhandlung hatte zunächst am 8. September, dann am 30. November, schließlich am 11. Januar beginnen sollen – immer noch einmal eine Verschiebung erreichen können. Kein Zweifel, der Mann war großartig, auch seine Finten und Winkelzüge waren großartig. Aber dafür wurde er ja schließlich bezahlt.

Bei der ersten Terminverschiebung im August hatte Ian protestiert. »Ich will die Sache hinter mich bringen. Mir wäre es nur recht, wenn wir morgen früh anfangen könnten.«

»Zum Glück bist du in dieser Sache nicht gefragt«, sagte Ottinger streng. »Jede Terminverschiebung ist nur zu deinem Vorteil.«

»Aber ich möchte es hinter mich bringen, ich möchte mein normales Leben wieder aufnehmen.«

Ottinger betrachtete ihn nachdenklich, als habe er einen harmlosen, aber durchaus liebenswerten Irren vor sich. Und dann sagte er mit einem Lächeln, das Ian als mitfühlend und selbstgefällig zugleich empfand: »Nein, mein Freund, so läuft das nicht. Du kannst mir glauben, so läuft das nicht . . .«

Zuerst hatte Ottinger beantragt, die Klage schlicht und einfach abzuweisen. Die Anklagevertretung hatte nichts in der Hand – keine Zeugen, keine Beweise, kein Motiv. Kein Verbrechen.

Sein nächster Antrag (nachdem der erste abgelehnt worden war) hatte die Verlegung des Verhandlungsortes zum Inhalt, da aufgrund der »schrillen und überzogenen« Publicity um die McCullough-Tragödie sein Mandant in Cattaraugus County keinen fairen Prozeß mehr zu erwarten habe.

Der nächste Antrag suchte eine Terminverschiebung zu erreichen: Wegen Nichtauffindbarkeit einer mutmaßlichen Zeugin für die Verteidigung, Miss Sigrid Hunt, die – bisher erfolglos – sowohl von der Anklage als auch der Verteidigung gesucht wurde.

Der nächste Antrag ...

Ian hörte zu oder versuchte es zumindest. Der Reif um seine Brust war so eng, daß er kaum Luft bekam. In seinem Jammer war alles Denken wie festgefahren.

Das ist die Hölle, und ich bin mittendrin.

Nach der Anklageerhebung und der »schrillen und überzogenen« Publicity hatte ein schauerlicher Strom von Störungen und Unterbrechungen eingesetzt: Reporter, Fernsehleute, ungebetene Besucher in der Pearce 338 und im Institut, anonyme Briefe, Telegramme, Päckchen, handgeschriebene Gebete und Drohungen; sporadische Zerstörungswut, die sich an seinem Hab und Gut ausließ, hauptsächlich an seinem Briefkasten (das verdammte Ding wurde – wahrscheinlich von Halbwüchsigen aus der Nachbarschaft – so oft vom Pfosten geworfen, daß Ian schließlich kapitulierte und sich ein Postfach in der Stadt nahm). Seine Privatnummer stand längst nicht mehr im Telefonbuch, aber auch im Institut erreichten ihn täglich unwillkommene Anrufe, das Personal – zunehmend genervt von diesen Telefonaten und auch von ihm – gab, entsprechend instruiert, die stereotype Antwort, Dr. McCullough habe »einen längeren Urlaub« angetreten und sei nicht erreichbar. Es waren Wildfremde, die anriefen, um Ian McCullough Ratschläge zu erteilen oder Ratschläge von ihm zu erbitten; Leute, die behaupteten, etwas über Sigrid Hunts »Verbleib« zu wissen; normale Menschen oder auch gestörte Typen, die einfach nur reden wollten. Talkshows in Funk und Fernsehen luden ihn ein mit dem Hinweis, Dr. McCullough wolle vielleicht gern die Gelegenheit nutzen, vor Prozeßbeginn »die kontroverse Story« aus seiner Sicht darzustellen.

Ian warf die eingehende Post meist weg, er hätte, selbst wenn er gewollt hätte, keine Zeit gehabt, alle Briefe zu öffnen. Sehr schnell lernte er es, sogenannte Spinnerbriefe schon am Umschlag zu erkennen, an den oft mit Bleistift gemalten Druckbuchstaben, dem verknitterten, schmuddeligen Papier. *Sie sind ein schlechter Mensch, ich wünsche Ihnen, daß Sie auf dem elektrischen Stuhl landen und in der Hölle schmoren.* Oder: *Doktor McCullough ich werde für Sie beten, noch können Sie Ihre Seele retten durch unseren Herrn Jesus Christus unseren Guten Hirten in allen Lebenslagen.* Oder: *Der Gouverneur dieses Staates läßt in Zusammenarbeit mit dem FBI private Haushalte abhören, um unschuldige Bürger ins Gefängnis zu bringen. Ich bitte Sie sehr, Dr. McCullough, machen Sie Ihren Einfluß geltend, damit solche Nazimethoden und die Verschwendung von Steuergeldern endlich aufhören.* Manchmal waren die Umschläge so leicht, daß man sie für leer halten konnte, in denen steckten dann Zeitungsausschnitte, die zuweilen eine erstaunlich weite Reise hinter sich hatten, Ausschnitte aus dem *Boise Citizen-Ledger*, der *San Antonio Gazette*, dem *Toronto Star*, der *Nome Evening News*. Einer der ersten Artikel – der mit der Schlagzeile WISSENSCHAFTLER AUS HAZELTON-ON-HUDSON WEGEN TOD DER EHEFRAU ANGEKLAGT – war über UP offenbar in ganz Nordamerika verbreitet worden. Mein Ruhm eilt mir voran, dachte Ian, während er wie gebannt die Ausschnitte las, zerriß und in den Papierkorb beförderte. Manchmal saß er lange fast wie ein Katatoniker da und starrte ins Leere, manchmal streckte er die Arme auf der Schreibtischplatte aus und legte den Kopf darauf, so daß man sein Gesicht nicht sah.

Trotz Ottingers Mahnung, sich nicht in den Fall zu verrennen, fiel es ihm schwer, gewisse Fragen und Überlegungen abzublocken. Ewig gleichbleibende, fruchtlose Überlegungen und ermüdend durch eben diese Fruchtlosigkeit, aber er kam von ihnen nicht los. Wo war Sigrid abgeblieben, und warum war sie verschwunden, und lebte sie oder war sie tot? Wenn sie noch lebte, hatte sie ihn kaltblütig seinem Schicksal überlassen, denn mittlerweile mußte sie von seiner Verhaftung und der Anklageerhebung erfahren haben. Warum meldete sie sich nicht, um ihn zu entlasten? Und wenn sie tot war ... aber nein, die Vorstellung, sie könne tot sein, war unerträglich. (Und wer, wenn nicht ihr Fermi, hätte sie umbringen sollen?) Ottinger hatte Ian einen Teil von Fermi Sabris eidesstattlicher Zeugenaussage vor der Anklagejury lesen lassen (nach den Gesetzen des Staates New York war die Anklage gehalten, der Verteidigung eine Aufstellung der von ihr geladenen Zeugen nebst Kopien ihrer Aussagen zur Verfügung zu stellen), in der Sigrid Hunts Ex-Verlobter aus Bosheit, aus einem Wahn oder einfach einem Irrtum heraus von Ian McCullough als Sigrids »verheiratetem Liebhaber« sprach. Seine Aussage war wirr, von ständigen Wiederholungen geprägt und häufig unzusammenhängend, aber die Quintessenz war klar: Ian McCullough hatte sich zwischen Sigrid Hunt und ihn gestellt und trug die Schuld daran, daß die Verlobung auseinandergegangen war. (Die Hochzeit, hatte Fermi ausgesagt, hätte im April sein sollen; das erste, was ich höre, dachte Ian.) Auf die Frage, ob er wisse, wo Sigrid Hunt sei, erklärte Fermi, er habe seit ihrem Verschwinden im Mai nichts mehr von ihr gehört; ausführlich wetterte er über Ian McCullough, der angeblich seiner, Fermis, Verlobter mit Geld und Heiratsversprechen den Kopf verdreht und sie gegen ihn aufgebracht hatte, und beschuldigte McCullough abwechselnd, er habe sie dazu veranlaßt, »sich vor mir zu verstecken«, oder er habe sie ermordet, »weil er eifersüchtig auf mich war«. Beim Lesen schauderte es Ian, wenn er sich vorstellte, daß die Geschworenen aufmerksam Fabris wahnwitziger Aussage gelauscht hatten, ohne zu ahnen, daß es sich um ausgemachte Lügen, um reine Phantasie handelte. Er fröstelte; kein Wunder, daß sie sich auf die Seite der Anklage geschlagen hatten. Und wie konnte er sich gegen solche leichtfertigen Beschuldigungen zur Wehr setzen?

Ottinger, der Ian beobachtet hatte, sagte rasch, in der Hauptverhandlung würde sich der Zeuge gewiß nicht so emotional äußern, im übrigen würde er, Ottinger, ihn rücksichtslos ins Kreuzverhör nehmen und mürbe machen. »Wenn er so verdreht ist, wie du sagst – und diesen Eindruck macht er mir –, wird er sich früher oder später bloßstellen«, sagte Ottinger. Ian erinnerte sich an seine einzige Begegnung mit Sabri – ausgerechnet in seinem eigenen Haus (warum hatte Glynnis solche Monster je über ihre Schwelle gelassen?) – und dachte bei sich, daß der Mann die Geschworenen bestimmt stark beeindrucken würde: gebildet, attraktiv, adrett gekleidet, mit einer guten beruflichen Position und stilvollem Auftreten. Vermutlich würde sich herausstellen, daß er aus der ägyptischen Oberschicht, wenn nicht gar aus dem Adel kam. Ian konnte es sich vorstellen, lebhaft konnte er es sich vorstellen! Eine schmuddelige Dreiecksgeschichte, zwei Männer und eine Frau, Tänzerin und Fotomodell »mit brandrotem Haar«. Und die arme Glynnis das Opfer ihrer Leidenschaft.

»Es ist ganz einfach: Der Kerl will mein Herz«, sagte Ian zu Ottinger.

Weitere unliebsame Überraschungen erwarteten ihn. Die Anklagevertretung verfügte eine Anweisung auf Offenlegung seines Bankkontos, so daß der Scheck über tausend Dollar, zahlbar an Sigrid Hunt, mittlerweile bei den Akten lag, ebenso eine Aufstellung der zahlreichen Ferngespräche, die mit den Anschlüssen in Poughkeepsie und Manhattan geführt worden waren, das Ergebnis des beschämenden Röhrchentests und die ärztlichen Berichte über Ian und Glynnis aus der Klinik in Hazelton. (Ians Verletzungen waren kaum der Rede wert, nur ein paar Kratzer an Gesicht und Händen, allerdings gab es eine Notiz, die besagte, daß die Schnittwunden an der rechten Hand möglicherweise von einer Messerklinge stammten. Die Verletzungen, die Glynnis erlitten hatte, waren so zahlreich und mit so schonungslos-klinischen Formulierungen beschrieben, daß Ian diese Lektüre größte Überwindung kostete. Entscheidend war der Hinweis, daß die Schädelfrakturen sich am Hinterkopf befanden, demnach war das Opfer offenbar mit »beträchtlichem Kraftaufwand nach hinten gestoßen worden«.)

Zeugen von der Polizei waren aufgeboten: die Streifenpolizisten, die in die Pearce 338 gerufen worden waren, um dem »Geräusch eines heftigen Streits« nachzugehen, wie die Nachbarn es ausgedrückt hatten; die Detectives Wentz und Holleran, die McCullough in seinem Haus vernommen hatten. Auch die lange, von Wiederholungen strotzende Niederschrift von Ians Aussage im Polizeipräsidium am 29. Mai lag bei den Akten. (Wie oft hatte Ian gesagt: *Ich weiß nicht*, und: *Daran kann ich mich leider nicht erinnern.*) Weiter gab es da den konfusen Bericht eines gewissen Horace K. Vick, Hausmeister in der Tice Street 119 in Poughkeepsie, wo Sigrid Hunt eine Mietwohnung hatte, der behauptete, Ian McCullough – oder ein Mann, der ihm sehr ähnlich sah – habe Miss Hunt dort im Lauf des Winters mehrmals besucht, »irgendwann um Weihnachten rum die Nacht dort verbracht« und einmal, im Frühjahr, als Miss Hunt nicht da war, unbedingt die Wohnung betreten wollen, um sich zu überzeugen, daß ihr nichts zugestoßen war. (Vick hatte in vermutlich triefend scheinheiligem Ton erklärt: »Dieser McCullough hat mir Geld angeboten, damit ich die Tür von der Frau aufschließ, aber ich hab gesagt, nein danke, Mister, hab ich gesagt, das ist 'ne Privatwohnung, und ich hab keine Lust, mich womöglich in 'ne Mordsache reinzureiten.«) Ja, Ian konnte es sich lebhaft vorstellen. Bis zu diesem Moment hatte er an Vick überhaupt nicht mehr gedacht.

Weit schlimmer und beschämender nachzulesen aber waren die Aussagen der Freunde. Ian hatte gewußt, daß man sie vernommen hatte – oder hatte es so halb und halb gewußt und das Wissen verdrängt; die Vorstellung, daß diese Menschen in einer derart feindseligen Atmosphäre genötigt waren, Auskunft über ihn zu geben, hatte ihm zu weh getan. Jetzt aber lag als nüchterner Computerausdruck die Aussage von Roberta Grinnell vor ihm. Am Nachmittag des 23. April habe sie Glynnis McCullough angerufen, und bei diesem Anruf habe Mrs. McCullough das »angebliche Verhältnis« ihres Ehemannes mit einer jungen Frau, einer gewissen Sigrid Hunt, erwähnt. Mrs. McCullough sei sehr verstört gewesen, »ich habe sie noch nie so verstört erlebt«, und habe »das Gespräch ganz unvermittelt abgebrochen«. Soweit sie wisse, erklärte Roberta, sei der Vorwurf, Ian McCullough habe eine Affäre oder liebe Glynnis nicht mehr und so weiter, völlig haltlos. Zu Ians Bestürzung folgte dann eine Aussage von Elizabeth Kuhn, bei der Glynnis am 23. April gegen Mittag angerufen hatte, um ihren Rat wegen der »angeblichen Untreue« ihres Mannes und anderer Eheprobleme zu erbitten. Auch Elizabeth erklärte, Glynnis sei »sehr aufgewühlt« gewesen, und ihres Wissens habe Ian McCullough seine Frau nie betrogen; die beiden seien stets »ein ideales junges Paar mit einer reizenden Tochter und einem reizenden Heim« gewesen. Denis Grinnells Aussage war kurz und lakonisch. Für ihn sei es eine »moralische Gewißheit«, daß Ian McCullough *kein* Verhältnis mit einer anderen Frau hatte; daß die McCulloughs *nicht* in einer Ehekrise gesteckt hatten; daß sie *nicht* übermäßig viel getrunken oder gestritten, geschweige denn zu Handgreiflichkeiten geneigt hatten. Amos Kuhn, Malcolm Oliver, June Oliver, Vaughn Cassity, Meika Cassity, Leonard Oppenheim, Paul Owen, Dr. Max, Dr. Max' Frau Frieda, Institutskollegen, ein Dutzend weiterer Zeugen äußerten sich – alle kurz und knapp – ähnlich wie Denis Grinnell. In Ian regte sich wieder leise Hoffnung. So viele Zeugen, die auf seiner Seite standen! So viele Stimmen, die seine Unschuld bezeugten! Sie ließen ihn fast schon selbst daran glauben, daß er unschuldig war.

Das war noch nicht alles, aber es genügte. Ian gab Ottinger das Schriftstück zurück. Er zündete sich eine Zigarette an – nach fünfzehn Jahren hatte er wieder angefangen zu rauchen – und sagte: »Ich verstehe jetzt, warum dem Antrag auf Anklageerhebung stattgegeben wurde. Die Anklagevertretung hat sich da eine geschickte Story zusammengebastelt, reine Fiktion, aber glaubhaft. Die Leute wollen so was glauben, die Menschheit hat nun mal einen primitiven Hang zum Schundroman.«

»Es ist also Fiktion?« sagte Ottinger vorsichtig.

»Das meiste davon.«

»Das meiste . . .?«

»Das meiste.«

»Aber nicht alles?«

Ian zuckte die Schultern. »Ich bin, wie gesagt, nicht bereit, über mein Privatleben zu reden.« Und ironisch fügte er an: »Über mein privates Sexleben.«

»Das inzwischen offenbar weitgehend bekannt ist.«

»Es ist *nicht* weitgehend bekannt.«

»Die Anklage argumentiert, du hättest deine Frau umgebracht – und zwar vorsätzlich –, weil du in eine andere verliebt warst und deine Ehefrau aus dem Weg haben wolltest. Und auf den ersten Blick, weißt du ... der Scheck, die Anrufe, die Aussage dieses Fermi Sabri und des Hausmeisters ...«

»Pure Erfindung. Eine Abfolge kleiner Wahrheiten, die sich zu einer gewaltigen Lüge summieren.«

»Offenbar war da aber irgendwas zwischen dir und Sigrid Hunt, sonst hättest du ihr kein Geld gegeben, hättest sie nicht angerufen. Oder sie in Poughkeepsie besucht. *Hast* du sie besucht?«

»Einmal, weil sie mich angerufen hatte. Es war ...« – Ian zögerte, erbost über Ottingers Fragen – » ... es war ein freundschaftlicher Besuch, mehr nicht. Sogar ›freundschaftlich‹ wäre zuviel gesagt, denn wir waren gar nicht richtig befreundet, es war eigentlich nur eine flüchtige Bekanntschaft. Sie hatte mich kennengelernt, ich weiß nicht mehr wo, es kann sogar in unserem Haus gewesen sein, auf einer Party von Glynnis, einer großen Cocktailparty von Glynnis, sechzig, siebzig Leute, auf der auch Sigrid Hunt und ihr Verlobter waren, ich weiß gar nicht recht warum ...«, Ian begann schneller zu reden, sein Gesicht war heiß, » ... ich drehte mich plötzlich um, und da waren sie. Und ein paar Wochen später rief sie mich an, weil sie Hilfe brauchte, sie wollte Geld von mir, wie sich später herausstellte, und ich fuhr zu ihr nach Poughkeepsie, ohne zu wissen, warum sie mich angerufen hatte, ja, ohne zu wissen, warum ich überhaupt hinfuhr, ich war völlig willenlos, ich fuhr wie im Traum und wußte nicht warum, auch heute weiß ich es noch nicht. Ich weiß nur, daß ich das, was ich getan habe, zutiefst bereue und mein Leben geben würde, könnte ich es ungeschehen machen. Aber das Stundenglas läuft nur in eine Richtung, der Sand rinnt nur einmal durch.«

Ottinger sah ihn scharf an. »Du hast diese Hunt nur einmal aufgesucht?«

Ian sah weg. »Ich habe sie nur einmal besucht, ja, aber ich war noch einmal da, das war der Besuch, von dem der Hausmeister erzählt hat, ich hatte mir Sorgen gemacht, weil ich sie nicht hatte erreichen können, und ich ... ja, ich bin hingefahren, einfach, weil ich sehen wollte, ob ... ob alles in Ordnung war. Ob ihr auch nichts passiert war, meine ich.«

»Und du hast den Hausmeister gebeten, dich in ihre Wohnung zu lassen, und er hat es dir abgeschlagen?«

»Er hat es mir nicht abgeschlagen. Er hat mich eingelassen und meine fünfundzwanzig Dollar eingesteckt. Sie war natürlich nicht da.« Ian holte sich einen Tabakkrümel von der Zunge. Es zuckte ihm in den Fingern, Ottinger ins Gesicht zu schlagen. Ob der Anwalt das spürte, ob Ottinger ihn deshalb so scharf ansah? »Ich fürchtete, sie wäre vielleicht tot, ihr Verlobter hätte sie umgebracht. Sie hatte mir erzählt, daß er manchmal brutal zu ihr war, daß sie Angst vor ihm hatte. Und irgendwie habe ich mich da hineinziehen lassen. Wie gesagt – ich weiß nicht warum. Ich muß es wohl so gewollt haben.«

»Sie hat dich also um Geld gebeten?«

»Nein, ich glaube nicht. Ich glaube, ich habe es ihr angeboten.«

»Und sie hat es genommen?«

»Sie hat es genommen.«

»Und deine Frau fand den abgebuchten Scheck?«

»Ja. Wie mittlerweile ganz Nordamerika weiß.«

»Und wozu wollte sie das Geld haben?«

»Für eine Abtreibung.«

»Und der Vater war dieser Fermi Sabri?«

»Soweit ich weiß ja.«

»Du warst es nicht.«

Ian warf Ottinger einen haßerfüllten Blick zu. »Ich war es nicht.«

»Du hattest also im üblichen Sinne des Wortes kein Verhältnis mit dieser Hunt.«

Ian schüttelte stumm den Kopf.

»Du warst nicht in sie verliebt, und du wolltest nicht deine Frau aus dem Weg schaffen, um sie heiraten zu können. Und Glynnis hat sich geirrt in dem ... was sie offenbar gedacht hat.«

Wieder schüttelte Ian den Kopf.

»Aber sie war sehr verstört und sehr aufgebracht und hat dir Vorwürfe gemacht und ...«

»Daran erinnere ich mich nicht.«

»Ist es denkbar, daß Glynnis dich angegriffen hat und du sie in Notwehr weggeschoben hast und . . .«

Ian stand auf. »Ein für allemal: Ich will darüber nicht sprechen, und ich werde darüber nicht sprechen, ich mag keine privaten Dinge ans Licht zerren, die nur Glynnis betrafen. Ich werde sie nicht entweihen, begreifst du das nicht, verdammt noch mal?«

Er stürmte aus dem Zimmer, stolperte blindlings eine Treppe hinunter auf die Straße. Der Drang, mit Fäusten auf Ottinger einzuschlagen, war so übermächtig geworden, daß er sich schleunigst hatte entfernen müssen. Aber ich bin doch gar nicht der Typ für so was, dachte er bestürzt. Oder doch?

Noch am gleichen Abend rief Ottinger ihn zu Hause an. »Ich habe einen Privatdetektiv mit der Suche nach der Hunt beauftragt«, sagte er. »Wir können nicht die Hände in den Schoß legen und warten, bis Lederer sie gefunden hat. Ich habe schon ein paarmal mit dem Mann gearbeitet, durchaus erfolgreich.« Als Ian nicht antwortete, fügte er hinzu: »Billig kommt er natürlich nicht.«

»Wer von uns kommt schon billig«, erwiderte Ian und legte auf.

2

Am Grab von Glynnis. Früher Abend, feucht-grünliche Stille, im Schatten Schwärme von Kriebelmücken. Und Moskitos. Ian schlug sich immer wieder auf die nackten Arme und den Nacken. *Herrgott nochmal!*

Bianca hockte in weißen Shorts und weißem Baumwolltop vor dem Grab und zupfte welke Blüten und Blätter von einer Geranie in einem Topf, der mit rosa Folie umhüllt war. In der windstillen Schwüle des Augustabends glänzte ihre Haut wie naß. Sie hatte sich das Haar – nicht sehr gekonnt – zu einem schweren Zopf geflochten, der zwischen ihren Schulterblättern herunterhing. Vater und Tochter war es mittlerweile zur Gewohnheit geworden, zweimal in der Woche auf den Friedhof zu gehen, oft verbanden sie aus ganz praktischen Gründen die

Fahrt dorthin mit anderen Besuchen. (So auch heute: Ian wollte zu einem Barbecue bei den Cassitys, Bianca war auch eingeladen, würde aber wahrscheinlich nicht mitkommen.) Jetzt sagte sie beiläufig: »Hör mal, Daddy, es wär überhaupt kein Problem, im Herbstsemester auszusetzen und zu Hause zu bleiben, wenn du möchtest.«

Obwohl an Glynnis' Grab seine Nerven immer zum Zerreißen gespannt waren – denn was soll man *tun*, was soll man *sagen* an so einem Ort, wo selbst der Kummer den Anstrich kruder Selbsttröstung hat –, hörte Ian, daß die Stimme seiner Tochter leicht zitterte, denn was in diesem herzbeklemmend liebevollen Ton mitschwang, war: zu Hause bei *dir*.

»Aber nein, Kind«, sagte er schnell, »das kommt überhaupt nicht in Frage. Der Prozeß ist jetzt erst mal bis nach Thanksgiving verschoben, und Nick bereitet schon die nächste Terminverschiebung vor.« Ian lächelte seiner Tochter zu, die ihn so ernsthaft betrachtete. Was sah sie wohl? War der Mann, den sie im Blick hatte, der in ihrer Vorstellung lebte, ein Mensch, mit dem er sich würde identifizieren können? Er sagte: »Er ist unablässig damit beschäftigt, Anträge aufzusetzen oder Schriftsätze abzufassen – was eben Anwälte, angeblich im Dienste der Menschheit, so den ganzen Tag über tun. Er ist überzeugt davon, daß alles gutgehen wird, und das glaube ich auch. Du brauchst dein Studium nicht zu unterbrechen. Wenn du möglichst wenig an die ganze Geschichte denken könntest, wär's mir am liebsten. Und wenn ...«

Seine Worte verloren sich im Nichts. Was hatte er eigentlich sagen wollen?

Bianca erklärte geradezu enthusiastisch: »Ich könnte zu Hause arbeiten. Lesen, meine ich. Im College mache ich im Grunde auch nichts anderes. Ob ich zu den Veranstaltungen gehe oder nicht, spielt im Grunde überhaupt keine Rolle.«

»Ich dachte, du machst dort auch noch andere Sachen«, wandte Ian ein. »Theaterspielen, tanzen ...«

Bianca warf ihm einen eigenartigen Blick zu. »Tanzen? Nein, mit Tanzen hab ich nie was zu tun gehabt. Und für schauspielerische Sachen braucht man so viel Zeit und Kraft. Für Sachen, die man mit anderen Leuten zusammen macht. In der Gruppe.

Allein schon, um sich gegenseitig davon zu überzeugen, daß es sich lohnt, daß es real genug ist.«

»Aber macht es nicht Spaß, etwas mit anderen zu machen? Ich hatte den Eindruck, daß du früher Freude daran hattest.«

Bianca krauste die Nase, als versuche sie sich zu erinnern. Früher? Wann war früher? Sie sagte störrisch: »Es braucht sehr viel Überzeugung, um manche Sachen zu realisieren, so habe ich das gemeint.«

Ian reagierte nachgerade mit väterlicher Abneigung, ja mit einem beinah nervösen Tic, wenn Bianca auf dieses Thema, ihr ureigenes Thema kam – auf die Frage der Realität, auf das, was »wirklich« und was »nicht wirklich« war. »Ich glaube fast«, sagte er, »daß im Grunde alles gleich ›wirklich‹ ist, und eben darin sehe ich das Problem: Daß man seine Wahl treffen muß.«

»Nein«, erwiderte Bianca in diesem so aufreizend abgeklärten Ton, »das ist nicht für alle Menschen ein Problem.«

Ian lächelte, tastete nach seinen Zigaretten, die er offenbar im Wagen gelassen oder gar nicht mitgenommen hatte, und erklärte nachdrücklicher: »Ich möchte wirklich nicht, daß du noch ein Semester für mich opferst, Bianca. Du warst bewundernswert, ich habe die größte Hochachtung vor dir, und damit meine ich nicht nur deine Prüfung im Frühjahr, sondern ... wie soll ich sagen ... *dich.* Du hast uns beide gewissermaßen zusammengehalten. Alle sagen ...« Er unterbrach sich. »Natürlich weiß ich, daß es nicht einfach für dich war. Nein, wahrhaftig nicht.«

Bianca griff stirnrunzelnd nach einer anderen Pflanze, einem jener üppig blühenden Gewächse mit riesigen Blüten, die irgendwie gefärbt aussehen und es vielleicht auch sind; diese war tiefblau. Eine Hortensie? Ein halbes Dutzend Topfpflanzen stand am Kopfende von Glynnis' Grab, alle waren sie groß und ersichtlich teuer, alle waren sie stark gewuchert und mußten eigentlich beschnitten werden. Bei einem raschen Blick in die Runde erkannte man sofort, daß Glynnis McCulloughs Grab ausgesprochen *populär* war.

Ian überlegte, ob sie das freuen würde, da ihr doch Beliebtheit im Leben so erstaunlich viel bedeutet hatte ...

Bianca sagte mit ihrer leisen, raunenden, etwas zu beherrschten Stimme: » ... wie die Dinge sich in ein, zwei Jahren entwickeln. Ich bin nicht ungeduldig, ich kann warten, aber ... wenn es sich so ergibt ... im vorletzten Studienjahr vielleicht ... es gibt da dieses Projekt in Thailand, wo man in kleinen Dorfgemeinschaften Englisch unterrichtet und ... ja ... auch sonst ein bißchen zugreift. Keine große Sache, mit dem Peace Corps gar nicht zu vergleichen. Aber ich könnte von den Thais lernen, weißt du. Wie sie leben, welche Traditionen sie haben. Ich würde bestimmt viel mehr von ihnen lernen können als sie von mir. Wenn ich dann hier meinen Bachelor of Arts mache, in Ostasien-Studien, so wie es jetzt aussieht, habe ich gleich einen Vorsprung. Ich kann die Sprache und weiß Bescheid über ihre Religion, die von ihnen praktizierte Spielart – oder die Spielarten – des Buddhismus ... es ist alles sehr kompliziert, weißt du, wie eine Sprache mit zahllosen Dialekten. Richtig lernen kann man eigentlich eine Sache nur von innen, meinst du nicht auch, Daddy?«

»Ein Projekt in Thailand? Als Lehrerin für Englisch?«

»Es läuft auch in Burma, Ceylon, Laos und Nepal. Aber nach dem, was ich gelesen habe und was man mir erzählt hat, scheint mir Thailand das Richtige zu sein.«

»Du würdest ein Jahr deines Lebens darangeben, um in einem thailändischen Dorf Englisch zu unterrichten?«

»Habe ich ein Jahr gesagt? Vielleicht ist es auch weniger oder mehr. Der Ablauf steht fest, es ist alles sehr straff durchorganisiert. Mein Berater im College hat gesagt ...«

Ian ließ sie reden und unterbrach sie nicht. Ihr hoffnungsvolles Gesicht, der Glanz ihrer großen intelligenten ausweichenden Augen sagte ihm, daß er sie, wenn er sie liebte, jetzt nicht unterbrechen durfte. Seine Tochter hatte sich etwas Verzweifeltes einfallen lassen, um ihm zu entkommen, während unter ihr – wortwörtlich und fast genau unter ihr – die tote Frau, die ihre Mutter gewesen war, in ihrem Ebenholzsarg lag und nur noch Materie war. Materie, die allmählich in ihre Bestandteile zerfiel. Eine Möglichkeit, ihm zu entkommen. Und diesem da.

»Vor allem möchte ich wohl *lernen*«, sagte Bianca, »das ist für mich die Hauptsache, glaube ich. Ich möchte, daß etwas in mich eingeht, das ... ich weiß nicht, wie ich es sagen soll ... das nicht nur *ich* ist.« Sie unterbrach sich, wischte über die feuchte Unterlippe. »Nicht nur – *wir*.«

»Ja, Kind, natürlich, ich verstehe.«

Auf dem Heimweg aber nannte Ian, der unverbesserliche Profi, ein Profi-Vater gewissermaßen, hilfsbereit die Freunde, Bekannten, Kollegen, beruflichen Kontakte, die in irgendeiner Weise etwas mit Ostasien zu tun hatten und ihr vielleicht von Nutzen sein konnten:

Wirtschaftswissenschaftler, Anthropologen, Politologen, Historiker. Einer seiner früheren Studenten, der am *Center for East Asian Studies* in Washington für die Gebiete Bevölkerungsforschung und Demographie zuständig war; ein Kommilitone aus Harvard, jetzt stellvertretender Missionschef an der Botschaft in Rangun. Bianca hörte höflich zu und unterbrach ihn nicht.

3

Es war eine Phase des Stillstands: jeder Tag unendlich, unvorstellbar. Wäre da nicht seine Arbeit gewesen, die ihn über Stunden tröstete – denn die Statistik, die immer ausgefeiltere Programmierung variabler Zukünftigkeiten, hat ja nie ein Ende –, hätte er wohl kaum durchgehalten. Was letztlich zählt, ist das Leben in der Gegenwart: Die nächsten fünf Minuten sind die große Herausforderung. Er hatte lediglich eine Einladung nach Cape Cod angenommen, in das Ferienhaus von Denis und Roberta, in dem sie gewöhnlich den August verbrachten, ansonsten hatte Ian für den Sommer nichts geplant – außer ihn zu überstehen.

Dabei war er nach außen hin durchaus guter Dinge, voll Tatkraft, gedämpfter Zuversicht. Er lächelte, wenn es die Situation erforderte, ließ sich die Hand schütteln. Hallo, wie geht's? Hallo, und dir? Er konnte sich nicht erinnern, daß man ihn in den langen Monaten auch nur einmal brüskiert hätte. Jene Kollegen, Bekannten, gewesenen Freunde, die sich dafür entschieden hatten, ihn zu schneiden, waren immerhin so diskret, kein Aufheben davon zu machen. In Hazelton-on-Hudson ging es entschieden zivilisiert zu.

An Einladungen tat sich natürlich nicht viel. Nur selten läutete das Telefon. Glynnis wäre am Boden zerstört, wäre völlig ratlos gewesen. Was ist uns nur geschehen, hätte sie gesagt, was um Himmels willen geschieht uns da, wir haben uns doch bemüht, haben uns redlich bemüht, was ist denn nur geschehen?

4

Einer von diesen Scheißtypen, denen man am liebsten ein rotglühendes Eisen in den Arsch rammen möchte, um zu sehen, wie's ihm gefällt.

Die Stimme seines Vaters, ungebeten, unerwartet, die sich in diesem ungewissen Zustand zwischen Schlafen und Wachen, da die Seele dünn ist wie ein Rauchschleier, immer öfter in Ians Bewußtsein drängte. Seit Jahren, seit Jahrzehnten hatte er die Stimme nicht mehr gehört und auch nicht mehr hören wollen, hätte ein Wachwerden solcher Erinnerungen nicht als positiv empfunden.

Im Rückblick dachte er, daß sein Vater wohl eine komplizierte Persönlichkeit gewesen war: Zweifellos intelligent, stellte er sich absichtlich stumpfsinnig; von gärendem Groll erfüllt, war er dennoch penetrant weinerlich, wenn nicht sentimental, ein chronischer Alkoholiker, der ebenso häufig wie vergeblich versuchte, trocken zu werden. »*Deine Mutter wird mir auf halbem Wege entgegenkommen müssen*«, hatte Ians Vater oft zu Ian gesagt, und Ian, damals ein kleiner Junge, sah verwirrt und verängstigt seine Mutter vor sich, wie sie über ein zwischen zwei Häusern liegendes Maurerbrett oder über ein Drahtseil balancierte. *Allein schaff ich es nicht, das weiß die alte Schlampe auch ganz genau, wahrscheinlich wartet sie nur drauf, daß ich hinten runterfalle, aber ich bin Manns genug, zu machen, was ich will, selbstgerechte alte Kuh – aber so ist ja die ganze Sippe.* In höchster Erregung herausgebrüllt, waren die Worte kaum zu verstehen, aber den Sinn begriff der Sohn immer.

Ein kleiner Kaufmann mit einem gemieteten Geschäft in der heruntergekommenen Ladenzeile eines Viertels in Bridgeport, das »auf der Kippe« stand. Handelsvertreter für eine Firma, mit der es stetig bergab ging, Hunderte von Meilen in der Woche mit dem Wagen – einem Nash? einem Studebaker? – auf der Straße. *Denkt ihr, ich bin aus Geld gemacht?* dröhnte es, unterlegt von lautem Poltern und dem Schurren von Küchenstühlen. *Blutsauger,* die Kühlschranktür knallte in wütender Enttäuschung. *Denkt ihr denn ich weiß nicht daß ihr zuhört natürlich weiß ich das ist mir scheißegal hört ihr? Ist mir alles schnuppe.* Ian und seine Mutter hatten sich im Schlafzimmer verschanzt, Ians Mutter hatte einen Stuhl unter die Türklinke geklemmt, als sei ein Stuhl genug, diese Wut auf Distanz zu halten, als sei eine Tür genug, die fürchterliche dröhnende Stimme auszusperren.

Zu Handgreiflichkeiten aber kam es nicht oft. Ian erinnerte sich an Klapse, Stöße, Püffe mit der Faust, wußte aber merkwürdigerweise nicht mehr, ob sie seine Mutter oder ihn oder beide getroffen hatten. Irgendwann erschöpfte sich das abendliche Wüten in der Küche, Ians Vater ließ sich auf die Couch fallen und fing sofort an zu schnarchen, oder er verließ unter theatralischem Türenknallen das Haus und blieb die Nacht oder ganze Tage oder schließlich ganze Wochen weg. Seine Anwesenheit reduzierte sich nach und nach auf seltene, überraschende Anrufe, die Ians Mutter ebenso verunsicherten, wie des Vaters leibhaftige Anwesenheit es getan hatte.

So allmählich schwand Michael McCullough aus ihrem Leben, der schwindenden Leuchtkraft eines erlöschenden Kometen gleich, daß es keine bestimmte Stunde, geschweige denn einen feierlichen Augenblick gab, in dem der Sohn hätte sagen können: *Endlich sind wir frei,* oder melancholischer: *Ich werde ihn nie wiedersehen.*

Mein Vater ist nicht gestorben, dachte Ian. Sein Tod war nur eine Meldung.

5

Es war Roberta Grinnell, die Ian von Cape Cod aus anrief, um ihn an seinen Besuch zu erinnern. Er könne bleiben, solange er wolle. Und er möge doch Bianca mitbringen, Schlafgelegenheiten hätten sie genug.

»Unsere Söhne haben sich in diesem Sommer selbständig gemacht«, sagte Roberta. »Sie haben Ferienjobs in Maine und Colorado, hat Denis dir davon erzählt?«

»Ja«, sagte Ian, obgleich er nicht genau wußte, ob Denis es ihm erzählt hatte. »Bianca hat auch einen Ferienjob.«

»Im CVJM-Sommerlager, wie letztes Jahr? Da hat sie Schwimmunterricht gegeben, nicht?«

»Ja.« Ian fand es rührend, daß Roberta noch wußte, was seine Tochter im letzten Sommer gemacht hatte. Er war nicht sicher, ob er sich von selbst daran erinnert hätte.

Roberta ließ nicht locker, es war, als ginge es bei ihrem Gespräch eigentlich um ganz andere Dinge. »Bring sie doch mit, Ian. Komm an dem Labor Day-Wochenende, um die Zeit ist das Sommerlager zu Ende.«

Als die Kinder kleiner gewesen waren, als sich das Leben trotz aller äußeren Schwierigkeiten irgendwie viel leichter hatte bewältigen lassen, waren die McCulloughs und die Grinnells häufig im Sommer zusammen in Cape Cod oder in Maine gewesen oder am Lake Placid in den Adirondacks, wo Glynnis' Familie ein Grundstück hatte (in dem »Cottage« hatten zwölf Erwachsene Platz, das Gelände umfaßte fünfhundert Acres Fichtenwald). In einem denkwürdigen Jahr trafen sich die Grinnells und die McCulloughs in Italien, in Bellagio, wo Ian einige Zeit am Rockefeller Center verbracht hatte, und kutschierten in einem geliehenen Kleinbus durch Italien, Griechenland, Südfrankreich, Spanien und Portugal – sechs abenteuerlich-verrückte Wochen, die sich später mit der anekdotischen Kargheit von Ansichtskarten auf einige wenige Vignetten mit dem einen oder anderen Hauptdarsteller reduzieren sollten. Weißt du noch, sagte dann Denis wohl, dieser Abend in Mailand; weißt du noch, sagte Glynnis, dieses gräßliche Hotel in Valencia; und Roberta hielt sich die Ohren zu, und Ian lachte und drohte, das Zimmer zu verlassen: Schluß mit den Geschichten von dem vergifteten Fischgericht auf Mallorca, dem lärmenden Hexenkessel Rom, der Luftverschmutzung und dem wahnwitzigen Verkehr in Athen, den Aasvögeln über dem Apollotempel in Delphi, mit der einem ungewöhnlich offenherzigen Reiseführer entnommenen traurigen Tatsache, daß aus dem Colonus des Sophokles inzwischen ein Industrieslum geworden war. Ian hatte – reisemüde, schlaflos, mit saurem Magen – häufig das rechte Wort zur rechten Zeit gefunden und in einer Sternstunde Ödipus zitiert: »Ich ward gerettet für etwas Großes und Schreckliches, etwas sehr Seltsames.« Was dieser Stunde gefolgt oder vorausgegangen war, wußte er allerdings nicht mehr. Verdauungsstörungen vielleicht.

»Wir waren so glücklich zusammen«, sagte Ian.

»Was?« fragte Roberta. »Wir haben eine schlechte Leitung erwischt.«

»Unsere Sommer. Wir waren immer so glücklich.«

»Ja. Ja, eben. Und deshalb«, sagte Roberta rasch, »möchten wir ja auch, daß du kommst. Und bring Bianca mit, wenn du kannst.«

»Ja«, sagte Ian matt. »Ja, ich will's versuchen.« Und dann legte er ziemlich unvermittelt auf.

Aber lassen die mich überhaupt weg aus Hazelton, dachte er, wenn der Prozeß am 30. November anfängt? Er würde Ottinger fragen müssen, er kannte sich da nicht aus.

Natürlich werde ich nicht hinfahren, dachte er, sie machen das ja nur aus Mitleid.

Ende August fuhr er nach Cape Cod, nervös und voller Bedenken – denn die abwesende Glynnis würde auf so engem Raum gewiß spürbarer sein als alle Anwesenden zusammen –, aber die Fahrt selbst machte ihm Freude, versetzte ihn zuweilen sogar in Hochstimmung. Es war an sich keine lange Strecke, knapp dreihundert Meilen, aber er hatte sich vorgenommen, jede einzelne Meile zu genießen.

Er stellte sich Jonathan Hamilton vor, der nie gesündigt hatte. Oder der den Sündenfall noch vor sich hatte.

Als er ankam, hatten die Grinnells Besuch, keinen Logierbesuch, Bekannte aus Provincetown, durchaus nette Leute, deren Namen so schnell vorüberzogen, daß Ian sie nicht aufnahm, auch das Händeschütteln vollzog sich in Eile, war aber durchaus aufrichtig gemeint, so schien es ihm jedenfalls. In solchen Fällen hatte sich Ian immer auf Glynnis verlassen, die sich all diese Namen schon merken und den entsprechenden Gesichtern zuordnen würde, er selbst hatte es längst aufgegeben, sich darum zu bemühen. Denis schüttelte ihm herzlich die Hand, und Roberta umarmte ihn, ein bißchen steif, fand Ian, aber sie küßte ihn auf die Wange, die rechte Wange, aus alter Gewohnheit, freute sich allem Anschein nach ehrlich über das Wiedersehen und stellte fest, wie »enorm verändert« er aussah – die neue Frisur, die grünen Vorhänger an der Brille. Sie nahmen mit Dank die Weinflaschen entgegen, die Ian mitgebracht hatte, und wenn jemand – einschließlich Ian – den Drang hatte, sich suchend nach Glynnis umzusehen, so wurde dieser Drang diskret unterdrückt.

Denis, in Badehose und verschwitztem T-Shirt, hatte eine nicht unsympathische Bierfahne und mimte den Burschikos-Geselligen, was Ian ganz lieb war. Er machte ein Bier auf und gab es Ian. »Wo ist Bianca? Ich denke, Bianca sollte mitkommen...«, und Ian sagte: »Nein, sie hat einen Ferienjob beim...«, und dann fuhr Roberta etwas gereizt dazwischen:

»Ich hab dir doch gesagt, Denis, daß Bianca einen Ferienjob hat, sie konnte nicht kommen.« Sie sah erst Ian und dann an Ian vorbei die anderen an. »Er hört nie zu. Er nickt und sagt jaja, aber er hört nicht zu«, und sie lachten alle, auch Ian, nach einer kleinen Pause sogar Denis. Eine der Frauen sagte – es war, als wollte sie sich bei den anderen einschmeicheln: »Albert ist ganz genauso.«

Roberta, die Haare mit einem Tuch zurückgebunden, Schultern, Arme und Beine goldbraun, schlank in einem einfachen Sommerkleid aus knittriger Baumwolle im Indienlook, führte Ian ins Haus, in »sein« Zimmer mit dem Doppelbett, der geblümten Tapete, dem atemberaubenden Blick auf Strand, Meer, Himmel. Ist das ein Bett, in dem Glynnis und ich geschlafen haben? überlegte Ian. Ja, wahrscheinlich. Die weiße genoppte Tagesdecke kam ihm bekannt vor, ebenso die dunkelblau gestrichenen Dielenbretter, die handgewebten ovalen Vorleger, die weißen Tüllgardinen, die im Wind wehten. Ian lehnte sich aus dem Fenster und sog die Salzluft ein, und seine Augen füllten sich unversehens mit Tränen. »Wir waren immer so glücklich«, sagte er. »Es war, als lebten wir in einer Art immerwährendem Goldenen Zeitalter, und...«

»Es stört dich hoffentlich nicht, daß du kein eigenes Badezimmer hast, Ian. Es ist auf dem Gang, hier entlang, du erinnerst dich sicher ...«

»Ja, ich erinnere mich.«

Ian ließ seinen Koffer aufs Bett fallen. Kurz und verschwommen durch die Bewegung sah er sein Bild im Spiegel des Toilettentisches: Mit der dunklen Brille wirkte er geradezu schneidig, mit einem Touch von Finsterling – oder eher wie ein Finsterling und einen Touch schneidig? Vor ein paar Wochen hatte er Ansätze gemacht, sich einen Schnurrbart stehenzulassen, aber Bianca hatte darauf bestanden, daß er ihn wieder abnahm. (»Du siehst aus wie Richard Widmark in einem dieser alten Filme aus dem Spätprogramm«, sagte Bianca und leistete sich, wie jetzt so selten, einen quieksenden kleinen Lacher. »Der psychopathische Killer, den alle so sympathisch finden.«)

Roberta stand an der Tür, die Arme unter den Brüsten verschränkt, und erzählte Ian von den Abendgästen – wer zum Essen bleiben würde und wer nicht, einer machte Dokumentarfilme für Public Television, einer war Botaniker in Harvard, eine Frau Geigerin beim Boston Symphony Orchestra ... Dabei können mir die alle gestohlen bleiben, dachte Ian. Außer dir ...

Sie sah sehr reizvoll aus, die Seeluft tat ihr offenbar gut. Die dunkelgoldene Strähne an der Schläfe hatte einen satten, gesunden Glanz.

Rasch, ehe Roberta ihm wieder entwischen konnte, öffnete Ian den Koffer. Als er sich umdrehte, hatte er einen Spazierstock in der Hand, vollführte einen Shuffle à la Fred Astaire, dann schraubte er unter Robertas erstaunten Augen den Griff ab und ließ den Inhalt aufs Bett fallen: Ein aufgerolltes Backgammon-Brett, Spielsteine, Würfel. »Erinnerst du dich noch an dieses verrückte Ding?« fragte er vergnügt.

Roberta lachte. »Du lieber Himmel, was ist denn das?«

»Mein Geburtstagsgeschenk von dir und Denis«, sagte Ian. »Oder vielmehr eins eurer Geschenke. Ein Backgammon-Spiel. Wir könnten damit spielen, wenn ... wenn Zeit dazu ist, habe ich mir gedacht.« Offenbar aber war der Witz, wenn man von einem Witz reden konnte, nicht angekommen. Roberta sah ihn verständnislos an. »Habt ihr es mir nicht geschenkt? Du und Denis? Zum Geburtstag?« fragte Ian verlegen. Sein Gesicht fühlte sich unangenehm heiß an.

»Nein«, sagte Roberta. »Von uns war das nicht.« Und als sie Ians verletzt-bekümmerte Miene sah, fügte sie hinzu: »Vielleicht von Denis allein. Es ist seine Art von Humor.«

Abends aßen sie an einem Gartentisch mit Blick auf den Strand: Roberta und Denis und Ian und ein Ehepaar namens Hicks und ein Ehepaar namens Braun und eine Frau in mittleren Jahren namens Molly, eine welke Schönheit, die einen Sonnenhut mit Sonnenbanner trug und Ian McCullough unverwandt anstarrte; offenbar wußte sie, wer er war und was er angestellt hatte. Natürlich hatten die Grinnells vor seiner Ankunft ihre Gäste informiert, das konnte man ihnen schließlich nicht verdenken.

Denis grillte Thunfisch-Steaks, sie waren vorzüglich, und Roberta servierte Kartoffelsalat und Maiskolben und Sauerteigbrot und Mousse au chocolat aus einem Delikatessengeschäft in Provincetown. Sie tranken Bier und den Wein, den Ian mitgebracht hatte und noch mehrere Flaschen Wein dazu. »Wie in alten Zeiten«, sagte Denis und hob sein Glas, und alle wiederholten: »Wie in alten Zeiten«, ohne zu wissen, was er meinte. Sie ließen die Schüssel mit der Mousse herumgehen, bis auch die letzten Reste der köstlich-kremigen Masse ausgekratzt waren.

Ian und Albert Hicks, deren Gespräch eine etwas ernsthaftere Richtung genommen hatte, entfernten sich ein wenig von den anderen, mit einiger Mühe stapften sie durch den Sand, Ian barfuß und Hicks in Sandalen, wobei sie Luckies aus Hicks' Packung rauchten. Hicks war der Dokumentarfilmer, ein großer, schwerer Mann mit kräftigen Muskeln, aber weichem Bauch, freundlichen, von einem Fältchenkranz umgebenen Augen und einem sauber geschnittenen Spitzbart, der an einen Dandy des 19. Jahrhunderts erinnerte. Er wisse, wer Ian sei, sagte Hicks, er habe den Fall in der Presse verfolgt. Außerdem habe er entfernte Verwandte, die ebenfalls McCullough hießen, das sei eine gewisse Verbindung, natürlich nur ganz oberflächlich, nur dem Namen nach. Er erzählte Ian eine Geschichte, eine wahre Geschichte, wie er sagte, die er mit neunzehn erlebt hatte, als Sigma-Chi-Verbindungsstudent in Cornell. »Inzwischen liegt das natürlich lange zurück, es war zu Beginn der fünfziger Jahre, wir kamen von einer Verbindungskneipe, und ich holte mir eine kleine Crew zusammen, es war ein ekelhaft böiger Apriltag auf dem Lake Cayuga, ich war stockbesoffen, total zu, und meine Bundesbrüder auch, die waren vielleicht noch schlimmer dran, aber ich galt ja als der große Segler vor dem Herrn, und als wir zur Seemitte kamen, frischte der Wind auf, es fing an zu regnen, und dann klatschte das Segel ins Wasser, und wir klatschten ins Wasser, und einer von uns kam nicht durch, ein Junge, den ich sehr gern hatte. Es stellte sich heraus, daß er nicht schwimmen oder zumindest nicht gut genug schwimmen konnte, um sich in Sicherheit zu bringen, und betrunken wie er war, hat er sich wohl auch nicht am Boot festklammern können, und als sie uns herausfischten, waren wir nur noch drei, die Leiche wurde nie gefunden. Es vergeht kein Tag, ohne daß ich daran und an ihn denke...« Hicks breitete seine Hände aus und betrachtete sie nachdenklich, »... obwohl es bei dem Prozeß wegen fahrlässiger Tötung, den die Familie gegen mich anstrengte, schließlich zu einer außergerichtlichen Einigung kam und sie nicht viel gekriegt haben. Es waren nette Leute, aber sie haßten mich, am liebsten hätten sie mich zerfleischt. Meine Familie, der Anwalt meines Vaters, hat es dann durchgefochten, wir kamen ziemlich ungeschoren davon, und es war nicht allzu schlimm, der Pressewirbel, meine ich, aber ich bin dann nach Colgate gegangen und aus der Verbindung ausgetreten, das schien mir die beste Lösung. Im Grunde kann man mir nichts vorwerfen, aber natürlich war es meine Schuld, diese blödsinnige Segelpartie war meine Idee gewesen, insgeheim weiß ich, daß ich die Verantwortung trage, aber ich spreche nicht darüber. Ich habe damals nicht darüber gesprochen und tu es auch heute nicht. Meine Frau weiß nichts davon, nicht viel jedenfalls. Sie würde nur sagen: ›Du darfst dir keine Vorwürfe machen, Al‹, sie würde sagen, was alle sagen: ›Du gehst zu streng mit dir ins Gericht, es war ein Unfall, vergiß die Sache.‹ Es gibt eine Grenze für das, was man anderen

Leuten sagen kann, ganz einfach deshalb, weil ihre Aufnahmefähigkeit begrenzt ist. Darüber hinaus führt man nur Selbstgespräche ... Es ist ein Dilemma, in dem man sehr einsam ist.«

»Ja«, bestätigte Ian. »Sehr einsam.«

Am nächsten Morgen fragte Denis neugierig: »Worüber hast du dich denn gestern abend mit Al Hicks unterhalten? Hoffentlich hat er dich nicht gelangweilt.«

»Ganz und gar nicht.«

»Er ist ein reizender Kerl, aber er kann ganz schön penetrant werden. Er macht preisgekrönte Dokumentarfilme über Aids-Opfer, Kinder, die von zu Hause weggelaufen sind, mißhandelte Frauen ... Hoffentlich hat er dich nicht angeödet oder aufgeregt oder sonstwas.«

»Nein, wirklich nicht.« Ian lächelte. »Er hat mich nicht im mindesten angeödet.«

Denis sah ihn an, als hätte er gern noch etwas gesagt, aber dann hielt er doch lieber den Mund.

Es war ein warmer, windstiller, dunstiger Vormittag, Fischgeruch und Salzgeschmack in der Luft, mäßige Brandung, das rhythmische Donnern gedämpft. Ian sagte glücklich: »Heute nacht habe ich zum erstenmal seit langer Zeit gut geschlafen, ich erinnere mich an nichts, keine Träume. Ich hatte das Gefühl, irgendwie vom Wasser getragen, in Wasser gewiegt zu werden, ohne störendes Denken, störende Gefühle.« Er sah Denis aus großen glänzenden Augen an. »Ich bin euch so dankbar, dir und Roberta. Ich hab es Roberta am Telefon gesagt«, fügte er hinzu, obschon er nicht wußte, ob das stimmte. »In all diesem Elend seid ihr so ... lieb gewesen.«

Eigentlich hatte er »treu« sagen wollen.

Denis lächelte zurückhaltend und schlug Ian auf die Schulter. »Und jetzt haben wir einen neuen Tag.«

Denis war unrasiert, die Augen leicht blutunterlaufen, das Gesicht verquollen. Beim Frühstück hatte er scherzhaft über Kopfschmerzen, über einen Kater geklagt, diese Leute sind gestern abend so lange geblieben, aber was soll man machen, man kann seine Gäste schließlich nicht rausschmeißen ... (Roberta hatte sich unauffällig gegen Mitternacht entfernt und Ian wenig später. Er hatte so selig selbstvergessen geschlafen, erschöpft, eingelullt vom Alkohol und vom Rauschen der Brandung, daß er nicht hätte sagen können, wann die Party zu Ende gegangen war.) »Das geht eben nicht, daß man seine Gäste rausschmeißt«, wiederholte Denis mit Nachdruck, und Ian begriff, daß die Bemerkung auf Roberta abzielte, die mit dem Rücken zu ihnen am Herd stand und sich mit dem Frühstück beschäftigte, sie holte Speckstreifen aus einer großen gußeisernen Pfanne und legte sie so ordentlich wie weiland Glynnis zum Abtropfen auf Küchenkrepp. Ihre Beine und Füße waren nackt, sie trug ein rotgepunktetes Teenager-Top, das viel von ihrem glatten, sommersprossigen, goldbraunen Rücken sehen ließ, und weiße Leinenbermudas, die ihre etwas fülligen Oberschenkel kaschierten. Das Haar war wieder mit einem Tuch zurückgebunden, und ihr Schweigen, ihre Haltung hatten etwas erschreckend Widerborstiges. Ian hätte sich nicht getraut, sie in dieser Stimmung zu reizen, worauf es Denis offenbar angelegt hatte.

Aber sie ließ sich auf nichts ein, der offene Streit unterblieb. Roberta stellte den Männern die Frühstücksteller hin und quittierte ihren Dank mit einem Lächeln, setzte sich aber nicht zu ihnen. Sie habe schon gefrühstückt, sagte sie, und heute vormittag noch hunderterlei zu tun ... das Wochenende käme schneller, als ihr lieb sei. Barfuß, den Kaffeebecher in der Hand, ging sie davon. Ian sah ihr sehnsuchtsvoll und bedauernd nach. War sie böse? Böse auf ihn? Minuten später läutete das Telefon, er hörte ihre Stimme in einem anderen Teil des Hauses. Keine Worte, nur ihre Stimme: hoch, klar, unkompliziert, melodisch. Jäh empfand er stechende Eifersucht. So wird sie mich nie mehr begrüßen, dachte er.

Vielleicht gingen Denis' Gedanken in dieselbe Richtung. Er beugte sich tief über seinen Teller, zog ein Gesicht und sagte bitter: »Kann mir schon denken, wer das war: ›Wir sind zufällig gerade in der Nähe, Roberta ...‹«

Nachmittags, als sie in Denis' Wagen nach Provincetown fuhren, sagte Denis beiläufig, Ian habe wohl schon gemerkt, daß es zwischen Roberta und ihm neuerdings »unnatürlich spannungsreich« zuginge.

Nein, sagte Ian, das habe er noch nicht gemerkt.

Denis zuckte die Schultern und sagte verlegen, ausweichend:

»Ist ja im Grunde auch nicht weiter wichtig, ich wollte eigentlich gar nicht drüber reden. Ich hab nur gedacht, daß es dir vielleicht aufgefallen ist und dich irritiert, du sollst dich ja schließlich bei uns erholen.«

»Das tu ich auch, es ist wunderschön hier«, sagte Ian rasch, es klang auch in seinen eigenen Ohren platt und wenig überzeugend. »Mir war keine ... Spannung aufgefallen.«

»Wir streiten uns nie, das ist nicht ihr Ding. Ein kurzer Wortwechsel, und sie ist fix und fertig ... behauptet sie. Aber da kommt eine Kälte auf mich zu, eine Härte und Gleichgültigkeit, ein Nichtstellungnehmen ... Manchmal bin ich außer mir vor Wut: Diese Person steht einfach da, ohne was zu sagen, sie sieht mich nur an, als ob sie durch mich hindurchsieht, mit diesem Spinnenfrau-Gesicht, unter gesenkten Lidern ... und gleichzeitig ist sie die Frau, die du kennst, die Frau, die wir alle kennen, geduldig, sanft, herzlich, großzügig, gastfreundlich, immer hilfsbereit ... ein guter Mensch.« Denis gab Gas und bretterte über den belebten Highway. Seine Kiefer verspannten sich, die Augen quollen leicht aus den Höhlen. »Manchmal hab ich das Gefühl, Ian, daß sie alle ein Spiel treiben, die Frauen, die wir kennen, unsere Frauen ... mit Ausnahme von Glynnis, über Glynnis mag ich im Moment nicht reden ... die Frauen, die verheirateten Frauen von Hazelton ... ein kompliziertes Spiel ... hinter unserem Rücken. *Wir* sind das Spiel, nur begreifen wir das nicht. Wie sie Glücklichsein heucheln, telefonieren, Gästen die Tür aufmachen, während sie grad eben noch alles andere als ... glücklich waren.«

Ian, dem die Richtung nicht recht behagte, in die Denis' Argumentation trieb, wandte ein: »Aber machen wir das nicht in gewisser Weise alle so? Das ist keine Heuchelei, sondern einfach ein Gefühl für Schicklichkeit, wir meinen einfach, daß wir uns das gegenseitig schuldig sind: Rücksichtnahme, Entgegenkommen, Takt.« Als Denis schwieg, fügte er hinzu: »Es gibt da ein großartiges Zitat von George Santayana, das ich vor Jahren mal gelesen habe: ›Masken sind erstarrte Ausdrücke, großartige Echos von Gefühlen, die einst originär, dezent, superlativ waren. Lebewesen, die mit der Luft in Berührung kommen, brauchen eine Epidermis, und man sollte gegen eine Epidermis nicht ins Feld führen, daß sie nicht ...‹«

Plötzlich war ihm der Rest entfallen. Und Denis hörte anscheinend gar nicht hin. Er sagte bitter: »Sie behauptet, daß sie mir verziehen hat, wegen dieser Sache vor ein paar Jahren, du weißt schon, wegen dieser Affäre, ich hab dir ja davon erzählt ... wegen dieses Fehltritts. Aber im Grunde stimmt das eben nicht. Vielleicht kann sie mir nicht verzeihen. Vielleicht würde es mir ja umgekehrt genauso gehen, vielleicht würde ich mich auch schwertun mit dem Verzeihen. Wir haben gewisse angeborene Instinkte – metaphysische Instinkte, vielleicht auch sprachliche. Wie hast du es ausgedrückt: ›Was einmal gesagt wurde, kann man nie ungesagt machen.‹ ›Oder vergessen machen‹, könnte man hinzufügen.«

Ian überlegte leicht beunruhigt, ob Roberta ihrem Mann von dem erzählt hatte, was damals zwischen ihm und ihr vorgefallen war, – seine verzweiflungsvolle Umarmung, seine stammelnde Bitte ... Nein, so grausam kann sie nicht gewesen sein, dachte er. Selbst wenn sie mich verabscheut.

»Demnach habe ich offenbar gleich zwei Fehler gemacht: Daß ich mich mit einer anderen Frau eingelassen und daß ich es meiner eigenen Frau gestanden habe. Aber Roberta beteuert immer wieder, daß sie mir verziehen hat ...«

Denis warf Ian einen raschen Seitenblick zu, einen Blick, in dem, so schien es Ian, eine unverhohlene Bitte lag, aber sein Ton war eher abwehrend, um seine gespannten Kiefer war ein eigensinniger Zug, der ein anderes Motiv vermuten ließ. Er fuhr aggressiv und unkonzentriert zugleich, wobei er zu Ians Unbehagen häufig das Lenkrad losließ und mit beiden Händen gestikulierte. Aus dem Gespräch war ein Monolog geworden, dem Ian die Ehre hatte lauschen zu dürfen.

»Und dann bin ich manchmal so einsam. Auf all diesen Partys, die wir geben und zu denen wir gehen, das heißt, jetzt nicht mehr, aber bis zum Frühjahr ... Und in der Familie, im Schoß der Familie, wie es so schön heißt, ist es noch viel ärger. Denn dort dürftest du eigentlich gar nicht einsam sein. Du weißt, daß du kein Recht dazu hast, es ist purer Egoismus, schieres Selbstmitleid. Und sprechen darfst du auch nicht darüber, das ist wie ein Tabu ...«

Ian, um dessen Einsamkeit es nicht so theoretisch bestellt war, murmelte etwas vage Zustimmendes.

»Die Jungen sind erwachsen, sie haben ihr eigenes Leben, jede Menge Freunde, Zukunftspläne, in denen für uns kein Platz vorgesehen ist. Ich versteh's ja, ganz klar, in ihrem Alter hatte ich auch mein eigenes Leben, ich wäre sonst erstickt, aber ein Schock ist es schon, wenn es einen selber trifft. Daß sie so offenkundig nicht nur die Gesellschaft anderer Leute vorziehen, sondern einen Typ, eine Schicht, eine Kategorie von Leuten, die so ganz anders sind als wir und unsere Bekannten ... Und im Zentrum von all dem – so wie Frauen ja immer direkt ›im Zentrum‹ sind – steht Roberta und sieht mich an, und in ihrem Blick ist nicht mal mehr Mißtrauen, sondern nur noch Kälte und Teilnahmslosigkeit.« Er schwieg einen Augenblick, dann brach es aus ihm heraus: »Sie liebt mich nicht mehr ...«

»Mach dich nicht lächerlich«, sagte Ian. »Natürlich liebt sie dich.«

» ... aber sie würde es nie zugeben. Sie bringt es nicht fertig, klipp und klar zu sagen: *Ich liebe dich nicht mehr.*«

»Offensichtlich ist sie ...«

»Seit dem Frühjahr. Irgendwann im Frühjahr. Ich glaube, angefangen hat es, als Glynnis ins Krankenhaus kam und wir alle so durcheinander waren, so total desorientiert, wie wenn ein Naturgesetz aufgehoben wäre oder wir dagegen verstoßen hätten ... Roberta hat Glynnis' Tod sehr getroffen, genau wie mich, und natürlich sind wir noch lange nicht drüber weg, das sitzt fest drin im Speicher, aber wem sage ich das ... Jedenfalls – da hat es angefangen mit dieser Entfremdung, daß wir nicht mehr so viel miteinander geredet haben wie sonst, eine schleichende Auszehrung all dessen, was Menschen zusammenhält. Das Frustrierende ist, daß ich sie ständig mit ihren Freundinnen oder ihren Schwestern telefonieren höre, mit denen kann sie offenbar reden. Mit mir nicht. (Auch mit Leonard und Paul versteht sie sich sehr gut, mit solchen Leuten kann sie, Glynnis war da ganz ähnlich.) Ich will damit nicht sagen, daß ich horche, so was würde ich nie tun.« Er sah Ian an und lächelte bitter. »Aber wenn ich zufällig was mitkriege, reden sie nie über Wesentliches. Sie lachen viel und fallen einander ins Wort, und einer ergänzt den Satz, den ein anderer angefangen hat. Vielleicht ist es ein Kode. Ob wohl jemand schon mal versucht hat, Frauengespräche zu dekonstruieren?«

»Männergespräche werden demnach geradliniger geführt, ja?« sagte Ian. »In einem von Vieldeutigkeit nicht angekränkelten Vokabular ...«

Doch seine Ironie schien Denis nicht zu erreichen, denn er fuhr in demselben geknickten, jetzt aber auch leise grollenden Ton fort: »Solange eine Frau dich *liebt,* ist sie ein Mensch, den du kennst, der dir vertraut ist, aber wenn sie sich entschieden hat, dich nicht mehr zu lieben ... ich rede wohlgemerkt nicht von Gernhaben, Tolerieren, Ertragen ... ist sie wie ausgewechselt. Selbst ihr Blick wird anders, die Pupillen ziehen sich zusammen, unheimlich ist das ... vielleicht liegt es ja auf der Hand, vielleicht ist es was ganz Banales – aber wenn es dir selber passiert, ist es doch ein gewaltiger Schock. Als hätte sich die Erde unter dir bewegt. Du spürst, wie sie sich dreht.«

Denis sprach jetzt hastig und unzusammenhängend. Ian lachte. »Aber wir drehen uns doch mit der Erde mit, nicht? Es ist alles eine einzige Bewegung.« Er legte Denis behutsam die Hand auf den Unterarm, nicht, um ihn zum Schweigen zu bringen, oder gar, um ihn zurechtzuweisen, sondern nur, damit er wieder registrierte, wo er war (in der Stadtmitte von Provincetown nämlich) und womit er sich befaßte (mit der Parkplatzsuche). Das Verkehrschaos war komplett, selbst die Seitenstraßen waren total verstopft. Fußgänger – viele Schwule, eng umschlungen, flott frisiert und in modischer Freizeitkleidung – überquerten die Straße, ohne sich um die Ampelregelung zu kümmern, und kamen dabei gefährlich dicht an Denis' Wagen heran.

»Sie wirft mir vor, daß ich nicht zuhöre, dabei höre ich sehr genau zu, und daß ich sie nicht sehe, dabei sehe ich sie sehr genau. Ich ›sehe‹, wie sie mich mitleidig und verächtlich anschaut, als wüßte sie, daß ich sie liebe, daß mein Leben auf Gedeih und Verderb mit dem ihren verflochten ist, aus Trägheit vielleicht, wenn schon nicht mehr aus Passion – obgleich Trägheit in unserem Alter sehr wohl eine Passion ist, die man nicht unterschätzen sollte –, als wüßte sie, daß ich in ihrer Falle sitze. Die Trennung von Roberta wäre der Tod für mich, nachdem ...« Denis' Stimme kam leicht ins Schwanken, und er sah Ian nicht an, » . . . nachdem schon anderes in meinem Leben kaputtgegangen ist.«

»Da ist ein Parkplatz«, sagte Ian und deutete hin. »Wenn du dich beeilst . . .«

Aber es war zu spät. Denis fuhr weiter, bog um eine Ecke und steuerte ein Parkhaus an. Am Eingang hing ein Schild: BESETZT.

»Scheiße«, sagte er und bremste, stieß zurück, bog um die nächste Ecke, suchte weiter. Dabei setzte er seinen Monolog fort, als habe es keine Unterbrechung gegeben: »Faktisch ist an Robertas Vorwürfen sogar was dran, in letzter Zeit hab ich nämlich Sehschwierigkeiten. Probleme mit der Sehkraft meine ich. Es ist das linke Auge, hauptsächlich das linke. Der Optiker konnte es sich nicht erklären, es ist weder Weitsichtigkeit noch Kurzsichtigkeit, meine Sehkraft ist sogar noch recht gut für mein Alter, sagte er, ich brauche noch keine Lesebrille, während Freunde von uns, Vaughn beispielsweise, schon seit Jahren Bifokalgläser haben, du ja auch, nicht? Nein, bei mir ist es was anderes, als ob zuweilen Licht und Farbe aus den Gegenständen verschwinden. Ich sehe ständig zum Himmel hoch, als ob da oben irgendwas wäre, eine große Wolke etwa oder eine Sonnenfinsternis. Dann herrscht so ein lastendes dunstiges Licht, *dieses* Licht, das wir jetzt haben, wie bei einem überbelichteten Foto. Eine blasige Unschärfe, Funken, Leere, wie schwarze Löcher – nur daß sie voller Licht sind, voll von blendendem Licht und nicht voll von . . . Nichts. Ich bin auf der Treppe, und plötzlich ist die Treppe verschwunden, und ich greife nach dem Geländer, das da ist und auch wieder nicht da ist; nicht daß ich stolpere, denn mein Leben läuft zu neunzig Prozent automatisch ab, ich bin, wie wir alle mehr oder weniger, auf Autopilot geschaltet. Aber ich *merke* es, und das verunsichert mich. Wenn ich lese, sind manchmal weiße Flecken auf der Seite, die sich ganz langsam mit Worten füllen. Wenn ich schnell genug lese, in meinem üblichen Tempo, kann ich den weißen Flecken zuvorkommen. Manchmal sind sogar meine Träume betroffen.« Denis lachte. »Sie blenden sich aus, verdunsten, verschwinden im Nichts. Hast du schon mal so was Verrücktes gehört?«

Ian fragte: »Aber hat der Optiker nicht . . .«

»Doch, natürlich. Er hat mich an einen Augenarzt verwiesen, nach dem Labor Day geh ich hin, aber ich bezweifele, ob der mir helfen kann.«

»Wie kommst du darauf?«

Ein herablassendes Schulterzucken. »Das hab ich so im Gefühl.«

Schließlich fand er doch noch einen Parkplatz, nachdem er zu Ians peinlicher Bestürzung eine junge Frau in einem VW ausgetrickst hatte, die vor ihm gekommen, aber zu weit zurückgestoßen war. Im Lebensmittelgeschäft und in der Weinhandlung gab er sich sachlich, nüchtern, leutselig und jeder Trödelei abhold. »Hängt dir das nicht manchmal auch zum Halse raus, dieses ständige Kaufen, Geldausgeben, Konsumieren?« sagte er zu Ian, der sich an solchen Orten, betäubt durch ein Übermaß an Reizen, immer gegen einen sanften Trancezustand stemmen mußte. »Ein stetiger Strom von Essen und Trinken, der durch uns hindurchgeht wie durch Schilfrohre. War es Pascal, der gesagt hat: ›Der Mensch ist ein denkendes Rohr ...‹, oder war es Aristoteles?«

»Aristoteles hat gesagt: ›Der Mensch ist ein denkendes Tier.‹«

»Denkendes Tier, denkendes Rohr ... ist doch egal. Kommt letztlich auf dasselbe raus.«

Der Junge an der Kasse, ein College-Student mit langem, zu einem Pferdeschwanz gebundenem Zottelhaar, hatte ihr Gespräch mit angehört und sie durch die Wimpern beobachtet. Während er Denis' Waren eintippte, sagte er schüchtern lächelnd: »Mein Lieblingsphilosoph ist Lukrez. ›Das Kreisen der Atome.‹ Er hatte keine Instrumente, aber er hat schon alles gewußt.«

»Genau«, sagte Denis begeistert. »Er hat alles gewußt, dieser Teufelskerl. Und wir brauchen nur noch die Leerstellen auszufüllen.«

Auf dem Rückweg fuhr Denis weniger hektisch, und das Gespräch drehte sich um Berufliches: Institutsklatsch, Gastprofessuren, Symposien, wer wohin reiste und wer was wofür machte. Sie tranken Anchor Steam, ein Bier, das Ian noch nicht kannte, aus Dosen, und Ian freute sich an der Fahrt durch die traumgleich-dunstige Luft, akzentuiert durch Bremsen und Wieder-Anfahren und dazwischendrängende Fahrzeuge, so wie in einem Traum Geräusche von außen Akzente setzen, ohne ihn zu unterbrechen. Auch an dem scharfen, flüchtigen Schmerz hinter den Augen freute er sich, der sich immer beim ersten Bier des Tages einstellte, besonders wenn er es zu schnell kippte. Ob er vom Bier selbst kam oder von dessen metallisch-eisiger Beschaffenheit? Sie wartete am Strand, würde lächelnd zu ihm aufsehen, wenn er kam.

Denis erzählte, wie man – »mit wahrhaft schmeichelhafter Penetranz« – beim *Arhardt Center for Strategic and International Studies* in Washington um ihn warb, eine dieser Stiftungen, deren Geldquellen im dunkeln liegen, die sich – meist ganz öffentlich – etwa mit Fragen des Verteidigungshaushalts, mit Terrorismusbekämpfung, Nuklearwaffenarsenalen und dem Dritten Weltkrieg und dergleichen beschäftigen; Zuträger für die Generäle, so sah es Ian, denn es war kein Geheimnis, daß das Pentagon etliche dieser Stiftungen finanzierte oder ihnen Mittel zuschanzte. Ehe Ian McCulloughs Ruf zuschanden geworden war, hatte auch ihn hin und wieder das *Arhardt Center* angesprochen – oder das *Georgetown Center*, das *La Jolla Center* oder *McIntyre Center*; sie hatten ihn zu Symposien eingeladen, ihm eine Beratertätigkeit, eine »leitende Stellung« in vorgeblich allgemeinwissenschaftlichen Abteilungen wie der für Bevölkerungswachstum in der Dritten Welt angeboten. Gleich all seinen liberalen Kollegen hatte er natürlich dieses Angebot höflich abgelehnt.

Jetzt beschwerte sich Denis trocken: »Daß die Burschen mich nicht in Ruhe lassen können! Ich kann mir eigentlich nicht vorstellen, meine Karriere als professioneller Père Joseph zu beenden«, und Ian sagte: »Ich auch nicht«, obgleich ihm das Thema peinlich war und er sich fragte, worauf Denis eigentlich hinauswollte. Es war kein Geheimnis, daß sich Denis, nachdem man ihn als Institutsleiter für Hazelton übergangen, nicht weniger als dreimal zu einem Einstellungsgespräch für eine leitende Stellung in der angesehenen *Mellon Foundation* gebeten und dann doch abgelehnt hatte, beruflich schlecht behandelt fühlte; persönlich getroffen, ja gekränkt in einer jener

Karrierephasen, in denen spontane, spektakuläre, aber nicht immer kluge Entscheidungen gefällt werden, um gewissen Herrschaften eins auszuwischen, die uns weniger hoch schätzen, als wir es unserer Ansicht nach verdienen.

»Es ist wegen deiner Verbindung mit mir«, sagte Ian.

»Was meinst du?«

»Wegen deiner Freundschaft mit ... Ach, laß. Ich hab da was durcheinandergebracht.«

»Du hast die Leute von *Arhardt* ein- oder zweimal abblitzen lassen, nicht?« fragte Denis. »Was hatten sie dir angeboten? Eine Lehrtätigkeit? Oder etwas in der Verwaltung?«

»Weiß ich nicht mehr, ich hab da nicht weiter nachgehakt.« Und weil er das Gefühl hatte, daß das unter Umständen eine Spur selbstgefällig und überheblich klang, fragte er: »Was versprechen sie sich denn von dir? Ein bißchen Glanz in ihrer Hütte?«

»Sie gründen da einen komischen neuen Lehrstuhl für ›politische Ökonomie‹, mit einer Stiftungssumme von sechs Millionen Dollar. Kommt natürlich überhaupt nicht in Frage. Die Leute in dieser Denkfabrik-Disneywelt kriechen doch alle dem Pentagon, dem Präsidenten in den Hintern ... wenn nicht Schlimmeres. Ich rufe schon gar nicht mehr zurück. Wenn ich da hinginge, müßte ich mich ohne Spiegel rasieren, um mir nicht in die Augen sehen zu müssen.«

Ian sagte gedankenvoll: »Es ist gar nicht so schwierig, sich *mit* Spiegel zu rasieren, ohne sich in die Augen zu sehen.«

»Soso«, sagte Denis verlegen, leerte seine Dose Anchor Steam und bat Ian, ihm netterweise noch eine aufzumachen.

Und dann fragte er, behutsam wie immer bei diesem Thema: »Wie läuft es denn so, Ian? Mit Ottinger, meine ich. Und all dem.«

Ian sagte nur, alles liefe gut, und anders habe er es auch gar nicht erwartet. Er käme mit Ottinger bestens zurecht und habe große Hochachtung vor ihm, was er im Hinblick auf die Justiz als Institution mit ihrem Sammelsurium an Vorschriften, ihrer Detailverliebtheit, ihrer lähmenden Langeweile beim besten Willen nicht sagen könne. Er hätte gern den Prozeß schon hinter sich, hätte es gern gesehen, wenn über sein Schicksal schon entschieden wäre. »Natürlich fällt damit noch keine unwiderrufliche Entscheidung über meine Schuld oder Unschuld«, fügte Ian wie nebenbei an. »Wenn wir verlieren, bleibt uns immer noch die Berufung.«

»Sei nicht albern«, sagte Denis, »ihr werdet nicht verlieren.«

Eine Weile fuhren sie schweigend dahin. Ian schloß die Augen und genoß den Wind, der über sein verbranntes Gesicht wehte – er war heute vormittag in der Brandung geschwommen, und die Sonnencreme der Grinnells war nicht stark genug für seine helle, dünne Haut gewesen –, genoß den Geruch nach Meer und heißem Sand. Und genoß es, daß sein Freund neben ihm saß, nicht irgendein Freund, sondern Denis, der ihn mit schnellen, nervösen Beteuerungen beschwichtigte, die zwar wenig überzeugend waren, aber sehr tröstlich klangen. *Mach dir keine Sorgen,* wir brauchen Stimmen, die uns trösten, *alles wird wieder gut,* so etwas muß uns gesagt werden, *es tut nur ganz kurz weh halt schön still* ... Liebende raunende Stimmen: *Vertrau auf uns.*

Ian machte die Augen auf. »Ich war schon drauf und dran, mich schuldig zu bekennen. Um es hinter mir zu haben, in der Vorverhandlung. Hast du davon gehört?«

»Ja«, sagte Denis. »Du mußt verrückt geworden sein, hab ich mir gedacht.«

»Die in der Vorverhandlung haben das auch gedacht. Aber wir hätten im Vorfeld des Prozesses verhandeln können. Du weißt ja, der Rettungsanker der Strafjustiz: Ein Mörder bekennt sich zu einem Totschlag, ein Totschläger zu einem Raubüberfall, der Sittenstrolch zu einer harmlosen sexuellen Verirrung. Aber Nick Ottinger sagt, daß ich unschuldig bin und der Prozeß mich hundertprozentig entlasten wird. Er sagt, daß kein Verbrechen begangen wurde und deshalb nichts ›ohne den Schatten eines Zweifels‹ bewiesen werden kann. Diese Hoffnung also haben wir. Und rein formal bin ich ja auch unschuldig.«

»Natürlich bist du unschuldig«, sagte Denis.

»›Unschuldig‹ nach unseren Gesetzen bis zum Beweis des Gegenteils.«

Denis antwortete nicht, möglich, daß die Frotzeleien ihn irritierten, so was wollte er bei Ian McCullough gar nicht erst hochkommen lassen. Nach einer kleinen Pause fragte er: »Denkst du die ganze Zeit daran?«

Und Ian antwortete, ohne sich auch nur eine Sekunde zu besinnen: »Ja. Natürlich.«

»Vermutlich selbst dann, wenn du an andere Sachen denkst«, sagte Denis forschend.

»Ja«, sagte Ian. »Selbst dann, wenn ich an andere Sachen denke.«

»Muß die Hölle sein, ehrlich.«

»Da ist der Prozeß«, sagte Ian nachdenklich. »Und Glynnis – ihr Tod, die Beerdigung. Und unsere Ehe bis zum Abend des Unfalls. Mein ganzes Leben bis zum Abend des Unfalls. Und bis zu diesem Augenblick.« Er legte die Hand an den Rahmen des heruntergekurbelten Fensters und verbrannte sich fast die Finger an dem heißen Metall. »Andere Sachen sind durchaus wirklich und andere Menschen auch«, sagte er und dachte an seine Tochter, an Roberta, »aber sie sind von mir durch eine Art Sperre getrennt, eine riesige Glaswand. Und diesmal möchte ich die Scheibe nicht zerbrechen.«

Denis bog in den ausgefahrenen Sandweg ein, der die Häuser am Strand miteinander verband, und rasch, in dem beruhigenden Bewußtsein, daß er nur noch ein paar Minuten zur Verfügung hatte, sagte Ian etwas, was er schon seit Wochen hatte loswerden wollen: Daß Ottinger den größten Teil des Protokolls der Anklagejury mit ihm durchgesehen hatte, daß er, Ian, die Zeugenliste gesehen, die Zeugenaussagen gelesen hatte, daß er tief bewegt von Denis' Worten war.

»Ich bitte dich, Ian! Was ich gesagt habe, war doch eine Selbstverständlichkeit!«

»Trotzdem, in diesem Kontext ...«

»Was heißt hier Kontext?« Denis sah ihn groß an. »Tu mir den Gefallen und bedank dich nicht dafür, daß ich Dinge gesagt habe, die jeder sagen würde, der auch nur einigermaßen bei Verstand ist.« Seine Stimme war laut, ungläubig. »Bestimmt haben alle, die von diesem Scheißkerl Lederer vorgeladen worden sind und die beim Prozeß zu deinen Gunsten aussagen werden, dasselbe gesagt wie ich. Mach bloß deswegen kein Getue! Schwamm drüber, ein für allemal. Du vergißt offenbar ...«

»Ja? Was?«

»Wer du bist.«

Später, als sie mit ihren Drinks am Strand saßen, die Grinnells und Ian und Besuch aus Cambridge – unter anderem ein gutaussehendes Paar, das Ian offenbar von früher kannte, obwohl er sich an die beiden beim besten Willen nicht erinnern konnte, der Mann war nach eigener Aussage freiberuflicher Schriftsteller, spezialisiert auf Biographien, die viel jüngere Frau war Künstlerin und Fotografin –, brachte Ian die ganze Gesellschaft zum Lachen, Denis prustete vor Lachen, indem er mit einiger Ironie auf seinen »geänderten Status« in der akademischen Welt hinwies. »Der große Vorteil meiner Situation ist«, sagte er, »daß praktisch niemand mehr ein Empfehlungsschreiben von mir haben will, meine Schützlinge haben sich alle verflüchtigt.«

Denis sagte: »*Meine* Schützlinge, die Ärmsten, werde ich am Hals haben, bis *ich* mich verflüchtige.«

Sie lachten alle – womöglich erleichtert, weil die Bemerkung (vielleicht) die Luft gereinigt hatte –, bis auf Roberta. Sie sah leise lächelnd in ihr hohes, beschlagenes Glas mit der wasserhellen perlenden Flüssigkeit, Clubsoda wahrscheinlich, in das Denis einen hübschen Limonenhalbmond gegeben hatte.

»Wenn du mir aus dem Weg gegangen bist, es vermieden hast, mit mir allein zu sein, meine ich«, sagte Ian, »habe ich dafür natürlich Verständnis. Ich will dich nicht in Verlegenheit bringen, ich . . .« Er hielt inne, wußte nicht recht weiter, als er hier in Robertas Küche stand, groß, gebeugt, entschieden zu mager, verlegen wie ein Halbwüchsiger. Er trug Khakishorts und ein frisch gewaschenes weißes T-Shirt, das locker an seinem Oberkörper herunterhing. Die ebenfalls hageren Beine mit den knochigen Knien, Beine, die mit hellen, daunenfeinen Härchen bedeckt waren, kamen ihm hier, umgeben von Sonne, Sand und Meer, unnatürlich weiß vor. »Ich . . . möchte mich ja schließlich bei dir nicht unbeliebt machen.«

Roberta lachte nervös auf und lächelte ihm zu oder versuchte es zumindest, während eine Röte gleich einem nicht voll entwickelten Muttermal von ihrem Hals zu ihren Wangen hochstieg.

»Unbeliebt machen? Was für ein Unsinn! Du bist unser bester

Freund. Du und Glynnis und Denis und ich ...« Und jetzt erstarb auch ihre Stimme, und sie sahen sich lächelnd, befangen, seltsam beglückt an wie über einen kleinen Abgrund, während man von draußen, vom Strand her, Rufe und Lachen hörte, dort hatte, angeregt von Denis, ein improvisiertes Volleyballspiel begonnen, denn zwischen zwei Pfosten hing ein schlaffes und ziemlich löcheriges, aber noch brauchbares Volleyballnetz, und mittlerweile waren auch genug Spieler vorhanden; jetzt, da der lange Sonntag zur Neige ging, hatten sich noch ein paar Bekannte eingefunden. Ians Herz schlug schnell. Warum mache ich das, dachte er, was sage ich da? Warum bin ich hier?

Ian war Roberta ins Haus gefolgt, sie hatten über dies und jenes gesprochen, und jetzt kam er so elegant wie möglich – mit der gezwungenen Leichtigkeit eines erfahrenen Redners, dachte Ian, der, nachdem ihm in seinem Vortrag ein Mißgriff unterlaufen ist, einfach weiterspricht, im gleichen Rhythmus, als sei alles in schönster Ordnung – auf eines dieser Themen zurück, auf die Enttäuschungen, die Denis letzthin erlebt hatte, seine berufliche Unzufriedenheit, an der Ian nicht ganz unschuldig zu sein meinte. Er habe das Gefühl, sagte er, daß Denis in gewisser Weise durch seine Freundschaft mit ihm geschädigt wurde, und wisse nicht recht, was er dagegen tun sollte.

»Ist das dein Ernst?« Roberta sah ihn groß an. »Das kann nicht dein Ernst sein.«

»Natürlich ist es mein Ernst.«

»Komm, hör auf, das ist ja grotesk. Glaubst du nicht, daß Denis selbst gewisse Eigenschaften, genügend Eigenschaften besitzt, die selbst Leute, die ihn schätzen, davon abhalten könnten, ihn für eine sensible Position einzustellen? Du weißt doch, wie er bei näherer Bekanntschaft ist.«

»Ich weiß, daß es sehr viel ungute Publicity gegeben hat, und wenn der Prozeß anfängt ...«

»Vergiß doch jetzt mal den Prozeß. Du bist hier, bei uns, es ist das Labor Day-Wochenende. Es ist ...«, sie umfaßte mit einer gleichsam bittenden Geste Strand, Himmel, Meer, » ... eine andere Welt. Oder wir versuchen, eine andere Welt daraus zu machen.«

»Ich wünschte, ich könnte etwas tun«, sagte Ian. »Ich habe euch alle in eine so unangenehme Situation gebracht. Und meine Institutskollegen . . .«

»Hat *er* davon angefangen?«

»Denis? Natürlich nicht.«

Roberta zog ein skeptisches Gesicht, so ganz schien sie ihm das nicht abzunehmen. »Er ist nicht vollkommen.«

Ian lachte, er war wieder glücklich. »Ach, und das hab ich mir immer eingebildet . . .«

So sprachen sie eine Weile von anderen Dingen, wie Kinder, dachte Ian, die auf behelfsmäßigen Schlitten in Schlangenlinien über einen verschneiten Hügel rutschen, und Roberta stellte Ian die bewußte, diskret verschlüsselte Frage: Wie läuft es denn so? Und Ian fragte Roberta, wie es denn bei ihr so liefe, und von draußen kam das Geschrei und Gegröle und Gelächter der Volleyballspieler wie krakeelende Musik, die das Feierlich-Stimmungsvolle hier im Haus konterkarierte und relativierte. Dabei schlug Ians Herz noch immer sehr schnell, Roberta schien ungewöhnlich kurzatmig, ihr Gesicht war erhitzt, der Blick scheu, feuchtglänzend, und wie unbewußt war sie ein wenig auf Distanz gegangen. Ian, der nicht betrunken, aber auch nicht so nüchtern war, wie er es sich vielleicht gewünscht hätte, sah es als eine gewisse Ironie des Schicksals, zugleich aber auch als durchaus adäquat, daß er, wollte er Roberta Grinnell eröffnen, daß er sie liebte und bereit war, sein Leben für sie zu geben, daß er sie – wie gern, wie leidenschaftlich gern – heiraten würde, wenn sie je frei wäre, diese Erklärung in der Küche eines gemieteten Ferienhauses am Meer machen mußte, umgeben von Küchenchaos: Kochutensilien, Geschirr, das in der Spüle weichte und auf der Arbeitsfläche und in Styroporbehältern herumstand, benennbare und unbenennbare Gegenstände, das ganze Drum und Dran von Essen und Trinken und dem, was man zum Verzehr so braucht. Vom Frühstück hing noch ein leiser Geruch nach Speck, vom Mittagessen ein leiser Geruch nach Austernschalen in der Luft, und aus dem Backofen – Ian lief das Wasser im Mund zusammen, obgleich er überhaupt keinen Hunger hatte – drang der Duft von Blätterteigpasteten.

Aus lauter Nervosität zündete er sich eine Zigarette an, er sah, wie Roberta den dünnen Rauchkringel zunächst tolerierte und dann unauffällig wegwedelte, und drückte rasch die Zigarette wieder aus. »Es hat mich immer gestört, wenn Glynnis rauchte«, sagte er. »Sie fand es selbst auch nicht gut und hat ständig versucht aufzuhören.«

»Frauen soll das schwerer fallen als Männern«, sagte Roberta. »Ich habe da keine einschlägigen Erfahrungen.«

»Als Freud an Zungenkrebs starb ...«

»Ja, ich weiß, war das nicht ...«

» ... erbärmlich.«

» ... tragisch.«

Sie hatten gleichzeitig gesprochen, und Roberta fuhr fort, so vehement, als sei Freud ein Bekannter von ihnen, von dem man eigentlich Besseres erwarten durfte: »Daß er selbst nach der Kieferoperation nicht auf diese gräßliche Pfeife verzichten konnte! Daß er mehr an seiner Pfeife hing als am Leben ... Ich habe mich immer gefragt, wie so was möglich ist, aber jetzt ...«

Ian lachte auf, hilflos und traurig zugleich. »Ja, *jetzt* ...«

Die Volleyballspieler buhten, offenbar hatte jemand einen Fehler gemacht, und beklatschten einen brillanten oder glücklichen Wurf, und Roberta sagte, Ian könne ruhig rauchen, wenn er wolle, es störe sie nicht, und Ian sagte, aber nein, es ist eine abscheuliche Angewohnheit, die ich sobald wie möglich wieder loswerden will, meine Tochter ist entsetzt über mich, sie ist total dagegen. So redeten sie eine Weile von Bianca und eine Weile von den Söhnen der Grinnells, und Ian sah auf die klickende Zeituhr am Herd, noch acht Minuten, fünf Minuten ... »Weißt du, ich kann nicht ihren Platz einnehmen«, sagte Roberta. »Und das möchtest du doch sicher«, und als Ian nicht antwortete, als hätte er, so unwahrscheinlich das war, nicht recht gehört, fuhr sie im gleichen Ton schnell und schuldbewußt fort, als sei es dies, worüber sie eigentlich gesprochen hatten oder was sie eigentlich hatte sagen wollen. »Denis sagt, ich brauche das nicht zu erklären, aber ich möchte es gern. Ich weiß, daß du das Protokoll der Anklagejury gesehen, daß du meine Aussage gelesen hast, und dasselbe werde ich auch vor Gericht sagen müssen, wenn sie mich vorladen, und Denis sagt, natürlich werden sie mich vorladen, dieser gräßliche Mensch, dieser miese Manipulator, wird sich nichts entgehen lassen, was seiner Sache dienen könnte. Du weißt ja, daß wir unter Strafandrohung zur Aussage gezwungen wurden, wir hatten keine Wahl ... in so einem Fall werden die Bürgerrechte außer Kraft gesetzt, das habe ich auch noch nicht gewußt, ich konnte mich nicht auf das Fünfte Amendment berufen und einfach die Aussage verweigern, ich stand ja nicht unter Anklage, konnte mich durch eine Aussage folglich auch nicht selbst belasten. Es ist die schiere Tyrannei, das habe ich ihnen auch gesagt, diesem gräßlichen Lederer und seinen Leuten, wie Orwells 1984 ist das, habe ich gesagt, als ob die Polizei uns den Schädel öffnet.«

Sie hielt inne, um Luft zu holen, es sah aus, als sei sie drauf und dran, nach Ian zu greifen, seine Hände zu nehmen, und das hätte sie gewiß auch getan in jenen Tagen der Unschuld, ehe er im Atrium seines Hauses die Arme um sie gelegt, als er gebettelt hatte um ... ja, er hatte wohl um Liebe gebettelt.

»Du weißt ja, Ian, daß mir gar nichts anderes übrigblieb, als ihnen von meinem Gespräch mit Glynnis zu erzählen, diesem letzten Gespräch, und ihre Fragen so aufrichtig wie möglich zu beantworten. Selbst um unserer Freundschaft willen konnte ich keinen Meineid leisten, obgleich ich so ... obgleich ich dich so lieb habe, Denis und ich, wir beiden haben dich lieb als unseren Freund, als unseren ältesten, engsten, liebsten Freund.«

Ihre Stimme brach, und Ian sagte rasch: »Natürlich, das weiß ich doch ...«, er lächelte verkrampft, unwillkürlich hatte er wie bittend die Hände erhoben. »Natürlich. Natürlich weiß ich das.«

Roberta sprach davon, was sie durchgemacht hatte bei ihrem Auftritt vor der Anklagejury, erzählte von den Fragen, die man ihr gestellt hatte, hinterhältige, gemeine, unfaire und ungerechtfertigte Fragen. Sie habe versucht, wie Ian wohl wußte – und so hatten es ja alle seine Freunde gemacht –, ihn so darzustellen, wie er war: Glynnis und ihn, ihre Ehe, ihr Familienleben, ihre gesellschaftliche Stellung. Sie hatte es versucht, und es war ihr wohl auch gelungen, soweit die Anklagevertretung ihr gestattet hatte, so zu reden, wie ihr der Schnabel gewachsen war. Beim Prozeß würde ja Ians Verteidiger sie ins Kreuzverhör nehmen, und dann würden – falls noch etwas unklar geblieben war – alle Anwesenden begreifen, daß sie keine feindliche Zeugin, sondern eine Leumundszeugin war. Der ganzen Welt würde sie verkünden, was für ein wertvoller Mensch er war: lieb anständig gütig großzügig sanft *gut*.

Und Ian hörte zu und nickte, sein Gesicht war heiß, seine Augen brannten. Ja ich weiß ja ich verstehe ja natürlich natürlich aber ist denn keine Hoffnung daß du mich liebst abgesehen von der›Liebe‹, die dein Mann für mich empfindet? Gibt es denn keine Hoffnung? Keine?

Dann klingelte die Zeituhr, und Ian erbot sich, das Blech mit den Pasteten herauszunehmen, aber dummer- und sehr kennzeichnenderweise hätte er fast vergessen, Topflappen zu benutzen, und Roberta stieß einen leisen Schrei aus und fiel ihm in den Arm, und das Ende vom Lied war, daß sie, wie weiland Glynnis, die paar Handgriffe selbst erledigte.

»Riecht ja hinreißend«, sagte Ian, und Roberta sagte: »Krabbenfleisch, gewürfelte Pilze, Würstchen ... möchtest du eine? ... Nein, warte, sie sind zu heiß.« Sie nahm die Pastetchen vom Backblech und setzte sie auf eine Platte.

Ian sah zu und sagte noch einmal: »Sie riechen wirklich hinreißend, du bist eine fabelhafte Köchin«, und Roberta blickte auf, als habe sie den Verdacht, er wolle sich über sie lustig machen, und sagte: »Die hab ich natürlich nicht selber gebakken, sie sind gekauft. Ich bin keine Perfektionistin wie Glynnis.«

Ian wartete einen Moment, und dann wiederholte er, wenn Roberta ihm an diesem Wochenende aus dem Weg gegangen sei, könne er das verstehen, er mache ihr keinen Vorwurf daraus. Sie wisse ja wohl – er hoffe es zumindest – um seine Gefühle für sie, und ... aber sie unterbrach ihn und sagte, sie könne sich nicht vorstellen, daß er sich selbst darüber so ganz klar sei. Er stehe unter unglaublichem Druck, Glynnis' Tod und alles andere, er wisse in Wirklichkeit nichts über seine wirklichen Gefühle, und das sei ja auch kein Wunder. Er lächelte, seine Lippen waren so trocken, daß er das Gefühl hatte, sie könnten jeden Augenblick aufspringen, und sagte, seine Wertschätzung für sie, seine Liebe zu ihr seien so echt wie nur irgend etwas in seinem Leben, aber er könne verstehen, daß so eine Erklärung sie in Verlegenheit bringe. »Es gibt nichts Schlimmeres als geliebt zu werden, wenn man nicht wiederlieben kann«, sagte er und überlegte, ob das wohl stimmte und warum gerade er, der so wenig Erfahrung in diesen Dingen hatte, so etwas verkündete. Hatte er das von Glynnis? War alles, was er über die Liebe wußte – soweit er überhaupt etwas davon wußte –, nicht mehr als das, was Glynnis ihm gesagt hatte?

»Ich denke, wir sollten darüber jetzt nicht reden, Ian«, sagte Roberta. »Es ist wirklich kein günstiger Zeitpunkt ...«

»Du sollst nur wissen, daß ich dich wirklich liebe. Bitte denke nicht, daß ich so etwas wie eine Gegenleistung erwarte oder überhaupt eine Reaktion ... nicht einmal eine ruhige, besonnene Abweisung.« Er lächelte, Tränen traten ihm in die Augen, und Roberta wandte den Blick ab, sie schien tief bewegt, und er sagte (und hoffte inständig, sie würde ihn nicht noch einmal unterbrechen, sondern ihn jetzt ausreden lassen): »Ich möchte um keinen Preis, daß du denkst, das sei so was wie seelische Erpressung, davon kann überhaupt keine Rede sein. Mein Gefühl für dich ist so selbstlos wie nur etwas, obgleich ich gern zugeben will, daß ich ... daß ich viel an dich denke ...« Er zitterte jetzt, und seine Worte überstürzten sich, er wagte es, Robertas Hand zu nehmen, dann beide Hände, sie festzuhalten, sie zum Stillhalten zu zwingen, ihn anzuhören. Sie leistete keinen Widerstand, erwiderte aber auch den Druck seiner Finger nicht. Wie normal unsere Hände aussehen, dachte Ian mit leisem Staunen, wie normal das alles ist; in einiger Entfernung bellte ein Hund am Strand, hohe, durchdringende Kläfflaute, draußen rannten die Volleyballspieler herum – Ian konnte sie durch das Fliegenfenster sehen, er hatte Denis die ganze Zeit im Auge behalten –, und von der Platte stieg der nahrhaft-warme Duft der Pastetchen auf.

Und dann entzog ihm Roberta ihre Hände, trat aber nicht zurück. »Darf ich dich mal ganz offen etwas fragen, Ian?«

»Ja? Was denn?«

»Es geht um Sigrid Hunt.«

Ian zögerte. »Wenn es sein muß ...«

»Nein, dann nicht«, sagte Roberta ruhig. »Es muß nicht sein.«

Sie nahm die Platte, um sie zu den Gästen hinauszubringen. Ob Ian mal kosten wolle, fragte sie, und Ian, der mit beschlagenen Brillengläsern und gefurchter Stirn regungslos dastand, sagte höflich: »Nein, danke, ich habe keinen Hunger«, und Roberta sagte: »Du mußt Hunger haben, du warst doch heute nachmittag schwimmen«, und Ian griff gehorsam nach einer Pastete und biß hinein, fast ohne zu merken, was er da tat oder was er kaute, ja, doch, wirklich hinreißend.

Lächelnd sagte er: »Ihr seid viel zu gut zu uns.«

So verging das Labor Day-Wochenende. Wie Sand, der durch die Finger rinnt.

Er fuhr am nächsten Tag noch vor dem Essen los, obwohl sie nun endlich einen klaren, wolkenlosen Tag hatten und das Meer nie schöner gewesen war: schieferblaue Wellen, weiß bekrönt wie Berge, und dieser fischig-salzige Geruch mit einem Hauch herbstlicher Kühle. Denis drängte ihn, noch einen Tag zu bleiben, und Roberta drängte ihn mit einem fast flehentlichen Blick, zumindest noch zum Mittagessen zu bleiben, aber Ian dankte ihnen für die freundliche Aufnahme, schüttelte Denis die Hand und umarmte Roberta auf die gewohnte, höflich-flüchtige zeremonielle Art, spürte ihre anfängliche Steifheit, dann ihr Nachgeben, die Wärme ihrer Lippen, die seine Wange streiften. Er fuhr an und winkte noch einmal aus dem Wagenfenster. Die Grinnells standen nebeneinander und winkten ebenfalls, dann ließen sie die Hände sinken, und er sah im Rückspiegel, wie sie ihm weiter nachblickten, bis er nicht mehr zu sehen war. Bis sie sich aus den Augen verloren hatten.

6

Im Herbst begann Ian eine ehrenamtliche Tätigkeit im *Short North Rehabilitationszentrum* in Newburgh, zwanzig Autominuten von Hazelton entfernt. Er unterrichtete in einem Projekt für erwachsene Analphabeten, am Montag- und Donnerstagabend, im Programm war sein Kurs als »Förderklasse Englisch für geborene Amerikaner« angekündigt.

Im *Short North* kannte ihn niemand, soweit er das feststellen konnte, sein Name bedeutete nichts, seine Hautfarbe trennte ihn nicht nur von seinen Schülern – drei schwarzen Frauen in mittleren Jahren, einem jüngeren Schwarzen, der wegen versuchten Raubes und Totschlags in Sing Sing gesessen hatte und auf Bewährung freigekommen war –, sondern auch von der Mehrheit der anderen freiwilligen Helfer. Die Leute sahen ihn an, manche gafften, aber er wußte, daß er unsichtbar war.

Wäre jemand auf den Gedanken gekommen zu fragen, wieso Ian sich für dieses Projekt engagierte, hätte er wahrheitsgemäß gesagt, er wisse es nicht. Er hatte einen entsprechenden Hinweis auf einem Anschlag in der Stadtbücherei von Hazelton gelesen und gefunden, daß es eine gute, nützliche, verdienstvolle Unternehmung war und eine Möglichkeit, seine Zeit hinzubringen. Im Gefängnis, dachte er, wenn ich ins Gefängnis muß, werde ich mich für etwas Ähnliches melden, ich werde den Insassen Lesen, vielleicht sogar Schreiben beibringen. Niemand fragte. Aber er hatte seine Antwort parat. Für alle Fälle.

Ende Oktober war der Prozeß erneut verschoben worden, diesmal auf den 11. Januar.

Ian, der die Tage auf seinem Kalender abgehakt hatte, dachte: Es wird nie zu Ende sein. Nicht einmal anfangen wird es.

Gerüchteweise verlautete, Sigrid Hunt sei wieder aufgetaucht, sie solle als Zeugin der Anklage oder aber als Zeugin der Verteidigung auftreten. Nicholas Ottinger, der heimlich einen Privatdetektiv nach ihr suchen ließ, sagte zu Ian, daß diese Gerüchte jeder Grundlage entbehrten, leider. »Es ist durchaus möglich, daß die Frau nicht mehr am Leben ist«, sagte er vorsichtig, als sei das Wort *tot* zu kraß für Ians Nerven. »Aber vermutlich wird man auch die Leiche nicht finden«, fügte er hinzu.

Ian zuckte innerlich zusammen, aber er sagte nichts. Warum sah Ottinger ihn so scharf an? Was sollte er sagen? Daß *er* Sigrid Hunt nicht umgebracht hatte und auch nicht wußte, wer es gewesen war?

Vierter Teil

Der Prozeß

1

So oft und mit so halluzinatorischer Bildhaftigkeit hatte Ian McCullough in Gedanken seinen Prozeß vorweggenommen, monatelang von ihm geträumt, daß ihm am ersten Prozeßtag, einem schneeverhangenen Vormittag Ende Februar – denn der gewiefte Ottinger hatte noch eine allerletzte Terminverschiebung herausgeschlagen –, vieles vorkam wie aus einem Traum, der einem nur unvollkommen im Gedächtnis geblieben ist: abwechselnd monoton und dissonant, vorhersagbar und verunsichernd. Auf die Eröffnungserklärung der Anklage hatte er sich seelisch eingestellt, nicht aber auf das Zusammenhanglose der Verhandlung selbst, die zahlreichen Verzögerungen und Fehlstarts, die vielen Unterbrechungen, die allerdings zum größten Teil auf das Konto der Verteidigung gingen, denn Nicholas Ottinger war aggressiv wie ein Pitbullterrier, sprang immer wieder auf, um Rechtsfragen zu stellen, Verfahrensfragen, Formfragen. Ian hatte sich seelisch auf Gedränge im Saal eingestellt, nicht aber auf so viel scheinbar unkoordinierte Aktivitäten auf der Richterbank und das zunächst sympathisch wirkende, im Grunde aber recht enttäuschende, bescheiden-offenherzige Auftreten von Richter Benedict Harmon, der gerade intelligent genug für sein hohes Amt zu sein schien, aber nicht mehr als das. (»Benedict Harmon ist der Beste unter den Zweitbesten«, hatte Ottinger zu Ian gesagt, »was im größeren Zusammenhang gesehen noch ganz leidlich ist.«) Er war auf den Inhalt der Anklage gefaßt gewesen, nicht aber auf Samuel S. Lederers theatralisches, in Wiederholungen schwelgendes, schwerfällig-ironisches Gehabe, das, so anerkennenswert der Eifer des gewissenhaften Staatsdieners im Kampf gegen das

Böse auch sein mochte, einen Eindruck des Kleinlich-Gleisnerischen hinterließ. Unvorbereitet traf ihn vor allem seine eigene, sich stetig verstärkende, lähmende Überzeugung, daß sich zwar bei dem Prozeß alles um einen gewissen »Ian McCullough« drehte, der sich in einer offiziellen Einlassung zu dem gegen ihn erhobenen Vorwurf des Mordes als »nicht schuldig« erklärt hatte, daß aber er selbst, der leibhaftig neben seinem Verteidiger saß, keinerlei Bedeutung hatte. Über mich wird *in absentia* geurteilt, dachte er.

In der ersten Reihe, gleich hinter ihm, saß Bianca, neben ihr Glynnis' Schwester Katherine (die kaum mehr ein Wort mit ihm wechselte). Im Gerichtssaal verteilt erkannte er hier und da vertraute Gesichter, Freunde, Bekannte, Kollegen; besorgt suchte er ihren Blick und schlug zugleich beschämt die Augen vor ihnen nieder. (Eines der Gesichter – sehr roter Mund, porzellanglatte helle Haut – gehörte Meika Cassity.) Die meisten Männer und Frauen aber, die in den Saal im ersten Stock des seltsam sakral wirkenden Gerichtsgebäudes drängten, waren Ian McCullough fremd und hatten mit Sicherheit Glynnis nicht gekannt. Wer sind sie? dachte Ian. Warum hatten sie sich an diesem eiskalten Morgen aufgemacht, um *ihn* zu besichtigen, um *seinen* Prozeß mitzuerleben? Was sahen sie in ihm?

Der Rahmen und die vielen Menschen erinnerten Ian an Glynnis' Beerdigung in der First Unitarian Church. Dort, wo der Sarg mit der Leiche seiner Frau gestanden hatte, saß jetzt Ian; war es bei jener ebenso schlichten wie eindrucksvollen Zeremonie um den Tod gegangen, um das Problem, im Leben mit dem Tod fertig zu werden, sollte es bei dieser langwierigen, reizlosen Zeremonie mit den zahlreichen Unterbrechungen und Entgleisungen, in diesem anachronistischen Klima, das sich in dem Schmutz des Hartholzbodens und den schillernden Schlieren der Fensterscheiben niederschlug, um Bestrafung gehen. Denn im Idealfall, dachte Ian, bemißt sich Gerechtigkeit nur nach der Strafe. Ohne Strafe keine Gerechtigkeit.

Das Gerichtsgebäude von Cattaraugus County in der Bezirkshauptstadt Cattaraugus, New York, von Hazelton über einen landschaftlich schönen Highway in einer knappen halben Stunde zu erreichen, war auf dem Höhepunkt klassizistischer

Architektur entstanden: klotzige Granitsäulen mit wüstem korinthischem Geschnörkel an den Kapitellen; zahllose Granitstufen; ein imposanter Portikus; im Inneren eine imposante Vorhalle, durch die man zu weiteren Stufen aus dem gleichen abgewetzten Stein gelangte, einer Treppe, die elegant geschwungen wie in einem Herrenhaus zum ersten Stock emporführte. In dem schlecht beleuchteten und schlecht belüfteten Gerichtssaal ging es feierlich und klaustrophobisch zugleich zu, denn die Akustik war grauenvoll, die Stimmen waren, selbst wenn man laut sprach, selbst wenn sie von Wand zu Wand widerhallten, nur mit Mühe zu verstehen. Trotz allem ließ das seit Jahrzehnten veraltete, dringend der Renovierung bedürftige, wenn nicht abrißreife Gebäude – in der entsprechenden Stimmung konnte Ian derlei protzige architektonische Monstrositäten durchaus mit dem unsentimentalen Blick eines Architekten betrachten – in allen, die es betraten, eine gewisse ängstliche Scheu aufkommen. Und von dem Gerichtssaal mit der hohen Decke, den vielen Fenstern, den Marmorsäulen, den Eichenbänken und der Holztäfelung, dem erhöhten Richtersitz, den heraldischen Insignien der amerikanischen Justiz und vorn der verschossen-schlaffen, doch noch immer gebieterischen amerikanischen Flagge ging eine schwer definierbare Bedeutung aus – als seien jene, die ihn betraten, die Zwerge, und jene (zumindest die Höchstrangigen unter ihnen), die darin residierten, die Riesen. Eine auf sich selbst verweisende kleine amerikanische Welt, in der die Frauen das Personal stellten und die Männer das Sagen hatten.

Als er das Gebäude in Begleitung seiner Tochter und natürlich in Begleitung Nick Ottingers und eines seiner jungen Mitarbeiter betrat, empfand Ian, obwohl er sich fest vorgenommen hatte, keinerlei Gefühle in sich aufkommen zu lassen, einen jähen Stich der Angst, einen jähen körperlichen Schmerz, und er fühlte dumpf, daß die Entscheidung über sein Schicksal, die sich hier vollzog, sein eigentliches Ich nicht erreichen, das Wesen seines Vergehens, seiner Schuld, ja seiner Strafe nicht würde deutlich machen können.

Am Vorabend, bei den Cassitys, hatte Meika ihm eine Hand auf den Arm gelegt, erstaunlich kräftig zugedrückt und gesagt:

»Eigentlich müßten wir es ihnen jetzt mal so richtig zeigen. Diesen Typen, die sich wer weiß was auf ihre verdammten Machtbefugnisse einbilden. Und einfach irgendwohin fliegen, wo es nett ist, Mallorca oder Rio. Warst du mal in Rio? Ja? Wunderschön, nicht? Wenn man in der richtigen Gegend bleibt ...«

Nach zahlreichen Verzögerungen – etliche wirre, gereizte Minuten lang sah es fast so aus, als könne die Verhandlung erst am Nachmittag beginnen (ein für die Anklage wichtiges Dokument war verlegt worden oder verlorengegangen, und das Gericht bestand auf seiner Beibringung) – wurde der Prozeß schließlich formell eröffnet: Das Volk des Staates New York gegen Ian J. McCullough; die Anklage lautet auf heimtückischen Mord, verkündete der Gerichtssekretär am 26. Februar 1988 um 10.35 Uhr. Der Anklagevertreter stand auf und legte seine Personalien vor, der Verteidiger stand auf, legte seine Personalien vor und forderte die Geschworenen auf, seinen Mandanten für »nicht schuldig« zu erklären. Es gab eine langwierige, eine erstaunlich langwierige Diskussion vor dem Platz von Richter Harmon, in die Ian nicht einbezogen wurde. Dann lief das Verfahren weiter wie ein schadhafter Motor, der stotternd wieder anspringt, und mit ziemlich theatralischem Gehabe wurden die Geschworenen – sieben Männer und fünf Frauen, alles Weiße, die meisten in mittleren Jahren – in den Saal geführt und nahmen auf der Geschworenenbank Platz. Sie musterten Ian McCullough, der sie seinerseits verstohlen und mit hämmerndem Herzen betrachtete. Nick Ottinger hatte sich mit der Auswahl dieser Jury die größte Mühe gegeben, hatte, wie er beteuerte – und Ian glaubte es ihm –, alles getan, was in seiner Macht als Verteidiger stand, um sicherzustellen, daß keiner dieser Männer und Frauen Ian McCullough auch nur »latent« übel gesinnt war.

Jetzt fängt es also an, dachte Ian.

Die Pressevertreter, eine ganze Horde, die wie eine zweite Jury an einem langen Tisch an der hinteren Wand und in den ersten beiden Bankreihen untergebracht waren und bisher gelangweilt und abgeschlafft dagesessen hatten, wurden augenblicklich munterer und griffen nach ihrem Schreibwerkzeug. Ian kam sich plötzlich vor wie im Sprechzimmer seines Arztes, wo man ihn – nachdem er sich zu seiner jährlichen Vorsorgeuntersuchung aufgerafft hatte (jenem gefürchteten Termin, bei dem auch die Untersuchung auf Krebs im Unterleibsbereich durchgeführt wird) – regelmäßig so lange warten ließ, bis seine Ängste abgestumpft waren. An die Stelle animalischer Furcht war – fast – so etwas wie benommene Resignation getreten.

Für seinen Auftritt vor Gericht trug Ian einen anthrazitfarbenen Nadelstreifen – ohne die Weste –, der ihm jetzt ziemlich weit war, als habe er ihn sich nur geliehen. Glynnis hatte ihn vor Jahren für irgendeine längst vergessene Ehrung ausgesucht, und Bianca hatte ihn nach längerer Beratung mit Nick Ottinger für diesen Anlaß wieder vorgeholt. Dazu ein weißes Hemd mit diskreten Manschettenknöpfen, einen Schlips in gedeckten Farben aus einem matten Stoff und blankgeputzte Schuhe. Das inzwischen fast völlig silbrige Haar, das von der hohen Stirn zurückwich – wenn er überraschend sein Bild in einem Spiegel sah, dachte Ian jetzt unweigerlich, *Wer ist denn dieser Mann?* –, war gerade richtig geschnitten, nicht zu kurz und nicht zu lang.

Auch wenn Ian aufgrund der Protokolle der Grand Jury im wesentlichen über den Aufbau der Anklage gegen ihn im Bilde war und mehr oder weniger auch wußte, was Samuel S. Lederer in seiner Eröffnungserklärung über ihn sagen würde, war es hart, in aller Öffentlichkeit dazusitzen und sich anzuhören, daß er den Tod jener Frau, mit der er seit sechsundzwanzig Jahren verheiratet war, »vorsätzlich« herbeigeführt hatte; daß er sie durch Schädelbrüche »so gezielt, so grausam« getötet hatte, »als habe er sie mit einem Hammer totgeschlagen«. »Es handelt sich hier um einen unkomplizierten Fall«, sagte Lederer, »einen Fall von Lust, Begierde und gemeiner Selbstsucht.« Er hatte die Stimme theatralisch gesenkt und wandte sich nicht nur an die Geschworenen, die ihn verzückt, fast wie hypnotisiert ansahen, sondern an alle Anwesenden. Ian erfaßte eine Welle der Übelkeit, ein jähes körperliches Unwohlsein. Das ertrage ich nicht, dachte er.

Der Beschuldigte McCullough, fuhr Lederer fort, hatte einen

guten Grund dafür, seine Frau zu beseitigen: Er hatte sich auf eine ehebrecherische Beziehung mit einer jungen Frau eingelassen, »einer Frau, die halb so alt war wie er«. Dr. Ian McCullough, diesem hochgeachteten Mitarbeiter des Instituts für unabhängige sozialwissenschaftliche Forschung, diesem vorgeblich so beliebten Mitglied seines Gemeinwesens, mangelte es an Geduld oder moralischer Integrität, offen und ehrlich die ehelichen Bindungen zu lösen, oder vielleicht war er auch nicht bereit, sich von einem Teil seines Vermögens zu trennen, um eine teure Scheidung in die Wege zu leiten. Wie dem auch sei ...

Wie durch einen Nebel sah Ian auf den Ankläger, der sich mit der geschickten Raumnutzung, den gezielten Gesten des Routiniers vor dem Richterstuhl in Szene setzte. Wie sicher er seiner Sache war! Wie glatt ihm diese fürchterlichen Behauptungen von den Lippen gingen! Seine Augen glitzerten wie Glas in dem breiten, rötlich zerklüfteten Gesicht. Der für die schmalen Schultern unverhältnismäßig große, glänzende Schädel mit dem Kranz graumelierter krauser Locken wirkte hart. Ottinger hatte sich so oft abfällig über Lederer geäußert und nicht nur seine Aufrichtigkeit bei der Anklageerhebung gegen Ian in Frage gestellt, sondern seine juristischen Kenntnisse und seine Kompetenz als Ankläger, daß Ian von seinem Auftreten einigermaßen überrascht war, denn vieles von dem, was er sagte, war trotz der theatralischen Darstellung überzeugend. Mein Feind, dachte Ian. Der mir ans Leben will. In Wirklichkeit tat natürlich der Mann, Akademiker wie er, nur das, was von Berufs wegen seine Aufgabe war.

Und diese Aufgabe bestand darin, wie Ottinger ihm erklärt hatte, eine Hypothese für einen Todesfall in seinem Zuständigkeitsbereich aufzustellen, für den es keine normale – das heißt nichtkriminelle – Erklärung gab. Wenn er Anklage wegen Mordes erhob, so vermutlich in der Hoffnung, mit einem Totschlag durchzukommen. Normalerweise – wäre Ian beispielsweise vorbestraft gewesen – hätten er und sein Anwalt mit Lederer verhandeln und ihn möglicherweise zu einer weniger gravierenden Anklage bewegen können. Es war unwahrscheinlich, daß sich ein Mord ohne Augenzeugen, nur aufgrund der von der Anklage zusammengetragenen Indizien, würde nachweisen lassen. Doch wegen der Besonderheiten des Schwurgerichtssystems und der berüchtigten Unzuverlässigkeit von Zeugen, ganz zu schweigen von der Verschlagenheit gewisser Mitglieder des Gerichtes, mußte man in einem amerikanischen Gerichtssaal auf alles gefaßt sein. Besonders, wenn Ian sich weigerte, als Zeuge in eigener Sache auszusagen, was nach wie vor der Fall war. Als er sich jetzt Lederers Ausführungen anhörte und seine gewissenhafte Aufzählung der zu erwartenden Zeugen und Beweismittel, erkannte Ian durchaus die Logik seiner Argumente, der von ihm erfundenen Hypothese und des erfundenen Motivs, mit dem er den Tod von Glynnis McCullough zu erklären suchte. Nichts davon stimmte, aber alles war logisch.

Warum sich nicht einfach umbringen, dachte er, und sich allem entziehen, die Sache auf noble römische Art zu Ende bringen? *In allem, was du tust oder sagst oder denkst, bedenke stets, daß die Macht, dich aus diesem Leben zurückzuziehen, jederzeit in deiner Hand liegt*... so hatte Mark Aurel gelehrt. Er war mit Freunden zusammengewesen, und sie hatten getrunken – auch Ian McCullough hatte ein bißchen mehr als üblich getrunken, ein bißchen mehr, als man von dem stolzen, aufrechten Bürger »Ian McCullough« erwarten würde –, und man war auf das Thema Selbstmord gekommen – oder war es eine Streitfrage gewesen, eine moralische Streitfrage, nicht ganz ernsthaft, aber auch nicht so ganz im Scherz diskutiert, und Meika Cassity hatte gelacht und ihre schönen Zähne gezeigt und gesagt: Warum soll man sich eigentlich selber die Kehle durchschneiden? Es gibt genug Leute, die nur darauf warten, einem das abzunehmen.

Ein andermal hatte Meika gesagt: Es gibt Besseres. Als das Sterben, meine ich.

Samuel S. Lederer war zum Ende seiner Eröffnungserklärung, einer sehr langen Eröffnungserklärung, gekommen und stand schweigend da, wie erschöpft. Die plumpe Ironie hatte sich gegen Ende seiner Rede immer mehr verstärkt; nach Einsprüchen des stets wachsamen Ottinger hatte er mit verächtlicher Miene einen Rückzieher gemacht, ehe Richter Harmon gegen ihn entscheiden konnte. Empörung quoll ihm wie Öl aus den Poren, er wischte sich mit einem Taschentuch das erhitzte Gesicht und rührte sich nicht vom Fleck, bis Richter Harmon ihn mit einer ungeduldigen Handbewegung aufforderte, wieder Platz zu nehmen.

»Gewiß, Euer Ehren«, sagte er.

Jetzt erhob sich Nicholas Ottinger und holte zum Gegenschlag aus. Auch er gedachte darzulegen, daß es sich um einen unkomplizierten Fall handelte, nämlich nicht um ein Verbrechen. Kein Verbrechen, kein Verbrecher, kein Beweis und keine Anklage. Der Anklagevertreter, Mr. Lederer, hoffte auf Wiederwahl, und da er im Wahlkampf nicht auf besondere Leistungen verweisen konnte, griff er »verzweifelt nach politischen Strohhalmen«, jedes Mittel war ihm recht, um sich in der Öffentlichkeit beliebt zu machen und sein Foto in die Zeitungen zu lancieren. (Hier schwappte leises Lachen auf Lederers Kosten durch den Saal. All jene, die eben noch gefesselt seinen Worten gelauscht hatten, belächelten jetzt sein gerötetes, bei Gott nicht sehr fotogenes Gesicht.) Ähnliches, führte Ottinger aus, galt für die Polizei von Hazelton, die eine persönliche Vendetta gegen Ian McCullough führte, nachdem dieser sich vor einigen Jahren für einen von der American Civil Liberties Union vertretenen Fall eingesetzt hatte. (Davon später mehr.) Eine ehebrecherische Beziehung zu Sigrid Hunt bestand nicht und hatte nie bestanden, die junge Frau war zunächst Mrs. McCulloughs Freundin gewesen. Von Problemen in dieser Ehe konnte, wie Freunde der McCulloughs bezeugen würden, keine Rede sein, die lange Verbindung war im Gegenteil sehr glücklich gewesen und von gegenseitiger Achtung getragen. Glynnis McCullough war infolge eines bedauerlichen Unfalls ums Leben gekommen, eines Unfalls *sui generis* – »das heißt einzigartig in seiner Art« –, der niemandem, wirklich niemandem zum Vorwurf gemacht werden konnte. Und zum Angeklagten selbst: Dr. Ian McCullough, seit sechzehn Jahren leitender Mitarbeiter in der Abteilung für Politologie am Institut für unabhängige sozialwissenschaftliche Forschung in Hazelton-on-Hudson, war ein in seiner Gemeinde hochgeschätzter und beliebter Mann, er zählte zu den brillantesten und produktivsten Wissenschaftlern auf seinem Fachgebiet, dem verhältnismäßig neuen Gebiet der Demographie. (»Das heißt«, ergänzte Ottinger behutsam und so, als könne man billigerweise von niemandem erwarten, die Bedeutung eines derart exotischen Wortes zu kennen, »auf dem Gebiet der Bevölkerungsstudien.«) Die Vorstellung, ausgerechnet Dr. McCullough, seit sechsundzwanzig Jahren glücklich verheiratet, zärtlicher Vater einer Tochter, die gerade ins College gekommen war, der zuverlässigste Freund, Nachbar, Mitbürger, könne einem Mitmenschen auch nur etwas Böses wünschen, geschweige denn antun, war selbstverständlich grotesk. Die Vorstellung, er könne seiner Frau etwas Böses wünschen, geschweige denn antun, war geradezu ekelerregend. Der Anklagevertreter von Cattaraugus County hat die Macht seines Amtes mißbraucht, um ... Die Verteidigung wird darlegen, daß ...

Ian saß sehr gerade und sehr still, die ineinander verkrampften Hände auf den Tisch gelegt, den Kopf wachsam und achtungsvoll erhoben, als höre er aufmerksam zu. Durch ein hohes, schmales Fenster hinter der Geschworenenbank drang trübes, hartes Winterlicht, grau wie Knochenmark, Ian ließ es in sein Bewußtsein einfließen und bemühte sich, damit alle Klänge, Bilder, Bewegungen zu überdecken. Ein Teil seines Verstands begriff, daß sein Verteidiger großartig für ihn kämpfte, daß die Stimmung im Saal umgeschlagen war, daß sie erneut umschlagen würde und noch einmal und immer wieder, ständig in Bewegung wie Sand oder Wasser oder Moleküle, wie das Kreisen der Atome im All. *Er hatte keine Instrumente, aber er hat schon alles gewußt.* Er würde lernen, sich an einen Ort jenseits karmischer Trugbilder zurückzuziehen, beschloß Ian. Wenn ihm das gelang, würde er überleben.

2

Meika gab Ian einen leichten Klaps. Sie wolle ihn wach haben, sagte sie, denn er müsse ja bald gehen, und ihre gemeinsame Zeit sei kostbar, sie wolle, daß er diese Zeit hellwach erlebe. »Ja, ich auch«, sagte Ian und tastete schläfrig lächelnd nach ihrer

Hand. Nach ihren Händen, die so warm waren, so beweglich, rastlos, besitzgierig.

Er drückte die Hände mit den kleinen zarten Knochen, Spatzenknochen, bis sie zusammenzuckte.

»... liebe dich.«

»Ja, ich auch.«

»Ich liebe dich schon so lange, aber das weißt du ja.«

»Weiß ich das?«

»Jetzt weißt du es jedenfalls.«

»Ja.«

Aber er schlief immer wieder ein.

Bilder, bunte, verschwommene Bilder, flüchtig wahrgenommen wie durch Wasser, zogen durch sein Blickfeld, kippten ab, verschwanden. Meika beugte sich über ihn und küßte ihn und fuhr mit der Zunge, mit den Zähnen über seine Haut und lachte leise, ihr Körper lag warm und fordernd auf dem seinen, mit einer Intimität, als seien sie seit langem ein Liebespaar. Dabei kannte er die Frau gar nicht. Meika Cassity, Vaughn Cassitys Frau, alte Freunde von Glynnis und Ian; alle sind wir alte Freunde, gehören zu demselben Freundeskreis, verkehren seit Jahren miteinander, ein Kreis von Freunden, die einander fremd sind. Meika streichelte seinen Bauch, seine Schenkel, seinen Penis, erst sanft, federleicht, dann fester, energischer; sie küßte und leckte seine Brustwarzen und biß daran herum, er spürte ihren Atem warm und feucht auf seiner Brust, ihr Haar mit diesem aschig-trockenen synthetischen Geruch in seinem Gesicht, Strähnen an seinem Mund. Sie sei faul und verpennt und abgefuckt gewesen, sagte sie. Und jetzt habe sie wieder Lust aufs Ficken und verdammt, sie wollte ihn *wach* dabei haben, sie lachte ihm ins Ohr und steckte ihre Zunge hinein und trommelte mit den Fäusten auf ihm herum und kitzelte ihn heftig und griff wieder nach seinem Penis, grob, besitzergreifend, wie wenn man eine Kuh melkt (so hatte sie es neulich gesagt, was ihn einigermaßen geschockt hatte), und Ian spürte, während er lachend nach Luft rang, wie alles Blut panikartig in das Organ zwischen seinen Beinen schoß. Schlapp und kraftlos war es gewesen, wie er selber, erledigt, ausgeleert, trockengelegt; jetzt aber, wie zum Trotz (denn bei aller Schlaftrunkenheit wußte er doch, daß er aufstehen und heimfahren mußte, unbedingt, da war schließlich Bianca, die – hoffentlich! – im Bett lag, aber sicher noch nicht schlief, die natürlich gemerkt hatte, daß ihr Vater unerklärlich, rätselhaft lange ausblieb, er war ja nur zum Abendessen bei den Cassitys gewesen und hätte eigentlich längst zurück sein müssen) verhärtete es sich wieder und richtete sich auf, Rute der Rache, heller Wahn. O Gott ich liebe dich ich bin verrückt nach dir, hauchte es ihm heiß ins Gesicht, während sie auf ihm ritt, ächzend vor Anstrengung, keuchend, der magere Körper glitschig, schlangenhaft, schweißfeucht; komm zu mir ich will dich haben. Und trotzdem schlief er immer wieder ein.

Meika? Meika und du? Warum jetzt, warum sie? Er merkte, daß Bianca ihn gern gefragt hätte: So verzweifelt bist du? So bedenkenlos? So *verrückt*? Aber natürlich hatte Bianca nicht gefragt, Bianca war nicht mehr diese Art von Tochter. Und Ian hatte sich nicht erklärt.

Er versuchte, an Bianca und Meika nicht in derselben Dimension zu denken.

Ian hatte wohl gewußt, daß sich in all den Jahren Meika für ihn ... interessiert hatte; aber da manchen Überzeugungen seiner Bekannten eben doch etwas sehr Rhetorisches anhaftete, ließ sich nur schwer ausmachen, was echt und was nur scherzhaft gemeint war, als eine bloße Laune, eindeutig nur aufgesetzt. Was bedeutete es, wenn eine Frau in Hazelton über die »politischen Strategien« oder die »Bewußtwerdung« der Frauenemanzipation sprach (so wie auch Glynnis häufig über diese Dinge gesprochen hatte)? Daß sie selbst sich unweigerlich für emanzipiert hielt? Daß sie sexuellen Abenteuern nicht abgeneigt war? Oder bedeutete es im Grunde genommen gar nichts? Ian hatte sich mit diesen Dingen nur ganz am Rande beschäftigt, schließlich war er mit Glynnis verheiratet und durch seinen Beruf stark in Anspruch genommen, er hatte einfach keine Zeit dazu gehabt, sexuelle Abenteuer lagen ihm nicht. Oder hatten ihm bisher nicht gelegen.

Und so erlebte er die Affäre mit Meika Cassity, die jäh

einsetzte und ebenso jäh enden sollte, fast wie einen Traum, und traumgleich war auch das Gefühl, mit etwas Hochexplosivem, Hochbedeutsamem umzugehen. Als Ian am Donnerstag vor Weihnachten zu seinem Kurs im *Short North* fuhr, hatte sich zu seiner Enttäuschung und seinem Kummer dort nur eine Schülerin eingestellt, Mrs. Myrna Castle, eine schwergewichtige Schwarze mit einem freundlich-schüchternen Goldzahnlächeln, die stets aussah, als trüge sie ihren Sonntagsstaat. Sie hatte von all seinen Schützlingen das geringste Selbstbewußtsein und die verzweiflungsvollste Hoffnung, das Lesen zu lernen. (Mrs. Castles Herzenswunsch war es, vor ihrem Ende die Heilige Schrift lesen zu können. Und die Anschläge und Sonderangebote im Supermarkt.) Ian ackerte eineinhalb Stunden mit ihr neues Material aus dem Lesebuch durch – im Unterricht nahm sich Ian immer neue Lesestücke vor, weil die Schüler Stücke, die er ihnen aufgab, gern auswendig lernten und nur so taten, als könnten sie den Text lesen. Sie kamen nur langsam und mühsam voran. Mrs. Castle vergaß Worte, die sie schon kannte, manchmal erkannte sie ein Wort in demselben Absatz nicht mehr wieder oder las »tot« statt »tut«, »sie« statt »sich«; Ian empfand die Mühsal als durchaus positiv, es war, als kämpften sie sich gemeinsam durch ein tückisch-bedrohliches Element, eine Treibsandstrecke etwa, doch diese Befriedigung wich, als die Stunde zu Ende war, denn nun mußte er im Dunkeln nach Hazelton-on-Hudson zurückfahren und sich mit schwerem Herzen wieder seinem eigenen Leben zuwenden. Er wußte nicht, ob man das, was er im *Short North* betrieb, tatsächlich als Unterricht bezeichnen konnte, erst kürzlich hatte sich jemand recht abfällig darüber geäußert, Denis wahrscheinlich – Denis reagierte neuerdings ausgesprochen allergisch auf billige liberale Gesten der Gewissensberuhigung, wie er das nannte –, und er dachte an Mrs. Castle und empfand so etwas wie hilfloses Mitleid, jenen Hauch von schlechtem Gewissen (denn Denis hatte, so hart es klang, natürlich recht), das typisch war für einen Weißen seiner Gesellschaftsschicht und seines Standes gegenüber einer Schwarzen ihrer Herkunft und traurigen Vergangenheit. Ian hatte immer gedacht, Myrna Castle sei älter als er, aber sie war sogar zwei Jahre jünger, schwer zuckerkrank, gewesene Alkoholikerin, ihr Mann war vor fünfzehn Jahren im Gefängnis gestorben, sie hatte siebzehn lebende Enkel und neun Kinder, eins davon – mein Lieblingsjunge, wie sie sagte – saß in der Justizvollzugsanstalt Dutch Neck eine zweifache Todesstrafe ab, für eine Tat, erzählte Mrs. Castle, die nicht er begangen hatte, sondern ein Freund, mit dem er in jener Nacht zusammengewesen war, und beide hatten das gleiche Strafmaß bekommen. Ist das Gerechtigkeit? hatte Mrs. Castle gefragt, und Ian hatte nur herausgebracht: Das tut mir leid, es tut mir wirklich sehr leid, Mrs. Castle, aber vielleicht kann er ja später mal einen Antrag auf bedingte Strafaussetzung stellen, und Mrs. Castle hatte ihn mit zornig funkelnden Augen angesehen und gesagt: Nein, Dr. McCullough, das kann er nicht, dafür hat die Justiz gesorgt.

Als Ian an jenem Abend in das dunkle, leere Haus, das Haus des Todes, zurückkam, war ihm so elend, so jammervoll zumute, daß für ihn schon feststand, was er mit dem angebrochenen Abend (es war erst halb neun) anfangen würde: Er würde sich sinnlos betrinken, sich bis zur Bewußtlosigkeit zuschütten. Und dann läutete das Telefon, und Meika Cassity lud ihn auf einen Drink ein. Grad eben sind Freunde vorbeigekommen, sagte Meika mit ihrer hellen, melodischen Stimme: »Wir dachten, daß wir vielleicht später zusammen zum Essen gehen könnten, dieses neue Fisch-Restaurant im Dorf, warst du da schon mal? Oder hast du andere Pläne?«

Ian lachte. »Ich bete dich an«, sagte er.

Als er bei den Cassitys eintraf, saßen dort Leonard Oppenheim und Paul Owen, die Ian – was ihm erst in diesem Moment bewußt wurde – seit Monaten nicht mehr gesehen hatte, und wie ein Trottel platzte er denn auch gedankenlos heraus: »Ich hab euch ja seit Monaten nicht mehr gesehen«, und erkannte natürlich sofort an dem gezwungenen Lächeln, dem leeren Blick, dem betonten Sitzenbleiben, daß sie nicht mehr seine Freunde waren. Sie denken, ich bin ein Mörder, dachte Ian und wich unwillkürlich zurück.

Meika hatte ihn offenbar angerufen, ohne sie zu fragen, oder hatte, wieder mal zu einem Schabernack aufgelegt, so getan, als wüßte sie nicht, wie die beiden zu ihm standen. Er verging fast vor Scham und wäre am liebsten gleich wieder gegangen.

Sie waren demnach immer nur Glynnis' Freunde, dachte er grollend, mit mir hatten sie nie was im Sinn.

Leonard und Paul verabschiedeten sich nach fünf Anstandsminuten unter einem fadenscheinigen Vorwand, und Meika sagte achselzuckend: »Um so besser. Sie sind so sauertöpfisch geworden, die zwei, keine Spur mehr von Geist und Schlagfertigkeit, ich denke, *gay* heißt fröhlich, wenn Schwule nicht mehr gay sind, ist das Ganze doch eigentlich witzlos. Vielleicht ist doch was dran an dem Gerücht ...«

»Meika«, sagte Vaughn verweisend.

» ... daß einer von ihnen krank ist. Sehr krank.«

»Krank?« fragte Ian.

»Sehr krank.« Meika sah ihn aus großen feuchten austernfarbenen Augen an und zog ernsthaft die Mundwinkel nach unten. »Oder zumindest, daß der Test positiv ausgefallen ist.«

»Meika«, sagte Vaughn schärfer, »wir wissen nicht, ob das wirklich stimmt.«

»Du meinst Aids?« fragte Ian fassungslos.

»Es dürfte Leonard sein«, sagte Meika nachdenklich. »Er sieht neuerdings so fahl aus und hat sehr abgenommen. Aber wenn es der eine hat, hat es der andere natürlich auch. Scheußlich, nicht? Ganz traurige Geschichte ...«

»Du glaubst wirklich, Leonard hat Aids?« fragte Ian.

»Wie gesagt, er hat wohl den Test machen lassen ...«

»Bitte, Meika«, sagte Vaughn, er war so verärgert, daß er anfing zu lachen. »Wir wissen nicht, ob das Gerücht eine wahre Grundlage hat. Es ist nur ein Gerücht, und du weißt ja, wie das mit Gerüchten geht in Hazelton.«

»Ja, ich weiß, wie es mit Gerüchten geht in Hazelton«, bestätigte Meika. »Im allgemeinen ist was dran.«

»Da sich weder Leonard noch Paul uns gegenüber geäußert haben, sind wir es ihnen schuldig, den Mund zu halten, meine ich. Es ist das mindeste, was ...«

Meika legte Ian mit einer nicht ganz ernstgemeinten mahnenden Geste eine Hand auf den Arm. »Ian erzählt es schon nicht weiter, stimmt's, Ian?«

»Ich ... ich bin ganz erschüttert, ich hatte nicht ...«

»Du bist so ahnungslos in deiner abgeschlossenen kleinen Welt, wahrscheinlich kriegst du auch sonst nicht mehr viel mit.« Meika hakte sich bei ihm ein und führte ihn zu dem japanischen Schränkchen mit der Spiegelwand, das als Hausbar diente. »Nicht einmal Sachen, die dich selber betreffen.«

»Meika«, sagte Vaughn erneut verweisend. »Du weißt, was du versprochen hast.«

Meika lachte. Sie war heute ungewöhnlich attraktiv, eine richtige Schönheit: Das aschblonde Haar kräuselte sich keck um das schmale Gesicht, die durch Mascara und silbernen Lidschatten vergrößerten mandelförmigen Augen funkelten lebhaft und voller Wärme; um den roten Mund lag ein angeregtes Lächeln. Wie Glynnis war Meika eine glänzende Gastgeberin, wenn auch nicht so pingelig-perfektionistisch wie Glynnis (das raffinierte Essen, das sie ihren Gästen vorsetzte, war, wie sie gestand, nicht immer ihr eigenes Werk), und sie genoß, genau wie Glynnis, anderer Leute Partys ebensosehr wie ihre eigenen. Die beiden hatten oberflächlich betrachtet gewisse Ähnlichkeiten, aber im Grunde, dachte Ian, sind sie doch sehr verschieden. Vielleicht hatte es auch etwas damit zu tun, daß Meika kinderlos und Vaughn so viel älter war als sie. (Vaughn war etwa siebenundfünfzig, Meika um die fünfundvierzig, er sah neuerdings älter aus, die Haut war fahl und trocken und seltsam gefleckt wie die eines Rekonvaleszenten, allerdings hatte Ian nichts von einer Krankheit gehört.)

Für Ian waren die Cassitys seit jeher immer die rätselhaftesten unter ihren Freunden gewesen; in ihrer Geselligkeit lag etwas zugleich Ausschweifendes und Zurückhaltendes, in ihrer Selbstdarstellung – denn in Gesellschaft stellen wir uns ja ständig selber dar – etwas zugleich Zielloses und Berechnendes. Es war allgemein bekannt, daß Vaughn als junger Architekt Mitte der fünfziger Jahre Meika, die damals Mannequin gewesen war, in Paris kennengelernt und sich in sie verliebt hatte, »verliebt bis zum Wahnsinn« – »Ich war *sehr* jung damals und *sehr* naiv«, wie Meika an dieser Stelle einzuwerfen pflegte, »und ohne *jede* Zukunft ...« –, daß er seine Verlobung mit einer jungen Frau in der Heimat gelöst hatte, um Meika zu hofieren, zu umwerben, zu seiner Frau zu machen. Die damals siebzehnjährige Meika lebte zwar in Paris, war aber keine Französin, sondern die Tochter eines amerikanischen Diplomaten anglo-irischer Herkunft und einer belgischen Übersetzerin, die sich hatte scheiden lassen und mit der fünfjährigen Meika nach Brüssel zurückgegangen war. In einer Version, die Ian vor etlichen Jahren gehört hatte, als er und Glynnis die Cassitys gerade erst kennengelernt hatten und sich geschmeichelt fühlten, daß man ihnen derlei doch wohl vertrauliche Dinge erzählte, war Meikas Mutter, eine exotische Schönheit, in nicht näher bezeichneter Funktion für die französische Abwehr und im Krieg in der Spionage tätig gewesen, was wohl auch etwas mit ihrem Verschwinden zu tun gehabt hatte, denn laut Meika war ihre Mutter eines Tages einfach weg, spurlos verschwunden. Nach einer anderen Version hatte Meikas Vater für die CIA gearbeitet, aber nicht im Krieg, sondern in den fünfziger Jahren; zu der Zeit, als Vaughn Meikas Bekanntschaft machte, war auch ihr Vater untergetaucht, hielt aber Kontakt mit der Tochter, die er bei einer gutbürgerlichen französischen Familie untergebracht hatte und offenbar finanziell großzügig unterstützte. »Meikas Vater hat Maßstäbe gesetzt, die andere Männer nur anstreben können«, sagte Vaughn häufig mit verliebtem Lächeln, und dann winkte Meika jedesmal verärgert ab oder legte warnend einen Finger an die Lippen.

Vaughn Cassity genoß beruflich hohes Ansehen, gehörte allerdings nicht zur Topriege amerikanischer Architekten, was, wie Beobachter zu sagen pflegten, weniger mangelndem Talent als mangelndem Ehrgeiz zuzuschreiben war. Ganz konnte es ihm aber nicht an Ehrgeiz fehlen, denn sonst hätte er es wohl kaum zu einem kleinen Vermögen gebracht. Glynnis fand ihn reizend, wenn auch bisweilen recht eigenwillig und auf sich selbst fixiert. Er war in Hazelton berühmt für seine Tagträume; während um ihn herum eifrig geredet und diskutiert wurde, murmelte er: »Hmhm . . .«, und: »Da sieht man's mal . . .«, und: »Na . . .?« – rätselhafte Bemerkungen, die nichts mit dem zu tun hatten, worüber gerade gesprochen wurde. Ein kleines Alkoholproblem, nichts Ernstes und vielleicht inzwischen längst überwunden, Gerüchte um nie genau angesprochene gesundheitliche Schwierigkeiten ... Näheres aber wußte man nicht. Vaughns Kontakte zu Freunden und Bekannten waren stets herzlich, aber auf typische Weise vage, unscharf. Meika betete er an. Er hatte für sie in Hazeltons historischem Kern einen wunderschönen georgianischen Backsteinbau, fast ein kleines Herrenhaus, gekauft und mit antiken Kostbarkeiten möbliert, hinten hatte er Räume nach eigenen Entwürfen angebaut, großzügig, mit viel Glas, herausfordernd modern wie der, in dem Ian jetzt stand.

»Was nimmst du, Ian? Scotch? Martini? Deinen üblichen trockenen Weißwein?«

Trockenen Weißwein hatte Glynnis immer getrunken. »Martini, bitte«, sagte Ian.

Vaughn mixte Ian einen Martini, den dieser dankend und mit nicht ganz festem Griff entgegennahm, er konnte nur hoffen, daß die beiden es nicht gemerkt hatten. Meika beobachtete ihn mit ganz merkwürdiger, durchaus schmeichelhafter Intensität, einer konzentrierten Begehrlichkeit. Ein süßes, schweres Parfüm ging von ihr aus, dem ein ganz leiser herber Hauch beigemischt war. Sie trug ein langes, weißes, mit goldenen und schwarzen Perlen und Pailletten besticktes Kaschmirkleid und hochhackige goldene Sandaletten. An den sehr schmalen Handgelenken hatte sie zahlreiche goldene Armbänder, am linken außerdem eine juwelenbesetzte Uhr mit einem so dunkel verglasten Zifferblatt, daß die Zahlen nicht zu erkennen waren. »Ein Weihnachtsgeschenk?« fragte Ian, und Meika zeigte in einem beglückten Lachen ihre perfekten weißen Zähne und sagte: »Siehst du, Ian hat doch Augen im Kopf! Glynnis hat sich immer beschwert, daß er so zerstreut ist.«

»Mein Weihnachtsgeschenk für Meika.« Vaughn lächelte.

»Wunderschön.« Meika legte ihm die Arme um den Hals und gab ihm einen Kuß auf die Wange. »Einfach himmlisch. Ich hab's nicht verdient, aber alles Schöne, was man kriegt, ist ja eigentlich sowieso unverdient.«

Vaughn lachte leise vor sich hin. »Meika ist im Grunde ihres Herzens Kalvinistin.«

Sie saßen auf der langen, elegant geschwungenen weißen Couch mit Blick auf den massiven weißen Marmorkamin und wärmten sich an einem prächtigen Feuer von so betörendem Farbenspiel, daß Ian den Verdacht hatte, es handele sich um künstliche Holzscheite, trotzdem aber bot es einen wunderschönen Anblick und machte den Raum nicht zu warm.

Sie tranken, Ian und Meika rauchten Zigaretten, Vaughn spielte mit einer kubanischen Zigarre, ohne sie auszuwickeln und anzuzünden, und das chinesische Dienstmädchen brachte frisch gemachte Appetithäppchen, Leberpastete auf Baguette, dicke Brocken Käse – Brie und Gloucester und Stilton (»Ich schwärme für Stilton«, sagte Vaughn schmatzend, »er riecht so schön nach schmutzigen Füßen«) –, geräucherte Austern und die verschiedensten Nüsse, und es wurde elf, bis Meika plötzlich einfiel, daß sie ja eigentlich essen gehen wollten, aber natürlich hatte dazu niemand mehr Lust, Ian schon gar nicht. Er hatte sich mit Meikas gehaltvollen Köstlichkeiten vollgestopft und zwei oder sogar drei von Vaughns Martinis getrunken, die es in sich hatten, und ließ seinen Blick zufrieden zwischen Meikas lächelndem Gesicht und Vaughns Gesicht hin und her gehen und dachte, das sind meine Freunde, sie verstehen mich. Seit Thanksgiving, als er auf einen Drink – nicht zum Abendessen, wie er eigentlich gehofft hatte – eingeladen worden war, hatte er enttäuschend wenig Kontakt mit den Grinnells gehabt. Er spielte hin und wieder Squash mit Denis, hatte aber mit Roberta seit Wochen nicht mehr gesprochen oder sie zu Gesicht bekommen. Die Kuhns waren auf Reisen in Afrika, aber die Olivers waren da, Malcolm hatte mit überzeugender Herzlichkeit gesagt, sie müßten über Weihnachten unbedingt mal zusammenkommen, sich aber danach nicht mehr gemeldet. Und mit einem jähen Anflug von Bitterkeit, um Glynnis' wie auch um seinetwillen, dachte er: Und was haben sie sich alle auf meinem Geburtstag amüsiert!

Als könne sie Ians Gedanken lesen, unterbrach Meika eine von Vaughns Geschichten über einen exzentrischen millionenschweren Auftraggeber und fragte: »Das von Denis und Roberta hast du ja wohl gehört, Ian?«

»Nein. Was denn?«

»Roberta ist nicht nur in Seattle, um ihre Schwester zu besuchen. Ja, das auch, aber im Grunde ist es eine Trennung auf Probe.«

»Eine Trennung?«

»Ich dachte, du wüßtest es vielleicht schon.«

»Eine offizielle Trennung?«

»Ihr wart immer so eng befreundet. Du und Glynnis und die Grinnells.«

»Nein, das habe ich nicht gewußt.« Sein Herz schlug schmerzhaft gegen die Rippen. »Das hat mir niemand erzählt.«

Eigentlich, dachte Ian, müßte ich jetzt sofort zu Denis.

Ich kann Roberta anrufen, dachte er, ich kann mir von ihm ihre Nummer geben lassen.

Aber er rührte sich nicht vom Fleck, und das so plötzlich angeschnittene Thema war ebenso plötzlich wieder vom Tisch, denn Meika wollte jetzt von Ian wissen, wie es um seinen Fall stand ... ob Nick Ottinger wirklich so eine Kanone war, wie allenthalben behauptet wurde ... ob »jene junge Frau« (Meika hatte offenbar Hemmungen, Sigrid Hunts Namen in den Mund zu nehmen) schon gefunden war und ob sie, falls sie zum Prozeß kam, als Zeugin für die Anklage oder für die Verteidigung auftreten würde. Ian zuckte die Schultern und sagte, das wisse er nicht. Er konnte sich nicht vorstellen, daß Sigrid Hunt, sollte sie tatsächlich wieder auftauchen, für die Anklage aussagen würde – und wenn, dann allenfalls als feindliche Zeugin –, aber er sah nicht ein, warum er das Meika Cassity auf die Nase binden sollte.

»Oder meinst du, daß sie tot ist?« Meikas Blick war eine Spur zu unschuldig. Fiebrig-harmlos funkelten die zinnfarbenen Augen im Licht des Feuers.

»Das weiß ich nicht«, sagte Ian ablehnend.

»Nein, natürlich, wie könntest du auch ...«

Ian antwortete nicht. »Hmhm«, murmelte Vaughn, es klang wie eine nachdrückliche Bestätigung. Einen Moment schwiegen sie alle drei. Meika, die ihre Zigarette ins Feuer geworfen hatte, griff zerstreut nach der von Ian, die in einem Onyx-Aschenbecher vor sich hinschmorte, und sagte nachdenklich: »Glynnis hatte etwas in ihrem Wesen, was die wenigsten von uns kannten, etwas Eifersüchtiges, Ängstlich-Verletzliches ... Daß ausgerechnet Glynnis auf andere – auf andere Frauen, meine ich – eifersüchtig, ja neidisch sein konnte, hat sie mir nähergebracht, sie wirkte dadurch irgendwie menschlicher. Nicht mehr gar so perfekt.«

»Perfekt?« wiederholte Ian. »Glynnis war nicht perfekt.«

Er lachte, konnte nur hoffen, daß es sich nicht bitter, nicht ironisch anhörte, und griff nach seinem Glas. »Ebensowenig, wie ich perfekt bin.«

Meika schenkte ihm ihr sanft-verschlagenes Lächeln, die Augen verengten sich zu Schlitzen, als müsse sie ein Lachen unterdrücken. »O doch, du schon ...«

Sie drückte, wie um ihn zu trösten, überraschend kräftig seine Hand.

»Wenn du mit ... dieser jungen Frau befreundet warst, ich meine ganz harmlos befreundet, kann ich dir nicht verdenken, daß du nicht über sie gesprochen hast, unser Privatleben sollte wirklich unsere Privatsache bleiben. Manche Informationen in der Presse – ganz zu schweigen von den »anonymen« Kommentaren – waren derart grotesk unpräzise, daß es gewissermaßen für uns alle ein Schlag ins Gesicht war. Dabei sind uns die Hände gebunden, es gibt keine Möglichkeit, beispielsweise als Kollektiv die *New York Post* wegen übler Nachrede zu verklagen. Das sind doch alles Arschlöcher. Neulich hat jemand gesagt: Wenn der Prozeß erst angelaufen ist, wird das hier ein richtiger Zirkus ... Ganz Hazelton werden sie unter die Lupe nehmen. Und Glynnis war immer eine so *stolze* Frau.« Schweratmend hielt sie inne. »Du bist unser guter Freund, Ian, wir haben dich lieb – ich spreche für Vaughn wie für mich, stimmt's, Vaughn –, und natürlich hatten wir auch Glynnis lieb, und es ist alles so ...« – einen quälenden Moment lang schien es Ian, als würde Meika die Beherrschung verlieren, ihm war, als hätte sich das sorgfältig geschminkte Gesicht babyhaft weinerlich verzogen – » ... so unerwartet.«

Vaughn griff über Ian hinweg und legte Meika eine Hand aufs Knie. »Meika ... Liebling ...«

Meika ignorierte ihn. »Wie dieses gräßliche Stück ... *König Lear,* glaube ich ..., in dem ein netter, harmlos-geiler alter Typ geblendet wird, auf offener Bühne werden ihm die Augen ausgestochen, du sitzt da und kannst es nicht fassen, aber die kennen da nichts ...« Sie zitterte jetzt, ihre Augen brannten –

Ian hätte nicht sagen können, ob in Trauer oder Zorn. »Ich hab zuviel getrunken«, fuhr sie rasch fort und wandte sich an Ian, als sei Vaughn, der einen besorgten Gattenblick in ihre Richtung schickte, überhaupt nicht vorhanden, »aber ich ... identifiziere mich ganz gefühlsmäßig, sonderbar ist das ... mit dir und mit Glynnis. Zuerst war ich wie betäubt von ... von dem Ereignis, dem Unfall, dem Tod, wie alle anderen, dann geriet ich in ... in eine Art Schwebezustand. Und in letzter Zeit ... es muß wohl was mit Weihnachten zu tun haben und den Partys, auf denen wir immer zusammen waren und die wir gegeben haben, Glynnis hätte bestimmt zu einem ihrer berühmten Essen eingeladen ... und wahrscheinlich zu einem Tag der Offenen Tür ... das hat sie in den letzten drei, vier Jahren immer am zweiten Feiertag gemacht, bestimmt hätte sie es fortgeführt. Und ihr hättet uns natürlich auch mal besucht, ich hab mich nie für diese sagenhafte Geburtstagsparty revanchiert ... Wir waren so glücklich damals. Neulich erst hat Vaughn abends gesagt, mir ist gar nicht weihnachtlich in diesem Jahr, irgendwas fehlt.«

Ian schluckte mühsam und sagte verlegen: »Ich bin dir sehr dankbar für deine Anteilnahme, Meika, wirklich ...«

»Ich muß jetzt mehr an sie denken als zu ihren Lebzeiten, zwanghaft, meine ich. Wir waren nie so befreundet wie Roberta und sie, aber seit ihrem Tod, ich meine, seit es passiert ist ... der Unfall ... seither ertappe ich mich öfter dabei, daß ich an sie denke. Und an dich.«

Es gab eine kurze schmerzliche Pause. Dann nahm Vaughn, dessen breites Gesicht im Licht des Feuers rötlich leuchtete, Meikas dünne Hand und sagte: »Wir sollten von etwas anderem reden, Liebling, wir wollen doch Ian keinen Kummer machen.«

»Haben wir dir Kummer gemacht, Ian?« Meika stieß ihn kokett mit der Schulter an.

»Nein, nein, alles in Ordnung«, sagte Ian.

»Da hörst du's – alles in Ordnung«, sagte Meika schroff. »Vielleicht solltest du uns allein lassen, Liebling.«

Es war fast Mitternacht. Ian stand leicht schwankend auf, um sich zu verabschieden, aber Meika und Vaughn erhoben überrascht und bekümmert Einspruch, er solle wenigstens noch einen Drink nehmen, einen Schlaftrunk ... »Jetzt, zu den Feiertagen ...« Wider bessere Einsicht nahm Ian noch einen Drink, ein Likörglas mit höllisch starkem Armagnac.

»Ihr seid beide unheimlich lieb zu mir«, sagte er.

Meika lächelte. »Wir haben dich eben beide unheimlich gern.«

Sie sprachen kurz über Ians Unterricht am Rehabilitationszentrum von Short North, Meika und Vaughn wußten noch nichts davon, sie hatten von gemeinsamen Freunden nur gehört, er habe irgendwas Ehrenamtliches übernommen. »Du bringst Erwachsenen das Lesen bei«, sagte Meika und kniff mißbilligend die Augen zusammen. »*Du?* Das ist ja grotesk.«

Vaughn runzelte die Stirn. »Ein Weißer wie du, mit deiner Herkunft, deiner Art ... Das kommt mir doch recht naiv und ziemlich gefährlich vor. Eines Abends, wenn du in deinen Wagen steigst ...«

»So schlimm ist das gar nicht«, sagte Ian irritiert. »Es ist überhaupt nicht schlimm. Der Parkplatz ist gut beleuchtet und völlig ungefährlich.«

»Und deine Schüler, sind das nicht hauptsächlich Schwarze? Drogenabhängige und Alkoholiker und Typen, die Bewährung gekriegt haben ...«

»Sie sind schwarz«, sagte Ian weniger nachdrücklich, als ihm selbst lieb war, »aber sehr ordentlich. Anständig, gut, ernsthaft, zuverlässig.«

»Haben sie schon Fortschritte gemacht?« fragte Meika.

»Fortschritte?«

»Im Lesen.«

»Ja, natürlich. Etwas schon.«

»Na also. *Dei gratia!*« murmelte Vaughn mit einem kleinen Seufzer, der wohl andeuten sollte, man möge das Thema fallenlassen. Er rieb sich geschäftig die Hände. »Ich habe eine Idee. Wollen wir kurz in mein Atelier hinaufgehen? Ich möchte Ian meine Geheimunterlagen zeigen, und dir auch, Meika, du hast die neueren Sachen noch nicht gesehen. In den letzten Wochen ...«

»Ich sitze hier eigentlich sehr gut«, sagte Meika träge. »Nur hätte ich gern noch einen Cognac. Und wo sind meine Zigaretten?«

»Mein Traumprojekt nenne ich es, ein Experiment, das schon seit mehreren Jahrzehnten läuft«, erläuterte Vaughn schüchtern und eifrig zugleich. »Ich habe es bisher kaum jemandem gezeigt, eigentlich nur Meika. Und früher mal einem meiner Lehrer. Der Mann ist seit zwanzig Jahren tot.«

Er schenkte Meika Cognac ein und füllte auch Ians Glas nach, und Ian sagte sich immer noch, er müsse nun wohl nach Hause, hörte sich aber bereitwillig zustimmen, ja, natürlich würde er gern Vaughns Atelier besichtigen, er sei seit Jahren nicht mehr dort oben gewesen.

Und so gingen sie alle über eine Wendeltreppe hinauf, und Vaughn machte Licht und sagte: »Es ist eine Art Experiment, eine Erkundung der Poetik des reinen Raums, in Zwischenphasen meiner ›eigentlichen‹ Arbeit entstanden, dieser Fronarbeit, die sicherstellt, daß wir unsere Rechnungen zahlen können. Es sei denn, daß mein Traumwerk die eigentliche, wirkliche Arbeit ist und das andere eher uneigentlich, unwirklich . . .«

Meika, außer Atem vom Treppensteigen, lehnte sich mit gespielter Mattigkeit an Ian und gähnte wie ein Kind. Ihre Stimmung war umgeschlagen, sie beschwerte sich über das Durcheinander im Atelier – wie im Schädel eines Irren, sagte sie – und den Geruch, diese schale, stickige Luft mit einem starken Beigeschmack von Zigarre. »Aus dem Oberlicht zieht es«, sagte sie gereizt, »es ist eiskalt, und trotzdem *stinkt* es. Wie ist so was möglich?«

Vaughn klappte eine große Mappe auf und sagte gekränkt: »Ich rauche nie bei der Arbeit.«

»Dann bringst du den Gestank mit«, sagte Meika erbarmungslos und gab Ian einen Knuff, als fordere sie ihn auf, mit ihr über Vaughn zu lachen. »Die unverkennbare Duftmarke von Vaughn Cassitys Seele.«

Ian prustete unwillkürlich. Er war ein bißchen benommen von der Kletterei auf der Wendeltreppe, und es roch wirklich eigenartig hier oben, trocken-schuppig, undefinierbar. Er hatte Vaughns Atelier nicht so groß und nicht so chaotisch in Erinnerung. An einer Wand stand ein riesiger Aktenschrank mit Schubfächern, die fast alle mehr oder weniger offenstanden. Es gab mehrere Arbeitstische und zwei Schreibtische, etliche große Zeichenbretter, an denen in Arbeit befindliche Projekte hingen, es gab Hunderte, ja, Tausende von Skizzen, Zeichnungen, Blaupausen, Entwürfen, Fotos; Dutzende kleiner Modelle von Wohn- und Geschäftshäusern ... Vaughn wendete vorsichtig die Blätter aus steifem, pergamentartigem Papier und brabbelte aufgeregt vor sich hin. »Hier, Ian, damit du mal einen Begriff von dem ganzen Projekt hast ...« Über die Halbbrille hinweg warf er ihm eine eulenhaft-ältlichen Blick zu. »Meika?«

In dem frostigen mondähnlichen Licht der Leuchtstoffröhren sah Meika aus wie eine Schaufensterpuppe, erschreckend blaß und ausdruckslos, die Augen tief verschattet. Sie legte ihre Arme Vaughn und Ian auf die Schultern, während Vaughn ihnen seine »Poetik des Raums« erläuterte, ein Werk von mehreren tausend Seiten, das natürlich noch nicht abgeschlossen war, vom Konzept her gänzlich visuell, hier und da durch Worte ergänzt, die allerdings, soweit Ian in seiner Verwirrung das zu erkennen vermochte, keiner ihm bekannten Sprache zuzuordnen waren, Worte, die ihm vorkamen wie Hieroglyphen. Bauwerke ... Landschaften ... Städte ... »zeitliche Dimensionen« ... »räumliche Hypothesen«: Die Zeichnungen waren architektengemäß ausgeführt, aber vom Konzept her reine Phantasie, schwindelerregend komplizierte Gebilde, aus zahllosen feinsten Linien zusammengefügt wie Spinnennetze. Ian versuchte sich zu konzentrieren, er gab sich die größte Mühe; während Vaughn ihnen diese völlig irrwitzige, aber betörend schöne und ganz gewiß originelle Kuriosität vorführte, dachte er bei sich, daß dieses Werk letztendlich die Seele von Vaughn Cassity war und Achtung verdiente.

Scheinbar ganz unbewußt lehnte sich Meika schwer an Ians Schulter und blies ihm ihren Atem ins Ohr. Sie fing an, seinen Oberarm zu streicheln, zu kneten, zu liebkosen, fuhr mit den Fingerspitzen leicht über seinen Nacken, während Vaughn glücklich die Entstehung seines Projekts vor neununddreißig Jahren erläuterte – »eigentlich mehr eine Heimsuchung« – und was es aus seiner Sicht bedeutete, welches Gewicht es einmal für Architekturtheorie und Architekturgeschichte haben würde. Er wußte noch nicht recht, ob er es abschnittweise veröffentlichen oder bis zur Fertigstellung damit warten sollte. Das Problem war natürlich, daß er nicht wußte, wann oder ob er es je fertigstellen würde. »Postumer Ruhm wäre doch etwas sehr Trauriges«, sagte er langsam und so trocken, daß Ian an einen Scherz glaubte und lachte, genau wie Meika, die sich geradezu ausschütten wollte vor Lachen. Sie zwickte ihren Mann in die rote Wange und sagte: »Postumer Ruhm ist besser als gar keiner, nicht? So wie es besser ist, neureich zu sein wie unsereiner, als überhaupt nicht reich, stimmt's, Liebling?«

Ian, verunsichert durch Meikas provokatives Benehmen, das er sich nicht recht zu deuten wußte, trat zurück, sein Atem ging in kurzen Stößen, seine Sinne waren in Aufruhr, die Nackenhaare sträubten sich, als sie jetzt unverkennbar, spielerisch kühn seinen Nacken streichelte und die Hand langsam an seinem Rücken heruntergleiten ließ bis zum Gesäß und dann noch langsamer, noch liebkosender wieder hinauf bis zum Nacken und zum Kopf, während sie mit der spöttisch geheuchelten Aufmerksamkeit eines Schulmädchens die außergewöhnlichen Zeichnungen betrachtete, die Vaughn vor ihnen ausbreitete.

Vaughn sagte – er wandte sich an Ian dabei, aber es klang wie ein Selbstgespräch: »In diesem Jahr – seit dem Frühjahr eigentlich – beschäftige ich mich mehr und mehr mit dieser Poetik. Meine Phantasie verirrt sich immer wieder dorthin. Ich wünschte fast – eigentlich dürfte man so was ja gar nicht sagen –, der San-Diego-Auftrag würde an jemand anders gehen. Diese massigen öffentlichen Bauten sind so . . . äußerlich. Sie wiegen so viel, sie lasten so schwer auf der Seele. Hier, siehst du, Ian? Das ist eine unterirdische Stadt, eine Art Metropolis nicht der Zukunft, sondern der Vergangenheit, unserer klassischen Vergangenheit – Athen, ein bißchen Pompeji und . . .«

Ian war mittlerweile so erregt, von einer so wütenden sexuellen Begierde überwältigt, daß er sich nicht mehr auf Vaughns Worte konzentrieren konnte, sondern unverhohlen von Meika abrückte und sie ansah, als wollte er sagen: Schluß jetzt! Meika fügte sich wie gemaßregelt, die Augen schläfrig verhangen, die vollen Lippen schmollend aufgeworfen. Und dann sagte sie so gemessen, so ruhig, so scheinbar nüchtern, daß die Männer fast erschraken: »Ich geh schlafen, Vaughn. Ihr könnt noch weitermachen, du und Ian, aber ich geh schlafen. Bitte halt Ian nicht zu lange auf, ich weiß doch, wie das ist, wenn studierte Männer ins Reden kommen ...« Sie wandte sich ab, schickte einen freundlichen Gastgeberinnen-Luftkuß zu Ian hinüber, ihre Lippen formten ein stummes »Gute Nacht« und »Ich liebe dich«, dann stieg sie die Wendeltreppe hinunter. Ian sah ihr nach, eine volle Minute oder mehr, ihm war schwindlig und übel vor Begierde, sein Kopf war so übervoll, daß er nicht mehr denken konnte.

Vaughn fuhr mit einem dicken Zeigefinger über einen seiner labyrinthischen Entwürfe, ein konisches Gebilde mit einer Reihe pechnasenbewehrter Vorsprünge, das von fern an den Plan eines terrassierten Gartens erinnerte, in den man so etwas wie die Innereien eines Fernsehapparates einkopiert hatte, und sagte in einem Ton, der ehrfürchtig und kritisch zugleich war: »Auf diesem Weg begibt man sich von einer Ebene zur anderen.« Mit einem Blick auf Ian fügte er hinzu: »Natürlich nur, falls man sich von einer Ebene zur anderen begeben *kann*.«

Und wenig später, genau gesagt nicht einmal vierundzwanzig Stunden später, waren Ian McCullough und Meika Cassity ein Liebespaar.

Und in der kurzen Zeit, die sie jeweils zusammen verbringen konnten – denn der Ehebruch zwingt uns in einem derart öffentlichen Ort wie Hazelton-on-Hudson, so unsentimental zu agieren wie der Coroner bei der Obduktion, »Zeit«, das ist eine dürftige Stunde nachmittags, sind zwei Stunden am Donnerstagvormittag, herrlich lange drei Stunden am späten Samstagnachmittag –, vergaß Ian die Tragödie seines Lebens oder vergaß sie doch beinah.

Wie schön du bist, sagte er, wie schön, er wärmte sich an ihrem Körper wie ein Genesender am Schein der Sonne. Und sie sagte zu ihm, wie beschwörend klang es zuweilen, daß sie ihn liebte, daß sie ihn vergötterte, seit Jahren schon. (Sie hing der Erinnerung an ihre erste Begegnung vor vielen Jahren nach, die Ian bedauerlicherweise nicht im Gedächtnis geblieben war. Macht nichts, sagte Meika knapp und gab ihm einen verzeihenden Kuß. Ich erinnere mich.) Ich schwärme für deinen Körper, sagte sie und umarmte ihn leidenschaftlich, stellte sich auf die Zehen, um ihn zu küssen, und wenn sie sich ausgezogen hatten und in ihrem Bett lagen, umschlang sie leidenschaftlich seine Hüften ... küßte ihn auf den Penis ... nahm seinen Penis in den Mund, was Glynnis nie hatte tun mögen. Sie sah triumphierend zu ihm auf, grünes Feuer in den Augen, und legte ihren schlanken, schlangenhaften, so mageren, aber kräftigen kleinen Körper auf den seinen, führte ihn, sog ihn in sich hinein, ja, so, ja, genau, ich liebe dich verdammt du hast mich übersehen glatt übersehen und ich hab dich immer geliebt, immer ... ja so ist es gut.

3

Am ersten Tag der Zeugenvernehmungen kam eine so überraschend günstige Nachricht, daß Ian sie zuerst kaum glauben mochte: Fermi Sabri war, ohne Lederer zu informieren, unerwartet nach Kairo zurückgekehrt und stand als Zeuge der Anklage nicht zur Verfügung.

Seine böswillige Darstellung von Ian McCulloughs »Affäre« mit Sigrid Hunt entfiel demnach als Beweismittel. Laut Gesetz waren Aussagen von nicht persönlich anwesenden Zeugen bei der Hauptverhandlung nicht als Beweismaterial zugelassen.

Ian fragte nach dem Grund dieser Bestimmung. »Weil in solchen Fällen die Verteidigung den Zeugen nicht ins Kreuzverhör nehmen kann«, erklärte Ottinger. »Der Zeuge hat gelogen, und ich hätte ihn vor Gericht bloßgestellt.«

»Aber warum hat er sich abgesetzt? Meinst du ...«

»Ich ›meine‹ gar nichts. Nachdem dieser Fermi aus dem Spiel ist, existiert er für mich nicht mehr.«

»Aber vielleicht weiß er etwas über Sigrid, vielleicht hat er sie umgebracht und ihre Leiche versteckt und ...«

Ottinger winkte ab. Mit einer Geste, die gespenstisch an eine von Meikas typischen Bewegungen erinnerte, legte er einen Zeigefinger an die Lippen. Ian sah ihn verständnislos an. Was bedeutete das? Daß Sigrid nicht tot war, daß Ottinger etwas über sie wußte, oder daß jetzt, da Fermi Sabri aus dem Spiel war, nichts von dem, was er getan hatte, von unmittelbarem, praktischem Interesse war?

Ian ließ das Thema fallen und fragte Ottinger: »Wenn ein Zeuge vor einer Grand Jury wertvolle Aussagen macht und hinterher stirbt oder verschwindet oder gar von dem Angeklagten selbst beseitigt wird – ist dann seine Aussage im Hinblick auf den Prozeß trotzdem ungültig?«

»Ja, natürlich«, erwiderte Ottinger. »So was passiert andauernd. Bei richtigen Kriminellen, meine ich. Im organisierten Verbrechen.«

Die Anklage brauchte – mit zahlreichen Unterbrechungen, Verzögerungen und Vertagungen – vier Wochen, um ihre Beweise zu präsentieren. Ihr gewichtigstes Argument war, daß es sich bei Glynnis McCulloughs Tod nicht, wie die Verteidigung behauptete, um einen Unfall gehandelt hatte, sondern daß er »im Affekt« und »vorsätzlich« verursacht worden war. Das Motiv lag klar zutage, was sich durch Zeugenaussagen und Beweismaterial belegen ließ.

In langem Zug, wie bei einem mittelalterlichen Mysterienspiel, traten dann die der Verteidigung bereits bekannten Zeugen der Anklage auf, die mit einigen Abweichungen und Ausschmückungen ihre vor der Anklagejury gemachten Aussagen wiederholten, jetzt aber, vor Gericht, einem strengen Kreuzverhör durch Ottinger unterzogen wurden. (Das »Kreuz«, wie Ottinger es nannte, faszinierte Ian, der noch nie einer Gerichtsverhandlung beigewohnt hatte. So ein Prozeß war ja tatsächlich wie ein Spiel, ein Satz beim Squash etwa, wobei der zwischen den Spielern hin und her gedroschene Ball dem jeweiligen Zeugen entsprach.) Alle traten sie in den Zeugenstand, alle schworen sie – mal mehr, mal weniger selbstbewußt –, die Wahrheit zu sagen, die ganze Wahrheit und nichts als die Wahrheit so wahr mir Gott helfe. Ian fragte sich, wie man die Wahrheit sagen konnte, wenn man die Wahrheit nicht kannte.

Doch die »Wahrheit« stellte sich – zumindest anfangs – als Folge objektiv nachprüfbarer Ereignisse dar. Die ersten Zeugen der Anklage machten rein sachliche Angaben: Einer der Sanitäter, der am Abend des 23. April 1988 durch einen Anruf Ian

McCulloughs im Medical Center von Hazelton zum Haus der McCulloughs gerufen worden war ... einer der jungen Polizisten, die von Nachbarn gebeten worden waren, einer »Ruhestörung« im Hause der McCulloughs nachzugehen ... der Oberarzt in der Notaufnahme der Klinik, in die Mrs. McCullough und Dr. McCullough eingeliefert worden waren, sie ohne Bewußtsein und unverzüglich zur neurologischen Untersuchung gebracht, er »angetrunken, aber geistig klar«, mit geringfügigen Schnittwunden an Gesicht, Armen und Händen ... ja, und auch Jackson Dewald, der Ians Blick mied, aber selbst nach eingehender Befragung nicht bereit war zu bestätigen, besagte Ruhestörung im Haus seiner Nachbarn sei »nur eine von vielen« gewesen.

Alle Zeugen wurden aufgefordert, Ian McCullough formell zu identifizieren. »Ist der Beschuldigte hier im Saal zugegen?« wurden sie gefragt. »Würden Sie ihn uns bitte zeigen.« Eine Hand oder ein Zeigefinger richteten sich auf Ian, der sich brav von seinem Platz am Tisch der Verteidigung erhob: Ja, ich bin es. Ein sonderbares Zeremoniell, für das er dennoch ein gewisses Verständnis aufbrachte. Wenn man nun den falschen Ian McCullough in Gewahrsam genommen hätte?

Und eines Morgens kam dann Dr. Morris Flax, der ebenfalls Ians Blick mied, in seiner Aussage unerschütterliche Neutralität wahrte und sich weder von Lederer noch von Ottinger beeinflussen ließ. »Mrs. McCulloughs Schädelverletzungen können ein Unfall gewesen sein«, sagte Flax, »aber natürlich auch etwas anderes.«

Als dann der Neurologe mit seinen ausführlichen fachlichen Ausführungen begann, in deren Verlauf den Geschworenen auch etliche auf das Format von 60 × 90 cm vergrößerte Röntgenaufnahmen vorgelegt wurden, fing Ian an zu zittern. Er fürchtete ernstlich einen Zusammenbruch, den natürlich die Gazetten genüßlich ausschlachten und am nächsten Morgen mit fetten Schlagzeilen unters Volk bringen würden. Wie still es im Saal war, und wie ehrfurchtsvoll alle, auch Richter Harmon, der trockenen, bedächtig-beherrschten Stimme von Flax lauschten, der Stimme eines von Berufs wegen mit Not und Elend Befaßten, während er die zahlreichen Verletzungen an

Glynnis McCulloughs Schädel beschrieb, mit einem Zeigestock auf verschattete Gehirnbereiche zeigte, auf die Knochenbrüche, das Blutgerinnsel, das in der Notoperation aus der oberen linken Seite der Großhirnrinde entfernt worden war. Angenommen, die Patientin wäre am Leben geblieben, fragte Lederer in theatralisch gedämpftem Ton, wäre sie wieder ganz gesund geworden, oder wäre ein bleibender Gehirnschaden zurückgeblieben?

Zum erstenmal zögerte Dr. Flax, zum erstenmal ließ er zu, daß sein Gesicht eine Gemütsbewegung verriet: Bedauern, Irritation, Geringschätzung. »Das kann ich beim besten Willen nicht sagen. Aber ich würde vermuten – falls Sie auf einer Vermutung bestehen –, daß die Patientin möglicherweise gewisse Gehirnschädigungen und eine teilweise Lähmung zurückbehalten hätte.«

Ian schloß rasch die Augen. Das hatte er nicht gewußt. Oder hatte Flax es ihm gesagt?

Er fing an zu weinen, aber mit so vornehmer Zurückhaltung, in seiner gewohnten kerzengeraden Haltung, daß es wohl niemand merkte. Denn die Geschworenen stierten, obwohl sie freie Sicht auf den Beschuldigten hatten, Dr. Flax an, ganz im Banne der Röntgenbilder und seines grausig-schulmeisterlichen Zeigestockes.

Dann trat – sehr viel aggressiver – ein gewisser Dr. Albert Frazier vom bundesstaatlichen Gesundheitsministerium in den Zeugenstand, forensischer Gutachter und Verbindungsmann zwischen der Polizei und der Staatsanwaltschaft, der aussagte – und sich auch im Kreuzverhör davon nicht abbringen ließ –, daß seiner Ansicht nach die Schädel- und Hirnverletzungen des Opfers – ja, das war der bemerkenswerte Begriff, den er benutzte, »Opfer« und nicht »Patientin« – nicht auf einen Unfall zurückgeführt werden können. Wieder wurden die Röntgenaufnahmen gezeigt, wieder trat der Zeigestock in Aktion. Noch einmal die schaurige Litanei: die Knochenbrüche, die Hirnverletzungen, die Blutung, das Blutgerinnsel, eine weitere Blutung, der Tod. Blutergüsse an Mrs. McCulloughs Schultern deuteten darauf hin, erklärte Dr. Frazier, daß sie mit sehr viel Kraftaufwand gepackt und nach hinten gestoßen worden war. Wäre sie nur gestolpert und gegen die Scheibe geprallt, wäre es allein durch ihr Eigengewicht wahrscheinlich nicht zu diesen Verletzungen gekommen. Und als Ottinger diese Aussage in Zweifel zog, wiederholte er nur das, was er bereits gesagt hatte: Seiner Ansicht nach waren die Verletzungen nicht durch einen Unfall verursacht worden.

»Aber Sie sagen, daß es allein durch ihr Eigengewicht wahrscheinlich nicht zu diesen Verletzungen gekommen wäre«, sagte Ottinger. »Es bleibt also eine Ungewißheit.«

»Eine Wahrscheinlichkeit ist immer auch eine Ungewißheit«, sagte Frazier. »Es ist möglich, daß uns hier im Saal in den nächsten Minuten die Decke auf den Kopf fällt, aber es ist nicht wahrscheinlich.«

»Es ist demnach ›möglich‹, daß allein das Eigengewicht von Mrs. McCullough nicht die festgestellten Verletzungen verursacht hat. Aber ist es ›wahrscheinlich‹?«

»Beides«, sagte Frazier boshaft.

Ottinger fragte: »Sie behaupten aber kategorisch, daß die Verletzungen nicht durch einen Unfall entstanden sein können. Ist das eine wissenschaftliche Aussage oder nur Ihre Meinung?«

»Da ich mich als Wissenschaftler betrachte, sehe ich meine Meinungen als wissenschaftlich fundiert an.«

Mit einem etwas skeptischen Unterton fragte Ottinger: »Sind Sie Ihrer Sache ganz sicher, Dr. Frazier? Ohne den Schatten eines Zweifels?«

Zum erstenmal zögerte der Zeuge, er bewegte die Schultern, räumte stockend ein: »Einer Sache, die man nicht mit eigenen Augen gesehen hat, kann man selbstverständlich nie ganz sicher sein. Und sogar dann ...« Er legte eine so lange Pause ein, daß man glauben konnte, er habe seine Aussage beendet, und dann fügte er hinzu, als wohne diesen Worten aus seiner Sicht eine geheimnisvolle Bedeutung inne: » ... und natürlich, wenn man es ›ohne den Schatten eines Zweifels‹ behaupten soll ...«

Ottinger dankte ihm und ging wieder an seinen Platz. Ian begriff allmählich, daß vor Gericht – wie auch sonst im Leben – der Kniff darin besteht, so zu tun, als habe man einen Punkt gemacht, denn dann wird er einem ja vielleicht tatsächlich gutgeschrieben.

Danach stand auf der Tagesordnung eine überaus anschauliche, überaus dramatische Demonstration, von der Anklagevertretung in Szene gesetzt, um nachzuweisen, daß Glynnis McCullough nicht einfach an die Scheibe geprallt, sondern dagegengestoßen worden war. Geprüft werden sollte die Stärke einer Spiegelglasscheibe von der gleichen Größe und Dicke wie jene, die bei den McCulloughs zu Bruch gegangen war. Lederer betonte genüßlich, daß diese Glasscheibe von der gleichen Firma stammte, die jene im Eßzimmer der McCulloughs hergestellt hatte; ja, sie war sogar in dem gleichen Geschäft erworben worden. Eine Plane wurde auf dem Boden des Gerichtssaals ausgelegt, ein provisorischer Schutzraum aufgestellt, um zu verhindern, daß Scherben in den Saal flogen; eine Puppe ohne Gesicht, etwa so groß und so schwer wie die Verstorbene, wurde gegen die Scheibe geschubst, gestoßen, geschmettert, mit immer größerem Kraftaufwand, immer größerem Unmut, bis endlich das Glas sprang, aber nicht in Scherben ging. Ian sah entsetzt zu und hob schützend die Hände vor die Augen. Wie grauenhaft, dachte er, wie grauenhaft. Er sah wieder Glynnis' verzerrtes Gesicht vor sich, sah verschwommen die Bewegungen seines und ihres Körpers, sah wieder, wie die Scheibe sich auf sie zubewegte und wie leicht sie zerbrochen war, wie schon vorbereitet.

Der »Fenstertest«, so die griffige Formulierung der Presse, machte, wie schon vorher die Demonstration der Röntgenbilder, nachhaltigen Eindruck auf alle Anwesenden, Ottinger aber demontierte gelassen und allem Anschein nach mit unwiderlegbarer Logik die Argumentation der Anklage. Niemand hier im Saal, erklärte er, vielleicht mit Ausnahme seines Mandanten, könne sagen, in welchem Zustand die zerbrochene Fensterscheibe gewesen sei; ob sie zum Beispiel bereits Sprünge gehabt habe, ob sie mit derselben Spannung wie das hier zu Demonstrationszwecken benutzte Glas in den Rahmen eingesetzt worden sei und so weiter und so fort. Und es sei gewiß eine irrige, jedem gesunden Menschenverstand Hohn sprechende Annahme, eine im März 1988 erworbene Scheibe könne mit einer Scheibe identisch sein, die jemand 1965 gekauft hatte, in dem Jahr, als das zur fraglichen Zeit von den McCulloughs bewohnte Haus erbaut worden war.

Nick Ottinger war demnach der Situation durchaus gewachsen, hatte sie möglicherweise sogar gerettet. Doch das Bild der Puppe, die an die Scheibe geworfen und wieder gepackt und abermals geworfen und wieder gepackt und abermals geworfen wurde, immer heftiger und mit vorgeblicher Wut, ließ Ian nicht los. Wie grauenhaft. Ganz klar, auch ich verdiene den Tod.

Und dann wurden nacheinander die Detectives Wentz und Holleran aufgerufen, Ians alte Kumpel, die Lederers Fragen prägnant und ohne Zögern beantworteten. Für sie stand fest, daß ein Verbrechen begangen worden war und folglich ein Verbrecher es begangen hatte, auch wenn sie es nicht ganz so formulierten. Zu Ians peinlicher Bestürzung wurde das im Präsidium auf Band genommene lange, weitschweifige und letztlich ergebnislose Verhör vom 29. Mai dem Gericht vorgespielt und schien wie vieles, was ein Stück von ihm zeigte und auch wieder nicht zeigte, die Geschworenen spürbar zu beeindrucken.

Die Stimmen der einzelnen Detectives waren klar und deutlich, Ian McCulloughs Stimme aber war undeutlich, vage, ausweichend, tonlos. *Ich weiß nicht.* Und: *Ich erinnere mich nicht.* Er wußte, daß er sich dank Ottinger mit seinen Aussagen zumindest nicht selbst belastet hatte, trotzdem wand er sich in stummer Qual, als er seine so matte, schwunglose Stimme hörte, die Stimme eines Toten, die Stimme eines Schuldigen. Wie unfair das war, wie ungerecht. Eine Stimme vom Band, notwendigerweise körperlos, die nichts über die körperliche Befindlichkeit ihres Besitzers zu jener Zeit, an jenem Ort aussagte, nichts über jenen aufreibenden Vormittag voll Kummer und Verzweiflung, den Ian noch so deutlich in Erinnerung hatte.

Das Band lief drei Stunden. Obgleich es so monoton und weitschweifig und voller ausgedehnter Pausen war, ging ein eigenartiger Reiz, eine sich allmählich steigernde Spannung von der Aufnahme aus, denn man wartete förmlich – Ian ertappte sich selbst dabei – auf einen Umschwung in der Haltung des Beschuldigten, man wartete auf ein plötzliches Geständnis oder eine Unschuldserklärung.

Hinterher fragte er Ottinger, warum die Anklage dieses endlose Band nicht bearbeitet oder gekürzt hatte, und Ottinger sagte: »Um uns zu ärgern wahrscheinlich!« Und setzte ernster hinzu: »Eine gekürzte Fassung wäre mir auch gar nicht recht gewesen.«

»Warum denn nicht?«

»Weil auf dem Band deine Stimme ist, die das Gericht sonst nicht zu hören bekommt«, sagte Ottinger, »falls du dich nicht doch, was ich immer noch hoffe, zu einer Aussage in eigener Sache entschließt.« Als Ian nichts sagte, fuhr Ottinger fort: »Ich habe das Gefühl, daß es wichtig ist, den Nachweis für dein Da-Sein zu erbringen. Zu zeigen, daß du ... wirklicher bist als diese andere Person, deren Tod man dir anlastet.« Ian hatte einige Mühe, diese Bemerkung zu verstehen. »Mein Da-Sein? Wird denn das angezweifelt?«

Ottinger lächelte sein vieldeutiges Lächeln, in das man, je nach Stimmung, Zuneigung oder Verachtung hineindeuten konnte. »Was meinst du wohl ...?«

Und dann kam das von Ian gefürchtete hartnäckige Herumreiten des Anklägers auf dem »Tatmotiv«, kam all das, was Sigrid Hunt betraf, die seit der Verhaftung des Beschuldigten am 30. Mai 1987 verschwunden war.

Lederer stürzte sich mit Wonne auf diesen Punkt. Er hatte hierzu als Zeugen geladen Mrs. Elizabeth Kuhn und Mrs. Roberta Grinnell, »gute Freundinnen der Verstorbenen«, sowie Mr. Horace K. Vick, Hausmeister in der Tice Street 119 in Poughkeepsie, wo Sigrid Hunt – mit Unterbrechungen – vom September 1984 bis zum Mai 1987 gewohnt hatte. Elizabeth, die Ian, wie er sich mit einem Gefühl des Unbehagens sagte, sehr lange nicht mehr gesehen hatte, machte fast wortwörtlich dieselbe Aussage wie vor der Anklagejury – eine gutaussehende weißhaarige Frau, die Lederers Fragen ziemlich von oben herab beantwortete und sich wehrte, als er versuchte, ihr die Bestätigung abzuringen, daß Mrs. McCullough Grund zu ihrer Annahme gehabt haben könnte, Mr. McCullough habe sich mit einer anderen Frau eingelassen.

Dennoch war Ian betroffen von der Schärfe, mit der sie Ottingers Fragen beantwortete, als legte sie Wert darauf, keinen Unterschied zwischen ihm und Lederer zu machen. Die sorgsam formulierten Nettigkeiten, mit denen sie Ian McCullough bedachte – »einer unserer liebsten, engsten, treuesten Freunde« –, kamen Ian gezwungen, wie eingelernt vor; und auch das Lächeln, das Elizabeth ihm schenkte, als sie den Zeugenstand verließ, schien ihm gezwungen. Wie alt sie geworden war ... Jemand hat ihr das Herz gebrochen, dachte Ian.

Und dann kam Roberta. Sie wirkte abgespannt, hatte einen renitenten Zug um den Mund und musterte Lederer mit unverhohlener Abneigung. Nervös bewegte sie die Hände im Schoß, ihre Stimme war fast unhörbar, die goldene Haarsträhne wirkte seltsam stumpf, als habe ihr der fahle Winterhimmel vor dem Fenster jeden Glanz genommen. (Und warum sah sie ihn nicht an? Hatte ihr jemand von Meika erzählt?) Ihre Antworten waren knapp und kompromißlos. Mehrmals mußte Harmon sie bitten, lauter zu sprechen. Ganz offenkundig stand sie der Anklage feindlich gegenüber, was ihr, dachte Ian, bei Gericht wenig Sympathien eintragen dürfte.

Er hatte seit Wochen nicht mehr mit ihr gesprochen, hatte sie anrufen wollen, sich aber irgendwie nie dazu aufgerafft. Roberta wiederholte Punkt für Punkt das, was sie vor der Anklagejury ausgesagt hatte, berichtete von dem Anruf bei Glynnis McCullough, dem beunruhigenden Gespräch, das sich daraus ergeben hatte; Glynnis' verzweiflungsvoll-wilder Wut, ihrer Überzeugung – die nach Robertas Aussage völlig unbegründet war –, ihr Mann habe ein Verhältnis mit einer anderen Frau.

»Hat Mrs. McCullough Ihnen von einem Scheck erzählt, den sie im Schreibtisch ihres Mannes gefunden hatte, einem auf eine gemeinsame Bekannte, eine gewisse Sigrid Hunt, ausgestellten Scheck über tausend Dollar?« fragte Lederer.

»Jawohl.«

»Dennoch hielten Sie Mrs. McCulloughs Verdacht für unbegründet?« fragte Lederer.

»Jawohl.«

»Trotz des vorliegenden Beweismaterials?«

»Für mich bewies das nichts«, sagte Roberta.

»Mrs. McCullough war eine Ihrer besten Freundinnen, nicht

wahr?« fragte Lederer. »Dennoch beschlossen Sie, ihr nicht zu glauben.«

»Von ›beschließen‹ kann hier keine Rede sein«, sagte Roberta nervös. »Ich hatte den Eindruck, daß ihre Sicht der Situation übertrieben war, eine Überreaktion, wie man sie oft bei Menschen hat, die sich durch irgend etwas tief getroffen fühlen.«

»Neigte Mrs. McCullough zu Übertreibungen?« fragte Lederer.

»Sie war eine intelligente Frau, aber sie konnte sehr emotional, auch schon mal aufbrausend sein. Sie hatte eine ... ja, eine sehr dramatische Art«, antwortete Roberta.

»Und Mr. McCullough –?«

»Reagierte mit viel mehr Ruhe, viel mehr Beherrschung.«

»Und wen beherrschte er? Sich selbst oder andere?«

»Sich selbst. Ian hat nie andere beherrscht oder es auch nur versucht.«

»Sie kannten beide gut, Sie und Ihr Mann?«

»Ja, durchaus.«

»Und Sie können sich beim besten Willen nicht vorstellen, daß Mr. McCullough sich mit einer anderen Frau eingelassen haben könnte?«

»Ich hielt es für unwahrscheinlich.«

»Weil ...?«

» ... weil ich ihn kannte, weil ich Glynnis kannte.«

Robertas Stimme hob sich: »Ian war nicht der Typ.«

»Sie waren Ihrer Sache völlig sicher?«

»Ich kann nur wiederholen, was ich schon gesagt habe.«

»Ist es in Ihrem Bekanntenkreis so außergewöhnlich, daß ein Ehemann zuweilen seiner Frau untreu wird oder eine Ehefrau ihrem Mann? Derart außergewöhnlich, daß einem so etwas ganz und gar unglaublich vorkommt?«

»Natürlich nicht, Sie verdrehen mir das Wort im Munde.«

»Aber im Falle der McCulloughs war es unglaublich? Für sie jedenfalls?«

»In ihrem Falle ... ja.«

»Und Sie stützen sich bei dieser Aussage auf ihre enge Bekanntschaft mit den beiden und mit dem, was Sie über ihre Ehe wissen?«

»Ich stütze mich dabei auf den gesunden Menschenverstand.«

»Soweit Sie wissen, gab es keinerlei eheliche Schwierigkeiten?«

»Soweit ich weiß, gab es keinerlei eheliche Schwierigkeiten.«

»Glauben Sie, daß Sie es erfahren hätten, wenn dies der Fall gewesen wäre?«

»Glynnis oder Ian hätten es uns bestimmt erzählt, Denis oder mir. Oder wir hätten es ohnehin gewußt, wie Freunde eben untereinander wissen, was los ist.«

»Sie glauben also, Sie hätten es gewußt, wenn es eheliche Schwierigkeiten gegeben hätte?«

»Ja.«

»Man hätte es Ihnen gesagt?«

»Ich denke schon.«

»Aber an dem Tag, als Mrs. McCullough Sie anrief . . .«

»Ich habe *sie* angerufen.«

»Als Sie Mrs. McCullough anriefen und sie versuchte, Ihnen von einer Krise in ihrer Ehe zu erzählen, haben Sie ihr keinen Glauben geschenkt.«

»Sie entstellen alles«, sagte Roberta scharf. »Mir ging es an jenem Tag vor allem darum, Glynnis zur Ruhe, zur Vernunft zu bringen, ich wollte ja nicht alles noch schlimmer machen. Für mich war klar, daß sie eine vermutlich relativ unwichtige Sache, die Ian würde aufklären können, unnötig aufbauschte, und das habe ich versucht ihr klarzumachen, ein paarmal habe ich versucht, ihr das klarzumachen, aber dann wurde sie böse und wollte sich nichts mehr sagen lassen und legte auf, und das war das Ende vom Lied.«

Später, bei der Vernehmung durch Ottinger, antwortete sie bereitwilliger und sehr engagiert. Ian und Glynnis seien »ein sehr glückliches Paar« gewesen, beteuerte sie, »ein ideales harmonisches Paar«, die Familie McCullough sei eine »ideale Hazelton-Familie« gewesen. In Ian regte sich, als er sie ansah, nicht viel mehr als flüchtiges Bedauern, als seien sie durch etwas fast Undurchsichtiges, stark verschrammtes Glas etwa, getrennt. Meika stand zwischen ihnen, Meika hatte ihren Anspruch geltend gemacht. Es war zu spät.

Die Grinnells waren jetzt offiziell getrennt. Denis war ausgezogen, Roberta wieder eingezogen, aber nur vorübergehend, denn das Haus sollte verkauft werden. Denis hatte den Bruch mit »unvereinbaren Differenzen« erklärt. Kannst du mir mal verraten, was das bedeutet? hatte Ian gefragt. Wenn eine Frau aufhört, dich zu lieben, ist die Sache gelaufen, hatte Denis schulterzuckend erwidert, es ist, als wenn du totes Fleisch befingerst. Und Ian war vor seinem Freund zurückgeschreckt, den er in der langen Zeit ihrer Bekanntschaft noch nie so vulgär und noch nie mit soviel Verzweiflung in der Stimme hatte reden hören.

Und dann legte Lederer mit dramatischer Geste, als handele es sich um unumstößliche Beweise für die Schuld des Angeklagten, eine Kopie des Schecks über tausend Dollar vom 20. Februar 1987 vor, den Ian McCullough für Sigrid Hunt ausgestellt hatte, sowie eine Liste der Ferngespräche, acht an der Zahl, die vom Anschluß der McCulloughs aus im Frühjahr mit dem Anschluß von Miss Hunt in Poughkeepsie geführt worden waren. »Mr. McCullough hat sich niemals zu dem Scheck für Miss Hunt und zu den Telefongesprächen geäußert«, sagte Lederer pikiert, als habe Ian ihn persönlich beleidigt. »Auf diesbezügliche Fragen hat er jede Antwort verweigert. Es handele sich um eine Privatsache, behauptet er, die außer ihm niemanden etwas anginge.« Lederer wandte dem Gericht, insbesondere den Geschworenen, eine skeptische Miene zu. Wie konnte ein Mann unter Mordverdacht so anmaßend, so herausfordernd, so selbstzerstörerisch sein?

Ian wand sich vor Verlegenheit und versuchte mit aller Kraft, sich in einen Winkel seiner Seele oder seines Geistes zurückzuziehen, zu dem ihn solche Demütigungen nicht verfolgen konnten. Denn für die Öffentlichkeit schien jetzt klar, daß Ian McCullough nicht nur ein Lügner war, sondern daß seine lieben Freundinnen Mrs. Kuhn und Mrs. Grinnell ihm – aus freien Stücken oder von ihm verleitet – beim Lügen geholfen hatten.

Dann aber kam – fast so etwas wie eine burleske Einlage – die Aussage von Horace K. Vick, des für die einstige Mietwohnung von Sigrid Hunt zuständigen Hausmeisters, eben jenes Mannes, den Ian dazu gebracht hatte, die Wohnung aufzuschließen.

Nachdem er geschworen hatte, die Wahrheit zu sagen so wahr mir Gott helfe, log er erstaunlich geläufig und mit selbstgerechter Miene, er habe sich mit Händen und Füßen dagegen gesträubt, sich von Dr. McCullough bestechen zu lassen. Mietern nachzuspionieren, das läge ihm nicht. Vick trug einen glänzenden schwarzen Anzug mit weißem Hemd und Fliege, die Haare waren für seinen Auftritt heftig gestutzt worden; das boshafte Schrumpelgesicht leuchtete vor Vergnügen, während ihn Lederer mit immer suggestiveren Fragen durch seine Aussage dirigierte. Mit anklagend vorgestrecktem Zeigefinger identifizierte er Ian als jenen Mann, der Sigrid Hunt im Lauf des Winters mehrmals besucht hatte, ja, drei-, viermal bestimmt, der um Weihnachten herum vielleicht auch mal über Nacht geblieben war, der irgendwann im Frühjahr unbedingt in die Wohnung gewollt hatte. Weil er Angst gehabt hatte, daß ihr vielleicht was passiert war, daß jemand sie abgemurkst hatte. Weil sie ja auch noch andere Freunde hatte.

Obgleich Lederer sich nach Kräften bemühte, ihn zu bremsen, begann Vick seine Geschichte auszuschmücken, er fügte nicht zur Sache Gehöriges hinzu, grinste und grimassierte wie von einem bösen Geist besessen angesichts der Aufmerksamkeit, die das Gericht ihm schenkte.

Er sprach von Dr. McCulloughs »flottem rotem Sportwagen, so'n Itakerschlitten«, und Dr. McCulloughs »flottem Pelzmantel, vielleicht war's auch 'n Mantel mit 'nem Pelzkragen, egal, normale Männer, die wo auf Frauen stehn, laufen nicht in solchen Klamotten rum.« Aufgeregt erzählte er von wilden Partys in Sigrid Hunts Wohnung mit Leuten aus dem College, in dem sie unterrichtete, »das College, wo bloß Weiber sind, wie heißt es doch gleich, Vassar«, von Autos, die in der Einfahrt geparkt hatten, von Musik und Lärm, »und auch Farbige dabei«, aber das war, ehe McCullough aufgetaucht war. Oder jemand, der aussah wie er.

»Und dann dieses arme Schwein, auch so einer, der ihr Vater hätt' sein können, da stand er eines Abends bei mir vor der Tür und hat nach ihr gefragt ... ihr Bruder angeblich. Ja, sag' ich, und ich bin auch ihr Bruder, die stehen geradezu Schlange bei ihr, die Brüder. Und ich sag' ...«

»Bitte bleiben Sie im Rahmen des Verhörs, Mr. Vick.«

»Sie haben mich was gefragt, und ich sag's Ihnen«, bullerte Vick beleidigt. »Wolln Sie nu wissen, wie's war oder nicht?«

Damit hatte der Zeuge sich gründlich unglaubwürdig gemacht und zog sich einen Verweis von Richter Harmon zu. Lederer versuchte zu retten, was zu retten war, aber das Unglück war schon geschehen. Durch Ottingers geschickt gestellte Fragen – Was für einen Wagen fuhr Dr. McCullough? Was für einen Mantel hatte Dr. McCullough angehabt? Wie oft hatte Dr. McCullough Sigrid Hunt besucht? Und wann hatte er sie besucht? Und wann war die Party gewesen? Und wer waren die anderen Gäste? – kam heraus, daß Vick ein nicht nur unzuverlässiger, sondern auch böswilliger Zeuge war. Und als er nach wiederholten Rügen des Richters, der ihm drohte, ihn wegen Mißachtung des Gerichts zu belangen, den Zeugenstand verließ, konnte er es sich nicht versagen, eine zweideutige Bewegung zum Richterstuhl hin zu machen, was natürlich dort augenblicklich eine sehr ungehaltene Reaktion und im Saal beträchtlichen Wirbel und unterdrückte Heiterkeit auslöste, ja, es hätte nicht viel gefehlt, und sie hätten Horace Vick aus dem Saal geschleppt und in eine Arrestzelle gesteckt.

Ian lächelte mit den anderen – sein erstes Lächeln an diesem fürchterlichen Ort. Es war ihm ein Rätsel, weshalb Vick ihm so große Abneigung entgegenbrachte, weshalb er bei seinem wirren Gerede über Sigrid Hunt und ihre Männergeschichten kein einziges Mal Fermi Sabri erwähnt und seine Bosheiten nur auf Ian gerichtet hatte. Waren fünfundzwanzig Dollar zu wenig gewesen, hatten sie Vicks Stolz verletzt? Oder hatte er am Ende ganz vergessen, daß er von Ian Geld bekommen hatte?

Als er hinterher Ottinger nach Vicks Motiven befragte, sagte der Anwalt gleichmütig: »Was soll's? Der Zeuge ist weg vom Fenster, tot, *finito*.«

Ian lehnte sich im Fond von Ottingers üppig gepolstertem Wagen zurück und schloß die Augen, versuchte – nein, nicht zu schlafen, an Schlaf war nicht zu denken, sondern nur, die angesammelten Kümmernisse dieses Tages aus seinem Kopf zu bekommen. Die anderen, auch Bianca, sprachen über den

Prozeß, worüber denn sonst, es gab kein anderes Gesprächsthema als den Prozeß, in Ian McCulloughs Leben würde es nie wieder ein anderes Gesprächsthema geben als den Prozeß. In ein, zwei Tagen würde die Anklagevertretung ihre Beweisaufnahme abschließen. Und dann würde die Verteidigung in die Beweisaufnahme einsteigen. Und dann und dann. Die Plädoyers, die Belehrung der Geschworenen durch den Richter, die Beratung der Jury, das Urteil. Und dann.

Ian dachte an jenen unschuldig-spontanen Ausflug nach Bridgeport; an das Holzhaus, in dem sie gewohnt hatten, mit seinem so unangemessenen leuchtendblauen Anstrich, die Straßen des alten Viertels, die Grundschule und die Oberschule, den tristen kleinen Park. Die Sehnsucht, die er empfunden hatte, war heftig, fast körperlich gewesen, wie geschlechtliche Begierde. Und wonach? Und warum? Dahin hatte sie ihn nun gebracht: in den Mercedes-Benz eines Fremden, der in schnellem Tempo über den Highway rollte, durch das Dunkel eines endlosen Winters, einem Haus entgegen, das er sich noch nicht abgewöhnt hatte ›Zuhause‹ zu nennen.

Er dachte – nicht an Glynnis, denn die war tot und konnte ihm nicht helfen, sondern an Meika Cassity, die (taktisch nicht sehr klug) nach der Nachmittagssitzung auf seinen Platz am Tisch der Verteidigung zugegangen war, sich keck auf die Zehenspitzen gestellt hatte, um ihm einen Kuß zu geben, ihm mit mädchenhafter Inbrunst die Hand zu drücken und ihm etwas ins Ohr zu flüstern (es brannte und war bestimmt feuerrot angelaufen). Den prachtvollen dunklen Nerzmantel hatte sie sich über die Schultern gehängt, die brillantenbesetzten Ohrringe funkelten. Meikas Haut war blaß, aber heiß, die Augen unnatürlich blank. Dann nahm sie Ottingers Hände in die ihren und gratulierte ihm zu der Leistung dieses Nachmittags. »Sie werden Ian retten, nicht wahr? Sie werden aller Welt beweisen, daß er absolut unschuldig ist, nicht wahr?«

Ian fand sie anbetungswürdig. Und sehr beängstigend.

4

Indem wir sie ignorieren, sagten sie, wenn man sie fragte, wie sie mit der Publicity fertig wurden.

Von den Prozeßberichten, die in der Tagespresse, in einem der beiden großen Nachrichtenmagazine, ja, zu ihrem Kummer sogar in der Sonntagsbeilage der *Newburgh Times* erschienen, nahmen Ian und Bianca keine Notiz; Ian prinzipiell nicht (er hatte in früheren, glücklich anonymen Tagen seine Zeit nicht mit derlei Lektüre vertan, warum also jetzt?), Bianca nicht, weil sich irgendwann ihre Fähigkeit erschöpft hatte, Empörung, Demütigung und Schmerz zu empfinden. Eine New Yorker Hochglanzzeitschrift – halb Mode-, halb Skandalblatt – hatte ihr fünfzigtausend Dollar »für die Story Ihres Vaters aus Ihrer Sicht« geboten. Als sie ablehnte, erhöhten sie auf fünfundsiebzigtausend.

Dafür schrieb Bianca an einer anderen Story, an Glynnis' *So is(s)t Amerika.* Sie hatte das Frühjahrssemester ausgesetzt, um bei Ian zu sein, solange der Prozeß lief; wenn sie nicht gerade im Gerichtssaal war, saß sie über dem Manuskript, tippte an Glynnis' Küchentisch Notizen ab, stellte Rezepte zusammen, telefonierte mit ebenfalls kochbegeisterten Freundinnen von Glynnis und mit Glynnis' Lektor in New York. Es war jetzt März, der Verlag wollte bis zum 1. Juni ein mehr oder weniger komplettes Manuskript haben. »Mir war früher nie klar, was alles am Kochen, am Essen hängt«, sagte Bianca zu Ian und zu anderen, wenn er dabei war. »Wenn man es richtig machen will, ist es ein Haufen Arbeit.« Und: »Daß es mir soviel Spaß machen würde, hätte ich nie gedacht.« Und am Telefon zu einer unbekannten Freundin: »Ich hab das Gefühl, meiner Mutter echt nah zu sein – eigentlich zum erstenmal, seit ich klein war.« Für Ian hatte das Glücklich-Überzeugte in Biancas Stimme einen falschen Klang, obgleich er natürlich hoffte, daß er sich da irrte.

Das Kochen selbst, zunächst versuchsweise begonnen, nahm Bianca immer stärker in Anspruch. Glynnis hatte von ihren Rezepten verschiedene Varianten hinterlassen, bis zu sechs für ein Gericht, und Bianca konnte sich nicht entscheiden, welcher sie den Vorzug geben sollte. Eine pennsylvania-deutsche Linsensuppe mit Kümmel, Knoblauch, Schweinshaxe und frischem Spinat. Ein gehaltvoller Eintopf, *pozole*, aus dem Südwesten, mit Chili, Schweinelende, Huhn und Maisgrütze. Texashaschee mit Tabascosauce; klassischer amerikanischer Hackbraten mit gewürfelten Oliven, Champignons, Thymian, gerösteten Weizenkeimen; Maryland-Brathähnchen; Charleston-Hühnerfrikassee; Indianerpudding aus Neu-England mit Maismehl, dunkler Melasse und Zimt. In den hysterisch angehauchten Nachwehen eines Prozeßtages versuchte sich Bianca sogar an *sauce velouté*, Seezunge *en papillotes*, Paella à la Valenciana. Bis die anspruchsvolleren Gerichte auf den Tisch kamen, wurde es manchmal elf, dann kam Bianca aufgeregt, nervös und kleinlaut zu ihrem Vater (der zuweilen auf seinem Bett eingeschlafen war, auf dem er sich in all seinen Sachen ausgestreckt hatte, um »nur mal kurz die Augen zuzumachen«). »Ich glaube, so ganz toll ist es nicht geworden, Daddy, und es tut mir unheimlich leid, daß es so lange gedauert hat, aber . . .«

Schlaftrunken lächelnd, mit einem leichten Kater von etlichen schnellen Drinks, die er im Lauf des Abends gekippt hatte, setzte sich Ian an den Eßzimmertisch mit den brennenden Kerzen, deren zarte Flammen flackerten, wenn er sich näherte.

So sehr sich auch Bianca mit den Rezepten ihrer Mutter mühte, über denen sie viele Stunden in der Küche verbrachte – wenn das fertige Gericht dann auf dem Tisch stand, griff sie, wie Ian erstaunt und besorgt vermerkte, ziemlich lustlos zu. Nichts schien ihr so recht zu schmecken, denn Glynnis, sagte sie, während sie Ian zusah (der langsam aß und sich beim Kauen und Schlucken zusehends in Gedanken verlor), hätte es bestimmt besser gemacht, *hatte* es besser gemacht. Bianca stocherte in ihrem Essen herum, probierte ein paar Bissen, sagte häufig halblaut: »Nicht so ganz richtig diesmal«, und schnitt ein Gesicht, womit sie Ian zu gelinder Verzweiflung brachte, denn er erinnerte sich (mein Gott, ja, wie sollte er sich daran nicht erinnern!) der vielen Stunden am Eßzimmertisch, wenn eine maulende, widerborstige Bianca die exquisiten kulinarischen Kreationen ihrer Mutter verschmäht hatte. Jene Mahlzeiten pflegten hoffnungsvoll zu beginnen, am Ende standen dann Spannungen, verletzte Gefühle, unbeherrschte Worte. Jetzt verweigerte Bianca ihr eigenes Essen.

Und sie nahm stetig ab, sogar Ian fiel das auf, so sehr er auch in sich selbst versponnen war. Ihre Sachen schlotterten, die Wangen wirkten hohl. Ihr Gesicht hatte einen Ausdruck düsterer Befriedigung.

Mit dem vorwurfsvollen Lächeln des Vaters, der lächelnd besorgten Miene des Vaters fragte er: »Warum ißt du denn nicht?« Und Bianca erwiderte schnell: »Ich esse ja, bestimmt, nur kann ich es manchmal nicht bei mir behalten.«

5

Er sprach mindestens einmal täglich – persönlich oder telefonisch – mit Meika; mehr als einmal in der Woche mit ihr zu schlafen aber wagte er nicht. Je nach Vaughns Zeitplan – ob er gerade in Hazelton, in New York City oder sonstwo war – trafen sie sich, wann immer möglich, zusätzlich am Wochenende, am Samstag und am Sonntag. So lange sie meinten, es verantworten zu können.

Ob Vaughn wohl Bescheid wußte? Und wenn ja – ob es ihn wohl berührte?

Dieser seltsame, traurige, rätselhafte Mann. Mein Freund, der Unbekannte.

Meika sagte träge: »Vaughn und Glynnis . . . du weißt ja, daß da mal was war, nicht? Und da hab ich mir eben gesagt: Wie du mir, so ich dir . . .«

»Vaughn und Glynnis?« wiederholte Ian. »Im Ernst?«

»Ihnen dürfte es ernst gewesen sein. Aber es ist dann irgendwie im Sande verlaufen.«

»Sag mal, wovon redest du eigentlich?«

»Von deiner Frau und meinem Mann. Hast du es nicht gewußt?«

»Wann war das?«

»Jetzt reg dich doch nicht so auf, Ian«, sagte Meika mit ihrem sanften, verschlagen-schiefen Lächeln. »Die Sache ist, wie gesagt, im Sande verlaufen.«

Ian sah sie groß an. Sie hatte die Arme hinter dem Kopf verschränkt, er sah die rasierten, gepuderten Achselhöhlen, ein bei all ihrer derzeitigen Intimität so intimer Anblick, daß Ian kaum hinsehen konnte, es kam ihm vor wie Kinderschändung. Ruhig sagte er: »Ist das wirklich dein Ernst, oder willst du mich nur ärgern? Wann soll sich denn das abgespielt haben?«

»Reden wir nicht mehr drüber«, sagte Meika. »Wenn es dich so in Harnisch bringt . . .«

Ian lachte verärgert auf. »Natürlich bringt es mich in Harnisch, wenn man mir so ganz nebenbei mitteilt, daß meine Frau . . .«

»Meine Frau, meine Frau . . . *Die* Masche hat sich doch überlebt.« Meika setzte sich unvermittelt auf und griff nach ihren Zigaretten, die auf dem Nachttisch lagen.

»›Meine Frau‹, ›mein Eigentum‹ . . . Sprachgebrauch aus der Zopfzeit . . .« Wenn sie sich bewegte, pendelten ihre kleinen, aber ziemlich weichen Brüste, als seien die zarten, leicht eingezogenen Hauthüllen mit Gelee oder mit Wasser gefüllt und leicht zu durchlöchern. Als sie zum erstenmal miteinander geschlafen hatten, am Heiligabend, vor ein paar Wochen erst, hatte Meika Ians Finger genommen und sie über eine schmale, sichelförmige Narbe an der Außenseite ihrer rechten Brust geführt, dort war vor einigen Jahren eine Zyste entfernt worden. »Keine Sorge, gutartig.«

Obwohl Ian Meikas Liebhaber und sie, um einen altmodischen Ausdruck zu gebrauchen, seine Mätresse war, hatte er sich noch nicht daran gewöhnt, wie locker, ja wie gleichgültig sie mit ihrem Körper umging. Er fand ihn wunderschön, auch wenn er so mager, fast geschlechtslos war: schmale, knabenhafte Hüften, lange Beine mit hinreißend knubbeligen Knien, glatter, flacher Bauch (denn Meika war ja nie schwanger gewesen), kleine Brüste, unter der straff gespannten Haut scharf konturierte Rippenbögen und Schlüsselbeine. Wenn sie getrennt waren, träumte er intensiv von diesem Körper, konzentrierte sich ganz auf ihn, um nicht an anderes denken zu müssen. War er, wie jetzt, mit Meika zusammen, überflutete ihre Gegenwart seine Sinne so heftig, bedrängte die seltsam beherrschende Kraft ihrer Seele so sehr die seine, daß er überhaupt nicht mehr denken konnte. Staunend sagte er immer wieder: »Du bist so schön, Meika. So schön.« Und Meika nahm diese Huldigung wie selbstverständlich hin und fragte neckend: »Warum bin ich erst jetzt so schön? Warum hast du vorher nie richtig hingesehen? Ich liebe dich seit Jahren.« Und vorwurfsvoll-traumverloren: »Aber du hast es nicht gewußt, hast es nicht wissen wollen, du hast mich ignoriert, ich war Luft für dich.« Und dabei küßte und streichelte sie ihn, und während sie sprach, während das Vorspiel begann, hatte Ian das unbehagliche Gefühl, daß Meika improvisierte und phantasierte, daß sie ihnen jetzt, da sie durch den körperlichen Liebesakt gleichsam die Approbation als Liebespaar erhalten hatten, eine fiktive, aber eindeutige Vergangenheit schaffen wollte, mit der sich vielleicht die rasante Entwicklung der Gegenwart erklären ließ.

Die meiste Zeit verbrachten sie in Meikas Schlafzimmer, das heißt Meikas und Vaughns Schlafzimmer, einem großen, wunderschön eingerichteten Raum mit einem Oberlicht aus glänzend-milchigem Glas, das in dem alten Teil des Hauses lag, von Vaughn aber wesentlich umgestaltet worden war; es gab ein Ankleidezimmer mit Spiegeln für Meika, einen Wandschrank von einem Zimmerende zum anderen für die umfangreiche Garderobe der Cassitys, ein Regal mit Büchern, hauptsächlich großformatigen Kunstbüchern und Fotobänden; eine Lamellentür führte zu einer überdachten Sonnenterrasse mit einem speziell eingefärbten Glasdach, das die schädlichen Strahlen der Sonne fernhielt. In diesem Raum mit seinen Kübel- und Ampelpflanzen und den weißen Rattanmöbeln lag Meika an sonnigen Wintertagen häufig – wie sie heute vormittag Ian vorgeführt hatte – unbekleidet auf einer Polsterliege, zugedeckt mit einem dünnen Musselintuch, das die Sonnenstrahlen absorbierte und ihre Haut vor ihnen schützte. Ihre dünne, helle Haut vertrug nicht viel Sonne, sagte sie, ihm, Ian, ginge es wohl genauso.

»Daß Vaughn und Glynnis sich sympathisch waren, ist mir schon klar«, sagte Ian nachgiebig. »Glynnis hat Vaughn als Architekten sehr geschätzt, irgendwann wollte sie uns auch ein Haus von ihm bauen lassen . . .«

»Nein, er sollte einen Anbau für das Haus machen, das du jetzt hast«, warf Meika ein.

». . . trotzdem fällt es mir schwer zu glauben . . .«

»Du weißt, daß Glynnis dieses Haus geliebt hat, sie wäre dort nie weggegangen.«

». . . schwer zu glauben, daß es etwas Ernsteres war.«

»War's dann vielleicht auch nicht«, räumte Meika bereitwillig ein und stieß genüßlich einen dünnen Rauchfaden durch die Nase. »Mit zunehmendem Alter tut man sich immer schwerer damit zu erkennen, was ernst ist und was nicht.«

Meika fragte Ian, ob er noch Wein wolle, noch ein Glas von dem Bordeaux, den sie mit nach oben gebracht hatte, und Ian schüttelte verneinend den Kopf, vielleicht hatte er aber auch Ja gemeint, Meika schenkte ihm ein Glas ein, und er goß es gedankenlos herunter wie Wasser. Ob er noch etwas von der Platte mit den Cocktailhäppchen wolle, die sie mitgebracht hatte, fragte sie – Räucherlachs mit Dill auf entrindetem Weißbrot, dick mit *paté de campagne* bestrichenes Pumpernickel –, köstlich, wenn auch nicht mehr ganz frisch, Reste der Party vom Vortag (Ian war, wie er Bianca etwas stockend mitgeteilt hatte, bei den Cassitys zum Sonntagsbrunch eingeladen, ein merkwürdiger Zufall, da er gerade erst zum Samstagsbrunch dagewesen war).

Meika hatte das Thema gewechselt, sie sprach oder vielmehr beschwerte sich über den Prozeß: die vielen Unterbrechungen und Verzögerungen, die unendliche Langsamkeit und Undurchsichtigkeit, um nicht zu sagen Vernebelung mancher Vorgänge; die kollektive Enttäuschung der Zuschauer, wenn Richter Harmon scheinbar vorsätzlich die Verhandlung unterbrach und sich mit den Anwälten in sein Amtszimmer zurückzog. Sie schien der Meinung zu sein, daß der Prozeß, Ian McCulloughs Prozeß, eine Art Volksbelustigung oder zumindest als solche angelegt war. Nick Ottinger schätzte sie sehr, Lederer dagegen konnte sie nicht ausstehen. »Ist es nicht bedrückend, wieviel Macht der öffentliche Ankläger in unserem Rechtssystem hat?« sagte sie. »Die Macht, völlig Unschuldige vor den Richter zu zerren. Sie den Beweis für ihre Unschuld erbringen zu lassen. Und die haarsträubendsten Sachen über sie zu sagen. Arschloch.«

Sie sah Ian an, der ihrem Gedankengang nicht ganz gefolgt war. »Er macht unser aller Leben kaputt«, sagte sie. »Und hat es dabei doch so ... gewichtig gemacht. Hast du den Artikel in der *Times* gelesen? Eine dieser Storys mit dem berühmten menschlichen Touch, ganz gut geschrieben und im Grunde durchaus aufschlußreich. Wie die braven Bürger von Hazelton das Institut und uns sehen – ›die amerikanische Elite‹, so steht es da –, aber die ganze Sache ist höchst unfair, empörend unfair meiner Meinung nach, verquickt mit Betrügereien und Wirtschaftskriminalität. Die ansteigende Kurve in diesem Bereich oder so. Aber du liest ja keine Zeitung, nicht?« Sie sah ihn teilnahmsvoll, mit leicht zum Kuß gespitzten Lippen an, wie man es macht, wenn jemand eine geringfügige, vielleicht sogar komisch wirkende Blessur erlitten hat. »Ist auch besser für dich ...«

Ian spürte einen jähen Schmerz zwischen den Augen. Er setzte das Weinglas ab. »Ich glaube, ich muß jetzt gehen.«

»Das sagst du immer«, gab Meika gereizt zurück.

»Nicht immer, nein. Aber es ist fast drei. Nick Ottinger will heute vorbeikommen, um eine Einlassung oder einen Antrag oder einen Schriftsatz durchzusprechen, er meint ...«

Meika rutschte im Bett ein Stück tiefer, das Weinglas schwankte gefährlich, als sie die Bettdecke zurechtstrampelte. »Weißt du, ich hab so den Eindruck, daß Männer wie du eine Heidenangst vor Intimitäten haben. Angst davor, sich öffentlich zu Intimitäten zu bekennen. Im Grunde habt ihr einfach Angst vor allem, was euch außerhalb der fest umrissenen Grenzen eures Lebens begegnet.«

»Sei nicht so grausam, Meika«, scherzte Ian, als sei Meikas durchaus real existierendes Talent zur Grausamkeit nur Spiel. »›Männer wie du ...‹ – das klingt alles andere als schmeichelhaft. Man könnte geradezu denken ...«

»Ein Herzanfall in einem fremden Bett zum Beispiel. Im Bett eines anderen Mannes, einem Möbelstück, das ihm gehört – wie seine Frau. Herrgott, dieser Besitzerstolz, wenn es um deine Frau geht. Glynnis, das liebe harmlose Dummchen, das nicht bis drei zählen konnte ...«

»Meika!« Ian zuckte zusammen. »Bitte nicht!«

» ... oder bis ›Sex‹ meinetwegen – um bei unserem Elitevokabular zu bleiben ...«

Ian sah sie einigermaßen ratlos an. Nicht zum erstenmal in

den letzten Wochen richtete sich Meikas Zorn so unvermittelt und scheinbar unerklärlich gegen ihn. Und das intensive Leuchten, ja Glühen ihrer Haut und ihrer zinnfarbenen Augen verriet, daß sie diebischen Spaß an diesem Zorn hatte.

»Ein Rockefeller ist mal auf diese Art gestorben.« Meika hatte den Kopf auf ihr Kissen gelegt und die Augen halb geschlossen, als krame sie traumverloren in ihren Erinnerungen. »Ich weiß nicht mehr welcher. Nicht Nelson. (Oder *doch* Nelson?) Und ich hab mal eine Frau gekannt, eine gute Bekannte von mir ...«, sie warf Ian einen belustigten Blick zu, » ... die hatte ein Verhältnis mit einem Mann, der ganz ähnlich war wie du, ein prüder Akademiker, eine echte Kapazität auf seinem Gebiet, ein wohlanständiger Ehemann – ›glücklich verheiratet‹, wie es so schön heißt –, sie war verrückt nach ihm, und er war angeblich genauso verrückt nach ihr, die Geschichte ging über mehrere Jahre, sie steckten in einer Sackgasse, weil sie ja (sagte ich das schon?) beide verheiratet waren. Und eines Tages, in einem Hotel in Manhattan – ich glaube, es war das ›Plaza‹, die beiden betrieben die Sache sehr ernsthaft und romantisch, obgleich sich die Affäre, wie gesagt, schon über Jahre hinzog –, eines Tages hatte der Ärmste einen Herzanfall, eine Koronarthrombose, und starb. Einfach so, in diesem Hotelzimmer, in diesem Hotelbett, womöglich noch beim Liebesakt, man muß sich das mal vorstellen. Meine Freundin hat erzählt, daß sie total panisch reagiert hat, sie hatte dann so was wie einen Blackout, einen regelrechten Rappel, zog sich einfach an und fuhr mit dem Zug zurück nach Greenwich, wo sie mit ihrem Mann und ihren Kindern wohnte, *sie* war auch glücklich verheiratet, und ließ ihren Liebhaber, ihren toten Liebhaber liegen, wo er lag. Von zu Hause aus rief sie im ›Plaza‹ an und sagte: ›In Zimmer sowieso ist einem Gast was passiert!‹, und legte wieder auf. Und das war dann das Ende *dieser* Affäre ...«

Ian zog sich ziemlich ungeschickt an, ein Lachsbrot im Mund, und lachte. Wie ich diese Frau hasse, dachte er und sagte: »Meika, Liebes, du bist unmöglich!« Für einen Liebhaber von Meika Cassity, der sich, ein Lachsbrot im Mund, unter ihrem nachdenklich-kritischen Blick gerade ziemlich ungeschickt anzog, erschien ihm das die angemessene Reaktion.

»Ja«, sagte Meika. »Aber du liebst mich nicht, stimmt's?«

»Natürlich liebe ich dich. Nur muß ich jetzt wirklich los. Nick ...«

»Zum Teufel mit Nick. Und Bianca. Und Vaughn. Und ... allen anderen. Tatsache ist, daß du mich haßt.«

»Sei nicht albern.«

»Du haßt uns alle.«

»Herrgott noch mal, Meika, ich bitte dich ... Es war so ein schöner Tag für mich, so ein ...«

»Sag mir eins: Hast du Glynnis gehaßt, als es ... passiert ist?«

»Als was passiert ist?«

»Der Unfall. An dem bewußten Abend. Hast du sie in dem Moment gehaßt?«

Der Schmerz zwischen den Augen hatte sich verschlimmert. »Ich gehe«, sagte er. »Ich rufe dich heute abend an.«

»Ja oder nein? Ich verrat's auch nicht. Ehrenwort.«

»Ich habe Glynnis nie gehaßt, bitte sag so etwas nicht. Und ich hasse dich nicht.«

»O doch.«

Ian beugte sich vor, um ihr einen Abschiedskuß zu geben, als sei alles in bester Ordnung; seine Sinne waren in Aufruhr, sein Herz schlug wie rasend – aber vielleicht war ja wirklich alles in bester Ordnung. Vielleicht war das alles nur Spiel. Ein Liebesspiel, das er von der prüden Wohlanständigkeit seines langen Ehelebens her nicht gewöhnt war.

Meika legte ihm die Arme um den Hals, ihr Mund war geschwollen wie von einer Entzündung oder wie von der Liebe, die weit geöffneten Augen hatten einen träumerisch-fernen Blick. »Dabei möchtest du mir liebend gern etwas antun. Jetzt, in diesem Moment. Stimmt's? Sag ehrlich.«

Als Bianca abends zu ihm ins Zimmer kam, saß er am Schreibtisch, den Kopf auf den Armen, die Brille lag neben ihm, verkehrt herum, als habe er sie in Eile abgenommen. »Daddy?« sagte sie leise. Er zuckte schuldbewußt, als er ihre Stimme hörte, diese so vertrauten Töne, die er in seiner sonderbaren neuen Stimmung dennoch irgendwie nicht erwartet hatte. »Geht's dir gut, Daddy? Geht's dir ...« Bianca hielt inne, sie brachte es nicht fertig, ihm eine Hand auf die Schulter zu legen, als sei das eine verbotene Grenzüberschreitung. »Geht's dir *gut?*«

Ian sah auf und tastete nach seiner Brille. »Ja. Ja, natürlich.« Er lächelte. »Ich habe nur mal kurz die Augen zugemacht.«

Bianca entschuldigte sich für das späte Abendessen. Sie habe um sieben angefangen, jetzt mußte es fast zehn sein. »Du bist bestimmt halb verhungert.«

»O ja.« Ian lächelte noch immer. »Ja, natürlich.«

Er würde, er konnte die Frau nie wiedersehen, geschweige denn anrühren, mit ihr schlafen, sich in ihr vergraben. Denn alles, was sie an jenem Tag gesagt, womit sie ihn verhöhnt hatte, stimmte – ebenso wie es natürlich nicht stimmte, eine haarsträubende Verdrehung der Wahrheit war.

Er rief sie an. »Ich denke, wir sollten uns mal eine Weile nicht sehen, Meika.«

»Ja, das hatte ich mir auch schon überlegt«, erwiderte Meika.

Es gab eine beklemmende Pause. Ian hörte Musik im Hintergrund, hämmernden Calypsobeat, Stimmen.

Fast entschuldigend fuhr Meika fort: »Ian, Liebling, das Problem ist, daß du so leicht eingeschnappt bist, ich bin solche Männer wohl einfach nicht gewöhnt. Es ist, als ob sie dir die oberste Hautschicht abgezogen hätten. Warst du schon immer so, oder ist es ... hat es etwas mit ... du weißt schon, mit dem zu tun, was du erlebt hast?«

Das wisse er nicht, sagte Ian kurz angebunden. Und er müsse jetzt Schluß machen.

Am nächsten Morgen sah er Meika nicht im Gerichtssaal und schaffte es deshalb, sie den Tag über – ein Tag, der schmerzvoll-verschwommen an ihm vorüberzog, denn er brachte Samuel S. Lederers Zusammenfassung der Beweisaufnahme – zu vergessen oder zumindest nicht an sie zu denken. Abends aber rief Meika an, sie wolle sich nur mal melden, sagte sie und fragte, wie es gelaufen war, und Ian verlor die Fassung und fing an zu weinen und sagte flehend: »Ich hab's nicht so gemeint, Meika, du mußt doch wissen, daß ich es nicht so gemeint habe. Ich liebe dich, ich möchte dich bald wiedersehen, heute abend, wenn es geht, wenn wir können ...« – Meika tat überrascht und gab tröstende Laute von sich – » . . . ich bin noch nicht so weit, ich brauche dich, ich möchte dich heiraten, ich liebe dich, ich liebe dich mehr als *er*, meinst du, Meika – nein, sag jetzt nichts, noch nicht – meinst du, wir könnten heiraten? Irgendwann, wenn das alles ausgestanden ist, wenn . . . wenn wir beide frei sind, wenn . . .«

Als Ians erstaunlicher Ausbruch zu Ende war, sagte Meika mit sanfter, vielleicht mitleidiger Stimme: »Aber ja, Ian, ich liebe dich auch, und ich bin auch noch nicht so weit. Natürlich möchte ich dich gern wiedersehen, aber heut' abend, Liebling, geht es leider nicht, Vaughn ist aus San Diego zurück.«

6

Es ist, als wenn ich an eine große Maschine angeschlossen bin, die Tod heißt, dachte Ian. Ein Roboter ohne eigenes Wünschen und Wollen, ohne eigene Intelligenz.

Er versuchte vergeblich zu urinieren. Seine Muskeln, die Bauch- und Lendenmuskeln, verkrampften sich vor Schreck. Er stand vor einem Urinbecken an einem ihm nicht bekannten, klinisch weißgekachelten Ort. Er mußte dringend Wasser lassen, die Blase war so voll, daß sie schmerzte, aber nichts passierte. Und dann . . .

Er wachte in seinem Bett auf und hätte sich fast eingenäßt, war gerade noch rechtzeitig wach geworden. Ich werde wieder zum Säugling, dachte er. Sie bringen mich um.

Der Prozeß ging in die fünfte Woche.

Nach der Beweisaufnahme durch die Anklage beantragte die Verteidigung, wie in solchen Fällen üblich, die Anklage gegen Ian McCullough abzuweisen und den Prozeß zu beenden. Die Anklage, argumentierte Ottinger, hatte nicht beweisen können, daß de facto ein Verbrechen begangen worden war; Mrs. McCulloughs Tod war nach einem Unfall eingetreten, für den niemand verantwortlich gemacht werden konnte. Der Ankläger, argumentierte er weiter, hatte unzureichendes Beweismaterial, ausschließlich Indizienbeweise, vorgelegt; Augenzeugen des »Verbrechens« gab es nicht; ein Motiv war nicht erkennbar geworden. Und die »Vendetta« gegen seinen Mandanten war politisch motiviert.

Nach reiflicher Überlegung lehnte Richter Harmon den Antrag dann doch ab. Der Prozeß ging weiter, und am Vormittag des 24. März stieg Ottinger in seine Beweisaufnahme ein. Er erhob sich und erinnerte das Gericht (»erinnerte«, wie diplomatisch, dachte Ian) an die berühmte Ermahnung eines Philosophen aus dem 14. Jahrhundert, des Engländers William von Occam (»Occams Messer«), »nie Entitäten über das Einfache hinaus zu vervielfachen«.

Denn im Mittelpunkt von Ottingers Argumentation stand die Feststellung, daß kein Verbrechen begangen worden war; dabei wußten er und sein Mandant natürlich ganz genau, weshalb man hypothetisch von einem Verbrechen ausging und diese Hypothese öffentlich gemacht hatte. »Die Anklage behauptet, es handele sich hier um einen unkomplizierten Fall, motiviert von Lust, Habgier und gemeiner Selbstsucht«, sagte Ottinger. »Und damit hat es in gewisser Weise durchaus seine Richtigkeit. Doch ›Lust, Habgier und gemeine Selbstsucht‹ kennzeichnen nicht meinen Mandanten, sondern vielmehr jene Behörden, die diese empörende Mordanklage erhoben haben ...« Und in diesem Stil ging es weiter.

Die von der Verteidigung vorgebrachte Argumentation war natürlich das genaue Gegenteil von dem, was die Anklage behauptet hatte. War aus dieser Sicht Dr. Ian McCullough ein Mann von »trügerischer Verbindlichkeit« mit einer zu »unterdrückter Gewalttätigkeit« neigenden passiv-aggressiven Persönlichkeit gewesen, bei dem es unter dem Einfluß von Alkohol oder Drogen leicht zu einer »explosiven Entladung« besagter Gewalttätigkeit kommen konnte, war Dr. McCullough jetzt ein Mensch, der »stets angenehm und liebenswürdig« war, »gütig«, »großzügig«, ein vorbildlicher Ehemann und Vater, ein beispielhafter Bürger, beruflich hochqualifiziert und zuverlässig, geschätzt von den Kollegen, beliebt bei Freunden und Bekannten, »ausgeglichen«, »rational«, »einsichtig«, ja, wie ein Institutskollege (Denis Grinnell) mit großem Nachdruck erklärte, »der kultivierteste Mensch in meinem ganzen Bekanntenkreis«.

War er in den vergangenen Wochen ein »planvoll verschlagener« Ehebrecher gewesen, ein »treuloser Ehemann«, »kaltherzig« genug, um seine Frau nicht nur zu betrügen, sondern zu belügen und ihr, wie ja aus dem Beweismaterial hervorging, schweren körperlichen Schaden zuzufügen, war er jetzt seiner Frau seit sechsundzwanzig Jahren ein »unbeirrbar treusorgender und fürsorglicher Gatte«, ein Mann, der »stets seine Zeit gleichmäßig zwischen Beruf und Familie aufgeteilt« hatte, der in dem Ruf stand . . . und so weiter und so fort. Ian mußte an jene unumstößliche Regel der Götter des Altertums denken, sich bei ihren Zuständigkeiten nicht gegenseitig ins Gehege zu kommen.

In langer Reihe marschierten in den nächsten Tagen die Zeugen der Verteidigung auf, um zugunsten von Ian McCullough auszusagen und zu schwören, die Wahrheit zu sagen, die ganze Wahrheit und nichts als die Wahrheit, und Ian schämte sich immer mehr. Denn jetzt waren auch andere, unschuldig-wohlmeinende Menschen öffentlich in sein Schicksal verstrickt.

Von Anfang an machte Nicholas Ottinger einen ausgezeichneten Eindruck auf das Gericht. Er war beredt, aber nicht zu beredt, freimütig, aber nicht anmaßend, zwar klang in seinen Ausführungen hin und wieder Ironie, nie aber Sarkasmus an wie bei seinem älteren Gegenspieler. Er schien ein fotografisches Gedächtnis zu besitzen und wußte vieles, worüber Ian nur staunen konnte (zum Beispiel, was für einen Wagen welchen Baujahrs Ian fuhr), denn er konnte sich nicht erinnern, Ottinger derlei Details erzählt zu haben. Ein attraktiver, gut gekleideter, jugendlich wirkender Mann in mittleren Jahren mit dunklem krausem Haar und hellwacher, kampflustiger Miene, federnder, dabei aber würdevoller Haltung, einem unvermittelt aufblitzenden Lächeln und deutlich überlegener Intelligenz, ein Mann, den man sich, dachte Ian, nicht zum Feind wünschte.

Es käme ihm vor allem darauf an, erklärte er Ian, den Geschworenen Ians »wahren« Charakter nahezubringen. Als das geschafft war, kam er auf die Umstände des Unfalls zu sprechen; unter anderem bat er einen forensischen Gutachter aus Manhattan in den Zeugenstand, der erklärte, Glynnis'

Schädelbrüche könnten »ohne weiteres durch einen Sturz verursacht worden sein«. (Wieder wurden die Röntgenaufnahmen gezeigt, der Zeigestock vorgeholt. Wieder sahen die so emsig umworbenen Geschworenen wie gebannt zu. Er rief erneut den dienstälteren Sanitäter auf; einen der jungen Polizisten, die in der Unfallnacht das Haus der McCulloughs betreten hatten; den diensthabenden Arzt aus der Notaufnahme des Hazelton Medical Center; ja sogar Dr. Flax, der seine Aussage fast wortwörtlich wiederholte, bei Ottingers bohrenden Fragen nach seinem Berufsweg aber (wobei auch die gegen Flax 1983 und 1987 angestrengten Kunstfehler-Prozesse zur Sprache kamen, die beide mit einem außergerichtlichen Vergleich und der Zahlung einer geheimgehaltenen Summe geendet hatten) plötzlich eine ziemlich abwehrende Haltung einnahm. Unterhaltsam wurde es, als – alles in allem drei volle Prozeßtage lang – Zeugen auftraten, die Sigrid Hunt aus ihrer zweijährigen Lehrtätigkeit in Vassar kannten und während ihrer Verlobung mit Fermi Sabri Kontakt mit ihr gehabt hatten, sechs junge Frauen und drei junge Männer, die alle beteuerten, nichts von einer »Beziehung« oder einer »Freundschaft« Sigrid Hunts mit Ian McCullough gewußt zu haben. (»Ehrlich, von dem hab ich nie was gehört.« »Den Namen kenne ich nur aus der Zeitung, da stand ja so allerlei über die beiden.«)

Am redegewandtesten in dieser Gruppe war eine Freundin von Sigrid Hunt, die vor Jahren mit ihr zusammen Tanzunterricht in Manhatten gehabt hatte und jetzt, wie Sigrid Hunt, Ex-Tänzerin war, »am Randbereich der Tanzwelt« lebte; sie wohnte in Soho und arbeitete als Bedienung in einem Jazzklub in der Seventh Street. Sie hieß Ichor Matthews – »Ja, Sir, Ichor ist mein Taufname«, hatte vorzeitig weißes Haar, eine hohe, blasse Stirn und eine schnelle, spröde, aber durchaus reizvolle Stimme. Sie trug einen schwarzen Overall mit auffallenden silbernen Schnallen und Reißverschlüssen und hochhackige schwarze Stiefel.

Ottinger fragte: »Hat Sigrid Hunt in Ihrem Beisein jemals von ›Dr. Ian McCullough‹ gesprochen, Miss Matthews?«

Ichor Matthews antwortete: »Sigrid kannte alle möglichen Typen, kann sein, daß der Name – oder ein ähnlicher Name –

mal gefallen ist, aber erinnern kann ich mich nicht daran. Die Leute kommen und gehen im Leben ...«

»Sie erinnern sich nicht an den Namen ›McCullough‹?«

»Nein, Sir.«

»Hat sie die Namen anderer Männer erwähnt, die Ihnen im Gedächtnis geblieben sind?«

»Ja, sicher. Wir hatten gemeinsame Bekannte. Und dann war da dieser ägyptische Ingenieur, aus einer Kairoer Millionärsfamilie, glaube ich, von dem hat sie ständig gesprochen, ich glaube, sie hatte Angst vor ihm. Aber sie war auch in ihn verliebt, sie wollten heiraten.«

»War es eine offizielle Verlobung?«

»Ja, Sigrid hat ausdrücklich gesagt, sie wären verlobt.«

»Und wie hieß Miss Hunts Verlobter?«

»Fermi Sabri. Ich glaube, in Wirklichkeit hieß er Sharif oder so ähnlich, ich hab da nie ganz durchgeblickt.«

»Wie, würden Sie sagen, war die Beziehung zwischen Ihrer Freundin und Mr. Sabri?«

»Dramatisch.«

»Und das heißt?«

»Dramatisch ist eigentlich noch untertrieben. Ich weiß, daß Sabri sie drangsaliert und bedroht, manchmal sogar geschlagen hat, aber sie hat ihn nie angezeigt. Kann sein, daß sie Angst hatte, er könnte sie sonst umbringen, vielleicht wollte sie ihn auch nur decken, weil sie ihn liebte.«

»Haben Sie einmal miterlebt, wie er sie ›drangsalierte‹?«

»Nein, nie. Manchmal hab ich gesehen, daß sie blaue Flecken im Gesicht und am Hals, vielleicht auch an den Handgelenken hatte, oder einen häßlichen blauroten Bluterguß oberhalb des Knies, aber sie hat immer behauptet, sie hätte sich gestoßen. Ich hab' nie was gesagt, ich wollte mich da nicht einmischen. Solche Frauen, die sich von Männern prügeln lassen, lügen nämlich meist wie gedruckt, um die Typen zu decken, und das kotzt mich an. Ehrlich.«

»Hat Ihres Wissens nach Miss Hunt versucht, irgendwo Hilfe zu finden?«

»Davon ist mir nichts bekannt.«

»Wie lange waren Miss Hunt und Mr. Sabri verlobt?«

»Ungefähr anderthalb Jahre. Bis zu der Abtreibung, er wollte nicht, daß sie die machen läßt, er hatte es ihr ausdrücklich verboten. Damit war dann Schluß.«

»Sie sagen, Miss Hunt habe eine Abtreibung hinter sich. War Fermi Sabri der Vater?«

»Ja, natürlich, wer denn sonst?«

»Wann hat sie den Eingriff machen lassen?«

»Ungefähr vor einem Jahr.«

»Und wo?«

»Sigrid hatte schlaflose Nächte deswegen, sie hatte wahnsinnige Angst, und da hab ich dann alles für sie arrangiert, in einer Klinik in Chelsea, ›WomanSpace‹ heißt sie ... nur weibliches Personal, Ärztinnen und Schwestern. Eine großartige Einrichtung, total sicher, Männer kommen da nicht rein. Sigrid wollte nicht, daß Fermi Wind von der Sache bekam, sie hat sich vor ihm versteckt und ist eine Weile bei mir und anderen Bekannten untergetaucht.«

»Hat sie Ihres Wissens nach auch mal bei jemandem in Hazelton gewohnt?«

»In Hazelton? Nicht daß ich wüßte.«

»Und Sie sagen, daß sie, soweit Sie sich erinnern können, niemals von Ian McCullough gesprochen hat.«

»Sigrid hatte Bekannte in Hazelton, Typen, die irgendwas mit dem Institut zu tun hatten, glaube ich, ältere Leute, mittelalterlich alt. Ich hatte den Eindruck, daß es Intellektuelle waren, Schriftsteller und so, ziemlich gut betucht. In dieser Beziehung war sie total spießig, sie bewunderte und beneidete solche Typen, Sigrid hatte so was wie eine bürgerlich-romantische Ader. Besonders eine Frau hatte es ihr angetan, eine Expertin für Eßkultur oder so was, aber an Namen erinnere ich mich nicht, vielleicht hat sie auch keine Namen genannt. So war sie nun mal: Du hast gedacht, daß du sie kennst, und dann stellte sich heraus, daß du gewaltig auf dem Holzweg warst, daß sie irgendwo ein total anderes Leben führte – wie auf der anderen Seite vom Mond.«

»Man kann also sagen, Miss Matthews, daß Sigrid Hunts Gefühlsleben in der Zeit, von der wir sprechen, hauptsächlich auf ihren Verlobten gerichtet war und nicht auf einen anderen Mann?«

»Ja, bestimmt, so sehe ich das auch. Unbedingt.«

»Und was war Mr. Sabri für ein Mensch?«

»Komischerweise hab' ich ihn nie persönlich kennengelernt. Ich hab' die beiden ein paarmal zusammen gesehen, in seinem Wagen zum Beispiel . . .«

»Was für einen Wagen fuhr Mr. Sabri?«

»Einen Ferrari-Sportwagen, an den Namen erinnere ich mich nicht. Knallrot. Blutrot.«

»Ein auffälliger Wagen?«

»Ja, ein auffälliger Wagen. Wenn sie irgendwohin wollte, brachte er sie hin und holte sie ab, aber er stieg nie aus, er war wohl gar nicht scharf drauf, ihre amerikanischen Freunde kennenzulernen. Ein eifersüchtiger Typ . . . besitzgierig.«

»War er auch auf Miss Hunts Freundinnen eifersüchtig?«

»Ich glaube, der hat sich eingebildet, daß wir alle Lesben sind oder so. Weil wir zusammenhielten. Er konnte es gar nicht erwarten, mit ihr nach Kairo zu gehen, er wollte sie ganz für sich haben.«

»Und wissen Sie, wo Mr. Sabri jetzt ist?«

»Angeblich wieder in Ägypten. Weil er Angst hatte, in den Prozeß verwickelt oder für Sigrids Verschwinden verantwortlich gemacht zu werden . . . falls ihr was passiert ist.«

»Und was, meinen Sie, könnte ihr passiert sein?«

»Keine Ahnung. Die Frage hab ich inzwischen schon ein paarmal beantwortet.«

»Und wer hat sie Ihnen gestellt?«

»Die Polizei.«

»War Sigrid früher schon mal spurlos verschwunden?«

»Ja, das heißt vielleicht nicht direkt verschwunden, denn irgend jemand wußte immer, wo sie war, aber sie ist eine von denen, die sich dünne machen, die untertauchen, wenn's brenzlig wird. Wie gesagt, sie ist der Typ, der noch ein anderes Leben – oder mehrere andere Leben – hat, so wie Tänzer oder Schauspieler ihre Rollen haben, als alternative Lebensform gewissermaßen. Nicht daß Sigrid bewußt unaufrichtig gewesen wäre, obgleich – na ja, vom Standpunkt des Normalbürgers wohl schon. Aber das steckt nun mal in ihr drin, damit ist sie geboren. Eine Weile war sie eine ganz vielversprechende Tänzerin, aber das Leben hat sie fertiggemacht, wie die meisten von uns, und dann hatte sie diese Fußverletzung, und damit war Schluß. Zuviel Kummer. Und sie wurde langsam alt. Wie ich.«

»Wie alt sind sie, Miss Matthews?«

»O Himmel, und ich stehe unter Eid ... Siebenundzwanzig, bald achtundzwanzig.«

Am nächsten Tag trat dann Malcolm Oliver in den Zeugenstand, um dem Gericht auf Ersuchen Ottingers über den sogenannten Thiel-Edwards-Fall zu berichten, bei dem die Polizei so brutal vorgegangen war und für den sich Ian McCullough und andere Mitglieder der ACLU-Bezirksgruppe Hazelton Anfang 1986 stark gemacht hatten.

Am 26. Dezember 1985 gegen zwei Uhr morgens fuhr Henry Thiel, ein 31jähriger High-School-Lehrer aus Mount Kiso, New York, seinen Freund Darryl Edwards, 28, Doktorand an der Fakultät für Wirtschaftswissenschaften an der Columbia University, von einer Party in Hazelton-on-Hudson nach Hause. Auf der Charles Street (einer schmalen Einbahnstraße, die einen Block von Hazeltons Hauptstraße entfernt parallel zu dieser verläuft) kam entgegen der Einbahnstraße ein Fahrzeug (das sich später als ein neutrales Polizeifahrzeug entpuppte) mit aufgeblendeten Scheinwerfern auf sie zu und zwang sie zum Bremsen. Gleichzeitig hielt unmittelbar hinter ihnen mit quietschenden Bremsen ein zweites Polizeifahrzeug. Thiel und Edwards, die glaubten, sie sollten überfallen, beraubt, womöglich ermordet werden, duckten sich in ihren Sitzen. Sekunden später hörten sie drei Schüsse, und die Windschutzscheibe von Thiels Wagen barst. Ohne Anruf – zumindest hatten weder Thiel noch Edwards jemanden rufen hören – hatte ein Polizist in dem Wagen vor ihnen seine Pistole gezogen und abgedrückt. Gleich darauf schoß auch ein anderer Polizist drei- oder viermal. Es folgte, wie Zeugen (Bewohner eines nahegelegenen Apartmenthauses) es ausdrückten, ein »Kugelhagel«; Polizisten aus beiden Fahrzeugen hatten das Feuer eröffnet und zerschossen fast alle Fenster in Thiels Wagen. Mehrere Anwohner verständigten die Polizei, und weitere Polizeifahrzeuge rückten an. Mittlerweile hatte man Thiel und Edwards aus dem Wagen gezerrt, überwältigt, geschlagen, getreten, in Handschellen gelegt und mit Gewalt in einen der Streifenwagen bugsiert. Später hieß es, sie hätten sich »der Verhaftung widersetzt« und »Polizeibeamten gewaltsam Widerstand geleistet«. Beweise für diese Vorwürfe gab es allerdings nicht.

Auf der Polizeistation wurden die Personalien von Thiel und Edwards festgestellt, anschließend fuhr man sie in die Klinik, Thiel mit gebrochener Nase, schweren Gesichtsverletzungen und mehreren gebrochenen Rippen, Edwards ebenfalls mit Gesichtsverletzungen, gebrochenen Rippen und Fingern und einem Schädelbruch als Folge wiederholter Hiebe mit einem Schlagstock. (Und warum, fragte Malcolm das Gericht, hatte man auf Edwards kräftiger eingeschlagen als auf Thiel? Weil Edwards ein Schwarzer war.)

Später stellte sich heraus, daß es sich bei dem Thiel-Edwards-Fall um eine Verwechslung handelte. Die Kriminalbeamten suchten zwei mutmaßliche Räuber, einen Weißen und einen Schwarzen (dabei war der »Schwarze« nach der Beschreibung, die der Polizei vorlag, ein hellhäutiger Latino mit Schnurrbart; Edwards war glattrasiert), die eine Spirituosenhandlung an der Route 9 überfallen hatten. Die Räuber waren angeblich in einer relativ neuen dunklen Limousine geflüchtet; Thiels Wagen war ein 1986er Honda Civic in Metallicblau. Die fünf an dem Zwischenfall beteiligten Polizisten beteuerten, von Brutalität könne keine Rede sein, sie seien nur mit dem »nötigen Nachdruck« vorgegangen. Unter Eid sagten sie vor einer Anklagejury aus, Thiel sei mit seinem Wagen gegen eine Polizeisperre gefahren und trage mithin selbst die Schuld an seinen und Edwards' Verletzungen und an der Beschädigung seines Wagens; weitere leichtere Verletzungen seien auf das Geschiebe und Gerangel, den »Widerstand gegen die Verhaftung« zurückzuführen. Obgleich der Fall vor Ort und in der *New York Times* groß herausgestellt und sofort von der zuständigen Zweigstelle der ACLU übernommen wurde, erfolgte nie eine öffentliche Erklärung oder Entschuldigung seitens der Polizei von Hazelton, auch wurden gegen die beteiligten Beamten, wenn man von der Versetzung in andere Dezernate absah, keinerlei Disziplinarstrafen verhängt. Nach monatelanger Verzögerungstaktik fand dann doch noch eine von der ACLU angestrengte öffentliche Anhörung statt, was den Bezirksanwalt, Samuel S. Lederer, wohl oder übel zum Handeln zwang. Die beteiligten Polizisten wurden vor eine Anklagejury geladen, allerdings war wegen Edwards' Aussageverweigerung und Thiels offenkundigem Widerstreben, den Geschworenen Rede und Antwort zu stehen, das Ergebnis der Verhandlung eher dürftig. Thiel erklärte später Funktionären der ACLU (unter anderem auch Malcolm Oliver) gegenüber, er sei durch Drohungen anonymer Anrufer »erschreckt und eingeschüchtert« worden. Er und sein Freund hatten sich geschworen, in Zukunft »einen großen Bogen um Hazelton zu machen«.

Über hundert Einwohner von Hazelton, meist aktive Mitglieder der ACLU, nahmen in den anderthalb Jahren seit April 1986 an Protestaktionen teil, nachdem die Jury es abgelehnt hatte, eine Anklage gegen die Polizisten zu befürworten. Eine Petition wurde verfaßt und unterschrieben. Beschwerdebriefe und -telegramme wurden den zuständigen Stellen, unter anderem auch dem Gouverneur des Staates New York und dem Bezirksanwalt zugestellt; und in Privathäusern, unter anderem auch in dem Haus von Ian und Glynnis McCullough, wurden Treffen organisiert. Zwar wies die Polizei jeden Zusammenhang mit diesem Vorfall zurück und redete sich wieder einmal auf eine »Verwechslung« heraus, unbestritten aber war, daß in der Nacht des 21. September 1986 Beamte der Bundespolizei vor dem Haus der McCulloughs vorfuhren, wo sie, ohne sich auszuweisen, unter dem Vorwand, einer Anzeige wegen Vandalismus nachzugehen, an die Haustür wummerten, die McCulloughs aus dem Schlaf holten und sehr erschreckten. Die Polizisten leuchteten mit Taschenlampen ins Haus hinein, richteten sie aber nach Aussage der McCulloughs nicht auf ihre Uniformen oder Dienstmarken. Sie hätten nur geklingelt, beteuerten sie später, und seien dann ohne weitere Ruhestörungen gleich wieder weggefahren.

Dr. und Mrs. McCullough waren empört über diese Schikane, und Dr. McCullough beschwerte sich wiederholt ganz offiziell – telefonisch, brieflich und persönlich, er bestand unter anderem darauf, den Polizeichef des Bundesstaates zu sprechen –, erhielten aber nie eine Erklärung für das Verhalten der Polizei; nach wie vor hieß es, man habe nach Rowdys in der Nachbarschaft gesucht (Teenager hatten am gleichen Abend in den Briefkästen der Umgebung Feuerwerkskörper gezündet), und auch eine Entschuldigung erfolgte nicht.

Ottinger fragte: »Und sind Sie aufgrund Ihrer Erfahrungen als Funktionär der ACLU und Ihrer Bekanntschaft mit Dr. und Mrs. McCullough der Meinung, Mr. Oliver, daß die Polizei von Hazelton in der Nacht des 21. September 1986 die McCulloughs bewußt schikaniert hat?«

»Allerdings!« erwiderte Malcolm und fing an, sehr schnell und sehr aufgebracht zu reden, denn in dieser Sache geriet er – berechtigter- oder unberechtigterweise – immer sehr rasch in Rage. Ian, der kopfschmerzgeplagt blinzelte und kneistete wie eine unter ihrem Panzer hervorspähende Schildkröte, war stolz auf die Aussage seines Freundes; eine jähe nervöse Erregung hatte ihn erfaßt, weil er die Stimmung des Gerichts spürte und die Stimmung der Geschworenen so deutlich an ihren Gesichtern abzulesen meinte. Denn keinen – oder praktisch keinen – hatte Malcolm Olivers dramatische Darstellung geschehenen Unrechts unberührt gelassen, und gleichsam durch die Hintertür schlich sich stillschweigende Sympathie für Ian McCullough ein. Der Mann war ja ein Märtyrer! Ein Lokalmatador!

Dabei habe ich doch so wenig getan, dachte Ian. Thiel und Edwards haben damals vermutlich nicht mal meinen Namen gekannt.

Es folgte das brutal-aggressive Kreuzverhör eines äußerst aufgebrachten Lederer, bei dem Malcolm Oliver mit seinen anwaltlichen Gaben glänzen konnte. Der Kampf Mann gegen Mann – hier wie in der Squashhalle – erregte und belebte ihn, er gewann fast jeden Schlagabtausch mit dem Ankläger (Ian spürte es an der allseits belustigten Reaktion). »Haben Sie Beweise dafür, daß die Polizei von Hazelton – als Einzelpersonen oder im Kollektiv – eine ›Vendetta‹ gegen Ian McCullough geführt hat?«

»Ich stütze mich bei meinem Urteil auf dreißigjährige Erfahrung mit . . .«

»Haben Sie Beweise, Mr. Oliver? Ich frage Sie: Haben Sie Beweise?«

»... dem Gesetzesvollzug unseres Staates und angeblichen Verfechtern der Gerechtigkeit, wie Sie einer sind.«

»Ich frage Sie nochmals, Mr. Oliver: Welche Beweise haben Sie?«

»Beweise könnten nur Aussagen seitens der Polizei liefern, und bekanntlich wird kein Polizist einen Kollegen anschwärzen, denn dann erwarten ihn ...«

»Ich frage Sie zum letzten Mal, Mr. Oliver, welche Beweise haben Sie ...«

»... Schmähungen, Schikanen, vielleicht sogar Mißhandlungen«, sagte Malcolm scharf, ehe Richter Harmon ihn unterbrechen konnte. »Nur die Polizei weiß etwas, und die wird nichts sagen.«

Am Abend, Ottinger hatte Ian und Bianca gerade erst zu Hause abgesetzt, läutete das Telefon, und Vaughn Cassity war am Apparat. Vaughn, mit dem Ian seit Wochen nicht mehr gesprochen hatte.

Er habe gehört, sagte Vaughn in markig-streitlustigem Ton, daß Nick Ottinger die erste Woche mit Glanz und Gloria hinter sich gebracht hatte, daß es endlich sehr positiv für Ian aussah, und er wollte fragen, ob sie nicht mal abends ausgehen und feiern wollten. »Du und deine Tochter natürlich, und Nick und Meika und ich. Was meinst du?«

»Feiern?« wiederholte Ian. »Das scheint mir doch etwas verfrüht.«

»Auf meine Rechnung, das laß ich mir nicht nehmen. Das neue Fischrestaurant bei uns im Dorf. Was meinst du?«

»Ich glaube eigentlich nicht ...«

»Ich hatte so viel um die Ohren, daß ich es nicht geschafft habe, ins Gericht zu kommen, aber Meika sagt, daß die Verteidigung mittlerweile jede Runde gewinnt. Oder fast jede. Meika sagt, daß es sehr gut aussieht. Laß das Zeitunglesen sein, sagt sie, da kriegst du ein ganz falsches Bild.«

Als Ian schwieg, fuhr Vaughn in dem gleichen streitlustigen Ton fort: »Und ich bin einsam. Weißt du, wie das ist, Ian? Verheiratet und einsam?« Er brabbelte etwas vor sich hin, vielleicht lachte er auch, es hörte sich an, als sei ihm der Hörer hingefallen. »Aber nein, das wirst du nicht wissen. Du bist ja im Moment nicht verheiratet. Familienstand Witwer. Und nicht einsam.«

Ian stand stumm und schuldbewußt da. Er spürte einen jähen Schmerz zwischen den Augen und hatte die seltsame, beunruhigende Vorstellung, daß Meika neben Vaughn stand oder an einem Nebenapparat heimlich das Gespräch ihres Mannes belauschte.

»Hallo?« sagte Vaughn. »Bist du noch da? Ian? Hallo?«

»Ja«, sagte Ian.

»Verdammt, Ian, ich weiß doch, daß du zur Zeit durch die Hölle gehst. Das mit dir und der armen Glynnis ... ist nun mal passiert. Es würde nicht wieder vorkommen, stimmt's? Ich hab' ein bißchen zuviel geschluckt, aber da drücke ich mich doch klar aus, nicht?« Eine Pause. Ian hörte ihn atmen und plötzlich fragen: »Meika, bist du in der Leitung?«

Keine Antwort.

»Hey, Meika, ich hab' dich was gefragt«, sagte Vaughn und wartete, und wieder blieb es still. »Schlimmes Mädchen ...«

»Ich glaube, morgen abend geht es nicht«, sagte Ian verlegen. »Aber trotzdem schönen Dank.«

»Na, dann ein andermal. Wenn der Prozeß vorbei ist, ja? Wenn sie dich freigesprochen haben, wenn du wieder ein freier Mann bist. Dann wird gefeiert, ja? Dann ist es ja keine Hybris. Dann heißt es ja nicht die Götter versuchen. Wenn sie dich freigesprochen haben ...«

»Ja, in Ordnung«, sagte Ian in dem verzweifelten Wunsch, Vaughn loszuwerden.

»Du bist auch mein Freund, das weißt du ja.«

»Ja«, sagte Ian.

»Wir sind alle Freunde. Wir urteilen nicht. Grundprinzip der Zivilisation.«

»Ja.«

»Wenn du stirbst, stirbst du allein. Aber allein leben kannst du nicht. Das erträgt kein Mensch.« Wieder legte er eine Pause ein, wieder hörte man ihn brabbeln. Oder lachen. Vielleicht auch schluchzen. »Ich bin bekanntlich einigen dieser Probleme – ich nenne sie Probleme, für einen Künstler stellt alle noch nicht strukturierte Materie ein Problem dar, das gelöst werden muß – in meiner ›Poetik‹ nachgegangen. Du hast ja meine Poetik gesehen, nicht? Um Weihnachten herum.«

»Ich muß jetzt leider Schluß machen, Vaughn, wir sind gerade erst nach Hause gekommen, Bianca und ich.«

»Na, dann ein andermal. Du und deine Tochter, Nick Ottinger und Meika und ich, ja? Große Fete. Vaughn zahlt alles. Ja? Einverstanden?«

»Ja«, sagte Ian schnell. »Ja, in Ordnung. Gute Nacht.«

»Gute *Nacht.*«

7

Am 29. März, kurz vor Mitternacht, rief Nick Ottinger bei Ian an und sagte mit vor Erregung zitternder Stimme: »Ian, ich habe eine Überraschung für dich, ahnst du was?« Ian hatte in der dunklen Küche seines Hauses gesessen, Scotch getrunken, an das verschneite Grab seiner Frau gedacht, das er seit Wochen nicht mehr besucht hatte, und an Sigrid Hunt, deren Gesicht er nur noch als traumverloren-verschwommene Erinnerung vor sich sah; jetzt sagte er sofort: »Sigrid Hunt. Du hast sie gefunden.«

Und so war es.

Seit Beginn der Verhandlung gegen Ian McCullough war gemunkelt, zuweilen sehr öffentlich gemunkelt worden, Sigrid Hunt, die »spurlos Verschwundene«, die »Geheimnisvolle«, die »Andere« würde auftreten. Als Zeugin der Anklage, so hieß es zunächst, nein, als Zeugin der Verteidigung, hörte man dann. Gleichzeitig kursierten auch völlig gegensätzliche Gerüchte: Sigrid Hunt sei tot. Ermordet. (Und wer galt wohl, falls Sigrid Hunt ermordet worden war, als der wahrscheinlichste Täter?)

Als dann am Morgen des 4. April Sigrid Hunt tatsächlich vor Gericht erschien und in der angemessenen Haltung – das heißt so zögerlich-befangen wie alle anderen auch – in den Zeugenstand trat, waren Erregung und Erwartung im Saal förmlich mit Händen zu greifen – primitiv, melodramatisch, aber ansteckend. Auch kursierte ein besonders bei der Presse weit verbreitetes, wenn auch unzutreffendes und immer wieder dementiertes Gerücht, die Verteidigung habe diesen Coup mit Absicht zeitlich so geplant. (Dies war nicht der Fall. Ein von Nick Ottinger beauftragter Privatdetektiv hatte Sigrid Hunt erst letzte Woche in einem Küstendorf westlich von Guadalajara in Mexiko aufgespürt; Nick Ottinger hatte dann alles in allem vier Stunden mit ihr telefonieren müssen, um sie davon zu überzeugen, daß sie weder verhaftet war noch wegen irgendwelcher Gesetzesübertretungen zur Verantwortung gezogen werden konnte, ehe sie sich – und auch dann nur widerstrebend – bereitgefunden hatte, zum Prozeß in die USA zurückzufliegen.)

Man hatte für die Presse eine zusätzliche Bankreihe reserviert, auf dem Gehsteig vor dem Gericht drängten sich Fernsehteams und Fotografen und warteten mit einer unerschütterlich-gutgelaunten gemeinschaftlichen Entschlossenheit, die Ian bewundernswert fand, auf den kurzen, flüchtigen Auftritt der »Hauptdarsteller«. Das Interesse richtete sich heute natürlich vor allem auf Sigrid Hunt und nicht auf Ian McCullough, oder auf diesen zumindest nur am Rande, denn die ständigen Prozeßbeobachter kannten inzwischen die große, hagere, schlaksig-professorale Gestalt und das Gesicht unter dem weiß gewordenen Haarschopf und wußten, daß von dieser Seite keinerlei dramatische Überraschungen zu erwarten waren. Im Lauf der langen Monate hatte sich Ian an die geradezu kindliche Gefräßigkeit, mit der die Presse nach Material und Masse, nach Inhalten, nach *Leben* gierte, nicht nur gewöhnt, sondern nahm sie inzwischen mit philosophischem Gleichmut hin; anders als bei Vaughn Cassitys »Poetik« war hier bereits ein komplizierter Rahmen vorgegeben, den es auszufüllen galt. Glynnis hatte ihm nach einem ihrer Fernsehauftritte erzählt (eine Achtminutensequenz, für die sie eine Flugreise von sechstausend Meilen hatte auf sich nehmen müssen), daß Stillschweigen das Schreckgespenst aller Fernsehsender war. Nicht der Zusammenbruch eines Darstellers oder sein Tod, den konnten die Medien verkraften, ja vielleicht sogar noch werbewirksam vermarkten. Nein, schlicht und einfach Stillschweigen. So war es auch mit den leeren Seiten einer Zeitung – sie schrien nach Druckerschwärze. Er selbst hatte nur kurz mit Sigrid Hunt telefoniert, im Grunde drängte ihn nichts zu diesem Gespräch, und was sie ihm über Ottinger hatte ausrichten lassen – sie bereue ihr Verhalten und bäte ihn um Verzeihung –, hatte ihn nicht sehr berührt (»Warum hat sie mir denn in all den Monaten nicht ein einziges Mal geschrieben?« hatte Ian ziemlich unbeteiligt gefragt. »Sie hat geschrieben, sagt sie, konnte aber die Briefe nicht abschicken«, sagte Ottinger. »Sie hat alle aufgehoben.« Ian erlaubte sich den Luxus eines Kraftausdrucks, für den es kein gesittetes Gegenstück gibt: »Scheiße!«)

Schließlich telefonierten sie dann doch, aber es war kein sehr befriedigendes Gespräch. Beim Klang der fadendünnen, aufgewühlten Stimme, die er nicht wiedererkannt hätte, rührte sich in Ian kaum so etwas wie Erregung, geschweige denn Groll, da war nur eine unbestimmt-stumpfe, leise Neugier: Was mochte ihm diese junge Frau nach so langer Zeit zu sagen haben? Und natürlich sagte sie, es täte ihr leid, ganz furchtbar leid, sie könne überhaupt nicht sagen *wie* leid ... und so weiter und so fort. Und dann fragte sie: »Sag, Ian, ist es sehr schlimm? Die Menschenmassen, diese Unbekannten, über die du keine Kontrolle hast, die dich anstarren, sich mit dir beschäftigen, dich verurteilen?« Und er begriff, daß sie nicht nach dem fragte, was Ian McCullough durchmachte, sondern nach dem, was ihr in Kürze bevorstand, und er erwiderte: »Ja, sehr schlimm.«

»Und hatten Sie in dieser Zeit eine Beziehung mit Dr. McCullough?«

»Wenn Sie eine romantische Beziehung meinen ...«

»Romantisch, sexuell ...«

»Nein.«

»Nein?«

»Ich war nicht seine Geliebte. Im Grunde auch nicht mit ihm befreundet. Allerdings wäre ich das gern gewesen, mit beiden wäre ich gern befreundet gewesen. Ich schätzte sie sehr.«

Sigrid Hunt machte ihre Aussage mit zuweilen leicht schwankender, meist aber fester, ruhiger und deutlich vernehmbarer Stimme. Fast zwei Stunden konzentrierte sie sich ganz auf Nick Ottinger, als sei niemand sonst im Saal für sie vorhanden, nur hin und wieder (immer dann, wenn sie mit ihrer

Aussage ins Stocken geriet) ging ihr Blick zu Ian McCullough hinüber, der nur einen knappen Meter von ihr entfernt saß ... ein bittender, ein leise schmerzlicher Blick, denn er hatte sie ziemlich frostig begrüßt und sah sie auch jetzt noch an, als sei sie eine Fremde.

Aber bei sich dachte er: Sie ist aus dem Grab zurückgekommen, um mich zu retten.

Oder ist es so – und das wäre genauso unfaßbar –, daß sie zurückgekommen ist, um mich vor dem Grab zu retten?

Sigrid Hunt hatte sich sehr verändert, aber sie war noch immer eine ungewöhnlich schöne junge Frau mit ihrer weißen Haut, den reizvoll asymmetrischen Zügen, der anmutvoll-stolzen, völlig ungekünstelten Haltung von Kopf, Schultern, Armen. Die übergroße Brille mit dem Plastikgestell und den getönten Gläsern ließ ihr Gesicht noch zarter erscheinen, wie eine Miniatur: die elegante Nase, der feine Mund, die weit auseinanderstehenden Augen, die hohe, schmale Stirn, die freiliegenden Ohrläppchen. Das lange, glänzende, rotgoldene Haar hatte sie streng aus dem Gesicht genommen, in der Mitte gescheitelt und im Nacken zu einem Chignon geschlungen. Sie trug ein schwarzes Kostüm mit wadenlangem Rock – Sigrid Hunt gehörte zu den Frauen, die sich nicht einfach Kleider anziehen, sondern die im Wortsinn ein Kostüm tragen – aus einem weichen Wollstoff, dazu eine Bluse; keine Ohrringe, keine Ketten, keine Armbänder, keine Ringe. Wie groß sie war, wie eigenartig fesselnd das Asymmetrische ihrer Züge wirkte, als sei es konstruiert und nicht zufällig-natürlich entstanden. Ian mußte an Modigliani denken und Parmigianino, er starrte sie an und hörte kaum, was sie sagte, obschon alles, was sie sagte, über ihn und für ihn war.

In ihrer Aussage erschien – ob durch die geschickt gestellten Fragen der Verteidigung oder durch die Bemühungen der bußfertigen jungen Frau selbst – Ian McCullough abermals in anderem Licht, mehr Opfer als Täter, warmherzig, großmütig, wiewohl vielleicht ein wenig einfältig. Denn Sigrid Hunt gestand, daß sie Ian McCullough sehr schätzte, daß sie ihn sehr »anziehend« fand, gab aber gleichzeitig auch zu, daß sie gehofft hatte, ihn für ihre eigenen Zwecke »manipulieren« zu können.

»Ich war damals verzweifelt. Und ziemlich abgedreht. Ich bin alles andere als stolz auf diese Zeit in meinem Leben und denke nur noch mit Widerwillen daran zurück. Ich hatte eine Beziehung zu einem Mann, war verliebt in einen Mann, der mich heiraten wollte, der sich, wie er sagte, einen Sohn von mir wünschte, praktisch im gleichen Atemzug aber davon sprach, daß er mich umbringen würde und sich gleich mit. ›Elender als jetzt können wir nicht mehr werden‹, sagte er, ›wenn wir tot sind.‹ Ich wußte natürlich, daß das Wahnsinn war, aber auch das Logische der Aussage leuchtete mir gewissermaßen ein. Damals. Aber gleichzeitig hatte ich den verzweifelten Wunsch, davon ... von ihm ... loszukommen. Mein Leben lang habe ich mich immer der Rolle geschämt, die ich spiele und die nicht mein eigentliches Ich ist, sondern so etwas wie eine Maske, andererseits ist es natürlich doch mein Ich, denn wer könnte es schließlich sonst sein ... Und damals saß die Scham besonders tief.

Als ich in diese Beziehung hineingeriet – das muß ich dazu wohl noch sagen –, hatte ich gerade meine Stelle in Vassar verloren, ich war verbittert und fühlte mich ungerecht behandelt. Ich war als sogenannte Hilfsassistentin für Tanz eingestellt worden, im Klartext jemand, der entbehrlich war, und das wurde ich ja dann auch. Aber das hat mit dieser Situation nichts zu tun, und schon gar nichts mit Dr. McCullough und seiner Frau, die ich um diese Zeit durch Künstlerfreunde in Hazelton kennenlernte: Glynnis McCullough, die so nett zu mir war ... vorübergehend. Ich hatte sie sehr gern. Es gibt Frauen – wenige Frauen –, die gefallen mir auf Anhieb unheimlich gut, es ist, als hätten sie etwas ... Überlebensgroßes, Amazonenhaftes. Meist allerdings wohl nur in meiner Phantasie.

Mrs. McCullough war so eine Frau, und eine Weile hatte ich den Eindruck, daß ich ihr auch sympathisch war. Sie machte mich mit einigen ihrer Freundinnen bekannt, sehr netten Frauen, alle in ihrem Alter, älter als ich natürlich, und ich fand sie auch nett und empfand so etwas wie ... ja, wie Neid, wie Eifersucht auf dieses Leben, das sie führten, während mein Leben so vergleichsweise trist ablief, so stupide und sinnlos. Ich hatte, wie so oft, das Gefühl, daß ich etwas Besseres verdient hatte. Ich beneidete sie um ihre Ehen und ihre Familien und ihre teuren Häuser, die sie so selbstverständlich hinzunehmen schienen.

Glynnis hat alles, dachte ich, und als ich auf einer Party, die sie gab, ihren Mann kennenlernte – es war das einzige Mal, daß ich zu ihr nach Hause eingeladen worden war –, sah ich ihn und dachte: Ja, das ist es! Dabei wußte ich natürlich, daß das alles grotesk war, kindisch und grotesk, und eigentlich liebte ich ja, wie gesagt, diesen anderen Mann, ich steckte in dieser Beziehung fest, die mir alle Kraft nahm. Ich war da in etwas hineingeraten ... es war ein pathologischer Seelenzustand. Ich sah mir diese Leute an, gut situierter Mittelstand, oberer Mittelstand sogar, die in Häusern mit Glaswänden und Regalen voller Bücher wohnten und sich teures Essen und Trinken leisten konnten und gute Berufe hatten – die meisten Männer waren im Institut tätig, und das ist ja berühmt, allein schon die Anlagen sind ja etwas ganz Besonderes –, und von den Frauen hatten es auch manche zu was gebracht, hatten selber einen Beruf, wie Glynnis McCullough.

Und da war nun Ian McCullough, von dem ich ehrlich gesagt noch nie was gehört hatte, aber ich kriegte schnell raus, welche Stellung er im Institut hatte und wie angesehen er war und was die Leute so über ihn sagten. Auch um ihre Freundschaften beneidete ich die Leute aus Hazelton, es waren so ganz andere Freundschaften, als meine Eltern sie gehabt hatten und auch ganz anders als die Freundschaften, die ich sonst hatte, und das faszinierte mich, aber vor allem machte es mich wütend und böse, weil es mir unbegreiflich war. Wie diese Rätselfragen – die Frage, die der Ödipus von der Sphinx gestellt bekommt. Die Antwort liegt auf der Hand: etwas, was so nah ist, daß man es nicht sehen kann. Was einem auf der Stirn geschrieben steht. Oder die Maske, die du trägst, und weil du sie trägst, kannst du sie nicht sehen. Also verliebte ich mich in Glynnis McCulloughs Mann – um ihn am gleichen Abend schon wieder zu vergessen.

Dann trafen wir uns zufällig wieder. Allerdings war ich nach Hazelton gekommen in der Hoffnung, ihn zu treffen oder so jemanden wie ihn. In der Hoffnung, daß sich irgendwas ergeben würde. Meist hab ich Pech gehabt im Leben, aber dann wieder auch richtigen Dusel ... Und ganz zufällig traf ich an dem Tag Dr. McCullough, es war November, November vor einem Jahr, wir unterhielten uns eine Weile, und er war richtig nett, und ich dachte hinterher, vielleicht würde er mich anrufen und sich mit mir verabreden wollen, aber er hat sich nicht gemeldet.

Glynnis hatte mich schon eine Weile nicht mehr angerufen, ich begriff, daß sie mich hatte fallenlassen. Nicht absichtlich, so meine ich das nicht, aber sie hatte ja genug zu tun mit ihren gesellschaftlichen Verpflichtungen und ihrer Familie und ihrer Schreiberei und allem, sie hatte einfach keine Zeit für mich, ich fiel durch das Raster ihres Lebens, wie ich auch schon bei anderen Leuten durchs Raster gefallen war. Im Grunde hatte ich schon Verständnis dafür und dachte mir, daß ich mich an ihrer Stelle wahrscheinlich genauso verhalten würde, aber andererseits ärgerte es mich auch, als ob man mir was unterschlagen hätte, als ob durch ihre Schuld eine Freundschaft kaputtgegangen wäre, die das Leben gewollt hatte. Und um noch etwas beneidete ich diese Leute und ärgerte mich gleichzeitig darüber: daß sie so verdammt selbstgefällig dahockten in ihrem Leben, in ihrem Bekanntenkreis, ihrem schönen Heim, daß sie einen in diesen Kreis aufnehmen und dann wieder fallenlassen konnten, ganz nach Lust und Laune. Ein Mann aus Hazelton hat mich dann tatsächlich mal angerufen ... ein verheirateter Mann ... aber an dem Tag, an dem er sich mit mir treffen wollte, konnte ich nicht, und ... irgendwie ist es dann im Sand verlaufen. Aber das war nicht Ian McCullough. Hätte Dr. McCullough mich angerufen, hätte ich Zeit für ihn gehabt.

Aber er rief nicht an, und ich wurde schwanger und geriet in immer größere Verzweiflung, manchmal nahm ich was, nicht ernsthaft, ich war kein Junkie oder so, das war ich nie, aber manchmal hab ich schon an eine Überdosis gedacht ... Und in einer dieser ganz schlimmen, abgedrehten Phasen, ich hatte zwei oder drei Tage nicht mehr geschlafen und mich fürchterlich mit meinem Verlobten gekracht und hatte unheimlich Angst vor ihm, rief ich Dr. McCullough im Institut an, ich weiß nicht mal mehr, was ich gesagt habe, ich hab' ihn mehr oder weniger nur um Hilfe gebeten, ich brauche jemanden, mit dem ich reden kann, hab' ich gesagt, aber im Hinterkopf hatte ich zweierlei: daß ich ihn um Geld für eine Abtreibung bitten und daß ich ihn dazu bringen würde, daß er sich in mich verliebt. Er kam zu mir nach Poughkeepsie und hat mir buchstäblich das Leben gerettet, ich hab ihn wohl auch um Geld gebeten, denn er hat mir tausend Dollar geliehen, hat mir einfach einen Scheck ausgeschrieben, auf Treu und Glauben. Ich hab' ihm gesagt, daß ich ihm das Geld zurückzahlen würde, und er hat mir geglaubt oder ich hatte jedenfalls diesen Eindruck, so war er eben. An Einzelheiten seines Besuchs kann ich mich nicht mehr erinnern, weil ich so zugedröhnt war, aber ich weiß, daß er eine Stunde oder so geblieben ist und mit mir gesprochen und mir gut zugeredet hat, und dann hat er wohl meine Pillen gefunden, Tranquilizer, und hat sie durchs Klo gespült. Ich glaube, er wollte einen Arzt rufen oder einen Krankenwagen, aber das wollte ich nicht, ich hatte schreckliche Angst, sie könnten mich in die Klapsmühle stecken ...

Wir waren nur dieses eine Mal allein zusammen. Danach habe ich Dr. McCullough ein paarmal angerufen, und er hat mich netterweise auch angerufen und sich erkundigt, wie es mir geht, ja ... und mehr war da eigentlich nicht. Natürlich hab' ich ihm die tausend Dollar nicht zurückgegeben, das hatte ich auch nie vor. Ich hätte das Geld vielleicht von meinem Freund bekommen oder von irgendeinem anderen Mann, aber ich hab's gar nicht erst versucht. Ich fand Dr. McCullough wie gesagt ganz toll, aber ich war auch böse auf ihn, weil er mich nicht so toll fand, wie ich das gern gewollt hätte, und – eben weil er so war, wie er war. Einfach zu sanftmütig. Zu verdammt nett. Er muß doch auch noch andere Seiten haben, hab' ich mir gesagt, die meisten Männer haben mehr als eine Seite, aber die hab' ich nie kennengelernt. Und da hab' ich gedacht, die tausend Dollar gehören dir (die Abtreibung kostete nur vierhundertfünfzig), die hast du dir verdient.

Als ich später in der Zeitung las, daß Glynnis gestorben und Dr. McCullough verhaftet worden war und daß in Verbindung damit mein Name genannt wurde, hab' ich gedacht, das packst du nicht, und bin abgehauen. Ich kann nicht mal sagen, daß es eine Panikreaktion war, denn ich hatte es mir genau überlegt, aber ich bin abgehauen und hab' mir gedacht, es würde sich schon alles wieder einrenken. Das war unglaublich feige und kindisch und unsagbar selbstsüchtig, und ich wußte von Anfang an, daß ich mich deswegen in Grund und Boden schämen würde. Ich lieh mir Geld von einer Bekannten und flog nach Mexiko.

Da ich unter Eid stehe, muß ich wohl noch sagen, daß ich von etlichen Männern Geld gekriegt habe – Männer von der Sorte, mit denen man ausschießlich ausgeht, um Geld zu kriegen (nicht daß ich eine Nutte gewesen wäre, obgleich ich prinzipiell nichts dagegen habe, mit so was Geld zu verdienen) –, ich flog also nach Mexiko, zu Freunden von Freunden, bei denen ich mich Coco Stephens nannte, die kannten mich dort alle nicht als Sigrid Hunt, und auch wenn sie irgendwas über Sigrid Hunt gewußt hätten, wär ihnen bestimmt nichts gedämmert. Ich erzählte dort, ich sei Lehrerin, hätte aber in den Staaten keinen Job bekommen, und das klang glaubhaft. Keinen interessierte es sonderlich, dort fragt dich keiner groß aus. Ein schlechtes Gewissen hatte ich schon, weil ich abgehauen war, aber ich lief ja nicht zum erstenmal vor meinen Problemen davon. Eigentlich müßtest du Dr. McCullough anrufen oder ihm einen Brief schreiben, hab' ich mir gesagt, und ich hab' auch Briefe geschrieben, aber ich hab' mich nicht getraut, sie abzuschicken, weil ich Angst hatte, durch die könnte man mir auf die Spur kommen.

Dann wurde ich krank und wieder gesund und reiste in der Gegend herum und wurde wieder krank und ging nach Panama und Costa Rica und lebte eine Weile mit einem Typ in Mexico City zusammen, der nett zu mir war, mehr oder weniger, aber nie erfahren hat, wer ich bin oder was mit mir los war. Ich kriegte so eine Art Gedächtnisschwund, es war mir ganz recht so, ich fühlte mich sehr wohl dabei. Die Leute aus meinem früheren Leben waren auf der anderen Seite einer Sperre, es war wie ein Einwegspiegel, durch den ich sie sehen konnte, aber die anderen mich nicht. Ich weiß nicht, wie lange ich so hätte leben können ... bis ich wieder krank geworden oder endgültig auf die Nase gefallen wäre ... aber dann ... war es ja zu Ende.«

Und Ian saß da und sah sie in fassungslosem Staunen an. Und dachte zum erstenmal seit Glynnis' Tod: Ich möchte leben.

8

Daß sie ihn lieben könnte oder würde lieben können, daß sein Leben doch noch nicht zu Ende, daß er doch nicht zu einem postumen Dasein verdammt war, sondern daß ihm ein Leben in Aussicht gestellt wurde, das wie sein früheres sein würde, nur noch viel schöner, weil es gereinigt war von allen Schlacken – das war für ihn das eigentliche, das unaussprechliche Wunder. Und dieses Wunder lag in seiner Reichweite. Ganz nah, aufregend nah.

Also eröffnete er seinem Anwalt, daß er doch aussagen würde. Und am nächsten Prozeßtag trat er in den Zeugenstand und sagte dem Gericht die Wahrheit, die ganze Wahrheit und nichts als die Wahrheit so wahr mir Gott helfe – soweit er sie noch im Gedächtnis hatte. Und zwar mit leidlich klarer Stimme, zusammenhängend und vernünftig, denn er war schließlich ein hochkultivierter Mann.

Er glaube nicht, sagte er, daß er sich des Mordes an seiner Frau schuldig gemacht habe. Hingegen glaube er sehr wohl, ihren Tod verschuldet zu haben, verschuldet in einer blinden Panikreaktion, als er sie von sich weggestoßen hatte, ohne zu wissen, was er tat oder welche Folgen seine Tat nach sich ziehen konnte. »Sie hatte getrunken, und sie war sehr zornig. Ich versuchte vergeblich, sie zur Vernunft zu bringen. Wäre ich weggegangen, einfach weggegangen, hätte ich den Unfall verhindern können, aber ich ging nicht weg und weiß bis heute nicht, warum. Ich hatte auch getrunken, war betrunken, ja, so muß man es wohl sagen, aber selbst in diesem Zustand hätte ich wissen müssen, daß es das einzig Vernünftige war, wegzugehen, und das habe ich nicht getan. Es war, als würde ich hilflos zu ihr hingezogen, zu dem Streit, dem Gerangel, den Handgreiflichkeiten, wie in einem Strudel, und ihr ging es genauso, ich habe das nie begreifen können. Es war, als sei das ganze Gewebe unseres Lebens von innen nach außen gekehrt, als sei aus Weiß Schwarz geworden – wie bei einem Fotonegativ.

Sie hatte den abgebuchten Scheck über tausend Dollar gefunden, sie war verletzt und wütend. Wir gerieten in Streit ... einen heftigen Streit ... wir stritten wie noch nie in unserem

Leben, und aus den verbalen Zänkereien wurden Handgreiflichkeiten, und Glynnis schlug nach mir, und ich drängte sie zurück, und sie griff nach einem Messer, das sie mit an den Tisch gebracht hatte, einem Messer mit langer, scharfer Klinge, und rückte mir damit zu Leibe, als wolle sie mich erstechen, und ich dachte, das ist nicht ihr Ernst, Glynnis würde mir nie etwas zuleide tun, aber sie war so wütend ... Und dann habe ich in meiner Dummheit wohl die Hand um die Messerklinge gelegt und mir schwer die Finger geschnitten. Und dann ist wohl das Messer runtergefallen. Und Glynnis schrie mich an. Ich reagierte instinktiv, ich muß sie an den Schultern gepackt und von mir gestoßen haben, in einer Art panischer Angstreaktion, wegen des Messers ... Sie prallte gegen das Fenster und fiel durch die Scheibe. So hat es sich abgespielt. So schnell und so unwiderruflich.

Ich habe meine Frau nicht vorsätzlich umgebracht, ich habe ihr auch nichts zuleide tun wollen. Ich wollte mich wohl nur vor ihr schützen in diesem konfusen Augenblick, der so anders war als alles, was wir bisher erlebt hatten, woran wir uns erinnern konnten. Mir schien, daß das wütende Weib, das mich da angriff, nicht meine Frau war, sondern eine Fremde, und auch meine Reaktion war die eines Fremden, und ich haßte diese beiden, den Mann und die Frau und dieses Seltsame, Verhängnisvolle, das sie verband. Es war eine Art von Wahnsinn, die in uns beiden tobte, es war wie jene Erschütterung, die man in der Liebe erfährt, zutiefst erotisch-sexuell, eine Gewalttätigkeit, von der man nicht sprechen, die man nicht benennen kann. Ich war völlig hilflos, ich hatte jeden eigenen Willen verloren. Eben noch hatte ich mir einigermaßen vernünftig vorgenommen, aus dem Zimmer zu gehen, aus dem Haus zu gehen, am nächsten Morgen würde alles wieder in Ordnung kommen ... hoffentlich ... und gleich darauf schien es, als könnte ich überhaupt nicht mehr denken. Und meine Frau, die ich liebte und von der ich wußte, daß auch sie mich liebte, wollte mir offenbar etwas antun, sie hatte nach einem Messer gegriffen, natürlich hatte sie so etwas noch nie zuvor getan, es wäre ihr nie in den Sinn gekommen, und jetzt stach sie plötzlich nach mir ... und ich stieß sie weg ... und tötete sie.

Ich wollte niemandem sagen, was sich zwischen uns abgespielt hatte. Weil es die Ehre meiner Frau verletzt und unsere Ehe entweiht. Ich wollte sie nicht als meine Feindin hinstellen, denn das war sie ja im Grunde nicht, das war sie nie gewesen. Es war nur dieser Wahn, der da über uns gekommen war, diese jähe Raserei, die unser beider Leben zerstört hat.

Deshalb habe ich mich immer geweigert, eine Erklärung abzugeben, etwas zu meiner Verteidigung zu sagen: Weil ich damit meine Frau zu meiner Feindin gemacht hätte. Wenn man mich für schuldig befindet, dachte ich mir, bin ich schuldig. Ich werde die Entscheidung anderen überlassen.

Ich dachte: Ich werde keinen Finger zu meiner Verteidigung rühren.

Ich dachte: Was kümmert es mich, ob ich lebe oder sterbe? Mein Leben ist vorbei.«

Er wurde danach ausführlich und ziemlich brutal von Lederer ins Kreuzverhör genommen, aber er hielt sich tapfer, auch wenn er zuweilen mit schwankender Stimme sprach, häufig lange Pausen einlegte und gelegentlich ins Stottern kam. Lederer wollte wissen, warum jetzt, nachdem er der Polizei wiederholt versichert hatte, er könne sich an das, was sich zwischen ihm und Mrs. McCullough abgespielt hatte, nicht mehr erinnern, sein Erinnerungsvermögen allem Anschein nach – und zwar erstaunlich detailliert – zurückgekehrt war. Ian sagte: »Ich möchte, daß man die Anschuldigungen von mir nimmt. Ich möchte den Prozeß hinter mich bringen, möchte alles wieder zurechtrücken. Ich möchte wieder leben können.«

»Aber warum jetzt, Mr. McCullough?« Lederers Gesicht war rotgefleckt vor Erregung, seine Stimme triefte vor Sarkasmus. »Warum jetzt plötzlich, in der sechsten Verhandlungswoche?« Ian holte tief Luft, wollte etwas sagen und brachte es nicht heraus. Der Saal verschwamm vor seinen Augen wie ein undeutlicher Traum. Ihm war, als sähe er sich selbst aus weiter Ferne, wie durch das verkehrte Ende eines Teleskops. War er tot? Schon tot? Da er sich doch so verzweiflungsvoll gewünscht hatte zu leben?

Und dann fand er seine Stimme wieder: »Ich sagte es schon: Ich möchte wieder leben können.«

Sie sagten ihm später, er habe einen »tiefen Eindruck« bei den Geschworenen und bei Richter Harmon hinterlassen, und er selbst spürte trotz seiner Erschöpfung, daß er die Herzen seiner Zuhörer bewegt hatte. Ich habe nur die Wahrheit gesagt, dachte er fast abwehrend.

Aber wo war Sigrid Hunt? Und wo war Bianca?

Ah ja, da war Bianca. Sie stand allein, wenige Meter von ihm entfernt, den Mantel über dem Arm, und sah ihn groß an; einer ihrer Handschuhe war unbemerkt zu Boden gefallen. Er ging auf sie zu, es drängte ihn, mit ihr zu sprechen, aber sie wich zurück und warf ihm einen haßerfüllten Blick zu. Ihr Gesicht war verkrampft wie ein Muskel, in den Augen glitzerten Tränen. »Mörder«, flüsterte sie. Mehr nicht.

Sie drängte sich zum Mittelgang durch, und Ian sah ihr sprachlos nach. Was hatte sie gesagt? Hatte er recht gehört?

Aber ich habe doch nur die Wahrheit gesagt. Ich habe mich gerettet, aber ich habe die Wahrheit gesagt.

Epilog

Das Urteil

Ein Tag in Maine Ende August, ein Tag, der in den Augen blendet, sehr blau, leichter Wind, ein Hauch von Herbst in der Luft, aber sie hatten für ihre Gäste draußen auf der Terrasse gedeckt, auf dem Eisentisch mit der Glasplatte, oberhalb der donnernden Brandung, und für den Fall, daß das Gespräch ins Stocken kommen oder versiegen sollte – was bei diesen Gästen eher unwahrscheinlich war –, gab es immer noch das Meer und die zerklüftete Küste mit ihren skulpturartig skurrilen Formen, gab es, wie Sigrid sagte, das ganze Drumherum.

Sie waren ein bißchen befangen, hatten leichtes Lampenfieber wie ein junges Paar, das die ersten Gäste erwartet.

(Denn sie waren, wenn auch noch nicht verheiratet, ja tatsächlich ein junges Paar. Und Denis Grinnell und Malcolm Oliver waren ihre ersten Gäste, die ersten Gäste aus dem »alten Leben« gewissermaßen. Die Leute, die wir bisher auf einen Drink im Haus hatten, zählen eigentlich nicht, sagte Sigrid, unsere Nachbarn und die Leute vom Maklerbüro, nein, eigentlich zählen die nicht.)

Ihre Gäste kamen kurz nach zwölf in einem Leihwagen, einem Audi; Denis, der bei seinem Bruder und dessen Familie in dem zwanzig gewundene Meilen weiter südlich gelegenen Bar Harbor auf Besuch war, und Malcolm, der sich zufällig gerade eine Woche in Bangor aufhielt und an einem Artikel für das *New York Times Magazine* arbeitete. »Wie ich mich freue«, sagte Ian und schüttelte ihnen die Hand – so kräftig, wie es nur eben anging. »Und wir erst«, sagten sie und schüttelten ihm seinerseits die Hand und sahen ihm freimütig ins Gesicht, das kleidsam gebräunt, allenfalls um die Augen herum ein bißchen zerknittert war, und die Augen selbst waren durch die dunkelgrün getönte Sonnenbrille in seiner Glasstärke verborgen oder modisch verdeckt. »Wie lange das her ist«, sagten sie staunend. »*Wie* lange ist es her?« Und sie sahen einander ungläubig lächelnd an, wie es unsere Art ist, wenn wir uns – unvermittelt mit der Existenz unserer Freunde und der unseren konfrontiert – auch ihrer und unserer Sterblichkeit bewußt werden. »... mindestens ein Vierteljahr ...« So redeten sie in den fröhlich-gespannten Minuten, ehe Sigrid in ihrem lockeren weißen Sommerkleid auf der Terrasse erschien und ihnen winkte.

Denis flüsterte ihm rasch ins Ohr: »Du siehst gut aus, Ian!«, und Malcolm versetzte ihm einen vielsagenden Knuff und sagte: »Du siehst wirklich gut aus!«, und Ian lachte: »Ihr beiden aber auch!«, und führte sie zum Haus. Er trug hellblaue Leinenhosen, ein weißes Strickhemd und Sandalen, das Haar wehte im Wind und wirkte voll und gesund. Seine Freunde kannten Sigrid natürlich, sie waren im Frühjahr ein paarmal abends bei ihr und Ian in Hazelton gewesen. Trotzdem herrschte leise Befangenheit.

Sigrid hatte einen köstlichen Muschelsalat gemacht; fast der ganze Vormittag war dafür draufgegangen, denn das Rezept verlangte *frisch* gepreßten Limonensaft und *frisch* gehacktes Basilikum, und Denis und Malcolm hatten zwei Flaschen exzellenten weißen Rhônewein mitgebracht, und zum Nachtisch gab es einen Kiwi-Sahne-Pie, mit dem Essen selbst also, kann im Grunde nichts schiefgehen, sagte sich Ian, denn Essen und Trinken lassen uns eigentlich nie im Stich. Er konnte nur hoffen, daß Sigrid, die ein bißchen nervös war, den Dingen einfach ihren Lauf lassen würde.

Er selbst hatte sich auf den Besuch seiner Freunde so gefreut, daß ihn eine seltsam exaltierte Stimmung ergriffen hatte: sehr konzentriert, als balanciere er in großer Höhe am Rande einer Brüstung, mit unvermittelten Brüchen und Ausfällen, bei denen seine Gedanken mitten in einem von ihm selbst begonnenen lebhaften Wortwechsel plötzlich abschweiften und er seine Freunde und Sigrid reden, lächeln, lachen sah, aber Sekundenbruchteile lang nicht erfaßte, was sie sagten.

Vor dem Essen kletterten die Männer noch ein bißchen auf den Felsen am Strand herum, wo das Sonnenlicht – von den Klippen umschlossen und gleichsam von ihnen reflektiert, obgleich die Steine selbst von einem harten, unnachgiebig lichtlosen dunklen Erdbraun waren – besonders viel Kraft hatte und ihnen direkt auf den Kopf brannte. »Ich hätte meine Segelmütze aufsetzen sollen«, sagte Denis. »Jetzt, wo mein Haar so verdammt dünn geworden ist, krieg ich immer Sonnenbrand auf der Kopfhaut.« Und Malcolm legte die Hand vor die Augen und sah auf die glitzernden Wellen und sagte: »Wunderschön ist das hier, wie hast du das nur gedeichselt?« Und obwohl Malcolm doch sicher wußte, wie es gekommen war, daß Ian dieses bezaubernde kleine weiße Holzhaus am Meer, in Prospect Harbor, hatte mieten können, da die Transaktion über einen gemeinsamen Freund in Hazelton gelaufen war, erzählte Ian bereitwillig noch einmal die kurze Geschichte, wie das Unglück eines Mitmenschen ihm zum Glück verholfen hatte (der Kieferorthopäde, der im August hatte herkommen wollen, war ganz plötzlich an einem Herzanfall gestorben, und natürlich hatte seine Familie den Mietvertrag rückgängig gemacht), und die beiden Freunde machten ein Gesicht, als hörten sie die Geschichte zu erstenmal, so wie wir uns in ähnlicher Lage häufig Geschichten unserer Freunde anhören, von denen wir wissen, wie sie ausgehen, oder die sie uns schon ein paarmal erzählt haben.

»Ich glaube, ich kenne ihn«, sagte Denis düster. »Das heißt, ich kannte ihn. Allerdings erinnere ich mich nicht mehr, wie er aussah. Bar Harbor ist übrigens nachgerade unmöglich geworden, ein Gewimmel wie auf dem Cape. Und mein Bruder hat fünf, sechs Figuren von seiner Schwiegersippe bei sich wohnen.«

Ian zögerte einen Moment, dann fragte er: »Wie geht es Roberta?«

Denis zuckte die Schultern. »Wir haben noch losen Kontakt, ich weiß mehr oder weniger, was sie macht, aber wie es ihr geht, weiß ich ehrlich gesagt nicht. Das Was kann ich beantworten, aber nicht das Wie.«

Ian ließ nicht locker. »Und was macht sie so?«

Denis warf ihm diesen für ihn so typischen Blick zu, einen Blick, bei dem Ian immer an den Squashplatz denken mußte, ein lächelndes Stirnrunzeln gewissermaßen, belustigt und irritiert zugleich. »Seid ihr nicht mehr in Verbindung? Bist du bei ihr auch unten durch?«

Ian lachte. »Schon lange.«

»Kann ich mir eigentlich gar nicht vorstellen! Roberta war unheimlich erleichtert über das Urteil. Sie hat geweint vor Erleichterung und ist Bianca um den Hals gefallen. So hat man es mir erzählt, ich war nicht dabei.«

»Ja, das stimmt wohl«, sagte Ian.

»Sie hat sich bis zum Schluß mehr Sorgen um den Prozeß gemacht als wir alle miteinander, glaube ich. Aber das weißt du ja wohl.«

»Ja, doch«, sagte Ian und überlegte, wovon sie da eigentlich so plötzlich und in so aggressivem Ton sprachen. »Ja.«

Als zögere Denis absichtlich, Ians Frage zu beantworten, schaltete Malcolm sich ein. »Roberta macht etwas wirklich ganz Großartiges, sie arbeitet in einem staatlichen Gesundheitsprojekt im Goldwater Hospital, auf Roosevelt Island, du weißt schon, in der psychiatrischen Beratung von Aidskranken.«

Ian zeigte sich beeindruckt von dieser Mitteilung, obgleich er sie – oder zumindest in einer anderen Version, nicht Goldwater Hospital, sondern New York Hospital – bereits gehört hatte. »Bewundernswert«, sagte er. »Das ist . . .«

». . . edel«, ergänzte Denis mit leisem Spott. »Herzergreifend.«

». . . typisch Roberta. Wie lange sie es aushält, ist eine andere Frage«, sagte Ian. Er überlegte, wie es wohl Leonard Oppenheim ging, mochte aber jetzt nicht fragen.

Denis sagte: »Meine Ex-Frau fand mich offenbar nicht krank genug oder nicht moribund genug, um mir ihre Fürsorge angedeihen zu lassen.« Lachend kletterten sie wieder zur Terrasse hoch, auf der Sigrid gedeckt hatte: Edelstahlbesteck aus der Ferienhausküche und preiswertes Geschirr, Stoffservietten (die billig-knittrigen Papierservietten hätte der Wind weggeweht). Als Tafelschmuck diente eine flaschengrüne Vase, in der, lang herunterhängend wie Efeu, blaßrosa Heckenrosen standen. »Wie schön«, sagten die Männer und machten große Augen.

Vor zehn Jahren, erzählte Sigrid, hatte sie in der ›Medea‹ von Euripides getanzt, in der Bearbeitung eines zeitgenössischen amerikanischen Komponisten, nicht die Titelrolle natürlich – »ich habe in meiner kurzen Karriere keine einzige Titelrolle getanzt« –, aber einen recht guten Part, ebenso kurz wie spektakulär, den der unglückseligen Prinzessin Glauke, die der Medea ihren Jason abspenstig gemacht hat.

»In der Choreographie hatte die Prinzessin mehr Spielraum als bei Euripides«, sagte Sigrid, »so daß Medea zwar nach wie vor die zentrale Figur war, aber Glauke als ihre Rivalin – sehr jung, sehr unschuldig, sehr mit sich selbst beschäftigt – gewissermaßen auch im Mittelpunkt stand. Ich trug das Haar lang . . .« – Sigrid breitete das schöne rotgoldene Haar mit beiden Händen aus, so daß es gerippt-geriffelt in der Sonne glänzte und die Männer wie gebannt waren – » . . . und ich war ja wirklich noch sehr jung, knapp siebzehn; die Frau, die die Medea tanzte – meine Lehrerin, eine hervorragende Künstlerin, die aber nie so recht Karriere gemacht hat –, war schon Anfang dreißig.

Medea ist bekanntlich furchtbar eifersüchtig auf Glauke und tötet sie durch vergiftete Geschenke, ein goldenes Diadem für ihr Haar und wunderschöne Gewänder, und die Prinzessin in ihrer unschuldigen Eitelkeit oder . . .«, hier lachte Sigrid ein wenig, schloß kurz die Augen und schüttelte wie fröstelnd den Kopf, eine für sie typische Bewegung, die Ian noch nicht entschlüsselt hatte, » . . . oder in ihrer eitlen Unschuld nimmt die Geschenke bereitwillig entgegen und legt sie an und spreizt sich vor dem Spiegel und stirbt einen qualvollen Tod. ›Das Fleisch troff ihr von den Knochen‹, heißt es bei Euripides, ›wie Harz von einer Fichte.‹ Sie kann das Diadem nicht abnehmen und die Kleider nicht ausziehen, sie kleben ihr am Leib fest. Als Kreon, ihr Vater, herbeieilt, um ihr zu helfen, klebt er auch fest und stirbt mit ihr.

Ich tanzte erst die Freude über die Geschenke, dann die aufdämmernde Erkenntnis, dann Angst und Qual und dann den

Todeskampf, eine Art ausgedehnten grausigen Orgasmus des Todes, der einige Zuschauer vor den Kopf stieß (allerdings ist, soweit ich weiß, nie jemand vorzeitig gegangen), viele andere aber sehr bewegte. Auch mein Vater kam einmal, allein, aber er fand meine Darstellung so ›widerwärtig‹, so ›obszön‹, daß er hinterher nicht darüber sprechen mochte. Er hat danach kaum mehr ein Wort mit mir gewechselt. ›Wie kannst du solche Sachen vor fremden Leuten machen?‹ sagte er. ›Wie kannst du dich derart bloßstellen?‹ Ich hatte den Eindruck, daß er von mir gleichzeitig beeindruckt und angeekelt war.« Sigrid hielt erneut inne, schüttelte erneut den Kopf, als wolle sie sich selbst zur Ordnung rufen. »Aber hauptsächlich wohl angeekelt.«

Sie verstummte unvermittelt. In dem einfachen Baumwollkleid mit den langen Ärmeln und dem Vorderteil aus falscher Spitze, durch das man die hellen Brüste sah, wirkte sie in diesem Augenblick wie ein großes, ernstes Kind im Nachthemd.

»Du hast mir so wenig von deinem Vater erzählt«, sagte Ian. Die Bemerkung klang, als habe er laut gedacht, und brachte die Gäste in Verlegenheit.

»Trotzdem ... für mich war das eine glorreiche Stunde«, sagte Sigrid. »Zu wissen, zu spüren, daß mein Publikum gefesselt und schaudernd mitging ... daß es sozusagen keine Distanz mehr zwischen uns gab. Es lag an der Musik, es lag ...«, sagte sie schüchtern auftrumpfend, » ... es lag ... an *mir*.«

»Zu schade, daß ich dich nie werde tanzen sehen, Sigrid«, sagte Denis. Er schenkte ihr Wein ein. »Wirklich nie?«

»Nein«, sagte Sigrid. Sie strich sich das windverwehte Haar, seidig glänzende Strähnen, aus den Augen, lächelte zufrieden und sagte: »Nehmt doch noch etwas. Wir sind extra nach Bangor gefahren, um das Olivenöl für den Salat zu kaufen, in dem Rezept steht, daß es italienisches sein muß, und ich hatte nur welches vom A & P, nicht, daß es in Bangor nur das gäbe ... Aber trotzdem.« Sie blieb sitzen und gab die Schüssel noch einmal herum, zu Denis, zu Malcolm, zu Ian, jeder nahm noch eine Portion, Muscheln aus der Bucht mit schwarzen Kalamata-Oliven, gebratenen Paprikaschoten, Limonensaft und Basilikum und dem kräftig-fruchtigen Öl. Auch Sigrid tat sich noch etwas auf den Teller.

Denis betrachtete sie mit freimütigem Interesse. »Tanzen muß eine eigenartige Kunst sein. So stumm und gleichzeitig so enthüllend. Wie der ...«

»Enthüllend ist ja alles auf seine Art«, sagte Sigrid ausweichend.

Ian machte die nächste Flasche Wein auf und staunte, daß seine Hände nicht zitterten. Oder zitterten sie doch? Unsichtbar? Seit gestern mittag hatte er nicht mehr geraucht.

Während des Gesprächs ließ Ian die Gedanken schweifen, seine Nervosität hatte sich gelegt, nachdem sie gegessen und ein, zwei Glas Wein getrunken hatten und er merkte, daß Denis und Malcolm und Sigrid sich prächtig verstanden, natürlich, warum auch nicht, nein, wirklich, warum eigentlich nicht? Sie waren schließlich erwachsene Menschen, und Glynnis war seit vielen Monaten tot. Ich schieß mir eine Kugel durch den Kopf, hatte Ian irgendwann während der sechsstündigen Beratung der Geschworenen lächelnd zu Ottinger gesagt, oder ich heirate wieder und fange mein Leben noch einmal von vorn an. Und Ottinger hatte ihm auf die Schulter geschlagen, als seien sie Freunde, gute Freunde, was nicht der Fall war, und hatte gesagt: Du wirst wieder heiraten, Ian, alle Anzeichen sprechen dafür. Und so war es gekommen. Wirklich ganz erstaunlich, wie das alles gekommen war.

Aber er hatte Bianca verloren. Gewissermaßen.

Obgleich Sigrid versicherte, das sei nur vorübergehend. Diese Art von Kränkung, Groll, Auflehnung – wahrscheinlich alles nur vorübergehend.

Sie wird drüber wegkommen.

Meinst du?

Ich war früher auch so.

Ja?

Impulsiv.

Ja.

Aber sie ist ein intelligentes Mädchen, offenbar ein sehr intelligentes Mädchen. Und eine Idealistin.

Eine Idealistin, ja, das stimmt. Idealistischer, als mir lieb ist.

Immerhin hatte ihm Bianca jetzt eine Karte aus Bangkok

geschrieben oder aus Krung Thep, wie sie es dort nannten, eine Ansicht, die den Golf von Siam bei Sonnenuntergang zeigte. Spektakulär flammendes Licht über dem Wasser, die Sonne ein Feuerball, der gerade im Meer versinkt. *Mir geht es gut, ich hoffe Dir auch, mach Dir keine Sorgen um mich, ich möchte, daß du mich ganz losläßt mit Deinen Gedanken. ›In einem Augenblick wird uns die vollkommene Erleuchtung zuteil.‹ Liebe Grüße, Bianca.*

Der scheinbar endlose Prozeß war zu Ende.

Aber Bianca hatte ihm nicht verziehen. Und er hatte Verständnis dafür, durchaus.

Als die Verteidigung ihre Beweisaufnahme abgeschlossen hatte, war die Anklage so schwer erschüttert – der Polizeibericht und das ärztliche Gutachten erhärteten Ians Aussage im Hinblick auf das Messer, die Verteidigung sprach von einer klassischen Notwehrsituation –, daß der angeschlagene Lederer sich auf eine Anklage wegen Totschlags hatte zurückziehen müssen in der inständigen Hoffnung, zumindest hier einen Schuldspruch zu erreichen.

Und Ottinger hatte leidenschaftlich an Richter Harmon appelliert, auch diese Beschuldigung fallenzulassen, das heißt, die Klage sofort niederzuschlagen, damit seinem Mandanten die zusätzliche Schmach erspart blieb, auf den Spruch der Geschworenen warten zu müssen. Ian aber hatte das im Grunde nichts – oder nicht viel – ausgemacht. Von einer Jury Gleichgestellter abgeurteilt zu werden, das war aus philosophischer Sicht durchaus spannend, war eine Erfahrung, die nicht vielen Menschen zuteil wird.

Ich will alles für dich tun, hatte Sigrid gesagt.

Heftig und voller Leidenschaft. Alles.

Die langen Stunden, in denen die Geschworenen zusammensaßen, um über Ian McCulloughs Schicksal – oder eine erste Phase seines Schicksals – zu entscheiden (denn wir können immer noch in die Berufung gehen, hatte Ottinger gesagt), waren nicht einmal unangenehm. Es waren Stunden im Wartestand; als säße er wieder an Glynnis' Bett in der Klinik; als läge er selbst in einer Art Koma, nicht ganz lebendig und nicht ganz tot. Die Gedanken zerstreuen sich und treiben dahin, schleirigdünn wie körperlose Wolken.

In einem Zustand, da das Urteil über die Seele noch nicht gesprochen ist, dachte Ian, in diesem Zustand meines moralischen Seins kann ich wenigstens atmen!

Und in eben diesem Zustand dachte er schlicht und einfach: Ich schieße mir eine Kugel durch den Kopf – oder ich heirate.

Und dann betraten die Geschworenen wieder den Saal. Und obwohl sich Ian fest vorgenommen hatte, keine Schwäche zu zeigen, wie auch immer das Urteil ausfallen mochte, schlug er, sobald der Obmann sein »Nicht schuldig, Euer Ehren!« verkündet hatte, in krampfartiger Erleichterung und Scham die Hände vors Gesicht und begann zu weinen. Sie umringten ihn, um ihm zu gratulieren, um Nick Ottinger zu gratulieren, als sei der Prozeß von Anfang an ein Spiel gewesen, ein Spiel, das es auf Kosten eines anderen zu gewinnen galt: *Mors tua, vita mea.*

Und dann schüttelte Ian nacheinander allen Geschworenen die Hand und dankte ihnen, und nicht so sehr direkte Äußerungen als lächelnde Mienen gaben ihm zu verstehen, daß etliche schon immer, von Anfang an auf seiner Seite gewesen waren, sich von der Beweisführung der Anklage nicht hatten beeindrucken lassen. Ist das denn möglich, dachte Ian fassungslos. Schon immer? Von Anfang an? Niemals …?

Er schüttelte auch Benedict Harmon die Hand und stand mit Ottinger und einigen anderen noch eine Weile im Gespräch beieinander, sie waren schließlich alle studierte Leute, erfolgreiche Leute, Ehemänner und Väter und Bürger von Hazelton-on-Hudson, sie verstanden einander. Und es war ein strahlender Apriltag, kühl, sehr windig und klar, einer jener Tage, die einem Appetit auf alles machen, was das Leben zu bieten hat.

Sigrid war ihm um den Hals gefallen, hatte in seinen Armen gelegen, hatte wiederholt: »Es tut mir so leid, Ian, so schrecklich leid, kannst du mir je verzeihen?«

Und Ian, überwältigt von Glück: »Mein Liebling, es gibt nichts zu verzeihen.«

So lange waren sie theoretisch ein ehebrecherisches Paar gewesen, daß ihnen die erste Liebesnacht – gleich die erste Nacht, die auf die Verkündung des »Nicht schuldig!« folgte – wie die Besiegelung einer alten und nicht wie der Beginn einer neuen

Beziehung vorkam. Auch lag ein Gefühl des *déjà vu* über ihren begierigen, andächtigen Küssen und Liebkosungen, dem drängenden Begehren, der wortlos-lustvollen Verschmelzung, ein Gefühl, als sei dies nicht das erste Mal, bei weitem nicht das erste Mal, und natürlich würde es ja nicht das letzte Mal sein. In einem Taumel des Glücks dachte Ian McCullough in Sigrid Hunts erstaunlich kräftigen Armen, ich habe sie die ganze Zeit geliebt, ich liebe sie seit eh und je.

In diesem Moment bedauerte er es nicht, daß Glynnis tot war, denn wäre Glynnis nicht gestorben, hätte es keine Sigrid Hunt für ihn gegeben.

Ian machte lächelnd noch eine Flasche Wein auf. Sigrid schnitt die Kiwi-Sahne-Pie an und manövrierte die Stücke mit einiger Mühe auf Dessertteller. Die Männer sahen auf ihre langen schlanken Finger, während sie mit Messer, Pie und Tellern hantierte, auf die sorgfältig gefeilten Nägel, die wie lackiert glänzten, aber farblos waren. Sie trug nur einen Ring, einen gehämmerten Goldreif am Mittelfinger der linken Hand, den Ian ihr erst vor ein paar Wochen auf der Fahrt nach Maine in einem winzigen Juweliergeschäft in Rockport, Massachusetts, gekauft hatte.

Sie sprachen von Maine und vom Ende des Sommers und wie unvermittelt in diesem nördlichen Klima der Sommer zu Ende gehen würde, in wenigen Tagen war es soweit. »Die Jahreszeiten ziehen immer schneller vorbei«, sagte Denis. »Es ist so, wie die Alten gesagt haben: Die Zeit beschleunigt sich in der Nähe des Aufschlagpunktes. Und so ist es ja wirklich.«

»Dabei ist Zeit theoretisch umkehrbar«, sagte Ian. Er hatte so lange geschwiegen, daß die anderen ihn ansahen, als erwarteten sie jetzt etwas besonders Tiefsinniges von ihm. »Die Mechanismen des Kosmos, sagt man, laufen – im Weltbild von Newton wie in dem von Einstein – ebenso mühelos vor- wie rückwärts; angeblich liegen nur Vergangenheit und Zukunft fest. Verstanden habe ich das allerdings nie, und ich habe den Eindruck, daß Physiker, von denen ich es mir habe erklären lassen, es ebensowenig verstehen. Und ihr?« Er sah seine Freunde an, sah Sigrid an. »Versteht ihr es?«

Sigrid hob die modisch-breite Brille vom Nasenrücken und peilte ihn durch die Gläser an. Ihre Augen waren groß und glänzend, glasig-schöne, perfekte Puppenaugen. Sie krauste die Stirn und lachte. »Was sollen wir verstehen?«

»Die Theorie der umkehrbaren Zeit.«

»Daß die Zeit rückwärts läuft?«

»Daß sie rückwärts laufen könnte. Was sie allerdings wohl nie tut.«

Malcolm sagte: »Ich glaube, das ist ein Trugschluß. Die Anwendbarkeit von Theorien im Alltagsdiskurs, meine ich. Dabei dreht es sich doch nur um subatomare Partikel, aber nicht um ... ja, um uns.« Er legte wie tröstend eine Hand auf den Arm von Denis und die andere Ian auf die Schulter. »Mit uns hat das nichts zu tun.«

»Aber mit der Erinnerung? Mit unseren Erinnerungen?«

»Red keinen Stuß, McCullough!« sagte Denis energisch. »Reich lieber den Wein rüber.«

»Es gibt da einen Brief von Einstein, einen Auszug, den ich irgendwo gelesen habe, in dem Einstein einen Freund erwähnt, der ›diese komische Welt vor mir verlassen hat‹. Aber das sei nicht von Belang, schreibt Einstein. Für den überzeugten Physiker ist die Unterscheidung zwischen Vergangenheit, Gegenwart und Zukunft eine Illusion, ›wiewohl eine, die sich hartnäckig hält‹.« Ian verstummte und holte tief Luft. Sie sahen ihn an, und einen Moment schwindelte ihn dort oben auf seiner hohen Brüstung, und er wußte nicht, was er sagen oder tun sollte. Alle Farbe wich aus dem herrlichen Sommertag, und selbst die Brandung verstummte. Verschwommen wabernd sah er Sigrid vor sich, die ihn groß anschaute, als sähe sie ihn zum erstenmal.

Und dann setzte die Zeit wieder ein, Ian fühlte sein Blut pochen, heiß und schnell wie zuvor. »Aber wie gesagt, ich verstehe nichts davon. Ich hätte es gern verstanden, aber jetzt weiß ich, daß daraus wohl nichts mehr werden wird. Ich bin einundfünfzig.«

»Jetzt mach mal halblang«, sagte Denis.

Dann sprachen sie eine Weile über Denis' neue Stellung am *Arhardt Center* in Washington, die er im Januar antreten würde und deren Herausforderung für sich er darin sah, mitten unter seinen ideologischen Gegnern zu leben, ohne vor ihnen einzuknicken. »Dr. Max hat mir zugesichert, daß ich jederzeit nach Hazelton zurückkommen kann, wenn ich will«, sagte Denis wie nebenbei, »aber das werde ich nie tun. Und du, Ian? Willst du wirklich dort aufhören? Also meiner Meinung nach wär das schön blöd. Sie haben dich schließlich freigesprochen.«

»Damit hat es nichts zu tun«, sagte Ian rasch.

»Nein?«

»Sigrid und ich halten es für besser, wenn wir aus Hazelton wegziehen und anderswo leben, egal wo. Dagegen kannst du doch wohl nichts sagen ...«

»Wenn du eine andere ähnlich gute Stellung bekommst ...«

»Wohl kaum ...«

»Hat Dr. Max nicht versucht, es dir auszureden?«

»Ja. Er war sehr lieb, sehr rücksichtsvoll, aber in ein, zwei Wochen geht er in den Ruhestand, und sein Nachfolger ist bekanntlich kein Freund von mir.«

»Du kennst ihn doch überhaupt nicht. Keiner von uns kennt ihn.«

»Eben, das meine ich ja.«

»Einer von dieser ›neuen‹ Historikerbrut«, merkte Denis, sich an Sigrid wendend, abschätzig an. »Jetzt mal ehrlich, Ian: Wollen sie dich dort weghaben?«

Ian schüttelte wortlos den Kopf.

»Nach allem, was du für das Institut geleistet hast«, ereiferte sich Denis.

»Willst du tatsächlich kündigen, Ian?« fragte Malcolm. »Ich habe da die verschiedensten Versionen gehört. Wohin willst du? Was willst du machen?«

»Er wird Freischaffender«, schaltete Sigrid sich ein. Sie legte mit einer leicht besitzergreifenden Bewegung ihre Hand auf Ians Hand, einer Bewegung, die den Freunden nicht entging. Sigrid Hunts Hände und Ian McCulloughs Hände auf der Glasplatte zwischen Weinflaschen, Gläsern, schmutzigem Edelstahlbesteck. »Er wird ein Buch schreiben, den Vertrag hat er schon. Ein geschichtliches Werk.«

Ian runzelte die Stirn. »Ich denke mir nur, daß es in jeder Beziehung am zweckmäßigsten wäre, aus Hazelton wegzuziehen. Schon allein wegen der Gerichtskosten. Nach dem, was Nick mir sagte, hatte ich nicht mit so viel gerechnet. Und Bianca . . .«

»Ja, wo steckt denn eigentlich Bianca?«

» . . . ist in Thailand und hat nicht vor, bei Sigrid und mir zu wohnen, wenn sie in die Staaten zurückkommt. Somit brauchen wir kein Zuhause in Hazelton mehr.«

Denis sagte hitzig: »Herrgott, sie haben dich doch freigesprochen!«

»Das hat damit nichts zu tun.«

»Es hat sehr viel damit zu tun.«

»Aber Glynnis ist tot.«

Denis sah Ian an, als hätte er etwas Anstößiges gesagt.

Sigrid schob ihre Finger durch die von Ian und packte fest zu. »Ian hat einen Buchvertrag mit der Harvard University Press abgeschlossen«, sagte sie rasch. »Worum geht es, Ian? Theorien des 19. Jahrhunderts über . . .«

»Ein Überblick über historiographische Theorie«, sagte Ian verlegen. Es war ihm nicht ganz recht, daß Sigrid das Projekt so beiläufig zur Sprache gebracht hatte, dazu bedeutete es ihm zu viel. Lächelnd und sehr betont das Thema wechselnd, sagte er: »Und ihr wißt ja sicher, daß man mich auch von anderer Seite angesprochen, daß man mir Verträge angeboten hat. Für ein Buch über meine ›Erfahrungen‹ als Angeklagter in einem Mordprozeß.«

»Ja«, sagte Sigrid, »und ich habe ihm zugeredet, es sich zu überlegen, wirklich ernsthaft zu überlegen. Der Lektor . . .«

»Aber das ist doch grotesk, Sigrid.«

» . . . eines bekannten New Yorker Verlages, eines wirklich guten Verlages, hat ihm einen erstaunlichen Brief geschrieben, einen sehr einfühlsamen und verständnisvollen Brief.« Sigrid warf Denis und Malcolm einen Blick zu, der gleichsam um Unterstützung bat. »Ian solle eine Art Denkschrift verfassen, meinte er, eine Betrachtung, natürlich mit Fakten und Hintergrundinformationen, ein Journal seiner Erfahrungen und eine Analyse der Auswirkungen, die das alles im Lauf der Monate auf ihn und seine Familie und seine Freunde gehabt hat. Keiner, schreibt der Lektor, hat bisher ernsthaft so ein Projekt in

Angriff genommen, etwas, was wirklich in die Tiefe geht, etwas in europäischem Stil. Es könnte ein einzigartiges, wichtiges Dokument sein, das ...« Sigrid hielt inne, sie spürte Ians Irritation. Er hatte ihr seine Hand entzogen und klopfte seine Taschen erfolglos nach Zigaretten ab. »... von innen heraus schildert, wie es ist, einen Prozeß durchzustehen. Und daß dieser Prozeß natürlich ein Symbol ist für die vielfältigen Anfechtungen, die wir alle durchzustehen haben, und für ihre Auswirkungen auf die Menschen unseres Umfelds.« Wieder hielt Sigrid inne, leidenschaftlich erregt und außer Atem, bei aller Lust am Redenschwingen war sie zu klug, um nicht zu erkennen, wie hohl ihre Worte klangen und wie sie auf ihre Zuhörer wirkten.

»Das wäre denn doch unter Niveau«, sagte Ian, »selbst in ›europäischem Stil‹.« Aber dann lächelte er fast durchtrieben und hob sein Glas. »Vielleicht mache ich es ja trotzdem. Sie haben mir einen Vertrag angeboten.«

Denis gab ihm einen freundschaftlichen Knuff. »Mit einem ordentlichen Vorschuß, wie?«

»Hast du schon davon gehört?«

»Meika hat es uns neulich erzählt, allerdings habe ich den Eindruck, daß sie, wie üblich, einiges durcheinandergebracht hat. Sie meinte offenbar, du hättest schon unterschrieben.«

»Unsere liebe Meika«, sagte Ian schmerzlich berührt. »Nein, ich habe noch nicht unterschrieben.«

Es gab eine kleine Pause. Sigrid sagte: »Es ist noch von dem Pie da, möchte jemand noch ein Stück? Und ich müßte mich langsam um den Kaffee kümmern ... Himmel, das hab' ich ganz vergessen: Möchte jemand Kaffee?« Sie nahm die Wünsche entgegen, blieb aber sitzen; das seidige Haar wehte ihr wie in Fetzen ums Gesicht. Der Wein hatte ihre Haut sichtlich gerötet und gab ihr eine mädchenhaft unwiderstehliche Sicherheit. Sie lächelte, ohne zu wissen, was sie tat, es war, als ob sich die perfekt geformten Lippen ganz von selbst zu einem Lächeln hoben. Sie sagte: »Für mich ist das der schönste, der liebste Ort auf der Welt ... etwas ganz, ganz Besonderes.«

Sie war kaum im Haus, als Ian fragte: »Und wie geht es Meika? Und Nick?«

Denis lachte auf, es klang belustigt und abfällig zugleich. »Es ist *das* Thema in Hazelton, stimmt's, Mal? Man kann nicht aufs Klo gehen oder am Postschalter anstehen, ohne daß einem jemand diese Frage stellt. Ich höre, Meika und Nick hätten sich ein Apartment zusammen genommen ...«

»Vaughn sagt, sie wollen sich zusammen eine Eigentumswohnung kaufen«, widersprach Malcolm.

»Wirklich? *Kaufen*? Auf der Fifty-third Street, einen Block vom Museum entfernt ... ist es die?«

»Er hat von einem Neubau gesprochen, glaube ich, einem dieser gläsernen Türme auf der Fifth Avenue. Man kann von da zu Fuß zum Metropolitan Museum gehen. Vielleicht meinen wir ja dasselbe.«

»Ich hatte irgendwas von der Fifty-third Street gehört.« Denis runzelte die Stirn. »Ist ja auch egal. Jetzt, wo Nick praktisch eine neue Karriere vor sich hat, diese ›hohe Wertschätzung seiner Kollegen‹ genießt – so ähnlich lief das Blabla in der Presse, glaube ich –, jetzt, wo er in der Branche als brillanter Strafverteidiger hochgejubelt wird, braucht er ja nicht mehr zu rechnen. Mich hat er übrigens neulich im Klub geschnitten. Ich kam vom Squash ...«

»Er hat dich nicht geschnitten, Denis«, sagte Malcolm. »Er hat dich nicht gesehen.«

»Klar hat er mich gesehen, er hat getan, als ob ich Luft wäre. Erzähl mir nichts!«

Und dann unterhielten sie sich eine Weile angeregt über Nick Ottinger und Meika Cassity und den armen, am Boden zerstörten Vaughn Cassity, der einfach nicht begreifen konnte, wie es dazu hatte kommen können – nachdem er all die Jahre seiner Frau ein treu ergebener Ehemann gewesen war, sie nach Strich und Faden verwöhnt hatte mit der unausgesprochenen Übereinkunft – »Ich gehe jedenfalls davon aus, daß sie nie darüber gesprochen haben«, sagte Denis –, daß sie ihn nie öffentlich betrügen und ihn natürlich nie verlassen würde, weil er sie doch so sehr liebte. Und Ian hörte zu, hörte zu seinem eigenen Erstaunen fast gierig zu, wie jemand, der den Finger in eine süßklebrige Masse taucht, ihn abschleckt und nach mehr verlangt. Und zugleich dachte er: Wer sind diese Menschen? Welche

Beziehung habe ich zu ihnen? Längst hatte er die Suche – wenn man es eine Suche nennen konnte – nach Glynnis' Phantomliebhaber aufgegeben. Möglich, daß es Denis gewesen war; oder Malcolm; oder ... aber war das noch wichtig? Kein Mann würde sich als Liebhaber einer Toten zu erkennen geben, denn die Toten werden nicht mehr geliebt.

Ian lachte und reckte die Arme in der warmen Sonne. »Meika war so lieb zu mir, das könnt ihr euch nicht vorstellen.«

»O doch«, sagte Denis. »Kann ich!«

»Und ich auch«, sagte Malcolm.

Sigrid brachte den Kaffee auf einem roten Plastiktablett, das grell in der Sonne funkelte. Er müsse sich so langsam auf den Weg machen, meinte Denis und sah auf die Uhr, obgleich ihn, wie er sagte, nichts zu seinem Bruder und seiner Schwägerin in Bar Harbor zog, wo er notgedrungen würde übernachten müssen. Auch Malcolm schien sich sehr wohlzufühlen und hatte es offenbar nicht eilig mit dem Aufbruch. Er war in Bangor, um wieder mal einen prominenten Politiker für einen Artikel über eine Umweltsünde zu interviewen, das *non plus ultra* aller Umweltsünden, wie er sagte, ein halbes Dutzend Staaten an der Atlantikküste hing mit drin, und das *New York Times Magazine* saß auf einem Knüller, einem pulitzerpreisverdächtigen Knüller, wirklich tolles Material, aber Herrgott noch mal, er hatte es allmählich satt, in anderer Leute Misthaufen herumzustochern. In scherzhaft-neidischem Ton sagte er: »Du hast Glück gehabt, daß du das hier gefunden hast«, und deutete – taktvollerweise, dachte Ian – nicht landeinwärts, sondern aufs Meer hinaus. Auf den Horizont.

»Morgens ist es immer ziemlich dunstig, meist jedenfalls«, sagte Ian aus dem instinktiven Wunsch heraus, Lob abzuschwächen oder seine eigene Position herabzusetzen, aus einem konfusen Gefühl der Demut und Nächstenliebe, wie es Glynnis einmal ausgedrückt hatte, »und manchmal regnet es den ganzen Tag, aber dann bleiben wir eben zu Hause.« Er stockte, sein Gesicht wurde heiß, er kam sich lächerlich und exponiert vor – ganz wie ein Flitterwöchner. »Das *Journal* betreue ich natürlich weiter«, fuhr er schnell fort, »Martha schickt mir mindestens einmal in der Woche einen dicken Packen Post.«

Es war eine gelungene Ablenkung, über das *Journal* konnte er sich mit Denis stundenlang unterhalten, jetzt erzählten sie Sigrid und Malcolm einen herrlichen kleinen Skandal aus dem vergangenen Winter, als ein bekannter Politologe am Center in Palo Alto auf die Ablehnung seines Beitrags durch einen der Mitherausgeber recht unprofessionell reagiert und zwei Telegramme herausgejagt hatte, eins an Ian McCullough und eins an Max Kreizer, gefolgt von einem langen Brief an Denis, den er auf seiner Seite glaubte. »Und ich gutmütiger Trottel hab' mich natürlich in den Zoff hineinziehen lassen und versucht, diesem ›herausragenden‹ Akademiker klarzumachen, daß die Ablehnung nicht persönlich gemeint, aber auch nicht fachlich begründet war, will sagen, daß sie keine Kritik an seiner hochqualifizierten Arbeit darstellte, sondern daß die Herausgeber, weil es sich nun mal um eine Zeitschrift handelt, bei der auch die Aktualität gewisser Themen berücksichtigt werden muß, hin und wieder gezwungen, im wahrsten Sinne des Wortes *gezwungen* sind, erstklassige Beiträge abzulehnen. Aber jetzt . . .«

»Jetzt liegt er mit Denis im Streit«, ergänzte Ian lachend, mit geröteten Wangen. »Jetzt geht er herum und verbreitet . . .«

». . . verleumderische und lächerliche Dinge über mich«, ergänzte Denis, »wobei er sogar meine wissenschaftliche Integrität in Frage stellt. Was versteht der denn schon von meiner wissenschaftlichen Arbeit . . .«

Denis und Ian gaben diese Geschichte streckenweise fast gleichstimmig zum besten, und Sigrid lachte, sie war offenbar ehrlich belustigt, und sie war bezaubert von Denis, der sich heute nachmittag von seiner besten, amüsantesten Seite zeigte, und auch Malcolm lachte, obwohl er die Story sicher nicht zum erstenmal hörte. »Wie eitel wir alle sind!« sagte Malcolm mit einem breiten blitzenden Lächeln. »Wahrscheinlich hält uns nur das aufrecht.«

»Nur das? Wohl kaum«, sagte Ian, und das Herz wurde ihm weit vor Dankbarkeit. Er liebte seine Freunde, er hätte sie gern bei der Hand gefaßt, hätte es vielleicht sogar getan, wenn Sigrid nicht dabeigewesen wäre. Denis und ich werden diese Geschichte nie wieder erzählen, dachte er. Ich werde Denis nie wiedersehen.

Und woher weißt du das?

Ich weiß es eben.

Ja, aber wie?

Ich schieße mir eine Kugel durch den Kopf, wenn die Zeit sich wendet.

Sie sprachen von Bekannten in Hazelton, von Institutskollegen, von einer Assistentin, die gerade ein Kind bekommen hatte – »Ein goldiges Kind«, sagte Denis, »und es sieht mir überhaupt nicht ähnlich . . .« –, und wieder dachte Ian an Leonard Oppenheim und überlegte, wie sie wohl zurechtkamen, Paul und er, aber weil er nicht genau wußte, wie man Leonards Leiden aussprach – Karposisarkom? –, mochte er nicht fragen. Denis sagte gerade, was für ein erstaunlicher Zufall es doch sei, daß die Häuser McCullough und Grinnell gleichzeitig zum Verkauf stehen und sich gegenseitig Konkurrenz machen würden. »Wer hätte das vor ein paar Jahren gedacht?«

»Wir waren alle so glücklich«, sagte Malcolm und fügte – vielleicht mit Rücksicht auf Sigrid Hunt – hinzu: »In diesen Häusern.«

»In all unseren Häusern . . .«, setzte Ian an, aber Denis fiel ihm ins Wort. »Roberta sagt, daß sie sich um das Packen kümmern wird, den Umzug, all das. Sie weiß, daß meine Nerven da nicht mitmachen.«

»Roberta ist eine Heilige«, sagte Malcolm.

»Aber sie fragt nicht, wie es mir geht. Komisch, was?« sagte Denis.

»Wie geht es dir denn wirklich?« fragte Ian. »Die Geschichte mit deinen Augen . . .«

Denis winkte ungeduldig ab. »Mein Phantom-Gehirntumor? Ich glaube, der ist weg. Ich kümmere mich nach Möglichkeit gar nicht drum.« Er lachte und sah Sigrid an, herzlich und offen, als müsse sie einfach deshalb, weil sie eine Frau war (und nicht etwa, weil sie eine Frau mit besonderen körperlichen Vorzügen war), von Natur aus Verständnis für seine Nöte haben. »Ich hab' jetzt andere Probleme, in anderen Körpergegenden, aber die kommen und gehen, ich kümmere mich nach Möglichkeit gar nicht drum.«

Malcolm wandte sich an Ian. »Und was ist mit Bianca? Wie

lange will sie in Thailand bleiben? June meint, Glynnis' Buch, dieses Kochbuch, an dem sie gearbeitet hat ...«

»*So is(s)t Amerika*«, sagte Denis. »Toller Titel.«

» ... würde doch noch herauskommen. Bianca wollte es wohl fertigmachen.«

»Findest du den Titel nicht auch toll?« Denis stieß Sigrid an. Der Wein hatte ihn streitbar gemacht, schläferte ihn aber auch ein, hin und wieder fielen ihm die Augen zu, dann sah er aus wie ein weiser alter Uhu. »Toller Titel. Sie war eine so ... phantasievolle Frau, das kannst du dir überhaupt nicht vorstellen. Eine reizende Frau.«

»Ich weiß«, sagte Sigrid leise. »Ich habe sie gekannt.«

Denis runzelte überrascht die Stirn. »Ach ja, natürlich. Das hatte ich ganz vergessen.«

Hartnäckig, ja, pedantisch betonte Sigrid: »Sie war auch meine Freundin. Glynnis.«

Der Satz blieb in der Schwebe. Wie ungehört.

Ian sagte: »Ja, das Buch wird herauskommen, Bianca hat es in der Woche vor ihrer Abreise fertiggemacht. Glynnis' Verleger, der Verleger, den sie immer hatte, bringt es im Januar heraus, sie machen mächtig Druck, um Vorabexemplare noch vor Weihnachten an den Buchhandel liefern zu können. Glynnis' Bücher sind vor Weihnachten immer sehr gut gelaufen, im Taschenbuch ... besonders im Taschenbuch.« Sie sahen ihn an, ein wenig beklommen, wie er fand. Aber wie erstickend schnell sein Herz schlug, konnten sie ja nicht wissen. Er sagte, wie zur Abrundung des Themas, um sich dann endgültig davon zu entfernen: »Bianca hat sich selbst übertroffen. Stundenlang hat sie am Computer gesessen und getippt, weil sie es unbedingt vor ihrer Abreise schaffen wollte. Und sie hat es geschafft.«

»Wie lange will sie denn bleiben?« fragte Malcolm. »Thailand ist ja ein wunderschönes Land.«

»Ja, wirklich«, bestätigte Denis und nickte kräftig. »Vietnam auch.«

»Ja, ich weiß, ich war da«, sagte Ian. »In beiden Ländern. Ja«, sagte er und versuchte sich weiterhin zu konzentrieren, obwohl ein scharfer Schmerz zwischen seinen Augen stand und seine

Stimme plötzlich fern und blechern klang. »Thailand ist schön. Wunderschön.«

»Und die Menschen . . .«

»Wunderschön.«

Ian wußte nicht mehr, was er gesagt hatte, wie die letzte Frage gelautet hatte, und mochte nicht nachfragen. Schmerzlich berührt dachte er an seinen Vater, der sich in jenen letzten Monaten, die er zu Hause verbracht hatte – obschon damals natürlich niemand gewußt hatte, daß es die letzten Monate waren, die Mr. McCullough zu Hause verbringen würde –, häufig wiederholt, vor einer Stunde gestellte Fragen nochmals gestellt hatte und in Wut geraten war, wenn er nicht sofort eine Antwort darauf bekam. Der Alkohol und, wie Ian jetzt begriff, schlichtweg die Verzweiflung hatten seinen Geist verwirrt.

In der kleinen Gesellschaft war es still geworden. Sigrid holte Luft, wußte aber offenbar nicht recht, was sie sagen sollte. Denn Sigrid Hunt hatte schließlich auch ihre Geschichte, eine durchaus fesselnde Lebensgeschichte bis zu dem Punkt, da sie sich mit der Tragödie der McCulloughs überschnitt, und noch darüber hinaus. Und sie fand es doch recht verwunderlich, daß keiner der Männer hier am Tisch diese Geschichte hören wollte – zumindest nicht jetzt –, so sehr auch die drei Augenpaare auf ihr ruhten oder ihr folgten oder sich in ihrem seidigen, windverwehten Haar verloren.

Aber sie nahm es nicht übel, das war nicht ihre Art. Rasch, scharfsichtig, diplomatisch-taktvoll beugte sie sich vor, ohne sich daran zu stören, daß der lange, wehende weiße Ärmel über ein, zwei schmutzige Teller streifte, und sagte lächelnd: »Von dem Kiwi-Pie ist noch fast die Hälfte da, wer möchte noch was? Ihr nehmt doch sicher alle noch ein bißchen?«